KB263459

KB263459

탈춤의 원리 신명풀이

《탈춤의 역사와 원리》
《카타르시스·라사·신명풀이》
합본·수정·보완판

조 동 일

지식산업사

탈춤의 원리 신명풀이

초판 1쇄 인쇄 2006년 3월 9일
초판 1쇄 발행 2006년 3월 15일

지은이 조동일
펴낸이 김경희
펴낸곳 (주)지식산업사
　　　　서울시 종로구 통의동 35-18
　　　　전화 (02)734-1978(대)   팩스 (02)720-7900
　　　　한글문패　　지식산업사
　　　　영문문패　　www.jisik.co.kr
　　　　전자우편　　jsp@jisik.co.kr
　　　　등록번호　　1-363
　　　　등록날짜　　1969. 5. 8.

ⓒ 조동일, 2006
ISBN 89-423-4043-1   93810
책값은 뒤표지에 있습니다.

이 책을 읽고 저자에게 문의하고자 하는 이는
지식산업사 전자우편으로 연락 바랍니다.

책머리에

서울대학교에서 정년퇴임하고, 계명대학교 석좌교수가 되어 새로운 삶을 시작한 지 한 해가 되었다. 신명나게 앞으로 나아가고 있지만, 뒤를 돌아보면서 하던 일을 마무리해야 하는 시기에 이르렀다고 인정해야 한다. 마무리에도 힘과 시간이 필요하니 늦잡고 있을 수는 없다.

학문에 종사한 지 40년 가까운 동안 이룬 것이 예상 이상이어서 흐뭇하게 생각하면서도, 다른 한편으로는 실수가 많아 부끄럽다. 세상에 내놓은 모든 논저를 다시 손보아 잘못을 고치고 보완 작업을 하고 싶은 생각 간절하다. 《한국문학통사》를 전면 개고해내고, 이 책을 다음 순서의 긴요한 작업으로 삼아 힘을 기울였다.

국문학도가 되면서 애정을 쏟은 첫사랑이 탈춤이다. 학사논문에 이어 석사논문에서도 탈춤을 다루어 출생신고를 했다. 석사논문을 발전시켜 1975년에 《한국가면극의 미학》을 선보였다가, 고치고 보태서 1979년에 《탈춤의 역사와 원리》을 만들었다. 세계문학사에 관한 광범위한 탐구의 하나로 1997년에는 《카타르시스·라사·신명풀이 : 연극·영화미학의 기본원리에 관한 生克論의 해명》을 냈다. 양쪽을 합치고, 다른 글을 조금 보태 이 책을 다시 마련하면서 책 제목을 《탈춤의 원리 신명풀이》라고 한다.

《탈춤의 역사와 원리》는 초년에는 잘 나가다가 후반에 불우하게 되었다. 처음 낸 출판사가 망하고, 이어받아 낸 곳도 활동을 멈추어 절판이 된 탓에 다시 내야 한다. 활자본을 전산 조판본으로 바꾸어야 해서 고치고 다듬을 수 있는 기회를 얻었다. 《카타르시스·라사·신명풀이》는 아직 청춘의 삶을 누려 마땅하지만, 앞의 책과 합치기 위해 생애를 마감한다.

두 책을 별개의 것으로 두지 않고 하나로 합치고 다른 글도 보태 탈춤에 관해 탐구를 총정리한다. 마무리의 본보기를 보이려고 그러는 것만은 아니다. 다음에 드는 것과 같은 비판에 응답하려면 앞뒤의 작업을 한꺼번에 보여주어야 한다. 책을 너무 많이 써서 미안하지만, 어느 하나가 지닌 그 나름대로의 특수성을 들어 나의 학문세계 전체를 평가하는 잘못을 그대로 둘 수 없고 해명을 해야 한다.

탈춤을 고찰하면서 서구의 연극이론에 의거했다고 나무란 논자가 있다. 앞의 책에서 우리 탈춤이 서구 연극과 다른 점을 밝히려고 서구 연극론을 기준으로 삼은 것이 잘못은 아니지만, 독자적인 이론을 만들어내기는 못해 나도 불만이다. 서구 연극론의 대안을 철학적 근거를 갖추어 마련하기까지 많은 시간과 노력이 필요해 뒤의 책을 한참 뒤에야 내놓을 수 있었다. 신명풀이의 원리를 생극론으로 해명하는 데 한 생애가 소요되었다.

근래의 작업에다 중점을 두고 내 학문을 비판하면서 작품을 정밀하게 검토해 미묘한 양상을 문제 삼지 않고 대강 크게 살피기만 한다고 나무라는 말도 들린다. 처음 책에서 탈춤의 실상을 다룬 대목을 보면 평가가 달라지리라고 생각한다. 우리 문학 내부를 깊이 들여다본 초기 작업과 세계문학과의 관련을 넓게 살피는 후기 작업은 다르게 마련이다. 육안으로는 보기 어려운 대상을 처음에는 현미경을, 나중에는 망원경을 사용해 살핀 궤적을 앞 뒤 책을 견주어 확인해주면 고맙겠다.

두 책에서 다룬 내용을 한데 합쳐 다시 쓰고, 다른 여러 글에서 시도한 작업도 그 속에 녹여 넣어 일관된 체계를 가진 새로운 책을 썼으면 하는 바람이 간절하다. 그러나 다시 탐구한 바가 없으면서 외형이나 고치는 것은 마땅하지 않다. 자칫 잘못 하면 두 책의 역사적 의의만 훼손하고 말 수 있다. 두 책의 원문을 존중해 최소한의 불가피한 수정만 하고 되도록 그대로 내놓는다.

본문에서 말한 바가 오늘날과 너무 달라 그대로 둘 수 없는 경우에는 [보주]를 단다. 미진한 문제를 다시 다루어 여기 저기 내놓았던 '보충 논의'라고 한 곳에 모아놓는다. '부록 자료'라고 한 곳에 실은 처음 둘은 전에도 있던 것들이다. 나머지 하나는 탈춤을 이어받아 창작한 작품이다. 이것저

것 끌어들이다보니 책이 너무 커서 미안하지만 총정리를 목표로 하므로 어쩔 수 없다.

탈춤에 관한 후진의 연구서가 여럿 나와, 이 책이 필요 없게 된 것 같이 생각될 수 있다. 그러나 탈춤을 고찰하기 시작할 때의 학풍을 지속시키기나 하고, 내가 한 작업에서 한 걸음 더 나아가려고 하지 않는다. 자료를 소개하고 정리하는 데 그치고, 탈춤이 어떤 연극인지 해명하는 이론은 관심 밖에 두고 있다. 탈춤이 세계 연극에서 차지하는 위치와 특징에 관한 논의도 제대로 하지 않는다. 이 책이 맨 앞에서 그 두 과제를 홀로 감당하면서 계속 신간 노릇을 해야 하는 판국이다.

근래에 《한국의 탈춤》이 이화여자대학교 출판부에서 나왔는데, 뒤를 이을 영문판을 위해 만든 번역용 대본이다. 책이 작고 얇으며 절반은 사진이어서, 글 분량이 얼마 되지 않는다. 이 책의 일부를 아주 간략하게 간추리는 데 그쳤으니 많이 모자란다고 나무라지 말기 바란다. 탈춤에 관한 나의 견해를 거론하고 시비하려면 수고스럽더라도 이 책을 대상으로 삼아야 한다.

계명대학교 대학원생 이상안과 최무환 두 조교가 힘든 일을 도와주었다. 연구비는 계명대학교에서 제공했다. 좋은 인연 덕분에 용기를 얻어 험준한 고개를 넘을 수 있었음을 밝히고 깊이 감사한다.

중앙대학교 사진실 교수가 원고를 자세하게 검토하고 잘못을 고쳐주어 고맙고 자랑스럽다.

2005년 12월 15일
계명대학교에서 세 번째 학기를 끝내면서

조 동 일

차   례

탈춤의 역사와 원리

카타르시스·라사·신명풀이
－연극·영화미학의 기본원리에 관한 생극론의 해명－

탈춤의 역사와 원리

머리말

탈춤에 관한 관심은 날로 높아지고 있다. 놀이판에 젊은 지성인들이 모여든다. 여러 대학에서 학생들이 탈춤을 배워서 공연하는 단체를 만들어 신명나게 움직이고 있다. 탈춤을 계승하는 연극을 만들어 보이려는 움직임도 활발하게 일어나고 있다. 탈춤 연구에 참가하는 분들도 늘어나고, 탈춤을 다룬 책이나 글은 찾는 사람이 많아서 쓰기가 바쁘게 나간다.

세상의 풍조가 이렇게 바뀐 것을 생각하면 놀랄 만한 일이다. 탈춤은 일제의 탄압으로 멍이 들었을 뿐만 아니라, 서양에서 들어온 연극인 신극 때문에도 관심 밖의 것으로 버려졌던 쓰라린 과거를 지니고 있다. 탈춤을 전승한 분들이 재현을 위해 분투하지 않았던 것은 아니다. 1930년대에 일어난 민족문화 운동의 일익을 담당하면서 탈춤의 존재와 가치를 알리는 데 힘겨운 노력을 한 선각자들도 있었다. 그러나 일제의 식민지 통치가 계속되는 동안에는 탈춤이 살 만한 여건이 조성될 수 없었다.

광복 후에는 사태가 근본적으로 달라져야 했을 것이지만 사실은 그렇지 않았다. 연극은 서양 연극을 따라가야 한디는 풍조가 오히려 너 심해졌으며, 대학은 탈춤같이 미천한 것은 다루지 않겠다는 고자세를 유지했다. 국문학과에서조차 희곡을 논한다면 고대 희랍극에서 시작해서 서양 근대극까지 이리저리 돌아다니면서 시간을 끌고, 신극은 더러 언급해도 탈춤은 모르는 것이 자랑이라고 여기는 데 대해서 오랫동안 비판이 일어날 수 없었다. 뿐만 아니라 전근대적인 것을 청산한다는 구실로 문화적 단절을 획책하는 경우에도 탈춤 같은 것은 파괴의 대상으로도 의식되지 않은 채 잊히고 있었다.

그러는 동안에 민속학자들 몇 분이 탈춤을 외롭게 돌보았다. 민속학은 어느 대학에도 학과가 개설되어 있지 않은 천덕꾸러기 학문이고,1) 설사 대학에 재직하고 있는 학자라 하더라도 대학에서 담당한 분야와는 별도로 개척해 나가는 민간 학문이므로 탈춤같이 널리 알아주지 않는 것에 대해서 궁벽한 관심을 가질 수밖에 없었다. 그렇기는 하지만 또한 민속학은 전근대적인 것이라고 해서 버리는 유산의 관리자로 자처했기 때문에 관리하는 유산과 함께 밀려 났다. 이처럼 배척되고 밀려난 민속학은 학문의 방법을 가다듬을 겨를이 없었고 논리보다는 감정을 앞세우는 경향을 청산하기도 어려웠지만, 어두운 시대에 해야 할 일을 했다.

탈춤의 재발견을 위해서 필요한 기초 작업을 하면서 오늘을 준비한 분들의 노고를 잊을 수 없다. 마지막으로 몇 사람씩만 남아 있는 각 지방 탈춤 전승자들을 찾아서 탈춤을 다시 일으키도록 용기를 북돋우고 대본을 채록했다. 탈춤을 널리 알리는 글을 쓰고 탈춤을 포함한 민속예술 전승을 위한 정책을 세워야 한다고 역설하기도 했다. 성과 없는 노력을 되풀이하는 동안에 세상은 조금씩 달라졌다. 탈춤을 공부하고자 하는 젊은 국문학도도 나타나고, 탈춤 전수를 위한 강습회에 찾아오는 젊은 연극학도도 생기게 된 것이 1960년대에 이르러서 이루어진 변화이다. 그 시기 역사적 전환이 이 분야에서 두드러지게 나타났다.

그러다가 1960년대 후반부터는 분위기가 사뭇 달라졌고, 1970년대에 이르러서는 서두에서 설명한 바와 같은 상황이 벌어져서 탈춤에 관한 관심은 거의 폭발적으로 확대되기조차 했다. 탈춤은 한창 시절에도 천대받고, 개화가 시작된 후에는 회복되기 어려울 정도의 상처를 입었는데, 뒤늦게나마 살아날 것 같은 조짐을 보이는 것은 참으로 감격스러운 일이다. 그러나 관심이 이렇게 확대되자, 그 동안 있었던 탈춤에 관한 민속학적 연구는 새로운 사태를 감당할 수 없게 되었다.

자료를 수집해서 보고하고, 어울리지 않는 문헌고증이나 일삼으면서 과거를 과거로만 다루는 학풍은 탈춤의 생명을 파악하기 어려웠다. 탈춤에 관한 거의 폭발적인 관심을 깊이 이해할 수 없고, 젊은이들의 빗발치는 의

---

1) [보주] 그 뒤에 안동대학교와 중앙대학교에 민속학과가 생겼다.

문에 대해서 너무나도 둔감한 한계를 노출하게 되었다. 탈춤에 대한 학문적인 연구가 일반적인 관심보다 뒤떨어지게 되는 사태가 벌어졌다.

지금까지의 연구는 되돌아보면 두 가지 방향으로 나아갔다. 세상의 무관심을 깨우치기 위해서는 우리 것이니까 가치가 있다는 주장을 되풀이했다. 대학에서 받아들여지지 않는 데 항변하려고 탈춤마저 대학을 지배해 온 학풍인 문헌고증학으로 다룰 만하다는 사실을 보여주고자 했다. 우리 것이니까 가치가 있다는 논법은 우리 것이 한두 가지가 아닌데 탈춤이 특히 열광적으로 재평가되고 있다는 사태를 설명할 수 없었다. 문헌고증학적 연구는 탈춤과는 실제로 관련이 거의 없는 자료에 매달리면서 탈춤을 왜곡하는 결과를 초래했으며, 학풍 쇄신의 요구가 일어나자 수세에 몰리지 않을 수 없게 되었다.

탈춤 연구는 새로운 방향을 모색해야 한다. 탈춤의 재발견이 연구 방향의 전환을 요청한다. 알아주는 사람이라고는 없이 외롭게 탈춤을 돌볼 때에는 내심의 만족이 소중했으나, 이제는 연구를 연구답게 해야 한다. 탈춤을 추면서 들떠 있기만 하는 것도 학문의 길일 수 없다. 신명나니까 좋다고 하며 맞장구를 치는 서투른 악사가 필요해서 탈춤 연구를 하려는 것도 아니다. 문헌고증학을 넘어서고 논리 이전의 감격론도 극복해야 올바른 연구가 가능하다. 그러면 탈춤이 무엇이라고 해야 할 것인가? 이 문제는 오늘날 우리 학문을 근저에서부터 반성하지 않을 수 없게 한다.

나는 아직 이 문제를 바로 다룰 만한 준비를 갖추지는 않았다. 탈춤이 좋아서 국문학 공부를 택했다고 할 수 있을 정도로 처음부터 애착은 모자라지 않는 편이었지만, 마땅한 논리를 발견하는 작업은 오랜 모색을 필요로 한다는 사실이 공부를 해 볼수록 절실하게 느껴진다. 〈가면극의 희극적 갈등〉이라는 이름의 석사학위논문을 쓰고, 다시 《한국 가면극의 미학》이라는 지나친 이름의 책을 낼 때까지 줄곧 실제로 이룬 것보다 마음이 앞서기만 했다. 그렇다고 해서 지금은 공부가 다듬어졌나 하면 그런 것도 아니지만, 다시 나서는 모험을 하기로 한다.

이 책은 앞서 낸 책에 실은 글을 부분적으로 고쳐 넣고, 그 뒤에 쓴 다른 글을 대폭 보충해서 차례를 다시 짜본 것이다. 지금까지는 '가면극'이라는 말을 썼지만, 여기서는 '탈춤'이라고 하기로 한다. '탈춤'이라는 말이 원래 해서 지방의 것만 뜻하고 전국의 가면극을 두루 지칭하지는 않았지만, 이제는 일반적인 용어로 쓸 만큼 의미가 확대되었으니 책 이름에 내놓아도 좋겠다.[2]

이 책은 내건 이름 그대로 탈춤의 역사와 원리를 다룬다. 탈춤은 역사를 잃어버렸기에 찾아내야 한다. 과거의 추론을 따르지 말고 뒤집어보면서 새로운 발견을 해야 한다. 발견해야 할 것은 탈춤은 민중과 함께 성장하고 민중의식을 특히 잘 나타냈다는 사실이다. 누구나 쉽게 해온 말을 작품 내외의 증거를 들어 입증하는 데 힘을 기울인다. 그래야 탈춤이 소중하다고 하는 주장의 가장 중요한 근거를 제시할 수 있다.

탈춤의 민중의식은 갈등구조를 갖추어 구현되어 있다. 특성 있는 갈등구조를 극 내부에서 갖추는 데 그치지 않고 극과 관중과의 관계에서도 주목할 만한 원리가 있다. 그런 점을 제대로 밝혀내야 탈춤이 오늘날 다시 살아나야 할 이유를 납득할 수 있게 해명하고, 바람직한 계승 방향을 말할 수 있다. 이 책은 모색과 탐구의 초보적인 성과에 지나지 않는다. 아직 미처 다루지 못한 문제점도 있고, 부분적으로 중복되거나 어긋난 대목도 있어서 적지 않게 엉성한 편이다. 그러나 우선 이 정도라도 필요하다고 생각해 펴내보기로 한다.

1978년 10월 20일에 쓴다.

---

2) [보주] '탈춤' 대신에 '탈놀이'를 기본용어로 사용하기도 하는데, 둘을 구별하는 것이 좋다. '탈춤' 행사 전체에서 길놀이, 군무 등의 다른 절차는 빼고 탈을 쓰고 연극을 하는 중심 부분만 따로 일컬어 '탈놀이'라고 일컫기로 한다.

연극사의 문제점

탈춤의 기원 마을굿[1]

기원 탐색 시도

탈춤의 역사에 관한 논의는 자료의 결핍 때문에 처음부터 곤란을 겪게 된다. 모든 역사적 연구에서 사용되는 기본 자료는 문헌이라고 할 수 있는데, 탈춤의 경우에는 역사의 연구를 가능하게 할 만한 문헌이 거의 없는 실정이다. 신라의 處容가무나 五技에 관한 기록이 있어도, 이런 것들을 후대의 탈춤과 바로 연결시키기 어렵다. 그 후의 기록에서도 탈춤에 관한 언급이 단편적으로 발견되기는 해도, 모아서 연극사를 엮어낼 만한 것들이 아니다.

문헌 자료의 결핍을 보충하려고, 그 동안 연극사에 관심을 보인 학자들은 山臺戲 또는 儺禮戲에 관한 기록을 광범위하게 이용해 탈춤에 접근하고자 했다. 그런데 산대희 또는 나례희는 規式之戲라는 이름의 곡예, 笑謔之戲라는 재담, 그리고 가무를 모두 포함하는 종합적인 놀이다. 산대희가 바로 탈춤이라는 것은[2] 수긍할 수 없는 견해이다. 소학지희와 규식지희가 결합해서 탈춤이 시작되었다고[3] 할 수 있을까 의문이다. 그런 방향으로 추적해 들어가면 탈춤의 역사는 오히려 미궁에 빠지고 만다.

탈춤을 이웃 나라의 연극과 비교하는 것은 바람직한 방법일 수 있다. 그 결과 나온 伎樂 기원설을 주목할 만하다.[4] 백제사람 味摩之가 중국 吳에

---

1) [보주] 〈탈춤과 민중의식의 성장〉이라고 했던 세 번째 글의 앞부분을 서두로 옮긴다.
2) 김재철, 《조선연극사》(서울 : 조선어문학회, 1933), 36-44면
3) 이두현, 《한국가면극》(서울 : 문화재관리국, 1969), 136면
4) 이혜구, 〈산대극과 伎樂〉, 《한국음악연구》(서울 : 한국음악연구사, 1957); 〈양주산

서5) 배워 일본에 전했다는 기악은 오늘날의 탈춤과 흡사하며, 탈춤이 기악의 전승이라고 보아야 한다는 것이 그 요지이다. 이 견해는 막연한 추론의 범위를 벗어나 탈춤 각 과장의 내용까지 설명해 줄 수 있다는 점에서 산대희설보다 더욱 설득력을 갖는다.

그러나 이 견해를 따르면 우리 탈춤은 천 년 이상 변화나 발전은 거의 없었다. 묵극에서 대사가 있는 연극으로, 절에서 하는 연극인 기악에서 민간에서 하는 연극으로 전환된 과정을 밝히는 정도의 작업만 보완된다면6) 탈춤 역사의 기본적인 문제는 다 해결될 수 있는 것 같다. 과연 그럴 수 있을까 의문이 아닐 수 없다.

탈춤의 역사에 관한 새로운 논의는 탈춤이 민중의 연극이라는 사실에서 출발할 필요가 있다. 우리 전통 예술의 여러 영역 가운데 탈춤만큼 민중의 식을 충실하게 표현하고 민중의 처지에서 사회를 비판하는 데 과감한 태도를 보인 것은 없다. 탈춤의 역사는 민중생활사의 일부로 이해해야 마땅한데 지금까지의 시도는 그렇지 못했다.

탈춤에 관한 문헌 기록이 거의 남아 있지 않은 것은 그런 이유에서 당연한 일이다. 문헌 기록을 담당한 층은 탈춤 같은 것에 관심이 없었고, 산대회 또는 나례희는 국가에서 거행한 행사였으므로 자세한 기록을 남겼다. 국가 기관인 山臺都監 또는 儺禮都監에서 산대회나 나례희를 기획·관장할 때 하층의 연희자들이 대거 동원되고, 그 가운데 평소에는 탈춤을 하던 사람들이 포함되었을 수 있다. 그렇다고 해서 국가에서 탈춤을 만든 것은 아니다. 탈춤은 국가 행사와는 별도로 존재하던 민간의 전승이고, 민중의 예술이었다.

대놀이의 옴·먹중·연잎과장〉, 《예술논문집》 8 (서울 : 대한민국예술원, 1969)
5) [보주] 吳는 고구려의 한 지방이고, 기악은 고구려에서 만든 연극이라는 새로운 견해가 서연호, 《한국 전승연희의 현장연구》(서울: 집문당, 1997); 成澤 勝, 〈신 자료 검증으로 구명된 기악 故地〉, 《한국연극학》 13 (서울: 한국연극학회, 1999)에서 제기되었다.
6) 최정여, 〈山臺都監 성립의 제 문제〉, 《한국학논집》 1 (대구 : 계명대학 한국학연구소, 1973)에서는 조선 초기에 사원 정비 때문에 몰려난 승려들이 놀이패로 전환하면서 伎樂이 민간 연극이 되는 계기를 마련했으리라고 추정했다.

연극은 산희와 야희 두 부가 있으며, 나례도감에 속했다. 산희는 다락을 매고 장막을 드리우고 사자·호랑이·만석중의 춤을 공연했다. 야희는 당녀나 소매를 분장해서 놀았다.

柳得恭의 《京都雜誌》에 있는 말이다.[7] 여기서 말하는 산희는 산대희일 것 같고, 야희는 탈춤이라고 생각된다. 이 자료는 우선 산희와 야희가 별개의 것임을 말해 주고, 산희가 야희로 바뀌었으리라고 추정할 수 없게 한다. 둘 다 나례도감에 속했다는 것이 문제인데, 그 말은 산희와 야희에서 의미가 다르다고 생각된다. 다락을 매고 장막을 드리우고 사자, 호랑이, 만석중의 춤 같은 것들을 보여주는 산희는 나례도감에서 기획하고 연출한 구경거리였다. 국가의 요청이 없을 때 공연자들 스스로 하지는 않았다. 그러나 당녀나 소매 같은 인물을 등장시킨 야희는 단순한 구경거리가 아닌 연극이며, 공연자들이 스스로 만들어 민간에서 공연하던 것이었다고 보아 마땅하다.

서울지방에서는 산희 공연자뿐만 아니라 야희 공연자도 법제상으로 나례도감에 속하고 있어 필요하면 동원되었던 것으로 보인다. 국가가 모든 놀이패를 장악할 필요가 있어 그런 제도를 만들었다고 생각된다. 그 때문에 활동의 자유가 제약되고, 국가가 요구하는 재주만 익혀야 하는 것은 아니었다. 造紙署에 속하는 紙匠이 국가의 요청이 없을 때에는 사사로이 종이를 만들어 팔도록 허용한 것이 하층기능인 통제의 일반적인 방식이었다. 국가가 어느 정도의 보수를 주지 않을 때에도 생계를 유지하도록 하려면 활동의 자유를 인정해야 하는 것은 당연한 일이었다.

산대희나 기악에서 탈춤이 유래되었다는 견해는 탈춤이 상층에서 시작되어 하층 문화로 이행한 이른바 침강문화재라고 주장한다. 하층민이 지니고 있는 민속이나 예술에 침강문화재가 적지 않게 포함되어 있는 것은 사실이지만, 탈춤은 해당되지 않는다고 보아 마땅하다. 침강문화재는 하층

---

7) 원문을 들면 "演劇有山戲野戲兩部 屬於儺禮都監 山戲結棚下帳 作獅虎曼碩僧舞 野戲扮唐女小梅舞"라고 했다.

민의 기호에 맞도록 변모되어 나타날 수는 있어도 하층문화의 특징을 구
현하는 발전을 보여주지는 못한다. 탈춤은 그렇지 않아 이른 시기부터 있
었을 것으로 추정되는 농촌의 단순한 탈춤에서 18세기 이후에 이루어진
도시의 발전된 탈춤에 이르기까지 놀라운 성장을 해 왔다.

탈춤 가운데 서울의 산대놀이가 가장 먼저 이루어지고, 산대놀이의 전
파로 각 지방의 탈춤이 이루어졌다는 견해도 있다. 탈춤이 침강문화재라
는 견해를 보완하려고 이렇게 상상한다. 문화가 상층에서 하층으로, 중앙
에서 지방으로 전해졌다고 하는 것은 동일한 발상이다. 그렇다면 탈춤은
전파되면서 축소되고, 탈춤의 역사는 퇴보의 역사라고 하지 않을 수 없다.
탈춤은 민중문화의 전반적 발전 추세를 역행했다고 해야 한다. 탈춤은 하
층에서 만들어 키웠으며, 지방에서 자생한 것들이 서로 교류를 했다고 보
는 것이 사실과 부합한다.

새로운 접근

탈춤이 민간에서 거행한 굿에서 유래되었다는 견해 또한 여러 선학들의
연구에서 제시되었다. 김재철은 '무당의 행사'에서 연극이 비롯했다고 했
다.8) 최남선은 《三國遺事》에 전하는 〈駕洛國記〉가 '建國神劇'에 관해 알
려준다고 했다.9) 송석하는 탈춤의 첫 과장에서 공통적으로 나타나는 四方
神 춤은 탈춤이 굿에서 유래한 증거이고, 탈춤이 보여주는 성적 행위가 풍
어나 풍농을 비는 굿의 흔적이라고 했다.10)

김열규와11) 이두현은12) 고대의 문헌에 나타난 국가적인 제의를 분석해
연극의 기원을 찾아, 탈춤의 기원 문제에 관한 재론을 가능하게 했다. 농경

---

8) 김재철, 위의 책 50면 외 몇 곳.

9) 최남선, 《조선상식문답 속편》(서울 : 동명사, 1947), 317면

10) 송석하, 《한국민속고》(서울 : 일신사, 1960) 245면 외 몇 곳

11) 김열규, 〈가락국기고: 원시연극의 형태에 관련하여〉, 《국어국문학지》 3 (부산: 부
산대학교, 1961)

12) 이두현, 〈한국연극 기원에 관한 몇 가지 고찰〉, 《예술논문집》 4 (서울: 대한민국
예술원, 1965)

의식 또는 농사가 잘 되게 하기 위해 거행하는 굿은 고대에는 상하층의 공동 행사였으나, 상하층의 문화가 분리된 뒤에는 농민의 행사로 유지되어 오랜 전통을 가지고 꾸준히 전승되어 왔다. 그런 굿에서 탈춤의 유래를 찾는다면 탈춤을 민중예술로 이해하고 탈춤의 역사를 서술하는 길이 열린다.

그러나 굿에서 탈춤이 유래했다는 기존의 견해는 여러 모로 미흡하다. 방법과 결과 양면에서 대폭 보완할 필요가 있다. '무당의 행사', '건국신극', '농경의식' 등이 막연하게 지적되는 정도에 그치고, 굿과 극의 구체적인 비교가 이루어지지 않았다. 농경의식이란 실체가 무엇인가? 무당굿은 아니다. 농악대가 풍물을 치면서 농사가 잘 되도록 하는 마을굿이다. 풍농굿이라고 해도 좋다. 무당굿은 잘 알려져 있지만 마을굿은 무언지 확실하지 않아 구체적인 논의를 어렵게 한다.

농악대가 풍농을 위해 하는 마을굿을 문제 삼자고 하는 방향 설정을 분명하게 한다고 해도 자료 결핍이 해소되지는 않는다. 문헌 기록은 아주 한정되어 있고 현지조사 보고는 산만하게 흩어져 있다. 애써 찾아 열거한다고 해서 굿과 극의 관계가 해명될 수 있는 것은 아니다. 탈춤의 유래를 말해 주는 가장 중요한 자료는 탈춤 자체이다. 탈춤을 굿과 관련시켜 분석하면서 과거를 소급 추정하는 재구적 방법으로 의문을 푸는 것이 마땅하다. 탈춤의 유래 설명은 탈춤의 갈등구조에 관한 구체적인 논의에 귀착해야 한다.13)

굿과의 관계 논의가 탈춤 이해의 출발점일 수는 있어도 본론은 아니다. 탈춤은 굿에서 극으로 발전하면서 굿에서 물려받은 갈등구조에 극적인 의미를 부여하는 방향으로 나아갔고, 또한 굿의 흔적을 청산하는 방향으로 나아갔다. 민중생활이 달라지고 민중의식이 성장하면서 커다란 발전이 이룩되었다. 그 점에 관한 이해가 탈춤에서 굿의 흔적을 확인하는 것보다 오

---

13) 고대 희랍 연극이 디오니소스굿에서 유래되었다는 것은 널리 알려진 바이다. 그 경우에도 디오니소스굿과 극의 관계가 극의 분석에서 출발하는 재구적 방법에 의해 밝혀지고 그 결과 극의 갈등구조가 성과 있게 해명되었다. 그 대표적인 업적이 F. M. Cornford, *The Origin of Attic Comedy* (Oxford: Edward Arnold, 1914)이다. 책 서론에서 자기의 방법을 명시하고 있다.

히려 더 중요한 작업이다.

탈춤 자체의 분석에서 얻은 성과는 사회사나 문화사의 일반적 흐름과 결부되어 타당성이 입증되고 내용이 풍부해져야 한다. 연극은 예술의 여러 형태 가운데 사회적인 기반과 특히 밀접한 관계를 가진다. 농촌 마을에서 농민이 공연하는 연극과 도시에서 상인이 후원자가 되어 공연하는 연극은 성격이 다르다. 탈춤의 발전을 논하는 작업에서 도시의 성립, 상인의 성장 같은 문제가 중요한 관심사가 되지 않을 수 없다.

그런 문제에 대해서 지금까지 관심을 가지지 않은 것은 아니다. 이제 두 가지 방향에서 새로운 시도를 해야 한다. 부분적인 언급을 체계적인 설명으로 발전시켜야 한다. 사회사에서 얻을 수 있는 사실이 탈춤의 갈등구조 자체에서 어떻게 나타나 있는지 밝히면서 문제를 탈춤 속으로 끌어들여야 한다. 그렇게 해서 역사적 연구가 미학적 연구와 별개의 것이 아님을 명확하게 해야 한다.

연구 방향을 다시 설정하면 자료 결핍에서 벗어날 수 있는 것은 아니다. 탈춤 자체의 분석과 관련시켜 고찰할 수 있는 사회사의 자료는 여전히 단편적인 것들뿐이다. 민중생활사에 관한 진지한 연구는 이제 출발 단계에 있어 도움을 기대하기 어렵다. 도시의 성립과 발전과 같은 문제는 아직 광범위하게 다루지 않고 있어 사학계의 연구 성과를 앞질러 나가는 모험을 감행하지 않을 수 없는 실정이다.

마을굿에서 탈춤으로

마을굿이 무엇이며 어떤 특징을 가지는지 알아보기 위해 다른 행사와 견줄 필요가 있다. 마을굿은 다음에 드는 셋 가운데 첫 번째 것이다. 셋은 모두 부락제니 村祭니 하고 일컬어지던 것들인데 상당한 차이가 있다.14)

---

14) 여기서 제시하는 견해는 秋葉 隆이 《朝鮮民俗誌》(심우성 역, 서울: 동문선, 1993, 184면 이하)에서 '村祭의 二類型'이라는 것을 들고 농악대굿은 이해하지 못한 잘못을 시정하는 대안이다.

(가) 농악대가 하는 행사. 농악대는 농악을 울리고 춤을 추며 노래도
　　한다.
(나) 무당이 하는 행사. 무당은 무악을 울리고 춤을 추며 노래도 한다.
(다) 제관이 하는 행사. 제관은 악기를 울리거나 춤을 추며 노래를 하
　　지 않고, 절을 하고 축문을 읽고 축원을 한다.

이 세 가지 유형은 서로 복합될 수 있다. (가)·(나)형, (가)·(다)형,
(나)·(다)형, (가)·(나)·(다)형이 존재한다. 정월 보름날 자정까지는 농
악대가 굿을 치다가 자정 이후에는 농악대를 위시한 마을 사람들이 다 집
으로 들어가고 특별히 선정된 제관이 서낭당에 가 제를 지내는 것은 (가)
·(다)형이다.15) 하회 별신굿이나 강릉 단오제는 (가)·(나)·(다)의 복합
인데, 복합형으로는 이 두 가지 경우가 흔하다. 그러면서 셋은 큰 차이가
있다.

(가)와 (나)는 굿이고, (다)는 祭이다. (다)만 부락제나 촌제라고 일컬을
수 있다. 굿은 악기를 울리고 춤을 추며 노래도 하는 행사이고, 여러 사람
이 한데 어울려서 소란하게 떠드는 것이 특징이다. 제는 다른 사람들은 보
지도 않을 때 소수의 담당자만 조용하고 엄숙하게 거행하고, 여러 가지 금
기가 따른다. 제 또한 농사가 잘 되도록 기원한다는 점에서는 농경의식의
하나이지만, 그 절차가 유교 또는 도교의 방식을 따라 진행되고, 한문으로
된 제문을 필요로 한다. 제를 담당하는 제관은 그런 제문을 짓고 읽을 수
있는 학식을 갖춘 상층 지식인이다. 제는 굿과는 달리 상층문화의 격식이
마을 공동의 행사에 적용된 것이다.

그 셋 가운데 제관이 거행하는 부락제는 탈춤과 관련을 가지지 않는다.
악기 연주 또는 춤이나 노래는 멀리하고 조용히 절하며 제문을 읽는 행위
는 탈춤과는 거리가 멀다. 굿은 악기를 연주하며 춤을 추고 노래를 부른다
는 점에서 탈춤과 중요한 공통점이 있다. 그러면서 농악대의 굿과 무당의

---

15) 경상북도 영양군 일월면 주곡리 주실에서 1963년 12월 30일에서 1964년 1월 16일
　　까지 현지조사를 했다.

굿은 그 자체로서도 무시할 수 없는 차이가 있으며, 탈춤과의 관련이 같을 수 없다. 농악대의 굿은 상쇠가 지휘하지만, 다른 구성원들은 물론 농악대를 따라다니며 춤을 추는 무리들까지 굿을 거행하는 구실을 함께 담당하고 있다. 무당의 굿에서는 무당만 신과 교통할 수 있는 자격을 독점하고 있고 다른 사람들은 구경꾼이다. 농악대는 마을 자체에서 구성되고, 무당은 외부에서 초청되어 오는 것이 예사이다.

이런 차이점이 언제 어떻게 해서 생겼는지 밝히려면 많은 노력이 필요하다. 농악대굿과 무당굿은 합쳐져 있다가 분화되었는지, 처음부터 달랐는지 아직 알 수 없다. 제주도에서는 무당굿이 마을굿인 것을 어떻게 이해해야 하는지 의문이다. 여기서는 연구를 확대하기 어려워, 전반적인 문제는 남겨둔 채 탈춤과 관련된 사항만 다루기로 한다. 탈춤의 모체가 되는 굿은 무당굿이 아니고 농악대굿이다. 탈춤은 농촌 마을 자체에 깊이 뿌리를 박고 전승되었다. 어느 누구도 무당에 해당하는 구실을 한다고 볼 수 없으며, 여러 등장인물의 공동 참여로 거행된다. 그런 특징이 농악대굿과 같다.

무당굿 가운데 연극적인 성격을 띤 것이 적지 않아 무당굿놀이라고 일컬어진다.[16] 그런데 무당굿놀이는 主巫가 홀로 연기하거나 대부분의 연기를 맡아서 하고, 조역은 아무에게나 맡겨 관중 가운데서 즉석에서 선발하기도 한다. 주무마저도 가면을 쓰지 않고 자기 얼굴로 연기를 한다.[17], 무당굿놀이는 탈춤과 상당한 공통점을 가지기는 하지만[18] 탈춤과는 별개의 연극이다.

다만 제주도의 경우에는 무당굿이 마을 자체에서 전승되고 있어서 사정이 다르다. 무당굿놀이 가운데 입춘굿이나[19] 영감놀이처럼[20] 가면을 쓰고

---

16) 김영돈·현용준, 《제주도 무당굿놀이》(서울 : 문화재관리국 중요무형문화재 지정 자료. 1965)

17) 무당은 가면을 쓰고 굿을 하는 경우가 극히 드물다. 우리뿐만 아니라 동북아시아 무속에서 공통되게 발견되는 현상이다.(M. Eliade. *Le chamanisme et les téchniques archaïques de l'extase*, Paris: Payot, 1951, 159면)

18) 무당굿놀이가 극적 전개의 방식에서 탈춤과 유사한 성격을 가지고 있다는 사실을 최정여·서대석, 《동해안무가》(대구: 형설출판사, 1974), 43~61면에서 지적하고, 양자를 비교분석했다.

하는 것도 있다. 특히 입춘굿은 마을굿이 탈춤으로 이행하는 과정을 선명하게 보여주고 있다. 제주도의 무당굿은 본토에서 농악대굿과 무당굿이 분리되기 전 상태를 보여주는지, 본토와는 다른 제주도의 특수성을 말해주는지 알 수 없다. 탈춤이 없어 탈춤의 성립을 논하기 위해 제주도의 경우를 길게 다루지 않는 것이 좋다.

농악대굿과 탈춤의 관련을 말해주는 자료로는 다음과 같은 것들이 있다. 문헌 기록과 현지 전승을 함께 든다.

> 高城의 풍속에… 비단으로 신의 가면을 만들어 당집에 넣어두면, 섣달 스무날 이후에 그 신이 고을 사람에게 하강해 그 가면을 쓰고 관가 및 고을의 마을을 돌아다니며 춤추고 논다. 집집마다 이를 맞이해 즐겁게 한다. 정월 보름 전에 그 신은 당집으로 돌아간다.[21]

> 경상북도 영양군 일월면 주곡리 주실에서는 섣달 그믐날 농악대와 사대부, 각시, 포수, 떡달이 등의 가면을 쓴 무리들이 서낭을 내려 당나무 주위를 돌며 춤을 춘다. 서낭대를 앞세우고 마을로 들어올 때에도 춤을 춘다. 설을 지나고 나서, 이들이 지신밟기를 하고 이웃 마을 가곡리 농악대와 만나 하후굿을 거행한다. 주곡의 서낭은 여서낭이고 가곡의 서낭은 남서낭이다. 두 서낭은 부부이다. 서낭대를 둘 나란히 세워 두고 두 마을 농악대가 농악의 경연을 벌이며 서로 싸워 승부를 나누는 것을 하후굿이라고 한다. 농악대끼리의 싸움과 두 서낭의 성행위가 함께 이루어진다. 두 마을 서낭대에 각기 늘어뜨린 서낭치마라는 헝겊이 바람에 날려 휘감기면 부부 서낭이 성행위를 하는 것으로 이해한다. 주곡 여서낭의 치마는 붉고, 가곡 남서낭의 치마는 검다. 부부 서낭의 성행위는 풍년을 가져올

---

19) 金斗奉, 《濟州島實記》(大阪: 濟州島實蹟研究社, 1936), 21면
20) 김영돈 · 현용준, 《제주도 무당굿놀이》
21) 洪錫謨, 《東國歲時記》 12月 歲月內. 원문을 들면 "高城俗… 以錦緞作神假面 藏置堂中 自臘月念後其神下降於邑人 着其假面 踏舞出於衙內及邑村 家家迎而樂之 至正月望前 神還于堂"이라고 했다.

수 있다고 생각된다.

정월 보름날 밤에 농악대, 사대부, 각시, 포수, 떡달이 등의 가면을 쓴 무리가 마을 사람들과 함께 가장 대규모의 놀이를 벌이고 가면 쓴 무리들을 중심으로 재담을 교환한다. 자정이 넘으면 다른 사람들은 다 집으로 돌아가고 특별히 선정된 제관들이 당나무로 가서 서낭제를 지낸다. 서낭대를 해체해서 보관처에 달아두면서 보름 동안의 행사를 마친다.[22]

경상북도 안동시 풍천면 하회 마을에서는 양반, 선비, 백정, 부네, 이매 등의 가면을 쓴 사람들이 농악대와 함께 산 위에 있는 서낭당으로 가서 서낭을 내린다. 가면을 쓴 광대들이 "舞樂과 더불어 假面戱를 하니, 이것이 본연의 가면희라고 한다"고 한다. "하강한 신은 광대들이 무악으로써 호위하여 동네에 迎神하고" 정월 보름까지 神遊를 계속하다가, 보름날의 송신에서도 "본연의 가면회가 또 한 번 초이튿날 강신 때와 같이 엄숙하게 행하여져서 神意를 위안하는 것이다." 행사 후 가면은 당집에 모셔 두고 신령스러운 것으로 취급되며 함부로 건드릴 수 없다.[23]

이 세 자료는 가면을 쓴 사람들이 농악대와 함께 정월 초순에 마을을 돌아다니며 굿을 거행한다는 점이 같다. 고성의 경우에는 농악대에 관한 언급이 없으나 가면을 쓴 사람이 스스로 악기를 연주하고 혼자 춤을 추지 않았을 것이다. "집집마다 이를 맞이하여 즐겁게 한다"는 것은 지신밟기에 관한 기록이라고 해석되므로 농악대의 등장이 무리 없이 인정될 수 있다. 이런 굿을 거행하는 이유 역시 세 경우에 다 나타나 있는 것은 아니지만, 농사가 잘 되게 하자는 공통점이 있다고 할 수 있다. 그러면서 주목할 만

---

22) 1963년 12월 30일에서 1964년 1월 16일까지 현지조사를 했다. 당시에 '하후굿'은 이미 중단되어서 면담에 의한 조사를 했고, 나머지 것들은 직접 참여하면서 조사했다. 양력과세를 하는 마을이어서 조사 기간이 위와 같았다. 주요 제보자는 오수근(1906년생, 농악대의 상쇠), 장순석(1914년생), 장성도(1916년생, 1964년도의 제관)였다.

23) 최상수, 《하회가면극연구》(서울: 고려서적주식회사, 1959), 315면

한 차이점도 보여주고 있다.

고성의 경우에는 가면은 신의 가면이라고 하고, 가면을 쓰고 추는 춤은 신의 춤이라고 한다. 이런 생각은 멀리 《삼국유사》〈處容郎 望海寺〉 대목에서 보이는 기록과 일치한다. 남산신이 나타나 춤을 추자 헌강왕이 그 춤을 추어 다른 사람에게 보이고 남산신의 모습대로 가면을 만들라고 했다고 했다.24) 이 경우에도 춘 춤은 신의 춤이고 만든 가면은 신의 가면이다.

그런데 주곡과 하회의 경우에는 가면은 사대부, 각시, 포수, 떡달이 또는 양반, 선비, 백정, 부네, 이매, 떡달이 등의 인물을 나타내는 가면이고, 추는 춤도 이들 인물의 춤이다. 그러면서 하회의 가면은 인물을 나타내는 가면이면서 당집에 모셔 신령스러운 것으로 다룬다는 점에서 신 가면의 흔적을 지니고 있다. 양반, 선비, 부네, 이매, 떡달이 등의 가면이 신성시된다는 것은 그 자체로서는 이해될 수 없는 일이며, 신의 가면이 인간의 가면으로 전환되는 과정의 한 단면을 보여 주는 현상으로 파악해야 비로소 이해될 수 있다.

마을굿에서 사용하는 신의 상징물 가운데 연극에서도 계속 중요한 구실을 할 수 있는 것은 가면이다. 당나무나 당집은 계속 한 자리에 머무르고 있으며 사람의 모습으로 형상화될 수 없다. 서낭대는 이동할 수 있고 몸체나 서낭치마를 사람과 비슷하게 만들었지만, 신이면서도 사람을 의미할 수 있는 가능성에는 명확한 한계가 있다. 가면은 그렇지 않고 신의 가면이면서 사람의 모습을 하고 있고, 사람이 쓰고 춤을 추어야 제 구실을 할 수 있다. 사람이 신의 가면을 쓰고 춤을 추어 신의 능력으로 재앙을 물리치는 것만은 아니다. 신의 가면을 쓴 사람들끼리 싸우거나 모의적인 성행위를 해서 겨울을 물리치고 여름을 불러들이면서 자연의 풍요를 돕는다. 주곡의 자료에 그런 것들이 있다.

싸움굿의 예는 그 밖에도 다양하다. 동채싸움, 나무쇠싸움, 줄다리기 등이 싸움 형태의 굿이다. 탈춤과 관련을 가질 수 있는 예를 더 든다면 다음과 같은 것들이 있다.

---

24) 《삼국유사》 권2. 이에 관해 〈처용놀이를 되돌아보며〉에서 자세하게 고찰한다.

　　固城 지방에서는 지방민이 언제나 5월 1일에서 5일까지 두 패로 나누어 사당에 모신 신의 모습을 메고, 채색 깃발을 들고 마을을 돌아다닌다. 사람들은 다투어 술과 안주를 갖추어 제사지낸다. 굿하는 사람들은 행사를 마치고 온갖 놀이를 갖추어 벌인다.25)

　　경주 지방 月南과 普門에는 각각 주지 탈이 있고… 연말 세초 어림의 밤중에 양처로 출발하여 중로에서 만나서 밤새도록 교전하여 승부를 낸다.26)

　　경상남도 밀양시 무안에서는 정월 보름 경에 마을을 동부와 서부로 나누어 동부에서는 용, 서부에서는 호랑이의 木偶像을 만들어 싸운다. 용의 머리에는 호랑이가 탐낸다는 金羊 가면을 쓴 사람이 앉고, 호랑이의 머리에는 용이 탐낸다는 여의주 가면을 쓴 사람이 앉아 있다. 줄다리기할 때 사용하는 것과 같은 줄을 만들어 그 위에 용과 호랑이를 올려놓고, 농악대의 독려로 접근전을 벌이다가 금양 또는 여의주의 가면을 쓴 사람이 상대방의 깃발을 빼앗으면 이기게 된다. 이 놀이에 五方神將의 가면을 쓴 사람들과 상좌, 노장, 문둥이, 양반, 말뚝이, 영감, 할미, 작은 마누라 등의 가면을 쓴 사람들이 따른다.27)

고성의 경우에는 분명한 말은 없으나 두 패로 나누어 굿을 하는 이유는 두 패가 서로 다투도록 하기 위한 것으로 짐작할 수 있다. 행사를 마치고 굿을 하는 사람들이 온갖 놀이를 했는데, 탈춤이 포함되었을 듯하다. 경주 지방의 경우에는 사태가 더욱 명확하다. 가면이 있다고 하고, 교전해 승부를 낸다는 말이 나온다. 가면은 주지 가면이라고 하는데, 주지는 하회에서

---

25) 《新增東國輿地勝覽》 固城縣의 기사. 원문을 들면 "土人常以五月一日至五日 相取分
　　兩隊 載祠神像 竪綵旗 遍歷村閭 人爭以酒饌祭之 儺人畢會 百戲具陳"이라고 했다.
26) 최남선, 위의 책, 340면
27) 《한국민속종합조사보고서 경상남도편》(서울: 문화재관리국, 1972), 799~803면에
　　서 요약 인용.

도 모습을 만들어 노는 것이며, 호랑이를 잡아먹는 무서운 귀신이라고 한
다.28) 주지 가면과 교전이 별개의 것이 아니고, 교전할 때 주지 가면을 썼
을 것이다.

무안의 龍虎 싸움에서는 (1) 용호의 목우상, (2) 금양과 여의주의 가면,
(3) 오방신장의 가면, (4) 상좌, 노장, 중, 문둥이 이하 여러 인물이 함께 등
장한다. (1)은 싸움굿에 반드시 필요하고 (2)는 그 부속물이다. (3)은 싸움
을 하지 않고서도 재앙을 물리치는 신을 별도로 형상화했으면서 사람의
모습을 나타내고 있다.29) (4)는 굿에는 필요하지 않고 사람들 사이의 다툼
을 나타내는 인물이다. (1)에다가 번호 순서대로 다른 것들이 보태지면서
굿이 극으로 바뀌는 과정에 들어섰다.

싸움 형태의 굿은 농사가 잘 되게 하기 위해서 거행되며 누가 이기고
지는가에 따라서 농사의 흉풍이 결정된다고 한다. 줄다리기나 고싸움의
경우에는 암줄을 당기는 편이 이겨야 풍년이 든다고들 한다. 주곡과 가곡
의 하후굿에서는 여서낭 쪽이 이겨야 풍년이 든다고 한다. 여성 쪽이 이겨
야 풍년이 든다는 것은 여성이 출산의 담당자이고, 여성의 출산은 자연의
풍요와 결부된다는 사고방식에 근거를 둔다. 싸움은 여성과 남성 사이에
서만 벌어지는 것이 아니다. 무안의 경우는 용호의 싸움이다. 호랑이는 농
사와 관계가 없지만 용은 농사를 위해서 절대적으로 필요한 비를 준다는
점을 고려하면, 용호의 싸움 역시 농사의 흉풍과 관련된다고 할 수 있다.

주곡과 가곡의 굿에는 더 살펴야 할 사실이 있다. 주곡 서낭의 치마는
붉은색이고 가곡 서낭의 치마는 검은색이다. 검은색은 농사지을 수 없는

---

28) 유한상, 〈하회별신가면무극 대사〉,《국어국문학》 18 (서울 : 국어국문학회, 1959),
    191면
29) 김택규, 〈한국인의 농신신앙에 대하여: 가면・가장자 내방 행사를 중심으로〉,《동
    양문화》 10(대구: 영남대학교 동양문화연구소. 1969)에서 지적했듯이, 동물신격의
    가면은 人態神格의 가면보다 선행했을 것 같다. 무안의 용호싸움에서는 (1) 동물
    신격의 목우상, (2) 사람이 쓰고 있는 동물신격의 가면, (3) 사람이 쓰고 있는 인태
    신격의 가면, (4) 사람이 쓰고 있는 인격가면이 한꺼번에 나타나 가면의 변천과정
    을 축약해 보여 주고 있다.

계절인 겨울, 붉은색은 농사를 지을 수 있는 계절인 여름을 상징한다고 볼수 있다. 두 서낭의 싸움은 남성과 여성의 싸움이면서 또한 겨울과 여름의싸움이다. 여성이 이겨야 풍년이 든다고 하는 것이 여름이 이겨야 풍년이든다는 것과 복합되어 있다. 겨울과 여름의 싸움은 세계 도처에서 발견되며, 연극의 기원으로 이해된다.[30]

남녀 서낭의 성행위에 의한 굿은 경북 봉화군 소천면, 안동시 도산면 등지에서도 발견된다.[31] 성행위 그 자체만 보여주는 데 그치지 않고 성행위가 임신, 출산, 낳은 아이의 성장에까지 연결되어 나타나기도 하는데, 그좋은 예가 제주도의 무당굿놀이인 세경놀이에서 발견된다. '세경'은 제주도 농신이어서 이 굿은 명칭에서부터 풍농굿임을 명백하게 드러내고 있으며, 다음과 같은 내용으로 진행된다.

(가) 여인으로 분장한 무당이 등장해 배가 아프다고 한다.
(나) 건달 총각과 관계하여 임신한 사실이 밝혀진다.
(다) 아이를 낳는다.
(라) 아이가 자라 글공부를 시킨다.
(마) 글공부를 못하므로 농사일을 시켰더니, 농사를 지어 엄청나게 많은 곡식을 거두어들인다.[32]

---

30) 이에 관한 광범위한 사례는 James Frazer, *The New Golden Bough*, abridged by T. Gaster(New York: New American Library, 1964)에서 찾을 수 있다. (322~326면) Czaplika, *Aboriginal Siberia* (Oxford: Clarendon, 1914)에 의하면 시베리아의 야쿠트족도 이 굿을 거행한다. (298면) M. Granet, *Danses et légendes de la Chine ancienne*(Paris: 1915)에서 중국의 儺禮는 원래 이런 굿이었다고 했다. (vol. 2, 327~329면) L. R. Farnell, *The Cults of Greek States* (Oxford: 1896~1909)에서는 이 굿이 고대그리스연극의 기원이라고 했다. (vol. 5, 233 면 이하) A. Keith, *The Sanskrit Drama* (Oxford: Oxford University Press, 1924)에서는 이 굿이 인도연극의 기원이라고 했다.(37면) [보주] 먼저 책에서 외국서는 출판지만 적고 출판사는 밝히지 않았다. 출판사를 찾을 수 없는 것은 그대로 둔다.
31) 소천면은 1966년 12월, 도산면은 1971년 2월에 현지조사를 했다.
32) 김영돈·현용준, 위의 보고서, 12~13면에서 요약.

성행위, 임신, 출산, 아이의 성장, 그리고 끝으로 농사를 지어 엄청나게 많은 곡식을 거두어들인다고 하는 것은 모두 자연의 풍요를 가져오기 위한 주술적인 행위이다. 그 과정이 오광대, 산대놀이, 해서탈춤의 할미과장에서 영감의 첩이 아이를 낳는 장면 또는 산대놀이나 해서탈춤의 노장과장에서 취발이와 소무의 성행위 후 아이가 태어나 자라는 대목과 흡사해서 주목된다. 할미과장에는 (가)·(다)가 보이고, 노장과장에는 (가)·(나)·(다)·(라)가 보인다.

싸움굿과 성행위굿은 주곡의 경우뿐만 아니라 다른 여러 곳에서도 흔히 복합된다. 제주도의 입춘굿놀이에서는 "두 사람은 假面하여 女優로 꾸미고 처첩이 서로 싸우는 형상을 하면 또 한 사람은 男優로 꾸미고 처첩이 투기하는 것을 조정하는 모양을" 한다고[33] 한 말을 보자. 설명이 간략해서 자세한 내용은 알기 어려우나, 야류, 오광대, 해서탈춤 등 여러 탈춤에서 두루 보이는 할미과장의 내용과 일치한다. 비교해 검토하면 결락된 부분을 보충할 수 있다.

본처인 할미와 첩의 싸움이 있고, 영감과 할미, 또는 영감과 첩의 관계가 공통적으로 나타난다. 할미와 관계를 맺고 있던 영감을 첩이 빼앗아 가서 싸움이 벌어지는데, 할미는 늙고 무력하나 첩은 젊고 정력적이며, 영감과 할미의 관계에서는 자식이 태어나지 않으나 영감과 첩의 관계에서는 자식이 태어난다. 늙고 무력하며 자식을 낳을 수 없는 할미는 겨울을, 젊고 정력적이며 자식을 낳을 수 있는 첩은 여름을 상징한다. 겨울과 여름의 싸움에서 여름이 이기는 것은 당연한 일이다.

하회별신굿놀이에서는,[34] 싸움 형태의 굿과 성행위 형태의 굿이 각각 진행되기도 하고 결합되기도 하면서 극적 갈등의 구조를 다채롭게 한다. 제2장 '주지'에서 주지가 사방으로 돌아다니는 것은 재앙을 물리치는 동작이다. 싸움의 상대역은 나와 있지 않으나, 전신에 붉은색을 띠고 있고 "호랑이를 잡아먹는 무서운 귀신"이라고 하는 것은 주지가 싸움굿의 주역으

---

33) 김두봉, 위의 책, 21면
34) 이하의 분석에 사용되는 자료는 유한상 채록본, 《국어국문학》 18이다.

로서 충분한 자격을 지니고 있는 증거이다. 주지 장면은 아직 연극화되어 있지 않고 굿으로 전승되고 있다. 다른 장면은 그렇지 않고 한층 복합적인 향상을 보인다.

제4장 '파계승'에서는 중과 각시의 성행위가 벌어진다. 그 뒤를 이은 제5장 '양반 선비'에서 벌어지는 양반과 선비의 싸움은 극적 대결의 핵심을 이루고 있으며 굿에서 벗어난 것처럼 보인다. 그런데 앞뒤의 장면을 보면 해석이 달라진다. '파계승'의 성행위를 못마땅하게 여기던 양반과 선비가 뒷부분에서 백정이 양기에 좋다는 소불알을 들고 나오자 서로 차지하려고 싸운다. 성행위굿의 유산을 물려받아 두 주역의 싸움을 격화하는 데 썼다.

제9장 '혼례'와 '제10장 '신방'에서는 싸움굿과 성행위굿이 더욱 흥미롭게 결합되어 있다. 신랑과 각시의 성행위는 혼례를 거쳐 이루어지는 정상적인 관계이다. 혼례를 할 때 깐 자리를 가져가면 복을 받는다고 다투어 가져가는 풍속이 있어, 혼례가 풍요와 행복을 약속해 주는 것임을 확인한다. 그런데 신랑은 각시와 동침하다가 각시와 부정한 관계를 맺고 있던 중에게 살해된다. 풍요와 행복을 약속해 주는 밝은 전망이 무너지고 비정상의 관계로 되돌아가, 젊고 희망에 찬 젊은이가 늙고 음흉한 늙은이에게 살해되었다. 겨울과 여름의 싸움에서 여름이 패배하는 용납할 수 없는 사태가 벌어져 강한 반발을 불러일으킨다.

싸움굿은 구조가 단순해 극적 갈등의 기본적 양상으로서는 계속 이용될 수 있어도, 다채로운 짜임새를 보여 주기는 어렵다. 성행위굿과 결합되어야 그런 한계에서 벗어날 수 있다. 한 여성을 가운데 둔 두 남성, 또는 한 남성을 가운데 둔 두 여성이 대결해 승리 또는 패배에 이르는 과정에서 긴장되고 흥미로운 갈등구조가 이루어진다. 이런 갈등구조가 여러 탈춤에 두루 나타나면서, 탈춤에 따라 또는 과장에 따라 특이한 변모를 보이고 서로 다른 주제를 형상화하고 있다. 하회별신굿놀이는 굿을 극복한 극의 독자성이 아직 충분하게 이루어지지 않아 극의 의미가 불분명하다고 하겠지만, 극으로서의 발전이 현저하게 이루어진 탈춤에서는 사정이 사뭇 다르다.

 싸움굿과 성행위굿의 기능이 달라져 자연과의 대결에서 사람들 사이의 관계를 나타내고, 신을 나타내던 가면이 인간의 모습을 보여주게 되면서 굿이 극으로 바뀌었다. 마을굿이 그런 변화를 거쳐 탈춤이 되었다. 지금까지의 고찰에서 얻을 수 있는 이런 사실을 더욱 분명하게 해주는 자료가 있다. 오광대의 시작에 관한 두 가지 서로 다른 전설을 보자.

 옛적 어느 해 대홍수 때의 일. 큰 나무 궤짝 하나가 草溪 밤마리에 떠 내려왔다. 마을 사람들이 이것을 건져서 열어보니, 그 속에 가면이 그득하게 들어 있고 그것과 같이 《영노전 初卷》이라는 책이 한 권 들어 있었다. 그 당시 마을에는 여러 가지 전염병 기타 재앙이 그치지 않으므로… 탈(가면)을 쓰고… 놀음을 하여 보았더니 이상하게 재앙이 없어졌다고 한다.35)

 지금으로부터 약 백 년 전에 초계에 말뚝이라는 마부가 살고 있었다.… 초계는 양반이 억세어 상민이나 하인을 천대 또는 무시했다. 이에 화가 난 말뚝이가 양반의 내정을 알아서 그 추행을 촌민 천여 명을 모아 놓고 그 자리에서 폭로했다. 그때 제 얼굴로 하는 날이면 양반에게 경을 치니 탈을 쓰게 되었다.36)

 둘 다 초계오광대의 유래를 설명해 주면서 내용이 아주 다르다. 그 이유는 하나는 굿을, 다른 하나는 극을 설명해 주기 때문이다. 첫째 전설에서는 가면이 신의 가면이고, 신의 가면을 쓰고 춤을 추면 인간과 자연의 갈등을 주술적으로 해결할 수 있었다고 한다. 둘째 전설에서 말하는 가면은 인간의 가면이고, 인간의 가면을 쓰고 춤추는 행위는 인간과 인간의 갈등을 예술적으로 표현하기 위한 것임을 말한다. 주술과 예술의 차이를 극명

---

35) 최상수, 〈야유·오광대 가면극의 내용 의의와 그 형성〉, 《김두헌박사화갑기념논문집》(서울 : 어문각, 1964)
36) 예용해, 《인간문화재》(서울 : 어문각, 1963), 121~122면

하게 나타낸다.

인간과 자연의 갈등을 해결하려는 경우에는 그럴 만한 주술의 힘을 갖추려고 가면을 쓴다. 인간과 인간의 갈등을 표현하는 경우에는 연기자가 본래의 자기를 가리려고 가면을 쓴다. 말뚝이는 가면을 쓰고 다른 사람으로 바뀌었다고 했으나, 사실은 말뚝이가 아닌 사람이 가면을 쓰고 극중 인물 말뚝이가 되었다. 양반과 말뚝이라는 두 전형의 갈등을 분명하고 설득력 있게 나타내기 위해 양쪽 다 가면을 쓰고 춤추도록 하고, 주고받는 말을 만들었다.

전환 과정

굿에서 극으로의 전환은 신의 가면이 차츰 인간의 형상을 더욱 실감 있게 표현하려고 하는 요구가 나타나면서 이루어진 자연적인 현상이라고 할 수도 있겠으나, 이렇게만 해석하는 것은 너무나 안이한 태도이다. 굿이 극으로 전환되는 데서 굿의 효과가 의심되고 풍년을 가져오기 위해서는 굿이 아닌 다른 방법이 필요하다는 사실이 발견된 것도 중요한 요인이다.

처용놀이는 신라 때 이미 탈춤이 있었음을 말해 준다. 그렇지만 신라의 탈춤은 물론 고려 또는 조선 전기의 탈춤에 관해서도 문헌상의 기록을 거의 찾을 수 없어 탈춤의 역사는 절대연대를 갖추어 서술할 수 없다. 중간의 기록은 몇 가지 단편적인 것들만 발견된다.

《고려사》에서 "국어로 가면을 쓰고 노는 자를 廣大라고 한다"고[37] 한 말이 고려 탈춤의 존재를 증언한다. 조선초기의 인물 李濟臣(1536~1548년)은 얼굴이 광대같이 생긴 동료를 광대라 별명지어 놀리면서 "너의 할아버지는 중광대, 너의 할머니는 할미광대, 너의 아버지는 초란광대, 이제 너는 박광대다"라고 했다는 말을 전한다.[38] 여러 인물이 등장하는 탈춤이

---

37) 《高麗史》 권 123 열전 37 全英甫傳. 원문을 들면 "國語假面爲戱者 謂之廣大"라고 했다.

38) 李濟臣, 《淸江小說》 원문을 들면 "爾祖僧廣大 爾祖妣姑廣大 爾父招亂廣大 今汝 又爲觚廣大"라고 했다.

있었으니 그런 말을 할 수 있었을 것 같으나, 자세한 내용을 갖추고 있지 않기 때문에 본격적인 고찰을 할 길은 없다.

굿의 효과에 대한 불신은 일찍부터 싹터 굿이 극으로 이행하면서 탈춤이 성립되었다. 탈춤이 오랜 역사를 가지고 전승되는 동안 마을굿이 없어진 것은 아니다. 굿은 그 효과가 의심스러워도 과학과 기술의 한계가 미비한 까닭에 지속될 수밖에 없었다. 굿의 효과를 떠나서 마을 사람들 특히 하층민들이 모여서 마음껏 흥겹게 놀 수 있는 기회라는 또 하나의 기능 때문에 계속 중요성을 가졌다. 굿에서 탈춤으로의 이행은 아주 오랜 기간에 걸쳐 서서히 이루어졌을 것이다.

처용놀이를 되돌아본다[39)]

무엇이 문제인가

《삼국유사》에 전하는 處容에 관한 기록은 마치 학자들이 자기의 얼굴을 비추어 보는 거울이라도 되는 듯이, 참으로 다양하고 다채롭게 해석되어 왔다. 이에 관한 연구 업적은 자세하게 비교 검토하고자 한다면 한두 해에는 끝나지 않을 만한 일거리가 되고 있다. 〈처용설화 종합적 고찰〉이라는 이름의 발표 및 토론회는[40)] 처용 문제를 둘러싼 견해차를 집약해 보여 주었다는 점에서 중요한 성과를 거두었고, 그 성과가 터무니없는 추측과 믿을 만한 해석을 갈라놓는 데까지 이르렀다고 보기는 어렵다. 그 후에도 시비가 계속되고 있다. 사정이 이와 같이 된 이유를 찾는다면, 처용에 관한 기록은 자료 자체가 다양하고 상반된 해석을 낳을 수밖에 없고, 아직도 연구 방법이 제대로 자리 잡지 못해 불필요한 논란까지 하면서 시간을 보내고 있다는 두 가지 사유를 들 수 있다. 앞의 것은 어쩔 수 없는 제약이지만,

---

39) [보주] 이 대목은 원래의 제목이 〈처용가무의 연극사적 이해〉이었고, 책 서두에 있었다.
40) 《대동문화연구》 별집 1 (서울 : 성균관대학교 대동문화연구원, 1972)

뒤의 것은 노력해서 극복해야 할 과제이다. 그러기에 처용에 관한 기록은 학문을 하는 자세와 방법의 향상을 비추어 주는 거울이기도 하다.

여기서 처용의 문제를 둘러싼 논란을 한꺼번에 해결할 만한 견해를 제시하려고 하는 것은 아니다. 그런 목표는 얼마 동안 보류해 놓는 편이 현명하다고 여기고, 처용놀이가 연극사적인 관점에서 볼 때 어떻게 이해될 수 있는가 하는 문제를 소박하게 다루어 보려고 한다. 소박하다는 말을 해서 책임 회피를 위해 미리 변명을 해두려는 것은 아니다. 생각이 너무 얽혀 있을 때에는 한걸음 물러나 쉽게 생각하고, 장황한 논증이 없어도 받아들일 수 있는 이치를 찾는 것이 필요하다. 너무 복잡한 논의를 어렵게 펴거나 지나치게 기발한 착상을 해 보이려는 학풍이 처용에 관한 연구에 특히 많이 등장해 문제의 핵심을 흐리게 하고, 논리가 뒤틀리게 했다고 해도 지나친 말이 아니다.

연극사적 관점을 들고 나오는 것은 오히려 혼란을 가중시키는 처사라고 할 수도 있겠다. 관여하고 있는 분야가 어학, 문학, 민속학, 역사학 등이어서 주인보다 손님이 많다고 할 만한데, 연극사까지 등장한다면 더 혼잡하게 된다고 나무라도 잘못되지 않았다. 그러나 처용이 빼앗긴 아내 때문에 疫神을 상대로 하여 노래 부르고 춤을 춘 것이 무엇인가 하는 어리석을 정도로 소박한 질문을 하지 않을 수 없다. 그것은 분명히 언어이고, 문학이고, 민속이고, 역사이다. 그러나 언어가 노래의 형태를 띠고, 문학 가운데 대화로 전개된 문학이고, 역사라 해도 사실 그대로 받아들일 수는 없는 가상의 사건이다. 그런 특성을 한꺼번에 지닌 처용가무 또는 처용놀이를 연극으로 보고 연극사적 관점에서 다루는 것은 공연한 참견이 아니며 뒤늦게나마 찾아 낸 제대로 접근하는 길이다.

처용놀이에 관한 연극사적 고찰은 이 글에서 처음 시도하는 것은 아니다. 처용놀이를 삼국시대의 가면극의 하나로 다룬 선행연구가 있다.41) 그러나 처용놀이가 어떤 연극인가 하는 문제는 해박한 자료 인용에도 불구하고 분

---

41) 이두현,《한국가면극》(서울: 문화재관리국, 1969), 70~74면; 위에서 든《대동문화연구》별집 1, 14~16면

명하게 밝혀지지 않았다. 연극으로서의 구조와 특징은 물론 그것이 당시 사회에서 가졌던 기능과 연극사에서 차지하는 위치 같은 데 관한 고찰도 미처 이루어지지 않았다. 처용놀이와 후대의 탈춤이 무슨 관계를 가지는가 하는 점도 따져 보아야 할 과제로 남아 있다. 이 글은 이와 같은 숙제를 풀면서 처용놀이 연구가 지녀야 할 특히 요긴한 내용을 갖추려는 것이다.

놀이의 양상

(가)	동해용	(가면)	춤	(사 람)
(나)	처 용	(가면)	춤	(처용랑)
(다)	남산신	가면	춤	(헌강왕)
(라)	북악신	(가면)	춤	(사 람)
(마)	지신 등	(가면)	춤	(사 람)

《삼국유사》 권2 〈處容郞 望海寺〉 조의 기록을 위와 같이 정리할 수 있다. 처음부터 끝까지, 동해용, 처용, 남산신, 북악신, 지신 등이 나와서 춤을 추었다는 것이 기본 내용을 이루고, 다른 설명이 첨가되어 있다. 이 기록은 이질적인 것들을 연결시켜 놓았으므로 필요한 대목만 잘라 보아야 한다는 주장은 근거가 없다. 이질적인 것들 사이의 일관성을 주목해야 한다.

그런데 동해용, 처용, 남산신, 북악신, 지신 등은 모두 신격이다. 이런 신격들이 나와서 춤을 추었다는 것은 사람이 맡아서 신들의 춤을 추었다는 말이다. 추는 춤이 신의 춤으로 이해되게 하려면 가면을 써야 했다. 그 점이 (다)에서 분명하게 나타난다. 해당 대목을 인용하면 다음과 같다.

왕이 포석정에 가니, 남산신이 나타나서 왕 앞에서 춤을 추었다. (이 춤은) 좌우 다른 사람들에게는 보이지 않고, 왕에게만 보였다. 사람이 앞에 나타나 춤을 추므로, 왕도 스스로 춤을 추어 그 형상을 나타냈다… 신이 나와서 춤을 추자, 그 모습을 살펴 공인에게 명해서 새겨 후대에 보이게 했다.[42]

남산신이 춤을 추자 그 춤을 본떠서 헌강왕이 춤을 추어 보이고, 남산신의 모습을 살펴서 공인에게 명해서 가면을 새겼다는 것은 당시 사람들의 생각을 글로 쓴 것이다. 실제로는 헌강왕이 가면을 쓰고 춤을 추었는데, 그 춤이 남산신의 춤이고, 그 가면이 남산신의 가면으로 인정되었다는 말이다. 이런 사정은 다른 경우에도 해당된다. 동해용, 처용, 북악신, 지신 등이 실제로 출현했던 것은 아니며, 사람이 이들을 나타내는 춤을 추었다. 가면에 관한 말은 없고, 누가 춤을 추었는지 밝혀져 있지 않지만, 추리해 보충하는 데 어려움이 없다.

(나)의 경우를 보자. 자료의 문면에 가면에 관한 말이 없다. 그러나 처용의 형용을 문에다 붙여서 辟邪進慶을 한다는 대목이 있어서, 처용은 형용이 중요했음을 알 수 있다. 후대의 자료에서 보면 처용무는 가면을 쓰고 추는 춤인데, 가면이 처음에는 없다가 나중에 생겨났다고 하기는 어렵다.

이 경우에는 가면을 쓰고 춤을 춘 사람이 누구인가? 동해용의 아들이고 역신을 물리치는 권능을 가진 신인 처용이 자기의 가면을 쓰고 자기의 춤을 추었다고 하는 것은 남산신이 실제로 출현해 자기 가면을 쓰고 자기의 춤을 추었다고 하는 것과 같다. 실상이 그렇지 않고, 처용을 나타내는 가면을 쓰고 사람이 춤을 추었다. 자료의 문면에 나와 있는 '處容郞'이 처용 춤을 맡아 추는 사람이었다고 생각된다. 그러기에 위에 제시한 표에 '가면'이라는 말과 '처용랑'이라는 말을 괄호 안에 적어 넣어 두었다.

(가)·(라)·(마)의 경우에는 같은 추리를 할 수 있는 직접적인 단서는 없다. 그러나 이번에는 《삼국사기》가 귀중한 정보를 제공해 준다. 헌강왕 때 다음과 같은 일이 있었다고 한다.

나라 동쪽의 주·군을 순행하는데, 어디서 왔는지 알 수 없는 사람 넷이 왕의 행차를 뵙고 앞에서 노래하고 춤을 추었다. 모습이 이상스럽고,

---

42) 《삼국유사》 권2 〈處容郞 望海寺〉. 앞으로는 자료 출처를 들지 않고 인용한다. 원문은 "又幸鮑石亭 南山神現舞於御前 左右不見 王獨見之 有人現舞於前 王自作舞以像示之… 審象其貌 命工摹刻 以示後代"라고 했다.

옷차림도 기이했다. 그때 사람들은 이들이 山海精靈이라고 했다.[43]

동해용, 북악신, 지신 등과 여기서 말하는 "산해정령"은 성격상 같은 존재이다. 네 사람이 산해정령의 춤을 추고 노래를 불렀으며, "모습이 이상스럽고, 옷차림도 기이했다"고 하는 것은 산해정령을 나타내는 가면과 옷을 두고 하는 말이라고 보아도 좋다. 이에 근거를 두고 동해용, 북악신, 지신 등의 경우에도 사람이 가면을 쓰고 춤을 추었다고 보아도 무리가 없다. 《삼국유사》와 《삼국사기》의 기록은 같은 대상에 관한 것이라고 이해할 수 있다.

사리가 이렇기 때문에 위의 표에서 (가)·(라)·(마)의 경우에도 괄호 안에다 '가면'이라는 말과 '사람'이라는 말을 적어두었다. '사람'이라고 한 것은 다소 무책임하게 보이기는 한다. 그러나 구체적으로 지적하기는 어려워 그렇게 해둘 수밖에 없다. 《삼국사기》에서 '어디서 왔는지 알 수 없는 사람'이라고 한 것은 출연자들에 대한 언급이라기보다 춤을 추어 나타내는 사람이 아닌 존재의 출처를 알 수 없다는 지적으로 이해하는 편이 더욱 타당하다.

지금까지 살핀 바는 〈처용랑 망해사〉라는 표제의 기록의 내용은 사람이 신의 가면을 쓰고, 그 신의 춤을 추었다는 것으로 요약된다. 신이 다섯이나 되어 기본적으로 같은 사실을 거듭 이르면서 사람·가면·춤·신 가운데 몇 가지를 경우에 따라서 생략했다. 그 때문에 동질성을 부인하는 것은 적합하지 않다.

왜 그랬던가

왜 그랬던가 하는 것이 바로 제기되는 의문이다. 사람이 신격의 가면을 쓰고, 그 신격이 춤을 춘 이유가 무엇인지 밝혀야 논의가 진전된다. 이에

---

43) 《삼국사기》 권 11 신라본기 11 헌강왕조에 수록된 자료를 이용한다. 앞으로는 자료 출처를 언급하지 않고 인용한다. 원문은 "巡幸國東州郡 有不知所從來四人 詣駕前歌舞 形容可駭 衣巾詭異 時人謂之山海精靈"이라고 했다.

대한 해답은 길게 따지지 않아도 명백하다. 그것은 굿이었다. 가면을 쓰고 춤을 추는 사람에게 그 신이 하강해서 바라는 바가 이루어지게 해달라고 굿을 했다. 자료의 문면에는 굿을 거행한 목적과 그 결과에 대한 직접적인 언급이 없지만, 숨은 단서를 찾아낼 수 있다.

굿이 거행된 것은 헌강왕 때이다. 이 점은 자료의 서두에서부터 명백하게 나타나 있고, 자료의 끝머리에는 굿을 거행한 것이 나라의 안위와 관련되었다는 암시가 있다. 헌강왕 때 신라의 형편이 어떠했는지 알아보려면 《삼국사기》를 인용할 필요가 있다. 헌강왕은 다음과 같은 일을 차례로 했다고 했다.

(1) 2년 춘 2월에 皇龍寺 齋僧이 百高座를 설하고 경을 강하는 자리에 왕이 몸소 가서 들었다.[44]

(2) 5년 춘 2월에 國學에 가서 博士 이하 여러 사람이 강론을 하게 했다.[45]

(3) 5년 춘 3월에 산해정령이 왕 앞에서 춤을 추었다.

그런데 이 셋은 중요한 공통점이 있어서 주목된다. 왕이 行幸했으며, 불교·유교, 그리고 굿의 행사를 차례로 거행했다는 것이다. 불교 및 유교의 행사와 굿은 그 당시에 정신적인 문제를 해결하는 세 가지 방법이었을 것이다. 이 셋을 모두 동원해 일련의 행사를 벌였다는 것은 예삿일이 아니다. 헌강왕은 "성격이 총명하고 민첩하여 독서를 좋아하며, 눈으로 한 번 본 것은 모두 입으로 왼다"고 했다.[46] 그런 성격이라면 국학에 간 것은 자연스러운 행동이다. 황룡사에 가서 경을 들은 것도 어색하지 않다. 그러나 여러 차례의 굿을 거행하고 스스로 가면을 쓰고 춤을 추었다는 것은 별난 일이다. 그러지 않을 수 없는 절박한 사정이 있었다고 보는 편이 타당하다.

절박한 사정은 무엇이었을까? 자료에 나타나 있는 바는 절박한 사정과

---

44) 원문은 "二年 春二月 皇龍寺齋僧 設百高座講經 王親幸聽之"라고 했다.
45) 원문은 "五年 春二月 幸國學 命博士已下講論"이라고 했다.
46) 원문은 "性聰敏愛看書 目所一覽 皆誦於口"라고 했다.

오히려 반대의 것이다. 헌강왕은 신하들과, 해마다 풍년이 들고 백성들은 살기가 풍족해서 초가라고는 하나도 없고, 노래 소리가 끊임없이 들린다고 했다. 《삼국사기》와 《삼국유사》 둘 다 같은 말을 했다. 그러나 태평성대라고 구태여 강조해 말한 것이 오히려 수상하다. 믿어지지 않고 그 이면을 생각하게 한다.

헌강왕이 12년 동안 왕 노릇을 하고, 그 다음의 정강왕은 즉위 1년만에 세상을 떠나고 문제의 진성여왕이 즉위한 뒤에 반란이 사방에서 일어났다. 견훤과 궁예가 큰 세력을 얻어 신라가 망하게 될 조짐이 뚜렷해졌다. 이러한 변화는 일시에 나타나는 것이 아니다. 궁예가 세력을 얻기 전에 이미 원종과 양길이 신라의 통치권에 도전했다.

헌강왕 때에도 사실은 편안하지 않고, 서라벌에 아주 가까운 곳이고 서라벌의 외항에 해당하는 開雲浦 지방조차도 반기를 드는 사태가 벌어진 것으로 추정된다.47) 지방 통치자 城主들이 자기의 세력을 구축하면서 신라의 경제적·정치적 기반을 와해시키고, 농민 반란이 일어나는 것은 헌강왕 때에도 있었던 일이다. 그런데도 태평성대였다고 강조해 말한 것은 서라벌에 거주하는 신라의 귀족들은 그런 생활을 누리고 있었다는 뜻일 수 있지만, 그보다 오히려 그러한 태평성대를 재현해 보려는 희망을 그렇게 표현했다고 보는 편이 더욱 타당하다.

태평성대를 구가하면 태평성대가 이루어질 수 있다고 하는 것은 굿에서 사용하는 주술의 기본적인 방법이다. 위기가 시작된 시기에 태평성대를 재현하고자 하는 헌강왕은 불교와 유학에다 기대를 거는 것으로 부족해, 거대한 규모의 굿을 거행하는 데 힘을 기울였을 수 있다. 굿은 여러 곳을 순행하면서 거행했다. 《삼국사기》에는 나라 동쪽의 주·군을 순행하면서 산해정령의 춤을 추는 굿을 했다고 하고, 《삼국유사》에서는 순행하면서 굿을 한 장소가 동쪽만이 아니고, 남쪽과 북쪽도 포함되어 있다. 즉 동해

---

47) 이우성, 〈삼국유사 소재 처용설화의 일 분석〉, 《김재원박사회갑기념논총》(서울 : 을유문화사 1969). 이 논문의 정치사적인 결론은 받아들이면서, 처용놀이의 본질을 이 논문과는 다른 방향에서 이해하는 것이 필자의 입장이다.

용의 굿은 동쪽에서, 남산신의 굿은 남쪽에서, 북악신의 굿은 북쪽에서 거행했다. 서쪽만은 빠져 있는데, 지신 등을 일컬은 데는 서쪽의 신도 있었는데 기록 과정에서 누락되었을 수 있다.

헌강왕이 사방을 돌아다닌 것은 정치적인 면에서는 사방에서 존재할 수 있는 정치적인 불만을 해소하고 장차 일어날 수 있는 반란을 미리 막자는 것일 수도 있다.[48] 그러나 남산이나 북악이 있는 곳에 정치적인 불안이 있어서 미리 막아야 할 정도의 사태는 벌어지지 않았다. 정치적인 면보다는 신앙적인 면을 더욱 중요시하면서 살펴야 사태의 진상이 파악된다.

헌강왕이 돌아다닌 곳은 호국신이 존재한다고 믿었던 곳들이다. 그런 곳들을 찾아가 나라를 편안하게 하는 굿을 거행했다고 보는 편이 타당하다. 동해용의 굿을 거행할 때에 충돌이 있었던 것은, 동해용이 있는 개운포 지방에서 정치적인 불안의 해결이 특히 긴요한 과제였음을 말해준다. 다른 곳에서는 호국신의 굿이 순조롭게 거행되었다.

호국신이 있는 곳들을 五岳이라고 했다. 동해용은 오악의 신은 아니지만 동쪽이니 방위를 보아서 긴요한 일익을 담당하고, 남산신과 북악신은 오악의 신이다. 신라의 오악은 원래는 서라벌 주변에 있었는데 영토가 확장되면서 전국적인 범위로 확대되어 다시 지정되었다.[49] 그런데 헌강왕이 돌아다닌 곳은 서라벌 주변에 있는 원래의 오악이다.

그 점은 두 가지 각도로 해석할 수 있다. 신라의 통치력이 약화되면서 전국적인 범위의 오악에서 굿을 하는 것이 실제로 어렵게 되었다고 볼 수 있다. 또는 나라의 위기를 해결하기 위해서는 선조들이 섬기던 최초의 오악에 기대를 걸고, 선조들이 하던 굿을 부활할 필요가 있었다는 해석도 가능하다. 이 두 가지 이유가 겹쳤다고 볼 수 있으며, 뒤의 것이 더 중요하다.

선조들이 섬기던 오악으로 되돌아가서 그들이 하던 굿을 부활했다. 이런 추정은 오랫동안 굿에 관한 기록을 발견할 수 없다가, 헌강왕 때에만

---

48) 같은 논문.
49) 이기백, 〈신라 오악의 성립과 그 의의〉, 《신라정치사회사연구》(서울 : 일조각, 1974)

굿을 거듭 했다고 한 이유를 이해할 수 있다. 동해용, 처용, 남산신, 북악신, 지신 등을 섬기는 굿은 아마도 신라 초기까지 국가적인 행사로 거행하고, 그 후에는 민간의 행사로나 존속했는데 다시 국가적인 행사로 거행했다고, 그 동안의 경과를 설명할 수 있다. 왕이 남산신의 춤을 추는 것은 왕이 次次雄이었던 때나 있었던 일이다. 헌강왕은 다시 차차웅 노릇을 해야만 할 정도로 사정이 절박해졌다고도 보아 마땅하다.

그런데 이렇게 굿을 거행한 결과 효험이 나타났는가? 그렇지 않았다. 오히려 기대하는 것과 반대가 되었다. 《삼국유사》 수록 기록 끝머리에 산신이 '智理多都波都波'라는 노래를 불렀다고 했다. 그 뜻은 "지혜로 나라를 다스리는 사람은 미리 알고 많이 도망하여 도읍이 장차 파한다"는 망국의 경고인데, "국인이 깨닫지 못하고, 도리어 상서로운 징조가 나타났다 하여, 향락에 탐닉하기를 더욱 심하게 한 까닭에 마침내 나라가 망했다"고50) 한 것은 깊이 생각해 볼만 한 말이다.

산신의 노래는 신이 사람에게 전하는 말이라 아무나 쉽게 이해할 수 없는 것이다. 상서로운 징조로도 해석될 수 있고, 나라가 망하게 되었다는 뜻으로도 해석될 수 있다. 당시 사람들은 상서로운 뜻으로 해석해서 만족해했지만, 결과적으로 굿을 했어도 나라는 망했으니 굿의 효험은 없었다. 산신의 노래는 나라가 망한다는 데 대한 예언과 경고로 해석될 수밖에 없다. 헌강왕이 한 노력은 나라를 구할 수 있는 방법이 아니었다.

처용극의 의미

가면을 쓰고 춤을 추는 굿은 후대의 자료에서 확인되는 농악대 굿과 흡사하고, 무당굿과는 차이가 있다. 농악대는 굿을 담당하지 않는 예사 사람들이므로 가면을 써야만 신을 나타낼 수 있고, 무당은 특별한 권능을 가지고 굿을 전문으로 하기 때문에 가면을 쓰지 않아도 신을 나타낼 수 있다. 남산신의 춤은 헌강왕에게만 보였다고 하는 점이 헌강왕이 무당과 같은

---

50) 원문은 "以智理國者 知而多逃 都邑將破云謂 乃地神山神 知國將亡 故作舞以警之 國人不悟 謂爲現瑞 耽樂滋甚 故國終亡"이라고 했다.

권능을 가졌음을 말해준다 하겠으나, 남산신의 가면을 만들었다는 것은 농악대굿에서 발전한 탈춤의 경우와 같다.

처용은 다른 신과 차이가 있는 특이한 존재이다. 어느 지역을 맡고 있는 용신, 산신, 지신 등이 아니고 동해용의 아들이라고만 했다. 동해용의 아들이 동해에 있지 않고 서라벌에 왔으며, 용왕으로서의 구실이 아닌 다른 구실을 했다. 신의 아들이 다른 지역으로 가는 것은 후대의 민속에서도 흔히 볼 수 있는 바이므로, 구실의 변화를 더욱 주목해야 한다. 처용은 서라벌에 와서 '輔佐王政'하고, '級干'의 지위를 받았다고 했다. 이런 구절 때문에 처용을 서라벌에 온 지방호족의 아들로 보기도 한다.51) 그러나 급간의 지위를 받은 것은 처용만이 아니다. "지신이 나와서 춤을 추었으므로, 地伯級干이라고 이름을 지었다"고52) 하는 대목에 나타난 바와 같이 지신도 급간이다.

신에게 관직을 부여한 것은 그 신을 국왕이 공인한다는 뜻이고, 관직이 급간인 것은53) 그 이상의 지위를 부여할 만큼 대단한 존재는 아니라는 뜻일 수 있다. 국왕이 공인한 신격은 처용과 지신만이 아니다. 동해용, 남산신, 북악신이 모두 그런 위치를 차지하고 있다. 이 가운데 남산신은 헌강왕이 직접 남산신의 춤을 춘 점을 보아서 급간 정도가 아니고 국왕과 상응하는 최고위의 신일 것이다.

처용이 '보좌왕정'했다고 한 것도 처용에게만 국한된 구실일 수 없다. 처용뿐만 아니라 다른 신들도 나라를 수호하거나 나라를 편안하게 하는 구실을 하는 점에서 모두 왕정을 보좌한다고 여겼다. 그런데도 처용에 관해서만 그 점이 강조되어 있는 것은, 처용은 새로 등장한 신이고 처용굿이 서라벌에서는 처음으로 거행된 행사여서 특별히 관심의 대상이 된 사정을 말해준다고 할 수 있다.

처용이 다른 신들과 구별되는 특이한 존재라는 사실은 처용과 역신의

---

51) 이우성, 앞의 논문
52) 원문은 "地神出舞 名地伯級干"이다.
53) 급간은 신라 17관등 가운데 제9등이다.

관계에서 더욱 분명하게 드러난다. 다른 신들은 나와서 춤을 추는데 그쳤지만, 처용은 역신이라는 상대역과 맞서서 물리치는 춤을 추고 노래를 불렀다. 처용의 아내를 가운데 두고 벌어지는 역신과 처용의 싸움은 다음과 같은 복합적인 의미를 가지고 있다고 해석할 만한 것이다.

(가) 역신   아내   처용
(나) 겨울   아내   여름
(다) 질병   사람   퇴치자
(라) 빼앗은 자   아내   빼앗긴 자

자료의 문면에 나타나 있는 것은 (가)이다. (가)가 (다)로 이해된다. 역신은 질병의 신이고, 처용이 역신을 물리쳤다고 하는 것은 질병을 퇴치했다는 말이다. (가)는 (라)로 설명되어 있다. 역신이 처용의 아내를 빼앗았고, 아내를 빼앗긴 처용은 아내를 빼앗은 역신을 물리쳤다고 했다.

그런데 (다)와 (라)는 바로 연결시키기 어렵다. 그 둘만이라면 처용이 질병을 퇴치하도록 하려고 역신이 처용의 아내와 동침하는 장면을 설정할 필요가 없었을 것이다. 질병을 나타내기 위해 성행위가 필요하지는 않다. 역신 때문에 처용의 아내가 신음을 하고 괴로워했다는 설정이 더욱 효과적이다. 질병을 나타내기 위해서는 아내가 필요한 것도 아니다. 그러므로 (다)와 (라)의 공존은 그 자체로서 이해하기 어렵다. (나)를 가정해야만 연결이 가능하다.

(나)는 역신이 겨울의 상징이고, 처용은 여름의 상징으로 해석할 수 있다. 한 여성을 두고 벌어지는 두 남성의 싸움 (또는 한 남성을 두고 벌어지는 두 여성의 싸움)을 설정하고, 두 남성 (두 여성) 가운데 하나는 무력해 물러가야 한다고 하고, 다른 하나는 물리치는 힘을 지닌다고 하는 것이 겨울과 여름 싸움의 전형적인 구성이다. 물러가야 하는 겨울의 상징인 남성이 여성과 맺는 비정상적인 관계에서는 이루어지는 것이 없고, 물리치는 힘을 가진 여름의 상징인 남성이 여성과 (또는 여성이 남성과) 맺는 관계에서는 풍요가 이루어진다고 한다. 후대 탈춤에서 되풀이해서 나타나는

소무를 차지하기 위한 노장과 취발이의 싸움이나 영감을 가운데 둔 할미와 각시의 싸움은 모두 이런 굿의 흔적으로 해석될 수 있다. 역신·아내·처용의 관계도 이와 같은 각도에서 해석할 수 있어 다음과 같은 대비가 이루어진다.

역신	아내	처용
노장	소무	취발이
할미	영감	각시

역신·노장·할미는 추하고 불길한 존재이다. 역신·노장·할미가 이성을 차지하고 성행위를 하는 것은 용납할 수 없으므로 처용·취발이·각시가 경쟁자를 물리치고 이성을 빼앗는다. 이와 같이 전개되는 겨울과 여름의 싸움은 원래 농사지을 수 없는 계절인 겨울을 물리치고 농사지을 수 있는 계절인 여름이 빨리 오게 하기 위한 굿이었는데, 겨울만이 아닌 다른 재앙을 제거하는 방법으로도 전용되었다. 자연과의 갈등을 주술적으로 해결하기 위한 것으로 사용되는 데 그치지 않고, 사람들 사이의 갈등을 예술적으로 표현하는 구실도 하게 되면서 굿에서 극으로의 발전이 이루어졌다.

처용굿도 바로 그런 것이라고 생각된다. 원래 (나)의 의미를 가졌는데, (다)의 의미를 가진 것으로도 전용되고, (라)로도 이해되면서 굿에서 극으로의 발전이 이루어졌다고 할 수 있다. 이러한 견해는 (다)와 (라)의 공존을 무리 없이 설명하면서 또한 (다)와 (라)의 차이가 무엇인가 하는 의문도 해결할 수 있다.

《삼국유사》에서 말한 처용굿은 농사가 잘 되게 하기 위해서 거행하지 않았고 국가적인 재앙을 물리치자는 행사였으므로 (나)에 관한 언급은 사라지고, (다)로만 나타났다. 헌강왕이 물리치기를 바랐던 나라를 위태롭게 하는 재앙이 역신으로 상징된 것이고, 그 재앙을 물리치려고 처용굿을 거행했다. 동해용, 남산신, 북악신, 지신 등이 등장하는 굿이 사방에 있기는 하나 그런 굿에서는 재앙을 물리치는 싸움을 전개하지 않아 처용굿이 별도로 필요했다고 할 수 있다.

처용굿은 동시에 처용극이다. 자료의 문면에서 두드러지게 나타난 것은 (다)가 아니고 오히려 (라)이다. 처용이 어떤 인물인가 자세하게 설명해 처용을 연극의 주인공으로 이해하도록 했다. 처용이 아내를 빼앗긴 고민을 선명하게 부각시켜 극적 긴장을 조성했다. 나라의 재앙을 물리쳐야 하는 처용에게는 필요하지 않다고 할 수 있는 것이 절정에 해당하는 부분을 이루고 있다.

처용의 노래, 즉 처용가의 마지막 대목도 (다)와 (라)의 이중적인 의미를 가졌다고 볼 수 있다. "奪叱良乙何如爲理古"라고 적혀 있고 "아사를 엇디 ᄒ리고"라고 해독될 수 있는 말이54) (다)에 관한 것이라면 "어찌 (감히) 빼앗을 수 있겠는가"라고 하는 뜻이다. (라)에 관한 것이라면 "빼앗겼으니 나는 어떻게 할까"라고 하는 뜻이다.

이 두 가지 해석 가운데 하나를 선택해야 하는 것은 아니다. 둘이 공존한다. 처용의 노래를 듣고 역신이 물러났다는 것은 노래의 뜻이 "어찌 (감히) 빼앗을 수 있겠는가"라고 하는 쪽이라는 말이다. 이렇게 말하는 처용은 당당한 위엄을 갖추었을 것이다. "공이 노하지 않는 것을 보고 감동하고 아름답게 여겨서"55) 물러난다고 한 말은 역신이 처용의 위력 때문에 회피할 수 없는 자기의 패배를 합리화하는 데 필요했다. 다른 한편으로 처용이 "노래 부르고 춤추면서 물러났다"고56) 한 것은 처용의 노래가 "빼앗겼으니 (나는) 어찌 할까"라고 하는 쪽이라는 말이다. 이렇게 말하는 처용은 참으로 해결하기 어려운 고민에 사로잡혔을 것이다.

처용은 밝은 달에 밤들이 노니다가 와서 역신이 아내를 빼앗은 장면을 보게 되었다고 했다. 그런 설정이 재앙을 물리치는 처용에게는 필요하지 않으나, 아내를 빼앗긴 처용에게는 참으로 중요한 구실을 한다. 밝은 달에 밤들이 놀았다는 것은 고조된 행복이다. 행복이 고조되었을 때 불행이 시작되어 고민과 좌절이 심각해졌다. 처용극이 비극이라고 할 수 있다.57) 아

---

54) 서재극, 《신라 향가의 어휘 연구》(대구 : 계명대학 한국학연구소, 1975), 20~22면
55) 원문은 "公不見怒 感而美之"이다.
56) 원문은 "歌舞而退"이다.
57) [보주] 비극과 희극의 개념을 '보충논의'의 〈동서양의 희극〉에서 재론한다.

내를 빼앗겨 고민하는 사람을 주인공으로 삼았기 때문에 그럴 뿐만 아니라, 행복에서 불행으로의 반전이 비극의 의미를 더욱 심화시킨다.

후대 탈춤과의 비교

처용이 헌강왕을 따라 서라벌로 갔다는 것은 처용극이 서라벌에서는 헌강왕 때 처음으로 공연되었다는 말이다. 그러나 처용극과 같은 연극은 오랜 기간에 걸쳐서 굿에서 극으로 전환되었으며, 어느 시기에 갑자기 이루어지지 않았다. 개운포 쪽 현지에서 고기잡이나 농사가 잘 되게 하는 것을 본래의 기능으로 하고 오랫동안 전승되었으리라고 생각된다. 역신·아내·처용의 관계를 위에서 든 (나) 겨울과 여름의 싸움으로 설정해 공연하는 것이 원래의 모습에 포함되었으리라고 본다. 그런 것을 헌강왕이 서라벌로 가져갔다.

서라벌에서 공연된 처용굿이 본고장 것을 충실하게 이식하고 재현했으리라는 보장은 없다. 헌강왕은 나라의 위기를 굿으로 해결하기를 바라고 처용이 역신을 물리치는 굿을 새롭게 등장시켜 "보좌왕정"의 구실을 맡겼다. 헌강왕의 의도는 나라의 당면한 위기의 해결에 있었으므로 필요한 대목만 따다가 공연하도록 했을 것 같다. 역신·아내·처용 셋은 반드시 있어야 할 배역이므로, 역신에게 아내를 빼앗긴 처용의 고민을 나타내는 처용극으로서의 의미는 배제될 수 없고, 서라벌에서도 처용굿에 포함되어 있었을 것이다.

그런데 서라벌의 공연에서는 굿은 약화되고 극이 확대되었다고 할 수 있다. 굿은 효력이 없고, 극으로 나타내야 할 주제가 부각되었다. 밝은 달에 밤들이 노니다가 아내를 빼앗긴 고민에 사로잡힌 처용의 고민이, 나라가 번영의 영화를 누리다가 위기에 처한 상황을 나타내준다고 할 수 있다. 헌강왕이나 서라벌의 귀족들이 모두 처용처럼 위기에 몰렸다. 역신은 서라벌의 영화를 위협하는 지방의 반란 세력일 수 있다. 굿에서 역신을 물리치는 것이 극에서는 가능하지 않았다.

개운포 쪽 본바탕의 처용극에는 지방의 새로운 움직임과 관련된 더 활기에 찬 내용이 생겨났을 수 있다. 서라벌의 처용극은 그럴 수 없어 둘이 서로 다른 길을 가지 않았을까 한다. 호족의 아들이 병든 서라벌에서 살 수 없었다기보다 호족의 연극인 처용극이 병든 서라벌에서는 살 수 없었다고 하는 것이 더욱 타당하다고 생각된다. 서라벌로 들어온 처용극은 고려의 처용놀이로, 다시 조선왕조의 처용놀이로 전승되었다. 그 과정에서 서라벌의 처용극이 지녔던 연극으로서의 의의나 현실적인 의미는 망각되었다. 그러나 후대의 탈춤은 몰락을 겪지 않고 오히려 발전을 거듭했다. 후대의 탈춤과 연결되는 것은 서라벌에 온 처용극이 아니고 원래의 처용극이었다는 추정이 가능하다.

그렇지만 《삼국유사》가 전하는 서라벌에 온 처용극은 그것대로 중요한 의의를 지닌다. 이 자료를 통해서 신라 때에는 하층민의 연극이 아닌 귀족의 연극이 존재했다는 사실을 확인하고, 또한 탈춤은 희극으로만 존재하지 않고 비극적 성향도 지녔었다는 점도 알아볼 수 있다. 귀족의 연극이고 비극인 탈춤은 처용극 하나만은 아니었을 수 있으나, 다른 자료는 모두 없어져 추정도 하기 어렵다.

포수의 구실과 변모 과정

농악내의 잡색을 보면

농악대는 풍물재비와 잡색으로 이루어져 있다. 풍물재비는 악기를 연주하면서 춤을 추고 여러 가지 대형을 보여준다. 잡색은 양반, 각시, 포수 등을 나타내는 분장을 하거나 가면을 쓰고 풍물재비들을 따라다닌다. 농악대가 하는 일은 악기를 연주하면서 춤을 추고 여러 가지 대형을 보여주는 것이다. 풍물재비는 농악대의 주역이다. 잡색은 부수적인 구실을 한다. 부수적인 구실이 구체적으로 무엇인가가 문제이다.

잡색들 가운데 정체를 쉽사리 이해할 수 있는 것은 양반이다. 양반 노릇을 하는 양반광대가 양반을 풍자하려고 등장한다. 농악대의 굿이나 놀이는 민중의 행사여서 양반이 나설 자리가 아니다. 양반광대는 하는 일 없이 풍물재비들을 따라다니고 어색하고 우스꽝스러운 몸짓을 해서 관중을 웃긴다. 양반광대는 하는 일이 없기 때문에 오히려 양반을 풍자하는 중요한 구실을 한다.

농사가 잘 되게 하려고 마을굿을 하는 농악대에는 양반광대가 필요 없다고 하겠으나, 평소에 억눌려 있던 감정을 표현하며 관중을 즐겁게 하는 농악대는 양반광대가 있어야 할 일을 한다. 양반광대의 등장은 굿이 극으로 이행하는 첫 단서 또는 극의 출발을 말해준다고 할 수 있다. 굿이 인간과 자연의 갈등을 주술적으로 해결하려고 하고, 극은 인간과 인간의 갈등을 예술적으로 표현하려고 한다. 양반광대는 인간과 자연의 갈등을 주술적으로 해결하려 하는 데는 소용되지 않고, 인간과 인간의 갈등을 예술적으로 표현하는 구실을 한다.

잡색에는 각시도 있다. 각시는 왜 등장하는가 하는 의문을 해결하는 단서는 각시가 양반의 상대역이라는 데서 발견된다. 농악만 보면 양반과 각시가 어떤 관계가 있는지 알기 어렵지만, 마을굿의 일부로 공연되는 단순한 탈춤을 긴요한 자료로 삼을 수 있다. 강원도 강릉에서 전승되는 강릉관노가면극에서 소매각시는 양반과 어울려 음란한 춤을 춘다. 이 춤이 탈춤의 주축을 이룬다.58)

경상북도 안동군 하회 마을의 하회별신굿놀이는 좀 더 복잡한 내용이지만, 양반 또는 선비가 부네라는 이름의 각시를 차지하려고 다투면서 어울리지 않는 짓을 한다.59) 농악굿에 이미 있던 내용이 그렇게 확대되었다고 할 수 있다. 각시는 양반의 상대역으로 등장해 양반이 위엄을 버리고 음란한 행동을 하도록 해서 양반 풍자의 내용을 확대한다.

굿의 등장인물이 잡색으로

양반과 각시의 관계에 관한 논의가 끝난 것은 아니다. 지금까지 고찰한

---

58) 임동권, 〈강릉관노가면극〉, 《서낭당》 1 (서울 : 한국민속극연구소, 1973)
59) 유한상, 〈하회 별신가면무극 대사〉, 《국어국문학》 18 (서울 : 국어국문학회, 1959)

바에 따르면 양반이나 각시 같은 잡색은 농악대의 굿에서는 필요 없는 존재이지만 굿이 극으로 전환되면서 나타난 것 같은데 그럴 수 없다. 아직 남아 있는 의문의 해결을 위해 극에서 굿으로 소급해 올라가면서 더 많은 추론을 전개해야 한다.

원래 마을굿에서도 가면을 쓰고 춤을 추는 사람이 있었다. 그 가면은 신의 가면이었다. "그 신이 고을 사람에게 내려와서 그 가면을 쓰고 관가 및 고을 안의 마을을 돌아다니며 춤추고 논다"고[60] 한 기록에서 말한 신의 가면을 쓰고 춤을 추는 사람이 마을굿에서 긴요한 구실을 했다. 신의 가면을 쓴 사람은 하나만이어야 하는 것은 아니다. 남녀가 등장해 모의적인 성행위를 하면 자연의 풍요를 가져와 농사가 잘 된다고 여긴 절차가 있었다고 할 수 있다. 굿이 극으로 전환되면서 그런 남녀가 양반과 각시가 되었다고 보는 것이 양반과 각시는 굿과 무관하다고 하는 것보다 더욱 타당하다.

잡색이 굿에서 유래했다는 추론을 위한 증거를 포수의 등장 설명에서 더 얻을 수 있다. 포수는 양반의 상대역이라고 할 수 없어, 양반을 풍자하기 위해서 등장했다고 할 수 없다. 또한 포수가 굿에서 어떤 구실을 했는가 하는 의문도 쉽사리 풀리지 않는다. 잡색의 무리 속에 여러 인물들을 늘어놓다가 보니 포수도 들어갔다고 생각하면 포수가 여러 농악대에 거의 빠짐없이 등장한다는 사실을 설명하기 어렵다. 포수의 행동에는 관중을 웃길 만한 것이 두드러지게 나타나지 않으므로, 포수는 관중을 웃기기 위해서 필요하다고 설명하는 것도 적합하지 않다.

포수의 정체를 해명하기 위해서는 별다른 논의가 필요하다. 여기까지 이르면 제시해야 할 자료가 있다. 제주도에서 하던 입춘굿에 관한 다음과 같은 기록이 주목된다. 정서법은 바꾸고 원문을 거의 그대로 인용한다.

戶長이 장기와 따비를 잡고 와서 밭을 갈면, 한 사람은 赤色假面에 긴 수염을 달아 농부로 꾸미고 오곡을 뿌리며, 또 한 사람은 色羿로서 새와 같이 꾸미고 주워 먹는 형상을 하면, 또 한 사람은 獵夫를 꾸미어 色鳥를

---

60) 洪錫謨, 《東國歲時記》 12월 月內

쏘는 것과 같이 하고, 또 두 사람은 假面하여 女優로 꾸미고 처첩이 서로
싸우는 형상을 하면…61)

입춘굿은 입춘 날 농사가 잘 되게 하기 위해서 하는 굿이다. 제주 관아
에서 주최했으므로 호장이 주역으로 등장했다. 밭을 갈고 씨를 뿌려 곡식
을 많이 거두어들이기를 바라는 행위를 했다. 씨를 뿌린 후에는 새를 쫓아
야 하기 때문에 엽부라고 한 포수가 필요했다. 처첩이 서로 싸우는 형상은
영감을 차지하기 위한 경쟁이다. 늙은 처가 물러나고 젊은 첩이 영감과 놀
아나야 자연이 풍요롭게 되어 농사가 잘 된다고 여겼다.

포수는 농사를 망치는 새를 쫓는 임무를 맡아, 농사가 잘 되게 하는 굿
에서는 긴요한 구실을 한다. 새는 재앙의 상징이라고 확대해서 해석할 수
있다. 위압적인 힘으로 재앙을 물리치는 것은 굿의 기본적인 방법의 하나
이다. 농악대의 굿에서는 처용이나 方相氏 대신에 포수를 등장시킨 것이
자연스러운 설정이다. 지금 흔히 볼 수 있는 잡색의 하나인 포수는 재앙을
물리치는 구실을 이어나가지만 잘 알기 어렵게 되었고, 활이 아닌 총을 가
져 시대 변화를 따랐다.

한편 경상북도 구룡포읍에서 거행되는 범굿에도 포수가 등장한다. 범굿
은 별신굿의 일부로서 공연된다. 포수와 범이 등장한다. 포수가 굿의 반주
자인 '재비'와 다음과 같은 대화를 나누며 논다.

포수 : 여봅소.
재비 : 옳다. 그렇지.
포수 : 내 사는 데를 아나?
재비 : 아지부지하여.
포수 : 내가 서울 너머 너울 사는데… 구룡포읍 강사리 시우 삼년만큼 우
       별신 좌별신 거리별신 내별신 드리는데. 술사 하여금 누추한 부정
       은 문에 물리치고, 복은 차동 성황님 굿전에 발원을 디리는 오늘날

---

61) 金斗奉,《濟州島實記》(大阪: 濟州道實跡研究社, 1936), 21면

> 인데. 이 포수가 듣자하니 옛날 옛적에 갓날 저 갓적에 이 동리에
> 서리배판 개배판할 때 옛날에 그 호식해갔다는 풍속이 있어서 이
> 별신에서 난데없는 토범(무서운 범)이 나타난다니까, 이것을 모두
> 소멸을 시킬라는데, 범이 난데없이 한 마리가 나타났다 하니까. 내
> 가 이것을 잡으려고 팔도명산…62)

이렇게 시작된 범굿은 포수가 범을 잡는 데까지 이른다. 범을 잡아서 가죽을 벗겨 파는 것이 그 결말이다. 포수가 새를 잡는 것이나 포수가 범을 잡는 것이나 당연한 일이다. 새도 재앙이고 범도 재앙이다. 마을굿을 거행해 농사가 잘 되게 할 뿐만 아니라 호환과 같은 재앙도 방지해야 한다. 호환을 막는 범굿에서 포수가 범을 잡는 것이 당연하다.

순수한 농악대의 굿에서는 포수의 기능이 이와 같이 선명하게 나타나 있는 자료가 쉽사리 발견되지 않는다. 농악대의 포수는 꿩이나 한 마리 잡아 망태에다 넣고서 별 볼일 없는 듯이 풍물재비들을 따라다닌다. 긴요한 기능은 사라지고 포수가 마멸되어 가는 흔적처럼 남아 있다. 포수만 쇠퇴한 것은 아니다. 그것은 농악대굿이 겪은 수난의 일단이 포수에게도 나타났다.

농악대굿은 굿의 자리를 빼앗으려는 유교 또는 도교 방식의 부락제가 나타났을 때부터 심각한 위축을 겪었다. 농악대굿이 부락제와 타협을 통해서 가까스로 보존되는 경우에도 농사가 잘 되게 하고 재앙을 물리치는 최소한의 기능이 막연하게 인정될 따름이고, 다채로운 절차를 갖춘 풍부한 전승은 거의 다 잃어버렸다. 농악은 농사일이나 놀이를 위해 하는 구실이 다른 것으로 대치될 수 없었으므로, 계속 전승되는 농악에서 부수적인 구실만 하는 잡색의 하나로 존재하는 포수는, 행동이 최대한 단순화되어 왜 필요한지 알기 어렵게 되었다.

입춘굿이나 범굿 같은 무당굿놀이는 농악대가 하는 마을굿과 성격이 다르다. 마을 공동 제의의 기본적인 형태는 무당이 하는 굿, 농악대가 하는

---

62) 최길성, 《영동지방 巫樂 및 구포 호랑이굿》(서울 : 문화재관리국, 1971), 195~196면

굿, 그리고 제관이 담당하는 유교 또는 도교 방식의 제, 이 세 가지의 것이다. 이 셋은 경쟁적인 관계에 있으면서 복합되기도 했다.

조선 초기 이래로 국가적인 시책과 지배층의 방침에 따라 유교 또는 도교 방식의 제가 농악대굿을 축소시켰어도, 무당굿은 그리 큰 타격을 입지 않았다. 무당이라는 직업적인 사제자가 전문적인 재주를 발휘해서 거행하므로 쉽사리 단순화될 수 없었으며, 농악대굿이나 유교 또는 도교 방식의 제에서 필요한 요소를 다수 차용했다. 포수놀이는 무당굿놀이가 농악대굿에서 차용했다고 생각되는데, 내용과 기능이 손상되지 않고 유지되고 있다.

탈춤에 등장하는 포수

포수는 탈춤에도 등장한다. 통영오광대의 다섯 번째 과장이 '포수탈'이다. 총을 메고, 꿩 한 마리가 든 망태를 짊어지고, 털벙거지를 쓴 포수가 등장한다. 포수의 차림이 농악대의 잡색에서 흔히 볼 수 있는 것과 같다. 특히 꿩 한 마리가 든 망태를 짊어졌다는 것은 통영오광대의 포수가 농악대의 포수와 직접적인 관련을 가진 증거일 수 있다.

포수와 함께 담보와 사자가 등장한다. 포수가 담보를 잡으려고 담보와 대결하다가, 사자가 나타나 담보를 잡아먹고, 포수는 사자와 싸우다가 사자를 총으로 쏘아서 죽인다. 이와 같은 전개는 범굿에서 포수가 범을 잡는 것과 관련시켜 이해할 수 있다. 범뿐만 아니라 담보나 사자도 재앙을 의미한다고 할 수 있다. 이 경우에도 포수는 재앙을 물리치는 구실을 한다고 보는 것이 자연스러운 해석이다.

담보와 사자의 싸움은 범굿에서는 보이지 않지만, 다른 마을굿에는 그 비슷한 것이 있다. 무안의 龍虎놀이에서 벌어지는 동물끼리의 싸움 또한 재앙을 물리치기 위한 굿의 한 절차로 이해할 수 있다.[63] 통영 오광대의 포수탈 과장에서는 동물끼리의 싸움으로 이루어진 굿과 포수가 동물을 잡는 굿이 복합되어 있다.

이런 설명은 포수탈 과장의 기원을 밝히고 굿과 극의 관련을 파악하는

---

63) 《한국민속종합조사보고서 경상남도편》(서울: 문화재관리국, 1972), 799~802면

데서 새로운 시야를 열었다 하겠으나, 포수의 구실을 극적인 각도에서 이해하는 데 지속적인 의의를 가진 것이 아니다. 탈춤의 어느 한 장면이 굿을 옮겨놓았다 하더라도, 굿의 의미가 바로 극의 의미일 수는 없다. 극의 의미는 극적 갈등에 바탕을 두고 다시 분석해야 하기 때문이다. 포수탈 과장의 극적 의미 분석에 통영 오광대의 해설에서 한 다음과 같은 말이 도움이 된다.

> 양반 사회에는 파벌과 계급이 더욱 심해 세력 다툼과 약육강식이 끊일 새 없이 벌어진 조선 시대의 정쟁을 여실히 표현하는 방법으로, 백성들을 못살게 구는 양반들에게 너희들 위에는 몇 곱절의 강한 놈이 있으며 너희들의 운명은 언제나 풍전등화와 같이 위태롭다고 풍자한 것이다.[64]

이러한 해설은 아주 엉뚱하다고 할 수 있다. 사자는 담보를 죽이고, 포수는 사자를 죽이는 것을 백성을 못살게 구는 양반들 사이의 권력 다툼으로 해석하는 데는 해석자의 주관이 적지 않게 게재되어 있다고 할 수 있을 것 같다. 그러나 굿과 극의 차이를 명확하게 구분해주는 발언이다.

굿이 인간과 자연의 갈등을 주술적으로 해결하려고 한다면, 극은 인간과 인간의 갈등을 예술적으로 표현하려고 한다. 굿에서의 범 또는 담보나 사자 같은 동물은 동물 자체로 이해되면서 재앙을 초래하는 동물 일반, 더 나아가서는 재잉 일반으로 확대 해석될 수도 있지만, 극에서의 담보나 사자는 동물 자체가 아니며 인간과 인간의 갈등을 나타내기 위해서 선택된 무엇일 수밖에 없다. 동물이 자연적인 재앙으로 이해되는 것은 굿의 단계이고, 사회적인 재앙으로 이해되는 것이 극의 단계이다. 포수에도 이런 차이가 있어서, 굿의 포수는 자연재앙을 물리치고, 극의 포수는 사회악과 싸운다.

그러나 위의 인용구를 자세히 보면 이런 해석과 어긋나는 면이 있다. 담보와 사자가 권력 다툼을 하는 양반이고, 담보에게 이긴 사자는 담보 위의

---

64) 이민기, 〈통영오광대대사〉, 《국어국문학》 22 (서울: 국어국문학회, 1960), 167면

강자이며, 사자를 죽인 포수는 사자 위의 강자라고 인용구에서 말했다. 포수가 억압자인 담보와 사자를 물리치는 구실을 하면서 동시에 담보나 사자보다 우위에 있는 강자라는 이중의 의미를 가지고 있다. 담보나 사자와 같은 사회적 재앙 또는 권력자를 백성들의 처지에선 포수가 총을 쏘아 죽인다고 한다면, 이것은 지나친 해석이라고 하지 않을 수 없다. 백성의 처지에 선 자가 권력자를 총으로 쏘아 죽인다는 설정은, 탈춤이 창조된 시대의 사정에 비추어 볼 때 있기 어려워, 무리하기 이를 데 없는 설정이라고 하지 않을 수 없다.

여기서 포수탈 과장의 결함을 발견할 수 있다. 포수가 총을 쏘아서 동물을 죽인다는 설정은 인간과 인간의 갈등을 나타내는 데는 그리 적합하지 않다. 그렇다고 해서 담보나 사자와 같은 동물 대신에 인간을 등장시켜 포수가 총을 쏘아 죽이도록 한다면, 그것은 용납하기 더욱 어렵다. 포수가 든 총은 인간과 자연의 갈등을 주술적으로 해결하려는 굿에서는 적절한 구실을 했지만, 굿이 극으로 전환되자 혼란과 무리를 자아냈다. 극의 발전에 저해 작용을 하므로 폐기해야 할 것이 되었다.

다른 배역들

탈춤마다 포수가 등장하는 것은 아니다. 오광대 가운데서도 고성오광대, 진주오광대 등에는 포수가 보이지 않는다. 야류, 산대놀이, 해서탈춤 등도 또한 그렇다. 포수가 총을 가지고 동물을 죽이는 설정이 인간과 인간의 갈등을 극적으로 표현하는 데는 적합하지 않아 그렇다고 할 수 있다.

탈춤은 굿에서 물려받은 유산 가운데 극적 의미를 창조하는 데 긴요한 구실을 할 수 있는 것은 확대 발전시키고, 그렇지 못한 것은 버릴 수밖에 없었다. 그것이 탈춤의 독자적인 성격을 뚜렷하게 하면서 극으로 발전하는 길이었다. 그러나 포수가 동물을 죽인다는 설정에 등장한 포수와 동물은 둘 다 일시에 사라진 것이 아니다.

포수는 잠적했어도 동물은 남았다. 동물이 포수가 아닌 다른 사람과 다투는 장면이 여러 탈춤에서 보인다. 통영 오광대에서도 세 번째 과장으로 들어 있는 '영노탈'이 그 좋은 본보기이다. 영노는 뱀의 형상을 하고 있는 동물이며, 아직 하늘에 올라가지 못한 용이라고도 한다.

아직 하늘에 올라가지 못한 용은 다른 말로 이무기라고도 하고, 꽝철이라고도 한다. 그런 것들은 나타나면 가뭄이 든다고 하고, 우박이 내리기도 한다고 하면서, 농사를 망치는 방해꾼으로 다루어진다. 모두 큰 뱀이어서 직접 사람을 해치는 실제적인 위험도 가진다. 이무기나 영노는 범굿에서 퇴치해야 할 대상으로 등장하는 범보다도 더 큰 재앙일 수 있어 포수가 범을 죽이듯이 물리쳐야 한다.

꼭두각시놀음에 나오는 龍江 이시미도 함께 다루어야 할 것이다. 이시미는 이무기와 같은 뜻으로 쓰이는 말이다. 꼭두각시놀음의 이시미는 흉년새가 날아와서 흉년이 들게 되었다는 예고와 함께 나타나서, 논에서 새를 보고 있는 사람들을 잡아먹는다. 농사를 망쳐 흉년이 들게 하고, 사람을 잡아먹기도 한다고 한다. 이시미를 죽이는 홍동지는 새나 범을 잡는 포수와 같은 구실을 한다고 할 수 있다. 홍동지는 천하장사이므로 총 같은 것이 없어도 이시미를 죽일 수 있다. 이시미는 자연재앙을 의미하는 데 그친다고 할 수 없다. 박첨지 가족 같은 허름한 백성을 괴롭히는 권력자라는 이차적인 의미도 지녔다고 보는 것이 가능하다.

그런데 탈춤의 이시미 영노는 포수의 구실을 하는 사람에게 피살되지 않고 도리어 사람을 공격하여 잡아먹는다. 영노의 상대역은 비비양반이다. 비비양반은 시골 양반이다. 영노를 '비비새'라고도 하기 때문에 비비새의 상대역이라는 뜻에서 비비양반이라는 명칭이 붙었다. 영노는 이미 양반을 아흔아홉 잡아먹었고, 양반 하나만 더 잡아먹으면 승천을 한다고 하는 판에 비비양반이 걸려들었다. 비비양반은 위기에서 벗어나기 위해서 여러 가지 술책을 부리다가 통하지 않으니까, 영노에게 달려들어 싸우지만 이기지 못하고 결국 영노에게 잡아먹힌다.

비비양반이 영노에게 잡아먹힌다는 것은 인간이 자연적인 재앙에 굴복한다는 뜻이 아니다. 양반만 잡아먹겠다는 영노는 재앙이 아니고 오히려 양반이라는 사회적인 재앙을 물리치는 구실을 한다. 그 자체로서는 끔찍하고 호감을 가질 수 없는 존재이지만, 하는 짓에서는 탈춤의 관중인 일반 백성의 편이다. 일반 백성은 양반이라고 하는 사회적인 재앙을 물리치고 싶지만 그럴 만한 힘이 없어 영노를 등장시켰다고도 할 수 있다. 오광대에서는 홍동지와 같은 천하장사는 등장하지 않는다. 홍동지는 인형극에서나 어울릴 동화적인 인물이다.

영노 과장에서는 포수가 잠적하고 그 대신에 양반이 등장했다고 할 수 있다. 그것은 대단한 변화이다. 재앙을 의미하던 동물이 오히려 재앙을 물리치는 구실을 하는 역전이 일어난 것이다. 포수가 동물을 죽인다는 설정이 사회적인 갈등을 문제삼는 데는 적합하지 못한 것이라는 점을 고려하면 당연히 기대되는 변화라고 할 수 있다. 탈춤은 굿에서 물려받은 요소를 극적 의미 구현에 적합한 방향으로 개조할 수 있다. 서로 다투는 두 세력이 가지는 관계의 의미를 역전시키는 방향으로 개조를 진행할 수도 있다.

통영오광대에는 영노탈 과장이 포수탈 과장과 공존하고 있다. 포수탈이 없는 오광대도 있고, 고성오광대 등에는 영노탈만 있다. 한편 야류에는 동래야류의 경우든 수영 야류의 경우든 영노탈 과장이 있다. 영노탈 과장이 더욱 광범위하게 보이는 것은 사회적 갈등을 나타내는 데 더욱 유리하기 때문이라고 할 수 있다.

산대놀이나 해서탈춤에는 포수탈 과장은 물론 영노탈 과장도 보이지 않는다. 이것은 이들 탈춤이 오광대나 야류에 견주어 한층 더 발전된 증거일 수 있다. 영노는 양반이라는 사회적 재앙을 물리치는 구실을 한다고 해도 끔찍하고 호감을 주지 않으며 인간화되어 있지 않다. 초인간적인 또는 비인간적인 존재를 나타내는 탈이 인간을 나타내는 탈로 바뀌는 것이 당연한 과정이라고 한다면, 산대놀이나 해서탈춤은 오광대나 야류보다 앞섰다.

이런 견해가 어느 경우에나 타당한 것은 아니다. 여러 탈춤 가운데 특히 발전되었다고 할 수 있는 봉산탈춤에도 포수가 잠적한 대신에 다른 인물이 등장하여 이루어지는 인간과 동물의 대결이 있으니, 그것이 바로 제5 과장 '사자춤'이다. 사자의 상대역은 목중이다. 통영오광대의 포수탈 과장에서는 포수가 사자를 죽이는데, 봉산탈춤의 사자춤 과장에서는 목중이 사

자의 공격을 받고 당황해서 잘못했다고 빌고 용서를 청한다. 통영오광대
의 사자는 재앙을 초래하지만, 봉산탈춤의 사자는 부처님의 명령을 받고
이 세상에 내려왔다고 하고, 노장을 유인해서 파계시킨 목중의 죄를 문책
한다.

그렇지만 목중의 잘못을 오광대나 야류의 영노탈 과장에서 양반이 재앙
을 초래한다는 것과 동일한 차원에서 이해할 수는 없다. 목중이 노장을 욕
보이고 노장이 존중하는 관념을 파괴한 것은 이중의 의미를 지닌다. 관념
을 옹호하는 쪽에서 보면 재앙을 초래한 잘못이 있어 징벌 받아 마땅하다.
그 반대쪽에서 평가하면 당연히 해야 할 일을 했다고 하겠으며 오히려 재
앙을 물리친 공적이 있다.

봉산탈춤에는 두 세계가 있다. 관념적 질서의 세계가 있고, 현실적 경험
의 세계가 있다. 관념적 질서의 세계에서는 목중이 재앙을 초래하고, 현실
적 경험의 세계에서는 목중이 재앙을 물리친다. 목중이 재앙을 물리치는
과정은 노장과의 대결에서, 목중이 초래한 재앙을 물리치는 과정은 사자
와의 대결에서 구현된다. 이와 같은 설정은 봉산탈춤이 초인간적인 또는
비인간적인 요소를 제대로 청산하지 못한 증거라고 할 것이 아니다. 두 세
계의 차이를 선명하게 대조해 나타내면서 관념적 질서의 세계야말로 초인
간적인 또는 비인간적인 요소를 전제로 해야 유지될 수 있다는 것을 알려
준다.

포수는 잠직했어도 동물은 남아서, 동물이 포수가 아닌 다른 사람과 다
투는 장면을 설정하는 전환이 이처럼 여러 탈춤에 광범위하게 나타났다.
그런 장면이 동일한 구조와 의미를 유지하지 않고 새롭게 바뀌면서 탈춤
의 발전이 이루어졌다. 봉산탈춤의 사자춤이 전적으로 창작된 것은 아니
다. 북청사자놀음에 유사한 것이 전승의 계보를 생각하게 한다. 그러나 처
음부터 있던 것이 아니고 중년에 등장했다고 한다.65) 기존의 자산을 활용
해 극적인 구조와 의미를 수준 높게 창조했다.

---

65) 같은 책 325면의 주 8번

포수의 잠적과 변신

포수가 아주 잠적해버린 것은 아니다. 위에서 다룬 장면들에서 포수가 잠적했지만, 이와는 다른 데서는 포수가 변신했다고 할 수 있다. 포수는 재앙을 물리친다. 자연재앙을 물리치는 포수는 총을 들고 나타나지만, 사회악을 징벌하는 포수는 총 대신에 다른 것을 들고 나타날 수 있다. 이렇게 되면 포수가 아닌 다른 명칭으로 불리어진다.

통영 오광대의 '포수탈' 과장의 포수는 총을 가지고 자연재앙이면서 사회악일 수도 있는 짐승을 살해하고, '풍자탈' 과장에 등장하는 말뚝이는 말을 하면서 사회악을 징벌한다. 포수탈 과장의 짐승은 횡포를 부리는 양반이기도 하다는 해석이 가능한데, 풍자탈 과장은 정공법을 써서 양반을 징벌의 대상으로 삼는다고 명시한다. 비정상의 거동을 보이는 못난 양반들이 말뚝이의 공격을 받고 총 맞은 사자처럼 쓰러진다. 사회악을 공격하는 좋은 무기는 총이 아니고 말이다. 느닷없이 총을 쏘는 엉뚱한 짓을 하지 않고, 상대방을 말로 공격하고 말의 꼬투리를 잡아서 궁지에 몰아넣는 것이 연극다운 표현을 하는 정상적인 방법이다.

총을 가진 포수가 잠적해버린 여러 탈춤에는 총을 가지지 않은 포수인 말뚝이가 반드시 등장해서 말싸움을 벌여 사회악을 물리친다. 재앙을 물리치는 싸움은 마을굿에서처럼 탈춤에도 반드시 있다. 그러나 싸우는 방식이 고정되어 있지 않고 계속 달라지면서 새로운 수법을 만들어낸다. 통영오광대의 말뚝이는 거의 직설에 가까운 공격을 하지만,66) 봉산탈춤의 말뚝이는 세련되고 효과적인 풍자 방식을 사용해 양반을 스스로 깨닫지 못하고 있는 사이에 궁지에 몰아넣는다. 그런 말뚝이는 포수의 변신이라는 사실이 쉽사리 인식되지 않는다.

포수의 변신으로 해석할 수 있는 인물에는 말뚝이 외에 취발이도 있다. 취발이는 홍동지와 상통하는 인물이므로, 그 점을 이해하는 지름길이 마련되어 있는 셈이다. 홍동지와 취발이는 붉은색을 하고 있고, 힘이 대단하

---

66) 이 점에서 이두현 채록 대사와 이민기 채록 대사 사이에는 약간의 차이가 있는데, 이두현의 대사가 더욱 직설적이다.

고, 젊은 여자를 희롱하는 승려를 내쫓는 것이 서로 같다. 홍동지가 이시
미를 죽이듯이 취발이는 노장을 물리친다. 노장은 이시미처럼 시커멓고
음흉하다. 노장이 자취를 감추었을 때 목중들이 노장을 찾아가서 "내가 자
세히 보고 왔는데 날이 흐려서 대망이 나왔더라"고[67] 하면서 노장을 大蟒
이라고 일컬어지는 큰 뱀으로 착각한 것은 무리가 아니다.

　원래 굿에서 하던 구실을 찾으면, 노장은 겨울을, 취발이는 여름을 나타
내며, 노장과 취발이의 싸움은 겨울과 여름의 싸움이라고 할 수 있다. 자
연재앙이 사회악으로, 자연재앙 퇴치가 사회악 징벌로 바뀐 과정이 이 경
우에도 확인 가능하다. 취발이가 노장을 물리치는 싸움의 마지막 장면은
다음과 같이 전개되어 격렬하고 혹독하다.

> 취발이 : 이제는 다시 들어가서 찬물을 쥐어먹고 이를 갈고서라도 이놈을
> 　　　　 때려 내쫓고 저년을 다리고 놀 수밖에 없다. 소상반죽 열두 마디.
> 　　　　 (타령곡으로 노장에게 가서 사정없이 노장을 때린다.)
> 노　　장 : (취발이에게 얻어맞고 할 수 없이 퇴장한다.)[68]

　'저년'은 노장이 차지하고 있는 小巫이다. 소무는 무당이면서 창녀이다.
누구나 관계할 수 있는 젊은 여성이 필요해 소무를 등장시켰다. 노장은 늙
어 임신시킬 능력이 없고, 취발이가 소무를 빼앗아 차지하자 아이를 낳게
한다. 아이를 낳을 수 없는 것은 자연이 고갈과 연관된 재앙이다. 이것은
겨울이다. 아이를 낳는 것은 자연의 풍요와 연관된 행운이다. 이것이 여름
이다. 겨울과 여름의 싸움을 굿으로 보여주던 과거는 망각되고, 노장과 취
발이가 관념적 사고와 현실주의 사이의 대결을 벌인다는 극의 의미가 전
면에 부각되었다.

------

67) 이두현, 위의 책, 307면
68) 같은 책, 313면

굿에서 극으로의 전환 재검토

포수의 행방 추적은 범위가 협소한 작은 과제이다. 이런 과제를 택한 일차적인 의도는 관심의 대상이 되지 않고 있었다는 데 있다. 더 중요한 이유는 작은 데서 시작해 크게 바라보는 시야를 열자는 데 있다. 포수의 행방을 추적해본 결과 탈춤의 기원과 발전에 관해 적지 않은 추론을 얻었다. 탈춤은 문헌에 기록된 족보가 없어 이런 작업을 통해 역사를 재구하지 않을 수 없다.

탈춤은 마을굿에 기원을 두었다. 인간과 자연의 갈등을 주술적으로 해결하려는 굿이 인간과 인간의 갈등을 예술적으로 표현하는 극으로 전환되면서 탈춤이 성립되었다. 그 과정을 밝히는 데 포수의 변모가 좋은 증거를 제공한다. 처음에는 자연재앙을 물리치기만 하던 포수가 굿이 극으로 바뀌면서 사회악을 감당하는 임무를 맡았다. 사회악을 퇴치하는 것은 탈춤의 일관된 주제이므로, 포수가 계속 활약하는 것이 당연하다.

그러나 포수가 총을 가지고 동물을 쏜다는 설정은 사회악을 상대하는 경우에는 지나치게 단순하고 충격적이어서 적합하지 않다. 총을 쏘지 못하자 포수는 그대로 있을 수 없어 잠적하기도 하고 변신하기도 했다. 포수가 잠적한 경우에는 사회악의 구실을 하는 인물이 등장해 굿에서는 재앙을 의미했던 동물의 공격을 받았다. 봉산탈춤 사자춤 과정을 그렇게 이해한다. 포수가 변신해서는 총 대신에 말을 사용해 재앙을 물리치는 인물 말뚝이나 취발이가 되었다.

탈춤의 기원과 발전은 이미 역사적인 사명을 다한 한 시대의 문화가 다음 시대로 계승되면서 비약적인 재창조를 일으키는 문화 발전의 일반적인 과정을 잘 나타낸다고 할 수 있다. 오늘날까지 각 지방에서 전승되고 있는 여러 탈춤은 자연적인 시간에서는 동시대의 것이면서 역사적인 시간에서는 상이한 위치를 가지고 있다. 역사적인 연구는 역사적인 시간이 자연적인 시간에 따라 배열되어 있는 경우에만 가능한 것은 아니다. 문화 발전의 논리를 투시할 수 있다면, 족보를 잃어버린 탈춤과 같은 연구대상이라도 역사를 밝힐 수 있다.

민중의식 성장의 성과[69]

민중의 굿과 극

마을굿은 원래 상하층 공동의 행사였으나 상·하층의 문화가 분리된 다음에는 하층 문화로 존속해 왔다. 상층 양반은 직접 농사를 짓지 않을 뿐만 아니라 풍물치고 춤추는 행위를 천하게 여겼다. 하층 농민이 마을굿을 지키고 이어오면서 농사가 잘 되게 하려고 하고, 즐겁게 노는 기회로 삼았다.

양반은 성리학을 지배이념으로 확립하고 성리학에 의한 농촌 질서를 수립하고자 했다. 조상에 제사를 지내는 절차를 마련하고, 굿은 모두 淫祀이며 성현의 가르침에 어긋나는 풍속이라 규정하고 배격했다.[70] 그 이유는 종교적인 것만이 아니었다. 마을굿을 통해 지속되고 있는 농민의 공동체적 조직이 양반의 지배 질서를 확고하게 하는 데 지장을 초래하기 때문에 공격의 표적으로 삼았다.[71]

조상 제사 이외의 다른 종교 행사는 모두 금한 것은 아니었다. 유교 또한 종교이므로 그 나름대로의 신앙 의례가 있어야 했다. 국가에서 섬기는 宗廟와 社稷에서 시작해서 각 지방 관아에서 관장하는 몇 가지 社廟에 이르기까지 필요한 제도를 갖추고 안녕과 질서를 기원했다. 지방 사묘에 중국의 제도를 본떠 만든 城隍祀라고 하는 지방 수호신 사당을 포함시켜 고을마다 하나씩 두도록 했다. 농촌 마을에도 그런 것이 없을 수 없다고 여겨, "중국이 古制를 본떠서 里社法을 수립하고 백성으로 하여금 모두 社를 가지게 하면, 백성이 기뻐할 것이며 음사가 없어지게 될 것이다"라고[72] 하는 조처를 취했다.

---

69) [보주] 〈탈춤과 민중의식의 성장〉이라고 했던 세 번째 글의 중간 이하 부분이다.

70) 이러한 현상은 한국 양반의 특수성으로 설명될 수 있는 것이 아니다. 고대그리스의 경우에도 Dionysos굿은 농민의 것이었고 상층민은 그들의 조상을 섬겼다. (Jane Harrison, *Ancient Art and Ritual,* London: Oxford University Press, 1948, 59면)

71) 이하 조선초의 음사 배격에 관해 이태진, 〈사림파의 留鄕所 복립 운동〉,《진단학보》 34·35 (서울: 진단학회, 1972·1973)에서 고찰했다.

72) 定宗實錄 卷6 2年 12月 戊申條

마을마다 '社'라고 일컬어지는 사당을 두어 마을 사람들이 제사를 지내도록 한다는 말이다. '사'는 우리말일 수 없어 '서낭당'이라고 일컫는 것이 예사이다. 고을마다 하나씩 둔 '성황사'에서 가져온 '성황'이라는 말을 마을의 신에게도 적용해 말을 할 때는 발음하기 쉽도록 '서낭'이라고 했다. 마을굿을 그대로 이어나가는 경우에도 신의 이름을 '서낭'이라고 하고, 새로운 방식으로 제사를 지내는 경우에는 신의 위패를 모셔놓은 집을 서낭당이라고 했다. 서낭당에서 거행하는 洞祭 또는 部落祭라고 하는 것이 그렇게 해서 생겨났다.

커다란 나무를 신체로 여기는 것은 굿과 祭 양쪽의 공통 사항이다. 그러면서 제를 지내는 쪽에서는 반드시 작은 집을 세우고 그 속에 위패를 모셔 신체로 삼았다. 굿을 하면서 여러 사람이 어울려 즐겁게 농악을 울리고 춤추며 노래 부르는 방식을 버리고, 소수의 제관이 한밤중에 엄숙하게 제문을 읽고 절을 하는 것이 제의 방식이다. 그것은 유교 또는 도교에서 가져온 절차이다. 제문을 지어 읽으려면 상당한 학식이 있어야 하므로 양반 식자층이 주도하거나 관여해야 했다.

국가 권력이나 지방 양반들의 힘을 배경으로 그런 형태의 洞祭가 전국에 정착하면서 압박을 가했으나 마을굿이 없어지지는 않았다. 농민의 공동체적 조직은 농사일 자체를 위해서 유지되어야 하기 때문에 쉽사리 해체될 수 없었으며, 농사일을 여럿이 함께 하려면 농악을 울려야 했다. 농악은 두레의 음악이면서 굿의 음악이고 놀이의 음악이다. 농악대는 두레꾼이고, 굿패이고, 놀이패이다. 두레꾼은 존속시키면서 굿패나 놀이꾼을 해산시키는 것은 이루어질 수 없는 일이었다. 농악대가 하는 마을굿이 동제와 공존하는 것을 묵인하면서 적절한 타협을 해야 했다.

위에서 다룬 주곡의 경우를 보자. 정월 보름날 자정 전까지 계속되는 굿놀이는 농악대가 담당하고, 그 뒤에는 제관이 농악대와 임무를 교대하여 동제를 지낸다. 때로는 타협을 무시하고 제관들이 횡포를 부리기도 한다. 흉년이 들었다든가 하는 이유로 굿은 중단하고 제만 지내는 경우도 있었다. 그럴 때면 마을 사람들은 울적한 기분으로 한 해를 보냈다.

주곡은 漢陽 趙氏가 마을을 지배하는 동성 마을이다. 한양 조씨는 굿에는 참가하지 않고 동제만 관장했다. 같은 현상이 李滉의 후손이 살고 있는 안동시 도산면 陶山書院 근처 眞城 李氏 마을에서도 발견된다. 주곡의 경우와 같이 부부관계에 있는 남녀 서낭이 한 해에 한 번씩 성행위를 하도록 하는 행사를 거행한다. 한국 유학의 중심지라고 할 수 있는 그 곳에서도 마을의 하층민이 농악대가 하는 굿을 전승한다. 퇴계의 성리학으로도 굿을 없앨 수 없었으며 없애지 않았다.

그 모습을 자세하게 보자.73) 도산서원 가까이 있는 마을은 북쪽은 土溪, 강 건너 동쪽은 剡村(섬마, 행정구역으로 宜仁 1동)과 의인(행정구역으로 의인 2동)이다. 이 세 마을은 모두 이황의 후손이 사는 진성 이씨 마을이며, 모두 서낭굿을 거행하는 곳이다. 의인의 여서낭은 섬촌의 남서낭과도 부부간이고, 토계의 남서낭과도 부부간이어서 양쪽 남서낭과 서로 방문하는 성행위 형태의 굿을 거행했다. 그러나 토계 남서낭과의 관계가 더 깊다. 마을 사람들은 서낭제를 거행한 뒤에 켜놓은 불을 가져다가 또는 서낭당에 켜놓은 불에서 불을 붙인다. 그렇게 한 다음 부부관계를 맺으면 불임 여성도 임신한다고 한다. 섬촌의 서낭대는 행사를 마친 다음 해체해 도산서원 뒷처마 밑에 보관한다.

마을굿은 농민들이 소란스럽게 떠들며 기분을 풀 수 있는 기회이다. 일 년 내내 양반에게 억눌려 지내다가 며칠 동안은 마음껏 놀고 무슨 말이든지 할 수 있다. 주술적인 방법으로 풍년을 가져올 수 없다는 사실이 밝혀지고 합리적인 농사 기술이 등장한 후에도 굿이 계속 존속해 온 이유는 굿이 가지는 이런 기능에서 찾아야 할 것이다. 그렇기 때문에 양반은 굿을 제로 대치하고자 했고, 농민은 양반에 맞서서 굿의 존속을 요구했던 것이다. 제냐 굿이냐 하면서 양반이 농민의 자유로운 감정 발산까지 억제하느냐 아니면 농민이 일 년 중 어떤 기간 동안만이라도 언론의 자유를 갖느냐 하는 다툼이 계속되었다. 굿이 탈춤으로 전환되면서 싸움이 더욱 심각한

---

73) 《제1차 3개년계획 안동문화권 학술조사보고서》(서울: 성균관대학교 국어국문학과. 1967) 27~30면 및 1971년 2월 필자의 현지조사에 의함.

의미를 지니게 되었던 것이다.

농민이 억눌린 감정을 자유롭게 발산하고 언론의 자유를 누릴 수 있는 기회인 굿을 더욱 발전시켜, 연기와 대사로 양반을 바보로 만들고 양반에 대한 불만을 토로하는 연극이 탈춤이다. 탈춤이 성장하는 과정에서, 농민의 자유로운 행사를 금지하려는 노력과, 이 노력을 좌절시키려는 항거가 더욱 격화되는 것이 당연했다. 그렇지만 둘 사이의 다툼은 승패를 나누는 데까지 가지 않고 적절한 타협에 이르기도 했다. 타협을 하는 것이 아직 힘이 부족한 농민에게 유리하지만 양반 쪽으로서도 불리한 것만 아니었다.

하회 마을의 경우를 살펴보자. 하회는 선조 때의 명재상 西涯 柳成龍의 고향인 豊山 柳氏의 동성 마을이면서 굿과 탈춤으로 널리 알려졌다. 굿과 탈춤은 유씨가 아닌 타성 농민들이 하는 행사이고, 대부분은 신분상 천민이다.74) 그 사람들은 유씨의 직접적인 지배 아래 있으면서도 양반 풍자의 탈춤을 공연할 수 있는 자유를 누렸다는 것은 기이하게 생각될 수 있다. 그 이유를 "탈춤을 공연하는 기회에 상민의 울적한 심정을 중화시킴으로써 지배체제를 효용 있게 유지하는 데 보탬을 삼지 않았을까?"라는75) 견해가 설명해줄 수 있다. 어떤 불만이든 계속 누를 수는 없다. 일정한 기회에 표현하고 발산할 수 있도록 해주어 불만의 지나친 누적이 지배체제에 대한 항거로까지 발전하지 않도록 방지하는 것이 현명하다. 그 마을의 굿을 별신굿이라고 한다. 그 말에 무슨 짓이든지 마음대로 하고 놀 수 있게 하는 행사라는 의미가 포함되어 있다. 별신굿을 거행할 때에는 무례한 행동과 험악한 말을 할 수 있는 자유를 허용하고서는 "별신굿 때가 아니면 동네에서 쇳소리 즉 풍악 소리를 내지 못했다. 동네는 다시 엄숙한 계급사회로 환원되는 것"이었다.76) 그런 이유로 지배층 풍자의 희극이 허용되는 것은 다른 데서도 널리 발견되는 보편적인 현상이다.77)

---

74) 김택규, 《동족부락의 생활구조 연구》(대구 : 청구대학 출판부. 1964), 178면. 동성 마을 안의 타성 농민 신분이 대부분 천민인 것은 하회에 국한된 현상이 아니고, 주곡이나 도산의 경우도 다르지 않다.

75) 예용해, 위의 책, 111면

76) 위와 같음

농민으로서는 탈춤 공연이 양반에 대한 불만을 토로하고 양반을 공격할 수 있는 가장 좋은 기회이다. 불만의 토로나 공격을 일상생활에서와는 반대로 농민이 우월한 입장에서 하고, 양반은 마치 재판이라도 받는 것처럼 취급된다. 이런 의미에서 탈춤은 일종의 연극적 재판이라고 할 수 있다. 탈춤이 재판일 수 있는 것은 물론 굿에서 극으로의 전환이 이루어진 후에 분명해진 현상이지만, 굿의 전통과도 연관시켜 이해할 수 있다. 굿은 자연과의 갈등을 주술적으로 해결하여 생활의 안정을 얻기 위해 거행되는 행사이다. 생활의 안정을 얻으려면 공동체의 질서 유지가 또한 필요해서 대규모의 굿을 거행하는 기회에 공동체의 질서를 어긴 자에 대한 재판을 했다는 사실이 일찍부터 확인된다.

일찍이 부여에서 迎鼓를 할 때 '斷刑獄'했다는 것은[78] 재판을 해서 죄인을 벌주었다는 말이다. 후대의 마을굿에서도 한 해 동안 마을 사람들의 잘잘못을 따져 재판을 하는 풍속을 이었다. 그 좋은 예가 함남 北靑 지방에서 발견된다. 북청의 마을굿은 사자놀음 형태로 거행되며, 사자놀음과 연관되어 다음과 같은 관원 놀음이 전승된다.

> 이때 마을에 죄인이 있으면 옛적에는 칼을 씌워 관원놀음 행렬에 따르게 함으로써 행사 후 면죄하였고 관원놀음도 엄숙하게 집행되었으며, 執杖治罪 장면도 제대로 모의하였다고 한다.[79]

관원놀음과 비슷한 것은 경북에도 있고 원놀음이라고 한다. 주곡을 비롯한 영양군의 여러 마을에서 전승되는 것을 보면, 양반 청년들이 정월 초

---

77) 서구에서도 중세 때 "feast of fools"라는 연극이 존재할 수 있었던 이유도 이와 같다. 가톨릭교회와 영주는 일 년에 한 번 농민들에게 마음껏 놀 수 있는 기회를 허용했고, 농민들은 어릿광대로 분장해서 평소에 억눌려 지내던 기분을 발산하고 지배층을 야유했다. "feast of fools"가 점차 확대되자, 가톨릭교회에서는 이것을 금지하려 했으나 성공하지 못했다. E. H. Chambers, *The Medieval Stage* (Oxford: Clarendon, 1903) 제2권 247면 이하

78) 陳壽, 《三國志》〈魏書〉 東夷傳

79) 이두현, 위의 책, 382면

순에 원과 육방관속들로 가장해 돌아다니며서 재판을 거행하는 놀이이다.[80] 마을굿과 원놀음은 행사 거행자가 전혀 달라 관련이 없는 것 같으나, 원래는 마을의 일부를 이루고 있던 재판이 양반에 의해 전승되고 실제 재판이 놀이화한 재판으로 바뀐 것으로 생각된다. 양반은 서낭대를 들고 다니며 풍물을 치고 춤을 추는 행위에는 관심을 가지지 않아도 재판놀이는 즐겨 할만 했다. 재판은 재판놀이라 하더라도 양반이 해야 한다고 여겨 하층민에게 내주지 않았을 것이다.

재판은 양반이 차지해서 농민의 마을굿이나 탈춤에는 재판이나 처벌을 보여주는 장면은 포함되어 있지 않는 것 같다고 하면 피상적인 이해이다. 탈춤에는 탈춤대로의 재판이 있다. 원놀음은 가능한 위의를 다 갖추어 거행하면서도 표면상의 엄숙성과는 달리 실제로는 재판으로서의 의의를 가지지 않는 장난이지만, 탈춤은 재판 같이 보이지 않고 다만 유쾌한 놀이에 지나지 않는 것 같으면서도 사실은 준엄한 재판이다. 재판의 내용이 탈춤의 심각한 주제를 이루고 있다.

탈춤에서 하는 재판은 희극의 수법으로 판결을 내린다. 겉으로는 심각하지 않은 듯이 가장하며 그저 웃기기 위한 동작이나 말장난 같은 대사를 늘어놓으면서 기존의 권위를 인정하지 않는 비판정신으로 사회적인 비정상을 폭로하고 야유한다. 기존의 권위에 탈춤의 모체인 마을굿에서 섬기는 신마저 포함되는 현상을 주목할 필요가 있다. 마을굿이 탈춤으로 전환되고 신의 가면이 인간의 가면으로 바뀌면서, 신을 계승한 인물이 탈춤에 등장할 만하다. 그런 인물을 둘러싸고 전개하는 숭고하거나 비장한 사건이 있을 만하다. 비극이라면 그럴 수 있는데, 탈춤은 전혀 다른 방향으로 나아갔다. 신 가면이 양반, 각시, 중 등을 나타내는 것으로 바뀌었으며, 모두 비판의 대상이 되는 비정상적인 인물이다. 이 가운데 양반은 특히 사회적 지위가 높고 위엄이 대단해 연극적 재판에 으뜸가는 피고로 등장한다.

탈춤에서 표현되는 갈등은 무엇보다도 양반과 농민의 갈등이다. 농민에

---

80) 성병희, 〈영양 원놀음〉, 《한국민속학》 4 (서울 : 민속학회, 1971) 및 필자의 현지
조사에 의한다.

게는 더 중요한 갈등이 없다. 양반 생활 내부에서 생겨나는 갈등이라면 비극으로 형상화될 수 있으나, 양반과 농민 사이의 것은 희극으로 나타나지 않을 수 없다.[81] 양반과 농민의 갈등은 소란스러운 싸움이나 음란한 행동을 특히 필요로 하며 사건의 유기적인 전개보다는 인물의 성격적 대립을 통해 효과적으로 표현된다. 그러기 때문에 싸움굿이나 성행위굿에서 물려받은 요소가 탈춤에서 계속 중요한 구실을 한다.[82]

양반에 대한 반감

양반에 대한 희극적인 재판은 양반 광대를 등장시키는 데서 시작된다. 양반의 가면을 쓰고 양반으로 분장한 인물을 양반광대라고 하는데, 농악대의 놀이에는 언제나 양반광대가 따른다. 굿으로 거행되는 농악놀이에서나, 굿으로서의 의의는 없는 농악놀이에서나, 북청 사자놀음, 강릉 단오굿 놀이, 주곡동이나 하회동의 경우와 같은 간단한 탈춤에서도, 양반광대는 반드시 존재한다. 농악놀이나 탈춤에서 양반광대는 언제나 최소한 필요한 인물이고 가장 요긴한 인물이다.

양반광대는 관을 쓰고, 수염을 달고, 도포를 걸치고, 짝지를 짚고, 부채를 들고, 양반에게 어울리는 점잖은 거동을 하고 나선다. 남녀노소를 가리지 않고 누구에게나 "해라"를 하고, 어느 집 사랑방이든지 함부로 들어가 담뱃대를 두들기고, 무슨 일에든지 간섭하고 호령을 하며, 아직 추울 때인데도 부채를 활활 부치기를 잊지 않는다. 쓰고 있는 관에다 '士大夫', '八大夫', '九代進士' 등의 글씨를 써 붙여 지체를 분명하게 나타낸다. 이런 차림과 거동으로 양반의 위엄을 나타내면서 양반의 모순을 폭로한다. 양반의

---

81) 상층 귀족 생활에서 문제되는 삶의 고민을 다루는 연극은 비극이게 마련이나, 상하층 사이에서 생기는 문제는 사회적 지위가 다른 전형들 사이의 갈등으로 표현되는 희극으로 표현되는 것은 일반적인 현상이다. A. Nicoll, *An Introduction to Dramatic Theory* (London: Cambridge University Press, 1923), 134면

82) 고대 희랍의 경우에도 희극은 풍농굿에서 "the physical violence and horseplay"와 "the phallic element and fertility marriage"를 물려받았고, 비극은 "the death, the resurrection"을 신비화해서 이어나갔다. (F. M. Cornford, 위의 책. 83~84면)

위엄을 나타내려고 실제 양반을 흉내내고, 실제 양반의 어느 측면을 과장해 보이거나 숨겨진 내막을 나타내 양반의 모순을 폭로한다.

양반은 농악대의 놀이판에 나설 처지가 못 된다. 농민의 행사이고 농민들끼리만 즐기는 기회인 농악놀이에 양반이 나서는 데서 이미 희극적 부조화는 시작된다. 양반광대는 양반으로서의 위엄을 돌보지 않고 농악대를 열심히 따라다닌다. 농악대의 풍물재비들이 돌림버꾸라도 하면 자기도 빙빙 돌다가 어지러워 넘어진다. 관중에게 거만스러운 거동을 보이다가도 풍물재비들의 행진이 멀어지면 어색한 동작으로 급히 뒤쫓는다. 일상생활에서 흔히 볼 수 있는 점잖고 위엄 있는 양반이 어울리지 않게 풍물재비들을 따라 다니면서 연극적으로 비판된 양반 노릇을 한다.

희극은 정상과 비정상의 갈등으로 전개되는 연극이다. 양반광대가 등장하는 탈춤은 풍물재비와 관중의 정상과 양반광대의 비정상 사이의 갈등으로 전개되고, 양반의 위엄을 뒤집어엎고 양반은 결국 우스꽝스러운 바보라는 사실을 폭로하는 데 이르러, 양반에 반감을 가진 관중이 좋아하도록 한다. 구경만 하지 않고 연극에 직접 참여하는 상대역이기도 해서 더욱 즐겁다.

연극적으로 비판된 양반은 일상생활에서 흔히 볼 수 있는 실제의 양반과는 다른 인물이며, 탈춤에서 만들어낸 가상적인 존재라고 할 수 있을 것 같다. 점잖고 위엄 있는 양반의 거동을 여실히 보여 주는 데서는 탈춤이 사실적이라고 할 수 있으나, 양반을 우스꽝스러운 바보로 만드는 데서는 탈춤이 사실적인 데서 이탈했다고 할 만하다. 그러나 이렇게 말하는 것은 피상적인 견해이다. 점잖고 위엄 있는 양반은 일상생활에서 존재하는 양반의 외면이다. 그런 외면에 가리어져 있는 진실을 밝혀내야 사실적인 표현이 이루어진다.

양반은 생활 자체가 비정상적이고, 자기의 지위와 위엄에 대해 농민들은 변함없는 존경을 가지고 있으리라는 일방적인 착각에 빠져 있는 바보라는 사실이 어울리지 않게 풍물재비들을 따라다니는 양반광대를 통해 표현된다. 점잖은 양반과 우스꽝스러운 양반의 부조화를 통해 양반에 대한 기존의 통념이 파괴되고, 은폐된 진실이 드러나는 충격이 생긴다. 거짓되게 굳어진 관념이 파괴되고 삶의 진실성이 그대로 인정된다. 거짓되게 굳어진 관념에 대한 비판을 갖추어 탈춤 공연자들의 일방적인 희망이 아닌 객관적인 진실이 전달된다.

양반광대 하나만 등장시켜도 연극이 될 수 있지만, 양반광대 이외의 다른 인물을 양반광대와 함께 등장시켜 연극의 내용을 더욱 다채롭게 만들었다. 다른 등장인물로는 우선 각시를 주목할 필요가 있다. 농악대놀이에서 유래한 성행위 형태의 굿을 극으로 전환시켜, 강릉 단오굿놀이나 하회 별신굿놀이 이하의 여러 탈춤에서 보여주는 각시와 양반의 관계는 양반 풍자의 의미를 지닌다.

하회 별신굿놀이를 보자. 먼저 각시와 중이 등장한다. 중이 각시와 어울려 음란한 춤을 추는 것을 보고 양반은 "심히 마땅치 않은 표정으로 혀를 찬다."[83] 양반은 예의도덕을 무엇보다도 존중하니, 예의 도덕을 모르는 중놈을 경멸하고 자기의 우월성을 재확인하는 것은 당연한 일이다. 그러다가 각시의 요사스러운 춤을 보면서 양반이 자기 위엄을 뒤집어엎는다. "이성에 대한 욕망과 지위적인 체면과의 이율적인 감정의 갈등에 못 이기는 표정"을 짓는다. 예의도덕이란 거짓되게 굳어진 관념임이 폭로되고 숨겨져 있던 진실이 드러난다. 처음부터 예의도덕을 표방하지 않았다면 각시에게 매혹된다 해도 우스울 것은 없다. 위엄을 차리고 중을 나무라던 양반이 같은 행동을 하게 된 것이 희극적 부조화이다.

농민은 무슨 명분을 내세우지 않고 살아간다. 양반은 언제나 예의도덕을 내세우고 실행하므로 농민보다 우월하다고 한다. 그러나 양반의 행동은 표면적인 명분과는 다른 실질적인 이해관계에 따라 은밀히 진행되며, 명분과 행동의 모순을 드러내지 않도록 세심한 주의를 기울인다. 그렇게 해도 농민이 속지 않는다고 탈춤이 말해준다. 명분과 행동의 모순 폭로를 핵심 내용으로 삼아 양반을 비판한다.

하회 별신굿놀이는 그 다음 순서로 양반과 선비의 다툼을 보여 준다. 다

---

83) 유한상 채록본을 이용한다.

툼은 각시 때문에 시작되어 "몸짓과 춤으로써 여자에 대한 상호간의 질투심을 나타내"다가 지체 다툼으로 넘어간다. 양반의 하인인 초랭이와 선비의 하인인 이매가 말참견을 해서 양반 풍자의 양상을 다음과 같이 다채롭게 만든다.

> 양반 : (화를 왈칵 내면서 선비를 향하여) 자네가 감히 내 앞에서 이럴 수가 있는가?
> 선비 : 그대가 진정 나한테 이럴 수가 있는가?
> 양반 : 아니 그렇다면 지체가 나만 하단 말인가?
> 선비 : 그러면 자네 지체가 나보다 낮단 말인가?
> 초랭이·이매 : (자기 상전의 세도 자랑을 몸짓한다.)
> 양반 : 암 낮고말고.
> 선비 : 뭣이 나아 말해 봐.
> 양반 : 나는 士大夫의 자손인데……
> 선비 : 뭣이 사대부? 나는 八大夫의 자손일세.
> 양반 : 팔대부는 또 뭐냐?
> 선비 : 팔대부는 사대부의 갑절이지.
> 양반 : 우리 할아버지는 門下侍中이거든.
> 선비 : 아 문하시중, 그까짓 것. 우리 할아버지는 바로 門上侍大인데.
> 양반 : 문상시대, 그것은 또 뭔가?
> 선비 : 문하보다 문상이 더 높고, 시중보다 시대가 더 크다.
> 양반 : 그것 참 별꼴 다 보겠네.
> 선비 : 지체만 높으면 제일인가?
> 양반 : 그러면 또 뭣이란 말인가?
> 선비 : 첫째 학식이 있어야지. 나는 사서삼경을 다 읽었네.
> 양반 : 뭣이 사서삼경? 나는 팔서육경을 다 읽었네.
> 선비 : 도대체 팔서육경이 어데 있으며, 대관절 육경은 뭐야?
> 초랭이 : 나도 아는 육경! 그것도 몰라요. 팔만대장경, 중의 바래經, 봉사

안경, 약국의 길경, 처녀 월경, 머슴 세경.
이매 : 그것 맞다 맞어.
양반 : 이것들도 아는 육경을 소위 선비라는 자가 몰라.

양반에게 가장 소중한 것은 가문과 학식이다. 가문과 학식 덕분에 양반 노릇을 할 수 있다. 가문의 벼슬이 높을수록, 학식이 많을수록 양반 가운데 우월하기 때문에 양반들끼리도 해당 사항을 밝혀 서열을 분명히 해 둘 필요가 있다. 양반과 선비의 다툼은 당연하면서 비정상이다. 사대부의 자손이라고 하면 팔대부의 자손이라고 하고, 할아버지가 문하시중이었다고 자랑하면 자기 할아버지는 문상시대였다고 반격하고, 사서삼경을 읽었다고 으스대면 팔서육경을 읽었다고 맞서는 것도 당연한 순서이면서 가문과 학식 다툼의 비정상적인 양상을 여지없이 폭로한다.

사대부·문하시중·사서삼경은 대단하다고 알려져 있어 상민으로서는 존경하지 않을 수 없다. 그러나 사대부는 팔대부의 반이고, 문하시중은 문상시대에 미치지 못하고 사서삼경은 팔서육경의 반이다. 사대부·문하시중·사서삼경이 대단할 것 같으면 팔대부·문상시대·팔서육경은 더욱 대단해야 마땅한데 상식 이하의 것들이다. 그렇다면 사대부·문하시중·사서삼경을 내세우면서 성립된 양반의 위엄은 아무것도 아니다. 양반과 선비는 가문과 학식 경쟁에서 이기기도 하고 지기도 해서, 이겼다고 통쾌히게 여기고 졌다고 분히게 여기지만, 이 둘 사이에서 벌어지는 싸움은 표면적인 것에 불과하고, 정말 중요한 싸움은 이 둘과 관중 사이에서 벌어지는 것이다. 그런데도 이 둘은 싸움의 진상을 파악하지 못하고 있다.

초랭이와 이매는 양반과 선비의 하인이다. 초랭이는 경망스럽고, 이매는 바보라고 알려져 있다. 초랭이와 이매를 이렇게 설정한 것은 대조를 통해 양반과 선비의 위엄을 더욱 높이기 위한 조처이다. 그런데 극의 진행과 함께 대조가 역전된다. 초랭이와 이매가 알고 있는 육경을 이른바 "선비라는 자"가 모르니 선비는 초랭이나 이매보다 못한 무식쟁이로 전락된다. 양반은 이 광경을 보고 좋아하지만 선비와 다툰 양반이라는 자도 선비와 다름없는 지위로 떨어진다. 양반과 선비는 초랭이와 이매를 이겨내지 못하고 격하되어 관중과의 대결에서 더욱 결정적인 패배에 이른다.

양반 풍자는 결국 농민이 양반의 지배에서 해방되자는 요구의 표출이다. 양반이 농민을 지배하는 관계가 이루어지다가 줄곧 나타났을 요구가 표현된 역사 또한 짧지 않으리라고 생각된다. 하회 가면은 고려 중엽 정도쯤 만든 것이라고 추정된다.84) 양반 풍자의 내력도 그 정도 소급될 수 있을 것이다. 현존 대사에도 문하시중이라는 고려의 관직명이 그대로 사용되고 있는 것은 주목할 만한 일이다.

하회 별신굿놀이 같은 것은 농촌탈춤이다. 농촌탈춤은 여러 가지 제약조건 때문에 발전에 한계가 있다. 양반에게 예속된 농민은 양반이 허용해주는 범위 안에서 표현의 자유를 누려야 하고, 마을굿을 떠나서는 연극을 공연할 수 없었다. 연극을 발전시키는 데 필요한 경제적 능력을 갖추지도 못했다.

양반에 대한 항거의식이 강해지면서 농촌탈춤이라도 주제의 성장은 있었다. 한두 인물만 등장시켜 관중과 풍물재비들을 상대역으로 벌이는 단순한 형태에서 벗어나, 양반, 선비, 초랭이, 이매 등 여러 등장인물 사이의 다툼을 보여주면서 양반풍자를 다채롭게 했다. 그러나 조선 후기에 이루어진 도시탈춤에 견준다면 아직 저급한 단계의 연극에 불과했다.

농촌탈춤은 도시탈춤에 견주어 소규모의 것이고 사회적 기반도 약한 탓에, 근대문화가 들어오자 쉽게 위축되고, 일제의 탄압을 거치면서 대부분 전승이 중단되고 말았다. 대본이 채록된 농촌 탈춤은 하회 별신굿놀이 하나뿐이다. 하회의 것과 비슷했으리라고 짐작되는 이웃 마을 屛山의 탈춤은 가면만 두 개 남아 하회의 가면과 함께 국보로 지정되었다. 영양군 주곡동의 탈춤은 이미 중단된 지 오래되어 자세한 조사가 불가능하다. 경남 밀양시 무안의 용호놀이에서 등장하는 가면 쓴 사람의 행렬도 탈춤의 단계까지 갔으리라고 생각되지만 극의 내용은 밝혀지지 않았다. 이 밖에 전라도 지방에서도 몇 가지 흔적이 발견되나 분명하지 않다.85)

---

84) 이두현, 위의 책, 174면

탈춤이 농촌탈춤뿐이었다고 한다면, 오늘날 우리는 참으로 빈약한 유산만 물려받았을 것이다. 농촌탈춤이 도시탈춤으로 발전된 뒤에 일제의 침략이 닥쳐와 시련을 이겨낼 수 있는 힘이 어느 정도는 있었다. 이제부터의 논의는 도시탈춤을 대상으로 진행된다.

도시탈춤의 분포와 성장

조선 후기는 탈춤의 역사에서도 중요한 전환이 마련된 시기이다. 농촌탈춤을 기초로 도시탈춤이라 부를 수 있는 더욱 발전된 탈춤이 출현했다. 농촌탈춤은 농촌 마을에서 농민이 공연하는 연극이고, 도시탈춤은 도시적인 성격을 띤 고을에서 상인이나 이속이 주동이 되어 공연하는 연극이다. 도시탈춤이라고 생각되는 탈춤은 다음 지역에 분포되어 있다.[86]

野　遊 : '야류'라고 읽는다. 경남 낙동강 이동 지역, 동래·수영·부산진 등지

五廣大 : 경남 낙동강 이서 지역, 밤마리(과거의 草溪縣, 현재의 합천군 덕곡면 栗旨里), 新反 (현재의 의령군 부림면), 駕山 (현재의 사천군 축동면), 駕洛 (현재의 김해군 가락면), 진주, 창원, 고성, 통영 등지

山臺놀이 : 서울 근교, 磻磎, 애오개[阿峴], 노량진, 社稷골, 退溪院, 양주 (현재의 광주군 州內面 維楊里), 松坡 등지

탈　춤 : 다른 것들과 구별하기 위해 '해서탈춤'이라고도 한다. 황해도 일대, 황주, 봉산(원래는 봉산 구읍, 1915년경부터는 사리원), 재령, 해주, 강령 등지

---

85) 《한국민속종합조사보고서 전남편》(서울 : 문화재관리국, 1969), 582~586면
86) [보주] 농촌탈춤이 바로 도시탈춤으로 가지 않고 그 중간에 '떠돌이탈춤'이 있었다는 견해를 《한국문학통사》에서 제시했다. 밤마리 오광대, 녹번, 애오개, 노량진, 사직골, 퇴계원 등지의 탈춤은 떠돌이탈춤이라고 했다. 《한국문학통사》의 해당 대목을 '보충 논의'에다 옮겨놓는다.

동래는 東萊府의 소재지이며 무역의 중심지였다. 일본과 교역을 통해 "천하의 물건을 여러 해 동안 실어 날라 백만금을 모으는 데까지 이르기도 한", "富商大賈"의 고을이었다.[87] 조선왕조 말기의 모습은 "성 내외에 상점이 즐비하며 물화가 폭주하니 역시 한 도회"였다고 한다.[88] 수영과 부산진은 동래 가까이 있어서 비슷한 성격을 지닌 곳이다. 동래, 부산진, 수영 등지의 탈춤 야류는 일명 '들놀음'이다. 들놀음은 농사짓는 터전인 들에서 노는 놀음을 뜻하는 말이어서 명칭에서부터 풍농굿과 관련을 나타낸다.[89]

야류는 탈춤 공연자들이 가면을 쓰고 농악대와 함께 지신밟기에 참가하고 이어서 농악대의 반주로 공연하는 탈춤이라는 점에서 농촌탈춤의 전통을 계승하고 있다. 그러면서도 동래 일대의 상업도시에서 자라난 연극이며 농촌탈춤에 견주어 규모가 확대되어, 말뚝이를 주역으로 하는 양반 풍자가 이루어지며, 영노가 양반을 위협하는 장면들이 나타나고, 영감과 할미의 과장이 연극적인 구성을 갖추는 등 농촌탈춤에서는 볼 수 없는 발전을 이룩했다. 농촌탈춤에서 도시탈춤으로 넘어가는 양상을 야류를 통해 선명하게 이해할 수 있다.

오광대의 중심지는 草溪縣, 현재의 합천군 초계면 밤마리였다고 한다. 밤마리는 현재 낙동강변의 한산한 시골 마을에 지나지 않지만, 조선 후기에는 사정이 아주 달랐다. 낙동강은 1930년대까지만 해도 수심이 깊어 장삿배가 빈번히 왕래했다. "강가 나루에 장삿배와 고기잡이배가 숲처럼 왕래하고, 노 젓는 소리와 뱃노래가 서로 어울려 끊일 사이가 없었다"고 하는[90] 곳의 중심지 장터가 밤마리였다.

《草溪志》에는 밤마리 장에 관해 "한 달에 여섯 번 장이 서는데, 고깃배,

---

87) 李重煥, 《擇里志》〈卜居總論 生利〉. 徐有榘, 《林園十六志》〈倪圭志〉 권 2 〈貨殖〉
88) 張志淵, 《大韓新地志》(서울 : 광학서포, 1906) 권 2. 86면
89) 정상박, 〈들놀음 명의고〉, 《문화인류학》 6 (서울 : 문화인류학회, 1974) [보주] 정상박의 탈춤 연구는 《오광대와 들놀음연구》(서울: 집문당, 1990)에 집성되었으나. 주를 바꾸지 않고 원래의 것을 그대로 둔다.
90) 張志淵, 위의 책, 권 2, 61면

소금배, 장삿배가 와서 머문다"고 했다.91) 河港 또는 河市 큰 고장이고, 인근 4읍(의령, 합천, 고령, 초계)의 물산의 집산지였다. 여름철(음력 6월) 함양, 산청 쪽의 삼과 해안지방의 어렴, 타지방의 미곡 등과의 교역을 위한 亂場이 트이게 되면 거상들이 모여 대광대[竹廣大]패에게 비용을 주어 며칠씩 오광대놀이를 놀게 했다"고 한다.92)

밤마리는 정기 향시가 큰 규모로 열리는 상업도시이고, 난장이라 하여 일정한 기간 동안 상설시장이 개설되어 집중적인 상거래가 이루어지는 곳이었다. 그런 기반 위에서 상인이 후원자가 되는 탈춤이 자라났다. 밤마리와 함께 오광대의 중심지였다고 알려진 신반 역시 장터였다. "신반장은 현(의령현)에서 오십 리 밖인 보림면에 있는데 4일과 9일에 장이 선다"고 했다.93)

가산은 원래 漕倉이 있어 인근 여덟 고을의 곡식을 실어 나르기 위해 많은 배가 드나들고,94) 큰 규모의 시장이 열리던 곳이다. 동네 입구에는 오늘날까지 남녀 두 쌍의 석장승이 서 있으며 당산에 제당을 모시고 있다. 정월 초순에 거행하는 天龍祭라는 행사는 제관의 제와 농악대의 굿 두 가지 형태의 복합으로 이루어져 있다.95) 가산오광대는 五方神將, 영노, 문둥이, 양반, 중, 할미, 영감 등 모두 6과장으로 이루어져 있어서96) 본격적인 도시탈춤이다. 조창이 있는 장터였다는 조건이 농촌탈춤에서 도시탈춤으로 발전을 가능하게 했을 것이다.

오광대가 분포된 곳은 어느 곳이나 도시적인 성격을 지니고 있다. 가라오광대가 전승되던 곳은 낙동강이 바다로 들어가는 곳인 김해 七星浦이다. "북쪽으로는 상주까지, 서쪽으로는 진주까지 배가 통하는데, 김해가 그 중심지이다"고 했다.97) 조선조 말기의 모습은 "낙동 강구에 있어서 배로 인

---

91) 《草溪志》,《慶尙南道輿地集成》(부산 : 경상남도청, 1963), 413면
92) 이두현, 위의 책, 326면
93) 徐有榘, 위의 책, 권 4 〈八域場市〉
94) 《萬機要覽》〈財用篇〉 2 〈漕轉〉
95) 《한국민속종합조사보고서 경남편》, 177~184면
96) 같은 책, 623~628면
97) 李重煥,《擇里志》〈卜居總論 生利〉

한 교통의 利와 어렴의 富가 일대 도회를 이루"고 있다고 했다.[98]

진주는 晋州府의 소재지였으며, 1896년 행정구역이 13도로 개편될 때 경상남도 도청 소재지가 된 곳이다. 창원은 창원군의 소재지였으며, 가까이 있는 창원 馬山浦 장은 전국에서 가장 큰 열다섯 개의 향시 가운데 하나였다.[99] 마산에도 조창이 있어서 여덟 고을의 곡식을 저장하고 운반했다.[100] 고성은 固城縣의 소재지였고, 통영은 水營을 통괄하던 統營이 있던 곳이다.

황해도 지방에는 거의 고을마다 탈춤이라는 이름의 가면극이 공연되었는데, 그 가운데 특히 황주, 봉산, 재령, 해주 등지가 상업도시로서 주목할 만하다. 황주는 서울서 평양을 거처 의주로 가는 서북 대로에 자리를 잡고 있으며,[101] 황주 읍내장은 전국에서 가장 큰 열다섯 개의 향시 가운데 하나였다. 조선조 말기의 황주의 모습은 "상업도 또한 번창하며, 錦溪의 하류는 鐵和江이니 航運이 또한 편하여 배가 베 짜듯이 왕래한다"고[102] 전한다.

---

98) 張志淵, 위의 책, 권 2, 67면
99)《萬機要覽》〈財用篇〉5〈各廛〉에서는 전국의 鄕市 중에서 다음 15개가 가장 크다고 했다. 그 가운데 밑줄을 그은 곳에 탈춤이 있었다.

> 京畿之 廣州 沙坪場, 松坡場
> 安城 邑內場
> 交河 恭陵場
> 公忠道之 恩津 江景場
> 稷山 德平場
> 全羅道之 全州 邑內場
> 南原 邑內場
> 江原道之 平昌 大化場
> 黃海道之 兎山 飛川場
> 黃州 邑內場
> 鳳山 銀波場
> 慶尙道之 昌原 馬山浦場
> 平安道之 博川 津頭場
> 咸鏡道之 德源 元山場

100)《萬機要覽》〈財用篇〉2〈漕轉〉. 慶尙道에서 漕倉이 있었던 곳은 駕山, 馬山, 三浪津 세 곳이었는데 그 가운데 두 곳에 탈춤이 있었다.
101) 徐有榘, 위의 책 같은 편 권5〈八域里程表〉

봉산은 역시 서북대로에 자리 잡고 있으며,[103] 봉산 銀波場은 역시 전국에서 가장 큰 열다섯 개의 향시 가운데 하나였다. 재령은 "황주·봉산·安岳·新川의 중심지"이고, "재령강 즉 三岐江은 물이 깊어 사오 백 석이나 실은 선박이 자유로 다니므로 운수에 극히 편리"하다고[104] 전하는 곳이다. 해주는 황해감영의 소재지이고, "배와 수레의 교통과 상업의 번창으로 일대 도회를 이루었다"고[105] 하는 곳이다.

서울 일대의 가면극은 山臺놀이라고 하는데, 산대놀이는 원래 磎磻, 애오개[阿峴], 鷺梁津, 社稷골, 退溪院 등지에서 시작되었다고 한다. 서울이 상업도시로서 발전했음은 말할 나위도 없으며, 산대놀이의 성장 역시 이와 관련시켜 이해해야 할 것이다. 그런데 산대놀이가 있었다는 곳은 서울 성안이 아니고, 서울의 도시권이 오늘날같이 확대되지 않았던 시기에는 서울 근교에 해당하는 곳에 자리하고 있다. 이러한 사실은 탈춤의 발전이 서울 근교 상인들의 힘을 배경으로 이루어졌으리라는 추정을 가능하게 하는데, 자세한 고찰을 할 수 있는 단서는 발견되지 않는다.

위에서 든 지역의 산대놀이는 본산대놀이라고 하고 양주와 송파의 것은 별산대놀이라고 하며, 별산대놀이는 본산대놀이에서 파생되었다고 한다. 본산대놀이는 전해지지 않지만, 양주와 송파의 별산대놀이는 오늘날까지 전승되고 있다. 양주와 송파의 도시적 성격에 관해 주목할 만한 자료가 발견된다.

양주(양주 구읍)는 서울 동북쪽 교통의 요로에 자리하고 있어서 서울로 들어오는 물화가 모일 수 있는 곳이다. 서울의 상권을 六矢廛을 비롯한 특권적 상업을 독점하고 있는 상인들이 장악하고 있을 때, 이에 대항하는 私商都賈들은 서울 근교에 자리를 잡고 서울에 들어오는 상품을 중간에서 사 모아 서울의 특권적 상업을 크게 위협했다. 그 근거지 가운데 하나가 양주였다.

---

102) 張志淵, 위의 책, 권 2, 96면
103) 徐有榘, 위의 책, 같은 곳
104) 張志淵, 위의 책 권 2, 98면
105) 같은 책, 권 2, 95면

1782년(정조 6년)의 기록에 따르면 양주 樓院[다락원]의 私商들이 서울로 들어오는 어물을 모두 사들여 서울의 특권적 어물전 상인은 생업을 잃게 되었다고 호소하기에 이르렀다.106) 이러한 사실은 양주 지방의 사상들이 경제력에서 특권적 상인을 능가하고 있었음을 의미한다. 양주 별산대놀이는 이런 상인들을 배경으로 자라난 탈춤이었을 것이다.

경기도 광주에서 서울로 들어오기 위해 배를 타는 나루터인 松坡는 서울 남쪽 교통의 요로이며 서울 근교에서 상업 활동을 벌이는 사상도고의 중요한 활동지였다. 송파장은 전국에서 가장 큰 열다섯 개의 향시 가운데 하나였을 뿐만 아니라, 한 달에 여섯 번 장이 서는 일반 향시와는 달리 매일 상행위가 이루어지고 있었다. 1754년(영조 30년)에서 1758년(영조 34년) 사이에 송파장이 조정에서 큰 문제가 되었다. 平市提調 洪象漢이 조정에 제출한 보고서에 자세한 사정이 나타나 있다.

“서울의 奸細한 무리들이 송파에 살고 있는 부랑자들과 작당해 각종 물화를 모아 시장을 크게 열었으며, 三南과 동북 지방의 장사치들을 유인해서 마음대로 사고 판다”고 했다.107) 그런 일은 서울 근처의 시장인 沙平, 광나루, 樓院, 黔巖 등지에도 있지만 송파가 가장 심하다고 했다. 송파장의 모습을 전하는 기록이 몇 가지 남아 있다.

“이곳에 사는 백성들의 무리들이 서울 안팎의 젊은 패 및 난전꾼들과 결탁해 삼남·북도·영동의 장사치를 유인해 모두 모여들게 한다”, “명색은 한 달에 여섯 번 장을 연다고 하면서도 사실은 各廛 물건들을 마을에도 쌓아 두고 매일 장사를 한다”고 했다.108). 홍상한은 송파장이 서울 市廛의 특권적 상업에 위협을 주므로 시전을 보호하려고 송파장을 폐지하자고 주장했으나 뜻을 이루지 못했다. 그 뒤에도 송파장에서 서울로 가는 어물을 독점해 값을 마음대로 조정한다고 몇 차례 문제가 되었다.109)

송파는 각 지방 상품을 집결시켜 항상 시장을 여는 상업도시였다. 서울

---

106) 《備邊司謄錄》 165책 정조 6년 8월 7일조
107) 같은 책 127책 영조 30년 11월 28일조
108) 같은 책 128책 영조 31년 1월 16일조
109) 같은 책 198책 순조 7년 1월 23일조

의 특권적 상업에 위협을 주는 서울 근교 상업도시 가운데 가장 세력이 강한 곳이었다. 조정에서 누르려고 해도 뜻을 이루지 못했다. 송파산대놀이가 그런 기반에서 성장했다.

조선 후기의 상업은 두 가지 방향에서 새로운 발전을 이루었다. 특권적 상업에서 자유로운 상업으로, 주기적인 상업에서 지속적인 상업으로 나아갔다. 그런 방향으로 나아가 상업의 새로운 양상을 보여 주는 곳에서 탈춤을 키웠다. 행정도시와 상업도시를 겸하고 있는 곳도 있고, 순 상업도시도 있어 양상이 조금 달랐다. 행정도시가 상업도시이기도 한 곳에서는 이속들이 상인과 함께 탈춤을 후원했다. 순 상업도시에서는 상인이 그 일을 온통 맡았다. 이속은 양반을 무시할 수 있는 자기네의 위세를 탈춤을 통해 나타내고자 하고, 상인은 탈춤을 즐기러 사람이 많이 모여들어 장사가 더 잘 되기를 바랐다.

도시가 성장하고 도시탈춤이 생겨난 시기는 대강 18세기 중엽이라고 생각된다. 1750년대에 있었던 송파장 시비가 좋은 증거가 된다. 구전 자료도 연대 추정에 도움이 된다. 양주산대놀이는 2백여 년 전에 李乙丑이, 봉산탈춤 또한 같은 시기에 安草木이 중심이 되어 시작했다고 한다.110)

야류와 오광대의 경우에는 성립 연대 파악에서 상당한 혼란이 있다. 밤마리와 신반에서 시작된 오광대가 여러 곳으로 전파되어 각지의 오광대는 물론 야류까지 성립되었다고 하고, 밤마리 오광대가 전파되어 수영·동래·부산진의 야류를 이룬 시기를 각각 1870년대·1880년대·1890년대라고 한다.111) 그런데 전파설 자체와 함께 연대 또한 의심스럽다. 수영 야류가 1760년대에 이루어졌다고 하는 보고112)가 타당성을 가질 것으로 생각된다.

야류는 농촌탈춤의 유산을 충실하게 지녔다. 오광대에서는 농촌탈춤의

---

110) 이두현, 위의 책, 205·277면
111) 이러한 견해는 송석하, 〈오광대 소고〉, 《朝鮮民俗》 1 (서울 : 조선민속학회, 1933)에서 시작되었다. 송석하. 《한국민속고》(서울: 일신사, 1960)에 그 글을 재수록했다. 지금부터 송석하가 제공한 자료는 모두 이 책에 있는 것을 이용한다.
112) 강용권, 〈수영야류극〉, 《국어국문학》 27 (서울 : 국어국문학회 1964)

모습을 찾아보기 어려운 것과 상당한 차이가 있다. 농촌탈춤과의 관련은 야류가 독자적으로 형성되고 성장했다는 증거이다. 그 뒤에 오광대의 영향을 받았어도 내용을 온통 바꾸어놓을 정도는 아니었다.113)

밤마리 오광대는 대광대[竹廣大]패라고 하는 유랑극단이 공연했다. 이 극단이 여러 곳을 순회공연해 각 지방 오광대 성립에 큰 자극을 주었으리라는 것은 인정될 수 있으나, 각 지방 오광대 역시 밤마리 오광대의 전파로만 설명될 수 있을 것인가 하는 것도 문제이다. 송석하의 견해에 따르면 가락, 창원, 진주 등지의 오광대가 1890년경에, 통영 오광대는 1900년경에 이루어졌다고 하지만, 이 연대도 더 올라갈 수 있으리라고 생각된다. 가산 오광대는 2백 년 내지 3백 년 전에 이루어졌다고 한다.114) 경남 지방에서도 18세기에 상업도시가 성장했음을 인정할 수 있다. 야류와 오광대 역시 18세기에 도시탈춤으로 대두했다고 보는 편이 무리가 적을 것이다.

산대놀이는 물론 야류, 오광대, 해서탈춤 등을 "山臺都監 계통극"이라고 하고, 이들은 모두 산대놀이의 분파라고 하는 견해가 널리 유포되어 있다. 탈춤은 柳得恭의 개념에 따르면 山戱가 아니고 野戱인데, 서울 근교에서는 탈춤을 산대놀이라고 불러서 혼란이 생겼다. 이미 고찰한 바와 같이, 산대놀이라는 명칭은 산희 즉 山臺戱를 할 때 국가에 동원되는 신분을 지닌 놀이패가 하는 연극이기 때문에 생겼다고 할 수 있다.

놀이패가 국가에 동원되지 않게 되면서 '山臺'가 원래 무슨 뜻인지 잊혀졌다. 그 말이 구두어로 전해지다가 다르게 표기되어, 산대놀이를 '山頭놀이'나 '山岱굿'이라고도 했다.115) 또한 '산대'가 구경거리를 뜻하는 범칭으로도 쓰여 인형극을 지칭하기도 했다.116)

---

113) 정상박, 위의 논문
114) 《전국민속조사보고서 경상남도편》. 617~618면
115) 이 책에 수록된 1957년도 연희본 서두의 설명.
116) 丁若鏞,《牧民心書》〈刑典〉〈禁暴條〉에서는 "窟櫑棚竿之戱 方言云蕉蘭伊 亦名山臺"라고 했다. 窟櫑는 木偶 즉 인형이고 棚竿은 시렁과 장대를 세워 만든 인형극의 무대이다. 窟櫑棚竿之戱는 인형극인데, 蕉蘭伊라고도 하고 山臺라고도 한다는 것이다. 人形劇=山臺, 蕉蘭伊=山臺이니, 山臺란 말은 본래의 뜻이 아니다. 원래는 山처럼 높이 만든 臺, 즉 山臺劇 공연을 위한 가설무대가 山臺인데, 인형극 같은

탈춤은 野戲여서 山戲라고 일컬은 산대희와 별개의 놀이이다. 그 점을 분명하게 하기 위해서 유득동이 두 가지 용어를 사용했다. 야희인 탈춤의 내력은 산희와 다르다. 마을굿에서 농촌탈춤이 생기고, 농촌탈춤이 도시탈춤으로 성장하는 과정을 거쳐 다른 여러 곳에서와 같이 서울 근교에서도 야희를 만들어냈을 것이다.

서울에서 생긴 것은 전국에 퍼져나가게 마련이라는 추론으로 탈춤의 역사를 이해하는 것은 적절하지 못하다. 산대놀이가 각 지방 탈춤의 모체라면 공통점을 많이 지녀야 하는데, 오히려 아주 특이하다. 본산대놀이는 내용을 알 길이 없으므로 별산대놀이를 자료로 삼고, 전승 상태가 나은 편인 양주 별산대놀이를 검토의 대상으로 해서 그 점을 확인할 수 있다.117)

그렇다고 해서 탈춤의 독자적인 성장만 인정해야 한다는 것은 아니다. 탈춤 상호간의 활발한 교류와 영향은 많이 있었다고 인정되며 이에 관한 고찰 또한 중요한 과제이다. 밤마리에서 오광대를 공연했다는 대광대패, 서울 근교의 본산대패는 유랑극단의 성격을 지녀 교류를 담당했을 것이다. 그러면서 정착되어 성장하지 못해 사라지고 말았다고 생각된다.

각 지방 탈춤이 지닌 공통점을 모두 교류와 영향의 결과로 이해하는 것은 잘못이다. 노장과장, 양반과장, 할미과장 등이 여러 탈춤에 두루 나타나는 것은 탈춤의 모체였던 굿 자체의 특징에서 유래하고, 탈춤 발전을 촉구하는 사회적 여건 및 주제의식의 공통성을 근거로 이루어졌으리라고 생각된다. 그러나 농촌탈춤이 도시탈춤으로 발전하면서 교류와 영향의 기회가 확대되었다. 도시는 탈춤뿐만 아니라 다른 모든 것의 교류와 영향이 활발하게 일어나는 곳이다. 도시의 상인과 이속은 유랑극단을 불러 오고 다른 지방의 탈춤을 초청하면서 자기 지방의 탈춤을 육성할 수 있는 행동 능력과 재정 능력을 가졌다.

놀이를 山臺라 하고, 가면 내지 가면 쓴 인물 중의 하나를 의미하는 蕉蘭伊와 같은 뜻으로 山臺란 말을 쓰기도 했다.

117) 〈양주산대 이해〉에서 구체적으로 밝힌 사실이다.

작품의 실상

도시탈춤은 상업도시 또는 상업도시와 행정도시를 겸한 곳에서 자라났고 상인과 이속의 힘으로 공연되었다고 했다. 상인과 이속이 탈춤 공연에 실제로 어떻게 관여했으며 그 결과 탈춤에서 어떤 변화가 일어났는지 살피는 것이 다음의 과제이다. 이 문제를 다루는 데 필요한 자료는 유감스럽게도 단편적인 것들뿐이어서 전반적인 사정을 말하려면 상당한 정도의 추론이 필요하다.

밤마리에서는 "난장을 트게 되면 거상들이 모여 대광대패에게 비용을 주어 며칠씩 오광대놀이를 놀게 하였다고 한다"고 했다.118) 봉산에서도 탈춤 공연의 전 비용을 상인들이 부담했다.119) 상인들이 탈춤 공연에 필요한 비용을 부담한 이유는 쉽사리 짐작할 수 있다. 탈춤을 공연하면 구경하는 사람들이 많이 모여들고, 사람들이 많이 모여들면 장사가 활발해질 수 있기 때문에, 공연비용 부담이 투자이다.

봉산탈춤의 경우에는, 사리원으로 자리를 옮긴 후의 보고인데, 그 고장 밖의 인근 각 읍에서 모여드는 관중은 약 2만을 헤아리는 정도에 이르렀다고 한다. 그리고 상인들은 공연장 주위에 이층으로 된 다락을 만들어 사다리로 오르내리게 하고 다락 위에서 구경하는 관객들에게 음식을 팔았다.120) 음식의 판매는 일종의 입장료 징수이고, 음식 판매에서 이익을 올리는 데 그치지 않고 사람이 많이 모여들어 상거래가 커 상당한 이익을 올릴 수 있었다.

공연장의 광경에 관해 작품에서도 말했다. 공연장소와 극중장소가 일치할 수 있기 때문이다.121) 탈춤봉산탈춤 제4 과장 노장춤 제2경에서 신장수가 신 짐을 짊어지고 들어오면서 하는 수작을 들어보자.

　　야아, 장 자알 섰다. 장이 하 좋다기로 불원천리하고 나왔더니 허언이

---

118) 이두현, 위의 책, 326면
119) 송석하, 위의 책, 326면
120) 같은 책, 185면
121) 이에 관해서 〈공연장소와 극중장소의 관계〉에서 고찰한다.

아니로구나. 좌우로 살펴보니 인물 병풍 둘러쳤으니 태평장인데, 태평장
이거나 무엇이거나 속담에 이른 말이 쌈은 말리고 흥정은 붙여라 하였으
니 장수가 되어서는 물건이나 팔아보자.122)

신장수가 들어서는 곳은 바로 놀이판이다. 놀이판이 바로 물건을 파는
장판이라고 한다. "좌우로 살펴보니 인물 병풍 둘러쳤으니" 하는 것은 관
객들을 보고 하는 소리이다. 수만 명에 달하는 관객을 물건을 사는 장꾼으
로 여겨 "장 자알 섰다"고 하는 것이다. 탈춤 놀이판이 바로 장판이기에
상인들은 탈춤 공연에 투자하고 탈춤을 육성했다.

상인이 탈춤을 육성한 이유가 그것만은 아니다. 탈춤공연이 상행위를
돕는 데 그친다면 상인은 탈춤의 후원자 노릇만 하면 될 터인데 놀이에 직
접 참가하기도 했다. 후대의 자료이지만, 1930년대 동래야류의 제일인자였
던 金壽浩는 유기업자였고,123) 현존 동래야류 공연자 9명 가운데서 5명이
상점 경영자이다.124) 통영이나 고성에서도 그 비슷한 사람들이 탈춤을 추
었다.125)

상인과 함께 이속도 탈춤 공연에 참가했다. 봉산의 경우에는 "세습되어
온 지방 이속(주로 집사, 장교)"이 대대로 공연을 맡았다고 한다.126) 이속
은 상인과 밀접한 관계를 가지고 있으며, 이해관계를 같이한 집단이었다.
어느 집단이든 자기네 놀이가 있어야 했다. 춤추며 노래하고 신명풀이를
하는 탈춤이 상인과 이속의 놀이로서 적합했다. 상인이나 이속은 양반과
는 달라 체면을 존중하고 위엄을 차릴 필요가 없기 때문에 탈춤 놀이판에
즐겨 나설 수 있었다.

---

122) 이두현, 위의 책, 310면
123) 최상수, 〈동래야유가면극 주제〉, 《민속학보》 2 (서울 : 한국민속학회, 1957), 270면
124) 최상수, 《동래야유가면무극 (중요무형문화재지정자료)》(서울 : 문화재관리국, 1965),
    73~77면
125) [보주] 고성오광대 현지를 조사한 보고서 〈고성오광대를 키운 사람들〉을 '보충 논
    의'에 수록한다.
126) 이두현, 위의 책, 278면

도시탈춤은 상인과 이속의 경제력과 생활의 여유를 배경으로 자라난 화려한 놀이이다. 도시탈춤에서는 모든 것이 화려해진다. 야류를 시작하기 전에 보여주는 길놀이는 호사스럽기 이를 데 없는 행진이다. 봉산탈춤에서는 등장인물들이 성격상 반드시 그럴 필요가 없는데도 대부분 오색 비단으로 만든 현란한 옷을 입고 나온다. 제3과장 사당춤은 연극 진행상 없어도 될 것이지만 제2과장 목중춤과 제4과장 노장춤 사이에 들어가 있는 한 절차를 이루어, 선소리패의 멋들어진 가락을 들려준다. 이와 같은 변화는 탈춤의 음악과 춤에서도 나타난다.

반주 음악의 변화도 주목할 만하다. 농촌탈춤에서는 농악대가 바로 악사였는데, 오광대, 산대놀이, 해서탈춤 등에 이르러서는 농악대가 아닌 세련된 기술을 가진 전문적인 악사가 등장하고, 해금·젓대·가야금·거문고까지 사용하는 호화로운 음악을 연주한다.[127] 농악의 단순한 장단에서 벗어나 타령, 도도리, 염불 등으로 분화된 장단을 사용한다. 농촌탈춤에서 추는 춤은 농악춤이거나 농악춤의 흉내인데, 도시탈춤에서는 음악의 장단과 인물의 성격에 따라서 춤이 다양하게 분화되어 있다. 양주산대놀이의 경우에는 20여 가지의 다채로운 춤사위가 갖추어져 있다.

농촌탈춤은 단순한 놀이에 그치지 않고 농민이 양반의 구속에서 벗어나고자 하는 의지를 표현하는 연극이었는데, 도시탈춤은 흥겨운 놀이가 되고 만 것은 아니다. 더욱 과감한 항거의 예술로 자라났다. 농민은 양반이 허용하거나 묵인하는 범위 안에서 양반을 풍자할 수 있지만, 도시의 상인이나 이속은 농민보다 상대적으로 자유롭고 양반에 대항하는 실제적인 힘을 지녀 지배체제에 대해 강력한 비판을 할 수 있었다.

농촌탈춤에서는 양반의 실수를 들어 양반을 풍자하는 데 그치고 양반과 맞서는 민중의 전형은 뚜렷한 성장의 자취를 보여 주지 않는데, 도시탈춤에 두루 등장하는 말뚝이는 양반의 하인이면서도 양반을 풍자하는 주체이다. 말뚝이와의 대결에서 양반은 돌이킬 수 없는 패배에 이른다. 취발이같은 상인의 전형도 등장해 노장의 관념적 사고와 양반의 신분적 특전을

---

127) 이런 변화의 연극적 의의를 〈악사의 유래와 구실〉에서 자세하게 다룬다.

과감하게 공격한다.[128] 그런 내용을 전하기 위해 대사의 분량이 많아지고 내용이 풍부해졌다.

상인이나 이속은 농사가 잘 되게 하기 위해 거행하는 굿에는 관심을 가지지 않아, 탈춤이 굿에서 분리되어 연극의 독자적인 성격을 갖추도록 했다. 야류는 여전히 굿과 연관되어 공연되고, 양주산대놀이 같은 데도 길놀이가 남아 있다. 탈춤 공연 전에 탈 제사를 지내고, 공연 후에는 탈을 태워 버리는 등의 습속은 여러 지방에 두루 남아 있다. 그 때문에 탈춤이 연극으로서의 독자성을 잃는 것은 아니다. 연기와 대사에도 굿의 흔적이 남아 있으나, 극적 갈등의 구조를 만드는 데 이용되고 극적 의미를 구현하고 있어 전문적인 분석을 거치지 않고서는 유래를 확인할 수 없다.

농촌탈춤은 굿의 한 절차로 공연되므로 공연 일자가 고정되어 있었다. 굿과의 관계가 소원해지자 도시탈춤은 공연일자가 형편에 따라 달라질 수 있게 되었다. 창원오광대는 삼월 그믐이나 사월 초에,[129] 통영오광대는 봄철에[130] 적당한 날을 택해 공연했다. 양주산대놀이는 사월 파일, 오월 단오, 팔월 추석 등의 날짜를 택해 일 년에 여러 번 공연했다.[131] 봉산탈춤은 전에는 사월 파일이었던 공연 일자를 오월 단오로 바꾸었다.[132]

도시탈춤은 18세기 이래 발달을 본 신흥 상업도시에서 상인과 이속이 농민의 농촌탈춤을 계승하고 발전시켜 만들어낸 새로운 연극이다. 도시탈춤의 성립으로 탈춤의 역사는 새 단계에 들어서고, 우리 문화나 예술에서 탈춤이 차지하는 위치가 더욱 확고하게 되었다. 구비문학까지 포함한 문학사 전반에서 희곡이 서정, 서사 등의 갈래와 대등한 위치를 차지하는 시기가 시작되었다.

---

128) 노장과 취발이의 대결의 의미를 〈노장과장의 주제 재검토〉에서 살핀다.
129) 송석하, 위의 책. 221면
130) 같은 책, 같은 곳.
131) 이두현, 위의 책. 206면
132) 같은 책 278면.

반감을 넘어서서 풍자로

도시탈춤에서는 양반에 대한 공격이 한층 더 대담해진다. 도시에서는 양반의 지배력이 농촌만큼 강하지 않고, 도시의 상인과 이속은 양반과 대항할 수 있는 사회적 위치나 정신적 능력에서 농민보다 앞서기 때문이다. 농촌탈춤은 양반을 은근히 비꼬고 간접적으로 헐뜯지만 도시탈춤은 더욱 과감했다. 양반을 두려워하는 태도를 갖지 않고 맞서서, 양반의 패배를 확신하는 태도를 보여 주고 있다. 도시에서 새로 형성된 사회관계로 말미암아 궁지에 몰린 양반의 모습을 나타내며, 도시민의 성장된 의식을 반영했다.

양반 : 니가 무엇 하는 물건고?

영노 : 내가 날물에 날 잡아먹고, 들물에 들 잡아먹고 양반 아흔아홉 잡아먹고 하나만 더 잡아먹으면 得天한다.

양반 : (놀라 떨며) 내가 양반 아니다.

영노 : 양반 아니라도 먹는다.

양반 : 내가 쇠뭉치다.

영노 : 쇠뭉치는 쫀득쫀득 더 잘 먹는다.

양반 : 내가 그림자다.

영노 : 그림자는 거침없이 훌훌 들이마신다.

양반 : (진퇴유곡의 양반은 한참 생각하다가,) 니가 제일 무서운 것이 무엇고?

영노 : 참 양반이 호령을 하면 물러가겠다.

양반 : 옳지! 우리 고조할아부지는 영의정이요, 우리 증조할아부지는 이조판서를 지내고, 우리 조부님은 병조판서를 지냈고, 우리 아부지는 부마도위요, 나는 한림학사를 지냈으니 내야말로 참 양반이로다. 이놈! 영노야, 썩 물러나라.

영노 : 옳지, 그런 양반을 잡아먹어야 득천하겠다. (양반을 강제로 끌고 퇴장한다.)

수영야류 제2과장 영노의 한 대목이다.133) 이 비슷한 영노과장이 동래·수영·통영·고성의 야류나 오광대에서 두루 보인다. 영노는 뱀의 형상을 한 무서운 동물이다. 이상한 소리를 내며 장내를 돌아다니다가 양반을 잡아먹는다. 영노는 하회 별신굿놀이의 주지와 비슷한 면이 있다. 주지는 "호랑이를 잡아먹는 무서운 귀신"인데 "별신 행사를 무사히 진행하기 위하여 惡鬼除獸한다는 뜻에서" 사방을 휘두르며 돌아다닌다고 했다.134) 영노도 원래 그러한 기능을 가졌으리라고 생각되지만, 굿이 극으로 바뀌어, 악귀 대신 양반을 잡아먹는다.

영노를 만난 양반은 비참하다. 양반이 어찌 할 바를 모르고 당황해하는 광경을 바라보는 관중은 흥겹다. 영노가 "참 양반이 호령하면 물러가겠다"는 말을 믿고 의기양양하게 가문을 자랑하던 양반이 도리어 헤어날 길 없게 되자 더욱 즐겁다. 그런 구실을 하는 영노는 괴물이 아니다. 양반을 벌주는 절대적인 힘을 가지기를 염원하는 민중의 잠재의식이 영노를 통해 표출되었다.

오광대의 첫 과장은 대개 문둥이 춤이다. 통영오광대를 보자. 문둥이가 양반이다. "요래 뵈도 난 양반이란 말야. 저 상놈들쯤이야 내 호령 한 마디에 그저 허리가 굽실 쩔쩔매야 하거든", "양반이란 참 좋은 거지. 얼시구 좋다. 양반 좋다"고 하면서 "흉하고 사나운 얼굴에다 곰배팔, 절름발이 다리를 우쭐우쭐 흥에 자아 도취하여 무대 전면을 돌며 병신 특이한 동작"을 꼴사납게 보여준다.135)

문둥이 춤이 끝나면 紅白탈, 검정탈, 삐두르미탈, 손님탈, 조리중 등 여러 병신 양반들이 등장해 다음 과장이 시작된다. 양반이라고 우쭐대지만 하나같이 비정상적이다. 홍백탈은 얼굴에서 발끝가지 한쪽은 붉고, 한쪽은 희다. "한 어미에 애비가 둘"이어서 "한쪽은 홍가가 만들었고 한쪽은 백가가 만든" 때문이라고 한다. 검정탈은 전신이 새까만데, 흑국놈의 아들이기

---

133) 강용권, 위의 자료, 240~241면
134) 유한상, 위의 자료 191면.
135) 이민기, 〈통영오광대 대사〉, 《국어국문학》 22 (서울: 국어국문학회, 1960), 157면

때문에 그렇다 하기도 한다.136) 어미 행실이 부정해,137) 낳을 때 부정을 타서138) 그렇게 되었다고도 한다. 삐두르미탈은 전신이 비틀린 병신인데, 아비가 風氣가 심한 탓이라고 한다. 손님탈은 얼굴을 얽었고 손에는 "江西神使令"이라는 기괴한 깃발을 들고 있다. 어미가 행실이 부정하여 손님 즉 천연두와 관계하여 낳은 자식이라고 하며, 깃발이 천연두 신의 깃발이다. 조리중은 보잘것없는 중의 차림을 하고 있으며, 보살의 자식이라고 한다.

양반의 추악한 모습을 병신들로 과장해 나타내고 있다. 양반은 꼴사납게 병들었으면서도 어울리지 않게 좋아하며, 모순투성이의 초라한 존재들이면서도 가소롭게 우쭐댄다는 것이다. 농악대의 양반광대도 병신스러운 거동을 하지만 이런 정도는 아니다. 하회별신굿놀이의 양반이나 선비는 점잖고 위엄 있는 모습을 하고 등장하며, 하는 거동에서는 끝까지 위엄을 유지한다. 그러나 여기서는 처음부터 양반을 멸시의 대상으로 제시한다. 양반이 자기 처지를 의식하지 못하고 일방적으로 으스대는 꼴을, 관중은 처음부터 역력히 보고 유쾌하게 생각해 희극적 부조화가 극도에 이른다.

하회별신굿놀이에서는 양반은 위엄이 있고, 양반을 따라다니는 하인 초랭이와 이매는 경망스러운 녀석이거나 바보이다. 하인이 초랭이와 이매에서 말뚝이로 바뀌면서 모든 것이 달라진다. 여러 도시탈춤에 두루 등장하는 말뚝이는 초랭이나 이매처럼 양반을 따라다니는 하인이지만 성격은 판이하다. 말뚝이에게는 병신스러운 면이 없다. 양반의 하인이면서도 언제나 당당하고 적극적이며 굽힐 줄 모른다.

초랭이나 이매는 양반을 풍자하는 데 보조적인 구실만 하지만, 말뚝이는 양반 풍자의 주역이다. 말뚝이는 민중의 모습을 나타내는 정상적인 인물이고, 말뚝이와의 대립에서 양반의 병신스러운 모습이나 감출 수 없는 결함이 폭로된다. 초랭이나 이매가 말뚝이로 바뀐 것은 농촌탈춤에서 도시탈춤으로서의 발전이 얼마나 큰 의의를 가지는가를 가장 분명하게 말해

---

136) 이두현, 위의 책, 373면
137) 이민기, 위의 자료, 160면
138) 이두현, 위의 책, 373면

주는 증거이다. 농촌탈춤은 양반의 허위를 폭로하는 데 그치지만, 도시탈춤은 민중의식을 긍정하는 것이 커다란 차이이다.

밤마리오광대는 말뚝이 때문에 시작되었다고 하는 전설이 있다고 했다. 오광대에는 시초부터 말뚝이가 있었고, 말뚝이 때문에 오광대는 새로운 탈춤일 수 있었다는 뜻으로 그 전설을 이해할 수 있다. 양반이 억센 곳은 초계 밤마리만은 아닐 것이다. 오히려 밤마리는 양반의 추행을 서슴지 않고 폭로할 수 있고, 민중 항거의 전형을 창조할 수 있는 곳이어서 말뚝이가 나타났다.

말뚝이가 양반으로부터 경을 칠까 염려하는 까닭은 종의 신분을 가진 하인이기 때문이다. 마부 노릇을 하는 하인이다. 마부여서 항상 양반을 따라다닌다. 양반을 가까이에서 관찰할 기회가 많고 누구보다도 양반의 내막을 잘 알아, 양반의 내막을 폭로하기에 가장 적절한 인물이다. 양반은 이미 자기의 종까지도 지배할 수 없게 되었음을 나타낸다. 양반에게 신분상 예속되어 있지 않는 인물을 등장시켜서는 그런 효과를 거둘 수 없다.

말뚝이는 《춘향전》이나 《배비장전》의 房子와 비슷한 인물이다. 말뚝이처럼 방자도 희극적 인물이다. 방자 또한 항상 상전인 양반을 모시고 다니므로 양반의 약점을 잘 알아 폭로한다. 그러나 말뚝이는 방자보다 적극적이고 양반의 지배에 과감하게 맞선다. 양반을 모시지 않고 자기 마음대로 나다니기 일쑤이다. 도망친 말뚝이를 찾는 것이 양반의 크나큰 수고이다. "작년 5월 등장[科擧] 시에 아니 뛰어나간 말뚝이 있나, 그놈 좀 찾아보게",139) "종놈 말뚝이 두 놈을 잃었는데, 그 놈이 풍악을 좋아하는 놈이라 이런 좋은 풍류에 왔음 즉하니 한 번 불러 보면 어떠한가?"140) 이런 수작을 하면서 양반이 놀이판을 헤맨다.

셋째양반 : 말뚝이는 제 義父 아비 때부터 오만한 놈이라, 한두 번 불러서

---

139) 최상수, 〈해주가면무극 각본〉, 《민속학보》 1 (서울 : 한국민속학회, 1956), 149~150면

140) 이두현, 〈강령탈춤 대본〉, 《연극평론》 3 (서울 : 연극평론사, 1970), 89면

아니 오는 놈이니, 한 번 더 불러 보기로 함이 어떨꼬?

넷째양반 : 그놈을 다시 불러? 양반의 체면에 그놈에게 봉욕을 당하면 어찌

하겠단 말인고? (일동 완강하게 반대하는 등 이론이 분분하다가,)

次兩班 : 봉욕을 당해도 적잖이 한 섬쯤은 받을 걸세.

首兩班 : 그러나 저러나 봉욕을 혼자서 다 감당할 수 없으니 내가 적당하

게 욕 분배를 하지. 욕이 만약 한 섬이 내린다면 지차는 닷 말을

먹고, 셋째와 넷째는 꼭 같이 두 말씩 먹고, 종가 아기는 한 말만

처먹으면 안 되겠나?

차양반 : 수양반 니는 한 되도 안 처먹겠단 말인가! (서로 수양반에게 욕설

을 퍼부으니 수양반이 종가의 책임상 봉욕을 독담하기로 하고.)

수양반 : 내가 전 책임을 지고 욕사발을 다 먹을 것이니 다시 부름세.

수영야류 제1과장 양반의 한 대목이다.[141] 양반은 말뚝이에게 잔뜩 겁
을 먹고 있다. 말뚝이를 부르면서 욕을 먹을 것을 미리 각오하고 욕 분배
때문에 양반들 사이에 말썽이 생긴다. 양반과 말뚝이 사이의 신분적 예속
관계는 아직 철폐되지 않았지만 실질적 관계에서는 양반이 오히려 열세에
몰려 있다.

양쪽의 위치가 아주 역전되어, 양반들은 "살려 주오, 살려 주오. 제발 생
원님 살려 주오"하며 빌고, 말뚝이는 "너 이놈 말 들어라"라고 호령하기도
한다. "너희 行事 볼진대는 陵遲處斬을 할지로되 차마 죽이지 못 하노니
네게 용서할 것이니 너의 마음 개심하여"라고[142] 양반들을 꾸짖는 장면까
지 있다. 이 경우에는 풍자가 직접적인 공격으로 대치된다.

이렇게 양반과장은 조선왕조의 법률에 비추어 볼 때 도저히 용납될 수
없다. "동내 士夫를 능욕하고 혹은 도포를 입고, 혹은 生員이라 칭하고 상
전을 橫叛하는 것"만 해도 "絶島에 귀양 갈" 죄이다.[143] "무릇 노비로서 家

---

141) 강용권, 위의 자료, 236면
142) 통영오광대, 이두현, 위의 책. 373면
143) 《秋官志》 제3편 〈犯分〉

長을 구타하는 자는 목을 벤다"하고, "무릇 노비로서 가장을 꾸짖는 자는 목을 벤다"하고, "무릇 종이나 머슴으로 가장의 처나 딸을 姦하는 자는 모두 목을 벤다"고 했다.144) 말뚝이는 사형죄를 여럿 범했다.

그런데도 탈춤은 나날이 번창해갔다. 실제의 행동이 아니고 연극이니까 처벌을 보류했다고 할 것은 아니다. 연극을 탄압해야 한다는 주장이 완강했어도,145) 도시탈춤은 이미 탄압할 수 없는 정도에 이르렀다. 지방 관장들은 탄압하지 않고 방치해 간접적인 동조자가 되었다. 해주감영 이속들이 탈춤 경연대회를 주최하는 데까지 이르렀다.146) 감사의 묵인이 없으면 가능하지 않았다.

야류나 오광대의 양반과장의 양반에 대한 공격이 급박하면서 단순한 편이고, 양주 산대놀이의 경우는 전개가 풍부하지만 그리 절실하지 않은 흥청거림이 곁들여 있으나, 해서탈춤, 특히 봉산탈춤은 여유가 있으면서도 날카롭고, 다양하면서도 핵심이 분명해 양반풍자의 가장 높은 경지를 보여 준다.

> 말뚝이 : 양반 나오신다아! 양반이라고 하니까 노론·소론·호조·병조·옥당을 다 지내고 삼정승·육판서를 다 지낸 퇴로재상으로 계신 양반인 줄 아지 마시오. 개잘량 양자에 개다리소반이라는 반자 쓰는 양반 나오신단 말이요.
>
> 양반들 : 야아, 이놈 뭐야아!
>
> 말뚝이 : 아, 이 양반들 어찌 듣는지 모르갔소. 노론·소론·호조·병조·옥당을 다 지내고 삼정승·육판서를 다 지내고 퇴로재상으로 계신 이생원네 삼형제분이 나오신다고 그러하였소.
>
> 양반들 : (합창) 이생원이라네. (굿거리장단으로 춤을 춘다. 도령은 때때로 형들의 면상을 치며 논다. 끝까지 그런 행동을 한다.)

---

144) 《大明律》 〈刑律〉
145) 丁若鏞, 《牧民心書》 〈刑典〉 禁暴條
146) 이두현, 위의 책, 278면

말뚝이 : 쉬이, (반주 그친다.) 여보, 구경하시는 양반들, 말씀 좀 들어보시오.

봉산탈춤 제6과장 양반춤의 서두이다.[147) 양반 삼형제가 나오는데 하나같이 병신이다. 맏양반(샌님)은 콧등에서 입까지 두 줄로 찢어졌고, 둘째양반(서방)은 콧등에서 입까지 한 줄로 찢어져서 "둘 다 창병에 걸린 것을 나타낸다고 한다."[148) 셋째양반(종가집 도련님)은 입과 코가 비뚤어졌다. 말뚝이가 양반 삼형제를 인도하고 등장해 관중에게 소개하는 데서 연극이 시작된다.

양반이 나오니 조심하라는 투로 양반을 관중에게 소개한다. 양반을 모시고 다니는 종의 본분을 다하는 것이다. 그러나 사실은 그 반대이고 양반을 여러 모로 욕보인다. 말뚝이는 "양반"이라는 말을 세 번 했는데, 셋 다 뜻이 다른 점에 우선 주의할 필요가 있다. "양반 나오신다아!"의 양반은 본래의 뜻을 유지하고 있어 지체가 높고 고귀한 분을 의미한다. "이 양반들 어찌 듣는지 모르갔소"의 양반은 상대방을 멸시하면서 부르는 말이다. "여보 구경하시는 양반들"의 양반은 위의 두 경우와 달리 높이는 뜻도 낮추는 뜻도 아니며 일반 사람을 두루 부르는 말이다.

양반이라는 말이 여러 가지 뜻을 갖는 현상은 연극에 국한되지 않을 것이다. 일상어에서 이미 "양반"이 양반의 사회적인 지위 변화와 관련되어, 존중의 대상에 그치지 않고 멸시의 대상이나 일반적인 호칭을 의미하기도 했기에 이러한 연극적인 표현이 가능해졌을 것이다. 양반 삼형제는 자기들의 지위에 대해 신경을 집중하고 있으면서도 양반이라는 단어의 의미 변화로 말미암아 격하를 의식하지 못한다. 아주 흥미로운 희극적 반어이다.

"노론·소론·호조·병조·옥당을 다 지내고 삼정승·육판서를 다 지낸 퇴로재상으로 계신 양반"이라는 소개는 양반의 구미에 맞을 수 있다. 양반은 지체를 존중하며 역임한 벼슬이 많을수록 지체가 높다. 그런데 "노론·소론"이라는 나열은 사정이 다르다. 노론이나 소론은 역임할 수 있는

---

147) 같은 책, 316면
148) 같은 책, 287면

벼슬이 아니다. 노론이면 노론이고, 소론이면 소론이어야 할 터인데도, 둘을 나열할 것은 양반을 비꼬기 위한 억지이다.

"아지 마시고" 다음에서는 말이 전연 달라진다. "개잘량이라는 양자에 개다리소반이라는 반자 쓰는 양반이 나오신단 말이요."라고 하여 앞서 한 말을 정면으로 뒤집는다. 처음에는 점잖은 말을 해 놓고, 그러면서 약간 비꼬다가 비속한 말로 이를 뒤집어 버리는 것이 풍자의 효과적인 방법이다. 여러 관직명을 나열해 양반의 어법을 모방했듯이 "...에 ...자 쓰는"이라고 하는 소리도 한자로써 사고를 하는 양반의 어법을 모방한 것이다. 처음의 모방은 정상적인 듯이 보였으나, 두 번째의 모방은 형식과 내용의 극단적인 불일치로 양반의 위엄을 파괴하는 데 결정적인 구실을 한다.

이렇게 해서 양반과 말뚝이 사이의 지배·복종의 관계가 파괴되고, 지금까지 정상적이라고 생각해 오던 것이 비정상적임이 폭로된다. 그러나 싸움이 그 정도에서 끝나지 않고, 다른 양상으로 계속된다. 양반은 말뚝이의 항거에 대해 민감하고도 정확한 반응을 보여 "야아, 이놈 뭐야아!"라고 불호령을 내린다. 이번에는 말뚝이가 궁지에 몰려 부득이 양반의 위엄을 긍정하고 이에 대한 항거를 부정하게 된다. 그러자 양반은 안심한다. 그러나 양반의 일방적인 착각과는 달리 승리자는 양반이 아니고 말뚝이이다.

"개잘량이라는 양자에 개다리소반이라는 반자 쓰는 양반"이라는 말을 양반은 들은 것도 아니고 듣지 못한 것도 아니다. 들었기에 호령을 했으나 듣지 못했기에 말뚝이의 변명을 믿고 안심한다. 안심할 수 없는 상황인데도 안심하고 좋다고 춤을 춘다. 양반은 현실을 바로 인식할 수 없는 바보임이 폭로되는데, 말뚝이의 제1차 항거에서는 기대하지 않던 성과이다. 양반은 자신의 무능 때문에 말뚝이의 변명이 제2차 항거가 되게 했다. 양반의 패배는 권위에 대한 집착 때문에 오히려 촉진되어 인식하지 못하는 사이에 돌이킬 수 없는 지경에 이른다.149)

봉산탈춤 양반과장 전편을 통해 볼 때 양반의 하는 일은 둘뿐이다. (가) 말뚝이를 호령하거나 취발이를 잡아들이라는 등으로 하층민을 위압하고,

---

149) 이에 관해서 〈양반과장과 구성의 원리〉에서 다시 고찰한다.

(나) 심심풀이로 시나 짓고 破字놀이나 한다. 둘 다 일이라 할 수 없다. 둘 다 생산적인 의의나 실질적인 기여라고는 아무것도 없으며, 하나마나한 것들이다. (가)는 양반의 특권이 얼마나 힘들게 유지되는가를 보여 준다. 잠시라도 방심하고 있으면 특권이 유지되지 않기에 신경을 쓰고 언성을 높이며 수단을 가리지 않고 덤빈다. (나)는 특권의 다른 측면을 보여 준다. 양반의 특권이란 결국 놀고 지내는 특권이다. 놀고 지낸다는 것도 또 하나의 고통이다. 놀고 지내자니 무료하고, 무료하기에 무엇이든지 생각해서 시간을 메워야 한다. 시나 짓고 파자놀이나 한다.

(나)에서 양반은 여유 있고 조용하지만, (가)에서 양반은 각박하고 소란하다. 여유 있으면서 각박하고 조용하면서 소란한 모순 속에 양반이 존재한다. 양반의 문학은 옛날부터 (가)의 측면은 없는 듯이 외면하고, (나)만 보여 주면서 양반의 품위를 높이려고 했다. 그런데 민중문학은 (가)의 측면을 양반 풍자의 보편적인 소재로 이용한다. 봉산탈춤은 거기서 한 걸음 더 나아갔다. (가)를 들어 양반을 공격하는 데 그치지 않고 (나)마저도 허망하다고 해서 풍자를 확대하고 심화한다.

말뚝이에 대한 양반의 호령은 언제나 빗나간다. 양반은 계속해서 말뚝이를 꾸짖고 몰아치지만, 주변의 상황에 대한 인식력이 부족한 바보이기 때문에 의식하지 못한 채 말뚝이에게 패배하고 만다. 말뚝이는 "마나님 혼자 계시기로 벙거지를 쓴 채 이 채찍을 찬 채 감감을 한 채 두 무릎을 꿇고 하고 하고, 재독으로 했습니다" 하고, 마나님이 "좆대갱이 하나 줍디다" 하고, "이 제미를 붙을 양반인지 좆반인지 허리 꺾어 절반인지 개다리소반인지 꾸러미전의 백반인지" 하고 조롱해도[150] 양반은 무력하다.

양반은 취발이를 잡아들였을 때에도 사태 파악에 실패해 빗나간 호령만 한다.[151] "취발이 엉덩이를 양반의 코 밑에 내밀게 하여" 잡아들였다 하니, 냄새는 맡았기에 "이 이놈 말뚝아 이게 무슨 냄새냐?"고 반문한다. 냄새는 맡았으나 보지는 못한 탓에 하는 소리이다. 그러면서 "이 놈의 모가지를 뽑

---

150) 이두현, 위의 책, 317면
151) 같은 책, 318~319면

아서 밑구녕에다 갖다 박아라"고 명령한다. 전혀 현실성이 없는 억지여서, 말뚝이나 취발이에 대한 열세를 만회하는 데 조금도 도움이 되지 않는다.

상황 파악 실패는 바로 현실에 대한 무지를 의미한다. 양반은 신경 돋우어 살피고 피 올려 호령하면서도 결국 현실을 바로 인식하지 못하는 탓에 패배하고 만다. 말뚝이는 현실을 바로 인식하고 자기에게 유리한 방향으로 변모시킨다. 양반은 움직이지 않으면서 통하지 않는 호령만 하는데, 말뚝이는 언제나 부지런히 뛰어다니고 거침없이 활동하면서 현실을 개조할 수 있는 힘을 발휘한다.

양반이 짓는다는 시는 참으로 허망하다. 서방이 "산자 영자"라는 韻字를 내니, 생원은 어렵다고 한참 낑낑거리다가 詠詩調로 "울룩줄룩 作大山허니 黃川風山에 東仙嶺이라"고 읊는다. 무슨 대단한 문자라도 쓴 것 같으나, 무의미한 지명 나열이다. 그래 놓고는 "거 형님 잘 지었습니다."고 하며 웃는다.152) 시라면 양반 문화의 최고봉이고 양반의 품위를 가장 높여주는 것인데, 이런 예를 들어 가치를 전혀 인정하지 않고 먹고 할 일이 없으니 하는 수작이라고 몰아친다. 양반이 시를 짓고 있는데 말뚝이가 개입한다.

> 말뚝이 : 선생, 저도 한 수 지을 터이니 운자를 하나 불러 주시오.
> 생   원 : 齋狗三年에 能風月이라더니, 네가 양반의 집에서 몇 해를 있더니 기특한 말을 다 하는구나. 우리는 두 자씩 불러지었지마는 너는 單字로 불러 줄 터이니 한 자씩이나 달고 지어보아라. 운자는 강 자다.
> 말뚝이 : (곧 영시조로) 썩정 바지 구녕엔 개대강이요, 헌 바지 구녕엔 좆대강이라.

봉산탈춤 양반과장의 다른 한 대목이다.153) 말뚝이가 지은 시는 운자를 맞추고 대구를 이루는 점에서 양반의 시를 흉내 내고 있으나 내용은 전혀

---

152) 같은 책, 318면
153) 같은 책, 같은 곳.

다르다. 양반의 시처럼 아무 의미도 없지 않고 욕설이다. 양반의 풍월에 대한 욕설이고 양반에 대한 욕설이다. 희극적 모방으로 만들어낸 욕설이어서 풍자 효과가 아주 크다. 시나 짓고 즐기는 양반 생활의 다른 한 측면마저 비판의 도마 위에 올려놓고 난도질을 한다. 양반에게 아무런 탈출구도 남겨 놓지 않고 멸망만 촉구한다. 양반이 멸망하면 세상이 그릇되는가? 말뚝이가 지닌 활동력과 창의력이 아무런 구속도 받지 않고 뻗어날 수 있다.

> 둘째양반 : 네 머리에 쓴 것이 개잘량이란 말이다.
> 맏양반 : 이것이 개잘량이라 생각허느냐? 개잘량이 아니라 龍鬚冠이다.
>   개잘량이라 해도 가이(개)도 오륜이 있다.
> 둘째양반 : 그래 가이도 오륜이 있다 허니 어디 들어 보자.
> 맏양반 : 들어 봐라. 知主不吠하니 君臣有義요, 毛色相似허니 父子有親이요,
>   一吠衆吠허니 朋友有信이요, 孕後遠夫허니 夫婦有別이요, 小不敵
>   對허니 長幼有序라. 이만 허면 가인들 오륜이 상당치 않느냐?

강령탈춤 제5과장 양반춤의 한 대목이다.154) 양반 둘이 지체를 다투다가 그 지경에 이르렀다. 머리에 개잘량을 썼다고 하면 체면이 손상되니, 체면을 높이려고 개도 오륜이 있다고 할 수밖에 없다. 듣고 보니 오륜이란 개의 생리에 불과하다. 개의 생리에 불과한 것을 들어 인간의 행위를 구속할 수 없다는 주장을 두 양반의 다툼을 빌어 나타냈다. 양반에 대한 비판이 양반이 가장 존중하는 윤리 도덕의 근저마저 부정하는 데까지 이르렀다.

양반 풍자는 조선 후기 평민문학에서 두루 나타나는 주제이지만, 탈춤에서처럼 철저하게 심화한 다른 예를 찾을 수 없다. 소설이나 판소리는 양반을 비판하되 기존 윤리를 어느 정도 인정하고 들어가지만, 탈춤에서는 그런 전제가 없다. 탈춤은 처음부터 민중의 문학으로 자라났으므로 상층에서 물려받은 인습이 없으며, 민중 자신이 아닌 다른 누구에게 호감을 줄 내용을 지닐 필요도 없고, 오직 민중의식의 가장 성장된 모습만 충실하게

---

154) 이두현, 〈강령탈춤 대본〉, 《연극평론》 3, 87면

나타냈다.

양반에 대한 풍자를 말뚝이라는 민중적 항거의 전형을 통해 진행해 성장된 민중의식을 구체화했다. 양반과 말뚝이의 갈등은 신분 구속과 해방의 요구의 싸움이라는 점에서도 의의를 가지지만, 근본적으로 다른 두 가지 사고방식 또는 행동양식의 다툼이기도 하다. 양반은 무기력하고 비활동적이고 현실과 어긋나는 주관적인 환상에 매달린다. 말뚝이는 항상 활동적이어서 현실을 정확하게 인식하고 바람직한 방향으로 개조할 능력을 갖는다. 말뚝이를 전형으로 삼는 민중 해방을 이룩하기 위해서 압제의 특권을 철폐해야 한다는 주장을 적극적으로 나타냈다.

얻은 결과

탈춤의 역사에 대한 이해는 문헌 자료 결핍이라는 치명적인 난점이 있지만 물러날 것은 아니다. 구전자료를 작품의 실상과 견주어 살피면 활로를 찾을 수 있다. 그 쪽으로 나아가 지금까지 전개해온 논의는 탈춤의 역사를 이해하는 데 개재해온 혼돈이나 당착을 거의 다 시정할 수 있게 되었다.

탈춤은 국가에서 거행하던 행사가 민간에 정착되어 생겨난 것은 아니고, 하층민이 만들어내 자기네 역량으로 발전시킨 민중예술의 대표적인 본보기이다. 농사가 잘 되게 하려는 풍농굿에서 유래해 농민의 농촌탈춤으로 오래 전승되다가 조선 후기에 이르러서 상업도시가 성립되면서 상인이나 이속이 주도하는 도시탈춤으로 발전했다. 탈춤의 역사는 민중의식 각성의 역사이기도 하다.

민중의식의 각성에 따라 탈춤의 존재 양상, 구조, 주제 등이 발전했다는 사실이 밝혀졌다. 그런 성과를 확대하기 위해서는 방향을 돌려야 한다. 연극을 하는 원리를 해명하고, 작품의 실상을 면밀하게 살피는 데 힘쓰는 것이 마땅하다. 그렇게 해야 민중예술의 특성에 대한 이해를 심화하고, 연극미학 일반론을 새롭게 정립하는 데 기여할 수 있다.

탈춤의 형성과 발전에 관한 논의는 여기서 끝나지 않는다. 다음 작업 연극미학에서 본 특징 고찰, 봉산탈춤과 양주산대 이해로 이어진다. 역사적인 연구가 끝난 뒤에 미학적 연구가 시작되고 작품론을 하게 되는 것이 아니다. 앞뒤의 작업이 호응하는 관계를 가지고 서로 증거가 된다. 지금까지 전개한 견해에 대해 반론을 제기하려면 논의의 전폭에 걸친 대안을 마련해야 한다.

연극미학에서 본 특징

악사의 유래와 구실

논의의 출발점

탈춤이 농악대가 하는 마을굿에 기원을 두고 있다는 사실은 고대그리스극이 디오니소스굿에서 유래한 것과 상통한다. 둘 다 농사가 잘 되게 하는 굿이다. 마을굿에서 섬기는 대상은 흔히 일컫는 서낭이고, 그리스 쪽의 디오니소스는 농사의 신이다. 여러 유사점 가운데 탈춤의 악사와 고대그리스극의 코러스를 주목한다. 그 둘이 연극에서 하는 구실을 비교하는 것이 여기서 하고자 하는 일이다.[1]

비교연구를 어렵게 하는 사정이 있다. 고대그리스극의 코러스는 이미 자세하게 연구되어 있으나, 우리 탈춤이나 악사는 그렇지 못하다. 악사의 형성이나 구실을 고찰한 기존 업적이 발견되지 않는다. 문헌 자료의 결핍으로 현재의 탈춤으로부터 거슬러 올라가 과거를 탐색하는 재구의 방법으로 새로운 연구를 개척할 수밖에 없다. 이미 연구된 코러스의 형성과 구실에 비추어 재구를 하는 것이 막연한 추측을 면하는 데 도움이 되지 않을까 하고 기대한다.

우리 탈춤과 악사는 그리스극 및 코러스와 상통하는 점이 있어 비교를 가능하게 한다. 상통하는 점에서 출발해 상이한 면모를 밝히는 데로 나아가면서 연구를 진행한다. 상호조명의 결과는 연구가 많이 부족한 우리 쪽

---

1) Loomis Havemeyer, *The Dramas of Savage Peoples* (New Haven: Yale University Press, 1916), 278면 이하에서는 일본 고전극의 악사를 고대그리스극의 코러스와 비교하고, 코러스에 해당하는 것들이 모든 원시적 연극에서 두루 존재한다고 했다.

을 위해 더 많이 기여하리라 생각된다. 탈춤의 내력에 관해 모르고 있던 사실을 알아내고, 탈춤의 특징을 밝히는 데 도움이 될 수 있을 것이다.

우리 탈춤과 그리스극 사이에 어떠한 역사적 관련이 있어서 이 연구가 성립되는 것은 아니다. 역사적 관련이 없는 독립 발생적 유사성을 토대로 하고 있어 더욱 의미 있다. 비교와 대비를 구별한다면 대비에 해당하는 연구이다. 그러나 둘을 구별하지 않고 이것 또한 비교연구라고 일컫는다.

연극의 발생과 초기 발전은 상호간에 아무런 관련이 없이 어디서나 근본적으로 비슷하다는 견해가 있다.[2] 과연 그런지 검증하는 많은 연구가 있어야 하지만, 비교연구의 범위를 확대할 수 있게 하는 유력한 가설로 받아들일 수 있다. 우리 탈춤을 어느 곳의 이른 시기 연극과도 비교해 고찰할 수 있다. 특히 먼저 잘 연구되어 있다는 이유에서 그리스극을 선택했다.

선 악사에서 앉은 악사로

탈춤의 악사가 농악대의 풍물재비에서 유래되지 않았을까 하는 점은 이미 대체로 밝혀졌으나, 구체적으로 확인해 보기로 하자. 각 지방 탈춤의 악사에 관한 자세한 정보가 필요하다.

하회에서는 농악대의 풍물재비가 바로 탈춤 악사이며 이들 사이에 아무런 차이도 없다. 정초에서 보름까지, 강신에서 송신까지의 굿의 전 행사를

---

2) K. Marzius. Louise von Cossel tr., *A History of Theatrical Art* (London: Duckworth, 1903) 제1권 4면에서 "What strikes us first of all……is the astonishing uniformity in the first germs and earliest development of dramatic representation, even in peoples so far removed from each other, geographically and ethnographically, that a mutual influence and imitation must be considered out of the question."이라는 것을 세계 연극사 서술에 대전제로 삼았다. 이러한 견해를 따르면 디오니소스굿에서 그리스극이 시작된 것과 비슷한 과정이 어디서나 확인될 수 있다. G. Murry, Jane Harrison, F. M. Cornford 등에 의해 그리스극과 디오니소스굿과의 관계가 거의 결정적으로 밝혀진 후, 이러한 성과를 B. S. Phillpotts, *The Elder Edda and Ancient Scandinavian Drama* (Cambridge 1920) 에서 스칸디나비아에, T. H. Gaster, *Thespis* (New York: Henry Schuman, 1950) 에서 중동지방에, A Keith, *The Sanskrit Drama* (Oxford: Oxford University Press, 1924)에서 인도에 적용했다.

담당하는 농악대의 풍물재비들이 탈춤의 반주자이다. 악사들은 광대들과 같이 서서 춤을 추며 반주를 하는 춤꾼이면서 또한 반주자이다.3)

동래와 수영에서 보건대, 야류에서도 농악대의 풍물재비와 탈춤의 악사가 거의 일치한다. 동래에서는 정초에서 보름까지 지신밟기를 담당하고, 줄다리기에 참가하는 농악대의 풍물재비들이 탈춤의 반주를 한다. 수영에서도 정초에서 보름까지 지신밟기로 진행되는 마을굿을 담당하고, 줄다리기에 참가하는 농악대의 풍물재비들이 바로 탈춤 반주를 한다.4) 악사들은 서서 반주를 하면서 등장인물과 어울려 춤을 추기도 한다. 악기도 꽹과리, 징, 북, 장고가 기본을 이루어5) 농악기의 범위를 벗어나지 않는다.

그 비슷한 것들이 다른 데도 있다. 남사당패의 덧보기에서도 일 년 가운데 일정한 시기에 하는 마을행사가 아니고 유랑흥행물이기는 하지만, 악사들이 처음에는 앉아서 반주를 하다가 흥이 나면 서서, 끝까지 서서 반주를 한다. 꽹과리, 징, 북, 장고, 날라리로 된 농악기를 사용하는 점에서도 농악대의 풍물재비들과 같다.6)

북청사자무는 농악이 없는 지방의 놀이이다.7) 애원성이라는 특이한 가락을 연주하며 다섯 개의 퉁소를 사용하는 점에서 상당히 다르지만, 꽹과리, 북, 장고, 소고는 바로 농악기이다. 계속 서서 반주하는 점에서 악사는 농악대의 풍물재비와 상통하는 면이 있다.

그러나 탈춤의 악사가 농악대 풍물재비와 일치하거나 상통하는 것은 전국적인 현상이 아니다. 오광대·산대놀이·해서탈춤에서는 사정이 다르다. 봉영과 고성에서 보면, 오광대에서 사용하는 악기는 꽹과리, 징, 북, 장

---

3) 유한상, 〈하회별신가면무극 대사〉, 《국어국문학》 20 (서울 : 국어국문학회, 1959); 최상수, 《하회가면극연구》(서울 : 고려서적주식회사, 1959); 김택규, 《동족부락의 생활구조연구》 (대구 : 청구대학출판부, 1964), 245~247면

4) 강룡권, 〈수영야류극〉, 《국어국문학》 27 (서울 : 국어국문학회, 1964)

5) 최상수, 《東萊 야류가면극》(문화재관리국 중요무형문화재지정자료, 1965), 11면에 의하면 동래에서는 이 밖에 해금·젓대·피리도 쓰였다.

6) 심우성, 《남사당》(문화재관리국 무형문화재조사보고서, 1968)

7) 함남 출신인 계명대학 최정여 교수와의 면담에서 그 지방에는 농악이 없다는 사실을 확인했다.

고 등이어서[8] 농악기의 범위를 벗어나지 않으나, 악사가 서서 반주를 하지 않고 악사석에 자리를 잡고 앉아서 반주를 하는 점이 다르다.[9] 양주나 봉산에서는 악기 편성에 꽹과리가 없고, 장고 장단을 따른다. 악사 자리에 앉아서 반주를 하는 점에서, 악사는 농악대의 풍물재비와 거리가 멀다.

탈춤 악사에는, 서서 춤추며 반주하는 농악대의 풍물재비와 같은 악사와, 앉아서 반주만 하는 농악대의 풍물재비와는 다른 악사가 있다. 앞의 것은 '선 악사', 뒤의 것은 '앉은 악사'라고 줄여 일컫기로 한다. 앉은 악사는 탈춤 악사가 농악대의 풍물재비에서 유래되었다고 하기에 장애가 된다.

그러나 앉은 악사가 선 악사로 바뀌었다. 그 과정을 추적하면 탈춤 성장 내막의 일단을 알아낼 수 있다. 앉은 악사가 등장하는 오광대·산대놀이·해서탈춤은 원래의 상태에서 벗어나 후대적인 변모를 겪었다. 굿의 흔적이 겉으로는 잘 드러나지 않는 것이 그 때문이다.

앉은 악사가 등장하는 탈춤은 지역을 옮겨 성장했다는 것들이다. 통영, 고성 등지의 오광대는 밤마리오광대의 분파라고 한다. 양주별산대놀이는 본산대에서 유래했다고 한다. 그래서 한 마을에서 자라난 토착적인 탈춤과 달라 농악과의 유대가 쉽게 사라질 수 있었다. 교통과 상업의 요로인 도시에서 공연하는 연극은 규모가 크고 화려할 필요가 있어서 농악의 단순한 가락에서 벗어나 꽹과리 장단이 아닌 장구 장단에 따라 가야금까지 곁들이는 반주음악을 사용했다.

그렇다면 동래나 수영 등지의 야류에서는 왜 선 악사가 계속 유지되었던가 하는 반문이 제기될 수 있다. 이러한 반문은 동래, 수영의 야류도 통

---

8) 고성오광대가 사용하는 악기에 대해서 정상박, 〈고성오광대대사〉, 《국어국문학》 22 (서울 : 국어국문학회 1960)에서 원래 "피리·젓대·해금·가야금·거문고·장고·북·꽹과리"였는데 근대에는 "장고·북·꽹과리"라고 했다. 원래의 편성이란 최대한 화려하게 벌이는 경우이고, 장고, 북, 꽹과리가 기본 악기라고 할 수 있다. 통영오광대의 악기는 계명대학 공연(1968. 11. 30) 및 吳正斗옹의 말에 의하면 꽹과리·장고·징·날라리이다.

9) 吳正斗옹은 통영오광대의 악사는 결코 서서 반주한 적이 없다고 계명대학에서 공연할 때 말했다.

영, 고성의 오광대와 함께 초계 오광대의 분파이고, 동래와 수영도 도시의 성격을 띤 곳이라는 두 가지 전제에 바탕을 둔다고 할 수 있다. 이 두 가지 바탕 가운데 뒤의 것은 타당한 터이지만, 앞의 것은 재고가 필요하다.

오광대와 야류는 서로 지역적으로 이웃하고 있어도 상당한 차이가 있다. 우선 명칭이 아주 달라 유래의 차이를 말해준다. 야류는 지신밟기 형태의 마을굿과 연견되어 정월 보름날 공연하고, 오광대는 마을굿이나 지신밟기와 관계없이 어느 때든 할 수 있다.

야류는 자기 고장에서 자라난 토착 연극이다. 오광대의 영향을 받았을 수 있으나, 오직 오광대가 전파되어 생겨났다고 할 수는 없다.10) 동래나 수영도 도시여서 놀이를 크고 화려하게 만들고자 했다. 길놀이를 큰 규모로 하고, 피리, 젓대, 해금 등의 악기로 반주를 하지만, 탈춤의 악사는 선 악사여야 한다는 전통이 완강해 앉은 악사로 바뀌지 않았다.

선 악사와 앉은 악사는 지역에 따라 나누어지지 않고, 서로 다른 시대 또는 단계의 산물이다. 탈춤의 악사는 원래 농악대의 풍물재비여서 등장인물과 같이 어울려 춤을 추면서 꽹과리 장단의 반주를 했다. 탈춤이 마을굿에서 이탈해 독자적인 성장을 하는 곳에서는 선 악사가 물러나고 장구로 장단을 맞추는 앉은 악사가 생겨났다.

그것은 고대그리스 디오니소스굿에서 춤추며 노래하고 풍물 치던 무리가 코러스로 바뀐 것과 상통하는 변화이다. 악사와 코러스가 대비된다는 출발점은 타당한 것으로 확인되었다. 공통점과 함께 차이점도 있어 구체적인 비교고찰이 가능하고 필요하다.

마을굿패의 변모

마을굿을 하는 사람들을 마을굿패라고 하자. 마을굿패는 세 부류의 사람들로 이루어져 있다. 셋을 각기 (1) 풍물재비, (2) 가면을 쓰거나 분장을 하고 따라다니는 잡색, (3) 일반 참가자라고 할 수 있다.

---

10) 정상박, 〈동래 들놀음의 몇 가지 문제〉에서는 "들놀음은 줄다리기 전후에 행하는 길놀이와 덧베기놀이란 민속놀이와 오광대의 탈춤놀이가 결합된 것"이라고 했다.

일반 참가자들을 넣은 이유를 설명할 필요가 있다. 굿은 제관만 참가하는 제와 달라 마을 사람이면 누구나 나서서 구경하고 춤추며 놀 수 있는 행사이다. 그렇게 하는 것이 제삼자의 개입이 아니고 마을 사람이 마을 공동의 행사에 참가하는 권리와 의무 행사이다.

위에서 든 셋 가운데 풍물재비가 주도적인 구실을 한다. 잡색은 보조자로 할 수 있다. 그런 서열은 후대적인 변모의 결과라고 생각된다. 잡색은 기원이 신의 가면을 쓰고 신을 나타내는 무리에서 유래했으며 굿의 주역이었다. 가면이 신의 모습이라고 이해되지 않고, 양반이나 포수, 각시, 중 등의 인물을 보여준다고 하게 되자, 지위의 역전이 일어났다. 풍물재비가 굿의 주역이 되고 잡색은 보조자가 되었다. 지금 볼 수 있는 잡색들은 풍물재비들을 따라다니며 엉뚱한 짓을 하는데 지나지 못한다.

굿에서 탈춤으로 이행되면서 (1) 풍물재비는 악사로, (2) 잡색은 등장인물로, (3) 일반 참가자는 관중으로 바뀌었다. 그 과정에서 셋이 지니던 비중이 크게 달라졌다. 풍물재비를 따라다니면서 엉뚱한 짓을 해 웃기거나 하던 잡색이 등장인물이 되어 탈춤의 주역 노릇을 하게 된 것이 가장 큰 변화이다. 그 반면에 일반 참가자는 관중이 되면서 몰락했다. 탈춤의 관중은 단순한 방관자가 아니고 연극에 개입하는 상대역일 수 있기는 하지만 뒤로 물러나 있어야 한다. 풍물재비는 잡색보다 더 심하게 몰락했다.

마을굿의 풍물재비가 하던 행위를 탈춤의 경우와 비교해보자. 마을굿에서는 풍물재비가 여러 구실을 한꺼번에 했다. (가) 악기를 연주하고, (나) 춤을 추고, (다) 노래를 부르거나 말을 하고, (라) 대열을 지어 보이고, (마) 상모를 돌리거나 舞童을 세우는 등의 재주를 보인다.

(가)와 (나)는 바로 내린 신이 즐겁게 노는 거동이면서 풍물재비들 자신이나 마을 사람의 즐거움을 돋우는 행위이다. (다) 지신밟기의 덕담과 노래, 한 마을 서낭이 다른 마을 서낭을 방문하는 길굿, 다리를 건널 때의 다리굿을 하면서 부르는 노래가 굿의 기본 절차이다.[11] (라)와 (마) 또한 마

---

11) 경북 봉화군 소천면 小川1里(荒木)의 남서낭이 산 너머 佳湖(가재리)의 여서낭을 만나러 가는 의식을 거행할 때면, 농악대는 길을 가면서 '길굿'을, 다리를 건너면

을굿의 한 절차이면서12) 흥겨운 놀이이기도 하다.

풍물재비가 악사로 되면서 이런 행위 가운데 일부는 아주 없어지고, 남은 것들은 현저하게 축소되었다. 아주 없어지는 것이 (라)와 (마)이다. 탈춤을 하는 동안에 서서 반주를 하고 춤도 추는 악사라도 (라)와 (마)는 할 수 없다. (라)와 (마)가 아무리 흥미 있는 구경거리라 하더라도 탈춤과는 어울리지 않으니 그만두어야 한다. (가)·(나)·(다)는 독자적인 의의를 잃고 연극 공연을 보조하는 데 그쳐 현저하게 축소·변질되었다.

농악대 놀이에서는 풍물재비들이 풍물을 치거나 춤을 추고 노래를 부르는 사이에 가끔 양반광대의 희극이 끼어들지만, 탈춤에서는 연극 진행상의 필요와 요청에 따라서 이따금 악사의 반주가 있다. 선 악사라도 아무 때나 춤을 출 수는 없고, 말을 해도 연극의 일정한 대목에서 미리 약속된 대사를 한다. 앉은 악사는 춤을 추지 않아 (나)의 구실마저 잃었다.

(라)와 (마)를 하지 않게 되어 농악대에서 가장 많은 인원을 차지하는 소고를 들고 춤을 추거나 대열을 짓는 이른바 버꾸재비들이 필요 없다. 다만 (가)를 계속하기 위하여 꽹과리·징·북·장고 등 중요 악기 연주자가 각기 한 사람씩 있으면 된다. 악기 수는 늘어나 피리·젓대·해금·가야금, 거문고 등도 사용한다. 여러 반주자 가운데 한두 사람, 대개는 꽹과리든 사람이 등장인물과 대화를 나눈다.

이상에서 살핀 바와 같이 악사는 차츰 축소되고 몰락했다. 그 과정이 고대그리스 연극에서 코러스의 역사는 점차적인 몰락의 역사라고 하는 사실과13) 상동하면서 구체적인 양상은 상당히 다르다. 공통점을 매개로 차이점에 관해 고찰하는 작업이 요망된다.

악사의 몰락은 코러스의 경우보다 한층 더 심하다. 코러스는 위에서 든 (가)·(나)·(다)·(라)의 행위를 대체로 그대로 유지하고 있다. (마)와 같

‘다리굿’을 하면서 노래를 부른다. (1966년 12월 9-21일 현지조사.)

12) 경북 영양군 일원면 주곡의 여서낭과 이웃 가곡(가마실)의 남서낭이, 또는 황목의 남서낭과 가호의 여서낭이 만나는 의식은 서낭대를 앞세운 두 마을 농악대의 대열놀이와 농악경연으로 시작된다.

13) A. E. Haigh, *The Attic Theatre* (Oxford: Clarendon, 1907), 285면

은 것이 그리스에도 있었다는 증거는 발견되지 않지만, 코러스는 (라)를 유지해 일정한 대열을 지었다.14) (나)와 (다)의 구실이 줄어들지 않아 춤을 추며 노래하는 것을 기본 기능으로 했다. 등장인물들이 연극을 하는 동안 계속 춤을 춘다. 등장인물과 필요한 대화를 하는 데 그치지 않고 자기들대로 노래하고 이야기하고 이따금 서로 다투기조차 하는 독자적인 집단이다. 그런데 악사는 (라)를 잃고 (나)·(다)마저도 아주 간략해지고 반주를 기본 기능으로 하게 되어 종속적인 지위로 떨어졌다.

그리스극의 반주자는 코러스와 함께 등·퇴장하고 같이 오케스트라에 자리 잡지만 별개의 무리인 플루트 또는 연주자이다. 경우에 따라서는 하프 연주주자도 있었다.15) 코러스는 반주자가 아니고 춤추며 노래하는 무리이다. 말하자면 꽹과리를 든 자가 아니라 대열을 지어 움직이고 춤을 추며 노래도 하는 농악대의 버꾸재비 같은 무리이다. 버꾸마저 들지 않은 버꾸재비들이라고 할 수 있다. 반주자이기만 한 악사는 코러스와는 무관하다고도 할 수 있으나 악사와 코러스를 연관 지을 수 있는 한 가지 특징이 등장인물과 대화를 나누는 것이다.

춤대목 비교 고찰

코러스가 점차 몰락했다고 하는 것은 수가 줄어들고,16) 작품 전체의 분량에서 코러스가 차지하는 부분이 현저하게 줄어들었다는 것이다.17) 희극을 두고 말한다면, 코러스가 차지하는 분량이 줄어들었다는 것은 바로 '파라바시스'(parabasis)의 축소를 의미한다. 파라바시스는 등장인물들의 대화는 없이 코러스들만 노래하고 춤추며 이야기하는 대목이며, 연극 이전 디오니소스굿 참가자들의 모습을 보여 주는 흔적이다.18) 파라바시스의 축

---

14) 같은 책, 298~301면
15) 같은 책, 270~271면
16) 원래 코러스는 50명으로 되어 있었는데, 비극에서는 12명으로 (Sophocles에 와서는 15명으로), 희극에서는 24명으로 줄었다. (같은 책, 288~290면)
17) 최초의 비극에서는 코러스가 차지하는 부분이 전체의 5분의 3이나 되었는데, Sophocles에 이르러서는 4분의 1에서 7분의 1 정도로 되었다. (같은 책, 285~286면)

소는 코러스의 몰락인 동시에 디오니소스굿에서 온 요소의 점차적 청산을 의미한다. 우리 탈춤에서도 그런 파라바시스와 상통하는 대목이 있다.

> 원양반 : (여러 양반을 다 훌친 후에) 이놈 말뚝아. 노생원이라니?
> 말뚝이 : 이 양반아, 청노새란 말이요.
> 원양반 : 허 그렇지. 내가 이전에 대국사신 들어가서 당오전 칠푼 주고 청노새 한 마리를 샀더니, 안장을 열두 낱 차리고도 발이 땅에 조도록 꺼낀나니라.
> 말뚝이 : 청노새, 청노새.
> (악사가 응박캥캥하고 꽹과리를 친다.)
> 일 동 : (굿거리 장단에 一字로 對舞한다.)
> 원양반 : 쉬— (음악과 춤은 그친다.) (말뚝이 보고) 고만만 찾고 말았단 말이냐?

동래야류 제2 양반과장의 한 대목이다.[19] 밑줄을 그은 부분은 악사가 꽹과리를 치고, 일동이 춤을 추는 대목이다. 꽹과리를 치는 악사가 다른 여러 악사와 함께 등장인물과 어울려 춤을 춘다. "일동"이란 그 모두를 뜻한다. 그렇게 해서 마을굿 풍물재비들의 모습을 그대로 보여 주고 있다.

파라바시스와 비교해보면 차이점과 함께 공통점이 있다. 등장인물이 퇴장하지 않고 악사와 같이 어울리고, 악사가 노래나 말은 하지 않고 풍물치고 춤추기만 하는 것은 다르다. 그러나 악사가 전면에 나서서 등장인물들의 대화를 중단시키고 마을굿 풍물재비의 모습을 재현하는 것은 같다. 그 양면에 대한 구체적인 고찰이 필요하다.

악사들이 여러 등장인물과 함께 어울러 춤추는 대목을 '춤대목'이라고 일컫자. 춤대목 또한 파라바시스와 마찬가지로 차츰 축소되었다. 어떤 단

---

18) F. M. Cornford, *The Origin of Attic Comedy* (London: Edward Arnold, 1914), 107면 이하
19) 최상수, 위의 보고서, 56면

계를 거쳤는지 살펴보자.

먼저 농악대의 양반광대놀이의 경우를 보자. 농악대의 양반광대놀이란 풍물재비들이 춤추며 다니는 틈틈이 양반광대가 웃기는 짓을 하는 것을 말한다. 춤대목이 압도적인 비중을 차지하고 등장인물의 대화라 할 수 있는 것들은 그 사이에 끼어 있는 보잘것없는 단편에 불과했다. 동래야류와 같은 경우에는 등장인물들 사이의 대화 위주로 연극이 진행되고, 이따금 대화가 중단되고 여럿이 함께 어울려 춤을 춘다. 통영오광대와 같은 데서는 악사가 앉아 있으며, 춤대목에서 등장인물들만 춤을 춘다. 봉산탈춤 같은 데서는 등장인물들만의 춤이 차지하는 비중이 대화가 늘어나는 데 비례해 상대적으로 줄어든다.

춤대목과 파라바시스는 둘 다 차츰 축소되어 갔다는 일치점과 함께 또한 주목할 만한 차이점도 있다. 파라바시스는 코러스만, 춤대목은 악사와 등장인물이 함께 담당한다. 왜 그런지 밝히는 단서를 등장인물의 수와 성격을 살펴 얻을 수 있다.

그리스극에서 동시에 등장하는 인물의 수는 처음에는 하나뿐이었다가 둘로 늘어났으며, 끝까지 셋을 넘어서지 않았다. 그런데 우리 탈춤의 등장인물의 수는 이러한 제한이 없다. 하회탈춤에 벌써 양반·선비·초랭이·이매·백정·할미 등이 한꺼번에 등장한다.

그리스극은 등장인물의 수가 엄격히 제한되어 있어서 둘 이상의 인물이 비슷한 역을 하지 않는다. 우리 탈춤에서는 등장인물의 수에 제한이 없을 뿐만 아니라 비슷한 역을 하는 인물이 둘 이상 있을 수 있다. 양반은 보통 삼형제이고, 많을 때는 통영 오광대에서처럼 일곱이나 된다. 말뚝이가 둘일 수도 있고, 말뚝이 외에 쇠뚝이가 더 있을 수 있다. 상좌는 흔히 사상좌이고 목중은 팔목중이다. 탈춤의 등장인물은 군중적 성격을 지닌다.

그리스극에서는 등장인물의 수가 엄격히 제한되어 있어 코러스가 군중 노릇을 해야 하고, 우리 탈춤에는 극중인물이 군중이므로 악사가 같은 구실을 중복해서 해야 할 필요가 없다. 디오니소스굿 참가자들 가운데 한 사람이 등장인물이 되고, 한 사람이 세 사람까지만 늘어나고, 나머지는 모두 코러스가 된 것은 그리스 쪽의 사정이고, 우리는 서낭굿 참가자 가운데 상당수가 등장인물이 되어 악사의 구실이 줄어들 수밖에 없었다. 군중의 성격을 지닌 등장인물들이 그리스의 코러스처럼 대열을 지어 춤을 추기도 해서 춤대목이 악사만의 것일 수는 없게 했다.

이와 함께 또 한 가지 더욱 주목해야 할 차이점이 있다. 코러스는 파라바시스에서 노래와 말로 된 대사를 하는데, 춤대목에서는 등장인물이든 악사이든 무언이다. 이러한 차이점 때문에 파라바시스와 춤대목의 극 진행에서 차지하는 위치와 수행하는 구실이 많이 다르다.

코러스가 등장인물들 사이에 벌어진 사건을 놓고 논평을 하면서 서로 다투기도 해서, 파라바시스는 선행 장면의 연장이거나 반복이고 작자의 개입에 의한 새로운 사실의 첨가이기도 하다. 장시간에 걸쳐 그렇게 하는 경우가 많아 극적 갈등을 이완시키고, 관객을 지루하게 했다.[20] 심할 때에는 파라바시스는 극을 완전히 중단시키고 코러스가 딴 짓을 하는 막간 여흥에 가까운 것이 되었다.

디오니소스굿 이래의 오랜 역사를 지니고, 극의 중심적 자리에 섰던 과거를 자랑하는 코러스는 점차 폐단이 크다고 인식되고 버려야 할 인습으로 다루어졌다. 극작을 다시 하면서 파라바시스와 같은 코러스 대목을 되도록 줄이려고 노력하는 것이 당연한 일이었다. 그러나 관례가 완강하게 남아 혁신을 거부했다.

춤대목도 얼핏 보면 극적 긴장을 늦추는 듯이 생각되지만, 그렇지 않다. 구체적인 예를 통해서 살펴보자.

> 말뚝이 : 양반 나오신다아! 양반이라고 하니까 노론·소론·호조·병조
> ·옥당을 다 지내고 삼정승·육판서를 다 지낸 퇴로재상으로 계
> 신 양반인 줄 아지 마시오. 개잘량 양자에 개다리소반이라는 반

---

20) Jane Harrison, *Ancient and Art Ritual* (Oxford: Oxford University Press, 1951) 에서 "We weary and wish that chorus would stop lamenting and do something."(121면)이라고 지적한 사실이다.

자 쓰는 양반 나오신단 말이요.

양반들 : 야아, 이놈 뭐야아!

말뚝이 : 아, 이 양반들 어찌 듣는지 모르갔소. 노론·소론·호조·병조·
옥당을 다 지내고 삼정승·육판서를 다 지내고 퇴로재상으로 계
신 이생원네 삼형제분이 나오신다고 그러하였소.

양반들 : (합창) 이생원이라네. (<u>굿거리장단으로 춤을 춘다. 도령은 때때
로 형들의 면상을 치며 논다. 끝까지 그런 행동을 한다.</u>)

말뚝이 : 쉬이, (반주 그친다.) 여보, 구경하시는 양반들, 말씀 좀 들어보시
오. 연변죽을 사다가 이리저리 맞추어 가지고 저 재령 나무리 거
이 낚시 걸듯 죽 걸어놓고 잡수시오.

양반들 : 뭐야아!

말뚝이 : 아, 이 양반들 어찌 듣소, 양반 나오시는데 담배와 헌화를 금하라
고 그리하였소.

양반들 : (합창) 헌화를 금하였다네. (<u>굿거리곡으로 모두 춤을 춘다.</u>)

봉산탈춤 양반과장의 한 대목이다.21) 밑줄을 친 곳이 춤대목이다. 봉산
탈춤의 악사는 앉은 악사여서 등장인물들만 춤을 춘다. 춤대목은 극을 짧
은 단락들로 토막 내고, 각 단락의 극적 갈등이 그것대로 날카롭게 한다.
하인 말뚝이가 상전인 양반들을 거듭 공격한다. 춤대목을 경계로 구분
되는 첫 단락에서는 양반이라는 명칭을 들어 상전을 욕보이고, 둘째 단락
에서는 관중에게 담배를 피라는 무례를 권장한다. 그런 공격이 외면적 복
종 속에 가리어져 양반들에게는 정확히 인식되지 못한 채 춤대목으로 넘
어간다. 춤대목에서 말뚝이와 양반들이 같이 어울려 흥겹게 춤을 추어 아
무 갈등도 없는 것 같다. 말뚝이의 반발을 관중은 아는데 양반은 몰라 대
처하기 어렵다. 양반이 말뚝이를 제어하지 못하고 욕을 본다.
탈춤의 춤대목은 굿의 자취이면서도 거추장스러운 인습이 아니고 효과
적인 수법이다. 서사적인 연속을 차단해 극적 긴장을 증대한다. 갈등이 해

---

21) 이두현, 위의 책, 316면

소된 듯이 보이게 하면서 오히려 날카롭게 하는 반어적 작용을 한다. 탈춤이 사회비판의 희극일 수 있게 하는 데 크게 기여한다.

그리스극에서 코러스가 하는 구실은 비극과 희극에서 다르다. 비극에서는 "관중이 모두 듣고 싶어 하나 등장인물은 누구도 말할 수 없는, 다만 서정시로만 나타낼 수 있는 감정을 나타내야 하기 때문에,"22) 코러스는 거추장스럽기는 하지만 그 나름대로 긴요한 구실을 한다. 희극의 코러스는 그렇지 않다. 희극의 관중은 웃을 대로 웃어 버렸으니 해소되지 않고 남아 있는 감정이 없다. 등장인물들이 보여 준 것 이상으로 풀이해 설명할 것도 없다. 그러니 희극의 코러스란 "기껏 무대가 비어 있는 막간에 관중을 즐겁게 하는 짓을 하는 데 지나지 못한다."23) 우리 탈춤도 희극이어서 해설이나 후평이 필요하지 않다.

아리스토파네스는 마침내 그의 마지막 작품에서 파라바시스를 아주 없애버렸으나,24) 춤대목은 어떤 탈춤에서도 그대로 남아 있고 뚜렷한 구실을 하고 있다. 이와 같은 차이를 우리 탈춤에서는 개인적 작가가 나타나 특별한 재능을 발휘하지 못한 탓으로 돌릴 수는 없다. 파라바시스와 춤대목의 기본적인 차이가 운명을 결정했다.

등장인물인가 관중인가

코러스와 악사는 또 한 가지 크게 다른 점이 있다. 코러스는 관중의 처지에 서기도 하면서 등장인물이기도 하다.25) 악사는 그렇지 않고 관중이다. 이러한 차이는 두 연극의 전반적 특징과 깊이 관련된다.

코러스는 고유한 의미의 배우가 아니고 등장인물인 배우가 하는 연극을

---

22) F. M. Cornford, 위의 책, 107면
23) 같은 책, 108면
24) 열 번째 작품인 "Ecclesiazusae"와 열한 번째 작품인 "Plutus"에 이르면 파라바시스가 없고, 코러스는 단편적인 노래와 대사만 한다. (A. E. Haigh, 위의 책, 287면)
25) F. M. Cornford, 위의 책에서 "…Standing in an intermediary position between the actors, still absorbed in the action, and the spectators, who are only concerned in the drama by way of sympathetic contemplation."(107면)라고 했다.

바라보면서, 당사자가 아니면서 자기들대로의 느낌을 가지고 의견을 말한다. 그러면서도 관중은 아니다. 관중의 구경거리가 되는 등장인물이기도 하다.

코러스가 서는 자리는 오케스트라(orchestra)라고 하는데, 그리스 극장의 중심부이고, 원형으로 둘러앉은 관중들의 시선이 집중되는 곳이다.26) 무대에 해당하는 스케네(skene)는 오히려 한쪽 편에 치우쳐져 있다. 코러스는 관중을 향해 서서, 관중을 상대로 노래하고 이야기하기도 한다. 파라바시스를 할 때는 관중을 향해 선다.27) 코러스는 모두 가면을 쓰고 일정한 분장을 한다. 그 여러 면에서 코러스는 등장인물과 다를 바 없으면서 등장인물은 아닌 이중의 성격을 지닌다.

탈춤의 악사는 이와 다르다. 악사의 자리인 악사석은 무대 한쪽에 치우쳐 있는 것이 예사이고, 악사는 등장인물을 향해서만 서거나 앉아 있다. 춤을 추면서 무대를 돌 수는 있어도, 코러스처럼 의식적으로 관중을 향하지는 않다. 등장인물을 향해 말할 뿐이고, 관중에게 말을 하지는 않는다.

악사 : 웬 할맘입나?

미얄 : 웬 할맘이라니, 덩꿍 하기에 굿만 여기고 한 거리 놀고 가려고 들어온 할맘일세.

악사 : 그러면 한 거리 놀고 갑세.

미얄 : 놀든지 말든지, 허름한 영감을 잃고 영감을 찾아다니는 할맘이니 영감을 찾고야 놀갔습네.

악사 : 할맘 본 고향은 어데와?

미얄 : 본 고향은 전라도 제주 망막골일세.

악사 : 그러면 영감은 어찌 잃었습나?

미얄 : 우리 고향에 난리가 나서 목숨을 구하려고 서로 도망하였더니…

악사 : 그러면 영감을 모색을 댑세.

미얄 : 우리 영감의 모색은 마모색일세.

---

26) A. E. Haigh, 위의 책, 80~81면; Jane Harrison, 위의 책, 122~123면
27) A. E. Haigh, 위의 책, 304면

봉산탈춤 미얄과장의 한 대목이다.[28] 이런 대화로 미얄이라는 할미가 어떤 인물인지 소개되고, 앞서 있었던 일이 알려지고, 사건의 전개가 가능해진다. 악사와 미얄의 대화가 없다면 다른 등장인물이 하나 더 있어야 하고, 그래서 악사가 등장인물을 대신하거나 등장인물에 해당하는 역을, 마을사람이나 통행인 정도의 역을 한다고 생각되기도 한다.

그러나 이런 견해는 탈춤 관중의 특성을 고려하면 적절하지 않다. 그리스극의 관중도 침묵을 좋아하지 않고 극에 대한 의견을 나타내기를 즐겼다고 하지만,[29] 우리 탈춤의 관중은 그 정도가 아니다. 극에 줄곧 개입한다. 탈춤의 관중은 극중 사건에 대해 다음과 같이 비난의 소리나 탄성을 서슴지 않고 지른다. 극에 대한 관중의 반응이라고 할 수 있는 정도를 넘어서서, 관중의 말도 대사이다.

노　장 : (취발이를 장삼 소매로 쳐서 내쫓는다.)
취발이 : 아이쿠 (하며 좀 뒤로 물러난다.)
관중 여럿이 : 중놈이 사람을 친다아.

강령탈춤에 있는 장면이다.[30] 관중 여럿이 자기도 모르게 하는 말이 극 진행에 필요한 대사이다. "완보 : 대방의 여러 손님네, 보시는 바와 같이 이놈은 한 번도 약속을 어긴 일이 없읍니다"는 것은 양주산대놀이의 한 대목이다.[31] 극중인물이 이렇게 말하면 관중이 대답을 하는 것이 당연하다. 등장인물이 관중에게 말을 걸어 지지나 동의를 구하고, 관중을 자기편으로 끌어들이려는 노력을 어느 때든 한다. 악사와 등장인물 사이의 대화를 관중이 맡아 하기도 한다. 강령탈춤의 한 대목을 들어본다.[32]

---

28) 이두현, 위의 책, 319면
29) A. E. Haigh, 위의 책, 343면 이하
30) 임석재, 〈강령탈춤 대사〉, 《현대문학》 39 (서울 : 현대문학사, 1959), 297면
31) 임석재, 《양주별산대놀이 대사, 중요무형문화재 전수자료》(서울: 국악예술학교, 1966), 47면
32) 임석재, 위의 보고서, 291면

관중 중 1인 : (관람석에서) 윈 할멈이가?
할멈 : 윈 할멈이올세……
관객 : 난지 본향을 말협소.
할멈 : (노래조로) 난지 본향 전라도 막막골 사더니만……

이상의 고찰을 통해 탈춤 악사는 관중의 처지에서, 관중이 연극에 개입하듯이 등장인물과 대화를 나눈다는 사실이 드러났다. 탈춤의 관중은 직접적 이해관계 없이 연극을 바라보기만 하는 제삼자인 방관자가 아니며, 비판적으로 개입하는 당사자이다. 그래서 연극으로 나타내는 바가 현실을 떠나 있는 무엇이 아니라 바로 현실의 비판적 검증일 수 있다. 악사가 가세해 그런 특징을 더욱 분명하게 하고 비판적 개입을 강화한다.

코러스가 관중적인 처지에 서기도 하면서 등장인물적인 성격을 지니기도 하는 그리스극에서는 사정이 크게 다르다. 코러스가 등장인물을 바라보고, 관중은 등장인물을 바라보면서 자기네와 함께 구경하는 코러스를 바라보기도 한다. 등장인물을 바라보는 코러스가 또한 바라보는 대상인 등장인물이기도 해서 생기는 거리만큼, 원래의 등장인물이 관중에게서 떨어져 있다.

서구 근대극에 이르러서는 코러스가 없어졌다. 그러나 관중과 등장인물의 세계 사이의 거리는 줄어들지 않았다. 연극을 실내 무대로 옮기고 사각형의 틀에다 집어넣고 관중석을 뒤로 물려 가까이 할 수 없게 만들었다. 서구 연극사는 관중이 극에서 멀어지는 역사라고도 할 수 있게 되었다.[33] 그 때문에 연극이 위기에 이르렀다고 판단하고, 관중이 직접 비판적 개입을 할 수 있는 길을 열자는 운동이 일어나기까지 했다.[34] 사태가 거기까지 이르게 된 원인의 일단이 그리스시대의 코러스에 있었다.

---

33) 듀크스, 여석기 역, 《연극입문》(서울 : 신양사, 1958), 14~16면
34) 그 대표적인 예가 Bertolt Brecht의 이른바 서사극이다.

공연장소와 극중장소의 관계

개념 설정

공연장소는 연기자들이 연극을 하는 장소 또는 무대상의 공간이다. 극중장소는 연극의 내용에 따라서 설정되어 있는 장소 또는 작품상의 공간이다. 모든 연극은 일정한 공연장소에서 진행되면서 어떤 극중장소를 제시한다. 공연장소가 없으면 극중장소를 나타낼 수 없으며, 공연장소가 극중장소를 제약하기도 하고 극중장소에 따라서 공연장소가 선택되기도 하지만, 극중장소와 공연장소는 별개의 것이다.

공연장소와 극중장소의 관계는 일정한 원리에 따라서 이루어지며, 그 원리는 연극에 따라서 다르다. 근대극에서는 공연장소에 무대장치가 있어 극중장소를 결정한다. 극중장소를 전환하기 위해서는 무대장치를 바꾸어야 한다. 그런데 탈춤에서는 무대장치가 없으며, 무대장치로 극중장소를 결정하지 않는다. 그렇다면 극중장소는 어떻게 설정되며, 공연장소와 극중장소는 어떤 관계를 가지는가?

이 물음에 대한 해답에서 탈춤이 지닌 원리나 가치의 일단을 밝힐 것을 기대한다. 탈춤은 탈을 쓰고 춤추는 연극이라든가, 양반이나 파계승을 풍자하며 처첩의 싸움을 다룬다든가 하는 따위의 해설은 탈춤이 소중한 이유를 입증하는 데 무력하다. 우리의 것이니까 보존하고 계승해야 한다는 소박한 논법은 설득력이 약하다. 논의의 차원을 높여 그 이상의 것을 밝혀야만 탈춤에 관한 이해와 평가를 심화하고 계승을 위한 방향을 올바르게 설정할 수 있다.

공연장소와 극중장소의 일치

악 사 : 웬 할맘입나?
미 얄 : 웬 할맘이라니. 덩꿍 하기에 굿만 여기고 한 거리 놀고 가려고
          들어온 할맘일세.

악 사 : 그러면 한 거리 놀고 갑세.

미 얄 : 놀든지 말든지 허름한 영감을 잃고 영감을 찾아다니는 할맘이니,
　　　　영감을 찾고야 놀겠습네. (봉산탈춤 제7 과장)35)

원양반 : 석탑에 비켜 앉아 고금사를 곰곰 생각할 때, 이런 제 할미 붙고
　　　　홍각대명을 우쭌우쭌 갈 놈들이 양반의 칠륭 뒤에 응모갱갱 하
　　　　는 소리. 양반이 잠을 이루지 못하여 이미 禁亂次로 나온 김에
　　　　말뚝이나 한번 불러보자. (통영오광대 제2 과장)36)

　위의 예들은 탈춤이 극중장소와 공연장소가 일치하는 데서 시작한다는 것을 말해 주고 있다. 미얄이 악사와 만나 이야기를 나누는 극중장소는 바로 극을 공연하고 있는 놀이판 즉 공연장소이다. 원양반이 나선 곳도 바로 놀이판 즉 공연장소이다. 관중도 놀이판에 모였으며, 극중인물인 미얄과 원양반도 놀이판에 나왔다. 미얄은 무당이니 한 거리 놀고 가려고 나왔고, 원양반은 양반이니 시끄럽게 하지 못하게 하려고 금란차 나왔다.

　이처럼 극중장소를 따로 설정하지 않고 공연장소를 극중장소로 삼아 극이 시작되는 이유를 탈춤의 기원과 관련시켜 이해할 수 있다. 탈춤은 농악대의 굿놀이에서 시작되었다. 농악대가 풍물을 치고 다니는 행렬에 끼여 함께 어울려 노는 양반, 각시 등의 잡색들이 원초적인 단계의 탈춤을 보여 준다. 잡색들은 풍물놀이를 하는 사이에 이따금씩 단편적인 연극을 하므로, 풍물놀이를 하는 놀음판을 떠나 따로 설정된 극중장소를 필요로 하지 않는다.

　양반으로 꾸민 잡색이 양반으로서는 어울리지 않게 풍물놀이를 하는 놀음판에 나섰다는 사실에서 극적 갈등이 성립되고 전개되었다. 농악대에 부수된 잡색들의 단편적인 재담이 자못 장황한 대사로 바뀌고 풍물재비가 오히려 보조적인 위치에 서게 되었어도, 공연장소와 일치하는 극중장소에

---

35) 이두현,《한국가면극》(서울 : 문화재관리국, 1969), 319면
36) 이민기 채록본.《국어국문학》22 (서울 : 국어국문학회, 1960), 159면

서 연극이 시작되는 관습은 그대로 남아 있다. 탈춤 공연에서는 공연장소
와 극중장소의 일치가 오래 지속되지 않는 것이 달라진 점이다.

기원뿐만 아니라 공연 방식에서도 그 이유를 찾을 수 있다. 농악대의 잡
색놀이가 그렇듯이 탈춤 공연도 또한 무대장치가 없이 공연되므로 공연장
소를 떠나서 극중장소를 처음부터 따로 설정하기 어렵다. 처음에는 그 둘
을 일치시키다가 차츰 대사와 동작으로 극중장소를 전환하는 것이 가능할
따름이다.

공연장소와 극중장소의 일치는 미얄이나 원양반이 등장한 이유를 말하
기 위해서 복잡한 상황을 설정하는 수고를 덜어준다. 영감을 찾아서 놀이
판에 나온 미얄이 영감을 만난 다음 두 사람 사이의 갈등이 전개되는 데
따라서 필요한 극중장소가 선택된다. 밤이 시끄러워 잠을 잘 수 없으므로
금란차 나왔다는 원양반이 말뚝이를 불러 호령하면서부터 공연장소와 극
중장소의 일치가 해제된다.

공연장소와 극중장소의 일치 덕분에 연극이 관중에게 열려져 있어, 관중
이 개입할 수 있게 하는 것도 주목해야 한다. 공연장소는 바로 관중이 연극
을 구경하러 온 장소이다. 공연장소를 극중장소로 삼아 등장인물이 관중과
같은 장소에서 활동하므로, 등장인물과 관중과 사이에 어떠한 장벽도 설정
되어 있지 않다. 그래서 등장인물과 관중은 직접 대화를 나눌 수 있다. 악
사뿐만 아니라, 일반 관중에 속하는 사람들도 미얄에게 "웬 할맘입나?" 하
고 물을 수 있고, 미얄이 이 물음에 대답할 수 있다. 관중이 등장인물에게
간섭하기도 하고, 등장인물과 관중 사이에 다툼이 생기기도 한다.

완　보 : 여보, 여러분, 갓에서 구경하신 손님들 다 구경하오. 그래 이놈이
　　　　금 밖에 나갔소. 어떤 놈이 금 밖에 나갔소. (양주산대놀이 제5
　　　　과장 제3경)[37]

관중 하나 : 널 바라고 모였다.

---

37) 이두현, 위의 책, 259면

취발이 : (크게 웃고 기뻐한다.) 이런 풍류에 왔다 거저 갈 수 없어 쉬인사
　　　　한 번 드리고 갈까. (강령탈춤 제 10 과장)38)

노　장 : (취발이를 장삼 소매로 쳐서 내쫓는다.)
취발이 : 아이쿠(하며 뒤로 물러선다.)
관중 여럿이 : 중놈이 사람을 친다아. (강령탈춤 제 10 과장)39)

　이런 관중은 방관적인 제삼자가 아니고, 극중행위에 참여하는 당사자이
다. 몰아적인 태도를 지닐 수는 없고, 적극적인 관심을 가지고 극의 진행
에 개입한다. 관중의 개입으로 극중행위가 관중이 실제로 겪는 경험의 연
장이면서 극적으로 비판되어 이중의 현실성을 갖는다. 이런 현실성은 무
대장치에 따라 지시된 극중장소에서 전개되는 아주 그럴 듯한 사건이 현
실의 모습과 세부에 이르기까지 일치해서 생기는 이른바 극적 환상
(dramatic illusion)과는 근본적으로 다르다.

　탈춤은 극적 환상을 빌리지 않고 현실을 바로 다루어, 갈등의 배경 제시를
비롯한 여러 가지 불필요한 수고를 덜고 말하고자 하는 핵심에 바로 도달할
수 있다. 노장과 취발이가 싸우는 장소의 모습, 눈앞의 사태에 이르기까지의
경과, 어느 쪽이 정당한가 말해주는 증거 같은 것들을 너절하게 나열하지 않
고 등장인물들 사이의 갈등을 집약해 나타내고 치열하게 전개한다.

　극적 환상 만들기는 현실의 외부적이고도 가시적인 모습을 그려 구경거
리로 삼자는 것이다. 그래서 연극을 몰아적인 오락으로 삼는 쪽으로 나아
간다. 극정 환상을 거부하는 탈춤은 비판적 사실주의를 쉽사리 구현한다.

극중장소 전환 방식

　극중장소가 공연장소와 계속 일치하는 것은 아니다. 연극이 진행되면서
그 둘의 일치에서 벗어나 필요한 극중장소를 별도로 설정한다. 극중장소를

---

38) 임석재 채록본. 《현대문학》 29 (서울 : 현대문학사, 1957), 297면
39) 같은 자료, 298면

어떻게 설정하는가는 등장인물 또는 극중행위의 성격에 따라서 달라진다.

극중행위가 특정한 장소를 필요로 하지 않을 때에는 극중장소를 특별히 명시하지 않는다. 양반의 행위는 그런 특성을 지닌다. 양반이 놀이판에 나와서 시작된 양반과장의 후속 사건이 일어나는 장소는 놀이판인지 놀이판을 벗어난 곳인지 확실하지 않다. 양반이 하는 행위는 특정 장소를 필요로 하지 않는다. 양반은 말뚝이를 불러서 호령하고 심심풀이로 시나 짓는 것 외에는 할 일이 없으며, 어떤 장소와 특별히 관련된 행동을 하지 않는다. 특정의 극중장소를 설정하지 않아야 양반이 양반다운 특성을 제대로 나타낼 수 있다.

말뚝이는 양반과 아주 다르다. 양반의 구속에서 벗어나 도망쳐 특정한 장소에서 특정한 행동을 하려고 한다. 그러나 양반과장은 양반을 중심으로 전개되므로 말뚝이가 필요로 하는 극중장소가 설정되지 않는다. 어디 가서 무엇을 했는지 말을 많이 해서 알릴 따름이다. 요컨대 양반과 말뚝이의 다툼이 양반이 요구하는 비특정의 극중장소와 말뚝이가 요구하는 특정의 극중장소 사이의 대립을 통해서 첨예하게 구현된다.

활동적인 인물의 행위에 따라서 연극이 진행될 때에는 특정의 극중장소가 다음과 같이 설정된다. 봉산탈춤에서 취발이가 하는 말을 들어보자. "마침 이곳에 당도하니 산천은 험준하고 수목은 진잡한데, 중천에 뜬 솔개미란 놈이 나를 고깃덩이로 알고 이놈이 휘익, 저놈도 휘익 아마 나를 희롱하나 보다"고 했다. (제4과장 제3경)[40] 이렇게 말하면 극중장소가 숲속이다. 산천이나 수목을 나타내는 무대장치가 있는 것은 아니다. 말만 그렇게 하면 된다.

다른 예를 하나 더 들어보자. 할멈이 "내가 실이나 늬야 가고 나가겠다. (물레를 내려놓고 웽웽 돌린다)"고[41] 하면, 극중장소가 바뀐다. 물래가 있는 것은 아니다. 있다고 하고 연기를 하고, 그렇게 알고 구경한다.

극중장소가 이처럼 대사나 몸짓에 따라서 설정되고 전환된다. 대사와

---

40) 이두현, 위의 책, 312면
41) 강령탈춤 제9과장. 임석재. 위의 보고서, 295면

몸짓에는 제한이 없으므로 극중장소를 어느 것이든지 마음대로 설정할 수 있다. 무대장치로 극중장소를 나타내는 연극에서는 극중장소를 전환하기 위해서는 무대장치를 바꾸어야 하고, 무대장치를 쉽사리 자주 바꿀 수 없어 극중장소의 전환에 한계가 있다. 탈춤에서는 극중장소의 전환이 필요에 따라서 얼마든지 가능해 다음과 같은 홍미로운 예도 나타난다.

완보 : 이런 빌어먹을 자식, 맨 상투바람으로 댕기니 너 어른인 줄 알겠니, 아이로 알지.

목중 : 가 봐라, 네가 어디.

완보 : (장내를 몇 번 돌고) 애애, 잿골서 살다가 먼짓골로 이사 가신 새로 났다고 새 신 字 신주부 택이 어디냐 ?

악사 : (아이 소리로) 아 조리 넘어가 보십시오.

완보 : (목중 보고) 자 어떠냐. 봐라. 난 분명한 어른이거든, 의관도 쓰고.

목중 : 그럼 이걸 내가 다시 또 가 봐야 할까.

완보 : 가 봐.

목중 : 내 댕게 옴세.

완보 : 댕게 와.

목중 : (가다가 다시 와서 완보에게) 헛 거름이나 안했으면 좋겠는데.

완보 : 갔다 와 봐야지.

목중 : 내 당겨 옴세. (한참 가서) 신주부 신주부. 어느 제 에밀 붙을 놈이 신주부야. (양주산대놀이 제 5 과장 제 2 경)42)

이 경우에는 (1)놀이판, (2) 먼지골 신주부 집으로 가는 길, (3)신주부 집, 이 세 극중장소가 교체되어 나타난다. 교체의 순서가 (1)—(2)—(1)—(2)—(1)—(2)—(3)이어서 각 장소가 한 번씩만 나타나는 것도 아니다. 놀이판에서 먼지골까지의 거리는 한 눈에 볼 수 없을 정도로 멀다. 무대장치를 사용하는 연극이라면 한 무대에다 나타낼 수 없다. 무대장치가 없고 비어

---

42) 이두현, 위의 책, 256면

있는 공연장소를 다른 극중장소로 쉽사리 바꿀 수 있어 그런 제약이 없다.

놀이판, 먼지골 가는 길, 먼지골 신주부 집, 이 세 극중장소에서 일어나는 행위를 연속적으로 한 무대에서 보여준다. 공연장소에서의 거리와 극중장소에서의 거리가 일치하지 않아 그럴 수 있다. 공연장소에서의 거리와 극중장소에서의 거리가 비례 관계를 갖지 않기 때문에 자유로운 장면 전환이 제한 없이 가능하다. 그것이 위에서 든 양주산대놀이의 한 대목에서뿐만 아니라 탈춤 전체의 보편적인 원리이다.

공연장소에서의 거리와 극중장소에서의 거리가 일치하거나 비례 관계를 갖지 않는다는 것은 공연시간과 극중시간이 일치하거나 비례 관계를 갖지 않는다는 사실과 표리를 이루고 있다. 놀이판에서 먼지골까지 가려면 상당한 정도의 극중시간이 소요되지만 짧은 공연시간에다 축약해 나타낸다. 완보와 목중 사이의 대화는 더 짧은 극중시간에서 진행되었지만, 공연시간에서는 목중이 먼지골까지 가기 위해 필요한 시간보다 길 수 있다.

공연장소에서의 거리와 극중장소에서의 거리, 공연시간과 극중시간이 일치하거나 비례 관계에 있는 근대극은 한 무대에서 나타낼 수 있는 행위가 엄격하게 제한되어 있다. 그러나 탈춤에서는 무대가 공간과 시간 양면에서 제한 없이 확장될 수 있다. 그래서 극의 내용을 좁은 극중장소와 짧은 극중시간에다 무리하게 집어넣지 않아도 되고, 극의 진행을 막과 장으로 토막을 낼 필요가 없다.

극의 내용을 제한된 시공에다 집어넣는다는 것은 쉬운 일이 아니며, 그렇다고 해서 막이나 장을 빈번하게 바꿀 수도 없기 때문에 근대극의 극작가는 언제나 심각한 고민에 부딪힌다. 고민을 슬기롭게 해결한다 해도 갈등의 자유로운 설정과 지속적인 전개에 무리가 있게 마련이다. 탈춤이 지닌 극중장소 전환의 원리는 그런 고민과 결함이 생길 가능성을 애초에 극복한다.

극중시간과 극중공간 설정에 제약이 없는 점에서 탈춤은 영화와 같다고 할 수 있다. 그러나 공통점과 함께 존재하는 차이점을 더욱 주목할 만하다. 영화에서는 서로 분리되어 있는 장면들의 연속으로 시공의 확장이 가능한데, 탈춤에서는 분리나 단절이 없다.

동시 진행

공연장소와 극중장소가 일치하거나 비례하지 않을 수 있다는 원리는 극진행의 선후 관계에서만 나타나지 않고 동시적으로 나타난다. 극중장소에서 서로 멀리 떨어진 (가)·(나) 두 공연장소에서 일어나는 일을 동시에 보여줄 수 있다.

(가)	(나)
(영감은 소실의 아양에 혼미해 희롱을 계속한다.)	(할미는 초라한 모습으로 등장하여 영감을 찾고 있다.)
(영감과 소실은 술상에 마주 앉아 흥에 취한다.)	(할미는 상을 차려 놓고 영감을 만나게 해 달라고 산신에게 고사를 지낸다.)
(영감은 희롱을 그치고 시장에 간다.)	(할미는 그대로 치성을 드리고 있다.)
(놀량패들이 등장하여 소실과 어울려 논다.)	
(영감이 돌아와서 화를 낸다.)소실이란 할 수 없군. 우리 할멈은 어디 갔을까?	(할미는 치성을 미치고)이제는 우리 영감을 만나게 해주겠지. 영감아, 우리 영감아—

(서로 반대방향으로 돌면서 부른다.)

<table>
<tr><td>할멈아— 할멈아—</td><td>영감아— 영감아—</td></tr>
</table>

(서로 반대방향으로 돌면서 부른다.)

<table>
<tr><td>할멈아— 할멈아—</td><td>영감아— 영감아—</td></tr>
</table>

(서로 귀를 기울여 소리 나는 쪽으로 접근하다가 서로 안는다.)

통영오광대 제4과장의 한 대목이다.[43] 처음에 (가)·(나) 두 장소는 서로 멀리 떨어져 있었다. 공연장소에서는 거리가 몇 미터 정도에 불과하지만 극중장소에서는 몇 킬로 이상이어서 영감과 할미는 서로 전혀 모르고 있었다. 그런데 극의 진행과 더불어 두 장소가 근접해 영감과 할미는 서로 보지는 못하나 소리는 들을 정도가 되다가, 마침내 한 장소로 합친다. 영감과 할미가 서로 소리만 듣고 보지는 못하는 안타까움을 강조하기 위해서, 둘 사이의 공연장소에서의 거리가 조금씩 줄어들면서 극중장소에서의 거리는 급격히 축소된다.

영감과 할미가 서로 모르고 있는 동안에도 관중은 둘을 한눈에 본다. 한눈에 보면서 둘을 대조한다. 소실을 데리고 즐기는 영감, 영감을 찾아다니는 가련한 할미, 이 둘이 한꺼번에 제시되어 극적 갈등은 처음부터 날카롭게 부각되고 중단되지 않고 발전한다. 다른 공연예술에서는 볼 수도 찾을 수도 없는 탁월한 수법이다.

근대극이라면, 관중은 영감과 할미 가운데 한쪽만 볼 수밖에 없다. 다른 한쪽의 사정은 나중에 대사를 통해 알아야 한다. 그렇지 않으려면 어색하나마 한쪽을 다 본 후에 막이나 장을 바꾸어 다른 한쪽을 보아야 한다. 그렇게 하면 갈등이 파괴되고, 긴장은 와해된다. 탈춤에서처럼 영감에 비추어 할미를 보고, 할미의 사정을 알고 영감을 살리도록 해야 갈등은 살아 있고 긴장이 유지된다. 갈등의 구체적인 양상을 분석하면 다음과 같다.

(1) 소실의 아양에 혼미해 있는 영감 : 초라한 모습으로 영감을 찾고 있는 할미
(2) 영감의 술상 : 할미가 치성 드리는 상
(3) 소실에 실망하고 할미를 찾는 영감 : 영감을 계속 찾고 있는 할미
(4) 할미를 만나 즐거워하는 영감 : 영감을 만나 즐거워하는 할미

(1)에서는 할미가 아주 불리한 위치에 있어서 승리의 가능성이 없어 보인다. (2)에서는 용도가 정반대인 상으로 할미의 불리한 위치가 더욱 강조

___

43) 이민기 채록본, 《국어국문학》 22, 162~164면에서 요약.

된다. (3)에서는 할미가 유리해진다. 할미의 정당성이 입증되어 관중이 할미를 동정하는 데 그치지 않고 적극적으로 지지하게 된다. 영감과 할미 사이의 갈등은 해소될 수 있는 가능성이 보인다. (4)에서는 마침내 갈등이 일단 해소된다.

이와 같은 동시적 진행은 근대극에서는 물론 영화에서도 가능한 것이 아니다. 영화는 두 장소에서 동시에 일어나는 사건들을 흔히 다루지만 장면을 바꾸어 가면서 나타낼 수밖에 없기 때문에 엄격한 의미의 동시적 진행은 불가능하다. 탈춤이 지니는 이 탁월한 기법과 같은 것이 다른 공연물에는 없다.

원리 상실의 위기

공연장소와 극중장소가 일치하는 데서 연극이 시작되어, 공연장소를 필요에 따라 자유롭게 바꿀 수 있다. 공연장소에서의 거리와 극중장소에서의 거리 사이에 일치나 비례 관계가 존재하지 않아, 장면 전환을 필요한 대로 하고, 멀리 떨어진 극중장소에서 각기 벌어지는 일을 동시에 보여주다가 하나로 합쳐지는 것을 볼 수 있다. 이렇게 요약할 수 있는 원리는 다른 공연예술에는 없고 탈춤에만 있다. 갈등구조 형성과 전개를 위해 탁월한 구실을 해서 탈춤의 가치를 드높였다. 탈춤이 어째서 소중한가 하는 질문에 대한 가장 설득력 있는 대답을 제공하고, 이어받아 발전시켜야 할 소중한 전통이 된다.

탈춤은 우리 것이니까 소중하게 여기고 힘써 이어받아야 한다고 하는 사람들은 많다. 연구도 그런 태도나 관점에서 해왔다. 잘못은 아니지만 많이 모자라므로 이제 방향을 바꾸어야 한다. 학문을 하려면 원리를 발견해야 한다. 대단한 애착을 가지고 연구하면서도 원리를 생각하지 못하면 탈춤이 "시공적으로 유치한 점이 많다", "공간개념을 무시한 것이니"하고 말한다.44) 서구 근대극을 불변의 척도로 삼으니 그런 평가가 나온다.

전승자들마저 탈춤의 원리를 이해하지 못하고 제대로 이어받지 않고 손

---

44) 강용권, 〈한국가면극본의 고찰〉, 《동아논총》 3 (부산 : 동아대학교, 1966), 213면

상시키기까지 한다. 동시적 진행이 차츰 간략하게 되어가는 경향이 있다. 그림을 그려 놓은 무대장치를 사용하는 일도 있다. 탈춤을 무대화한다면서 본질을 왜곡시키려고 한다.

탈을 쓰고 춤을 춘다고 해서 탈춤을 계승하는 것은 아니다. 기본원리를 살려나가야 한다. 탈춤을 근대극을 위한 장식물로 사용하기나 하는 것은 전통 훼손이다. 탈춤의 가치는 근대극을 넘어설 수 있는 데 있다.

대방놀이로 하는 신명풀이

대방놀이란

연극을 하려면 놀이패와 구경꾼이 있어야 한다. 놀이패나 구경꾼 그 어느 한쪽만으로 연극이 이루어질 수 없다. 놀이를 놀이패가 하고, 구경꾼은 보아야 한다. 놀이패와 구경꾼의 관계는 일정하지 않아 고찰해야 할 과제가 된다.

하는 사람과 보는 사람은 엄격하게 구별되어 있는 것도 있다. 하는 사람은 보는 사람을 전혀 의식하지 않는 체하고 보는 사람은 하는 사람에게 아무런 영향도 미치지 않기 위해서 보고 있지 않는 듯이 처신해야, 공연이 온전하게 이루어질 수 있다는 것도 있다. 서구적인 근대극이 바로 그런 경우이다.

탈춤에서는 사정이 아주 다르다. 탈춤은 하는 사람과 보는 사람이 가까운 관계를 가질수록 공연이 더 잘 된다. 탈춤이 연극일 수 있기 위해서는 하는 사람도 있어야 하고 보는 사람도 있어야 한다. 하는 사람과 보는 사람이 나뉘어져 있는 것은 연극을 성립시키기 위해서 필요한 최소한의 요건이다. 이 최소한의 요건마저 부정한다면 연극이 성립될 수 없다. 그러나 이 요건을 문자 그대로 최소한의 것으로 줄여서, 하는 사람은 하면서 보는 사람이어야 하고, 보는 사람 또한 보면서 하는 사람이어야 하는 것이 탈춤에서 요구되는 놀이패와 구경꾼의 관계이다. 놀이 장면을 하나 들어보자.

(묵승도 산대굿놀이를 한다는 소식을 듣고 신이 나서, 장중 입구에 들어
서서 다리를 버티고 허리에다가 손을 짚고서 어깨 짓을 하면서)
흑승 : 어── 어 여러 합품만에 남의 大房놀이판에 나왔더니 아래 위가
휘청휘청하고 어깨가 실룩실룩하다. 이왕 나왔으니 하던 지랄(춤)
이나 하여 볼까.45)

黑僧 즉 목중이라고 하는 등장인물이 놀이판에 들어오는 장면이다. "산
대굿을 한다는 소식을 듣고 신이 나" 놀이판에 나왔다. 놀이패도 구경군의
하나라는 말이다. 소식만 들어도 신이 나 모여들고, 놀이판에서 벌어지는
놀이를 보고 즐기니 신이 더 난다. 신이 나면 구경꾼도 놀이패도 어깨 짓
을 해야 한다. 놀이패의 어깨 짓은 자기가 즐거워서 하는 것이면서 또한
구경꾼이 보도록 하는 것이다. 구경꾼의 어깨 짓은 누가 보지 않아도 되고
자기가 즐거워서 하는 것이다. 그 어느 쪽이든 어깨 짓을 하면서 춤추는
것이 의도하지 않고 이루어지는 자연스러운 행위이다.

신이 나서 어깨 짓을 하려면 그 장소가 자기의 놀이판이어야 한다. 놀이
패뿐만 아니라 구경꾼으로서도 놀이판이 자기의 놀이판이어야 한다. 자기
의 놀이판이 아닌 남의 놀이판이라면 신이 나지 않고, 어깨 짓을 해도 "아
래 위가 휘청휘청하고 어깨가 실룩실룩"하고 만다. 지금 목중은 놀이판에
나오기는 했어도, 놀이판이 자기의 놀이판이 아니고 "남의 大房놀이판"이
라고 생각하는 탓에 거동이 어색하고, "하던 지랄(춤)이나 하여 볼까"하고
말해 춤을 추는 것이 의도적인 행위임을 알린다. 목중은 심술궂은 망나니
중이다. 그래도 중이므로 놀이판에 나와서 쉽게 어울리지 못한다고 한다.
"여러 합품만에" 나왔다고 하는 것을 보면 전에도 놀이판을 찾았지만, 놀
이판에 드나드는 데 익숙하지는 않은 것 같다.

'대방놀이'라는 말이 참으로 주목할 만한 것이다. '대방'이라는 것은 국
어사전에서 불교의 용어라고 하고, "절의 큰방, 곧 모든 중이 한데 모여 밥
을 먹는 큰 방"이라고 풀이했다.46) 그런데 여기서는 "모든 사람이 한데 어

---

45) 양주산대 연희본, 이 책 548면.

울린 모임"이라는 뜻이다. 목중이 중이여서 불교 용어를 쓴 것은 아니다. 이미 그러한 어원에서 벗어나, 많은 사람이 한데 모여 어울려서 노는 놀이를 말하는 뜻으로 일반화되었다.

탈춤은 대방놀이이다. 놀이패끼리만 하는 대방놀이가 아니고, 놀이패와 구경꾼이 함께 어울리는 대방놀이이다. 놀이패는 놀이패이면서 구경꾼 노릇 하고, 구경꾼은 구경꾼이면서 놀이패 노릇도 한다. 놀이패와 구경꾼 사이의 밀접한 관련이 확인되면서 대방놀이가 성립된다. 목중은 지금 놀이패로서 놀이판에 들어오면서 구경꾼으로서 대방놀이에 참여하는 것과 같은 거동을 하는 것이다. 목중과 같은 중이 대방놀이에 끼어드는 것은 극의 내용이면서 또한 대방놀이의 확대를 꾀하는 방법이기도 하다.

대방놀이의 근거가 되는 사회적 유대

대방놀이를 함께하는 사람들의 유대는 생활 관계에서 이루어져 있던 것이다. 농촌탈춤에서는 함께 일하는 농민들이 대방놀이를 한다. 대방놀이의 조직이 바로 두레의 조직이다. 두레의 조직에 참여하지 않는 양반이나 지주는 대방놀이와도 무관하다. 도시탈춤의 경우에는 사정이 좀 복잡하지만, 대방놀이가 생활 관계에서 이루어지는 공동체적인 유대에 근거를 둔다는 사실은 변함이 없다.

도시에서는 상인, 서리, 그리고 놀기 좋아하는 패들이 여러 가지 형태의 계를 조직해서 유대를 공고하게 해서 탈춤에서 하는 대방놀이의 기초를 다진다. 통영오광대의 義興契, 야류의 野遊契 같은 것들이 그 대표적인 예이다. 계 조직은 배타적이고 가입요건은 까다롭지만, 계로써 뭉쳐진 집단은 영향력을 확대하고자 하는 속성을 지닌다. 내부적인 단결을 공고하게 하면서 집단의 힘을 밖으로 과시해 대립적이거나 적대적인 집단을 견제한다.

농촌 마을에서 두레꾼들이 논매기를 함께 하고 마을로 돌아올 때 "農者天下之大本"이라는 깃발을 앞세우고, 풍물을 치고, 춤을 추고, 무동을 세우고, 소를 거꾸로 타고 놀면서 노래를 한다. 그 기회에 내부적인 단결을 과

---

46) 이희승, 《국어대사전》(서울 : 민중서관, 1961)

시하고, 양반 지주가 농사꾼을 무시할 수 없도록 견제한다. 도시에서 대방놀이를 하는 주체인 계모임도 비슷한 방식으로 시위를 했다.

> 섣달 20일께 의홍계 임시총회를 열고, 계원 가운데서 기부를 얻어 고깔 기타 매구에 필요한 일식을 마련하고, 정월 2일부터 14일까지 계원들 즉 오광대 단원들이 집집을 돌며 매구를 쳐 주고 기부 받은 돈으로 14일 밤 파방굿과 오광대놀이를 하였고, 정기총회를 가졌다고 한다. 樂工組合은 매구를 쳤다고 한다.
>
> 의홍계의 정기총회는 춘추로 정월 14일 밤과 3월 15일과 9월 15일에 가졌는데, 이때 탈놀이를 하였고, 4월초 봄놀이에는 사또놀음에 곁들여 오광대놀이를 하였다고 한다. 三絃六角을 앞세우고, 令旗를 휘날리며 三道統制使 모양으로 사또가 서리, 역졸을 거느리고 출두하고, 기마 팔선녀 와 종자가 뒤따르며 龍興寺에 올라가 한바탕 매구 치며 놀고, 이어 오광 대놀이를 하였다고 한다.[47]

놀이가 대단하다고 강조하느라고 말에 두서가 없고 문장이 혼란되어 있다. 생동감을 살려두려고 그대로 인용했다. 차근차근 뜯어보면서 무엇을 말했는지 정리하기로 한다.

의홍계는 통영오광대를 공연하는 단체이다. 계를 지칭하는 말에 의를 홍하게 한다는 자부심을 나타냈다. 돈을 모아서 공연의 기금을 마련하기 때문에 계라고 하지만, 벌이는 활동은 다양하다. 특히 삼도통제사와 그 일행으로 꾸며서 사또놀음을 했다는 것이 주목할 만한 일이다. 통영은 수군의 삼도통제사가 있었던 곳이다. 의홍계를 모아 오광대를 하는 사람들은 그들의 결속을 자랑하고 놀이로 신명풀이를 하는 데 그치지 않고, 삼도통제사 이하 여러 관원이나 관속들과 비견하거나 맞설 수 있는 위엄을 자랑한다고 자부했다. 그런 생각을 가지고 오광대놀이에서 양반을 풍자했다고 할 수 있다.

---

47) 이두현, 《한국가면극》. 328면

대방놀이를 하는 사람들이 자기네 유대를 공고하게 하고 밖으로 과시하면서, 적대자와 맞서는 최상의 방법은 탈춤 공연이다. 매구를 치고, 사또놀이를 하는 것도 모두 대방놀이이지만, 그 가운데 핵심을 이루는 것이 탈춤이다. 탈춤을 추고 놀면서 하는 신명풀이는 참가하는 사람들을 생기 있고 굳세게 하고, 양반의 부당한 구속과 지배를 거부하는 효과가 아주 크다.

신명풀이의 삶과 죽음

탈춤의 신명풀이는 마을굿에서 유래했다. 신이 내려 신명이 났다. 신이 내린다는 것은 겨울의 억압에서 벗어나서 봄을 맞이하는 기쁨의 상징적 표현이다. 신을 나타내는 서낭대를 들고 풍물을 치고 춤추면서 돌아다니면 풍년과 번영이 기약된다고 하면서 삶의 약동을 확인했다. 그것은 일하는 사람들만 누릴 수 있는 자랑스러운 감격이고, 일하지 않고 지내기만 하는 양반 지주는 열등감을 갖지 않을 수 없게 하는 시위였다.

굿이 극이 되면서 감격과 시위의 의미가 더욱 분명해졌다. 겨울의 억압에 대한 반감이 양반 지주의 억압에 대한 반감으로 바뀌어 탈춤의 가장 중요한 주제를 이루었다. 놀이에 참가하는 사람들을 안으로 단결시키고 놀이에 참가할 수 없는 사람들을 밖으로 공격하는 대방놀이의 내적·외적 기능이 탈춤에서 가장 강렬하게 나타났다.

少年堂上 애기 도령님우 좌우로 둘러서서 소 잡아 장고 메고 말 잡아 북 메고 개 잡아 소고 메고 안성맞춤 깽쇠 치고, 운봉 내기 징 치고, 떡 치고 술 걸러 차려놓고, 鴻門宴 높은 잔치 項羽 장사 칼춤 출 때 이내 마음 심란하여 초당에 비켜 앉아 고침을 돋워 베고 고금 살이를 곰곰이 생각하니, 어따 이 제에길 붙고 운봉, 담양 갈 놈들이 양반의 칠룽 뒤에서 응매깽깽하는 소래 양반이 잠을 이루지 못하여 이리 금란차로 나온 김에 춤이나 한 번 추고 가자.[48]

---

48) 같은 책, 372면

통영오광대의 원양반은 이와 같은 대사를 하면서 놀이판에 등장한다. 이 대사는 자세한 분석을 해야 그 묘미를 충분히 알아낼 만큼 흥미롭게 짜여 있다. 요점은 양반이 놀이판에 나오게 된 경위를 설명한 것이다. 양반은 대방놀이에 끼일 처지가 아닌데, 놀이판에 나왔다는 것이다. 세 부분으로 나누어놓고 무엇을 말했는지 자세하게 살피자. "…項羽 장사 칼춤 출 때"까지가 첫 부분이고, "…고금 살이를 곰곰이 생각하니"까지가 둘째 부분이고, 그 다음이 셋째 부분이다.

둘째 부분부터 보기로 한다. 둘째 부분에는 양반이 숭상하는 소일 방법이 나타나 있다. "초당에 비켜 앉아 고침을 돋워 베고 고금 살이를 곰곰이 생각"하는 것이 양반다운 거동이다. 할일이 없으니 그렇게 지내는 것이다. "비켜 앉아"는 "비껴 앉아"를 말한 것이다. 할일이 없는 사람은 앉을 때도 비껴 앉는다. "고금 살이"는 "古今事"를 말한 것이다. 멍청해서 생각할 것이 없으니 고금사나 곰곰이 생각한다. 그렇게 하는 것이 양반의 위엄이고 풍류이다. 조용하고 점잖게 지내고자 하는 양반을 심란하게 하는 것이 밖에서 들리는 풍물소리이고, 노는 소리이다.

첫째 부분에서는 어렴풋이 들리는 야단스러운 소리를 무어가 무언지 모르게 열거했다. 의식의 흐름을 보여주는 것 같은 수법을 썼다. 하도 야단스러우니 처음에는 소년당상 애기도령들이 둘러서서 무엇을 하는가 하고 상상했다. 잔치라도 하는 것 같아서 鴻門宴 잔치를 머리에 떠올렸다. 그때 항우가 칼춤을 추지 않았던가 하고 생각했다. 그런 것이 아니다. 장고, 북, 깽쇠, 징 따위를 치는 소리가 나고, 떡 치고 술 걸러 야단스럽게 노는 것 같다. 그렇다면 소 잡고, 말 잡고, 개 잡고 했을 것이다. 깽쇠나 징 소리를 들으니, 깽쇠는 안성에서 맞추어 오고, 징은 운봉에서 맞추어 온 것 같기도 하다.

그러다가 셋째 부분에 이르러 사태가 명백하게 되었다. 건방지게도 상놈들이 놀이를 한다는 것을 알아냈다. 그래서 바로 "이 제에길 붙고 운봉, 담양 갈 놈들"이라는 욕설이 나왔다. "제 에미를 붙고"를 그렇게 말했다. 발음 실수이기도하고, 욕을 해도 양반답게 점잖게 했기 때문이기도 하다.

운봉이나 담양은 귀양을 가는 곳이다. "칠륭"이라는 것은 곡식을 쌓은 칠륭단지라는 말이다.49) "이놈들이 이렇게 설치면 칠륭단지도 위태하게 되겠구나" 하는 생각이 얼핏 들어서 그런 말을 한 것이다. 그래서 禁亂次 나왔다고 한다.

양반은 상놈들이 뛰고 노는 것은 용납할 수 없다. 점잖게 소일하며 고침을 돋우어 베고 잠을 청하는 잠을 깨울 뿐만 아니라, 천한 주제에 풍물을 야단스럽게 치고 소란하게 떠드니 그대로 둘 수 없다. 놀이를 한다면 소년 당상 애기도령들이나 하고, 조용하게 해야 할 것인데, "응매깽깽"하고 장고 · 북 · 꽹과리 · 징 따위를 함부로 울려 대니 양반의 입에서도 욕이 나오지 않을 수 없다. 상놈의 일이나 하고 엎드려 잠자코 있을 것이지, 분수를 모르고 날뛰는 난동을 하니, 억누르고 금지하는 것이 양반의 임무라고 생각하지 않을 수 없다.

그런데 놀이판에 나오자 자기도 모르는 사이에 생각이 달라진다. 신명풀이에 감염이 되어 대방놀이에 한몫 끼이고 싶어진다. 신명풀이를 하는 대방놀이는 잠을 깨우는 데 그치지 않고 잠자고 있던 신명을 불러일으킨다. 그래서 양반도 다른 놀이패에 들어가 함께 춤을 춘다. 춤이 어색하기만 하고 양반은 신명이 뒤틀려 신명풀이에 동참할 자격이 없다는 것을 명백하게 보여준다. 대방놀이의 신명풀이가 양반을 이중으로 공격한다.

탈춤에서 양반에 대한 공격은 부당하지 않아 나무랄 수 없다. 탈춤이라는 대방놀이에 놀이패로 참가하거나 구경꾼으로 참가하는 사람들은 놀이패이면서도 구경꾼의 노릇을 하고, 구경꾼이면서도 놀이패의 노릇을 하면서 마음속에 간직한 말을 있는 대로 털어놓고 삶의 약동을 누릴 대로 누리는데, 양반은 그럴 자격이 없다. 생활이 동떨어져 동지적인 유대가 없고, 점잖은 것을 존중하는 사고방식의 제약 때문에 놀이에 끼어들어도 제대로 놀 수 없다. 구경꾼이면서 놀이패가 되는 즐거움은 온전하게 누릴 수 없다.

양반은 비정상적인 존재이고, 모순에 찬 생활을 한다. 양반의 비정상이나 모순은 일하지 않고 결과만 차지해 칠륭단지에 쌓아 놓기나 하는 탓에

---

49) 강용권, 《야류 · 오광대》(대구 : 형설출판사, 1977), 84면

일하는 사람의 놀이에도 참가할 수 없고 일에도 참가할 수 없어서 생긴다. 그래서 신명이 죽어 신명풀이를 하지 못하는 가장 큰 불행을 겪는다.

야류에서 보이는 모습

대방놀이는 탈춤의 공연 방식에서 계속 다져지고 있다. 양반을 공격하는 외적 기능만 존중되지 않고, 놀이에 참가하는 사람들을 단결시키는 내적인 기능을 다지는 데서도 세심한 배려를 한다. 수영야류에서 그 점을 살펴보기로 하자. 수영야류는 세 부분으로 이루어져 있다. 처음에는 길놀이로 시작해서 군무로 넘어가고, 그 다음에 탈놀이를 한다. 길놀이·군무·탈놀이가 대방놀이의 순차적인 과정이다.

처음의 길놀이는 놀이꾼과 구경꾼이 한데 어울려서 놀이판으로 가는 행진이다. 마을굿에서 하던 행진을 확대해, 규모가 크고 야단스럽다. 풍물재비·잡색·구경꾼이 함께 다니거나 하는 정도의 단순한 형태가 아니다. "小燈隊, 풍악, 길군악대, 팔선녀, 사자, 또는 車馬를 탄 수양반, 난봉가대, 양산도패가 장사진을 치고, 가장, 가무, 연등의 화려 장대한 대행렬을 이루는 것이다"라고 한다.50)

이런 길놀이는 대방놀이의 분위기를 돋우고, 대방놀이를 위한 단결을 굳게 하며 확대한다. 통영에서 삼도통제사를 꾸며서 하는 행진과 비슷한 성격을 지니고 있으면서 차이가 있다. 통영의 경우에는 행진이 탈춤과 밀접한 관련을 가지지 않은 것으로 변모되어 있는데, 수영에서는 그러한 관련이 흔들리지 않고 유지된다. 양주산대놀이와 같은 발전된 탈춤에도 길놀이가 있으나, 구경꾼을 끌어들일 수 있는 흡인력에서 많이 모자란다. 수영야류는 대방놀이를 크게 내세운 특징이 있다.

행렬이 놀이판에 도착하는 대로 달빛과 촛불로 낮처럼 밝은 노천무대에서는 농악원무가 제멋대로 신나게 이루어져 난무 속에 도취하게 된다. 이때에는 남녀노소 없이 또 타지방에서 온 사람이라도 모두 군무의 일원

---

50) 같은 책, 37면

으로서 즐길 수 있는 것이다.51)

길놀이에 이어서 이런 군무가 벌어진다. 구경꾼이 누구나 어울려서 함께 놀면서 구경꾼이 바로 놀이패라는 것을 확인하게 한다. 길놀이에서도 놀이패가 구경꾼이고, 구경꾼이 놀이패이지만 차이가 있다. 길놀이는 여러 형태의 가장을 하고 준비된 풍물을 치고, 준비된 노래를 부르면서 구경꾼을 모으는 행렬이므로, 구경꾼이 자기 자신이 놀이패라고 생각하는 확신을 갖는 데까지는 이를 수 없었는데, 군무에 이르러서는 사정이 달라진다. 놀이판에 도착하면 놀이를 하고 보는 것이 예사일 것 같은데, 놀이를 하는 사람은 있어도 보는 사람은 없다. 모두 함께 춤을 주는 행사가 즉흥적으로 벌어지고, 예정된 순서는 없다. 춤이나 풍물이나 재담이 모두 되는 대로 터져 나온다. 군무가 싫도록 계속되다가 탈놀이로 넘어간다. 그 과정이 다음과 같다.

> 3·4시간 동안 氣가 盡토록 난무하여 興이 하강할 때쯤 되면, 후편인 가면무극 탈춤으로 옮아간다. 이것은 개복청에서 휴식하던 주역인 수양반의 등장으로 시작된다. 수양반의 등장은 탈놀음으로의 전환을 뜻하는 것으로 난무 군중들은 점차 퇴장하여, 관중들은 박수갈채로 환영한다. 뒤이어, 차양반, 세째양반, 넷째양반, 종가 도령 등 오광대가 등장하여 열을 짓고, 그 앞에 풍악대가 자리 잡으면, 이때부터 탈놀음이 시작되는 것이다.52)

"氣가 盡토록 난무하여 興이 하강할 때쯤" 탈놀이가 시작된다는 것은 주목할 만한 설명이다. 한데 어울려서 춤추며 노는 군중의 신명풀이는 일정한 시간 동안 점차 고조되다가 절정을 넘어서면 하강하게 마련이다. 신명풀이를 하는 기력의 한도가 있고, 발산할 수 있는 감정의 바닥이 있다는 것도 사실이지만, 군무를 통해서 군중들의 대방놀음이 내부적으로 온전하

---

51) 같은 책, 38면
52) 같은 책, 같은 곳

게 다져지자 그 다음 순서인 탈놀이가 필요하다.

탈놀이의 서두에 등장하는 수양반 이하 여러 양반은 어울리지 않게 대 방놀이에 끼어드는 침입자이다. 대방놀이가 내부적으로 다져지자 침입자 를 규탄하는 외부적인 공격이 가능하고 필요하다. 말뚝이는 군중의 대표 자로서 구경꾼과 깊은 일체감을 지니고 있지만, 양반은 통영 오광대에 관 한 설명에서 지적한 바와 같이 조용하게 소일하려다가 놀라서 깨어 자칭 금란차 나왔다고 하면서, 자기들도 춤을 춘다. 양반의 춤은 어색하고 병신 스러울 수밖에 없다. 구경꾼은 군무에서 경험한 춤의 흥겨움을 잇고 있어 양반의 기괴한 모습에 반감을 느끼고, 양반과 맞서서 양반을 비웃을 수 있 는 용기를 갖게 된다.

양반은 말뚝이를 계속 불러대며 호령을 하지만, 구경꾼의 지지를 얻어 더욱 당당하고 거만해진 말뚝이는 양반을 멸시하면서 반격을 한다. 말뚝 이처럼 구경꾼과 일체를 이루고 구경꾼과 함께 신명풀이를 하는 쪽은 긍 정적 인물이고, 양반처럼 구경꾼과 어긋나 신명풀이에 동참할 자격을 가 지지 못하는 쪽은 부정적 인물이다. 부정적인 인물이라도 대방놀음의 신 명풀이를 거부하지는 못하고, 어색하게 흉내 내며 끼어들다가 실수를 한 다. 그래서 약점이나 결함이 더욱 확대된다.

길놀이·군무·탈놀이는 각기 다른 방식으로 대방놀이를 입체적인 것 으로 구성한다. 길놀이에는 농악대를 위시한 놀이패가 먼저 신이 나서 구 경꾼을 끌어모으고 구경꾼도 신이 나게 한다. 군무에서는 구경꾼이 놀이 패가 되어서 삶의 약동을 유감없이 발산하는 몰아적인 도취를 하면서 일 체감을 다진다. 탈놀이에서는 그런 일체감을 파괴하고 놀이패가 놀이를 하고 구경꾼은 구경을 하는 관계를 만들어, 긍정적 인물과 함께 부정적 인 물의 비정상적인 행동을 비판하면서 구경꾼이 자기 자신을 되돌아본다.

길놀이는 준비과정이지만 활동 영역이 가장 넓다. 그 뒤의 과정에서는 범위를 줄이면서 질을 다진다. 군무가 신명풀이의 강도에서는 절정을 이 룬다. 길놀이는 그 준비 과정이고, 탈놀이는 마무리라고 할 수 있다. 대방 놀이는 삶의 약동을 발산하는 데 그치지 않고 삶의 약동을 억압하는 적대적인 세력과의 싸움까지 갖추어야 온전하게 될 수 있어, 군무에서 이룬 바를 탈놀이에서 더욱 발전시킨다고 해야 한다.

길놀이·군무·탈놀이로 이어지는 과정은 참가하는 민중이 일상생활의 억압된 상황에서 벗어나 새롭게 태어나는 감격을 누리도록 하는 기회이다. 민중을 억압하기 위해서 굳어진 관념에 사로잡혀 있으면서 민중을 억압하는 양반이 극중인물이 아닌 실제의 구경꾼으로 참가하는 것도 어울리지 않는 일이다. 그렇다고 해서 막아야 하는 것은 아니다. 수영야류의 전승자 崔漢福은 '야류'가 '冶遊'여서 인간 개조의 의의를 지닌다고 다음과 같이 말했다.

> 그 명칭부터가 야류라면 누구나 夜遊 혹은 野遊로 思함이 상식적이나, 하필 冶遊라 名함은 의의가 깊다. 冶遊는 세간에서 경도를 자랑하는 강철이라도 일단 冶場에 入하기만 하면, 용해되어 소요의 용구로 화하여지므로, 가장 권위 있는 양반층을 本冶場으로 도입하여 평화하고 인애한 인간으로 개조하자는 일 풍자극이라고 생각한다.53)

'冶場'은 용광로이다. 아무리 굳은 쇠붙이라고 해도 용광로에 들어가면 녹듯이, 양반이 야류를 구경하면 평소의 완고한 생각을 버리고 동조자가 된다고 했다. 용광로에서 녹은 쇠붙이들이 원래의 모습을 잃고 새로운 생산물이 되는 것처럼, 야류를 보고 상하층이 하나가 되어 평등하고 평화롭고 서로 사랑하는 사회를 만들자고 했다. 대단한 기대이고 포부이다.

대방놀이의 변이 양상

길놀이·군무·탈놀이로 이어지는 절차의 내력과 변모를 살피는 것이 다음 과제이다. 원래 농촌탈춤에서는 이 셋 가운데 길놀이와 군무가 오히려 더욱 큰 비중을 차지하고, 탈놀이는 비교적 내용이 간단했다. 농촌탈춤이 도시탈춤으로 바뀌면서 탈놀이의 비중이 높아지고 내용도 풍부하게 되

---

53) 강용권, 〈수영야유극〉, 《국어국문학》 27, 244면에 인용되어 있는 崔漢福의 〈水營遺史〉

었다. 그 반면에 길놀이나 군무의 의의는 약화되었다.

수영야류는 도시탈춤 가운데 특히 농촌탈춤의 유산을 충실히 지녀 길놀이·군무·탈놀이를 다 같이 충실하게 갖추고 있다. 오광대만 하더라도 길놀이와 탈놀이의 연결이 필수적이지 않고, 군무는 적지 않게 약화되어 있다. 해서탈춤이나 산대놀이에서는 탈놀이가 더욱 확대되었다. 그러나 이런 변화 때문에 탈춤이 대방놀이적인 성격을 청산한 것은 결코 아니다. 길놀이와 군무가 약화된 것은 길놀이와 군무가 해야 하는 구실까지 탈놀이에서 감당할 수 있도록 내용이 풍부해졌기 때문이라고 할 수 있다.

등장인물도 구경하려고 놀이판에 나왔다고 하고, 공연장소를 극중장소로 삼는 것이 탈춤의 공식이라고 했다. 그 점을 길놀이나 군무가 약화되고 탈놀이가 더욱 풍부하게 된 탈춤일수록 더욱 강조해서 나타낸다. 서두에서 인용한 양주산대놀이에서 등장인물이 대방놀이에 끼어들고 있다고 한 것을 다시 보자. 수영야류에서는 필요하지 않는 말을 양주산대놀이 같은 데서는 거듭 해서 대방놀이가 차질 없이 이루어지도록 한다.

놀이패가 구경꾼을 향해서 말을 걸고, 구경꾼이 놀이패에게 말을 하면서 놀이의 진행에 개입하는 것은 탈춤에서 언제나 허용될 수 있는 것도 기본적인 공연 방식이다. 수영 야류와 같은 데서는 그렇다고 할 필요가 없고, 해서탈춤이나 산대놀이에서는 놀이패와 구경꾼의 대화를 의도적으로 부각시킨다. 악사가 등장인물과 대화를 하면서 극을 진행하도록 정해 놓은 것도 그 가운데 하나이다. 놀이패와 구경꾼의 즉흥적인 대화는 언제나 허용된다는 것으로는 부족해 반드시 있어야 하는 고정된 대화까지 설정해 놓았다.

탈춤은 극적 환상을 만들어내지 않고 구경꾼이 일상생활에서 겪는 현실을 직접 비판하는 연극이다. 비판은 놀이패의 일방적인 전달사항이 아니고, 놀이패와 구경꾼이 함께 전개하는 공동창조물이다. 탈춤은 그럴 수 있는 대방놀이이다. 놀이패가 놀이패이면서 구경꾼이고 구경꾼이 구경꾼이면서 놀이패라는 관계를 유지해야 전통이 이어진다.

오늘날의 상황

오늘날의 탈춤 전승에서는 대방놀이가 위태롭다. 길놀이나 군무는 버리고 탈놀이만 공연하고, 탈놀이마저도 놀이패가 일방적으로 진행한다. 구경꾼은 놀이패로서의 참여를 하지 않으려고 하고, 또한 할 수 없게 한다. 요즈음 탈춤 공연을 할 때 춤을 추며 놀이판으로 가는 구경꾼이 더러 있으면 경비원이 제어하느라고 진땀을 빼는 광경을 볼 수 있다.

대방놀이가 지속되기 위해서는 놀이패와 구경꾼을 함께 아우르는 공동체적인 유대가 있어야 한다. 공동체의 요구에 따라 탈춤이 공연되고, 탈춤의 공연이 공동체의 확대와 결속을 강화하는 기능을 해야 한다. 공동체가 내부적인 결속을 다지면서 적대적인 세력을 상대로 한 싸움을 벌여야만 대방놀이의 내적·외적 기능이 온전하게 살아 있게 된다.

탈춤을 계승한다면서 대방놀이의 특성을 상실하면 계승이 아니다. 놀이패도 구경을 하려고 놀이판에 나타났다고 하면서 구경꾼과 대화를 나누는 등의 수법을 이어받았다고 대방놀이의 상실을 막을 수 있는 것은 아니다. 오늘날의 연극은 잔재주를 자랑한다. 탈춤을 이용하는 잔재주를 계승의 방법으로 삼는 것은 잘못이다. 탈춤의 대방놀이를 이어야 한다.

오늘날 벌이는 여러 축제도 대방놀이를 표방하고 있다. 탈춤은 그런 행사에 포함시켜 공연하면서 대방놀이의 양면인 내적 결속과 외적 항거의 양면을 새로운 상황에 맞게 살려야 한다. 대방놀이를 이어받아야 하는 이유는 명백하다. 대방놀이를 해야 신명풀이가 이루어진다. 사람은 신명풀이를 해야 한다. 신명이 말라 버리면 살 수 없다.

무당굿놀이 · 꼭두각시놀음 · 탈춤

무엇을 할 것인가

무당굿놀이·꼭두각시놀음·탈춤은 우리 민속극의 세 가지 기본적인 형태이므로 서로 비교해서 살펴볼 필요가 있다. 살펴보면 그 가운데 덜 알려진 편인 것을 이해하는 데 소중한 단서를 얻을 뿐만 아니라, 더 알려 있는 편인 것도 새로운 각도에서 다시 살필 수 있다. 셋을 함께 다루면, 한국 민속극의 폭과 형태에 관한 포괄적인 이해를 할 수 있게 된다.

무당굿놀이는 자료는 이미 적지 않게 보고되고 연극으로서의 고찰도 이루어졌으나,54) 민속극에 관한 포괄적인 논의에서는 제외되고 있다. 꼭두각시놀음은 이미 광범위한 연구가 이루어졌다고 하겠지만55) 필요한 내용이 갖추어져 있지 않다. '꼭두각시'라는 말의 어원을 중심으로 한 기원론과 사당패에 관한 고찰은 활발한 데 견주어서 연극으로서의 이해는 오히려 빈약한 편이다. 무당굿놀이·꼭두각시놀음·탈춤 가운데 연구가 가장 풍요하게 이루어진 탈춤은 나머지 둘을 이해하는 데 소중한 기여를 할 수 있다. 또한 이 셋의 비교 고찰에서 탈춤에 관한 이해가 확대되고 심화될 수 있다.

무당굿놀이·꼭두각시놀음·탈춤은 밀접한 관련을 가지고 형성되었고 또한 성장했다고 할 수 있다. 이 셋의 공통점을 찾아내면서 밀접한 관련을 밝히고, 차이점을 분석하면서 서로 다른 발전을 설명하는 것이 이 글의 구체적인 목표이다. 이런 작업은 처음 시도된다.

할미와 영감의 관계

무당굿놀이·꼭두각시놀음·탈춤이 지닌 두드러진 공통점의 하나는 할미와 영감이 등장하는 거리가 두루 보인다는 사실이다. 무당굿놀이 가운데서 동해안 거리굿의 '골매기할매거리'와 '골매기할배거리,'56) 꼭두각시놀음의 '꼭두각시거리', 그리고 탈춤의 '미얄과장' 등의 할미과장은 모두 허

---

54) 김영돈·현용준, 《제주도 무당굿놀이 중요무형문화재지정자료》(서울: 문화재관리국, 1965); 최길성, 〈무가 거리굿〉, 《서낭당》 3 (서울 : 한국민속극연구소, 1972); 최정여·서대석, 《동해안무가》(대구 : 형설출판사, 1974)

55) 김재철, 《조선연극사》 (서울 : 조선어문학회, 1933); 송석하, 《한국민속고》(서울 : 일신사, 1960); 최상수, 《한국인형극연구》(서울 : 고려서적주식회사, 1961); 이두현, 《한국가면극》 (서울 : 문화재관리국, 1969); 심우성, 《남사당패연구》(서울 : 동화출판공사, 1974).

56) 최정여·서대석, 위의 책, 316~331면

름한 할미와 영감이 등장하고, 이 두 사람이 서로 찾고 만나서는 다툰다는 공통점을 가지고 있다. 인물의 설정을 다음과 같이 정리할 수 있다.

	할미	영감
무당굿놀이	골매기할매	골매기할배
꼭두각시놀음	꼭두각시	박첨지
탈춤	미얄할미	영감

이와 같은 공통점을 가진 할미와 영감은 무엇을 나타내는가? 구체적인 내용은 서로 다르지만, 기본적으로 일치하는 점이 있다. 할미와 영감은 원래 마을을 편안하게 하는 구실을 담당한 여신과 남신이었다. 무당굿놀이를 출발점으로 해서 그 점을 확인할 수 있다.

'골매기할매'·'골매기할배'라고 할 때의 '골매기'는 이름에서부터 마을의 수호신이다. 마을의 수호신을 골매기라고 하는 말이 영남지방에 널리 분포되어 있다.57) 골매기할매거리와 골매기할배거리는 마을을 수호하는 부부신이 나와서 노는 장면이다. 부부신이 나와서 놀면 동네가 편안하고 자연에서의 풍요가 이루어져서 농사나 고기잡이가 잘 되게 할 수 있다고 믿는다. 골매기할배는 "골매기 수부 영감 할마닐 착실히 불러줘야 이 동네가 편탄다"고 하면서 뽐낸다.58) 골매기할매는 자식을 너무 많이 낳아서 뒤가 좋지 않다고 한다. 시집가기 전에 일곱을 낳고, 시집가서 여섯을 낳았다고 한나. 그리고 또 마을 사람늘의 대표인 동네 총대와 놀아나기도 한다. 골매기할배는 냄새만 맡고도 그 사실을 안다. 이런 음란성과 다산성은 바로 자연의 풍요를 가져온다고 믿는다.

미얄할멈과 영감도 흔히 볼 수 있는 허름한 할미와 허름한 영감이기 전에 마을을 수호하는 부부신이다. 봉산탈춤에서 영감이 미얄할멈에게 "너

---

57) 장주근·김택규, 〈동제와 세존단지〉, 《신라가야문화》 1 (대구: 청구대학 신라가 야문화연구소, 1966); 장주근, 〈한국신당 형태고〉, 《민족문화연구》 1 (서울: 고려 대학교 민족문화연구, 1966)
58) 최정여·서대석, 위의 책, 329면

하고 나하고 이 동네를 떠나면 이 동네에 인물 동티 난다"고 하고, 이어서 "너는 저 웃목에 서고 내가 아랫목에 서면 이 동네에 잡귀가 범치 못하는 줄 모르더냐?"라는 것이[59) 그래서 하는 말이다. 미얄할미와 영감은 잡귀를 물리치고, 자연에서의 풍요가 이루어져서 농사가 잘 되도록 한다. 미얄할미와 영감이 만나자마자 음란한 성행위를 하는 것은 농사가 잘 되도록 하는 행위이다.

꼭두각시놀음의 경우에는 꼭두각시와 박첨지가 마을의 수호신이었다는 직접적인 증거는 발견되지 않으며, 둘 사이의 음란한 행동도 두드러지게 나타나지 않는다. 그러나 무당굿놀이나 탈춤에서 밝힌 사실은 꼭두각시놀음을 이해하는 데 소중한 단서가 된다. 꼭두각시와 박첨지도 원래 마을을 수호하는 여신과 남신이었을 수 있다.

할미와 영감은 헤어졌다가 만나고, 화합하다가도 싸운다. 할미와 영감이 헤어지거나 싸우는 것은 마을이 편안하지 못하고 농사나 고기잡이가 잘 될 수 없는 징조이고, 만나고 화합하면 마을이 편안하고 농사나 고기잡이가 잘 될 수 있다고 믿었다. 할미나 영감 외에 다른 인물이 개입하면서 벌어지는 싸움은 다른 의미를 지니고 있다. 무당굿놀이에서는 총대라는 젊은 남성이 골매기할매와 놀아나고, 꼭두각시놀음에서는 덜머리집이라는 젊은 여성이 등장해서 박첨지를 유혹하고, 탈춤에서도 흔히 덜머리집이라고 하는 젊은 여성이 영감을 가로채 싸움이 벌어진다. 함께 놀아나는 관계를 =로 표시하고, 싸우는 관계를 : 로 표시하면, 세 경우에 다 보이는 세 인물들의 관계가 다음과 같다.

<pre>
골매기할매 = 총 대   : 골매기할배
 꼭두각시 : 덜머리집 =   박첨지
 미얄할멈 : 덜머리집 =   영 감
</pre>

이런 설정도 굿에서 필요하다. 늙고 무력한 남성(여성)과 관계를 맺고 있는 여성(남성)을 원기 왕성한 남성(여성)이 빼앗아 간다는 것은 늙고 무

___
59) 이두현, 위의 책, 321면

력한 쪽을 겨울로 하고 젊고 원기 왕성한 쪽을 여름으로 한 겨울과 여름의 싸움이라고 할 수 있다. 공통된 설정이 거듭 나타난 비슷한 내용의 연극을 만들었다. 싸움의 구체적인 양상은 할미와 영감 가운데 어느 쪽이 더욱 적극적인 구실을 하는가에 따라서 달라졌다.

무당굿놀이에서는 골매기할매가 적극적으로 나서고, 골매기할배가 수세에 몰려 있다. 할매가 총대와 놀아났다는 것부터 그런 설정이다. 할배는 할매를 찾아 나섰다가 할매가 남긴 냄새를 맡아 보고, "야 참 독하다 과연야 여기구나", "아이고 큰일 났다 이거 웬 일인고"라고 하더니 "이 동네 총대와 놀았다"는 것을 알고 당황해 한다.60) 할배가 총대에게 덤벼들지만 이겨낼 수 있는 것은 아니고, 할매는 궁지에 몰리지 않았다. 할매는 하고 싶은 대로 하고, 지껄이고 싶은 대로 지껄이고, 며느리 흉이나 보는 것을 일삼으며, 할배를 무시하고 행동하지만, 할배는 그럴 수 없다.

꼭두각시놀음에서는 영감이 주도권을 잡고 가해자 노릇을 하고 할미는 피해자이다. 꼭두각시라고 일컬어지는 할매는 오래 헤어져 있던 박첨지와 만나서 좋아하고 있는데, 박첨지 영감은 그 사이에 작은 집을 얻었다. 영감이 그 말을 해도 할매는 알아듣지 못한다.

> 박 첨 지 : 야, 야 이리와. 자네가 나간 지 수십 년이 되어서 늙은 내가 혼
> 자 살 수 있던가, 그래 내 작은집을 하나 얻었네.
> 꼭두각시 : 옳지, 옳지. 내 알았소, 영감이 나 간 뒤로 알뜰살뜰 모아가지
> 고 작은 집을 한 칸 샀단 말이지요.
> 박 첨 지 : 왜 기와집은 안 사고, 이 늑대가 할켜 갈 년아.
> 꼭두각시 : 그럼 뭐 말이요?
> 박 첨 지 : 그런 게 아니라 작은 마누라를 하나 얻었던 말이다.
> 꼭두각시 : 옳지, 옳지. 내 알았소, 내가 갔다 돌아오면 김장할려고 마늘
> 몇 접 샀단 말이죠.
> 박 첨 지 : 왜 후추 생강은 어떻고, 이 우라질 년아.

---

60) 최정여·서대석, 위의 책, 329면

꼭두각시 : 그럼 뭐 말이요?
박 첨 지 : 자 자 이리 와, 작은 여편네를 아느냐?
꼭두각시 : 옳지, 옳지. 내 알았소, 내가 가면 영영 안 올 줄 알고 작은 여
　　　　　편네를 하나 얻었단 말이죠.
박 첨 지 : 아따 그년 이제 삼일 강아지 눈뜨듯 하느냐.[61]

　박첨지는 덜머리집을 첩으로 두었는데 꼭두각시는 박첨지가 전과 같이
자기만 생각하고 있는 줄 착각하고 있다. 박첨지가 계속 욕지거리를 하는
데 꼭두각시는 그냥 당하고만 있다. 첩인 덜머리집이 인사를 한다면서 머
리를 들이받자 비로소 사태가 심각하다는 것을 눈치 챌 정도로 꼭두각시
는 바보스럽다.

　탈춤에서는 할미의 적극적인 구실이 남아 있기도 하지만, 영감이 용납
하지 않는 공세를 취한다. 봉산탈춤의 미얄할미는 영감과 만나자 영감 위
에 올라타고 적극적인 성행위를 해서 영감이 망신을 당했다고 야단하게
하고, 영감이 쓰러지자 “동네방네 키 크고 코 큰 총각, 우리 영감 내다묻고
나하고 둘이 살아봅세”하고 외친다.[62] 영감은 미얄할미의 그런 행동을 용
납하지 않는다. 덜머리집을 첩으로 얻었으며, 할미에게 덤벼들어 때리고
싸우다가 마침내 할미를 죽게 하는 데까지 이른다.

　굿에서는 할미의 우위가 중요한 의의를 가진다. 할미는 직접 출산을 담
당하고 있는 여성이므로, 자연의 풍요를 가져오려면 할미가 영감보다 더
욱 원기 왕성해야 한다. 그러나 극에서는 사정이 다르다. 극에서는 권위
때문에 생기는 갈등을 다룬다. 남성의 권위를 문제 삼고, 남성의 권위 때
문에 희생되는 여성의 가련한 처지를 그리기 위해서는 영감이 할미를 억
눌러야 한다. 이런 관점에서 견주어보면, 꼭두각시놀음이나 탈춤은 무당굿
놀이보다 더욱 발전된 연극이라고 할 수 있다.

　무당굿놀이는 극의 의미가 약한 것은 아니다. 골매기할배에 대한 골매

---

61) 심우성, 위의 책, 312~313면
62) 이두현, 위의 책, 324면

기할매의 우위는 관중이 겪고 있는 일상적인 경험에 비추어 보면 중요한 의미를 가질 수 있다. 일상적인 경험에서는 남성이 우위에 있는데 극에서는 여성이 우위에 있다고 해서 역전을 가정해보았다고 할 만하다. 무당굿놀이의 관중은 대부분 여성이다. 골매기할매의 언동은 여성 관중이 일상생활에서는 덮어 놓지 않을 수 없었던 충동을 나타낸다.

　골매기할매가 계속 며느리의 흉을 보는 것도 권위에 대한 비판이다. 열심히 흉을 보는 말을 들어보면 납득할 수 있는 것이 아니고 공연한 트집이다. 골매기할매는 관중이 자기에게 동조한다고 믿고 있지만 사실은 반대인 극적 반어가 성립된다. 골매기할매가 오히려 풍자의 대상이 된다. 남성의 권위와 함께 시어머니의 권위도 부당하다고 한다

　꼭두각시놀음에서는 꼭두각시의 가련한 처지가 관심의 초점이다. 꼭두각시는 오랫동안 찾고 있던 박첨지에게 배신당하고, 덜머리집에게 모욕을 당하고, 마침내 강원도 금강산에 들어가 중이 되겠다고 떠나간다. 박첨지가 세간을 나누어 준다고 하면서 덜머리집에게는 "오동장롱 반다지 자개함롱 귀다지"를 주고, 꼭두각시에게는 "깨진 매운 독, 부적가리"를 주며, 덜머리집에게는 "앞뜰 논도 천석지기 뒤뜰 논도 천석지기 개똥밭 사흘가리"를 주고, 꼭두각시에게는 "저 건너 상상봉에 묵은 밭 서되 지기"를 주겠다고 하자63) 아무것도 지닌 것이 없이 떠나간다. 항거라고는 하지 못하는 꼭두각시이므로 더욱 동정하지 않을 수 없으며, 박첨지의 횡포는 그만큼 두드러지게 나타난다.

　탈춤에서는 영감에게 항거하다가 죽게 되는 미얄할미의 처지가 가련하다. 늙고 무력한 할미가 원기 왕성한 젊은 여성과의 대결에서 패배해서 죽는 것은 굿에서 보여주는 겨울의 죽음에서 유래했다. 겨울의 죽음을 애통하게 여기는 심정에 근거를 두고 여성에 대한 남성의 횡포를 더욱 적극적으로 나타낸다.64) 미얄할미의 항거와 죽음은 꼭두각시가 물러가기만 하는 것보다도 굿의 유산에 더욱 충실하면서도 극에서 요구되는 주제를 한층

---

63) 심우성, 위의 책, 314면
64) 이 점은 〈미얄과장의 웃음과 눈물〉에서 자세하게 살핀다.

적극적으로 나타냈다.

무당굿놀이는 무당굿의 일부로 공연되고, 탈춤은 농악대굿에서 분리되어 독립된 연극이다. 꼭두각시놀음은 이런 계보를 작성하기 어렵다. 꼭두각시놀음도 굿에서 유래했다는 것은 인정할 수 있다. 꼭두각시거리뿐만 아니라, 이시미거리도 그 증거로 들 수 있다. 홍동지라는 천하장사가 사람을 해치는 이시미를 퇴치하는 설정이 간절한 소망을 나타내는 굿의 흔적이라고 할 수 있다. 그러나 어떤 굿이었는지 판단하기 어렵다.

꼭두각시놀음은 굿의 모습을 분명하게 지니고 있지 않고, 무당굿놀이는 물론 탈춤보다도 굿에서 멀어진 것이라고 할 수 있다. 그러면서 연극으로서의 발전은 탈춤만큼 이루어지지 않았다. 이러한 사실을 들어 꼭두각시놀음이 굿에서 극으로의 발전의 전폭을 보여주지 않고, 그 과정의 한 대목에 머무르고 있다는 진단할 수 있다.

무당굿놀이·꼭두각시놀음·탈춤에서 모두 극중인물이 악사와 말을 나눈다. 악사는 대본 채록자에 따라서 '반주자', '산받이', '촌사람', '樂工' 등으로 지칭하지만, 하는 구실은 대체로 일정하다. 무당굿이든 농악대의 굿이든 굿을 하려면 악기를 연주하는 악사가 있어야 한다. 악사가 무악이나 농악을 울려야 춤을 추고 노래를 할 수 있다. 나서서 춤을 추고 노래를 하는 사람과 악사가 대화를 하기도 한다. 나서서 춤을 추는 사람은 굿이 극으로 바뀌면서 극중인물이 되었다. 극중인물이 악사와 대화하는 것이 극을 진행하는 기본방법의 하나이다. 극중인물과 악사의 대화가 무당굿놀이·꼭두각시놀음·탈춤에서 각기 어떻게 이루어지는가 보자.

할　매 : 딸을 마카 집구석에 놔두고 멕일라 카니 양식이 있나. 내가 마카
　　　　치워, 치워버렸다.
반주자 : 어디로 치웠능교?
할　매 : 어디로 치웠는지 모르제? 내 맏딸은 저게 갔다.
반주자 : 어디로?
할　매 : 저기, 저기, 저기 아가리 큰 데로 갔다.

반주자 : 아가리 큰 데라니?

할 매 : 아가리 큰 데 모르제? 세상에 고기 중에 아가리 큰 건 대구 아이
           가. 저 대구 갔다. 대구.[65]

박첨지 : 자네 우리 마누라 못 봤나.

산받이 : 봤지, 며칠 전에 맨발로 옷도 남루하게 입고 가는 것을 보았소.

박첨지 : 그게 정말인가?

산받이 : 정말이고 말고, 저 산모퉁이로 울면서 가는 것을 보았네. 불쌍해
           서 못 보겠네.[66]

미 얄 : 아이고 아이고 아이고!

악 공 : 웬 할맘입나?

미 얄 : 웬 할맘이라니. 덩꿍 하기에 굿만 여기고 한 거리 놀고 가려고
           들어온 할맘일세.

악 공 : 그러면 한 거리 놀고 갑세.

미 얄 : 놀든지 말든지. 허름한 영감을 잃고 찾아다니는 할맘이니, 영감
           을 찾고야 놀갔습네.[67]

　　극중인물과 악사의 대화는 극의 진행을 해설하는 방법이고, 악사가 극
에 개입하는 기회이다. 그 덕분에 관중은 필요한 정보를 얻는다. 골매기할
매가 밭을 치운 내력을 들으면서 골매기할매의 성격을 알 수 있다. 꼭두각
시를 찾고 있는 박첨지의 심정도 헤아린다. 한 거리 놀면서 신명풀이를 하
고 싶은 미얄할미가 영감을 잃어서 상심하는 사정도 듣는다.

　　악사가 개입해서 주역과 상대역이 있어 대결이 벌어지는 것을 알린다.
그런데 주역만 등장해서 등장인물은 하나이면서 극중인물은 둘 이상인 경

---

65) 최정여·서대석, 위의 책, 318면
66) 심우성, 위의 책, 310면
67) 이두현, 위의 책, 319면

우도 있다. 등장인물이 극중인물과 수가 일치하는 경우도 있다. 그 가운데 어느 것을 선택하는가는 세 연극에서 각기 다르다.

무당굿놀이에서는 극중인물은 여럿일 수 있어도 등장인물은 하나뿐이다. '골매기할매거리'에는 골매기할매만 등장한다. 골매기할매가 며느리와의 갈등을 설명하면서, 자기 자신, 며느리, 그리고 아들의 연기를 모두 하면서 一人多役을 하는 것이 예사이다. 관중 한 사람을 즉석에서 발탁해 조연자 노릇을 맡기기도 한다. 일인다역을 하는 경우를 들어보자.

(가) 세상에 이래 자빠져 잔다. 자다가 그래.

(나) 야아 메늘아 해가 여기 올라온 것도 모르고 처자빠져 자지. 메늘아 동에 동산 돋은 해가 허궁 중천에 올라왔다. 뻐득뻐득 일어나가주구 빨리 일꾼 아직이라도 해줘야 먼 산에 나무 실러도 가고 또 우리도 어뜩 아직 먹고 농사일 하러 갈 게 아이가.

(가) 이라믄, 세상에 저그나 하면 어뜩 일어나가지고 아직도 빨리 하고 이러지, 세상에 번드시 자빠져가 다리 긁어댄다.

(다) 그만 일어날나니 귀찮시러워 어머이 지랄하고 그 전에 동에 동산에 돋던 해가 갑자기 오늘 해는 씹둔덕에 돋나 왜 저 지랄하고 일나라 누바라 생 발광을 하고 있노.

(가) 할 수 없어 아침 허러 부시시 일어나지.[68]

(가)는 골매기할매의 설명이다. (나)는 골매기할매가 하는 말이다. (다)는 며느리가 하는 말이다. 골매기할매 혼자서 설명도 하고, 자기 말도 하고, 며느리 말도 하니 서사적인 전개방식을 사용한다고 할 수 있다.[69] 판소리나 민담에서 볼 수 있는 바와 상통한다. 그러나 이 때문에 무당굿놀이가 서사문학이라고 할 수는 없다. 서사문학의 서술자는 판소리 광대라도 고수와 대화를 나누지는 않고, 필요에 따라서 상대역을 등장시킬 수도 없

---

68) 최정여·서대석, 위의 책, 320면
69) 같은 책 60면에서는 이 점을 들어 "극과 이야기의 중간적 성격을 갖는다"고 했다.

다. 서사문학은 과거형으로 진행하는데, 무당굿놀이는 현재형을 사용한다. 무당굿놀이는 꼭두각시놀음이나 탈춤에 비해서 서사적인 연극이기는 해도 서사문학은 아니다.

꼭두각시놀음은 일인다역이 아니고 多人多役이다. 극중인물의 수와 등장인물의 수가 일치한다. 그러나 여러 등장인물 가운데 박첨지는 특이하다. 서술자 노릇도 하고 자기 자신의 연기도 한다. 박첨지의 서술은 악사와의 대화로 진행된다. 어느 장면에서든 박첨지가 먼저 등장해 앞으로 벌어질 일을 예고하는 것이 공식이다. 그래서 다음과 같은 사태가 벌어지기도 한다.

박첨지 : 자네 우리 마누라 구경해 볼려나?
村　人 : 어떻게 생겼어?
박첨지 : 글쎄 하여간 나오거든 보게 자네 우리 마누라 나오면 기겁만 벙
　　　　거지를 한 번 할 걸세.
박첨지 : 여보게 할멈.
촌　인 : 아 이 영감 거 마누라 찾는 게 길 닦으러 나오라는 말 같네.
박첨지 : 아 참 그렇게 길게 나왔네 그려. 여보게, 우리 마누라를 부를 테
　　　　니 들어보게. 여보게, 할멈.
꼭두각시 : 여보 영감, 어디서 영감 소리가 나는 듯하구려.
박첨지 : 어디서 할멈 소리가 나는 듯 마는 듯하구려.70)

'촌인'이라고 한 사람은 악사이다. 처음에 박첨지가 악사에게 말을 건 것은 이제 꼭두각시가 등장하게 된다는 사실을 예고하는 서술자로서의 구실을 하는 공식이다. 그리고 꼭두각시와 서로 부르며 찾는 박첨지는 자기 자신의 연기를 한다. 이 두 가지 구실은 어긋난다. 꼭두각시와 헤어진 지 오래되어 서로 찾고 있는 박첨지가 꼭두각시의 등장을 예고하는 것은 박첨지가 서술자로서의 구실도 하는 공식을 인정하지 않는다면 납득할 수

─────────────────
70) 박헌봉 채록본. 심우성, 위의 책, 276면

없다. 꼭두각시놀음의 여러 장면은 박첨지가 계속 서술자 노릇을 하므로
내용이 이질적이고 독립적인 것들이라도 하나로 연결되어 있다.

그런데 탈춤에는 서술자 노릇을 하는 인물이 없다. 등장인물과 악사의
대화는 미얄과장에나 있으며, 관중에게 아무런 예고나 설명을 하지 않고
진행되는 등장인물 상호간의 대화로 작품이 이루어지는 것이 탈춤의 특징
이다. 꼭두각시놀음에서 보이는 정도의 서사적인 요소마저도 배제한다.

그런데 탈춤에는 다른 사람의 말을 대신해 주는 등장인물이 있다. 취발
이는 소무와 함께 춤을 추면서 소무의 말로 "서방님! 제 집을 다녀간 이후
로 뭣이 클클하게 먹구파요"라고 하고, 다시 자기 말로 "그렇지 먹고푼 거
있지, 쇠쾨기럴 먹고 보겠냐?"고 하는 혼자만의 대화를 계속한다.71) 행동
에서는 다인다역이지만 대화에서는 일인다역이어서, 무당굿놀이와도 상통
하는 면이 있다.

무당굿놀이·꼭두각시놀음·탈춤이 이렇게 다른 것은 그럴 만한 이유
가 있다. 무당굿놀이의 서사적인 성격은 무당굿에서 유래했다. 무당굿놀이
는 무당굿의 한 과정으로서 공연되어 무당굿 일반의 방식에서 벗어날 수
없다. 무당굿은 처음부터 끝까지 나서서 춤추고, 노래하고, 말하는 무당과
악사 노릇을 하는 무당이 있어서 진행된다. 노래하고 말하는 무당이 악사
노릇을 하는 무당과 대화를 나누는 방식을 무당굿놀이에서만 볼 수 있는
것은 아니다.

무당이 굿하면서 하는 노래나 말은 모두 무가라고 하는 것이 관례이다.
무가는 문학 장르의 관점에서 보면 서정·교술·서사·희곡이 다 들어 있
는 복합체이다.72) 서정무가·교술무가·서사무가·희곡무가가 있다고 할
수 있으나, 엄밀하게 구분되지 않고 서로 얽혀 있다. 희곡무가가가 아닌
것도 희곡적인 성격을 가지고, 희곡무가인 무당굿놀이도 서사적인 수법을
사용할 수 있다. 무당굿놀이가 서사적인 성격을 가진 것은 장르 분화가 덜

---

71) 임석재 채록. 〈강령탈춤 대사〉 제 10 과정. 심우성, 《한국의 민속극》(서울 : 창작
　　과비평사 1975), 272면.
72) 장덕순·조동일·서대석·조희웅, 《구비문학개설》(서울 : 일조각, 1971), 117~136면

되었기 때문이라고 해도 좋다. 그러나 장르 분화가 덜 되었다는 사실을 반드시 진화론적 관점에서 이해할 필요는 없다. 무당굿놀이와 같은 서사적 연극은 그것대로의 독자적인 의의를 가지고 있다.

꼭두각시놀음은 서사적 성격을 지닌 정도에서 무당굿놀이와 탈춤의 중간에 선다고 할 수 있다. 이러한 사실을 들어서 꼭두각시놀음은 무당굿놀이보다는 발전된 연극이고 탈춤만큼은 발전되지 않은 연극이라고 할 수는 없다. 꼭두각시놀음에서는 박첨지가 악사와의 대화를 하면서 해설자 노릇을 해야 할 특별한 이유가 있다.

박첨지와 악사의 대화는 꼭두각시놀음이 인형들만의 별세계에서 벌어지는 희한한 놀음일 수 없게 만든다. 인형이 사람과 다르지 않고, 작품세계가 관중의 처지에 선 악사의 세계와 바로 이어져 있다는 것을 보여주어, 관중이 작품세계에 자기를 잊고 몰입하지 않고 비판적인 관심을 가지고 참여할 수 있게 한다. 박첨지가 처음 등장해서 연극이 시작할 때부터 마지막으로 박첨지가 "이것으로 끝을 맺었으니 편안히들 돌아가십시오"라고[73] 할 때까지, 박첨지의 설명은 꼭두각시놀음의 독자적 특성을 유지하는 일관된 의의를 가지고 있다.

탈춤은 농악대굿에서 유래해서 서사적 성격이 없다. 농악대굿은 말보다 행동을 앞세우면서 한다. 뛰고, 춤추고, 몸짓을 하는 것이 바로 굿이고, 노래나 축원은 없어도 좋을 부차적인 방법이다. 그러므로 탈춤은 발생 단계에서부터 말보다는 행동이 소중한 연극이다. 탈춤의 발전도 함께 등장인물 상호간의 대화가 중요한 의의를 가지게 되었어도 대화가 행동보다 앞서지는 않는다. 악사나 관중이 극의 진행에 개입하는 것은 언제든지 가능한 일이지만, 악사와 등장인물의 대화가 반드시 필요한 대목은 미얄과장뿐이다.

탈춤은 대화의 내용이 풍부하게 된 단계에 이르러서도 계속 무언극적 성향을 지녔다. 등장인물 가운데 상당수가 무언이고, 무언의 장면이 오래 계속되기도 한다. 무언인 인물이 지닌 생각을 다른 인물이 나타내는 것도 무언극적 성향 때문에 생기는 수법이다.

---

73) 이두현, 위의 책, 336면.

흉내 · 파괴 · 싸움

　무당굿놀이는 일상생활의 사소한 모습을 확대해 보여주면서 흥밋거리로 삼는다. 무당굿놀이의 서술자는 설명과 연기로 남의 행동을 흉내 내는데 열을 올리고, 자기의 일이라도 남의 일을 흉내 내듯이 나타낸다. 골매기할매는 관중들에게 며느리 흉을 보면서, 며느리가 자고 있는데, 모기가 며느리의 "냄새 나는 데"를 물어 며느리가 따갑다고 하는 장면을 다음과 같이 나타낸다.

> (가) …… 농사일 하다보니, 마 되기는 되제. 마 자니 모기가 뜯는 둥 뭐 아
> 　　나 해필 이년들 모기가 꼭 얄구시레 꼭 고런 데 찾아다니며 물지 왜 마.
> (나) 이래가 누워 잔대이.
> (가) 자다가 모기가 달라드는 거 한 번 봐래이.
> (다) (巫 드러누워서 모기가 물 때마다 엉덩이를 팔작팔작 뛴다.)
> (라) 아이 따가래이, 아이 따가래이, 아이 따가 아이 따가 아이구 따가래이.
> (가) 마 어 지랄한대이 세상에 거 왜 그래는지 모르제? 그놈 모기가 해필
> 　　냄새는 데 찾아댕김 고길 무느라고.[74]

　(가)는 자기가 흉내 내는 행동에 대한 설명이다. 골매기할매는 이 장면에서 며느리의 행동을 흉내 내면서 계속 이런 설명을 한다. 설명은 행동이나 대사만으로는 나타낼 수 없는 내용을 전달하기 위해서도 필요하고, 행동이나 대사로 나타낼 수 있는 내용에 관심을 모으도록 하는 구실을 한다. 모기가 하필 "꼭 고런 데", "냄새나는 데"를 찾아다니며 문다는 것은 설명이 있기 때문에 꼬집어 나타낼 수 있다. (나)는 행동을 하면서 보태는 설명이다. "이래가 누워 잔대이"라고 하면서 잠자는 시늉을 한다. (다)에서는 설명 없이 행동만 한다. (라)에서는 서술자의 말이 아닌 며느리의 말을 한다.

　(가) · (나) · (다) · (라)를 번갈라 사용하는 수법으로, 무당굿놀이는 일상생활의 사소한 모습을 다각도로 확대해 보여주면서 흥밋거리로 삼는다.

---

74) 최정여 · 서대석, 위의 책, 320면.

자다가 모기에게 물린다는 것은 아무렇지도 않은 일일 수 있는데, 야단스럽게 나타내니 우스꽝스럽고 볼 만한 모습이 된다. 연기자의 뛰어난 입심과 박진한 묘사력을 자랑하는 연기자는 무엇이든지 웃음거리로 만들 수 있다. 일상생활의 무의미한 반복을 깨고 새로운 눈으로 삶을 되돌아보게 할 수 있게 한다.

꼭두각시놀음이나 탈춤에도 비슷한 장면이 있으나, 무당굿놀이의 경우만큼 두드러지지는 않다. 꼭두각시놀음에서 박첨지와 악사의 대화로 전개되는 설명은 앞으로 일어날 일에 관심을 모으도록 하는 구실은 해도, 남의 일을 흉내 내 보여 주는 것은 아니다. 무당굿놀이에서 "자다가 모기가 달라드는 거 한번 봐래이"라고 하듯이, 꼭두각시놀음에서도 "나오거든 보게나. 자네 우리 마누라 나오면 기껍만 벙거지를 한번 할 걸세"라고 해서 관중의 관심을 모으지만, 나오면 실제로 보아야 하고 말만 듣고는 알 수 없다는 점이 무당굿놀이와 다르다.

박첨지가 하는 말을 듣고 궁금하게 생각하며 기다리고 있는데, 꼭두각시는 볼품없이 찌그러진 허름한 할멈의 모습을 하고 등장한다. 허름한 할멈은 흔히 볼 수 있지만, 찌그러진 모습을 과장해 놓고 보니 새삼스럽게 관심이 일어나고 충격을 받게 된다. 꼭두각시뿐만 아니라 다른 등장인물도 모두 그렇다고 할 수 있다. 홍동지는 벌거벗고 다니며 성기를 커다랗게 드러내는데, 벌거벗은 몸에 성기가 있다는 것은 새삼스러운 일이 아니지만, 홍동지의 출현으로 가려 있던 진실이 갑자기 나타나는 충격이 생긴다. 인형은 숨은 내막을 드러내 과장해서 묘사한다.

탈춤에서는 박첨지와 같은 서술자도 없고, 등장인물과 악사의 대화도 흔하지 않다. 미얄이 악사에게 영감의 모습을 소개하면서 "수염은 다 모즈러진 귀얄 같고 상투는 다 갈아먹은 망줏 같고 키는 석자 네 치 되는 영감이올세"라고[75] 하는 것 같은 예고보다 직접 보고 듣는 것이 더욱 중요하다. 현장 대결이 최상의 표현이다. 영감이 할미의 면전에서 흉을 보면서 지껄이는 수작을 들어보자.

---

75) 이두현, 위의 책, 319면

우리 요강은 파리 한 놈만 들어가도 소리가 왕왕하는 것인데 벌통 같
은 씹통을 벌리고 오줌을 좔좔 누며 방구를 탕탕 뀌니, 앞집의 덜풍이가
봇 동(돌)이 터졌다고 괭이를 가지고 왔으니 이런 망신이 어데 있습나.[76]

사소한 것을 확대해 야단스럽게 만드는 수법을 써서 영감이 미얄할미에
게 퍼붓는 공격이 되돌아온다. 미얄할미가 어떤 짓을 하는지 알려 관중을
자기편으로 만들지 못하고. 미얄할미의 흉을 보며 트집을 잡는 영감의 고
약한 심사를 폭로하고 만다. 탈춤에서 하는 연기는 남의 사정을 알리지 않
고 자기 자신을 나타낸다. 긴박한 갈등을 전개하느라고 자기나 남에 관해
서 장황한 설명을 할 겨를이 없다. 일상생활의 사소한 모습을 확대해 보여
주지 않는다. 탈을 쓰고 등장하는 인물은 움직이고 말하는 인형만큼 흥미
로운 구경거리가 아니다. 긴박한 싸움을 벌여 관중이 모여들게 한다.

일상생활에서 존중되는 권위 파괴는 무당굿놀이·꼭두각시놀음·탈춤
에서 두루 나타난다. 권위 파괴에서 생기는 웃음으로 관중의 흥미를 끄는
희극이라고 하는 점에서 세 연극은 서로 다르지 않다 그러면서 그 구체적
인 방법이나 특징은 서로 다르다. 먼저 무당굿놀이의 경우를 살펴보자.

무당굿놀이의 '골매기할매거리'와 '골매기할배거리'에서 할매에 대한 할
배의 우위가 부정되고, 며느리에 대한 할매의 지배도 유지되지 않는다. 할
매는 계속 며느리의 흉을 보고 트집을 잡으면서 자기가 정당하다는 것을
주장하지만, 관중은 할매의 트집을 뒤집어서 생각하게 된다. 한편 '사장거
리'나 '과거거리'에서는 사장의 가르침, 과거에 급제, 급제해 하는 벼슬이
모두 허망하다고 한다. 사장은 무엇이든지 닥치는 대로 가르치며 다음과
같이 한다고 한다.

가르치다 밑천이 떨어져 가르칠 것이 없으면 술 먹고 지랄병하는 것도
가르치고, 또 저 혹시 해촌에 가서 살고 싶으다 하는 놈은 마 저 해촌으로
보내 가지고 사공질도 가르치고, 또 발동선 선장도 가르치고, 마 튀전도

<hr>

76) 같은 책, 322면

가르치고 쪼이도 가르치고, 화닥대기도 가르치고 뺑도 가르치고, 마작도
가르치고 골패도 가르치고. 마 어느 것 못 가르친 게 없다.77)

사장이 이런 것들을 두루 가르친다는 말은 기존의 관습에 대한 심한 반
발이다. 유학의 경전처럼 공허한 것을 가르칠 것이 아니라 사공질이나 발
동선 선장 노릇하는 것처럼 쓸모 있는 지식을 가르쳐야 한다고 한다. 공자
·맹자를 찾으면서 엄숙하게 위엄을 차려야 할 것이 아니라 술 먹고 지랄
하는 것부터 시작해서 온갖 노름을 가르쳐야 한다고 한다. 그렇게 해서 양
반이 만들어 놓은 굳어진 관념을 파괴하고 삶의 발랄한 모습을 거침없이
드러낸다.

권위와 관념의 파괴가 꼭두각시놀음에서는 더욱 분명하고 격렬하다. 벌
거벗고 다니는 천하장사 홍동지가 나서서 성의 금기, 노인의 위엄, 가족
관계, 양반의 권위, 의례의 엄숙성 등을 닥치는 대로 파괴한다. 자기 외삼
촌이고 노인인 박첨지에게 함부로 버릇없이 굴어도 박첨지는 예사로 여긴
다. 박첨지가 용강 이시미에게 잡혀서 죽게 되었을 때에도 "아저씨인지 잡
것인지 늙은 것이 身老心不老라 조카 하는 대로 하지"라고78) 하면서 박첨
지를 나무란다. 젊고 힘 있는 홍동지는 늙고 주책없이 노는 박첨지를 용납
할 수 없다고 여기고 가련해서 구출해 줄 따름이다.

홍동지의 파괴적인 행동은 상여를 메는 장면에서 절정에 이른다. 평안
감사가 죽어서 상여를 멘다고도 하고, 평안감사의 대부인이 죽어서 상여
를 멘다고도 한다. 평안감사 대부인의 상여를 성기에다 받쳐서 들고 가는
파격적인 행동은 엄숙하게 존중해야 할 모든 것을 한꺼번에 파괴한다. 그
러면서 평안감사까지도 엉터리로 만들어서 홍동지와 다음과 같은 수작을
하도록 한다.

平 : 빨리 모셔라.

---

77) 최정여·서대석, 위의 책, 286~287면
78) 김재철 채록본, 심우성, 《남사당패연구》, 226면

洪 : 상제님 짊어진 것이 뭐요?

平 : 나 말이냐?

洪 : 그렇소.

平 : 나 짊어진 것은 산에 올라가 분상제 지내려고 잔득 칠푼 주고 강생이
    한 마릴 사 짊어졌다.

洪 : 자고로 방귀에 혹 달린 놈은 보았어도, 강생이로 분상제 지낸다는 놈
    은 처음일세.79)

꼭두각시놀음은 모든 권위와 관념을 파괴하고, 홍동지가 나타내는 젊음,
힘, 그리고 거침없는 행동을 긍정한다. 벌거벗고 성기를 노출하고 다니는
것은 그러한 행동의 집약적인 표현이다. 그러나 홍동지의 젊음과 힘은 무
엇에든지 얽매이지 않으려는 본능적인 충동으로 나타나고 그 이상의 현실
적인 의미를 찾기 어렵다. 양반에 대한 반발도 닥치는 대로 부수는 행동의
하나이고, 양반과 대결해야 할 필연성은 제시되지 않는 채 전개된다. 홍동
지의 힘과 젊음은 파괴적인 행동에서 가장 뚜렷하게 확인되고, 꼭두각시
놀음은 파괴력을 무엇보다도 존중한다.

탈춤은 이와 다르다. 탈춤의 취발이나 말뚝이는 홍동지와 상통하는 인
물이며, 홍동지처럼 권위와 관념을 파괴한다. 그러나 취발이나 말뚝이는
노장 또는 양반과 대결하지 않을 수 없는 위치에 있으며, 대결이 역사적·
사회적 의미를 지닌다. 노장이나 양반이 쉽사리 물러나지는 않지만, 취발
이와 말뚝이의 요구가 정당하기 때문에 부정해야 할 것을 부정하고 긍정
해야 할 것을 긍정하는 주제가 부각된다. 탈춤에서는 파괴력 자체가 존중
되지 않고, 취발이나 말뚝이를 통해서 나타나는 현실주의, 자유로운 생활,
평등한 인간관계가 존중된다.

일상생활의 모습을 보여 주고, 일상생활을 지배하던 권위와 관념을 파
괴하고, 권위와 관념과는 대립되는 현실주의적 사고방식을 긍정적으로 제
시하는 것은 무당굿놀이·꼭두각시놀음·탈춤에 함께 나타나는 주제이다.

---

79) 같은 자료. 같은 책, 236면

그러면서 강조점은 각기 다르다. 무당굿놀이는 일상생활의 모습을 보여주고, 꼭두각시놀음은 권위와 관념을 파괴하고, 탈춤은 현실주의적 사고방식을 제시하는 데 특히 힘쓴다. 무당굿놀이에서는 부정과 긍정이 둘 다 강하지 않아서 대결이 완만하다. 꼭두각시놀음에서는 부정은 강하지만 부정에 대한 반격이나 부정을 넘어선 긍정은 강하지 않아 대결이 일방적이다. 탈춤에서는 부정도 강하지만 부정에 대한 반격이나 부정을 넘어선 긍정도 강해서 쌍방의 작용으로 대결이 긴박하다.

무당, 사당패, 농민이나 상인

지금까지 살핀 차이점은 무당굿놀이의 창조자인 무당, 꼭두각시놀음의 창조자인 사당패, 탈춤의 창조자인 농민이나 상인의 의식이 서로 달라 생겼다. 무당, 사당패, 농민이나 상인은 양반과는 사회적 위치가 다른 민중에 속하고, 민속극으로 자기를 표현하는 점이 서로 같으면서 중요한 차이점도 있다. 서로 다른 연극을 하는 것이 당연하다.

무당은 굿을 하면서 살아간다. 자기네는 고기잡이나 농사를 하지 않으면서 굿을 해서 고기잡이나 농사가 잘 되게 해 주고 마을을 편안하게 해 준다고 한다. 결과에 대해서 책임을 진다는 것은 아니다. 신의 춤을 추고 신이 하는 노래나 말을 전한다고 인정되어야 영험하다고 한다. 그러면서 또한 연기를 잘 하고 입심이 좋아 인기를 얻어야 한다. 굿의 여흥에 해당하는 뒷부분에서는 영험보다는 인기가 더욱 소중하다.

무당굿놀이는 여흥의 절차여서, 뒤를 풀어준다고 한다. "내가 떠드는 것은 약장사 연설하는 것도 아니겠고 내가 첫째 똑 거리에서 당한 적당한 얘기만 말씀드리겠는데"라고[80] 하지만, 사실은 그 반대이다. 거리굿이라고 하는 놀이에 적당한 말이 정해져 있지 않다. 약장수보다도 더 잘 놀 수 있다는 것을 보여준다. 일상생활에서 경험하는 사소한 사건을 확대해 흉내내서 관중을 웃긴다. 관중에 여성이 많아 골매기할배는 낮추고 골매기할매를 높이면서 일상생활의 무의미한 반복이나 인습적인 관념 때문에 관찰

---

80) 최정여·서대석, 위의 책, 238~284면

의 대상이 되지 않고 지나치던 경험을 파격적으로 확대한다.

　무당도 사회의 기존 질서에 대해서 불만을 가지고, 양반 중심의 권위나 관념에 대해서 반감을 가진다. 천인으로 지목되어 수모를 겪으며, 음사를 섬기고 미신을 믿는다고 배격된다. ‘사장거리’·‘과거거리’·‘冠禮거리’ 같은 것들을 만들어 불만을 나타낸다. 그러나 무당의 불만이나 반감은 그리 강하게 의식되지 않는다. 무당은 적극적인 대결의 의지를 가지지도 않는다.

　무당이 자기 스스로 생산적인 활동에 종사하면서 생활을 통해서 사회의 기존 질서와 대결하는 것은 아니다. 고기잡이를 하면서 살아가는 사람들이 생활을 다루면서, 자기의 문제를 가지고 대결하지 않고 남의 일을 흉내 내는 것이 ‘어부거리’이다. 그래서 관중의 관심과 흥미를 불러일으키기는 해도, 관중과의 내면적인 일치가 탈춤에서만큼 강렬하게 이루어지지는 않는다. 흉내 내서 웃기려는 것은 그리 절박하지 않은 문제를 다루는 방법이다.

　사당패는 무당보다 더 어렵게 살아간다. 놀이를 해서 농사가 잘 되게 하고 마을을 편안하게 한다고는 할 수 없다. 무당처럼 숭앙받고 대접받을 수도 없으며, 천인 가운데서도 가장 천하게 다루어진다. 오직 재주를 팔 따름인데, 대가는 보잘것없다. 놀이를 하지 못하면 굶다 못해 걸식을 하거나 도둑질까지 해야 하는 것이 사당패의 저주스러운 생활이다. 놀이를 팔 때에도 매음까지 한다. 남색의 매음도 한다.[81] 강한 반감을 가지지 않을 수 없어 꼭두각시놀음에다 나타낸다.

　사당패가 놀이를 하기 위해서 마을에 들어가려고 하면 열에 일곱은 허락을 얻을 수 없었다고 한다.[82] 그만큼 관중과 격리되어 있다. 어쩌다가 만나게 되는 관중을 뛰어난 재주를 갖가지로 보여주어 사로잡아야 한다. 인형이 온갖 동작을 자유자재로 하는 꼭두각시놀음이 특히 자랑할 만하다. 요술이라고 할 만큼 신기한 구경거리에다 얹어서 사회적인 불만을 표출했다. 모든 권위와 관념을 파괴해 하층 관중의 환심을 사고, 사당패 자신의 반감을 나타냈다.

---

81) 심우성, 《남사당패연구》, 43~44면
82) 같은 책, 46면

  파괴 자체를 숭상하는 것이 사당패의 의식 성향이라고 할 수 있다. 긍정해야 할 무엇이 없어 파괴를 심각하게 생각하지도 않는다. 기존사회에 대해서 불만은 가득하지만 어떻게 해야 한다는 대안은 없고 변혁을 위한 실천적 활동을 하지 못하면 허무주의에 사로잡히게 마련이다. 사당패가 꼭두각시놀음에서 보여주는 것이 그런 특징을 가진다.

  탈춤을 창조한 농민과 상인은 무당이나 사당패와는 다른 경험을 한다. 직접 생산에 종사하면서 사회질서가 불합리하다는 것을 체험하고, 사회를 개조할 수 있는 가능성도 인식한다. 생산을 하는 방식이 달라지면서 농민이나 상인의 사회의식이 새로워진다. 도시탈춤의 형성과 발전은 양반 중심의 관념과 권위가 사회를 지배할 수 없게 되었다는 것을 체험하고 새로운 사회가 이룩되어야 한다는 것을 깨달아 생긴 결과이다. 탈춤에서는 부정을 위한 대결과 긍정을 위한 대결이 함께 치열하게 전개된다.

  탈춤은 전문적인 놀이패가 하는 흥행물이 아니다. 놀이패의 성격은 半전문적이라고 하는 것이 적절하다. 절반이라도 전문적이기 때문에 놀이를 익히고 발전시킬 수 있지만, 전적으로 전문적이지 않아 관중과 유리되지 않는다. 농촌탈춤에서 뿐만 아니라 도시탈춤 공연이 마을이나 고을의 공동행사여서 누구나 함께 구경하고 참여하고 즐긴다.

  탈춤 놀이패는 무당처럼 불신의 대상이 될 염려가 없고, 사당패가 마을에 들어갈 때 겪는 것과 같은 고난을 겪지 않는다. 그러므로 별난 재주나 입심을 자랑하려고 하지 않고, 공동체의 의식을 집약적으로 나타내는 것을 보람으로 삼는다. 무당굿놀이나 꼭두각시놀음도 관중이 개입할 수 있는 연극이지만, 관중이 놀이패와 함께 창조하는 대방놀음이라는 의식이 탈춤에서 특히 뚜렷하고 강렬하다.

  무당굿놀이·꼭두각시놀음·탈춤은 어느 것이 먼저 생겼는지 말하기 어렵다. 선후를 따지기 어려운 시기에 함께 생겨서 오랫동안 공존한 것 같다. 그러면서 연극으로 발전한 정도에서는 현저한 차이가 있다. 무당굿놀이라도 놀이의 흥미가 커져간 것을 인정할 수 있으나, 굿에서 독립할 수 없었다. 꼭두각시놀음 또한 반감과 파괴의 정도가 심해지는 방향으로 나아갔으리라고 추측할 수 있으나, 발전에 어떤 계기가 있었던지 찾아내 말하기 어렵다. 그러나 탈춤은 성장의 단계를 찾아 역사를 논할 수 있다.

농촌탈춤에서 도시탈춤으로의 발전이나 도시탈춤이 성립된 후에 겪은 변모는 탈춤에서만 찾아볼 수 있다. 도시탈춤이 시작되자 탈춤이 연극의 주류로 등장해 다른 두 가지 민속극은 변두리로 밀려났다. 탈춤은 사회적 기반이 다른 둘과 달라, 역사의 주역으로 등장하고자 하는 농민이나 상인의 연극이므로 그럴 수 있었다.

무당굿놀이는 서술자 노릇을 하는 등장인물이 있어서 전개되는 서사적인 연극이다. 꼭두각시놀음은 등장인물과 악사의 대화로 이루어지는 서술도 있지만 등장인물들 사이의 대화 또한 중요한 구실을 하면서 서사적 성격이 그만큼 축소되어 있다. 탈춤은 등장인물들 사이의 대화가 더욱 확대되어 있어서 서사적 수법을 배제한 연극이다.

무당굿놀이는 일상생활의 사소한 모습을 확대해 보여 주면서 흥미를 끈다. 꼭두각시놀음은 기존사회의 권위와 관념을 파괴하는 충격을 일으키면서 관심을 모은다. 탈춤은 파괴할 것을 파괴하고 긍정할 것을 긍정하는 긴박한 갈등에 관중을 몰아넣는다. 무당굿놀이의 핵심은 흉내이고, 꼭두각시놀음의 핵심은 파괴라고 한다면, 탈춤의 핵심은 싸움이다.

무당굿놀이 · 꼭두각시놀음 · 탈춤은 민속극의 기본적인 형태이고, 우리 연극의 소중한 유산이다. 그 가운데 어느 것은 계승하고 어느 것은 버려야 한다는 주장은 성립될 수 없다. 무엇을 어떻게 계승해야 할 것인가는 세 연극의 역사적 성격과 연극으로서의 특징을 잘 살펴 해결해야 할 과제이다.

오늘날의 연극은 지난날의 민속극과 아주 다르게 보이지만, 기본적인 특성은 무당의 연극, 사당패의 연극, 농민이나 상인의 연극 가운데 하나와 상통한다. 연극인의 의식을 들어 이렇게 말할 수 있다. 흉내 · 파괴 · 싸움 가운데 어느 것을 핵심적인 성격으로 삼을 수 있다. 연극에서 나타내는 바를 이렇게 구분할 수 있다. 고금의 연극이 함께 어느 하나로 고정되어 있지 않고 다양성을 가치로 삼으면서 서로 논란을 벌인다.

그러나 다양성을 존중한다는 이유로 어느 하나를 선택해야 하는 과제를 받아들이지 않고 물러날 것은 아니다. 뛰어난 입심과 충격적인 파괴로 연극에 대한 관심을 불러일으켜야 하는 경우도 있다. 관중과 유리되어 있지 않은 창조자가 현실과 대결하고 현실을 개조하고자 하는 연극을 한다면 탈춤의 전통을 가장 소중하게 계승하는 것이 마땅하다. 이 경우에도 나머지 두 가지 전통을 버리지 말고, 필요에 따라 동원하는 보조적인 방법으로 삼아 생멸을 누리게 해야 한다.

봉산탈춤 이해

노장과장의 주제 재검토

문제 제기

탈춤의 주제는 파계승과 양반에 대한 풍자, 처첩 사이의 갈등이라고 한다. 재론의 여지가 없이 보이지만, 민속 해설의 수준에 머무르고 있는 지나치게 소박한 선입견이어서 탈춤을 깊이 이해하는 데 장애가 된다. 문제를 다시 제기하고, 작품을 검토해 주제를 추출하는 방법을 가다듬을 필요가 있다.

셋으로 요약되어온 주제 가운데 우선 파계승에 대한 풍자를 재론하기로 하면서, 어떤 의문을 해결해야 하는지 말해보자. 파계승을 풍자하고 착실한 승려가 되어 불도를 제대로 닦으라고 한단 말인가? 이렇다고 할 수는 없다. 파계승은 작품에서 누구와 대립적인 존재로 나타나 있고, 어떤 견지에서 풍자된단 말인가? 이에 대해 대답해야 작품이 말하고자 하는 바를 알아낼 수 있다.

풍자의 대상이 되는 승려 老丈만 다루지 말고, 대립의 짝을 찾아야 한다. 노장과 목중, 노장과 취발이가 갈등을 일으키는 관계를 가져 쌍방의 의식과 행동, 처지와 운명이 작품에서 특별한 의미를 지니고, 현실과의 호응을 생각하면 뜻하는 바가 더욱 뚜렷해진다. 갈등구조를 들어 작품을 분석해야 상식적인 선입관에서 벗어나고, 무엇을 말하는지 알아낼 수 있다.

탈춤은 탈춤의 문법이라고 할 수 있는 갈등구조에 따라 이해해야 한다. 탈춤 연구의 가장 긴요한 과제는 갈등구조의 체계적인 해명이다. 주제의 파악은 갈등구조의 분석을 필수적으로 요구한다. 탈춤의 주제가 파계승에 대한 풍자인가 하는 의문은 파계승이 등장하는 노장과장의 갈등구조를 분석해야 해결할 수 있다.

탈춤의 기본적인 원리는 어느 탈춤에서나 한결같다고 할 수 있으나 구체적인 양상은 경우에 따라 달라진다. 여기서는 봉산탈춤 제4과장 노장춤만 다루기로 한다. 자료는 이두현 채록본이다.[1] 이 자료는 노장과장을 다시 제1경 노장춤, 제2경 신장수춤, 제3경 취발이춤으로 나누었다. 분석의 순서도 이와 같다.

노장춤 대목

제1경 노장춤은 노장이 파계하는 대목이다. 목중들과 함께 등장한 노장이 목중들에게 여러 가지로 시달림을 받다가, 목중들이 데려온 小巫에게 매혹되어 파계를 한다. 이런 전개는 사건을 갖추고 있다고 할 만하다. 사건의 최소 요건인 처음·중간·끝이 다 갖추어져 있다. 그러나 처음·중간·끝을 연결시키는 설명이 없다.

우선 노장은 왜 등장하는가 말하지 않는다. 노장은 네 상좌가 나가서 돌아오지 않으니 여덟 목중을 시켜 찾아오게 하고, 목중들마저 소식이 없으니 스스로 찾으러 나왔다는 설명을 들 수 있으나,[2] 작품 자체가 그렇게 말하는 것은 아니다. 작품에서는 그렇다고 할 근거도, 그렇지 않다고 해야할 근거도 없다. 작품이 제시하는 것은 사건의 설명이 아니고 갈등 관계뿐이다.

목중들이 노장의 육환장을 어깨에 메고 노장을 끌고 들어온다. 노장은 어느 정도 끌려오다가 지팡이를 슬며시 놓고 멈추어 선다. 노장의 등장은 이렇게 표현되는데, 여기에 다음과 같은 비정상이 내포되어 있다.

---

1) 이두현, 《한국가면극》(서울 : 문화재관리국, 1969), 306~314면. 이하의 작품 인용은 모두 이 범위 안의 것이기에 면수를 따로 밝히지 않는다.
2) 봉산탈춤의 명인 金振玉 옹이 1967년 7월 3일 외 수차의 면담에서 이렇게 말했다.

정상	비정상
노장은 목중들과 달라 놀이판에 들어올 인물이 아니다.	목중들이 노장과 함께 놀이판에 들어온다.
노장은 육환장을 짚고 들어와야 한다.	목중들이 육환장을 어깨에 메고 들어온다.
노장이 먼저 들어오고 목중들은 뒤따라야 한다.	목중들이 노장을 끌고 들어온다.
노장과 목중들은 계속 동행해야 한다.	목중들만 가고 노장은 멈춘다.

이 비정상은 노장이 노장의 상좌라고 하는 목중들과 갈등 관계에 있다는 것을 나타내는 단서이다. 이어서 목중들은 멈추어 선 노장을 찾는다고 한바탕 소동을 벌이고, 다시 쓰러진 노장을 살려낸다고 법석을 떤다. 주목해야 할 것은 끌려 들어오는 노장, 멈추어 선 노장, 쓰러진 노장 사이에 존재하는 형식논리적 인과관계가 아니고, 이런 전개로 말미암아 더욱 분명해지는 노장과 목중 사이의 갈등이다. 노장과 목중은 다음과 같은 차이점이 있어 갈등이 생긴다.

노장	목중
끌려 들어오고, 멈추어 서고, 쓰러진다.	끌고 들어오고, 멈추지 않고, 즐겁게 뛰논다.
무언으로 일관하고 감정의 반응이 없다.	계속 떠들어 대고 즐겁게 노래한다.
무엇에든지 무관심하다.	무엇이든지 보고, 확인하고, 알아내려고 한다.

성격이 달라 서로 무관하게 지내는 것은 아니다. 목중들은 노장을 그대로 가만두지 않아 갈등이 생긴다. 멈추어 선 노장을 찾아내고, 쓰러진 노

장을 일으켜 세우고, 무언으로 일관하고 아무 반응이 없는 노장이 고개를 끄덕이도록 한다. 노장이 노장일 수 없게 만든다.

목중들은 노장을 정중하게 모시는 수하의 도리를 다하는 듯하면서도 숭고한 노장을 비속한 노장으로 격하시켜 흥밋거리로 삼는다. 목중들은 원래 비속한 무리이기에 비속한 짓을 한다는 것이 새삼스러운 의미가 없으나, 노장은 원래 숭고한 분이기에 노장이 비속화된다는 것은 충격적인 사건이며 희극적인 효과를 가지고 노장을 풍자하는 작용을 한다. 목중들이 멈추어 선 노장을 찾으러 가는 것은 표면적으로 노장을 잘 모시는 정중한 거동이지만 실제로는 노장에 대한 공격이어서 표리가 다른 반어적인 행동이다.

> 목중 하나 : 아니야아.
> 다른 목중들 : 그래애이.
> 목중 하나 : 내가 가서 자세히 살펴보고 오마. (노래 부르고 춤추며 갔다
> 와서는) 내가 가서 자세히 보니 ▭▭▭▭▭▭▭▭▭▭
> 더라.

노장을 찾으러 가는 대목에서 이와 같은 것이 일곱 번 되풀이된다. 첫째 목중은 노장이 없어졌다는 사실을 발견해 놀라고, 둘째 목중부터 노장을 찾으러 나선다. 그러나 "아니야아", "그래애이"만은 여덟 번 반복된다.

목중들은 아주 활동적이어서 가만히 있을 수 없다. 들떠 있어서 생각보다 행동이 앞선다. 남의 말을 믿으려 하지 않고 직접 제 눈으로 보고 확인해야 한다. 보고 와서는 제가끔 떠들고 큰 구경거리를 만난 듯이 야단이다. 노장의 실종을 염려하면서도 이 사건을 유쾌한 소식으로 삼는다. 위에서 ▭▭▭▭▭▭▭▭▭▭▭라고 표시한 데 들어가는 말은 다음과 같다. 보고 와서는 제가끔 딴소리를 하는 것이다.

> 둘째 목중 : 비가 오시려는지 날이 흐렸더라.
> 세째 목중 : 옹기장사가 옹기 짐을 벗어 놓았더라.

네째 목중 : 숯장사가 숯 짐을 벗어 놓았더라.

다섯째 목중 : 날이 흐려서 대망이가 나왔더라.

여섯째 목중 : 대망이 분명하더라.

일곱째 목중 : 우리가 모시고 나오던 노장님이 분명하더라.

여덟째 목중 : 분명히 우리 노장님이더라.

일곱째 목중과 여덟째 목중은 사실대로 말하지만, 둘째 목중에서 여섯째 목중까지는 터무니없는 착각을 하고 있다고 할 수 있을 것 같다. 노장이 노장인 채 서 있는데, 왜 그렇게 엉뚱한 말을 하는가. 보이는 대로 보지 않고 기묘한 호기심을 가지고, 신중하지 못하고 너무 서두르다 보면 그런 실수를 범할 수 있을 것 같다.

그러나 착각을 하고 있는 쪽은 목중들이 아니고 노장을 노장으로 여기고 있는 관중이다. 노장은 외형상 노장이다. 노장에 대한 일반적인 관념은 그대로 生佛 같은 스님이다. 그러나 그것은 선입견에 지나지 않는다. 노장의 외형만 해도 그렇다. 얼굴은 검은데다 회색 장삼을 입고 있으니, 더욱이 얼굴에 파리똥이 더덕더덕 붙어 있다. 노장 가면에 무수히 찍혀 있는 흰 점은 파리똥이라고 한다. 파리똥이 그렇게 쌓이도록 움직이지 않고 수도를 했으며, 무엇에든지 집착하지 않으니 얼굴이 어떻게 되든 관심을 갖지 않는다. 그래서 날이 흐린 것, 옹기장사 옹기 짐, 숯장사 숯 짐, 大蟒이라는 구렁이로 보일 만하다.

목중들이 각기 하는 말이 의미하는 것은 노장의 외형만이 아니다. 숭고한 노장 뒤에 숨겨져 있는 비속한 노장이다. 숭고한 노장을 존중하고 정중히 모신다는 구실을 내세워 노장의 추악한 정체를 폭로해 흥밋거리로 삼으려는 목중들의 작태에는 그럴 만한 이유가 있다. 노장이 노장으로 확인되었다고 해서 목중들의 말이 착각임이 밝혀진 것은 아니다. 다음과 같은 대사에서 갈등이 계속 발전되고 숭고한 노장에 대한 공격이 더욱 거세진다.

첫째 목중 : 내가 이자 가서 "노장님 백구타령을 돌돌 말아서 귀에다 소르

> 르” 하니까. <u>굶주린 개가 주인 보고 대강이 흔들 듯 끄덕끄덕</u>
> <u>하더라.</u>
>
> 둘째 목중 : 내가 이자 가서 “오도독이타령을 돌돌 말어서 노장님 귀에다 소
> 르르” 하니까 <u>대강이를 용두질치다가 내버린 좆대강이 흔들 듯</u>
> <u>하더라.</u>
>
> 세째 목중 : 우리가 스님을 <u>불붙은 집에 좆기둥 세우듯이 두는 것이</u> 우리
> 상좌의 도리가 아니니 노장님을 우리가 모셔야 하지 않겠느냐?

밑줄 치지 않은 부분은 노장을 정중히 모시려는 목중들의 태도를 나타내고, 밑줄 친 부분은 노장을 비속화한다. 두 부분이 합쳐져서 엄청난 역설을 만든다. 노장을 정중하게 모시는 목중들과 노장을 비속화하는 목중들, 존중되는 노장과 비속화되는 노장을 한꺼번에 나타내는 이런 언사는 겉보기에 불합리하지만, 충격적인 진실을 알리고 있다. 밑줄 친 부분이 예기치 않게 나타나 지금까지 정상적이라고 생각되어 오던 노장과 목중들의 관계를 아주 뒤집어엎는다. 노장이 그렇게 다루어져야 할 이유는 설명하지 않았다. 설명이 없어 더욱 충격적이다. 그러나 기상천외의 것이 돌출해서 생긴 충격은 아니다. 지금까지 숨겨져 있던 진실이 표면화하면서 일상적인 선입관이 파괴되는 충격이다.

小巫의 등장으로 노장이 아주 달라진다. 무엇에나 무관심한 것같이 보이던 노장이 소무에 대한 관심 때문에 부르르 떤다. 無念無想의 경지에서 감정의 반응이라고는 없는 듯하던 노장이 소무에게 매혹되어 극으로 격화된 감정을 나타낸다. 不立文字의 경지에서 無를으로 일관하던 노장이 온갖 시늉말을 동원한다. 끌려 들어오고, 멈추고, 쓰러지던 노장이 적극적인 공세를 취해 소무를 보고, 확인하고, 알아내고서 자기가 차지하려고 수단을 가리지 않고 나선다. 극에서 극으로 전환했다. 소무 때문에 자기를 상실했다고 할 수 있다.

그러나 전환이 소무 때문에 생긴 것만은 아니다. 노장이 완전히 무념무상이나 불립문자의 경지에 들어 있었다면 이런 일이 있을 수 없다. 목중들

이 폭로한 바와 같이 노장은 도덕 높은 스님이면서 비속한 인간이기도 했기에, 비속한 노장이 숭고한 노장을 부정할 수 있는 가능성이 애초부터 있었다. 목중들이 숭고한 노장을 공격하는 동안 숨겨야 할 비밀로 잠재되어 있던 비속한 노장이 소무의 출현으로 활동을 시작한 것이 사태의 진상이다. 극에서 극으로의 전환이 예견되고 준비되었다.

전환의 결과는 노장에게 자기 상실이면서 자기 발견이기도 하다. 숭고한 노장을 상실한 데 그치지 않고 숭고한 노장을 물리치고 비속한 노장이 승리하는 방향으로 자기의 내적 갈등을 해결했다. 목에 걸어 준 염주를 소무가 팽개치지 않자, 불교의 상징인 염주를 여자에게 걸어 주는 사랑의 선물로 바꾸는 결단을 소무가 받아들이자, 기뻐 흥겹게 춤을 추는 것은 자기 발견의 환호이다.

신장수춤 대목

그 다음에 신장수가 등장한다. 신장수의 등장 또한 사건 순서상의 인과관계로는 설명할 수 없다. 그렇다고 해서 신장수의 등장이 불합리하다는 말은 아니다. 탈춤의 원리에 따라 받아들이면 아주 자연스럽다.

탈춤의 장면은 극중장소를 따로 설정하지 않고 공연장소를 극중장소로 삼아 시작되는 것이 예사이다.[3] 탈춤을 공연하고 있는 놀이판에 다른 장수들과 함께 신장수도 나타나는 것은 당연하다. 사람이 많이 모여 구경하는 곳이 장사꾼들의 활동 무대이다. 저절로 그런 것만은 아니다. 상인들이 물건을 많이 팔려고 봉산탈춤 공연을 후원했다. 놀이판이 장사판이고, 장사판이 놀이판이다.

신장수는 "야아, 장 자알 섰다"고 한다. "장이 좋다기로 불원천리하고 왔더니 과연 허언이 아니로구나", "좌우로 살펴보니 인물 병풍 둘러쳤으니 태평장인데"라고 하며 장사를 시작한다. 처음에는 군밤을 팔더니, 다음에는 신을 판다. 구경꾼들은 밤새 구경하느라고 음식을 먹어야 하고, 멀리서도 모여들었으니 신도 사 신어야 할 것이다.

---

3) 〈공연장소와 극중장소의 관계〉에서 자세하게 다룬 원리이다.

　노장은 신장수를 부채로 쳐서 부른다. 신을 사겠다는 시늉을 한다. 신의 크기를 재기도 한다. 신장수는 처음에 노장을 중으로만 알고 "오오 자세히 보니 머리에 송낙을 눌러 쓰구 푸른 장삼에 백팔염주를 목줄에 걸구 붉은 가사를 메었으니 분명히 중이로구나"하면서 경멸했다. 중이라면 장사하는 데 아무 소용도 없으니 욕을 해 물리쳐도 그만이다. 그러나 노장이 신을 사겠다는 것을 알고 갑자기 친절해진다.

　노장이 장수를 불러 물건을 사겠다고 나섰다는 것은 대단한 변화여서 신장수로서는 미처 짐작할 수 없었다. 소무와의 생활이 시작되자 노장은 비로소 장사꾼과 거래를 할 수 있는 능력을 가지게 되었다. 봉산 장터에 나서더라도 꿀리지 않는 인물이 되었다. 부처 때문에 바보가 되었던 노장은 소무라는 하잘것없는 계집 때문에 똑똑하고 당당한 생활인이 되었다. 신장수는 변화된 노장을 보여 주기 위해 필요한 배역이다.

　노장과 신장수의 대결에서 신장수가 오히려 당황한다. 노장이 공세를 취하고, 신장수는 피동적이다. 이러한 관계는 노장은 가만있기만 하고 목중들이 설쳐댄 것과 좋은 대조가 된다. 목중과 신장수가 달라 그런 것이 아니고, 노장이 변했다. 장돌뱅이인 신장수는 절간에서 나온 목중들보다 더욱 약삭빠르고 영리하다고 해야 할 것인데, 노장을 이겨내지 못한다. 신을 팔고 난 뒤에 돈을 받으려다가, 수금원 원숭이가 가져온 편지에 "신값을 받으려면 장작전 뒷골목으로 오너라"고 씌어진 편지를 보고 "에이구, 이것 장작찜을 하겠구나, 어서 도망가자"며 도망치고 만다. 노장이 대단한 능력을 가지게 되었다.

　이 장면에서 갑자기 원숭이가 등장하는 이유 역시 갈등구조에서 찾아야 한다. 원숭이는 그 자체로도 흥밋거리이지만, 노장과 신장수의 대결을 전개하는 데 불가결한 구실을 한다. 노장과 부딪혀서 신장수가 당황해 한다고 하려고 노장이 나서서 종횡무진으로 움직이게 할 수는 없다. 딴판으로 달라진 노장도 여전히 노장이다. 여전히 무언이고 움직이지 않는다. 한 자리에 서 있으면서 말을 하지 않고 신장수를 물리쳐야 한다. 그래서 노장 대신 움직이는 원숭이가 필요하다.

엉뚱하게 원숭이가 신 짐에서 나와 신장수를 골탕 먹인다. 노장 때문에 놀란 신장수를 더욱 난처하게 한다. 처음에는 원숭이의 정체를 몰라 당황한다. 나중에는 수금원으로 채용한 원숭이의 행방을 몰라 점까지 치는 소동을 벌인다. 계산을 하니 원숭이가 방해한다. 신장수가 원숭이 때문에 궁지에 몰리는 것만큼 비교 대상인 노장이 신장수보다 우세하게 된다. 나중에는 원숭이가 노장의 편지를 가져와 신장수를 도망치게 한다.

원숭이가 하는 구실은 그것만이 아니다. 원숭이는 소무 뒤에 붙어서 음란한 짓을 한다. 원숭이는 사람의 흉내를 낸다. 노장이 소무와 그런 짓을 하고 있다는 말이다. 노장이 어떻게 변했는지 원숭이가 없으면 알릴 수 없다. 이 점까지 고려해, 최소의 설정으로 최대의 효과를 내는 지혜를 원숭이를 등장시킨 데서 확인할 수 있다.

취발이춤 대목

신 값을 떼어먹고 도리어 신장수가 도망치게 할 정도에 이른 노장은 다음 차례로 취발이와 대결한다. 이 대결은 좀더 심각하다. 노장과 취발이는 성격이 아주 다르다. 대립 관계를 다음과 같이 요약할 수 있다.

노장	취발이
늙은 노인이다.	젊은 총각이다.
전체적으로 검은색을 띠고 있다.	전체적으로 붉은색을 띠고 있다.
기력이 약하다.	힘이 절륜하고 날램이 비호같다.
소무와의 생활에서 아무것도 이루지 못한다.	소무와의 생활을 시작하자 아들을 낳는다.

노장이 이미 노장이 아니라고 해도, 취발이와는 두드러지게 다르다. 노장은 늙고 무기력하고, 취발이는 젊고 활기에 차다는 것이 상징적인 의미를 지녔다고 이해할 수 있다. 검은색은 북쪽이고 겨울이나, 붉은색은 남쪽이고 여름이다. 북쪽 또는 겨울에서는 생명이 이루어지지 않으나, 남쪽 또

는 여름에서는 새 생명이 탄생한다. 노장과 취발이의 싸움은 겨울과 여름의 싸움에서 유래했다고 이해할 수 있다.

그뿐만 아니다. 취발이는 돈이 많으며 돈의 위력을 보여준다. 소무를 유혹하면서 "금전이면 사귀신이라, 돈이면 귀신도 사는 법이다. 돈으로 네 마음을 사 보리라"고 하며, "나랏돈 노랑돈 칠푼"을 잘라먹은 놈이라고도 한다.4) "시대가 금전이면 그만"이기에5) 취발이는 무슨 짓이든지 거침없이 한다. 여름의 생산력을 상징하는 인물에 새로운 의미가 추가되어, 취발이는 돈을 힘으로 삼는다. 봉산탈춤의 주인인 상인이나 이속이 자기네 모습을 취발이를 통해 나타냈다고 할 수 있다.

노장과 취발이의 싸움은 노장과 목중들의 싸움과 다르다. 목중들은 노장의 숭고가 허위이고 인간은 누구나 비속한 존재라는 것을 보여주는 데 그치지만, 취발이는 정면으로 싸워 승리를 이룩한다. 노장을 두들겨 물리치고 소무를 빼앗는다. 빼앗아 소유하는 것은 취발이의 본질적인 성격이다. 취발이라고 해서 나서면 바로 이기는 것은 아니다. 승리하기까지의 과정이 단순하지 않다고 하면서 싸우는 방법을 보여주었다.

처음에 취발이가 노장의 정체를 인식하지 못해 어려움을 겪었다. 노장이 공세를 취해 취발이를 치고, 취발이는 얻어맞고 쩔쩔매면서 고전을 면하지 못한다. 신장수보다 더 당황했다. 소무를 차지하기 위한 싸움은 신한두 켤레에 관한 시비보다 심각해 노장이 더욱 단호한 태도를 취했다.

그러나 상대방이 중이라는 사실을 알게 되자 사태가 역전되었다. 취발이는 "오오 이제야 알았다"고 하고, "자세히 보니까 네 몸에는 칠포 장삼을 떨쳐 입었으며 육환장을 눌러 짚고 백팔염주를 목에 걸고 붉은 가사를 메고 사선선을 손에 들고 송낙을 눌러 썼으니 중일시 분명하다"고 하면서 여유와 자신을 가졌다. 노장이 아무리 달라졌어도 중의 흔적을 버리지 못한 약점이 있어 취발이의 적수가 될 수 없었다. 취발이는 "도깨비란 놈은 방맹이로 휜다더니, 이건 들어가서 막 두들겨 봐야겠구나"라고 하면서 공격한다.

---

4) 제6 과장 양반춤에서 생원이 하는 말이다. (이두현, 위의 책, 318면)
5) 위와 같은 곳에서 말뚝이가 하는 말이다. (같은 책, 319면)

　노장의 치명적인 결함이 발견되었다. 비속한 노장이 숭고한 노장을 부정하고 새로운 생활을 시작했지만 전환이 완전하지는 않았다. 완전한 전환은 기대할 수 없었다. 무언인 노장이 말을 하게 된 것도 아니고, 중의 복장을 벗어 던진 것도 아니다. 노장은 비속한 노장이면서도 숭고한 노장의 흔적을 지니고 있다. 숭고란 무력을 의미할 따름이다. 노장은 불도를 버린 대가로 얻은 소무를 빼앗기고, 얻어맞고 퇴장해야만 한다. 취발이가 얻어맞을 때는 상판을 만지고 엄살을 떨어 동정을 사도록 했는데, 노장이 얻어맞을 때는 비명을 지를 여유조차도 주지 않는다. 관중이 취발이이기 때문이다.
　목중들에게는 징벌을 맡은 사자가 나타난다.6) 노장을 파계시킨 죄를 묻는다. 목중들은 사자에게 다음과 같이 말하며 용서를 청한다.

　　　　사자야, 말 들어 봐라. 그러나 우리가 무슨 죄가 있느냐. 취발이가 시켜 아지를 못하고 하였으니 진심으로 회개하여 깨끗한 마음으로 도를 닦아 훌륭한 중이 되어 부처님 제자가 될 터이니 용서하여 주겠느냐?

　그러나 취발이에게는 징벌의 사자가 나타나지 않는다. 목중들의 참회 속에서는 생불로 되돌아간 노장이 취발이와의 관계에서는 계집을 빼앗기고 물러나는 초라한 늙은이에 지나지 않는다. 이 점에서 목중들과 취발이의 차이는 명백하다. 목중들은 세속적이고 현실적인 것에 대해 호기심에 들떠 있기만 하다. 취발이는 징벌하는 사자도 접근하지 못할 정도로 자기 생각이 확고하다. 환상적인 존재인 사자는 허약해진 마음속에나 등장한다.
　상인이나 이속의 전형인 취발이는 세속적이고 현실적인 사고방식을 확고하게 하는 주역이어서, 실속 없이 들떠 지내기나 하는 목중들과 같을 수 없다. "취발이가 시켜서 아지를 못하고 하였으니"하고 변명하고 참회하는 말에서 한계가 잘 드러난다. 목중들은 기존의 가치관을 부정하면서도 부정에 철저하지 못하고 또한 부정을 하는 데서 그친다. 취발이는 부정에 철

---

6) 제5과장 사자춤(같은 책, 314~316면)은 내용상 제4과장 노장춤과 연속되어 있기에 함께 다룰 수 있다.

저하면서 부정에 그치지 않고 새로운 생활과 새로운 가치를 대안으로 제시한다.

취발이는 소무를 차지하자, 노장의 경우와는 비교가 되지 않을 정도로 음란한 행동을 한다. 그것이 취발이의 생활 방식이다. "날로 말하면 강산 외입쟁이"라고 자처한다. 취발이에게는 본능적인 욕망을 충족시키는 것이 결코 부자연스러운 일이 아니고 숨겨야 할 무엇도 아니다.

음란한 행동은 그 자체로 끝나지 않고, 아이의 출산과 직결된다. 그 점이 노장과 아주 다르다. 노장과 동거해도 아무 변화가 없던 소무가 취발이를 만나자 아이를 낳는다. 자연의 풍요를 가져오기 위한 주술적인 행위였던 것이 연극적인 사건을 갖추어 나타났다. 낳은 아이가 놀랄 만하게 빨리 자라 바로 글을 배우는 것도 유래와 의미가 같다.[7]

굿의 흔적은 잊혀졌다. 연극적 의미는 누가 보아도 명백하다. 남녀가 만나 사랑을 나누고 아이를 낳고 기르는 것은 사람이 사는 가장 큰 즐거움이다. 이에 관한 관념적인 설명이나 합리화하는 이론은 필요하지 않다. 이 즐거움을 목중들도 계속 화제에 올리고, 비속한 노장도 차지하려고 했으나, 전투적인 자세를 가지고 기존 관념과 싸우는 취발이만 온전하게 누릴 수 있다.

노장에 대한 공격이 전개되어온 과정을 다시 보자. 처음에는 목중들이 노장을 공격한다. 이 공격은 아직 일방적인 것이고 공연한 비방처럼 보이기도 한다. 그러나 노장이 소무를 보자 사태가 달라진다. 공격이 타당하다고 밝혀지고 목중들이 뜻하던 바가 이루어진다. 이런 전환을 피상적으로 관찰하면 노장은 원래 완전한 중이었는데 뜻하지 않던 외부적인 충격 때문에 파계를 했으며, 파계는 과오이니 비난받아야 마땅하다고 하게 된다.

이런 해석은 작품의 실상에 어긋나며, 주제의 파악이 그릇되게 한다. 노장의 전환은 잠재되어 있던 내적 갈등이 노출되고 해결되면서 이루어졌

---

7) 취발이와 소무의 성행위에서 아이의 출산과 성장에 이르기까지의 과정은 김영돈
 · 현용준, 《제주도 무당굿놀이》(서울 : 문화재관리국, 1965)에서 보고한 제주도 풍
 농굿인 세경놀이와 아주 흡사하다.

다. 숭고한 노장은 과오를 범했으나 비속한 노장이 마땅히 이루어야 할 새로운 생활을 시작했으니, 패배이면서 발전이다. 신장수를 물리치는 대목에서는 노장이 취한 새로운 입장이 발전임을 강조한다. 속인인 노장은 중인 노장에게는 힘을 발휘한다. 노장과 취발이의 대결이 시작되었을 때, 속인인 노장, 새로운 노장은 취발이를 물리칠 수 있으나, 다른 한편에 결함이 있었다. 소무와의 생활을 통해서 노장이 새 사람이 된 전환이 완전하지 못하고 중인 노장, 낡은 노장이 남아 있어 취발이의 공격을 견디지 못하고 물러났다.

노장에 대한 풍자적 공격은 결국 노장이 파계했기 때문에 생기는 것이 아니고, 파계하기 전의 노장을 대상으로 삼는다. 처음 등장한 노장은 무념무상 불립문자의 경지에 들어서서 무엇에든지 아무런 관심과 반응이 없는 듯하며 그런 이유에서 높이 숭상되는데, 그런 태도야말로 허위이며 용납할 수 없으며 무력을 자초한다고 비판한다. 무엇에든지 적극적인 관심을 가지고 본능적인 요구를 부정하지 않고 현실적인 이해관계에 따라 살아가는 생활 방식이 적극적인 가치를 가졌다고 주장한다. 그렇게 하는 취발이는 농촌탈춤에서는 등장하지는 않고, 발전된 도시탈춤이 창조해낸 인물이다. 봉산탈춤을 키운 상인이나 이속이 자기네의 모습을 보여주는 전형 취발이를 등장시켜 민중적인 현실주의를 적극적으로 표명하고 적대적인 관계를 가지는 관념론을 과감하게 비판했다.

파계승 풍자를 말하는 수준을 크게 넘어서서, 지금까지 고찰한 결과를 거시적인 관점에서 재정리해보자. 민중의 사회적 성장이 현저하게 되고, 특히 상업의 발전을 통해 이루어진 선진 세력이 탈춤을 자기네 연극으로 만들면서 평등한 사회를 추구하는 현실주의에 서서 신분적 특권을 유지하기 위해 안간힘을 쓰는 유교와 초월적인 무관심을 권장하는 불교를 한꺼번에 배척했다. 탈춤에 양반과장과 노장과장이 함께 있는 것이 그 때문이다. 신분적 특권을 유지하기 위해 안간힘을 쓰는 유교와 초월적인 무관심을 권장하는 불교를 한꺼번에 배척하면서, 중세에서 근대로 이행하는 역사 발전을 이룩하고자 했다.

양반과장 구성의 원리

접근 방법

탈춤에 관한 미학적 연구는 쉽게 될 수 없다. 연극미학의 기존 학설을 광범위하고 해박하게 원용한다면 성과를 올리게 되리라고 생각하는 것은 착각이다. 탈춤은 연극미학의 기존 학설들의 적용을 쉽사리 허용하지 않는다. 기존 학설들에 의지한다면 탈춤은 예외이거나 기이하다는 결론에 이르기 쉽다. 이것은 탈춤의 본질과 가치를 외면하는 견해이다.

그 이유는 분명하다. 탈춤은 아리스토텔레스적 개념의 연극이 아닌데, 그런 데서 추출한 서구의 연극론으로 이해하자는 접근방법이 잘못이기 때문에 착오가 필연적으로 생긴다. 탈춤의 본질과 가치는 그 자체로서 해명해야 한다. 기존 학설의 한갓된 적용이 아니라 새로운 미학을 발견하고 수립해 창조적인 이론을 마련해야 한다.

탈춤이 실제로 어떤 연극인지 공연과 대사를 면밀히 분석하면서 알아내는 것이 미학적 연구의 가장 확실한 출발점이다. 보면서 무엇인지 잘 모르는 연극에 대해서 장황한 논설을 편다는 것이 무리이다. 그러나 분석은 도달점이 아니고 한 과정이다. 분석을 근거로 아주 포괄적인 문제를 제기하고, 제기한 문제를 해결해 연극미학의 일반이론을 다시 정립하는 데 이르러야 한다.

여기서 하는 작업은 봉산탈춤 제6과장 양반춤의 구성을 고찰하는 것이다. 제한된 대상에 관한 간단한 작업이지만, 탈춤에 관한 연극미학적 연구의 핵심이 되는 내용을 갖춘다. 탈춤의 구성은 서구식 근대극과 아주 달라 힘써 고찰할 만하고, 독자적인 이론 정립을 시험하는 의의를 가진다. 주된 자료는 이두현 채록본이다.8)

---

8) 이두현, 《한국가면극》(서울: 문화재관리국, 1969)에 수록되어 있다. 인용구 출처를 다시 밝히지 않는다.

구성 정리

봉산탈춤 양반과장은 다음에 제시하는 바와 같이 분석될 수 있다. '춤'이라고 한 것은 등장인물이 모두 대사 없이 일제히 춤추는 대목이다. (가)·(나)·(다)…는 대사 부분을 순서대로 나타내는 기호이다. 1·2·3…은 대사 부분 안의 대사를 내용에 따라 구분해 나타내는 기호이다. '말'은 말뚝이의 대사이고 '양'은 샌님을 비롯한 양반들이 하는 대사이다. 대사 가운데 아주 긴요한 구절만 인용한다.

    춤
(가) 1 말 : 양반 나오신다아!
    2 개잘량이라는 양자에 개다리 소반이라는 반자 쓰는 양반이 나오신단 말이요.
    3 양 : 이놈 뭐야아!
    4 말 : 이생원네 삼형제분이 나오신다고 그리하였소.
    5 양 : 이생원이라네.
    춤
(나) 1 말 : 여보 구경하시는 양반들.
    2 (담뱃대를) 낚시 걸듯 죽 걸어놓고 잡수시요.
    3 양 : 뭐야아!
    4 말 : 담배와 헌화를 금하라고 그리하였소.
    5 양 : 헌화를 금하였다네.
    춤
(다) 1 말 : 악공들 말씀 들으시오.
    2 바가지 장단 좀 쳐 주오.
    3 양 : 이놈 뭐야!
    4 말 : 건건드러지게 치라고 그리 하였소.
    5 양 : 건건드러지게 치라네.
    춤

(라) 1 양 : 양반을 모시지 않고 어디로 그리 다니느냐.

　　 2 말 : (본댁에 가서 마나님과) 하고, 하고 재독으로 했습니다.

　　 3 양 : 이놈 뭐야!

　　 4 말 : 문안을 드리고, 드리고 하니까

　　 2 좆대갱이 하나 줍디다.

　　 3 양 : 이놈 뭐야!

　　 4 말 : 조기 대갱이 하나 줍디다.

　　 5 양 : 조기 대갱이라네.

춤

(마) 1 양 : 양반을 모시고 나왔으면 새처를 정하는 것이 아니고 어디로
　　　　　 이리 돌아다니느냐?

　　 2 말 : 문을 하늘로 낸 새처로 잡아놨습니다.

　　 3 양 : 이놈 뭐야!

　　 4 말 : 자좌오향에 터를 잡고 난간팔자로 오련각에 집을 짓되,

　　 2 (담배를) 돼지 똥물에다 축축 축여놨습니다.

　　 3 양 : 이놈 뭐야!

　　 4 말 : 꿀물에다 축여놨다, 그리하였소.

　　 5 양 : 꿀물에다 축여놨다네.

춤

(바) 1 양 : 우리가 본시 양반이라… 시조 한 수씩 불러보세.

　　 2 말 : 썩정 바지 구녕엔 개대강이요, 헌바지 구녕엔 좆대강이라.

　　 5 양 : 자알 지었다.

(사) 1 양 : (취발이를) 잡아 들여라.

　　 2 말 : (취발이 엉덩이를 양반 코앞에 내밀게 하며,)

　　 3 양 : 이게 무슨 냄새냐?

　　 4 말 : 이놈이 피신을 하여 다니기 때문에 양치를 못하여서 그렇
　　　　　 게 냄새가 나는 모양이외다.

　　 1 양 : 이놈들의 목쟁이를 뽑아서 밑구녕에 갖다 박아라.

2 말 : 내 좆으로 생원님의 입술을 떼어 드리겠습니다.

3 양 : 야 이놈, 뭐이 어째?

4 말 : 시대가 금전이면 그만인데, 히필 이놈을 잡아 죽이면 뭣하오.

춤

이렇게 정리해놓고 보니, 서로 다른 가지의 구성 방식이 일관되게 나타난다. (가)에서 (사)까지의 대사 부분은 춤 대목을 경계로 분리되어 독립되어 있다. 선후관계나 인과관계가 없다. 대사 부분 내부에 있는, 1에서 4까지 또는 1에서 5까지 숫자를 써서 구분한 것들은 서로 긴밀하게 연결되어 있다. 선후관계와 인과관계를 갖추고 있다. 왜 이런 구성을 하는지 밝히는 것이 긴요한 과제로 등장한다.

구조 분석

대사 부분 안의 구조는 거의 일정하다. 어느 경우에나, 1은 양반의 위엄을 나타내고, 2는 양반의 위엄을 파괴하는 말뚝이의 항거이고, 3은 말뚝이를 꾸짖는 양반의 호령이고, 4는 말뚝이의 변명이며, 5는 변명을 듣고서 납득해 양반이 안심한다는 것이다. 각 대사 부분은 1에서 5까지 차례대로 다 지니고 있거나, 그 가운데 몇 개가 거듭되기도 하고 몇 개가 빠지기도 하지만 순서에는 변함이 없다. 1에서 5까지의 것들을 단락이라고 부르자. 단락들끼리 다음과 같은 관계를 가지고 있다.

1. 양반의 위엄 : 양반과 하인 말뚝이의 정상적인 관계를 나타낸다.
2. 말뚝이의 항거 : 말뚝이의 도전으로 양반의 위엄이 급격히 파괴된다.
3. 양반의 호령 : 양반이 민감하고 정확한 반응을 보이면서 무서운 제재를 가해 2를 부정하고 1을 긍정한다.
4. 말뚝이의 변명 : 말뚝이는 궁지에 몰려 부득이 표면적으로는 2를 부정하고 1·3을 긍정한다. 그러나 내심으로는 여전히 2를 긍정하고 1·3을 부정한다. 이 반어가 양반에게 어떻게 이해될지 의문이다.

5. 양반의 안심 : 양반은 표면만 받아들인다. 반어를 반어로 이해하는 데 실패해 말뚝이의 승리가 확정된다. 양반은 4의 표면만 믿고 기분 좋게 2가 부정되고 1·3이 긍정되었다고 생각하지만 그것은 일방적인 착각이다. 실제로는 1·3이 부정되고 2가 긍정되었다. 양반은 자기가 이겼다고 생각하지만 사실은 반대이다. 양반의 대사는 말과 의미가 어긋나고 그런 줄 모르기 때문에 주관과 객관이 어긋난다. 이중의 불일치가 이중의 반어를 만든다. 이중의 반어로 양반은 우스꽝스러운 바보가 된다. 양반에 대한 비하가 2·4에서 시작되어 5에 이르러 완결된다.

대사 부분에서 보이는 이런 구조에서 현실의 싸움을 희극적으로 집약했다. 현실의 싸움이 어떻게 진행되었는가? 양반은 신분적 특권으로 민중을 억누르고 민중은 억압에서 벗어나려 했다. 양반의 특권을 정면에서 인정하면서 측면이나 이면에서 부정했다. 조선 후기에 이르러 특히 두드러지게 나타난 민중적 항거의 실제적인 성격을 이렇게 정리할 수 있다. 탈춤이 그 양상을 집약해 보여주면서, 양반은 위엄에 대한 일반적인 집착 때문에 패배를 스스로 촉진한다고 했다. 1에서 5까지가 서로 연결되는 구조에다 그 점을 나타냈다.

작품에서 양반이 하는 짓은 실제 양반의 희화화에 지나지 않아 현실의 진지한 반영이라고 하기 어렵다. 그러면서 작품의 내용보다 구조가 더욱 중요한 구실을 해서 양반이 패배하지 않을 수 없는 이유를 말해준다. 특별한 구조로 엉성한 내용을 보충해 양반을 희화한 것이 잘못이 아님을 알려준다. 그렇게 하면서 현실에서는 오랜 기간에 걸쳐 서서히 진행될 수 있는 싸움을 그 본질적인 속성만 따서 급격하게 나타내고 해결의 방향을 제시했다.

희극적 갈등을 만들어 그렇게 했다. 극단적인 사태가 예기치 않게 벌어져 급격한 진행을 만들어내는 것이 희극적 갈등을 전개하는 방식이다. 2는 1을 예기치 않던 방향에서, 긴 말이 없이, 극단적으로 또한 급격하게 부정한다. 3에서 4로 넘어가는 과정이나, 4에서 5로 넘어가는 과정도 이와 같다. 희극적 갈등 전개는 정상적이라고 믿어 오던 우상이 허망하다고 규정하고 파괴해버리는 과업을 맡는다. 1과 3에서 보인 양반의 위엄이라는 우상을 5에 이르러서 완전히 파괴한다. 예기치 않던 반어가 파괴 수단으로 크게 쓰인다.

탈춤이 지닌 극적이고, 또한 희극적인 갈등의 성격을 더욱 명확히 이해하기 위해서 비교고찰이 필요하다. 민중적 항거를 서사적 갈등으로 반영한 사례로 〈춘향전〉을 들어, 탈춤과 다른 점을 찾아보자. 〈춘향전〉을 이루는 단락은 다음과 같다.

  (1) 기생 신분이라는 고난.
  (2) 이도령과의 관계에 의거한 해결의 시도.
  (3) 변학도로 말미암은 좌절.
  (4) 이도령에 따른 해결.

이 넷의 성격이나 상관관계는 탈춤의 경우와 많이 다르다. (1)에서 파괴해야 할 대상을 제시하지 않고 민중의 고난만 나타냈다. (2)는 (1)의 당연한 귀결이다. (3)은 어느 정도 의외의 것이기는 하지만, (2)가 불완전하기 때문에 예측할 수 있었던 것이다. (4)는 (3)에서 전개된 꾸준하고 점차적인 대결의 귀결이고 또 예측할 수 있었던 것이다. (1)은 (2)로 부정되고 (2)는 (3)으로 부정되고 (3)은 (4)로 부정되는 것이 당연하다.

〈춘향전〉에서 볼 수 있는 바와 같은 서사적 갈등은 예측할 수 있는 방향으로 점차적으로 발전하는 점이 양반과장의 희극적 갈등이 예측할 수 없이 급격히 발전하는 것과 다르다. 서사적 갈등은 민중이 자기의 운명에 대해서 한탄하면서 절망하지는 않고 운명을 극복하는 이야기를 전개하도록 꾸며져 있는데, 희극적 갈등은 그럴 여유를 가지지 않고 급격하게 치닫는다. 민중이 자기의 운명에 대해 한탄하는 말은 하지 않고 바로 적대자와 맞서는 도전을 감행하고 적대자를 비하시키고자 하는 의지를 나타낸다.

서사문학은 어느 누가 하는 말이지만, 탈춤은 군중의 합작의 놀이여서 그런 차이점이 생긴다. 선후관계를 단선적으로 잇는 서술과 한꺼번에 벌어지는 동시적인 사태를 보여주는 상황은 많이 다르다. 착각이나 오해가 상황의 다면적 성격 때문에 생긴다. 양반과장에 등장하는 양반은 자기가 이겼다고 좋아하지만, 객관성을 박탈당한 착각에 근거를 두었기 때문에 실제로는 패배했다. 객관성 박탈을 상대역인 말뚝이가 혼자 맡는 것은 아니다. 말뚝이와 관중이 합작했다. 말뚝이와 관중이 연극 진행에서나 실제 상황에서나 같은 처지에서 같은 생각을 하기 때문에 양반이 급격히 격하되어 우스꽝스러운 바보가 된다.

말뚝이와 관중의 합작이 연극 진행 방식에서 이루어지는 것을 주목할 필요가 있다. (가)에서 (다)까지에서 1·2는 모두 말뚝이가 관중이나 악사에게 하는 말이다. 말뚝이는 관중이나 악사에게 1을 말해 합작의 소지를 마련하고, 2에 이르러 합작을 확실하게 한다. 양반을 모욕하는 욕설을 해서 말뚝이가 관중이나 악사와 함께 즐거워했으므로 양반이 3의 호령을 한다. 말뚝이는 악사나 관중에게 계속 말을 걸고, 양반은 그 쪽을 상대하지 않는다. 눈에 거슬리지만 마치 그 쪽은 없는 것처럼 행동해야 양반의 위엄은 유지할 수 있다. 그래서 착각이 생긴다. 말뚝이의 욕설을 관중이나 악사는 분명히 들었는데 양반은 바로 듣지 못하고 4를 믿어 버리기 때문에 5의 비참한 결과에 이르고도 기분이 좋아서 춤을 춘다.

악사나 관중과 말뚝이의 이런 관계는 탈춤의 원초 형태로부터 온 것이다. 탈춤의 원초 형태인 농악굿놀이는 관중과 농악대가 양반광대 등의 이른바 잡색들과 함께 행진하면서 보여주는 간단한 연극이다. 양반광대를 한쪽으로, 다른 잡색들, 농악대의 풍물재비들, 관중을 다른 한쪽으로 해서 생기는 대결에 관중이 크게 개입한다. 양반광대를 놀리고 모욕하는 일을 관중이 맡아 크게 즐거워한다.

농악굿놀이가 행진하지 않고 한 자리에서 하는 연극으로 바뀌면서, 대사가 풍부해지고, 양반광대의 성격이 더 분명하게 구체화되고, 서서 뛰는 풍물재비 대신에 앉은 악사가 등장하는 변화가 일어나고, 원래의 잡색들에는 없던 말뚝이라는 등장인물이 큰 구실을 하게 되었다. 풍물재비들과 함께 돌아다니던 무리가 구경하는 관중이 된 것이 또 하나의 커다란 변화였다. 그러나 관중의 개입은 계속 보장되었다. 정해진 순서에 따라서 또는 즉흥적으로 간섭하고 나서면 극중인물이 응답한다. 누가 "잘 한다"하고 외치면, 말뚝이는 그리로 돌아서서 "잘하고 말고"라고 응수하는 것이 제대로 진행되는 공연이다.

관중이나 악사의 개입 또는 그 쪽과 말뚝이의 합작은 양반이 착각하고 있어 우스꽝스럽다고 하는 것 이상의 효과를 가져, 탈춤이 현실의 반영이면서도 현실의 연장일 수 있게 한다. 현실의 반영이기만 한 연극은 현실이 현실과는 꼭 같으나 전혀 별개의 시공에다 옮겨다 놓고 극적 환상을 창조해 관중이 자기를 잊고 빨려 들어가게 한다. 그리하여 현실을 충실히 재현할수록 현실과는 거리가 더욱 먼 신기하며 흥미로운 별세계를 만든다. 탈춤은 현실을 향해 열려 있어 그렇지 않다. 현실을 비판해 보이는 공연 내용에 현실의 관중이 직접 개입해 이중의 비판을 한다.

춤 대목의 구실

이제 춤 대목을 살펴보자. 대사 대목들 사이에 춤 대목이 있는 것이 특이한 구성 방식이다. 춤 대목이 무엇을 하는가? 두 가지 기능을 수행한다고 할 수 있다. 대사 부분들을 분리시켜 서로 어떻게 연결되는지 알 필요가 없게 한다. 대사 부분의 갈등을 잊고 등장인물 모두 즐거워하게 한다. 앞의 것은 차단효과라고 하자. 뒤의 것은 갈등소멸효과라고 하자.

차단효과 때문에 대사 부분들이 어떻게 연결되는지 설명할 필요가 없다. 무슨 일로 양반들이 말뚝이와 함께 나타났는가, 왜 말뚝이는 양반 욕을 하게 되었는가, 어째서 말뚝이는 양반을 모시지 않고 제멋대로 돌아다녔는가 하는 등에 대해서는 조금도 관심을 가지지 않고, 이미 절정에 이른 양반과 말뚝이의 싸움을 보여줄 수 있다. 서사적인 연결을 하느라고 전개가 느슨해질 수 있는 가능성을 차단하고 극적 갈등을 격화한다.

갈등소멸효과 또한 갈등을 격화한다. 대사 대목의 갈등이 짧은 시간 동안만 지속되다가 춤 대목으로 넘어가, 대사 대목 내부의 요인으로 갈등이 이완될 수 없게 한다. 춤 대목에서 대사 대목으로 다시 넘어가면서, 갈등이 소멸되었던 상태와의 극과 극의 대조를 통해 갑자기 격화되는 갈등이 더 큰 충격을 주도록 한다.

갈등소멸효과는 외형과 실상이 다른 반어를 만든다. 양반은 공격을 막지 못해 패배하면서도 그런 줄 모르고 말뚝이와 함께 즐겁게 춤을 춘다. 갈등이 소멸되었다는 것은 외형이고, 갈등이 격화되어 양반이 패배하기에 이른 것이 관중도 다 잘 알고 있는 실상이다. 양반은 착각하고 있어 패배를 만회할 길이 없다.

그러나 말뚝이가 이겨서 승리의 춤을 추는 데 양반이 동참한다고 나무랄 것은 아니다. 가해자가 멍청해져서 과거의 관습을 본의 아니게나마 버리는 것은 환영할 일이다. 다시 태어날 수 있게 받아들여야 한다. 갈등에서 벗어나 즐거운 마음으로 누구든지 함께 춤을 추고자 하는 이상이나 희망이 탈춤 전후의 대동놀이에서뿐만 아니라 본론인 탈놀이에서도 이루어져야 한다. 풍물놀이의 오랜 전통이 어떤 새로운 공연물에서도 살아 있어야 한다.9)

대사 대목과 춤 대목의 교체는 여러 번 반복된다. 한 번씩만이어서는 갈등 격화와 해소를 대조해 나타낼 수 없어 반복이 필요하다. 싸움이 현실에서 계속되고 있어 극에서도 여러 번 보여주어야 한다. 춤 대목은 어느 것이든지 꼭 같지만, 대사 대목은 그렇지 않다. 단순한 되풀이가 아니고 발전이라고 할 것이 있다. (가)·(나)·(다)와 (라)·(마)는 다르다. 1·2·3·4·5이던 단락 배열이 1·2·3·4·2·3·4·5로 바뀌었다. 2에서 4까지가 두 번씩 나온다. 싸움이 그만큼 더 격화되어 있음을 보여 준다.

(바)의 구조는 특이하다. 1·2·5뿐이다. 이제는 거의 더 싸울 거리가

---

9) [보주] 이 대목을 좀 더 수정하고 보완해 生克論을 전개하는 것이 마땅하지만, 나중에 얻는 생각이므로 소급해 적용하지 않는다. "어떤 새로운 공연물"에 영화도 해당한다. 보충 논의에 수록한 〈영화 '오아시스'를 주목하자〉에서 영화와 관련시킨 논의를 전개한다.

없어지고 양반은 말뚝이를 꾸짖지도 않는다. 양반은 제법 여유 있게 행동하지만, 사실상 이제는 재기 불능일 정도로 패배했으면서도 사태를 모르고 있는 것이다. (바)에서 양반과 말뚝이가 각기 자기가 승리했다고 하고 이중성격의 반어적인 발전이 이루어졌다.

(바)에서 (사)로 넘어갈 때에는 춤 대목이 없다. 양반이 말뚝이는 확실하게 눌렀다고 판단하고 취발이를 잡아들이는 더 큰 일을 서둘러 했다. (사)에서 끝으로 한 번 격렬한 싸움이 벌어지는데 5가 없다. 양반에게 일방적인 안심의 기회마저 허용하지 않고 춤 대목으로 넘어간다. (사)의 4는 말뚝이의 변명이면서도 양반에 대한 파멸의 선고이다.

다시 보기

이상에 살핀 바가 봉산탈춤의 각 과장이나 다른 어느 탈춤에 두루 타당하다고 할 수는 없다. 그러나 긴밀하고 급격한 갈등 구조를 가진 부분들을 서로 별개의 것으로 가져다 놓는다는 구성의 원리는 거의 공통된다고 할 수 있다. 이런 원리는 어느 경우에나 이야기를 되도록 배제한 희극적 갈등을 만들어 현실을 현실 그대로 비판하게 한다.

아리스토텔레스적 연극의 개념으로 따질 때 한국 탈춤에서 가장 결여되어 있는 부분은 구성의 일관성이나 논리성이라는 지적은[10] 한편으로 타당하면서 한편으로 부당하다. 탈춤의 구성은 아리스토텔레스적 개념의 것이 아니라는 점에서 타당하지만, 탈춤의 구성에는 일관성이나 논리성이 없다고 하면 부당하다. 탈춤의 구성은 아리스토텔레스적인 개념의 것과는 다른 일관성과 논리성을 지니고 있다.

아리스토텔레스적 개념의 연극이 아니라는 점에서 탈춤은 베르톨트 브레히트의 이른바 서사극과 상통한다. 둘 다 극적 환상을 거부하고 비판적 개입의 길을 열어 놓은 연극이다. 그러나 브레히트는 서사의 원리를 도입해 극의 변혁을 꾀하고, 탈춤은 서사적인 구성을 배격하는 점이 크게 다르다.

---

10) 여석기, 〈산대가면극의 화르스적 특성〉, 《한국 문학의 해학》(서울 : 국제문화재단, 1970)

미얄과장의 웃음과 눈물

굿에서 가져온 유산

탈춤은 처첩의 갈등을 다룬다고 한다. 봉산탈춤에서는 처첩의 갈등을 다루는 부분이 제7과장 미얄춤이다.[11] 이 과장은 본처인 미얄과 첩인 덜머리집의 싸움으로 귀착되니, 처첩 사이의 갈등이 그 주제라고 하는 데 잘못이 없을 것 같다. 그러나 이런 이해에 머무른다면 참으로 중요한 문제를 지나치고 말 염려가 있다. 영감과 할미, 할미와 덜머리집이라는 인물 설정 근거와 할미의 죽음까지 초래하는 불화가 가지는 의미는 시앗 싸움에 관한 일반 상식으로 설명할 수 없는 것이다.

인물 설정과 사건 전개를 제대로 이해하려면 탈춤의 기원에 대한 새삼스러운 논의가 필요하다. 가련하기 이를 데 없는 인물인 미얄에 관한 비참한 사건을 시종 웃음으로 처리했다는 것을 주목할 일이다. 이 과장에서 표현된 민중생활, 또는 민중의식은 노장과장이나 양반과장에서 볼 수 없는 양상을 띠고 있어 구체적인 관심의 대상이 되기도 한다.

영감과 미얄은 어떤 인물인가? 미얄이 영감에게 자기네 부부가 만날 싸움만 한다고 동네 사람들이 내쫓겠다고 하더라는 말을 전하자, 영감이 이렇게 대답한다. 뜻밖의 말에 두 인물의 유래를 밝힐 소중한 단서가 있다.

> 내어쫓기기 전에 우리가 먼저 나가자꾸나. 그러나 저러나 너하고 나하고 이 동네를 떠난다면 이 동네에 인물 동티난다. 너는 웃목에 서고 내가 아랫목에 서면 이 동네에 잡귀가 범치 못하는 줄 모르더냐?[12]

자기네를 내쫓으면 동네 사람들이 손해를 본다고 한다. 동네에 잡귀가 들어오지 못하게 막지 못하기 때문이라고 한다. 이 말은 극적 상황을 살펴서는 이해되지 않고, 탈춤의 기원인 굿의 흔적을 전하는 줄 알아야 비로소

---

11) 자료는 이두현, 《한국가면극》(서울 : 문화재관리국, 1969) 소재본이다.
12) 같은 책, 321면

이해된다. 영감과 미얄은 원래 마을의 윗목과 아랫목에 서서 잡귀를 막아 주는 남녀 장승이었다. 장승의 모습을 한 수호신을 잘못 건드리면 동티가 난다는 것은 잘 알려진 바이다.

영감과 미얄은 만나자마자 아주 음란한 성행위를 한다. 오래 헤어졌던 부부가 만났으니 그럴 수 있다고 처리해 버릴 수 없는 장면이다. 수호신이 생산신이기도 해야 이해될 수 있는 사건이다. 자연의 풍요를 도와 농사가 잘 되게 하는 남녀 생산신은 성행위 굿이 극으로 바뀐 다음에도 남아 있다. 극에서 필요해 전개하는 것 같은 사건을 제대로 이해하려면 굿에서 하던 구실을 확인해야 한다.

영감과 미얄의 성행위는 기대한 것처럼 잘 이루어지지 않는다. 늙어서 그렇다고 하는 극에서 말하는 사태가 굿에서 유래했다. 영감이 젊은 첩을 두어 분란이 일어나는 것까지 모두 굿에서 물려받은 설정이다. 굿의 유산을 적극 활용해 늙은 부부의 갈등을 면밀하게 그려냈다. 작품을 자세하게 살피면서 지속과 변모의 양면을 견주어보자.

미얄은 영감에게 달려들어 음란한 행동을 하다가 영감 위로 기어 나가며 "아이고 허리야, 연만 칠십에 생남자를 하였으니 이런 경사가 어디 있나"하며 기뻐하는데, 영감은 "배를 타고 풍랑을 만나 이곳에 와서 딱 붙었으니, 어떻게 떼야 일어날 것인가?"하며 당황해 한다. 배를 탄다는 것은 할미의 배를 탄다는 말이기도 한데, 할미의 배를 타다가 움직일 수 없게 되었다는 것은 성행위 과정에서 생긴 치질을 두고 하는 말이다.

가까스로 움직이게 된 영감은 "이년, 첫아들로 망신을 주었구나"라고 하고, "이, 천하에 고약한 년이 있나"하며 미얄을 때린다. 연만 70의 할미가 아들을 낳으려는 환상을 가지고 잘 되지도 않는 성행위를 하다가 영감을 아들로 착각해 아들 낳는 시늉을 했기 때문에 영감이 화를 냈다고 이해할 수 있는 사태이다.

영감은 이미 늙어 소용없게 된 미얄을 버리고 젊고 아름다운 첩 덜머리집을 얻을 수밖에 없게 되어 있다. 미얄은 "이놈의 영감 저렇게 고운 년을 얻어 두었으니까 나를 미워하고 흉만 내지", "어느 년의 씹에는 금테두리를 했나"하며 대어들지만, 항변이 통할 수 없다. 미얄의 패배는 돌이킬 수 없다.

영감과 미얄은 남·녀, 미얄과 덜머리집은 노·소의 차이가 있다. 남신과 노·소 여신의 관계는 굿에서 되풀이되어 나타난다.13) 경남 영산에서 거행하는 文戶長굿을 보자.14) 문호장으로 분장한 인물이 본처의 사당에 가기 전에 첩의 사당에 먼저 간다. 그럴 수 있느냐고 본처 지지자들이 욕설을 퍼부으면서 대든다. "본처 편 무당 한 사람이 머리를 산발한 채 입에는 거품을 물고 부들부들 떨다가 쓰러지기"까지 한다.15)

문호장굿은 농사가 잘 되게 하기 위해 거행하는 굿이다. 농사가 잘 되게 하는데 남신이 본처를 버리고 첩과 관계를 맺는 것은 중요한 의의를 가진다. 본처는 늙어 성행위를 할 수 없고 출산을 할 수 없으나, 첩은 젊어 두 가지 능력을 다 가졌다. 패배해 물러나는 본처를 두둔하면서 항의를 해도 소용이 없다. 늙음이 젊음으로 대치되고, 검은색이 붉은색으로 바뀌고, 겨울이 가고 봄이 오는 것은 당연하다.

노장과장에서 보이는 소무·노장·취발이 사이의 관계도 그런 것이다. 노장과 취발이는 남성 노·소이고, 미얄과 덜머리집은 여성 노·소이지만, 노·소의 특성이 일치한다. 노장이나 미얄은 농사지을 수 없는 계절의 늙고 검은 모습이고, 취발이와 덜머리집은 농사지을 수 있는 계절인 여름의 젊고 붉은 모습이다. 노장과 소무 사이의 성행위에서는 아무것도 이루어지지 않았지만, 취발이와 소무는 같이 살게 되자 바로 아이를 낳고 아이는 놀라울 만큼 빨리 자란다.

---

13) [보주] 제주도의 서사무가 〈서귀포본향당본풀이〉에서 수렵을 관장하는 남신이 늙은 본처를 버리고 젊은 첩과 함께 한라산으로 와서 성행위를 했다고 한 것부터 들 필요가 있다.

14) 김세중, 〈민속조사보고, 경남 영산을 중심으로〉, 《우리문화》 1 (서울 : 우리문화 연구회, 1966). 김광언, 〈문호장굿〉, 《문화인류학》 3 (서울 : 한국문화인류학회, 1970) [보주] 《우리문화》는 학생시절의 연구모임에서 낸 유인본 책자이다. 학문의 길에 들어서는 소중한 출발점이 되어 잊을 수 없다. 민속극을 공부하던 김세중 학우가 구두발표를 하고 거기 실은 글에서 문호장굿에 대해서 처음 알았다.

15) 김광언, 같은 논문, 108면

노장과장에서는 그런 방식으로 젊음의 생산력을 알리는데, 미얄과장은 늙음의 비극을 보여주는 데 치중한다. 늙은 남성인 노장은 쫓아내면 그만 이지만, 늙은 여성인 미얄은 그럴 수 없다. 영감을 잃고 찾아다녔다고 하는 가련한 사정까지 보태 패퇴되는 것이 당연하다고 하지 않고, 동정의 대상으로 만들었다. 미얄이 덜머리집과 다투다가 죽어 장례를 지내는 것도 굿의 유산이라고 할 수 있으나, 가련한 할미에 대한 동정의 눈물을 흘리게 하는 극의 의미가 크게 확대되어 관중을 사로잡는다.

남신과 여신의 성행위가 농사가 잘 되게 하는 굿의 긴요한 방식의 하나이듯이 비통한 장례도 또한 그렇다.16) 농사의 신이 소생해 농사를 지을 수 있게 되기를 바라는 마음 간절해 굿에 참가하는 사람들이 비통하고 한탄스러운 말을 하며 눈물을 흘리는 것이 예사이다. 이 둘 가운데 성행위는 즐겁고 소란스러운 희극으로 이어지고, 장례는 비통하고 암담한 비극을 만들었다.17)

허름한 사람들의 발랄한 삶

영감과 미얄은 허름한 노인 부부이다. 굿에서 하던 구실은 흔적만 남기고, 극에서 다시 설정한 성격이 작품 전면에 나타나 있다. 허름한 사람들이 살아가는 방식을 두고 극에서 하는 말을 검토하는 것이 이제부터 할 일이다.

영감과 미얄은 우선 외양부터 볼품이 없는 인물이다. 악사의 물음에 대답하면서도 서로 "허름한 영감", "허름한 할맘"이라고 한다. 악사가 모색을 대라고 하자 각각 다음과 같이 말한다.

미얄 : (소리조로) 우리 영감의 모색을 대. 난간 이마 주게턱, 웅케(우먹)

---

16) James Frazer, abridged by T. Gaster, *The New Golden Bough* (New York: New American Library, 1964), 326~328면에 이런 굿의 사례가 다수 보고되어 있다.

17) F. M. Conford, *The Origin of Attic Comedy* (Oxford: Edward Arnold, 1914), 83~84면에서 고대그리스의 경우를 이렇게 논했다.

눈에 개발코, 상통은 (갓 바른) 관역(판) 같고 수염은 다 모즈러진 귀얄 같고 상투는 다 갈아먹은 망줏 같고 키는 석 자 네 치 되는 영감이올세.

영감 : 그럼 바로 대지. 난간 이마에 주게턱, 웅케눈에 개발코(빈대코), 머리칼은 다 모즈러진 빗자루 같고 상통은 깨진 (먹 푸른) 바가지 같고, 한 손엔 부채 들고 한 손에 방울 들고 키는 석자 세 치 되는 할맘이올세.

반복의 수법을 써서 두 사람이 같다고 한다. 양쪽 다 세상살이에 찌들어지고 보잘것없는 꼴을 하고 있다. 희극의 주인공다운 비정상을 갖추고 있다. 노장이나 양반처럼 허위 때문이 아닌 비참한 생활 때문에 생긴 비정상이다.

한 손엔 부채 들고 한 손에 방울 들고 있는 할미는 무당이다. 영감은 "우리 할맘이 본시 무당이라"고 한다. 이곳저곳 돌아다니며 무당 노릇을 해서 살아간다. "영감은 망을 쪼으러 다니는" 영감이다. 망은 맷돌이다. 달아서 못쓰게 되니 맷돌을 쪼아 쓸 수 있게 해 주는 것이 영감의 벌이이다. 경우에 따라서는 땜장이 노릇도 한다. 살기 위해서는 무슨 짓이든지 한다. 그래도 가난은 벗을 수 없다.

영감과 미얄은 "전라도 제주 망막골"이라는 막다른 구석에서 살다가 난리가 나서 목숨을 구하려고 도망쳤다가 헤어져 만나지 못하고 방방곡곡을 찾아 헤매게 되었다. 전라도 제주 망막골까지 난리가 났으니 얼마나 불안한 세상인가. 그럴수록 가난한 사람은 더욱 살기 어렵다. 영감은 할미와 헤어진 뒤에 도토리하고 감자만 먹어서 얼굴이 이상하게 되었다. 아버지를 잃고 미얄과 함께 살던 아들 문열이는 "하도 빈곤하기에 산으로 나무하러 갔다가 호랑이에게 물려"죽었다. 영감과 할미가 하고 있는 꼴은 우스꽝스러운 것이지만, 그런 꼴을 할 수밖에 없는 사정은 눈물겹다. 눈물과 웃음의 공존이 나타난다.

영감과 미얄은 역경 때문에 좌절하지 않고 무슨 짓이든 닥치는 대로 해서 살아나간다. 영감은 할미를 만났을 때 개털관을 쓰고 중의 칠베장삼을 입고 있었다. 세금을 바치지 않는다고 衣冠破脫을 당하자, 땜통에 들어 있는 개가죽으로 관을 만들어 썼다고 한다. 절에 가서 하룻밤 신세를 지며 "객지에서 옹색도 하고 해서" 여승에게 덮치다가 쫓겨 나오면서 중의 칠베장삼을 훔쳐 입었다고 한다. 살아가려면 그럴 수밖에 없다. 개털관을 쓰는 것은 품위에 어긋난다든가, 여승에게 덮치는 것은 사람으로 할 수 없는 짓이라든가, 속인이 장삼을 입지 말아야 한다든가 하는 것 따위는 돌볼 필요가 없다.

영감과 미얄이 만나자마자 얼싸안고 성행위를 시작하는 장면을 다시 보자. 체면 같은 것은 돌보지 않고 난잡한 짓을 거침없이 한다. 영감이 사당을 짓모으다가 동티가 나서 쓰러지자, 미얄은 영감이 죽은 줄 알고 "동네 방네 키 크고 코 큰 총각 우리 영감 내다 묻고 나하고 둘이 살아봅세"하고 외친다. 장례의 예절도 과부로서의 도리도 아랑곳없다. 타고난 본성 그대로 행동하고 도리니 윤리니 하는 것을 거부한다.

취발이나 말뚝이가 경직된 도덕적 관념을 부정하고 발랄한 삶을 있는 그대로 긍정하는 것과 같은 구실을 영감과 미얄도 한다. 있는 것으로 있어야 할 것을 부정하는 골계를 구현하는 점이 서로 같다. 영감과 미얄은 노장이나 양반 같은 상대역과 대결하지 않으면서 그런 쪽이 자랑하는 관념적인 우상을 파괴한다. 그러는 동안에는 영감과 할미가 가련하거나 처절하지는 않는 희극의 주인공이다. 웃음을 불러일으킬 뿐이고, 비탄을 멀리한다. 허름한 사람들의 발랄한 삶을 보여주면서 관중을 즐겁게 한다.

영감의 횡포

영감과 미얄이 만나 즐거워하는 것은 잠시 동안의 일이다. 둘 사이에 싸움이 시작되어 작품 전개의 주축을 이룬다. 영감과 미얄과 맞서는 상대역을 설정하지 않은 것은 둘 사이의 싸움에 관심을 집중시키기 위한 조처이다. 영감과 미얄의 싸움은 노장과 취발이의 싸움이나 양반과 말뚝이의 싸움과는 성격이 다르다. 영감과 미얄은 이념이나 사회적 위치에서의 적대자가 아니며 처지가 같고 용모조차 비슷한 부부이다. 그런데도 싸움이 심각하게 벌어지는 데 문제가 있다.

영감과 미얄의 싸움은 첩 때문에 일어났으며, 처첩 사이의 갈등을 문제삼는다고 하는 것은 피상적인 생각이다. 첩 덜머리집이 등장하기 전에 이미 싸움이 격화되어 있다. 영감과 할미가 성행위를 하는 도중에 싸움이 시작되었다. 미얄이 영감을 아들로 망신을 주었다고 하고, 영감의 성기가 움직일 수 없게 했다는 것이 발단이다. 영감은 위신이 손상되었다고 분개하며 할미를 욕하고 때린다. 이런 사건은 이미 살핀 바와 같이 굿의 흔적이면서 굿에서와는 다르게 극에서 새로 나타내는 의미를 지니고 있다. 미얄의 처지를 이해하지 않으려는 영감의 독선적인 사고방식이 문제를 일으킨다.

둘이 헤어져 있는 동안에 첫아들 문열이가 나무하러 갔다가 호랑이에게 물려 죽었다고 하자, 영감은 "인제는 자식도 죽이고 아무것도 볼 것이 없으니 너하고 나하고는 영영 헤어지고 말자"하고 미얄을 내치려 한다. 자식을 잃은 것은 영감보다 미얄에게 더욱 비통한 일이다. 자식을 잃은 사건이 준 충격이 너무 커서 미얄은 자식을 가져야겠다는 집념을 정상에서 벗어날 정도로 강하게 가져 영감과의 성행위 도중에 무의식적으로 영감을 자식으로 착각했다고 할 수 있다.

자식을 잃고 생긴 위축감이 자식을 낳을 수 있는 능력을 이미 상실했기 때문에 더욱 심각하다. 그런데도 영감은 미얄의 이와 같은 착잡한 심정을 위로하지는 않고, 여성은 다만 자식을 낳아 키우는 도구라고 여기고, 도구 노릇을 하지 못하면 볼 것이 없다고 한다. 여성의 심리를 전혀 이해하지 못하는 남성의 횡포를 아주 선명하게 보여준다. 같은 위치에 놓고 견주어 볼 만한 동시대의 다른 작품을 찾기 어렵다.

여성에 대한 남성의 횡포는 살아가기 위해 수단을 가리지 않는 하층민 부부 사이에도 나타난다. 남성의 횡포가 발동되면서 같은 처지인 영감과 미얄이 갈라선다. 기존관념을 파괴하는 구실을 미얄과 함께 하던 영감이 기존관념을 완강히 지키는 횡포한 지배자로 등장하고, 미얄은 더욱 가련한 존재로 전락한다. 영감은 미얄과 헤어진다 하고, "헤어지는 판에야 더 볼 것 조금도 없다"고 한다. 관객을 향해 "이년의 소행 말씀 좀 들어 보시오"라고 하면서 미얄의 비행을 폭로한다.

그러나 영감이 폭로한 미얄의 비행에 비행이라 할 것은 없다. 영감은 오히려 자기 주장이 허망하다는 것을 스스로 폭로한다. 헤어지자고 살림살이를 나누면서 영감은 살림살이를 공평하게 나눈다고 떠벌리지만, 하는 수작이 다음과 같다.

> 앗다, 이년 욕심 봐라. 박천 두지논 삼만 냥 벌은 내 다 가지고 용장 봉장 궤두지 자개함농 반다지 샛별 같은 놋요강 놋대야 바쳐 나 가지고, 죽장망혜 헌 짚세기 만경청풍 삿부채, 이빨 빠진 고리짝, 굴뚝 덮은 헌 삿갓 모두 너 가지고, 또 도끼날은 내가 갖고 도끼자룰랑은 너 가져라.

공평하게 나눈다는 주장이 사실과 반대이다. 형식과 내용의 불일치 때문에 이런 대사는 도리어 영감의 허위를 폭로하는 구실을 한다. 영감은 관중을 자기편으로 끌어들이려고 하지만, 관중은 영감에게 설득되지 않고 영감의 음험한 내심을 들여다보는 쾌감을 누린다. 영감이 열심히 떠들수록 관중은 영감이 어리석고 자기가 현명하다는 확신을 갖게 된다. 관중과 영감 사이에는 적대적인 거리가 생긴다.

영감은 해학의 대상에서 풍자의 대상으로 바뀌게 된다. 그렇다고 해서 영감의 허위는 노장이나 양반과 같은 것이 아니다. 영감은 못나고 허름한 위인이어서 급격히 전복될 위엄이 애초부터 없었다. 영감은 완전히 풍자의 대상으로 귀착되지는 않고 해학의 대상이기도 한 양면성을 지니는 정도에 그친다.

영감에게 축출당하는 미얄은 "도끼자루 나를 주고 도끼날은 너 가지니 날 없는 도끼자루 가진들 무엇 하리", "동지섣달 설한풍에 얼어 죽는 수밖에 없구나"라고 하며 신세 한탄을 해서 관중의 동정을 산다. 영감에 대한 해학은 풍자적인 성격도 지니는데, 미얄을 대하는 해학에는 비탄의 감정이 섞이게 된다. 웃음과 눈물의 공존이 처음부터 보이다가 미얄의 운명이 더욱 가련하게 되면서 한층 뚜렷해진다.

미얄의 죽음

영감과 미얄의 싸움이 덜머리집의 등장으로 더욱 격화되고 마침내 미얄의 죽음에까지 이른다. 미얄의 죽음은 우발적인 사고처럼 보인다. 덜머리집과 미얄이 각기 영감에게 달려들어 영감을 때리자 영감은 살짝 빠져 나가고, 덜머리집과 미얄은 영감을 때린다고 생각하며 서로 때리다가 미얄이 죽게 된 것이다. 영감이 살짝 빠져 나가지 않았다면 참사를 면했을 것 같기도 하다.

그러나 할미의 죽음이라는 결말은 필연적이다. 굿으로 본다면, 여름과 겨울의 싸움에서 겨울이 패배하게 마련이다. 생산할 수 없는 계절의 장례가 거행되는 것도 굿에서 정해진 순서이다. 극에서는 영감을 만나는 데 모든 기대를 걸고 살아가던 미얄을 소박해 축출하려는 영감의 처사는 미얄의 기대가 엄청난 착각에 근거를 둔 것임을 폭로한다. 그래서 생긴 충격은 우발적인 사고가 없어도 미얄을 죽게 할 수 있다.

미얄이 죽자 다음 순서로 장례가 거행된다. 기대하던 바가 허물어지고 도리어 패배한 끝에 원통하게 죽은 주인공의 장례가 작품의 결말이 되는 것은 비극의 일반적인 구성이다. 우리 민속극에는 비극이 없고, 모두 희극이다. 그런데 이 과장만은 비극에 접근하고 있다. 굿에서 죽음과 장례를 물려받은 극은 비극이게 마련이고, 미얄의 죽음이 가지는 극적 의미가 또한 비극적인 것이다.

미얄이 죽자 영감은 "아이구, 할멈이 죽었구나. 불쌍하고 가련하다. 이렇게 갑자기 죽는단 말이 웬 말인가?"라고 하면서 약 이름을 수십 가지 열거하고서는 "이러한 영약들이 세상에는 가득하건만 약 한 첩 못 써보고 갑자기 죽었으니 이런 기막힐 떼가 어디 있나"하며 애통하다는 사설을 길게 늘어놓는다. 영감은 자기의 과오를 뉘우쳤으나, 그렇다고 해서 할미가 살아날 수 있는 것은 아니다. 영감은 할미의 혼을 위로하려고, 자기의 뉘우침을 되씹기 위해, 그리고 관중이 받은 충격을 풀어 주기 위해 이런 말을 한다. 이런 말 때문에 비극적인 효과가 깊어지고 오래 지속된다.

이어서 남강노인과 무당이 등장한다. 남강노인은 희고 고결하게 생긴 얼굴에 백발을 길게 늘어뜨린 노인이다. 남강노인은 싸움의 현장을 지켜보지 않았으면서도 영감과 미얄의 일을 잘 알고 있다. 남강노인 또는 남극노인이라는 이름이나 그 고결한 용모가 인간의 수명을 좌우하는 초월적인 존재임을 암시하고 있다. 영감이 자기의 잘못을 뉘우치고 할미의 혼을 위로하는 것만으로는 관중의 마음속에 맺힌 것이 다 풀리지 않았기 때문에 남강노인이 필요하다.

동네사람들, 이것 보소. 미얄할멈이 죽었구려. 아이고, 불쌍하고 가련하여라. 영감 잃고 갖은 고생을 하더니 그만하고 죽었구나. 이것을 어찌 하노.

남강노인은 이렇게 말한다. 관중이 하고 싶은 말이다. 말로 위로하는 것으로 모자라 무당을 불러 굿을 한다. 미얄의 혼이 극락으로 가도록 천도한다. 미얄의 죽음 때문에 비탄에 사로잡힌 관중의 마음을 달랜다.

미얄의 죽음과 장례가 이렇게 되어 있다 해서 미얄과장 전편이 비극일 수 있는 것은 아니다. 미얄할미라는 인물은 처음부터 희극적으로 설정되어 있으면서 비극적인 의미까지 지녔기에 이미 존재하던 비극적인 의미가 작품의 결말에 와서 확대되고 강조된 정두에 그친다. 영감은 할미의 죽음을 애통하게 여기며 여러 가지 약명을 열거할 때 "임질에는 오림산," "방사 후에는 쌍화탕"이라고 하며 할미의 죽음과는 전혀 무관한 비속한 언사를 삽입한다. 그래서 이 과장이 완전히 비극으로 귀착되는 것을 방지하고 희극의 분위기를 유지한다.

자기비판의 자세

탈춤 일반이 그렇듯이 봉산탈춤 역시 전편이 희극이고 미얄과장도 이 점에서는 예외가 아니면서, 희극을 만드는 방법이나 내세우는 주제는 서로 다르다. 노장과장이나 양반과장은 적대적인 인물에 대한 풍자로 일관하고 민중의 전형이 풍자의 주역 노릇을 하기 위해 필요하다. 그런데 미얄과장에서는 풍자의 주역 노릇을 하는 인물은 등장하지 않고 허름한 영감과 할미를 통해 민중생활 또는 민중의식을 보여준다.

허름한 영감과 할미는 동정하고 이해해야 할 해학적인 인물이다. 그러면서 그 둘은 처지가 다르다고 하고, 대립관계를 그린다. 미얄할미에 가해지는 남성의 횡포를 문제 삼고 할미의 가련한 운명을 애통하게 여기도록 한다. 탈춤의 기원인 굿과 관련시켜 이해해도, 또한 극적인 의미를 그 자체로서 분석해도 미얄과장은 비극적인 요소를 지닌 희극이다.

우리 민속극에는 희극만 있고 비극은 없다. 왜 그러냐 하는 문제는 간단히 논할 수 없으나, 탈춤은 민중의 연극이고 민중의 사회적인 처지를 다루면서 작품을 전개하므로 비극적인 원천 또는 비극적인 소재마저 희극적인 의미를 가진다고 할 수 있을 것 같다. 노장과장은 관념적인 허위에 대한 비판이고, 양반과장은 신분적인 특권에 대한 비판이라면, 미얄과장은 남성의 횡포에 대한 비판이다. 남성의 횡포는 탈춤을 창조하고 발전시킨 사람들 자신의 과오이다. 자기비판을 한 것은 높이 평가해야 한다.

그러나 자기비판은 노장이나 양반에 대한 비판만큼 신랄할 수 없다. 영감은 풍자되는 인물이면서 해학적인 인물이기도 하다. 영감의 허위를 비판하는 한편 영감을 내세워 기존 관념을 비판하기도 한다. 영감에 대한 비판에 한계가 있어 미얄의 죽음과 장례가 가지는 비극적 의미로 관심을 돌리도록 하고, 미얄을 죽게 한 장본인인 영감이 미얄의 혼을 위로하는 구실을 맡게 한다.

관념적 허위, 신분적 특권, 남성의 횡포는 낡은 사회의 세 가지 기본적인 허위이며 상호 밀접한 관련을 가졌다. 이 세 가지 허위를 청산해야 바람직한 사회가 이룩될 수 있다. 봉산탈춤의 각 과장은 독립되어 있으면서 또한 분명한 주제의 통일성을 지니고 있다.

양주산대 이해

상좌 · 옴 · 목중 · 연잎 과장

의문의 소재

양주산대놀이를 줄여서 양주산대라고 일컫자. 양주산대 처음 몇 과장, 즉 제1과장 '상좌춤', 제2과장 '옴과 상좌', 제3과장 '목중과 옴', 제4과 장 '연잎과 눈끔적이'는 어떤 내용인지 이해하기 어렵다.[1] 보면 알 수 있는 다른 과장과 많이 다르다. 김재철, 송석하, 임석재, 최상수 등 여러 선학의 설명을 찾아보아도, 이들 과장의 행동과 대사가 무엇을 의미하는지 말하 지 않았다.

이혜구 교수는 "다른 과장에 비해 즉흥적인 듯한 곁말과 춤으로 덮여 있어서 그 본질을 잘 내보여 주지 않는다"고 하고[2] 하고 정체 해명에 나 섰다. 이들 과장이 百濟人 味摩之가 중국 남중국 吳나라에서[3] 배워 일본에 전했다는 伎樂의 모습을 유지하고 있다고 했다. 그 사실을 모르면 이해되 지 않는다고 했다. 이들 과장과 기악과의 관련을 다음과 같이 설명했다.

---

1) 주자료는 이두현, 《한국가면극》(서울 : 문화재관리국, 1969) 소재본이다. 네 과장 이 248~252면에 있다. 이 자료를 인용할 때는 인용 출처를 따로 밝히지 않는다. 金 成大 구술 채록 〈양주별산대놀이 연희본〉《창작과 비평》 28 (서울: 창작과비평사, 197)과 이 책 328~341면 소재 1957년도 기록본도 함께 이용한다.

2) 이혜구, 〈양주별산대놀이의 옴 · 목중 · 연잎 과장〉, 《예술논문집》 8 (서울: 대한민 국예술원, 1969), 〈伎樂と山臺假面劇〉, 《朝鮮學報》 51 (天理: 朝鮮學會, 1969)

3) [보주] 吳는 중국이 아닌 고구려의 지명이고, 伎樂을 만든 곳도 고구려라고 서연호, 《한국전승연희의 현장연구》(서울: 집문당, 1997); 成澤 勝, 〈신자료군 점증으로 구 명된 기악 故地〉, 《서울: 한국연극학》 13 (서울: 한국연극학회, 1999)에서 논증했다.

제2과장 '옴과 상좌'는 기악의 行道에 해당하고, 북과 제금을 치는 옴중은 기악의 打物 즉 樂人이며, 상좌는 덤으로 들어간 인물이며 "북과 제금을 치는 악인을 제지하는 사람"이라고 했다. 제3과장 '목중과 옴'에서의 목중은 기악의 行道에서 악인과 선후하여 나오는 踊物 즉 舞人에 해당되고, 옴중은 행렬의 길에서 떠드는 것을 금하는 경비인으로서 역시 덤으로 들어갔다고 했다. 제4과장 '연잎과 눈끔적이'에서의 연잎은 특수한 冠을 쓰고 있으며, 無言이고, "부채로 笛 부는 시늉을 하며 음악을 일으키게 하는" 점 등에서 기악의 吳公과 일치한다고 했다. 그리고 이와 같은 고찰을 근거로 하여 "산대놀이가 일본의 기악과 외관상 전혀 다른 것 같은 인상을 주나 본질상 동일 계통"이라고 했다.

이 견해에 나는 의문을 가진다. 문제가 된 과장들이 극적 내용을 지니지 않고 있으면서 기악의 전승이므로 공연된다고 하는 것은 납득하기 어렵다. 기악의 전승이라고 하더라도 극적 내용이 공연자나 관중에게 강한 흥미를 주지 않는다면 문제가 된 과장들은 전승이 중단되었을 것이다. 곁말이나 춤이 대수로운 것이 아니라는 인상을 불식하고 극적 갈등과 주제를 찾아내야 전승하면서 즐긴 이유를 밝힐 수 있다.

문제가 된 과장들을 기악과 연결시킨 설명에 적지 않은 무리가 있다. 옴중을 연주하는 樂人이라고 하고, 목중은 춤을 추는 舞人이라고 해서 각각 기악의 打物과 踊物과 관련시킨다면, 같은 견해가 탈춤 다른 과장의 여러 인물에도 널리 해당할 것이고, 농악대의 구성원에도 적용될 수 있을 것이다. 탈춤은 악기를 연주하고 춤을 추면서 공연하는 연극이다. 악기를 연주하고 춤을 춘다는 것은 탈춤 자체의 본질적인 특성이며, 탈춤과 기악의 관련을 입증하는 증거력을 가지지 않는다.

연잎이 관을 쓰고 있는 것은 연잎이 극중에서 하는 구실을 볼 때 당연하다고 할 수 있는데, 기악의 吳公에 해당되는 인물이므로 그렇다고 하는 것은 무리이다. 연잎이 "부채로 笛 부는 시늉을 하여 음악을 일으킨"다는 것은 기이하게 생각할 필요가 없다. 등장인물이 악사들에게 음악 시작의 신호를 보내는 것이 탈춤의 일반적인 수법이다. 기악을 잇고 있어 그런 것은 아니다.

‘옴과 상좌’ 과장의 상좌나 ‘목중과 옴’ 과장의 옴중은 감독인 또는 경비인이라고 하고 덤으로 들어간 인물이라고 했다. 이들에서 하는 일이 악기를 연주하고 춤을 추는 행진이라면 악인과 무인 외에 기악에는 없던 감독인 또는 경비인이 들어갈 필요가 없었다. 감독인 또는 경비인이 악인이나 무인과 함께 등장한다는 것은 유사한 예가 전혀 없는 기이한 실정이다. 농악에 악인, 무인, 관 쓴 사람은 있어도, 감독인이나 경비인은 없다.

상좌·옴·목중·연잎·눈끔적이 등 여러 인물의 성격을 각각 따로 살피면서 연원이 무엇인지 찾아서는 의문이 해결되지 않는가. 목중이 춤을 추는데 옴중이 방해를 하는 행동은 옴중이 덤으로 등장한 경비인이기 때문에 그런 것은 아니다. 둘이 다툴 만한 이유가 있어 다투는 것이다. 상좌와 옴중이 다투고, 옴중과 목중이 다툰다. 연잎과 눈끔적이가 옴중과 목중을 상대로 하여 싸운다. 연극은 등장인물 상호간의 다툼이 있어 성립된다. 다툼이 생기게 된 이유와 다툼의 의미를 알아야 작품이 이해된다.

그렇다고 해서 기악과 탈춤의 관련을 부인할 수 있는 적극적인 증거가 발견되었다는 말은 아니다. 조선 초기에 억불정책의 실시로 많은 승려가 절에서 쫓겨나자, 그 가운데 일부는 원래부터 하던 재주를 살려 僧廣大 노릇을 하게 되었다는 사실을 근거로 삼아 기악과 탈춤의 관련을 재론하려는 시도가 있다.4) 기악은 절에서 잡승이 하던 놀이로 전승되다가, 잡승이 광대로 나서게 되자 민간의 탈춤과 합류하게 되고, 절에 남아 있는 고승 노장을 풍자하는 탈춤이 성행하게 되었으리라는 추론이 상당한 설득력을 가지고 있다.

그러나 기악이 조선 초기까지 절에서 전승되었다는 증거가 발견되어 이러한 가설이 더 구체적으로 일증된다 해도, 탈춤의 극적 갈등구조가 기악을 근간으로 삼아 이루어졌다는 사실이 밝혀질 수 있는 가능성은 인정되지 않는다. 탈춤의 갈등구조는 이미 밝혀진 바와 같이 굿에서 유래했다. 새로운 소재 역시 이미 이루어진 갈등구조에 따라 작품화했다.

---

4) 최정여, 〈산대도감극 성립의 제문제〉,《한국학논집》1 (대구 : 계명대학 한국학연구소. 1973)

다투는 이유

제1과장 '상좌춤'에서 상좌는 사방으로 돌면서 사방치기 춤을 추고 절을 한다. 이와 같은 행동은 양주산대에서만 볼 수 있는 것이 아니다. 이 춤은 오광대의 五方神將舞에서 볼 수 있는 바와 같이 원래 주위의 잡귀를 물리치기 위해 필요했을 것이다. 신장 또는 이에 해당하는 능력을 가진 존재의 춤에서 상좌와 같은 무력한 인간의 춤으로 바뀌면서, 춤만으로 부족하기 때문에 절을 할 필요가 있게 되었다.

춤은 잡귀를 물리치는 동작이고 절은 잡귀를 물리치게 해 달라는 청원이다. 절은 누구나 할 수 있으나, 상좌와 같은 중이 하면 효과가 더 크다고 생각될 수 있다. 상좌의 춤은 또한 앞으로 중들이 놀이판에 등장해 연극을 하게 된다는 예고이기도 하다. 중이 놀이판에 등장하는 것은 분명히 비정상적인 사태이다. 비정상적인 사태를 예고하고 비정상적인 사태에 대해서 의심을 품게 하는 구실도 한다.

이렇게 말한 사실은 봉산탈춤에서의 상좌춤과 양주산대의 상좌춤 양쪽에 다 적용될 수 있다. 둘의 차이점을 찾아야 양주산대의 상좌춤이 갖는 독특한 의미가 발견된다. 먼저 상좌 수를 보자. 봉산탈춤에서는 상좌가 넷이고, 양주산대에서는 상좌가 둘이다. 상좌춤이 본래 가지고 있던 의식무로서의 의미가 약화되어 양주산대에서는 상좌 수가 줄어들었다고 할 수 있다. 四方神에게 배례를 하려면 상좌가 넷이어야 하는데, 상좌가 둘이면 사방신과의 관련이 불분명하게 된다.

더욱 주목되는 것은 상좌의 차림이다. 봉산탈춤에서 상좌는 "흰 장삼을 입고 붉은 가사를 메고 고깔을 썼다."5) 그런데 양주산대에서 상좌는 "전복을 입고, 그 위에 도포를 입고 홍띠를 띠고, 고깔을 쓰고" 나타난다. 전복은 무인의 차림이고, 도포는 선비의 차림이다. 이처럼 상좌는 중이면서 중이 아닌 차림을 하고 있다. 봉산탈춤에서는 상좌가 놀이판에 나온다는 비정상만 있는데, 양주산대에는 상좌가 중이면서 중이 아니라고 해야 할 비정상까지 지니고 등장한다.

---

5) 이두현, 위의 책, 301면

무엇이 비정상인가? 세속의 풍조에 휩쓸려 중인 자기를 파괴해 버렸다. 무엇이든지 함부로 받아들여, 중노릇이 아닌 짓을 닥치는 대로 하는 비정상이다. 1957년도 기록본에는 다음과 같은 해설이 있다.

> 절이 망하여 廢寺가 되기 때문에 여러 중들은 할 수 없이 人家로 내려와서 혹은 장사를 하고 혹은 도적질을 하여서 생활을 하여 갑니다. 어린 上佐중도 人家에 나려와서 이 집 저 집 돌아다니면서 얻어먹고 또 남에 물건을 도적질해가며 돌아다니다가 양주에서 山대굿(山臺假面劇)을 한다는 소문을 듣고 山대굿 구경을 하러 오는 길입니다.6)

사건의 줄거리를 이와 같이 풀이하는 것은 탈춤의 본질에 어긋난다. 탈춤은 이야기는 되도록 배제하고 순수한 갈등만 구현하고 있어서, 뜻하는 바가 이런 해설로 풀이될 수 있는 범위를 넘어선다. 그러나 이런 해설이 무용하다고 할 것은 아니다. 극적 갈등을 이해하는 데 도움이 된다.

상좌는 중이면서 중이 아닌 속인의 생활을 하면서 살아간다는 것이 핵심 사항이다. 중인 상좌와 중이 아닌 상좌 사이의 갈등이 제1 과장 '상좌춤'의 핵심을 이루고 있다. 이러한 갈등이 생기게 된 구체적인 이유나 경과는 작품에 명시되어 있지 않아도, 탈춤 구경꾼은 이러한 갈등을 이해하고 이러한 갈등에서 진지한 흥미를 발견한다.

상좌는 고깔도 쓰고, 저복도 입고, 도포도 입고, 중·무인·선비 노릇을 한다. 무슨 짓이든지 닥치는 대로 하면서 살아간다. "이집 저집 돌아다니면서 얻어먹고 또 남의 물건을 도적질해가며" 돌아다닌다고 하는 것과 같다. 대사가 한 마디도 없는 무언극이면서, 기이하게 중복된 차림으로 중인 상좌와 중 아닌 상좌의 갈등, 그리고 중 아닌 상좌가 내포하고 있는 갈등을 나타낸다.

옴중이 등장하면 제2 과장이 시작된다. 옴중이 가진 막대기와 제금을 상좌가 빼앗는다. 옴중은 다음과 같이 말한다.

---

6) 이 책 543면.

요런 멀쩡한 도둑 녀석 얼굴은 백골 천장이 다 된 녀석이 도둑질은 일 쑤 잘 하는구나. 요 녀석이 막대기를 뺏어 갈 때야 쇠꼬쨍이를 볼 것 같으면 松都末年의 불가사리 모양으로 더 엄청나겠지. (제금을 치면서 장내를 돈다.)

상좌의 도적질은 전혀 의외이고, 이해될 수 없으며, 극적 의미를 가지지 않는다고 한다면, 그것은 탈춤의 문법이라고 할 수 있는 극적 갈등의 전개 방식을 모르기 때문에 생기는 오해이다. 고깔을 쓰고, 전복을 입고, 도포도 입고 나타난 상좌, 살아가기 위해서 어떤 짓이든지 닥치는 대로 하는 상좌 가 남의 물건을 빼앗아 가는 것은 당연하다. 상좌가 도적질을 하며 살아갔 다는 해설이 없어도 이해에 지장이 생기지 않는다.

그러나 상좌가 옴중의 물건을 빼앗아 가는 것은 이미 제시된 갈등, 중인 상좌와 중 아닌 상좌의 내적 갈등을 외적 행동으로 발전시킨 사건이다. 전 복과 도포의 의미를 알고 있어도 충격적이다. 중인 상좌와 중 아닌 상좌의 갈등에서 중 아닌 상좌가 더욱 적극적인 활동을 해서 중인 상좌를 급격히 부정했다. 옴중의 말이 그 점을 더욱 분명하게 한다.

상좌는 어리고 얌전한 중이 아니다. 온갖 잡스러운 짓을 다 해서 "얼굴 은 백골 천장이 다 된 녀석"이 쇠꼬챙이를 볼 것 같으면 송도 말년의 불가 사리처럼 빼앗아 갈 놈이다. 쇠꼬챙이는 구체적으로 옴중이 들고 있는 제 금을 말하지만, 뜻하는 바가 제금에 국한되지 않는다. 쇠꼬챙이는 돈을 연 상하게 한다. 돈이라면 하나 남기지 않고 닥치는 대로 빼앗아 갈 놈이라는 말이다. 어린 중인 상좌가 이렇게 되었으니, 세상은 알 만하다. 장성한 중 들의 행각은 더할 것이다.

상좌에게 물건을 빼앗긴 옴중이라는 녀석은 옴이 오른 중이다. 장삼을 입고 옴벙거지를 썼다. 꽁무니에 제금을 두 개 차고, 손에는 막대기를 두 개 들고 등장한다. 중이라면 고결한 풍모를 가져야 할 것인데 옴이 올라 있고, 장삼과는 어울리지 않는 옴벙거지를 썼다. 중인 옴중과 중이 아닌 옴중이 동시에 존재하는 내적 갈등 때문에 형성된 비정상이다. 막대기 둘,

제금 둘, 들고 있는 것이 너무 많다. 상좌가 이것저것 닥치는 대로 너무 많이 입고 있듯이, 이것저것 닥치는 대로 너무 많이 들고 다닌다. 옴중이 등장하는 장면을 여러 대본에서 각기 다음과 같다고 한다.

(가) (달음질로 개복청으로부터 등장하여 5~6보 가량 장중으로 들어와 다리를 버티고 서서 허리에 손을 짚고) 네 에밀 할 놈의 데 여러 해포만에 나왔더니 아래가 휘청휘청하고 어째 어수선 산란하고나. (막대기를 꺼내어 가지고 똑똑 두드린다.)[7]

(나) (장중 입구에서 다리를 벌리고 허리에 두 손으로 짚고서) 어! 내가 여러 회포만에 나왔더니 아래 위가 휘청휘청하고 어깨가 시큰시큰하구나! (화면서 어깨짓, 엉덩이짓을 하고 나서) 기왕 남의 大榜 놀이판에 나왔으니 옛날에 하던 지랄이나 한번 해보자! (한편 옴중은 물건을 팔려고 兩棒을 딱딱 두드리면서 右便을 향하여 성큼성큼 들어가는데…)[8]

(다) (옴중도 道를 破戒하고 인가로 내려와서 생계를 도모하기 위하여 물건 행상인이 되어 이리저리 돌아다니다가 산대굿 한다는 소식을 듣고 부랴부랴 물건 보따리를 싸가지고 와서 물건을 팔려고 놀이판에 들어서서 보니, 사람들이 人成萬川한지라 옴중은 물건을 팔아 보려고 兩棒[물건]을 들고 장중 입구에서 다리를 버티고 허리에 손을 짚고서 하는 말이),
옴중 : 어── 어── 내가 여러 합품만에(오래간만에) 나왔더니 아래 위가 휘청휘청하고 어깨가 실룩실룩하다.
(옴중은 다른 중보다 신명이 과한 중이라 산대굿을 한다는 소식을 듣고 천리를 불원하고 온 것입니다. 하면서 엉덩이짓을 합니다.)
옴중 : 이왕 나왔으니 하던 지적(버릇)이나 하여볼까.[9]

____

7) 이두현 채록본
8) 김성대본
9) 이 책 수록본

(가)에서는 겉으로 드러난 행위와 대사만 쓰고, (나)와 (다)는 그 뒤에 숨어 있는 의미까지 말했다. 막대기를 두드리는 것이 무엇을 의미하는지 (가)에서는 알기 어렵지만, (나)와 (다)에서는 알 수 있다. (나)와 (다)에 의하면 옴중은 "하던 지랄"을 하기 위해 막대기를 두드린다. 하던 지랄은 장사이다. 장사를 하려고 가위질을 하고 북을 두드리듯이 막대기를 두드린다는 것이 (나)를 근거로 할 수 있는 해석이다. (다)에서는 막대기가 "물건"이라고 했다. 팔려고 가지고 나온 물건이라는 말이다. 이 두 가지 설명 가운데서 어느 것이 맞는지 판가름할 수는 없다. 그러나 막대기나 제금은 분명히 장사를 하기 위해서 필요한 것이고, 막대기를 두드리고 제금을 치는 것은 물건을 파는 행위이다. 물건을 팔겠다고 이것저것 잔뜩 들고 나온 것이다.

상좌와 옴중의 싸움은 도둑놈과 장사군 사이의 빼앗고 빼앗기는 싸움이다. 이익을 다투는 세계에서는 이런 싸움이 항상 있게 마련이다. 강자는 약자의 것을 빼앗게 마련이다. 그런데 어린 상좌가 장성한 옴중이 가진 것을 빼앗는 점이 흥미롭다. 이익을 다투는 세계에서는 장유유서의 질서 같은 것은 있을 수 없다. 옴중은 상좌에게 "요 녀석이 어른보다는 車包五卒을 더 허는구나", "요런 안갑을 할 녀석", "맹물은 아니로구나"라고 한다. 이것은 어린아이가 어른의 것을 빼앗는 데 대한 도덕적으로 분개하는 정도를 넘어서서, 상대방의 힘에 대해 감탄하면서 자기의 열세를 회복하겠다고 벼르는 말이다. 이런 것이 장사의 험악한 생리이고, 이익을 심하게 다투면서 맺어지는 인간관계이다.

되풀이되고 뒤집히고

상좌가 옴중에게 맞아서 퇴장해 둘 사이의 싸움은 끝난다. 열세에 있던 쪽이 우세하게 되고, 우세하던 자가 열세에 몰리는 것은 이익을 다투면서 맺어지는 인간관계에서 흔히 볼 수 있다. 그 다음의 제3 과장 '목중과 옴'에서 목중이 등장하자, 이번에도 같은 과정이 되풀이되어, 처음에 열세에 있던 목중이 우세하게 되고, 우세하던 옴중이 열세에 몰리게 된다. 상좌를 내어몰고 놀이판을 차지한 옴중은 새로 나타난 목중을 용납하지 않으려고 하다가, 상좌가 자기에게 몰려났듯이 자기는 목중에게 몰려나고 만 것이다. 이것은 山寺에 들어앉아 도를 닦는 세계와는 다른, 서로 다투며 이익을 취해 살아가는 세계에서 나날이 벌어지는 대결의 모습이다.

봉산탈춤에서도 목중들이 등장할 때, 나중에 등장하는 목중은 이미 등장한 목중을 쳐서 물리친다. 이런 행위는 남을 젖혀놓고 자기가 신나게 놀고 마음껏 구경하겠다고 서두르는 목중들의 경쟁심과 호기심을 나타내는 것으로 이해할 수 있다. 그러나 양주산대에서 벌어지는 상좌·옴중·목중 등의 다툼은 그 정도가 아니다. 양주산대에서는 봉산탈춤의 경우와는 반대가 되게 먼저 나온 자가 나중 나온 자를 치고, 행동으로써나 말로써나 장황하고 끈덕진 싸움을 벌인다. 양주산대는 이익을 다투면서 살아가는 사람들의 싸움을 봉산탈춤보다 더욱 자세하고 철저하게 그리고 있다.

옴중과 목중의 싸움은 상좌와 옴중의 싸움의 되풀이다. 그러면서 앞 과장에서 제시되지 않았던 새로운 내용까지 포함하고 있다. 싸움이 다음과 같이 정리할 수 있는 고비를 넘어가면서 전개된다.

(1) 목중이 놀이판에 나와서 "어어으 어어으 어——"하고 소리를 지르자, 옴중이 "대방놀이판에 와 육칠월 송아지 풀 뜯어먹고 영각하듯이 어어으 아아, 거 무슨 안갑을 하는 소리야"하고 공박해서 치고, 박고, 차고, 도망치는 싸움이 벌어진다.

(2) 목중이 옴중의 머리에 쓰고 있는 벙거지가 무엇인가 캐물어서 싸움이 시작된다. 목중은 "일생에 관 한번 못써 본 중일 뿐 아니라 이름조차 모르는 중"이어서, "옴중이 옴벙거지가 이상하여 자세히 보다"가 캐묻기 시작했는데, 옴중은 옴벙거지를 이용해서 자기의 지체를 높이려 하고, 벙거지를 설명하기 위해 수수전병, 빈대떡을 말하게 되자 목중은 "아침을 먹은 지가 여러 날이다"라고 한다.

(3) 옴중의 옴을 가지고 시비가 벌어진다. 옴중은 옴을 가지고 자기의 지체를 자랑하려고 하다가, 싸움이 역전된다.

(4) 결국 옴중은 목중에게 패배해 물러간다.

(1)은 상좌와 옴중의 싸움과 같은 싸움의 되풀이이고, (2)와 (3)은 다른 의미를 내포하고 있다. (2)와 (3)에서 보면 목중은 일생에 관 한번 써 보지 못하고 그 이름조차 듣지 못했을 정도로 지체가 낮으며, 아침을 먹은 지가 여러 날 될 정도로 가난하고, 남의 얼굴에 난 옴을 신기하게 여기고 부러워할 정도로 단순한 녀석이다. 옴중은 목중과 그리 다른 바 없으면서, 목중이 하는 거동을 보자 가진 것, 유식, 지체를 자랑한다. 가소로운 우월감을 가지고 상대방을 억누르려고 한다. 우월감의 근거는 옴벙거지를 쓰고, 얼굴에 옴이 올라 있다는 것뿐이니 가소롭다고 할 수 있다. 옴중은 이런 것들을 들어 목중에게 우쭐대다가 (4)에 이르러 형편없는 지위에 있다고 생각했던 목중에게 패배하고 만다. 세상 시비의 치사한 모습이다.

약점과 징벌

제4과장에 등장하는 연잎과 눈끔적이는 특이한 존재이다. 먼저 차림을 보자. 연잎은 머리에 연잎으로 만든 관을 쓰고, 등에 학을 그린 청창의 靑氅衣(청창의)를 입고, 푸른 행전을 치고 花扇을 들었다. 눈끔적이는 눈을 끔적끔적할 수 있고, 호랑이를 그린 長衫을 입고, 회색 행전을 쳤다. 연잎은 부채로 눈을 가리고 있고, 눈끔적이는 장삼 소매로 얼굴을 가리고 있다.

연잎과 눈끔적이가 나타나자, 옴중은 기겁을 하고 놀라 도망친다. 목중은 "사나이 대장부는 여간 앞에 뭐 있다 해도 邪不犯正이지"하고 큰소리를 치면서 앞으로 나가다가 옴중처럼 도망친다. 그런데도 연잎과 눈끔적이는 시종 무언이다.

연잎과 눈끔적이가 어떤 인물이고, 옴중과 목중은 왜 이 두 사람을 보고 기겁을 하고 도망치는가 하는 의문은 이 두 사람의 차림과 행동이 풀어 주고 있다. 연잎과 장삼은 불교를 상징하는 것이다. 관을 쓰고 청창의를 입은 것은 고귀한 사람의 차림이다. 학은 고결하고 영원한 것을, 호랑이는 힘을 상징한다. 눈을 끔적끔적할 수 있는 것도 비상한 능력을 말해 준다.

두 사람은 부채나 장삼 소매로 얼굴을 가리고 나오고 말이 없다. 얼굴을 가려 그 이면에 짐작할 수 없이 크고 강한 무엇이 숨어 있음을 암시한다.

무언으로 겉으로 드러난 것이 모두가 아님을 말해 준다. 이 두 사람은 일상적인 이해관계에 얽혀 다투기만 하는 옴중과 목중이 사는 세속과는 전혀 다른 쪽에 속하는 인물이며, 초월적인 정신의 가능성을 암시하고 있다.

연잎과 눈끔적이를 고승이라고도 하고, 天煞星 또는 천신, 地煞星 또는 지신이라고 한다. 이 설명은 타당하지만, 그대로 받아들일 수는 없다. 초월적 정신의 소유자가 고승으로 또는 천살성이나 지살성으로 이해될 수 있다는 점에서는 타당하고, 이 두 사람의 성격을 한정해버리는 것은 부당하다. 두 사람은 불교·도교·유교의 상징소들을 두루 동원하여 존귀하고 고결하며, 또한 비상한 능력을 가진 인물로 표현되어 있다. 미천하고 치사하며 왜소하기 이를 데 없는 옴중과 목중과는 극과 극의 대조를 이룬다. 그러면서 연잎이 더 존귀한 존재이기 때문에 두 사람 사이에는 서열이 분명하다. 연잎은 聖顯, 눈끔적이는 威顯의 구현이라고 할 수 있다.[10]

연잎과 눈끔적이는 아무런 설명이나 사전 암시 없이 갑자기 출현했다. 그리스극을 논할 때 쓰는 용어를 빌면 '갑자기 출현한 신'(deux ex machina)처럼 보인다. 그러나 이런 이해는 피상적인 것이다. 연잎과 눈끔쩍이가 출현한 이유는 이 두 사람을 보고 옴중과 목중이 받은 충격에서 찾을 수 있다. 옴중과 목중은 두려움과 죄책감을 느끼고 기겁한다. 옴중과 목중은 처음부터 중이면서 중 아닌 행동을 하고 중인 자기를 계속 부정했으나, 부정이 철저하지 않아, 중인 옴중과 중인 목중이 계속 남아 있었다. 중인 자기를 완전히 청산하고, 그 사실에 대해 확고한 자부심을 가지고 새로운 생활의 이념을 분명히 굳혔다면, 새삼스러운 두려움이나 죄책감 같은 것은 생기지 않았을 것이다. 사실은 그렇지 않아 연잎과 눈끔적이를 만나자 그렇게까지 놀란다.

연잎과 눈끔적이의 출현은 봉산탈춤에서 사자가 출현한 것과 비교된다.

---

10) 종교적인 대상이 聖스러운 것으로 이해되면 聖顯(hierophanie)이라고 하고, 힘 있는 것으로 이해되면 威顯(kratophanie)이라고, M. Eliade, *Traité d'histoire des religions* (Paris: Payot, 1949)에서 구별해서 논했다. 그 둘을 함께 보여주기 위해 연잎과 눈끔적이가 필요했다고 할 수 있다.

목중이 중 아닌 속인의 행동을 하면서도 중인 자기를 완전히 청산하지 못하고, 노장을 비속화시키면서도 노장에 대한 존경심을 버리지 않고 있어 징벌의 사자가 출현하듯이, 봉산탈춤에서의 목중과 상통하는 정신 상태를 가지고 있는 양주산대의 옴중과 목중에게는 연잎과 눈끔적이가 나타난다. 연잎과 눈끔적이는 사자와 외형상 아주 다르지만 하는 구실은 크게 보아 같다고 할 수 있으면서, 연잎과 눈끔적이는 사자보다 더욱 숭고하고 신이하게 보인다. 봉산탈춤의 취발이에게는 사자가 출현하지 않듯이, 양주산대의 취발이에게도 연잎과 눈끔적이는 나타나지 않는다. 사자 또는 연잎이나 눈끔적이는 의식이 확고하지 못한 자에게만 나타난다.

두루 살피기

양주산대의 제1과장에서 제4과장까지는 극적 내용을 가지고 있지 않은 부분이라는 생각은 잘못되었다. 이들 과장은 중이면서 중이 아니고, 이익을 다투며 살아가는 인물들의 내적 갈등과 외적 갈등을 파헤쳐 보여 준다. 외적 갈등은 이러한 인물들 사이에서 벌어지는 이해관계를 둘러싼 싸움이고, 내적 갈등은 중 아닌 자아가 중인 자아를 부정하고, 중인 자아가 중 아닌 자아를 부정하면서 생긴다. 연잎과 눈끔적이는 중인 자아가 중 아닌 자아를 부정하기 때문에 나타난다. 이러한 갈등은 도시탈춤 창조층이 종래의 인간관계나 전래된 가치관을 부정하고 새로운 인간관계나 새로운 가치관을 모색하는 과정에서 중요한 문제로 부각되었던 것이다.

중인 자아와 중 아닌 자아라고 하는 것은 문자 그대로의 의미로 볼 때 불교적인 가치관이나 불교에서 말하는 인간관계를 벗어나기 시작하면서 생기는 개념이다. 실제로 중이면서 중이 아닌 僧廣大가 탈춤의 창조에 참여하면서 중인 자아와 중 아닌 자아의 갈등이 탈춤에 반영되었다고 할 수 있다. 그러나 이러한 해석은 작품의 의미를 너무 협소하게 본 것이다.

중인 자아는 현실적인 이해관계와는 어긋나게 경화된 전래적인 관념을 버리지 않고 있는 상태를 표현하기 위해 사용된 설정으로 보는 것이 더욱 타당한 해석이다. 유교적인 관념도 함께 문제되지만, 불교적인 관념은 상인의 현실주의와 더욱 극단적인 차이를 보여 준다. 중이 놀이판에 등장한다는 설정은 선비가 놀이판에 등장하는 경우보다 극적 표현의 보다 풍부한 소재를 제공한다.

문제가 된 과장들은 봉산탈춤의 몇 과장과 대응되며, 두 탈춤의 비교는 양주산대 이해에 귀중한 단서를 제공한다. 양주산대는 전래적인 생활 방식을 거부하고 이해관계에 따라 살아가면서 생기는 갈등의 다양한 면모를 봉산탈춤의 경우보다 광범위하게 보여 주고 있어서 주목된다. 그러면서 상좌·옴중·목중 등의 인물이 봉산탈춤의 목중보다 왜소하고 못나게 그려져 있고 연잎과 눈끔적이는 봉산탈춤의 사자보다 더욱 엄청난 존재로 나타나는 것을 보면, 중세적인 가치관에 대한 비판이 봉산탈춤에서만큼 강력하게 표현되어 있지 않다고 할 수 있다.

침놀이에 나타난 삶과 죽음의 관계

속뜻을 찾아야

양주산대 제5 과장 제2 경 '침놀이'는11) 나타난 대로 보기는 쉬워도 그 속뜻을 알아차리기 무척 어려운 장면이다. 말뚝이라는 위인이 아들·손자·증손자를 데리고 산대굿을 구경하러 나왔다가, 아들·손자·증손자가 음식을 함부로 사먹고 관격이 되어 사경에 이르렀을 때, 완보라는 친구를 만났다. 말뚝이와 완보는 아들·손자·증손자를 살리려고 여러 가지로 애쓰다가, 신주부라는 의원을 불러 온다. 신주부가 침을 놓자, 아들·손자·증손자는 살아난다. 나타난 대로 보면 이런 내용이다. 이런 내용이야 못 알아볼 사람이 없겠지만, 이런 내용이 무엇 때문에 양주산대의 한 대목으로 들어 있는가 하는 문제는 결코 만만한 것이 아니다.

---

11) 이번에는 김성대 구술·채록, 〈양주별산대놀이 연희본〉. 심우성, 《한국의 민속극》(서울 : 창작과비평사, 1975), 142~196면을 주자료로 삼는다. 인용 출처를 다시 밝히지 않는다.

이런 내용으로 이루어진 '침놀이'는 앞뒤의 대목과 아주 다르다. 바로 앞에 보여준, 제5과장의 제1경은 '염불놀이'이다. 여덟 목중이 나와서 염불을 한다면서 염불을 장난거리로 삼고 염불의 형식을 빌어서 염불을 비꼬면서 "우리들은 겉은 중이지만 속은 멀쩡한 오입쟁이"라고 스스로 말한다. 제3경은 '애사당 법고놀이'이다. 목중들이 애사당이라는 창녀를 희롱하고 法鼓를 함부로 치면서 다툰다. 염불을 하고 법고를 치는 것은 중이 하는 일이다. 목중들이 중이 하는 일을 하면서 중의 행동 규범을 파괴하는 것이 '염불놀이'와 '애사당 법고놀이'의 공통적인 내용이다.

그 둘 사이에 들어 있는 제2경 '침놀이'에는 중들이 하는 일도 없고, 중들이 등장하지 않는다. 더구나 위에서 요약한 바와 같이 아주 범속한 내용이어서, 산대놀이 공연장 주변에서 흔히 있을 수 있는 사건을 보여주는 정도에 그치는 것 같다. 앞뒤의 다른 대목이 지닌 것과 같은 심각한 의미는 없다고 하겠고, 극의 진행을 완화시키는 막간 여흥이라고 할 수 있을 듯하다.

그러나 이렇게 처리해 버리기에는 석연치 못한 점이 있다. 말뚝이의 아들·손자·증손자는 처음에는 죽게 되었다고 하고, 다음에는 죽었다고 하고, 심지어 "죽은 지가 석삼년 열아홉 해나 되는구나", "백골 천창이 되었다"라고 하는 데까지 이르렀다가, 움직이기 시작하고 마침내 살아난다. 산대놀이 공연장 주변에서 흔히 볼 수 있는 사건으로 이루어진 막간 여흥이라고 하기에는 너무 심각한 내용이다. 무엇을 뜻하며 왜 필요한지 밝히려면 자세한 분석이 필요하다.

죽음에서 삶으로

말뚝이 : 내가 다름이 아니라 여기서 산대굿 한단 말을 듣고 쥔장 가솔을 따라왔다가 자식·손자·증손자 4대가 노잣돈을 주었더니 주식을 함부로 사 처먹고 관격이 되어 죽게 되었으니 이 일을 어떻게 해야 좋을지 알 수가 없구나. 내 여기 아는 친구란 너밖에 없으니 나를 보아 이것들 좀 살려 다우.

완　보 : 애 애, 이 녀석들이 주식을 함부로 먹고 관격이 되었어. 그것 안
　　　　되었구나.

　말뚝이가 완보를 만나 나누는 수작이다. 완보는 말뚝이의 아들, 손자,
증손자의 모습을 보고, 각기 한 마디씩 한다. 아들을 보고 "이 녀석은 남의
술독에 거꾸로 빠져서 주독이 잔뜩 올랐어", 손자에 대해서는 "얘는 분명
히 초상집에서 중복살을 맞아 된 급살을 했네", 증손자에 대해서는 "이놈
을 봐하니 죽은 지가 석삼년 열아홉 해나 되는구나", "골만이 남아 백골천
창이 되었으니, "음마등병에 걸려 죽었네"라고 했다.
　산대굿 놀이판에서 주식을 함부로 사먹었다고 하는데 "죽은 지가 석삼
년 열아홉 해나 되었구나"라고 한다. 이미 죽은 지 오래되어서 살은 썩고
뼈만 남았다는 아들·손자·증손자가 완보와 말뚝이가 백구타령을 부르
자 "살아나려고 손가락을 꼼지락꼼지락"한다. 나중에 신주부가 왔을 때,
신주부와 말뚝이가 다음과 같은 대화를 나눈다.

　신주부 : 애들이 어디 있나?
　말뚝이 : 저기 있소.
　신주부 : 휘 이게 무슨 냄새냐?
　말뚝이 : 냄새가 나면 죽지는 않았으니 살려 주시오.

　앞뒤가 어긋난다. 죽은 지 오래 되었다고도 하고, 죽지 않았다고도 한다.
죽게 된 이유에 대해서도 앞에서와 아주 다른 말을 한다. 완보와 말뚝이는
다음과 같이 말한다.

　완　보 : 애들은 봐하니 신명이 과해서 신을 풀지 못해 난 것 같구나.
　말뚝이 : 그래그래. 네 말이 옳다.
　완　보 : 그래 너의 집안이 몽땅 무당의 무리야.
　말뚝이 : 암 무당의 무리고 말고. 우리 어머니 할머니 증조할머니 3대 4대

　　　　　가 무당일세.

완　보 : 애들이 '떵꿍'하는 데 왔다가 神을 풀지 못해서 난 병이니 백구타
　　　　령이나 한판을 드르륵 말아가지고 이놈들의 양 귓구녁에 꼭 박
　　　　아주면 살아나지.

두 사람은 백구타령을 부르기 시작한다. 말뚝이는 신이 나서 함부로 뛰
논다. 완보가 "이놈아 자식새끼는 죽어가는데 무엇이 좋아 뛰느냐?"라고
하자, 말뚝이는 "아무리 자식새끼는 죽어도 신이 나니깐 뛰지"라고 한다.
자식들도 신을 풀지 못해서 죽게 되었다고 하는 것이 그럴 듯한 말이다.
타령을 하니까 자식들도 "살아나려고 손가락을 꼼지락꼼지락"하고, 신주
부가 와서 침을 놓자 살아난다. 살아나 춤을 춘다.

　이와 같은 전개는 앞뒤가 순조롭게 연결되고, 인과관계를 분명하게 하
면서 이루어진 것이 아니다. 부분들이 서로 어긋나고, 불일치 또는 대립이
있다. 부분들 사이의 대립은 작품의 순차적 구조를 만들기 위한 것만도 아
니다. 순차적 구조의 이해에서 드러나는 것 이상의 의미가 숨어 있으리라
고 생각된다. 병행적 구조 분석이 필요하다.[12] 이미 살핀 내용을 다음과
같이 정리하면 두 가지 구조를 함께 파악할 수 있다.

　　　　　　　　　　삶　　　　　　　　　　　　　　　　죽음

(가) 주식을 함부로 사 먹고 관격이 되었다.

　　(나) 술독에 거꾸로 빠졌다.

　　　　초상집에서 된 급살을 맞았다.

　　　　음마등병에 걸렸다.

---

12) 순차적 구조는 "syntagmatic structure"의 번역어이고, 병행적 구조는 "paradigmatic
　　structure"의 번역어이다. 구조주의의 두 유파 가운데 Vladimir Propp는 Alan
　　Dundes 쪽은 "syntagmatic structure"를, Claude Lévi-Strauss 쪽은 "paradigmatic
　　structure"를 찾는다. 겉으로 보아서는 잘 이해하기 어려운 작품을 깊이 있게 들여다
　　보려면 이 두 가지 구조 분석이 필요하다.

> (다) 죽은 지 석삼년 열아홉
> 해가 되었다
> 백골천창이 되었다.
> (라) 살아나려고 손가락이 꼼
> 지락한다.
> 죽지 않았으니 살려주시오

> (마) 신을 풀지 못해서 난 병이다.
> 3대 4대가 무당일세.
> 신이 나니까 뛰지.
> (바) 침을 놓으니 살아나 춤을 춘다.

이렇게 정리해 놓고 보면, (가)에서 (나)를 거쳐 (다)로 가는 과정은 삶에서 죽음으로의 이행이고, (라)에서 (마)를 거쳐 (바)로 가는 과정은 죽음에서 삶으로의 이행이다. 삶에서 죽음으로 다시 죽음에서 삶으로 이행하는 것이 전체적인 내용이다. 이것이 바로 순차적인 구조의 핵심이다. 침을 놓으니 살아났다는 것은 흔히 있을 수 있는 평범한 일에 지나지 않는다. 그 정도라면 침놀이는 심각한 의미를 가지지 않는 구경거리라고 할 수 있다.

(나)와 (마)의 관계는 그렇게 단순하지 않다. (나)에서는 하고 싶은 대로 한 과욕이 죽음의 원인이라고 하고, (마)에서는 하고 싶은 대로 해서 신명을 풀어야 살아날 수 있다고 한다. (가)와 (바)만 보면 삶에서 죽음으로, 다시 죽음에서 삶으로 이행하는 것이 우발적 사고 해결이라고 하겠는데, (나)와 (마)가 있어 문제가 그처럼 단순하지 않다.

(나)에서 말하는 죽음의 원인은 (가)에서 말하는 것보다 심각하다. 술독·초상집·음마등병이 등은 우발적 사고가 아니며, 하고 싶은 대로 한 과욕이 죽음의 원인임을 말해준다. (마)에서 제시한 죽음에서 삶으로 이행하는 방법은 침을 놓아 병을 치료하는 정도의 것이 아니다. 치료법의 더욱 깊은 원리를 제시해, 하고 싶은 대로 해서 신명을 풀어야 한다고 한다.

(가)와 (바)는 순차적인 구조의 서두와 결말이지만, (나)와 (마)의 대립

은 그렇게 말할 수 없다. (나)와 (마)는 둘 다 욕망에 관해 말하면서 (나)에서는 욕망이 죽음의 원인이라고 하고 (마)에서는 욕망이 삶에의 길이라고 하는 서로 반대되는 주장을 한다. 그러므로 (나)와 (마)의 대립은 작품의 병행적 구조를 만들어, 순차적 구조에서 드러나지 않는 사실을 구현한다.

(다)와 (라)는 둘 다 죽은 상태를 말하면서도 서로 반대가 된다는 점을 주목할 필요가 있다. (다)에서는 완전히 죽어버려서 살아날 가망이 없다고 한다. (라)에서는 죽기는 죽었어도 살아날 수 있다고 한다. 죽은 지 석 삼 년 열아홉 해가 되었는데 살아나려고 손가락을 꼼지락하니, 죽었다고 하면 죽었고 살았다고 하면 살았다. 죽음이 곧 삶이라는 역설이다. 죽음이 곧 삶이어서 죽음에서 삶으로의 전환이 가능하다. (나)와 (마)의 대립은 (다)와 (라)의 대립이 있기 때문에 성립될 수 있다. 병행적 구조가 (나)와 (마)의 대립에서 특히 풍부하게, (다)와 (라)의 대립에서 가장 날카롭게 나타난다.

(가)에서 (다)까지의 전개는 하고 싶은 대로 하는 과욕이 죽음의 원인이라고 하고, 죽음에서 벗어날 수 없다고 한다. (라)에서 (바)까지의 전개는 하고 싶은 대로 하지 못하고 욕망을 억제한 것이 죽음의 원인이라고 하고, 죽음에서 벗어날 수 있다고 한다. 통상적인 주장이 앞의 것으로 제기되는 데 대해서 탈춤은 뒤의 반론을 제기한다.

과욕이 죽음의 원인이므로 욕망을 억제해야 한다고 한다면 문제가 다시 생긴다. 욕망의 억제는 활동의 최소화를 요구한다. 하고 싶은 대로 하고 신명을 풀어야 죽지 않을 수 있다면, 죽음이 극복되고 삶이 예찬된다. 삶은 신이 나니까 뛰고, 술독에 거꾸로 빠지더라도 술을 마시고, 초상집에 가서도 먹을 것을 먹고 마실 것을 마시고, 장애가 있더라도 성욕을 충족시키는 것이 마땅하다.

말뚝이는 스스로 "3대 4대 무당일세"라고 했다. 말뚝이 일가가 노래하고 춤추며, 뛰놀면서 충만한 삶을 계속해 왔다는 뜻이다. 그런 사람들이 탈춤을 만들고 즐기면서 욕망을 억제하지 않고 충족하면서 삶을 예찬하는 주장을 폈다.

위계질서 뒤집어엎기

말뚝이는 앞 장면인 '염불놀이'에 이미 등장한 인물이다. 청쾌자를 입고 패랭이를 쓴 천인이다. 앞으로 나올 제 7 과장 '샌님춤'에서는 말뚝이가 양반 3형제의 마부 노릇을 하면서 양반을 풍자하는 구실을 한다. 그러나 '침놀이'의 말뚝이를 '샌님춤'의 말뚝이와 연결시켜 사건의 선후관계나 인과관계를 생각할 필요는 없다. 탈춤의 각 장면은 독립되어 있다. '침놀이'에서의 말뚝이는 천인이고, 놀기 좋아하는 성미여서 아들·손자·증손자를 다 데리고 놀이판을 찾아왔다고만 생각하면 된다.

말뚝이의 아들·손자·증손자는 즉석에서 만들어 낸 배역이다. 앞 장면인 '염불놀이'의 등장인물 목중을 아들, 옴중을 손자, 상좌를 증손자라고 한다. 탈과 의상이 달라지지 않았으니 외형상으로는 여전히 목중·옴중·상좌인데 말뚝이의 아들·손자·증손자라고 한다. 탈춤 특유의 극적 약속에 따라 기존의 배역을 새로운 배역으로 바꾸어놓을 수 있다.

말뚝이가 아들·손자·증손자와 함께 등장한 것은 예사로운 일이 아니다. 그 점을 거듭 강조했다. 그 이유가 무엇인지 알아내야 한다. 말뚝이가 신주부를 찾아갔을 때 다음과 같은 대화가 오고간 것이 소중한 단서일 수 있다.

신주부 : 그래 몇 대가 나왔나?
말뚝이 : 아들 손자 증손자 4대가 나왔소.
신주부 : 옳지. 그러면 나까지 하면 5대조가 분명하이 그려!

신주부가 4대에다 하나 더 보태서 자기는 5대조라고 하는 것은 자기가 말뚝이보다 높다는 말이다. 4대나 5대는 위계질서를 의미한다. 말뚝이의 아들·손자·증손자가 제멋대로 음식을 사먹고, 하고 싶은 짓을 다 하다가 죽게 되었다는 것은 4대의 위계질서를 고려한다면 어른의 말을 듣지 않아 그렇게 되었으니 더욱 잘못된 일이다. 위계질서에서 낮은 위치에 있으면 더욱 조심해야 할 것인데 오히려 반대로 나갔다. 아들은 술독에 거꾸로 빠졌고, 손자는 초상집에서 된 급살을 맞았으며 증손자는 아직 어린 것이 색을 과도하게 써서 음마등병에 걸렸다. 욕망을 함부로 충족시킨 것이 죽음의 원인이라고 한다면, 한 대 더 내려갈수록 더욱 구제불능의 잘못을 저지른 것이다.

그런데 신주부가 "옳지 그러면 나까지 하면 5대조가 분명하이 그려!"라고 하자, 말뚝이는 "그런 잔소리 말고 어서 갑시다" 하고 신주부를 데려와 아들·손자·증손자를 살려냈다. "그런 잔소리"라고 한 것은 위계질서 따위를 따지는 것은 부질없다는 말이다. 어떻게 되었든 아들·손자·증손자를 살려내 생명을 연속시켜야 한다.

욕망을 함부로 충족시킨 것이 죽음의 원인이라는 생각을 버리고, 하고 싶은 대로 하고 신명을 풀어야 죽지 않고 살 수 있다고 하면 전혀 사정이 달라진다. 술독에 빠진 아들보다는 초상집에서 된 급살을 맞는 손자가, 초상집에서 된 급살을 맞은 손자보다는 음마등병에 걸린 증손자가 신명이 더욱 과한 인물이다. "3대 4대가 무당"이라고 하지 않았는가. 아랫대로 내려갈수록 무당노릇을 더 잘 한다.

말뚝이·아들·손자·증손자는 삶에서 죽음으로 이행하는 과정에서, 그리고 죽음에서 삶으로 이행하는 과정에서 서로 상반된 의미를 가지고, 두 과정의 필연성을 동시에 입증한다. 두 과정이 서로 팽팽하게 맞서 있는 것만은 아니다. 근본이 천인이고 놀기 좋아하는 성미여서 아들·손자·증손자를 다 데리고 놀이판에 나온 말뚝이는 한쪽을 선택했다. 욕망을 함부로 충족시키는 것이 죽음의 원인이므로 욕망을 억제해야 한다는 것이 자기 생각은 아니다. 그것은 강요된 탓에 마지못해 받아들인 도덕적 당위이다.

말뚝이 일가는 그런 구속에서 벗어나 하고 싶은 대로 하고 신명을 풀어야 죽음에서 벗어난 삶에 이른다는 것을 입증하고, 죽음에서 벗어나 삶에 이르는 새로운 길을 찾아냈다. 말뚝이·아들·손자·증손자의 관계에 존재하는 위계질서를 거부하고, 말뚝이보다는 아들이, 아들보다는 손자가, 손자보다는 증손자가 신명이 더욱 과하다는 것을 보여주었다. 희망찬 미래가 약속되어 있다고 했다.

죽음을 거부하는 삶의 예찬

죽음을 극복하고 삶을 긍정하는 것은 탈춤의 한결같은 주제이다. 노장과 취발이, 샌님과 포도부장, 할미와 각시의 대결에서 취발이·포도부장·각시 쪽이 승리하는 것이 모두 이런 의미를 가지고 있다. 이런 대결은, 이미 고찰한 바와 같이 겨울과 여름의 싸움에서 유래해, 늙고 힘없는 남성(여성)과 관계를 맺던 여성(남성)을 젊고 힘 있는 남성(여성)이 빼앗아 가는 것으로 전개된다. 노장·샌님·할미는 겨울 또는 죽음을 의미하고, 취발이·포도부장·각시는 여름 또는 삶을 의미한다.

침놀이는 죽음을 극복하고 삶을 긍정하는 과정을 보여주면서도 그 설정이 위에서 든 것들과는 아주 다르다. 남녀 관계가 있는 것도 아니고, 죽음을 의미하는 인물과 삶을 의미하는 인물이 따로 설정되어 있는 것도 아니다. 죽음도 말뚝이·아들·손자·증손자의 죽음이고, 삶도 말뚝이·아들·손자·증손자의 삶이다. 침놀이에 나타난 죽음의 극복과 삶의 긍정은 겨울과 여름의 싸움에서 유래하지 않고 연극에서 창조했다고 할 수 있다. 굿이 극으로 바뀌고, 다시 극이 극으로 창조되는 것이 탈춤의 발전 과정이라고 한다면, 침놀이는 탈춤 발전의 높은 단계에서 이루어졌다고 보아 마땅하다.

굿이 극으로 바뀌면서 겨울 또는 죽음과 여름 또는 삶의 싸움이 굿에서 볼 수 없었던 연극적인 의미를 가지고 전개되는 것은 당연한 일이다. 노장과 취발이의 싸움은 불교적 관념과 현실주의적 인생관이 싸움이라는 새로운 의미를 가지고 있다. 새로운 의미가 형성되는 과정에서 노장과 맞서는 상대역으로 취발이 외에 목중들이나 신장수가 또한 필요하게 되었다. 목중들은 노장의 제자라고 하면서도 중답지 않은 행동을 하고, 염불도 하고 법고도 치면서 실제로는 불법을 야유하고 세속적인 욕망을 긍정한다.

목중들은 굿의 설정을 벗어나 스스로 죽음을 거부하고 삶을 예찬한다. '염불놀이'나 '애사당 법고놀이'는 처음에는 노장과 취발이의 대결을 다채롭게 꾸미기 위해서 필요했다고 하겠지만, 그것대로의 연극적인 내용을 갖추면서 독립적인 장면으로 발전했다. 그래서 탈춤이 굿의 유산을 극으로 변모시키는 데 그치지 않고 극을 극으로 창조하는 방향으로 나아갈 수 있게 했을 것이다.

양주산대의 목중들은 구성이 잡다하다. 봉산탈춤의 경우와 같이 목중의 수는 여덟이지만, 여덟 목중을 설명하는 경우에 따라 다르다. "상좌 둘, 목중 넷, 옴과 완보를 합쳐서 8목중이라고 한다고 하고, 목중 넷 중에 관 쓴 중이 포함된다고도 하고, 또는 완보와 관 쓴 중은 같은 것이라고도 하며, 또 여러 목중을 가리키는 범칭으로 팔목이라고도 한다"고 한다.13)

이와 같은 혼란은 여덟 목중 가운데 일부가 목중의 일반적인 성격을 가지는 데 그치지 않고 특이한 개성을 가진 인물로 바뀌었기 때문에 생긴 것으로 보인다. 절이 폐사가 되어 중들이 사방으로 흩어져 살 길을 찾았다고 하는 설명을 따르면14) 그 동안 목중들이 먹고 살기 위해 한 짓이 제각기 달랐으므로 이런 변화가 생긴 것이다.

완보는 원래 여덟 번째 목중인 八目인데, 金完甫라는 사람은 팔목 춤을 잘 추었기 때문에 팔목을 완보라고 부르게 되었다고 한다.15) 이 말이 완보라는 새로운 등장인물의 출현을 설명해 주지는 못한다. 탈춤의 새로운 인물이 필요하게 되어 목중 가운데 하나가 완보로 바뀐 것이다. 무어라고 불러도 그만인 등장인물의 이름이 완보인 것은 김완보와 관련시켜 이해할 수 있다.

침놀이의 주인공인 말뚝이의 등장 역시 이와 같은 각도에서 이해할 수 있다. 대본에 따라서는 말뚝이를 그냥 '중'이라고 하고16) '목중'이라고도 한다.17) 그런가 하면 '염불놀이' 장면에도 말뚝이가 등장한다고도 한다. 이 경우에 어느 대본이 탈춤의 실상을 정확하게 전하는가 하는 시비를 가리는 것은 긴요한 일이 아니다. 탈춤의 실상이 일정하지 않은 사정을 대본이 보여준다. 이런 혼란은 바로 말뚝이 또한 목중들 가운데 하나가 변해서 생

---

13) 이두현, 《한국가면극》(서울 : 문화재관리국, 1969), 252면
14) 이 책, 543면.
15) 김성대본, 151면의 설명.
16) 조종순 구술 김지연 필사본, 이 책, 293면
17) 이두현본, 《한국가면극》, 254~257면

긴 인물임을 말해 준다.

말뚝이는 제7과장 '샌님춤'에도 등장한다. 침놀이의 말뚝이와 샌님춤의의 말뚝이는 실제로 아무런 관련이 없어도 이름이 같고, 같은 가면을 쓰고 등장한다. 말뚝이는 목중들과 확연히 구별되므로 말뚝이의 아들·손자·증손자도 독자적인 인물로 인정된다. 목중의 가면을 쓴 사람들이 여러 역을 맡도록 해서 가면을 다시 만들지 않고도 침놀이를 할 수 있다.

지금까지의 고찰에서 침놀이의 위치에 관한 의문이 풀렸다. 노장과 취발이의 대결에 목중들의 놀이가 추가되고, 목중들의 놀이가 변모해 침놀이가 성립되었다. 목중들의 놀이인 '염불놀이'와 '애사당 법고놀이' 사이에 '침놀이'가 들어 있는 것은 기이한 일이 아니다. 침놀이의 주제는 죽음을 극복하고 삶을 예찬하는 것이어서 전후의 다른 장면들과 연속되어 있다.

그러면서 침놀이는 중들이 아닌 세속 사람들의 삶의 이야기이다. 죽음의 극복과 삶의 예찬이 불교적인 관념의 거부의 범위를 넘어서서 더욱 확대되고 일반화된 의미를 가지고 있다. 굿의 형태에서 가장 멀어진, 탈춤 발전의 가장 높은 단계에서 침놀이가 이루어져, 새롭게 창작한 갈등 구조를 보여주고 있다.

탈춤은 처음에 과장으로만 구분되었는데, 어떤 과장과 관련해서 새로운 장면이 창작되면 과장의 하위단위로 인식해 과장 수는 늘이지 않았다. 새로운 장면의 대본을 채록하면서 그런 것은 景이라고 하는 것이 예사이다. 봉산탈춤과 양주산대에 경이 흔한 것은 발전된 탈춤이라는 증기이다. '포도부장놀이' 같은 경은 다른 데도 있으나. '침놀이'는 양주산대에만 있다. 이러한 사실은 양주산대가 특히 많은 변모 또는 발전을 겪은 탈춤임을 말해 준다.

탈춤 발전의 산물

탈춤은 결함이 많은 연극이라고 하는 주장이 아직도 되풀이되고 있다. 이 점을 지적하는 의도가 탈춤은 결함이 없는 우수한 연극이라고 하자는 데 있지 않다. 결함이니 장점이니 하는 것을 논하는 것보다 탈춤의 구조와 의미를 밝히는 작업이 더욱 긴요하다. 탈춤은 탈춤의 구조와 의미에 바탕을 두고 이해해야 평가가 가능하다.

탈춤을 근대극 또는 서구극과 다른 것은 결함이라고 하지 말아야 한다. 알아듣지 못하는 말은 나쁜 말이라고 하거나, 영어와 다른 점은 한국어의 결함이라고 하는 수준의 논의가 횡행해 탈춤 이해를 가로막는다. 연극의 한 장면은 사건의 전개를 통해서 이해할 수 있다는 것은 서구 근대극의 상식이다. 같은 상식이 어디서나 통용되어야 한다면, 그렇지 않은 탈춤은 결함이 있다고 해야 한다. 이것은 논리 이전의 몰상식이다.

지금까지 고찰한 침놀이는 사건의 전개 이상의 의미를 지니고 있다. 사건은 말뚝이의 아들·손자·증손자가 음식을 함부로 먹어 죽게 되었다가 침을 맞고 살아났다는 것뿐이다. 이런 대수롭지 않은 사건마저도 아주 어색하게, 전후가 당착되게 연결되어 있다. 어색하거나 당착된 점이 사건의 전개 이상의 의미를 찾아야 한다는 경고이다. 순차적 구조만 보지 말고 병행적 구조도 보라는 안내판이다.

침놀이는 삶에서 죽음으로, 죽음에서 삶으로 이행하는 과정을 제시한다. 욕망을 함부로 충족시켜서 생긴다고 하는 죽음을 거부하고, 하고 싶은 대로 해서 신명을 풀어야 살 수 있다고 하면서 삶을 예찬한다. 욕망을 함부로 충족시키지 말아야 한다는 것은 고승 노장의 가르침이고, 양반이 요구하는 도덕률이며, 중세 이념의 핵심을 이룬다. 그런데 목중·취발이·말뚝이 등의 반항아들은 그 쪽으로 가면 살아도 죽은 것과 다름이 없고 죽음에 이른다고 하면서, 욕망을 긍정하고 삶을 예찬해 죽음에서 벗어나고자 했다. 죽음에서 벗어난다는 것은 중세적인 질곡에서 벗어나 근대적인 생활을 새롭게 시작한다는 말이다.

이와 같은 주제는 탈춤의 기원인 겨울과 여름의 싸움에서 원초적인 형태가 마련되고, 노장과 취발이의 대결, 양반과 말뚝이의 대결, 샌님과 포도부장의 대결에서 두루 나타났다. 그러나 침놀이에서 겨울과 여름의 싸움에서 유래하지 않은 새로운 갈등구조가 창조되면서 삶을 예찬하는 한 주제가 더욱 심화되고 발전된다. 침놀이는 탈춤 발전의 높은 단계에서 이루어진 창조물이다.

포도부장놀이의 갈등 구조

논의의 대상

양주산대 '포도부장놀이'는 '제 7 과장 샌님과장'의 일부를 이루고 있다. 제1경이 '依幕使令놀이'이고, 제2경이 '포도부장놀이'이다.18) '의막사령놀이'는 말뚝이가 등장해 양반을 풍자하는 과정의 통상적인 내용을 지니고 있다. '포도부장놀이'는 말뚝이 대신에 포도부장이 양반의 상대역 노릇을 한다. 둘 가운데 '의막사령놀이'는 널리 관심의 대상이 되고 있으나, '포도부장놀이'는 '의막사령놀이'에 부수된 것이어서 특별히 고찰할 의의는 없는 듯이 다루어 왔다.

과장과 경을 구별하지 않고 둘 다 부분이라고 일컫자. 탈춤의 부분이 독립되어 있다. 상호간의 순차적인 연관이나 인과관계를 갖추지 않고, 각 부분을 이루는 사건이 각기 그것대로 성립될 수 있다. 더욱 주목해야 할 것은 각 부분의 갈등구조가 독자적인 원리에 따라 이루어져 있다는 사실이다. '의막사령놀이'와 '포도부장놀이'는 '샌님과장'에 포함되어 있으나 별개의 부분이다. 샌님이라는 양반을 등장시켜 풍자의 대상으로 삼는다는 공통점을 가질 뿐이고 사건 전개나 갈등구조는 딴판이다. '포도부장놀이'는 '의막사령놀이'에 부수되었다고 할 수 없으며, 그것대로 고찰해야 한다.

부분이 모두 독립되고 독자적인 방식으로 진행되어 탈춤의 갈등구조는 다양하지만, 유래나 유형을 기려 이해힐 수 있다. 탈춤의 각 부분은 일성한 민속적 연원을 가진 비교적 단순한 갈등구조의 변이로 이루어져 있고, 민속적 연원에서 물려받은 의미와 함께 민속적 연원에서는 발견할 수 없는 새로운 주제를 창조한다고 할 수 있다. 이것은 봉산탈춤에 관한 논의에서 이미 드러난 사실인데 양주산대 '포도부장놀이'의 분석에서 더욱 분명해질 것이다.

---

18) 이두현, 《한국가면극》(서울: 문화재관리국, 1969), 269~270면 소재본에 따른다. 이하의 작품 인용은 모두 이 범위 안의 것이기에 면수를 따로 밝히지 않는다.

노소 대결의 유래와 의미

샌님이 小巫를 첩으로 얻어 즐거워하고 있는데, 포도부장이 나타나 소무를 빼앗아 간다. 샌님은 글이나 읽으면서 양반 행세를 하는 늙은이일 것인데, 포도부장은 신분이 양반보다 낮지만[19] 젊고 정력이 왕성한 무인이다. 샌님은 소무와 성행위를 할 수 없어 계속 고민하지만, 포도부장은 소무를 만족시키고 아들 딸 낳고 잘 살 수 있다.

샌님의 "까치걸음"이라고 하는, 병신스러운 거동을 보이는 어색한 춤을 추는데,[20] 포도부장의 춤은 劍舞이다. 샌님 같은 지위에 있는 분이 소무를 첩으로 거느리고 있는 것은 당연하다. 샌님의 위엄·신분·재산에서 만족을 얻지 못하는 소무가 샌님을 버리고 포도부장을 택하는 것도 또한 당연하다. 샌님이 포도부장 같은 미천한 인물을 지배하는 것이 당연하다. 포도부장이 늙고 병신스러운 샌님을 물리치는 것도 또한 당연하다. 샌님이 위엄으로 포도부장을 억누르리라는 기대는 그릇되게 경화된 관념으로 판명되고, 포도부장은 샌님을 물리치는 힘을 가졌다는 충격적인 사실이 발견된다.

이러한 대결은 여러 각도에서 자세하게 고찰할 수 있으나, 기본적인 설정을 먼저 주목할 필요가 있다. 대결의 기본적인 설정은 늙고 힘없는 남성과 관계를 맺던 여성을 젊고 힘 있는 남성이 빼앗아 간다는 것이다. 이것은 노장과장의 경우와 일치한다. 노장과장에서도 늙고 무력한 남성인 노장과 관계를 맺고 있던 여성인 소무를 젊고 힘 있는 남성인 취발이가 빼앗아 간다. 봉산탈춤이든 양주산대이든 이 점에서 차이가 없다.

노장도 샌님도 늙었다. 노장과 소무의 생활에서는 자식이 태어나지 않았으나 취발이와 소무의 생활에서는 자식이 태어났듯이, 샌님은 소무와

---

19) 《大典通編》《兵典》에 따르면 捕盜廳에는 從二品인 大將, 從六品인 從事官 외에 여러 部將이 있다. 部長은 품계가 표시되어 있지 않은 것을 보아 胥吏가 맡는 직책이다.

20) 김세중, 《한국민속극 춤사위 연구》(서울: 동아민속예술원. 간년 불명) p.52에서는 이 춤이 "1박은 오른발을 앞으로 내밀고 어깨를 앞으로 휘청, 허리를 구부렸다 다시 세우는데 오른손을 좌우로 흔듬이 2박, 그것이 반복되는 병신걸음의 춤 형태이다"라고 설명했다.

성행위를 할 능력을 갖지 못하고 있으나 포도부장은 소무를 성적으로 만족시키고 소무와 함께 아들 딸 낳고 잘 살 것이라고 한다. 취발이는 날램이 비호같고 힘이 대단하다고 하듯이, 포도부장은 무인이고 칼을 휘두르는 춤을 춘다.

기본적으로 같은 설정이 봉산탈춤 미얄과장 같은 데서도 발견된다. 늙고 힘없는 여성(미얄)과 관계를 맺던 남성(영감)을 젊고 힘 있는 여성(덜머리집)이 빼앗아 간다. 노소 양쪽이 남성인가 여성인가는 중요하지 않다. 늙고 힘없는 남성(여성)과 관계를 맺던 여성(남성)을 젊고 힘 있는 남성(여성)이 빼앗아 간다는 설정은 이미 거듭 지적한 바와 같이 겨울과 여름의 싸움에서 유래했다.

늙고 힘없는 남성(여성)은 겨울을 상징하고, 젊고 힘 있는 남성(여성)은 여름을 상징한다. 늙고 힘없는 남성(여성)은 여성(남성)과 관계를 맺는다 해도 성행위가 제대로 이루어지지 않고 자식을 낳을 수 없다는 것은 겨울은 자연의 번식이 불가능한 계절임을 나타낸다. 젊고 힘 있는 남성(여성)이 여성(남성)과 관계를 맺으면 성행위가 제대로 이루어지고 자식을 낳을 수 있다는 것은 여름은 자연의 번식이 왕성한 계절임을 나타낸다. 무력한 남성(여성)과 관계를 맺고 있던 여성(남성)을 젊고 힘 있는 남성(여성)이 빼앗아가는 행위가 겨울을 물리치고 여름이 빨리 오게 하는 굿으로 거행되다가, 굿이 극으로 전환된 후에도 이어져 새로운 의미를 지닌다.

이러한 사실을 들어 탈춤의 내력을 이해하는 데 그칠 수는 없다. 굿과 극이 다른 점을 고찰하는 것이 더욱 긴요한 과제이다. 굿에서 하는 행위는 굿으로서의 의미가 있고, 극에서 하는 행위는 극으로서의 의미가 있다. 굿으로서의 의미는 극으로의 의미를 이해하는 단서를 제공해 주기는 하지만, 굿으로서의 의미가 극으로서의 의미를 대신할 수는 없다.

늙고 힘없는 남성(여성)과 관계를 맺던 여성(남성)을 젊고 힘 있는 남성(여성)이 빼앗아 간다는 설정은 낡은 것이 그 자체의 모순과 새로운 세력의 도전 때문에 물러가지 않을 수 없게 되는 필연적인 과정을 흥미롭게 구체화하므로 계속 전승된다. 기존 질서를 거부하고 새로운 가치관을 요구하는 민중의식을 설득력 있게 표현하는 긴요한 구실을 한다. 탈춤이 굿의 흔적을 청산하지 못한 보수성을 말해준다고 하지 않고, 탈춤이 새 시대를 만드는 논리를 적극적으로 마련한 증거로 평가해야 마땅하다.

주도권을 가진 쪽의 패배

늙고 힘없는 남성(여성)과 관계를 맺던 여성(남성)을 젊고 힘 있는 남성(여성)이 빼앗아가는 과정이 노장과장·미얄과장·포도부장놀이에서 공통적으로 나타난다. 그 점을 도표를 그려 나타낸다. (가)는 늙고 힘없는 인물이고, (다)는 젊고 힘 있는 인물이며, (나)는 둘 사이에 들어서 둘의 대결을 일으키는 인물이다.

	(가)	(나)	(다)
노장과장	노장	소무	취발이
미얄과장	미얄	영감	덜머리집
포도부장놀이	샌님	소무	포도부장

(가)·(나)·(다)의 설정과 상호 관계가 세 경우에 동일하지는 않다. 차이점을 검토하는 것이 지금부터 할 일이다. 미얄과장은 다른 둘과 많이 다르다는 것을 우선 지적할 수 있다.

노장과 샌님은 부정적인 인물이지만 미얄은 그렇지 않다. 늙은 노장과 젊은 소무의 관계가 파탄에 이르러 취발이가 소무를 탈취하는 것이나 늙은 샌님과 젊은 소무의 관계 역시 파탄에 이르러 포도부장이 소무를 탈취하는 것은 당연한 일이다. 노장과 소무, 샌님과 소무는 정상적인 부부관계가 아니며, 소무와 취발이, 소무와 포도부장 사이에서 정상적인 부부관계가 시작된다. 그러나 늙은 미얄과 늙은 영감은 정상적인 부부관계를 맺고 있어서 미얄이 파탄에 이르고 덜머리집이 영감을 탈취하는 것은 부당하다.

노장과장과 포도부장놀이에서는 노장이나 샌님이 공격의 대상이 되고, 노장이 지닌 관념적 허위나 샌님이 지닌 신분적 특권이 비판받아 마땅하다. 그러나 미얄과장에서는 비판의 대상이 (가)에 속한 미얄이 아니고 (나)

에 속한 영감이며, 영감이 보여 주는 남성의 횡포이다. 노장과 샌님이 패배하는 것은 전혀 희극적이지만, 비판의 대상은 영감인데 미얄이 몰락한다는 것은 비극적 역설로 해석할 수 있다.

　노장과장과 포도부장놀이는 같은 방식으로 전개된다고 할 수 없다. 그둘의 차이점을 찾는 것이 다음 과제이다. 차이점을 말해주는 단서가 다음 도표에 있다.

노장　　　　　소무　　　　　<u>취발이</u>

<u>미얄</u>　　　　　영감　　　　　덜머리집

<u>샌님</u>　　　　　소무　　　　　포도부장

　위의 표에서 밑줄을 그은 인물은 대사를 하는 인물이고 밑줄을 긋지 않은 인물은 무언이다. 탈춤에서는 어떤 인물은 有言이고, 어떤 인물은 無言이다. 유언과 무언의 대립이 소중한 의미를 지닌다. 무언인 인물이 벙어리인 것은 아니다. 대사를 필요로 하지 않을 정도로 중요성이 없는 배경적 인물이어서 무언인 것도 아니다. 유언인가 무언인가는 극적 갈등구조를 만들어나가는 데 어떤 구실을 하는가에 따라 결정된다. 유언의 인물은 극적 갈등을 일으키고 전개해 나가는 데 주도권을 가지고 있고, 무언인 인물은 그렇지 못하다.

　미얄과장의 경우에는 미얄과 영감의 관계에서나 미얄과 덜머리집의 관계에서 극적 갈등은 어느 한쪽의 주도권에서 전개되지 않기 때문에 미얄·영감·덜머리집이 유언의 인물이다. 노장과장의 경우에는 취발이가 극적 갈등의 전개에서 주도권을 장악하고 있어 취발이는 유언이고 노장은 무언이며, 소무는 극적 갈등이 일어나도록 매개하는 데 그치기 때문에 유언일 수 없다. 그런데 포도부장놀이는 그렇게 전개되지 않는다. 노장과 샌님은 둘 다 물러가는 쪽이고 취발이와 포도부장은 둘 다 물리치는 쪽인데, 포도부장은 무언이고 샌님이 유언이다. 이것이 아주 소중한 사실이다.

　소무와 포도부장은 무언인데, 샌님은 계속 말을 하면서 모든 사태를 자기중심으로 이끌어 가고 자기의 입장을 합리화한다. 소무에게는 자기를 하늘같이 바라고 살라고 한다. 포도부장은 주리를 틀 놈이라고 점잖게 타이르겠다고 한다. 도저히 용서할 수 없는 패륜아를 바르게 인도하겠다고 하는 샌님의 태도는 본받을 만한 것처럼 보인다. 그러나 이러한 합리화는 말에 머무르고 실행을 동반할 수 없다.

마누라허구 나허구 정리를 논지허구 볼 것 같으면 삼각산이 들락날락 허구, 내가 길을 지나가다가 혹 콩이 한 개 떨어진 게 눈에 띄면 그걸 집어서 먼지를 혹혹 불어서 벌레 먹은 쪽을 마누라 입에다 넣구, 성헌 쪽은 내 입에다 넣구. 이렇게 이렇게 우리가 노나먹은 정리에 그게 무슨 짝에 그렇게 마음이 그 동안에 변해. 그러지 말아. 그러지 말아.

마누라허구 나허구 정리를 논지허구 볼 것 같으면 강똥이 서 말이면 겨울에 탱탱이 얼 적에는 내가 마누라 장리룰 주었다가 내년 봄에 해토해서 원두참외를 심을 때가 되면 내가 똥을 장리해 받는 정리가 아닌가. 내 오죽했길래 장리해 받겠지. 그러는 가까운 정리야. 그러니 아무쪼록 마음 변치 말고 날만 바라구 살아.

샌님은 자기와 소무의 각별한 정리가 이와 같다고 하면서 소무의 마음이 변하는 것은 잘못이라고 한다. 콩 한 개도 나누어 먹고, 필요하지 않은 강똥마저 주겠다고 할 정도의 정리라고 떠들어 대는 수작이 표면적인 논리와는 다른 속셈을 스스로 폭로한다. 소무를 달래기 위해 무엇이든지 나누어주겠다고 하면서 실제로는 콩 한 개나 강똥 서 말이라도 아깝게 여긴다. 강똥 서 말을 장리로 꾸어주겠다고 했듯이, 소무마저 재물을 늘이는 데 이용하고 싶은 것이 샌님의 속셈이다. 무언인 소무는 아무 말을 하지 않아도, 관중은 소무 편이 되어 샌님에 대해서는 거리를 두고 나무란다.

극적 대결에서 주도권을 잡고 발언권을 장악하고 있는 인물이 관중의 지지를 받는다는 것은 상식이다. 노장과장은 그렇게 진행되어 취발이가 주도권과 발언권을 가지고 관중이 노장에 대해 반감을 갖도록 한다. 취발이가 노장에게 얻어맞을 때는 원통하다고 하소연하고, 노장이 취발이에게 쫓겨날 때에는 그런 기회를 허용하지 않아 차등을 더욱 분명하게 한다. 취발이에게 일방적인 우위를 부여한 처사는 편파적일 수 있다. 편파적인 처사로 노장이 패배하도록 하니 동의할 수 없다고 할 수도 있다.

포도부장놀이는 그렇지 않다. 샌님이 주도권과 발언권을 행사하다가 패배하니 편파적으로 처리된 것은 아니다. 샌님에 대한 비판은 확고한 동의를 얻을 수 있다. 샌님에게 일방적인 우위를 부여한 것은 샌님의 지위나 위엄을 그대로 나타낸 설정이라는 점에서도 타당성을 가진다. 샌님의 우위는 샌님의 패배와 표리관계에 있다는 것을 말해주어 한층 깊은 의미를 지닌다. 패배하는 줄 모르고 패배하는 것은 패배가 필연적이라는 증거이다. 효과가 극대화되는 다면적인 설정을 집약해 사용했으므로 포도부장놀이는 길게 늘일 필요가 없었다.

시대 전환의 축약

샌님은 자기합리화를 계속하면서도 자기 한계를 의식하고 패배의식에 사로잡혀 있다. 늙은 사람이 젊은 첩을 거느리고 있으면 불안하게 마련이라는 사실을 미리 알고, 포도부장이 나타났을 때에도 올 것이 왔다고 생각한다. 소무에게 마음이 변하지 말아달라고 거듭 강조하는 것은 소무의 마음은 변하게 마련이라는 예감 때문에 생기는 불안의 표시이다. 소무가 성생활의 불만을 해소하기 위해 포도부장에게로 가고 만다는 사태의 진상을 알고, 샌님은 "내가 워낙 근력이 없어서 당칠 못하겠으니까 고만 안 헤 주었더니 거기 그만 배심해서 그랬지?"라고 말한다. 이 말을 들은 소무는 도리어 샌님의 멱살을 잡고 뺨을 때리고 발길질까지 하고서는 포도부장을 부른다. 샌님은 호령 한 마디 하지 못하고 마지막으로 소무의 손목이나 한 번 잡아 보고 이별하겠다는 애절한 소원을 말한다.

젊은 사람은 젊은 사람 얻어 가서 자손창성 부귀공명해서 아들 딸 낳고 아기자기 시집보내고 장가들이고 며누리 보고, 손자 보구 해설랑은 이 세상을 아주 안락하게 지내라구. 퉤——

샌님은 이렇게 말하고 물러난다. "퉤"하는 것은 누를 수 없는 불쾌감의 표시이지만, 아무리 불쾌해도 인정할 것은 인정하지 않을 수 없다. 소무와 포도부장의 결합에서 정상적인 인간 생활이 갖는 보람과 행복이 보장되어 있다는 것을 인정하고 모든 비정상을 강요한 샌님은 물러가는 것이다.

샌님은 앞 대목 '의막사령놀이'에서 말뚝이의 공격을 받고, 여기서는 소무와 포도부장의 공격을 받는다. 샌님이 다각적인 공격을 받고 궁지에 몰리게 된다는 것은 탈춤에서 지어낸 상황이기 전에 당시 사회에서 문제화되던 현상이다. 탈춤은 이미 제기된 문제를 극적 갈등을 갖추어 나타내고 해결의 방향을 찾는다. 실제 사회에서나 연극에서나 샌님을 공격하는 주체가 누구인가에 따라서 갈등의 양상이 달라진다.

말뚝이와 대결하는 샌님은 계속 억압적인 자세를 취하고 패배를 인정하지 않으며, 말뚝이는 샌님에게 복종하는 형식을 취하면서 샌님을 궁지에 몰아넣는다. 포도부장의 공격을 받는 샌님은 이와는 달리 패배의식에 사로잡혀 있고 스스로의 패배를 인정하고 물러간다. 말뚝이의 공격을 받은 샌님은 권위의 껍질이라도 지키지만 포도부장에게 패배하는 샌님은 물러가는 자의 처량한 모습을 보여준다. 당연히 물러가야 할 쪽이 물러가면서 보이는 처량한 모습은 비극적이라고 할 수 없고 희극적인 추태가 다소 완화된 모습이다.

말뚝이와 포도부장은 다르다. 말뚝이는 패랭이를 쓰고 채찍을 들고 샌님을 따라다니는 종이지만, 포도부장은 갓 쓰고 두루마기 입고 제법 행세를 하는 인물이다. 샌님의 직접적인 지배를 받는 말뚝이는 샌님에게 복종하는 형식을 유지하고 있으나, 포도부장으로서는 그럴 필요가 없다. 샌님에 대한 포도부장의 공격은 말뚝이의 경우처럼 표리부동의 방식을 취할 필요가 없고, 더욱 강력하다.

샌님이 포도부장보다 우월하다는 것은 중세적인 사회질서의 근본에 근거를 둔다. 양반은 민중을 지배하고, 문반은 무반을 대수롭게 여기지 않으니, 양반 가운데 문반인 샌님은 서리이면서 무반과 비슷한 구실을 하는 포도부장 따위는 무시해도 된다. 지위나 재산을 가진 사람이 자기 힘으로 무엇을 하는 사람보다 존중되고, 말로써 명분을 세우는 것이 실제 행동보다 가치가 있다고 하고, 노인이라면 누구나 젊은이를 훈계하고 지도하는 자격을 가졌다는 것이 당시의 사회질서이고 사회질서를 유지하기 위한 가치관이었다. 샌님이 포도부장과의 대결에서 패배해, 그 모든 것이 전복된다. 양반의 위엄이 꺾이고, 지위와 재산이 무력하게 되고, 말로써 세우는 명분이 무언의 행동 때문에 무력하게 된다.

포도부장은 도적을 잡는 사람이다. 포도부장이 잡는 도적을 몰락하는 양반인 샌님으로 설정한 '포도부장놀이'를 만들어, 탈춤 창조자들은 시대 전환을 축약했다. 몰락하는 양반은 불가능한 것에 집착하다가 패망하는 병신스러운 노인으로, 대두하는 민중의 모습은 젊고 활기에 찬 젊은이로 나타내 승패를 분명하게 했다. 젊고 활기에 찬 젊은 남녀의 행복스러운 생활을 통해 새 시대에 대한 희망을 제시했다.

되돌아보기

늙고 힘없는 남성(여성)과 관계를 맺던 여성(남성)을 젊고 힘 있는 남성(여성)이 빼앗아 간다는 설정은 오랜 민속적인 연원을 가지고 탈춤에 거듭 등장한다. 노장과장이나 미얄과장에서 이러한 설정이 부정할 것을 부정하고 긍정할 것을 긍정하는 논리를 구체화하는 방식으로 중요한 의의를 가지고, 포도부장놀이 또한 같은 방식을 사용해 역사 발전의 과정을 작품화했다. 그러면서 포도부장놀이에서는 부정해야 할 대상에게 극적 전개이 주도권과 유언 인물의 발언권을 부여하는 반어적인 구조에 따라 승패의 행방을 더욱 분명하게 했다. 노장과장, 미얄과장, 포도부장놀이 사이의 공통점에서 탈춤의 갈등구조가 공식적인 성격을 가진다는 사실이 확인되고, 차이점에서 공식적인 갈등구조라도 필요에 따라 여러 방향으로 전개될 수 있음을 알 수 있다.

의막사령놀이와 포도부장놀이는 샌님과장을 이루는 두 경이고 둘 다 양반풍자라는 주제를 다루고 있으면서 성격이 상이한 점을 또한 주목할 필요가 있다. 전개 방식이 다르고 말뚝이와 포도부장의 성격이 상이하며, 양반의 패배를 보여주는 정도에서 차이가 있다. 포도부장놀이는 의막사령놀이에 부수되었다고 할 수 없고, 독자적인 의의를 분명하게 갖추고 있다. 양반의 패배가 한층 더 심각한 양상에 이른 것을 보여준다는 점을 중요시한다면, 포도부장놀이를 의막사령놀이보다 높이 평가할 수 있다.

말뚝이에 의한 양반풍자는 여러 탈춤에 두루 보이지만, 포도부장에 의한 양반 풍자는 양주산대, 송파산대, 봉산탈춤 등 일부의 탈춤에서만 있다.21) 이러한 사실은 두 가지 설정이 연극사의 상이한 시기에 형성된 증거로 해석될 수 있다. 종에 의한 양반 풍자는 농촌탈춤에서 시작되어 도시탈춤에 이르러서 더욱 다채롭게 되고 한층 철저하게 되었으나, 포도부장과 양반의 대결은 후대의 창조물이다. 포도부장은 서울에만 있던 직위이고, 서리가 중요한 세력으로 등장한 것은 도시에서나 가능한 현상이다. 포도부장놀이는 도시탈춤 가운데서도 발전된 형태에서나 나타나 도시에서 성장된 선진적인 민중의식을 나타냈다. 포도부장뿐만 아니라 취발이 역시 발전된 도시탈춤에서 나타난 인물인데, 포도부장의 분포는 취발이의 경우보다 더욱 한정되어 있다.

포도부장놀이는 샌님과장의 제2경을 이룬다. 처음에는 샌님과장이 의막사령놀이기만 했는데, 포도부장놀이가 이루어지자 과거부터 있어 오던 과장의 구분을 유지하면서 새로이 등장한 것을 처리하기 위해 과장을 다시 경으로 나누었으리라고 생각된다. 취발이와 포도부장 같은 새로운 인물이 설정되고 이에 따르는 극적 전개가 추가되면서 경이 필요해졌다. 취발이와 포도부장이 없는 야류나 오광대에는 과장만 있고 경은 없다.

포도부장놀이는 탈춤의 여러 장면 가운데 특히 새로운 것이라고 할 수 있다. 새로운 장면을 오랜 역사를 가진 공식적 전개 방식을 사용해 창조한 점을 주목할 만하다. 탈춤에서는 새로운 창조도 이미 있어 온 장면들이 지닌 원리에 따라 이루어져 전통을 계승하고 발전시킬 수 있었다. 할미와 첩의 대결 같은 것을 통해 전승되어 왔을 전개 방식이 노장과 취발이의 대결을 창조할 수 있게 하고, 또한 샌님과 포도부장의 대결에서도

---

21) 봉산탈춤에서는 포도부장놀이가 전승되지 않고 있다. (이두현, 《한국가면극》, 319면)

생생한 의의를 갖고 다시 쓰였다. 이러한 사실은 탈춤의 역사를 이해하는 데 중요한 의의를 지니고, 탈춤의 계승을 위해서도 귀중한 암시를 내포하고 있다.

신할애비과장의 부모와 자녀

무엇을 할 것인가

할미가 영감 또는 영감의 첩과 다투다가 죽고, 할미의 장례식이 거행되는 할미과장은 야류, 오광대, 산대놀이, 해서탈춤 등 여러 지방 탈춤에 있다. 봉산탈춤을 고찰해 할미과장의 대체적인 성격을 이미 알아냈다. 할미과장은 겨울의 죽음을 나타내는 굿에서 유래하고, 여성에게 가해지는 남성의 횡포를 고발하며, 비극적인 성격을 적지 않게 지닌 희극이라는 것이 이미 밝혀진 사실이다.

그런데 산대놀이의 할미과장은 다른 탈춤에서 볼 수 없는 특이한 점이 있어 별도의 논의가 필요하다. 할미의 죽음은 간단하게 처리되고, 할미가 죽은 후의 사건이 장황하게 벌어진다. 영감의 첩은 등장하지 않고, 다른 지방의 탈춤에서는 볼 수 없는 아들 도끼, 딸 도끼누이가 중요한 구실을 한다. 영감과 아들 도끼, 딸 도끼누이의 관계에서 벌어지는 싸움은 이 자리에서 논의해야 할 새로운 과제를 제시하고, 탈춤 이해를 더욱 풍부하게 할 수 있는 연구 대상이다.

산대놀이 가운데 오늘날까지 전하는 것은 양주산대와 송파산대이다. 송파산대는 자세한 내용이 확인되지 않고, 구체적인 고찰의 대상이 될 수 있는 것은 양주산대이다. 여기서 다루는 것은 양주산대의 마지막 과장인 '신할애비'과장 또는 '신할애비와 미얄할미'과장이다.[22]

---

22) 주자료는 이두현, 《한국가면극》(서울 : 문화재관리국, 1969), 270~274면 소재본이다. 이 자료를 인용하는 경우에는 출처를 따로 밝히지 않는다.

융합과 분열의 양면구조

양주산대 신할애비 과장은 다음과 같이 구분될 수 있는 단락들로 이루어져 있다.

(가) 신할애비와 미얄할미가 다투다가, 미얄할미가 죽는다.

(나) 신할애비는 아들 도끼를 찾고, 도끼는 신할애비와 다툰다.

(다) 도끼는 누이를 찾아가고, 누이는 도끼와 다툰다.

(라) 누이가 도끼와 함께 와서 신할애비와 다툰다.

(마) 신할애비 · 도끼 · 누이가 미얄할미를 위해서 굿을 한다.

(가)에서 (마)까지의 단락들은 명확한 전후 관계와 인과관계를 가지고 있다. (가)가 있으므로 (나)가 있고, (나)가 있어 (다)가 있으며, (다)가 있기에 (라)도 있고, (라)가 있는 것을 이유로 해서 (마)까지 있다. 신할애비와 미얄할미, 신할애비와 도끼, 도끼와 누이, 누이와 신할애비 사이의 갈등은 잠재해 있다가, 사건이 일어나면서 폭발하고 해결된다. (가)의 갈등이 폭발해 미얄할미가 죽는다. 그 때문에 (나)에서 신할애비와 도끼가, (다)에서 도끼와 누이가, (라)에서 누이와 신할애비가 만나게 되고, 잠재해 있던 갈등이 폭발한다. 미얄할미의 장례를 지내야 하는 절박한 사정 때문에 갈등이 억제되고 다음 단락의 행동으로 넘어간다. 마지막 단락인 (마)에 이르러서는 (가)에서 (나)로, (나)에서 (다)로, (다)에서 (라)로, (라)에서 (마)로 억제되어 넘어간 모든 갈등이 해결된다.

(나)에서 (라)까지의 단락들은 어느 것이나 잠재하고 있던 갈등이 폭발하고 다시 억제되는 구조를 가지고 있다는 점에서 어느 정도의 독립성도 지니고 있다. 서두와 결말을 밑변 두 끝을 이루는 점으로 하고, 갈등이 가장 고조된 절정을 꼭지점으로 한 삼각형을 그려 구성을 설명한다면, (나)에서 (라)까지의 단락들은 모두 그것대로 삼각형을 이루고 있다고 할 수 있다. 그리고 또한 각 삼각형의 높이도 중간의 것이 특별히 높은 위치에 있다고 하기 어렵다.

  그렇다고 해서 각 삼각형이 완전히 독립된 것은 아니고, 전후관계와 인과관계에 따라서 서로 연결되어 있으며, 한 삼각형에서 갈등이 해결되지 않고 억제된 채 다음 삼각형에서 갈등이 시작된다. (가)에서 일단 폭발한 후 억제된 갈등이 (나)·(다)·(라)를 거쳐 (마)에 이르러서 해결되고, (나)·(다)·(라)에서 각기 억제된 갈등도 (마)에 이르러서 해결된다. 여러 삼각형이 완전히 독립되었다고 할 수는 없고, (가)의 서두와 (마)의 결말을 밑변 두 끝을 이루는 점으로 하는 큰 삼각형을 생각할 수 있게 한다. 큰 삼각형에는 실제로 존재하지 않는 가상의 꼭지점이 있다.

  이상에서 말한 사실을 쉽게 이해하기 위해서 다음과 같은 도형들을 그려보자.

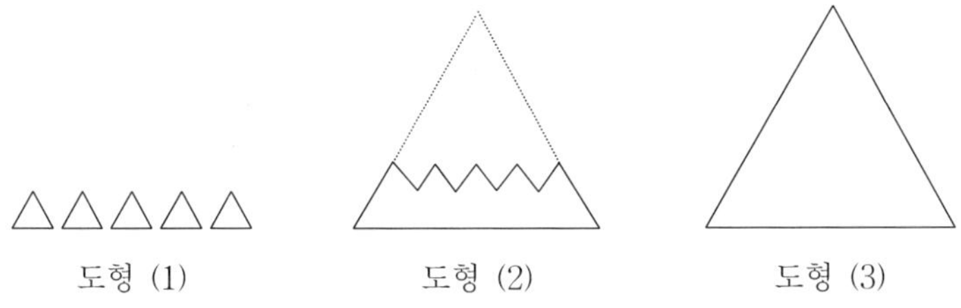

도형 (1)   도형 (2)   도형 (3)

  도형 (1)은 각 단락이 전후관계나 인과관계에서 다른 단락과 연결되지 않고 독립적으로 존재하며, 각 단락에서 고조되고 폭발된 갈등은 각 단락에서 해결된다는 것을 보여준다. 양반과장 특히 이미 분석한 바 있는 봉산탈춤의 양반과장 같은 것이 이에 해당한다. 도형 (3)은 각 단락의 독립성이 인정될 수 없고, 긴밀한 전후관계와 인과관계를 갖추어 하나의 커다란 갈등이 단계적으로 고조되고, 폭발되고, 해결되는 경우를 나타낸다. 이런 것은 탈춤에서 찾아볼 수 없고, 서구 연극의 구성 방식을 채택한 근대극에서나 존재한다. 도형 (1)과 도형 (3)의 중간적 형태를 취하고 있는 도형 (2)가 앞에서 검토한 양주산대 신할애비과장과 같은 경우이다.

  도형 (2)로 나타낼 수 있는 신할애비 과장의 순차적 구조에서는 도형 (1)에서처럼 작은 삼각형 하나하나가 중요시되면서, 도형 (3)에서와 같이 작은 삼각형들이 서로 연결되어 이루어지는 큰 삼각형이 또한 존재한다.

신할애비 과장의 큰 삼각형은 미얄할미의 죽음과 장례로 이루어져 있고, 작은 삼각형들 사이의 연결도 미얄할미가 죽고 장례를 치러야 한다는 사실로 이루어져 있다. 그러면서 작은 삼각형 하나하나가 지닌 갈등은 미얄할미의 죽음과 관계없이 존재하고 고조될 수도 있다.

그렇기 때문에 큰 삼각형과 작은 삼각형은 서로 어긋나는 면이 있다. 큰 삼각형에서는 미얄할미의 장례 때문에 흩어진 가족들이 만나고, 갈등을 해결하는데, 작은 삼각형들은 이와는 반대로 가족들이 흩어질 수밖에 없는 사정을 나타내고, 가족들 사이의 갈등이 쉽사리 해결될 수 없는 사정을 알린다. 큰 삼각형은 융합의 원리를, 작은 삼각형들은 분열의 원리를 보여준다고 할 수 있다.

융합은 어머니의 죽음 때문에 가능하다. 어머니가 죽어 아버지와 아들, 아들과 딸, 딸과 아버지가 다툼을 멈추고 함께 애도한다. 어머니는 융합을 이루게 하지만, 아버지는 분열의 원인이 된다. 죽음은 융합을 가능하게 하고. 삶은 분열을 만든다고도 할 수 있다. 큰 삼각형은 어머니가 죽어 만들어내는 융합을, 작은 삼각형들은 아버지와 함께 살아야 하기에 생기는 분열을 나타낸다.

등장인물들의 상호관계

신할애비, 미얄할미, 도끼, 도끼누이, 이 네 등장인물은 친근한 관계를 가지기도 하고, 적대적인 관계를 가지기도 한다. 관계의 양상을 기호로 나타내보자. +는 친근한 관계를, -는 적대적인 관계를 나타낸다.

신할애비 ± 미얄할미

신할애비 - 도끼

신할애비 - 도끼누이

미얄할미 + 도끼

미얄할미 + 도끼누이

도끼 ± 도끼누이

　신할애비와 미얄할미는 적대적 관계여서, 신할애비가 미얄할미를 죽게 한다. 그러면서 다른 한편으로는 친근한 관계여서 신할애비는 죽은 미얄할미를 찾고, 미얄할미를 위해서 굿을 한다. 신할애비는 아들 도끼와도 적대적인 관계이고, 딸인 도끼누이와도 적대적 관계이다. 미얄할미는 아들 도끼와도 친근한 관계이고, 딸인 도끼누이와도 친근한 관계이다. 도끼와 누이와 친근한 관계를 가지려고 한다. 그러나 누이는 도끼가 뜯어가는 것을 싫어하고, 자기에게 이성으로서 접근하는 것을 경계하고 멀리한다.

　신할애비는 미얄할미를 박대해 적대적 관계를 만들었다. 놀이판에 나와서 "이팔청춘 소년들아, 늙은이 망령 웃지 마소, 나도 어제 청춘이더니 홍안백발 다 되었네"라고 하면서 자탄가를 부르다가, 미얄할미도 구경하러 나와 있는 것을 보고는 "그러나 저러나 자네도 팔십 세요 나도 구십 당년 늙은이니 우리 이별 한번 해 볼까", "제발 덕분 너 죽어라"라고 하여 미얄할미를 밀어내 죽게 했다.

　늙으면 죽는 것은 당연하다. 신할애비는 늙었다고 한탄하면서 죽음을 예감하고, 자기는 죽기 싫으니 미얄할미더러 죽으라고 했다고 할 수 있다. 미얄할미를 죽게 해서 누구든지 공격해 자기의 삶을 확인하고 싶은 충동을 충족시키면서 죽음의 예감에서 벗어나려 했다고 할 수 있다. 미얄할미를 공격과 희생의 대상으로 삼은 것은 분명히 아내에 대한 남편의 횡포이고, 여성에 대한 남성의 횡포이다.

　신할애비와 도끼의 갈등은 도끼가 아버지의 말을 듣지 않고 집을 뛰쳐나간 불효자식이기 때문에 생긴 것 같다. 신할애비는 월수돈을 갚으라고 심부름을 시켰는데, 도끼는 돈을 노름에다 탕진하고 도망쳤다. 그 내력을 도끼가 말했다.

　내 그 돈(월수돈 갚으라고 신할애비가 도끼에게 준 돈)을 가지고설랑은 김동지 집으로 향해 가는데 중간에 수양버드나무 밑에서 팔구십 당년 한 노인네들이 골패를 가지고 골쩍째기를 하는 데 말이요. 거 험직헙디다레. 돈이 시글시글한데 그래 그때나 이때나 돈 싫단 사람이 있소. 해서 그 돈 석 냥을 가지구 전 새낄 쳐서 딸까 하고는 노인네 하는 중이니까 원몫도 못 들어가구 어깨 너머서 부탁해 죄 잃어 버렸지요. 잃어버리구설랑아 다시 집으로 돌아갔다가는 아버지헌테 엉덩이뼈가 부러져 죽을 모양이니까 아주 그 길루 그만 달아나 버렸소.

신할애비처럼 "팔구십 당년한 노인네들이" 하는 골패노름에 말려들었다고 한다. 늙어서 더욱 심해지는 어른들의 탐욕 때문에 도끼 같은 아이가 뜻하지 않은 실수를 저지르고 만다. 돈을 잃고 집에 가면, 신할애비의 노여움으로 엉덩이뼈가 부러져 죽게 될 것 같아서 도망을 쳤다. 아버지가 너무 엄격하면, 아들은 팔난봉이 되게 마련이다.

아버지가 나이가 팔구십이나 되어 "이팔청춘 소년들아, 늙은이 망령 웃지 마소"라고 하는 치사한 소리를 하는 판국이니, 아들은 자기 나름대로 살길을 찾아야 한다. 신할애비의 가면에 겹겹이 늘어선 주름살이 노인의 고집과 권위를 강조할수록, 아들은 아버지에 대해서 강한 반항심을 가지게 되는 것이다. 어머니가 죽었다는 말을 듣자, 도끼는 신할애비에게 다음과 같이 항거했다.

그저 내 일상 나가두 염려는 했소. 그저 어머니가 시집온 지 그 몇 십년에 그 아버지 잔소리에 참 불쌍했소. 돌아가시긴 팔자 좋게 잘 돌아가셨소마는, 거리 노중에 객사했다니 좀 불쌍하오. 아버지 이빨이, 조렇게 깍쟁이같이 옥니가 달렸으니 집안 식구 어찌 안 잡아먹을 수가 있소.

도끼의 생각으로는 어머니는 아버지 등살에 어차피 죽을 수밖에 없으며, 죽은 것이 어머니로서는 오히려 팔자 좋은 일이다. 아버지가 집안 식구를 잡아먹는다는 것이다. 그렇다면, 도끼가 아버지에 대해서 반항심을 가지는 것은 당연하다.

도끼누이 또한 미얄할미를 가엾게 여기는 것만큼 신할애비에 대해 적대감을 가진다. 미얄할미가 죽었다는 말을 듣고 집으로 돌아와서 신할애비에게 "그렇게 암상을 부리더니 그에 어머니를 까먹었구려"라고 한다.23) 시집가서 오랫동안 따로 살았어도, 아버지가 어머니를 학대해서 죽게 했다는 것을 묻지 않아도 알고 있다.

신할애비는 이처럼 집안 식구들을 잡아먹는다고 할 정도로 불화와 갈등을 일으키는 것과 반대로, 미얄할미는 다정하고 친근한 느낌을 준다. 신할애비조차도 미얄할미를 죽게 해놓고서, "수삼십년 동거하던 우리 마누라를 아니 찾아갈 수가 있나"라고 한다. 불학무식하고 팔난봉인 도끼도 어머니는 끔찍이 생각하고, 죽은 어머니를 위해서 마음 아파한다. 행실이 좋지 못하고 말씨마저 험악한 과부인 도끼누이도 어머니의 신세를 동정하면서 마음씨가 부드럽고 약해진다.

신할애비가 지닌 남편으로서의 권위, 아버지로서의 권위가 비판의 대상이 되었다. 신할애비는 남편이라 아내 미얄할미 위에 군림하고, 늙은 아버지라는 이유로 아들 도끼와 딸 도끼누이를 억누른다. 그러나 상대방은 권위를 인정하지 않고, 부당한 횡포로 이해해 '암상'이라고 일컫는다. 미얄할미는 신할애비의 부당한 횡포 때문에 죽었다고 하고, 아들과 딸이 아버지에게 항거하면서 어머니 편에 서는 것이 당연하다고 한다.

겉보기에는 위엄 있는 아버지는 횡포를 자아내고 갈등을 일으키기만 한다. 가련한 어머니는 친근감을 가지고 가족이 서로 가까워지게 한다. 아버지 때문에 희생되는 어머니와, 아버지에 대해서 반항적인 아들과 딸이 깊은 인정으로 연결되어 있어, 아버지가 당해내지 못한다. 아버지가 내세우는 가부의 권위를 비판하고 어머니와의 애정을 바탕으로 한 가족관계의 가치를 주장하는 것이 이 과장의 전체적인 주제이다.

남편 때문에 늙은 미얄할미만 희생되는 것은 아니다. 젊은 여성인 도끼누이 또한 비슷한 처지이다. 남편이 집을 나간 지가 '석삼년 아홉 해'나 되었다고 한다. 생과부 노릇을 하고 있으면서 "옹색한 일이" 많아, '동네 개평을 여러 번 때'면서 지낸다. 남편 때문에 희생을 당한다는 점은 미얄할미와 같지만, 혼자 고민하고만 있지는 않고 동네의 다른 남자들을 상대로

___

23) 심우성, 《한국의 민속극》(서울 : 창작과비평사, 1975) 소재본 192면

하여 아쉬움을 해결하는 적극적인 태도여서 어머니의 비극을 되풀이하지 않는다. 도끼는 누이를 괴롭힌다. 몇 차례 돈을 뜯어갔고, 어머니가 죽었다는 것을 알리러 와서도 누이에 성적으로 접근하려고 한다. 도끼의 그런 행동에 대해서 누이가 단호한 태도를 취해서, 두 사람 사이에는 다음과 같은 수작이 오간다.

> 도끼 : 아이구. 그 개평이면 날 좀 주지. 시방 대볼랴오.
> 누이 : 에라 이 잡자식. 형제간에 그렇게 허는 법이 어디 있냐. 애 내가 쫓
> 아갔다가 헛탕을 허면…니가 갔다가 만일 이 늙은 년을 남의 집 설
> 렁탕집 같은 데나 국밥집에다 팔아먹구, 더 고생시켜놓으면 어떻
> 거느냐.

'내가 쫓아갔다가' 이하의 말은 어머니가 죽었다는 것을 믿고 따라가면 곤란한 일이 생길 것 같아 하는 말이다. 도끼의 행실이 워낙 돼먹지 않았으므로 그렇게까지 경계를 하는 것이다. 도끼는 아버지의 횡포에 대해서 강하게 반항하면서 사람의 마땅한 도리를 찾으면서, 누이에 대해서는 그 정도까지 불신을 자초하는 행동을 한다.

도끼누이는 최종적인 피해자이다. 최종적인 피해자이기 때문에 자기의 삶을 보호하고 즐길 수 있는 지혜를 터득하고 있다. 어머니의 애정을 공유하는 가족관계는 훌륭하다. 그러나 어머니는 죽었다. 어머니의 애정은 기억 속에서만 남아 있다. 이중삼중으로 남성의 횡포가 작용하는 험악한 세상에서 젊고 외로운 여성인 도끼누이는 자기대로 살아나가는 길을 찾지 않을 수 없다.

이 과장은 처음부터 끝까지 죽음에 관해서 말하면서 또 한편으로는 계속 성을 거론하고 있다. 도끼는 어머니의 죽음을 전하러 누이에게 가서도, 위에서 말한 바와 같이, 매부가 집을 나간 후 누이가 성적으로 옹색하지 않았는가 묻고 누이와 성행위를 하려고 든다. 이것은 실로 해괴한 일이다. 도끼가 아무리 불학무식한 팔난봉이라고 해도 지나치다고 할 수 있다. 도

끼가 누이의 돈을 빼앗아 가고, 누이를 설렁탕집이나 국밥집에다 팔아먹을 수도 있다는 것은 누이에게 가해지는 남성의 횡포의 하나로 해석될 수 있으나, 누이에 대한 도끼의 성적 욕망은 이와는 다른 의미를 아울러 지니고 있다고 해야 할 것 같다.

> 누   이 : 보니깐두루 전신이 아주 죄 죽었소, 죄 죽었는데.
> 신할애비 : 죽었겠지.
> 도   끼 : 이왕에 나 누님 맹길라구 아버지도 응색 풀던 구녁은 시방 입
>   때 살았서.
> 신할애비 : 뭐 거기 살았어? 어디 만져보자. 어디 만져봐.

죽음과 성을 함께 말하는 충격적인 전개가 이런 장면에서 특히 두드러지게 나타난다. 죽은 미얄할미의 성기를 보고 나누는 대화이다. 다른 본에는 대화가 다음과 같이 전개되기도 한다.

> 도   끼 : 아버지— 여기는 아직까지 따뜻하구려.
> 신할애비 : 어디 보자.
> 도   끼 : 여기가 아버지 좋아하던 데구려.
> 신할애비 : 암— 너희들이 나온 데로구나.[24]

미얄할미는 죽었는데 미얄할미의 성기는 아직 살아 있거나 따뜻하다고 하는 것은 문자 그대로 해석해서는 말이 되지 않는다. 신할애비나 도끼는 성적 충동이 억제되어 있으므로 미얄할미의 시체를 앞에 놓고도 허튼 수작을 한다고 할 수 있을지 모르나, 그래서 의문이 해소될 수 있는 것은 아니다. 한걸음 더 나아가 다시 생각해야 한다.

성적 충동은 죽음과의 관계에서 깊이 생각해야 할 의미를 가진다. 신할애비는 성적 충동에 의해서 자기의 삶을 유지하고 생명을 창조해 오다가

---

24) 이 책, 624면.

이제는 나이가 팔구십이나 되어 죽음을 억지로 연기하고 있는 처지이다. 이에 견주어서 도끼는 죽음은 예감하지 않고 성적 충동만 느끼고 있다.

죽음과 성은 분명히 대립적인 위치에 선다. 죽음은 생을 파괴하고, 성은 생을 창조한다. 그러므로 죽음을 부정할 수 있는 것은 오직 성이다. 도끼는 어머니는 아직 죽지 않았을지도 모른다는 희망에서 어머니의 성기는 살아 있다고 했다. 그러면서 어머니의 죽음과 자기 생명의 관계를 확인했다. 도끼나 도끼누이는 어머니의 성행위로 창조되었으며, 성적 충동을 강하게 느끼고 있으므로 어머니는 죽었어도 살아 있는 것이다.

갈등의 해결은 성이 아닌 죽음 때문에 가능하다. 미얄할미의 죽음이 미얄할미와 신할애비, 신할애비와 도끼, 신할애비와 도끼누이의 갈등을 해결하고, 원만한 가족 관계를 확인하는 데 이른다. 이것은 바로 삶의 파괴가 해결이라는 역설이다. 삶의 부정인 죽음은 갈등을 해결하고, 삶의 창조인 성은 갈등을 만들고 있다. 죽음을 극복하고 삶을 예찬하는 것을 여러 대목의 주제로 삼은 것과 다르다.

왜 그런지 살피려면 도끼와 도끼누이는 성이 억제되어 고통을 느낀다는 사실을 중요시할 필요가 있다. 완고한 기성세대에 대한 반감이 격심해 헛된 권위를 무너뜨리고 있으면서도 젊은이들이 새로운 생활을 구가할 수 있는 조건이 아직 충분히 마련되지 못한 고민을 그런 방식으로 나타냈다고 할 수 있다. 삶의 예찬을 가로막는 장애가 아직 심각해 죽음으로 갈등을 해결하는 역설이 필요했다고 이해할 만하다.

최종 평가

지금까지 다룬 신할애비 과장은 양주산대의 여러 과장, 또는 다른 탈춤의 여러 과장처럼 굿의 흔적을 농후하게 지니고 있다. 아버지와 아들의 갈등이 심각하게 나타나고, 죽음과 성의 대조가 계속 보여주는 것도 굿의 흔적으로 해석할 수 있다. 그러나 굿의 흔적을 찾는 방법은 신할애비 과장의 이해에 긴요한 구실을 하지 못한다. 이 과장이 할미의 죽음을 말하는 다른 과장들과 많이 다른 것은 굿에서 크게 멀어져 독자적인 창조를 충분히 확보했기 때문이다.

　이 과장을 순차적 구조와 병행적 구조의 양면에서 분석한 것은 자료 자체가 요구한 방법이다. 다 같은 할미과장이라 해도, 봉산탈춤의 미얄과장 같은 것은 순차적 구조가 두드러진 구실을 하고 있어, 이와 같은 방법을 적용해 분석할 필요가 없다. 병행적 구조가 따로 갖추어져 있어 힘써 고찰해야 하는 작품은 극에서 새롭게 만들어낸 주제를 갖추고 있다. 침놀이에서 발견된 특징이 신할애비 과장에서도 재확인되어, 양주산대의 연극사적 위치를 추정하는 데 귀중한 도움이 된다.

　양주산대는 본산대를 본떴다고 한다. 본산대는 각 지방으로 전파되어 여러 탈춤을 형상한 모체라는 생각이 널리 유포되어 있다고 한다. 만약 사리가 그렇다면 양주산대는 여러 탈춤의 공통점을 보이고 있어야 할 것이다. 양주산대는 실제로 아주 특이한 탈춤이다. 특이한 이유는 극의 독자성이나 극적 구조의 다양성이 다른 어느 탈춤에 견줄 바 없이 두드러지게 나타나 있는 것이다. 탈춤 발전의 최종 성과이기 때문에 그렇다고 보는 것이 타당하다.

　할미과장을 가지고 남성의 횡포를 고발하는 것은 여러 탈춤에 공통되게 나타나는 주제이다. 관념적 사고, 신분의 특권과 함께 남성의 횡포, 중세이념의 이 세 가지 잘못을 일제히 비판의 대상으로 삼은 것은 크게 평가해야 할 일이라고 거듭 말할 필요가 있다. 창조하고 공연하는 사람들이 남성이므로 자기비판까지 포함시킨 것이 놀랍다고 할 수 있다.

　양주산대의 신할애비 과장은 그런 일반적인 주제에 덧보태, 가정에서 아버지와 어머니가 하는 구실의 차이를 문제 삼았다. 아버지는 분열과 갈등의 원인을 제공하고, 어머니는 친근감을 가지고 사랑하는 관계를 만든다고 했다. 아버지에게 항거하면서 어머니를 옹호하려는 자식들이 어머니의 죽음으로 좌절을 느끼면서 심리적 억압에서 벗어나지 못하는 고민을 보여주었다. 중세를 청산하고 다음 시대를 창조하고자 하는 의지가 겪는 시련을 그런 방식으로 나타냈다고 할 수 있다.

카타르시스·라사·신명풀이

−연극·영화미학의 기본원리에 관한 생극론의 해명−

머리말

　연극·영화미학의 세 가지 기본원리 '카타르시스'·'라사'·'신명풀이'를 비교해 고찰하는 것이 여기서 하려고 하는 작업이다. 고대그리스연극의 '카타르시스', 인도산스크리트연극의 '라사', 한국전통극의 '신명풀이'를 한 자리에 놓고 살펴, 연극 창조의 원리를 새롭게 해명하고, 그 성과를 영화에 적용해서 오늘날 세계적인 범위에서 벌어지고 있는 영화전쟁에 대처하는 방안을 찾는 데까지 나아가려고 한다. 生克論의 근본이치를 따지면서 그런 작업을 진행해서, 우리 학문의 비약을 실증하고자 한다.

　그 세 가지 과업이 따로 놀고 있어 하나도 제대로 되지 않는 형편을 타개하는 것이 당면 과제이다. 문화운동의 당면 전략 수립, 연극미학의 내력 해명을 위한 자료 고증, 이치의 근본을 다시 따지는 철학 정립의 세 가지 일을 여기서 하나로 연결시켜 한꺼번에 전개한다. 그 셋이 하나이면서 여럿이어야 살아난다는 것을 입증하고자 한다. 그 셋이 따로 놀면 다 망해 마땅하다고 선고하고, 새로운 출발을 하는 본보기를 보이려고 한다. 전략 수립의 근거를 제시하고, 자료 고증의 의의를 입증하고, 철학 정립의 방향을 명시하고자 한다. 셋 가운데 어느 한쪽만 전문영역으로 삼고 다른 쪽은 돌아보려고 하지 않은 사람들은 당황하고 분노하고 반발하리라고 예상되지만 개의치 않는다. 그 셋의 전문 영역이 엄격하게 나누어져 있어 문외한은 접근할 수 없다고 하는 관습을 구석구석 건드려 철저하게 타파하고, 공동토론의 커다란 광장을 만들어 이 시대 우리 문화 창조의 지혜를 집결하고자 하는 별난 짓을 신명나게 하면서 동참을 유도한다. 공들여 쌓은 전문 지식을 함부로 무시하고, 고의로 싸움을 걸기도 해서, 토론에 불참하는 폐쇄적인 자세로 근엄하게 권위를 지킬 수 없도록 하려고 한다. 오늘날의 노장스님이나 양반 삼형제도 놀이판으로 나오게 한다.

이런 작업은 말뚝이나 하는 짓이라, 사리 판단에 실수가 있고 말이 지나치고 문장이 거친 것 같은 결함이 있으리라고 스스로 인정하면서, 내 자신에게 커다란 깨우침이 되고 세상에 충격을 주어 함께 분발하도록 하는 일이어서 주저하지 않고 추진한다. 우리 학문을 살려야 한다고 외친 말이 헛되지 않게 하는 본론의 하나를 여기서 전개한다. 내가 잘못을 저질렀다고 비판하는 사람들이 더욱 진전되고 타당성이 높은 논의로 대안을 삼아, 공동작업이 제대로 진행될 것을 기대한다. 그것이야말로 싸움과 화합이 둘이 아니고 하나이며, 하나가 아니고 둘이라고 하는 生克論 방식의 연구이다.

이 작업은 엉뚱한 일이 아니고, 오랫동안의 준비를 거쳤다. 이미 여러 해 전에 내놓은 《탈춤의 역사와 원리》의 후속연구를 하면서, 그때 미진하게 남겨두었던 많은 문제를 관점을 바꾸어 다시 다룬다. 그 동안 관심의 범위를 줄곧 확대하면서 멀리 돌아다니다가, 연구의 출발점을 되찾는 것은 새로운 시도가 필요하기 때문이다. 원점으로 돌아가 재도약을 꾀하면서, 이치를 따지고 학문을 하는 근본원리를 혁신하고자 한다.

한국의 탈춤에서 다른 나라의 연극으로, 연극에서 영화로 관심을 확대하면서, 연극·영화미학을 세계적인 범위에서 혁신하고자 한다. 그렇게 하면서 세계문학사의 이론을 역사철학의 근거를 갖추어 정립하는 작업을 한 단계 진척시키고자 한다. 근래에 《세계문학사의 허실》을 낸 데 이어서 그 다음 순서로 "세계문학사의 이론"을 이룩하겠다고 한 계획의 일단을 여기서 실행한다.

"세계문학사의 이론" 첫째 권에서는 학문을 하고 연구를 진행하는 방향을 다시 점검하고, 둘째 권에서부터는 세계문학의 어느 한 국면씩 맡아서 다루기로 한다. 《인문학문의 사명 각성》이라고 이름 지은 책이 첫째 권 총론이다. 세계문학사의 이론을 연극을 통해서 정립하고자 하는 이 책이 둘째 권을 이룬다. "세계문학사의 이론"을 여섯 권쯤 쓴 다음에,1) 장차 그

---

1) [보주] "세계문학사의 이론"은 《동아시아 구비서사시의 양상과 변천》(서울: 문학
  과지성사, 1997); 《하나이면서 여럿인 동아시아문학》(서울: 지식산업사, 1999); 《공

성과를 집약해서 세계문학사를 실제로 써보이는 세 번째 작업인《세계문학사의 전개》를 낼 예정이다.[2]

여러 해 전부터 준비하고 있던 이 연구를 1995학년도 2학기 서울대학교 국어국문학과 대학원 과목 "한국전통극연구"의 강의 내용으로 삼아, 구체적으로 진행할 수 있었다. '카타르시스'·'라사'·'신명풀이' 세 가지 연극의 이론과 작품의 자료를 읽어 분석하고, 세계연극사 이해의 새로운 관점을 마련하는 데까지 이르러 기본이론 정립을 시도한 데 이어서, 그 이론이 과연 타당하고 의의가 있는지 세계 도처 수많은 연극의 사례 가운데 하나씩 맡아서 검증하는 작업을 학생들이 맡았다. 그때 땀을 흘린 김남기·정대진·최귀묵·최원오·정인숙·권보드래·정한기·송팔성·정재민·황재문·홍재범·이상규·최현재·이양숙의 노고를 치하한다.

원고가 일단 이루어진 다음에 읽고 논평과 토론을 해준 분들이 있어, 문제점을 재론하고 잘못을 바로잡을 수 있었다. 경기대학교 김헌선, 고려대학교 전경욱, 안동대학교 임재해, 경성대학교 허은, 네 교수가 깊은 관심을 가지고 자세한 검토를 해주어서 큰 도움이 되었다. 부산외국어대학교 이광수교수가 산스크리트의 표기와 인도에 관한 서술에서 잘못된 점을 바로잡아주었으나, 다 받아들이지 못했다. 산스크리트를 로마자로 표기할 때 사용하는 보조기호는 제대로 갖출 수 없어, 일관성을 유지하기 위해서 모두 생략했음을 밝히고 양해를 구한다.

그 밖에도 많은 분들에게 원고를 전하고 논평이니 질의를 보내달라고 했는데, 널리 호응을 얻지 못해서 유감이다. 그런데 내가 직접 알지 못하고, 원고를 전하지도 못했는데, 자료를 스스로 입수하고 자진해서 토론에 참가한 분들이 있어 아주 고맙게 생각한다. 연출가이면서 탈춤연구가인 조만호박사가 소중한 질의서를 보내와, 해당 대목에서 응답했다. 철학과

동문어문학과 민족어문학》(서울: 지식산업사, 1999);《문명권의 동질성과 이질성》(서울: 지식산업사, 1999);《철학사와 문학사 둘인가 하나인가》(서울: 지식산업사, 2000);《소설의 사회사 비교론》(서울: 지식산업사, 2001) 등으로 나누어졌다.
 2) [보주]《세계문학사의 전개》(서울: 지식산업사, 2002)가 출간되었다.

문학을 함께 공부하는 김석준이 좋은 토론 거리를 제시해 힘들여 논의해야 했다.

내 연구실에서 함께 공부하는 사진실·유준필·최귀묵·송팔성·황재문·정천구·이대효·이경하·배수찬이 언제나 그렇듯이 원고를 읽어 수정하는 감시자 노릇을 한 것이 고맙다. 아들 창열이가 어느덧 연극학도가 되어, 거듭 다시 쓰는 원고를 다른 누구보다도 먼저 읽고 개고를 위한 토론을 벌여 대견스럽다. 대학원 입학 선물로 이 책 완성본을 준다.

일단 완성한 원고를 1996학년도 2학기 서울대학교 교양선택과목 "한국문학과 제3세계문학"에서 강의하고 토론에 올렸다. 적극적인 관심을 가지고 문제점을 들추어내서 개고할 지침을 마련한 학생들에게 감사한다. 학기말시험에서 이은영·한수자·길영민·이행근·방원일·봉일근이 지적한 바가 특히 소중한 의의가 있어, 해당 대목에서 논의하기로 한다.

여러 사람의 도움을 하나하나 밝히고 감사하는 것은 이 책을 쓰는 작업이 우리 모두의 합작으로 진행되어 자랑스럽기 때문이다. 이것뿐만 아니라 학문연구의 다른 어느 작업도 연구자의 착상을 뜻을 함께 하는 사람들이 공동의 관심사로 삼아 광범위한 토론과 검증을 해야 한 시대의 지혜를 집결하는 수준으로 가다듬을 수 있다. 관중의 참여로 진행되는 대방놀이판 신명풀이를 하는 것과 같은 生克論 방식의 연구를 진행해서, 책을 쓰는 방식이 다루는 내용과 일치하도록 한다.

지금 대학을 운영하는 제도가 그렇게 하는 데 장애가 되므로 뛰쳐나가 작업환경을 다시 만들고자 한 시도는 일단 실패로 돌아갔으나 좌절해야 할 이유는 없다. 어떤 방법을 쓰든지 새로 연구해서 저술하는 내용을 자유롭게 발표하고 토론하는 기회를 만든다. 그래서 혼자 힘으로는 감당할 수 없는 벅찬 일을 계속해서 한다. 계속 관심을 가지고 참견해주기 바란다.

1996년의 묵은해를 보내고 1997년의 새해를 맞이하면서

서두의 논의

왜 이런 일을 하는가

　한국전통극의 특징인 '신명풀이'가 연극미학의 기본원리로서 어떤 특징과 의의를 지니는가, 연극미학의 다른 두 가지 기본원리 '카타르시스'(catharsis)와 '라사'(rasa)와의 비교연구를 통해서 고찰하려고 한다. 그러면서 그 셋의 역사적이고 이론적인 상관관계를 연극과 영화 양쪽에서 밝히는 데 이르려고 한다. 전에 없던 시도를 해서, 연극·영화론의 새로운 천지를 열고자 한다.

　고대그리스연극에서 유래한 '카타르시스'의 원리는 연극입문이나 문학개론류의 책에 그 내용이 빠짐없이 올라 있어 이미 상식이 되었다. 그런데 인도의 산스크리트연극에 근거를 둔 연극미학 '라사'는 연극이나 문학의 전공자라고 자처하는 이들에게도 생소하다. 한국전통극의 '신명풀이'는 그 둘과 대등한 위치에 놓을 수 있다고 인정되지 않고 있다. 그런 불균형은 정상이 아니므로 그대로 두고 볼 수 없다.

　이렇게 말하면, 공연한 트집을 잡는다고 반발하는 사람들이 있을 것이다. 세 가지 연극미학이 각기 가치의 등급에 상응하는 처우를 받고 있으므로 불균형이 있어 마땅하다고 믿는 것이 반발의 근거일 수 있다. 그것은 유럽문명권의 횡포에 말려들어 다른 문명권은 무시하고 우리 것은 멸시하는 잘못 때문에, 세계인식이 이지러지고 사고가 편벽되게 된 증후이다.

　이제 그런 잘못을 바로잡기 위해서 다시 출발해야 한다. 가치의 등급을 앞세우려고 하지 말고, 사실 인식의 균형을 회복해야 하는 것이 시급한 과제이다. 그렇게 해서 연극·영화미학에 관한 일반론을 세계적인 범위에서 혁신하는 데까지 나아가는 먼 여정의 출발점을 찾아야 한다. 대학 강의에서 진부한 상식을 전달하려고 하지 말고, 우리 스스로 세계적인 범위에서 창의적인 연구를 할 수 있다는 것을 실제로 보여주어 학생들도 함께 분발하게 해야 한다.

한국전통극 특히 탈춤이 신명풀이의 연극임은 이미 오래전에 밝혀 논했다.3) 그러나 사실관찰이나 현상정리의 차원을 넘어서서 신명풀이에 관한 이론을 정립하는 작업은 하지 못하고 있다가 이제야 감당하게 되었다. 한국전통극에 관한 많은 의문을 새로운 관점에서 다시 해결하면서, 비교연극학에서 관심을 가져온 여러 연구 대상을 서로 연결시켜 새롭게 다루고자 한다.4) 비교연극학의 새로운 세계를 개척하는 작업이 우리 학문을 혁신하는 사례로서 아주 소중한 의의를 가질 수 있다.

문학사 이해의 방법을 반성하고 새롭게 모색하는 근래의 작업을 더욱 진전시키기 위해서, '카타르시스'·'라사'·'신명풀이'의 비교연구를 절실한 과제로 삼아야 한다. 지금까지 세계문학사 서술에서 보이는 허위를 논파하고 숨은 진실을 찾아내고자 한 데5) 이어서, 세계문학사 서술의 마땅한 이론을 마련하는 시도를 이 책에서 구체화한다. 세계연극사의 허상을 제거하고 실상을 제시해야 문학사나 예술사뿐만 아니라 세계사 이해의 전체적인 시야가 바르게 열릴 수 있다.

세계연극사 이해의 유럽문명권중심주의는 고질로 된 질병이어서 서둘러 수술을 하지 않을 수 없다. 고대그리스연극에서 유래한 '카타르시스'가 세계연극의 기본원리여야 한다는 편견을 시정하고, 세계연극사의 전개를 정당하게 이해하는 새로운 시각을 마련해야, 인류 역사가 한 때의 질곡에서 벗어날 수 있다.

이 연구를 위해서 선택한 사례는 세계문학사 또는 세계사 서술의 새로

---

3) 앞부분 〈대방놀이로 하는 신명풀이〉에서 그런 논의를 폈다.

4) 여석기, 《동서연극의 비교연구》 (서울: 고려대학교출판부, 1987); 장한기, 《연극학논총》 (서울: 원방각, 1990); 고승길, 《동양연극연구》 (서울: 중앙대학교출판부, 1993) 등이 비교연극학에 관한 선행업적이다.

5) 《세계문학사의 허실》 (서울: 지식산업사, 1996)에서 그 작업을 했다.

운 이론을 창조하는 데 아주 유리한 조건을 갖추고 있어, 다른 영역에도 널리 적용할 수 있는 바람직한 성과를 이룩할 수 있으리라고 기대한다. 유럽문명권중심주의가 그 자체의 이론 구축에서 난관에 부딪히고, 다른 문명권에 대한 영향력이 감퇴되자, 인류의 역사 전체가 종말에 이르렀다고 하는 것은 잘못이다. 그런 억지 주장을 하는 논자들과 맞서서, 새로운 시대를 창조하는 희망에 찬 방향을 어디서 찾을 것인가 설득력 있게 보여주는 작업을 여기서 시작하고자 한다.

‘카타르시스’의 도전은 연극이론이나 문학사관의 유럽문명권중심주의를 부추기는 데 있는 것만은 아니다. ‘카타르시스’를 원리로 하는 공연예술 특히 영화가 세계 도처에서 횡포를 부리고 있어, 우리 한국에서도 긴장하고 경계하지 않을 수 없다. 영화는 외국에 널리 수출되는 수지맞는 상품이므로 연극과는 다른 문제를 일으킨다. 유럽문명권의 강자 미국이 자기네 영화를 팔기 위해서 수단을 가리지 않고 적극적인 공세를 취해 세계적인 규모의 영화전쟁을 일으키고 있다.

거기 맞서서 우리 영화를 살리는 실제적인 작업을 하기 위한 이론적 근거를 마련하는 데 이 책의 구체적인 목표가 있다. 자위권을 행사하는 것이 정당하다는 데 관해서는 긴 논의가 필요하지 않다. 그러나 정치나 경제 등의 영화외적인 힘으로 영화전쟁을 치르려고 하면 승산이 있는 것이 아니다. 영화에 대해서 영화로 맞서기 위해서는 영화의 원리에 대한 깊은 탐구를 해야 한다. 영화의 원리는 그것대로 고립되어 있지 않고 연극미학의 오랜 전통에 근거를 두며, 세계관의 근본과 불가분의 관계를 가진다.

연극미학이나 영화의 원리는 어떤 형태이든 단순논리는 거부한다. 외세의 침투를 싸워서 물리치자는 노선을 선포한다고 해서 영화가 살아나지 않는다. 어느 한쪽의 일방적인 침투가 아닌, 서로 대등한 조건에서 각기 자기 나름대로 가꾼 인류의 지혜를 주고받아, 거대한 규모의 조화를 이룩하는 새로운 길을 찾아야 한다. 그렇게 해서 승리를 부인하고 넘어서는 것이 승리를 이룩하는 확실한 길이다.

오늘날 우리는 국제화시대를 맞이해서 한국민족문화와 동아시아문명의 전통을 적극 계승하는 주체적인 자세로 다른 여러 민족 또는 문명권과 화합해서 세계사를 바람직하게 창조하는 데 적극 힘써야 한다. 세계사를 새롭게 이해하고 정당하게 이끄는 거대이론을 마련해서 그런 과업을 수행해야 한다. 이 연구는 우리 학문을 새롭게 하는 길을 제시하는 모형 창조의 사례로서 소중한 의의가 있다고 믿는다.

탈춤을 다시 찾기까지

1970년대 이후 20여 년 동안, 대학에서 탈춤에 대한 관심이 크게 일어났다.6) 학생들이 탈춤을 배워 공연하고, 탈춤을 새롭게 만든 마당극을 공연하는 데 대단한 열의를 가져, 대학가를 뒤흔들어 놓았다. 그것은 탈춤의 재생을 위해 크게 다행스러운 일일 뿐만 아니라, 잊히고 짓밟힌 민중예술을 되찾아 계승해서 문화제국주의를 극복하고자 하는 제3세계문화운동의 모범사례로서 높이 평가할 만하다. 그러나 운동이 거센 만큼 이룬 성과도 대단한 것은 아니었다. 탈춤에 대한 애착을 행동으로 나타내면서 군사통치에 대해 정치적인 불만을 터뜨리는 데 그쳤으며, 문화 창조의 방향을 바꾸어놓지는 못했다.

탈춤에 열을 올린 그 많은 대학생 가운데 탈춤의 원리와 그 계승 방향에 대해서 깊이 있는 연구를 계속한 사람은 없다.7) 그 때문에 탈춤의 원리에 대한 연구가 계속되지 못하고, 탈춤을 오늘날의 연극으로 계승하는 방

---

6) 채희완, 〈1970년대의 문화운동, 민속극운동을 중심으로〉, 《공동체의 춤, 신명의 춤》 (서울: 한길사, 1985)에서 그 경과를 잘 정리해서 논했다. [보주] 나는 1963년 11월 19일에 서울대학교 문리과대학에서 개최된 서울대학교 향토개척단의 축전 '향토의식초혼굿'의 한 순서로 〈원귀 마당쇠〉라는 연극을 공연했다. 탈춤과 현대극을 결합시킨 형태이다. 대본을 부록 자료에 수록한다.

7) 위에서 든 《공동체의 춤, 신명의 춤》을 내놓은 채희완의 작업이 아주 소중하다. 그러나 이론 정립 작업을 꾸준히 해서 뚜렷한 성과를 이룩하지 못하고, 서론에 지나지 않는 단편적인 논의나 하고 마는 것이 불만스럽다.

향이 올바르게 설정될 수 없다. 마당극 운동이 제대로 될 수 없었던 이유도 거기 있다. 마당극은 정치적인 억압에 대해서 항거하는 민중운동으로서는 커다란 의의가 있지만, 예술운동으로서 평가할 만한 성과를 이룩하지 못했다.8) 예술로 형상화하지 않은 직설법을 남용해서 탈춤에 대한 오해나 불신을 자아내게 하는 역기능을 수행하기까지 했다.

탈춤이나 판소리를 제대로 이어받기 위해서 노력한 경우에도, 현장의 작업은 몸으로 때우면 된다고 믿고 예술적인 원리를 탐구하는 이론정립은 경시해서 차질을 빚어냈다.9) 그래서 기존의 학계와 연극계는 타격을 받지 않았다. 마당극운동을 해서 군사통치를 무너뜨리는 데는 상당한 기여를 했지만, 문화를 혁신하고, 사고를 개조하는 성과를 거두지는 못했다.

지금은 군사통치에 항거하면서 민주화를 외치던 요구가 어느 정도 실현되고, 남은 과업이 아직 적지 않아도 다른 간접적인 수단을 빌리지 않고 정치적 주장을 바로 펼 수 있는 범위가 확대되었다. 마당극이라는 투쟁수단이 긴요하지 않게 되었으며, 탈춤에 대한 열의가 크게 퇴색되었다. 그래서 그 동안의 잘못을 지적하고 비판하지 않을 수 없다. 연극을 하는 것은 문화운동이고, 문화운동은 역사창조의 작업임을 다시 인식하면서, 마당극을 만들어 군사통치에 항거하는 것처럼 단기적인 목표를 세워 근시안적 투쟁을 하다가 곧 시들해져버리고 마는 잘못을 준열하게 나무라야 한다.

이제 정치운동에서 문화운동으로 방향을 돌려, 세계문화 창조의 방향을 바로잡는 데까지 나아가기 위해서 힘쓰자고 주장한다. 대내적인 정치투쟁보다 대외적인 문화투쟁이 더욱 긴요하다는 것을 깨달아야 할 때이다. 제국주의의 책동에 맞서서 싸우는 제3세계문화운동의 세계사적 사명을 수행

---

8) 채희완·임진택 편, 《한국의 민중극, 마당굿 연희본 14편》 (서울: 창작과비평사, 1985); 민족극연구회 편, 《민족극대본선》 1~4 (서울: 풀빛, 1988~1991); 《전라도 마당극대본집》 (서울: 들불, 1989)에서 대본을 집성해놓은 마당극은 민중운동 또는 민주화운동의 정치투쟁에 기여한 공적은 높이 평가해야 하겠으나, 예술운동의 방향을 제시한 의의가 있다고 하기는 어렵다.
9) 임진택, 《민중연희의 창조》 (서울: 창작과비평사, 1990)에서는 이론과 실제를 긴밀하게 연결시키려고 했으나, 이론 작업의 시야를 널리 열지 않은 데 문제가 있다.

하는 데 앞장서서, 투쟁을 통해서 화합을 이룩하는 인류의 지혜를 발현하기 위해 노력해야 하는 것이 우리의 사명임을 깨달아야 한다. 피해자의 외침을 들려주는 데 그치지 않고 가해자를 바르게 이끄는 길을 열기까지 해서, 다음 시대의 세계문화를 새롭게 창조하는 성스러운 작업을 해야 한다.

마당극을 단죄해서 추방하면 앞으로 해야 할 일이 잘될 수 있다는 것은 아니다. 마당극에서 시도한 바가 모두 그릇되었다고 할 수도 없다. 민중운동과 민주화운동을 위한 마당극의 기여는 높이 평가해야 마땅하며, 현실문제에 대해서 깊은 관심을 가지고 정치비판을 하는 연극을 앞으로도 계속해서 하면서 마당극의 전례를 긍정적으로 이어야 한다. 마당극에서 쌓아온 투쟁정신을, 대외관계의 문제를 더욱 중요시해야 하는 예술운동에서 한층 차원 높게 발전시킬 수 있어야, 그 동안의 노력을 헛되게 하는 하강선을 그리지 않을 수 있다.

이제부터 해야 할 일은 정치보다 예술이 앞서 나가야 감당할 수 있다. 정치학이나 경제학, 또는 정치경제학에서 장악하고 있는 지휘권을 예술철학에서 이어받아야 한다. 예술철학의 사령탑에서 투쟁의 지침을 제시해야 한다. 한국뿐만 아니라 세계 전체가 달라져서 새로운 노선을 선포하지 않을 수 없다.

계급모순을 해결하는 데 앞장서는 사회학문이 행세하던 시기가 지나서, 지구상 어디서나 민족모순 때문에 피를 흘리는 지금의 시기에는 민족모순 해결의 임무를 맡은 인문학문이 크게 분발해야 한다. 인문학문이 주도해서 인문학문과 사회학문의 통합을 시도해야 한다.[10] 새로운 싸움에서는 승패를 뒤집어놓는 대신에, 투쟁 자체를 부인하고 승패가 있을 수 없다는 것을 최종적인 승리의 목표로 삼아야 한다. 그렇게 하는 것이 민족모순을 해결하는 인문학문 방식의 싸움의 귀결점이고, 변증법을 받아들여서 넘어

---

10) '인문학'이나 '인문과학'은 '인문학문'으로, '사회과학'은 '사회학문'으로, '자연과학'은 '자연학문'으로 지칭해서, '과학' 대신에 '학문'을 상위개념으로 삼아 그 셋을 대등하게 일컬어야 한다고, 이 책의 선행업적에 해당하는 《인문학문의 사명 각성》(1997년 전반기 출간 예정)에서 밝혀 논했다. [보주] 이 책이 서울: 서울대학교 출판부에서 1997년에 출판되었다.

서는 길이다.

그런데 지금 우리 주변 상황을 보면, 남들과 만나기 전에, 우선 나라 안에서 대외문화투쟁을 시작하지 않을 수 없다. 멀리까지 나아간 논의를 일단 거두어들이고, 구체적인 사정을 살펴보기로 하자. 오늘날의 한국 대학에서 사회학문은 물론 인문학문도 수입품이라야 품격이 높다고 하는 것이 관례여서, 위에서 지적한 임무를 감당할 수 없다. 그런 현실은 도외시하고 공연한 이상론만 펴는 것은 잘못이다.

연극 분야의 교수진 구성을 보면, 세익스피어극을 비롯한 영미연극 전공자들 또는 유럽 각국 연극 전공자들이 수백 명 포진하고 있으면서, 수입업의 위세를 자랑한다. 공연예술의 기본원리는 유럽문명권에서 받아들여야 하고, 고대그리스의 '카타르시스연극'을 그 원류로 삼아야 한다고 한다. 의심의 여지가 없는 듯이 통용되고 있는 그런 주장을 거듭 확인하는 것을 연극에 관한 강의의 기본내용으로 삼는다.

그런 교수들이 많다는 것 자체가 바람직하지 않다는 말은 아니다. 우리가 세계문화를 이해하고 세계학문을 하기 위해서 유럽문명권 연극에 대해서 널리 알고 깊이 따져야 한다. 그렇지만 우선 지식의 균형이 문제이다. 유럽 것과 함께 우리 것도, 중국 것도, 인도 것도, 인도네시아 것도, 아프리카 것도 알아야 하며, 여러 분야의 전공자들이 고루 갖추어져 있어 토론이 가능한 조건에서 유럽문명권 연극의 의의에 관해서 논해야 하는데, 그렇지 못해 종속에서 벗어나지 못한다.

'카타르시스연극'의 원리와 작품에 대해서 강의하고 저술하는 것 자체는 나무랄 일이 아니다. 고대그리스연극에서 오늘날의 미국연극에 이르기까지 유럽문명권의 연극을 연극론의 보편적인 기준으로 여겨, 어떤 일반이론도 거기서만 도출될 수 있다고 주장하는 것은 정치적인 의도는 전연 없는 학구적인 발언이라고 옹호할 수 있다. 그런데 그런 말이 유럽문명권의 영광을 도맡아서 보여주고 있는 최후의 강자 미국을 따르고 배워야 한다는 뜻으로 받아들여지고 마는 것은, 반대 의견을 제시하는 토론이 없으며 그럴 만한 연구가 진행되지 않고 있는 것은 연극학 안의 전공이 고루 분포되어 있지 않기 때문이다.

한국의 대학에서 미국 주도의 유럽문명권연극은 특별한 대우를 받고 있는 것과 다르게, 한국연극은 긴요하게 다루어지지 않으며, 한국전통극을 전공해서 그 분야 교수가 된 사람은 없으며, 그 분야의 강의도 찾기 어렵다. 어쩌다가 개설되는 한국전통극에 관한 강의 담당자는 전공이 여럿인 겸업자이거나 아니면 이웃 분야 전공자이다. 전공교수의 수를 들어 말한다면, 오늘날 한국의 대학에서 '카타르시스연극' 전공교수 수백 명에 대해서 '신명풀이연극' 전공교수 한 명도 없는 사정을 깊이 근심하지 않을 수 없다. 학문 또는 문화활동의 다른 분야에서도 예외 없이 보이는 그런 불균형이 연극에서 특히 극단화되어 있다.

외국문학과와 국문학과 사이에 그런 불균형이 있을 뿐만 아니라, 연극영화학과 또는 연극학과의 사정도 다르지 않다. 전국의 연극영화학과나 연극학과에 한국전통극 전공교수는 없다. 근래 인도연극을 비롯한 동양연극에 대한 관심이 나타나는 것은 반가운 일이지만, 한국연극은 여전히 버림받고 있다. 한국연극사를 더러 연구하고 강의하지만, 마지못해 구색을 갖추는 데 지나지 않는다. 전공자가 지속적인 연구를 하는 성과를 보여주는 것과는 거리가 멀어, 연극의 원리를 거기서 도출하는 것은 기대할 수 없다.

연극 창조의 원리를 우리 스스로 탐구하지 못해, 누구든지 암중모색에서 벗어나지 못하고 있다. 미국의 전위극을 수입해오는 것이 연극 발전을 위한 최상의 방안인가 의심스럽다고 하는 막연한 의문을 제기하기나 하는 사람이 가장 깨어 있다고 자처한다. 지금 하고 있는 연극은 그 범위에서 벗어난 것이 적지 않지만, 남의 안목을 가지고 우리 자신을 되돌아보는 어리석은 짓을 그만두지 못한다. 작품은 있어도 이론은 없고, 불만은 있어도 대안은 없다. 이론 빈곤을 외국 유학으로 해결하려고 하니, 수입학이나 번성하고 창조학은 싹트지도 못한다.11)

그런 형편에 관해서, 대학의 운영자, 보직자, 기존교수진의 책임을 물을

---

11) 수입학과 창조학의 관계에 관해서 《인문학문의 사명 각성》에서 자세하게 논의했다.

수 있다. 한국전통극 전공자를 교수로 채용하지 않은 잘못은 아무리 나무라도 지나치지 않는다. 그러나 그런 교수를 채용하고자 할 때 과연 자격을 갖춘 후보가 있는지 의문이다. 20여 년 동안 수천 명 대학생들이 탈춤에 열광했으면서도 정작 탈춤을 연구하는 학자가 된 사람은 아무도 없다. 마당극운동에 대단한 정열을 보인 젊은이들 가운데 연극미학이 민중운동 못지않게 소중하다고 깨달은 사람이 전연 없다.

탈춤의 내력과 관련된 문제에 관해 실증적인 고찰을 하는 연구는 중단되지 않았으며, 탈춤의 미학을 그 자체로 해명하려는 작업에서도 진전이 있었다.12) 그러나 그 원리를 오늘날의 창조에서 계승하는 방법을 학문의 논리를 진지하게 갖추어 찾는 작업은 진척되지 않았다. 마당극의 대본은 출간된 것만 해도 대단한 분량인 것과 다르게, 이론 탐구의 업적은 찾아보기 어렵다. 그 공백을 틈타서 갖가지 사이비 미학이 등장해 이목을 현란하게 할 따름이다.

전국 대학의 탈춤패나 마당극패는 대학을 불신하고 학문을 우습게 만드는 장외경기를 하느라고 들떠 있는 것이 진보적인 자세라고 하고, 학문을 바로잡아야 역사가 발전한다고 생각하지 않는 것이 문제이다. 정치운동의 열기가 학문을 황폐하게 하는 것은 흔히 있는 일이어서, 그런 예를 쉽사리 들 수 있으나, 근래 우리 주변에서 일어난 일만큼 어처구니없는 것은 더 찾기 어려울 것이다. 더구나 연극공연의 정치운동 때문에 연극학을 망친 것은 전에 없던 일이다. 그렇지만 우리는 폭풍이 지나간 뒤의 허탈에 사로잡혀 있을 겨를이 없다. 이제부터 해야 할 일을 구상하고 추진하는 데 새

---

12) 정상박, 《오광대와 들놀음연구》 (서울: 집문당, 1986); 박진태, 《탈놀이의 기원과 구조》 (서울: 새문사, 1990); 서연호, 《한국의 탈놀이》 1-5 (서울: 열화당, 1987-1991); 장정룡, 《강릉관노가면극연구》 (서울: 집문당, 1989); 윤광봉, 《한국의 연희》 (서울: 반도문화사, 1992); 조만호, 《전통연희의 제식적 미학》 (서울: 태학사, 1995) 같은 저술이 나와 사실 해명의 작업을 진척시켰다. 野村伸一, 《假面戯と放浪藝人, 韓國の民俗藝能》 (東京: ありな書房, 1985); 키스터 다니엘 A., 《무속극과 부조리극》 (서울: 서강대학교출판부, 1986); Dieter Eikemeier, Michael Göock, *Getanzte Karkaturen, Traditionelle Maskspiele in Korea* (Zürich: Belser, 1988) 등에서, 외국인이 한국전통극에 대해서 관심을 가지고 연구한 성과도 나타났다.

로운 정열을 바쳐야 한다.

탈춤에 대한 학문연구를 버려두고, 탈춤의 원리를 바르게 이해하고 정당하게 계승해서 오늘날의 연극을 창작하는 현장의 작업을 할 수는 없다. 연극인들은 남들의 연극을 번역해서 상연하거나 본떠서 재창작하기에 급급하면서, 관중이 모이지 않고, 세상에서 알아주지 않는다고 불평이나 해왔다. 더러는 무엇이 잘못 되었는지 대강 짐작하기는 해서 창작극의 중요성을 강조하고, 우리 연극을 만들어야 한다고 하지만, 그 방향과 방법이 막연하다. 이론적인 지침이 없어 갈 길을 모른다.

그 모든 잘못에 대해서 내 자신이 직접적인 책임이 있는 당사자이다. 나는 학생시절에 탈춤을 추는 대학극을 처음 만들어냈다. 탈춤이 좋아서, 불문학에서 국문학으로 전공을 바꾸었다. 학사논문·석사논문 이래로 탐구한 바를 《탈춤의 역사와 원리》로 정리해 내놓아, 연구방향을 바로잡고, 탈춤을 재평가하고 계승해야 할 이유를 명시하려고 했다. 그런 작업을 계속하면서 오늘날의 연극에서 탈춤을 계승하는 실제적이고 구체적인 지침을 마련하는 데까지 이르러야 했는데, 연구의 영역을 확대해서 다른 문제를 다루느라고, 처음에 뜻한 일을 소홀하게 버려두었다. 그래서 직무유기를 한 그런 잘못을 씻으려면 새로운 작업을 해서 내놓는 것 외에 다른 방법은 없어 이 책을 쓴다.

지금은 대학가를 뒤흔들던 마당극의 열기가 퇴조하면서, 탈춤을 소중하게 여겨야 할 이유가 달라지고 있다. 우리 사회 안에서 군사통치나 민주화냐 하고 싸우던 시기의 과업은 거의 끝나고, 국제화라는 이름의 개방의 시대를 맞이해서 밖으로부터 도전이 거세서 새로운 긴장을 조성하고 있다. 영화전쟁이 洋擾처럼 닥쳐오는 데 굴복하지 않으려면 영화를 살려 세계로 진출할 수 있는 길이 무엇인가 진지하게 물어야 한다.

우리 영화를 살리는 지혜를 탈춤에서 찾아야 한다. 그런데 탈춤마저 위협받고 있다. 포스트모더니즘이라는 것이 유령처럼 다가와 학문하는 사고를 혼란시키는 책동을 갖가지로 자행하더니, 마침내 탈춤을 무력화하려고 하는 데까지 이르렀다. 그래서 위기를 절감하고, 떨쳐나서지 않을 수

없다.13)

지금의 위기에 대처해서 탈춤을 옹호하고 민족문화를 재평가하는 작업은 누가 하든 반드시 해야 한다. 그러나 그렇게 하는 방향과 방법이 문제이다. 싸움에 이기는 최상의 길은, 화해를 부정하고 싸움을 일으킨 상대방의 도발이 원천적으로 부당하다는 것을 입증하는 것이다. 그런 작업을 하는 이론을 세계적인 범위에서 정립해서 세계사의 방향을 다시 설정해야 침략주의의 논거를 무력화하고, 인류 공동의 이상을 재확인할 수 있다. 탈춤을 떠나 다른 영역의 연구를 하는 동안에 그렇게 할 수 있는 철학인 生克論을 마련하는 데 이르렀으므로,14) 이제 탈춤을 둘러싼 논란에 관해서도 그전보다 훨씬 확대된 시야에서 더욱 진전된 작업을 할 수 있다.

공연히 현학적인 언사를 희롱해서, 쉬운 말을 어렵게 하기 위해서 生克 운운하는 것은 아니다. 그런 용어를 쓰지 않아도 할 수 있는 발언을 명확하게 다듬어 이론화하기 위해서는 철학과 만나지 않을 수 없다. 철학을 거북하게 여기지 말자. 남들의 철학을 함부로 가져와서 겁을 주면서 자기 생각을 하지 못하게 하는 횡포와 맞서기 위해서 나는 내 철학을 가져야 하고, 철학의 복권을 이룩해야 한다. 위에서 승패를 뒤집어놓는 대신에 승패가 있을 수 없다는 데 이르는 싸움의 방식에 관해서 말하고, 변증법을 받아들여 넘어서는 길이 거기 있다고 했는데, 그것이 바로 生克論의 핵심 내용이다.

---

13) 김욱동,《탈춤의 미학》(서울: 현암사, 1994)이 다른 일을 젖혀두고 이 책을 부지런히 쓰도록 다그치는 구실을 했으니, 감사하게 여겨야 하겠다. 그 책의 저자는 내가 국문학자여서 안목이 협소하고, 민중주의의 편견에 사로잡혀 있어, 세계 여러 곳에서 흔히 볼 수 있는 "카니발 축제" 형태에 지나지 않는 우리 탈춤을 지나치게 평가했다고 나무랐다. 임재해, 〈미학 없는 '탈춤 미학'과 식민 담론의 정체〉, 《민족예술》 1994년 겨울호(한국민족예술인총연합)를 비롯한 몇 가지 글에서 그런 주장이 공연한 비방임을 밝히는 반론을 충분히 전개했으나, 당사자인 나는 그냥 있을 수 없어, 이 책을 써서 응답한다.

14) 〈생극론의 역사철학 정립을 위한 기본구상〉,《한국의 문학사와 철학사》(서울: 지식산업사, 1996)에서 이에 관한 논의를 폈다. [보주]《철학사와 문학사 둘인가 하나인가》;《소설의 사회사 비교론》에서 더 많은 고찰을 했다.

싸움거리가 있으면 어떻게 싸워야 하고, 싸움의 결과 무엇을 얻어야 하는가 생각하지 않을 수 없어 누구든지 철학을 한다. 변증법은 싸움의 본질과 해결방식에 대해서 지금까지 나온 어떤 철학보다 더욱 설득력 있는 대답을 마련해서 커다란 영향력을 행사해왔다. 그런데 나는 변증법은 맞으면서 또한 틀렸다고 하면서, 변증법의 발전형태이면서 또한 변증법에 대한 대안인 生克論을 내놓는다.

변증법은 싸움은 싸움이라고 하는 점에서는 전적으로 맞고, 싸움이 화합이고 화합이 싸움인 줄 모르는 점에서는 전적으로 틀렸다. 싸움과 화합은 둘이 아니고 하나이고, 하나가 아니고 둘이다. 생성과 극복 또한 둘이 아니고 하나이며, 하나가 아니고 둘이다. 바로 그 점을 풀어 밝히는 철학을 마련해서 연극의 문제를 다루고자 하며, 연극의 문제를 다루어 그 철학을 더욱 발전시키고자 한다.

탈춤은 우리 것이니까 소중하다는 소박하고 순진한 생각을 훨씬 넘어서 '신명풀이 연극'에 관한 탐구를 이론화하고, '카타르시스'와 '라사'의 경우를 합쳐서 체계화하는 작업은 바로 철학을 하는 작업이다. 철학을 배제하고서는 그 일을 할 수 없고, 남의 철학을 꾸어다가 내 이론을 전개할 수 없다. 내 이론 창조는 바로 내 철학 창조이다. 내 철학을 창조하다니 ? 그런 일을 할 수 있는지 의심하지 말아야 한다. 내 철학을 창조하지 못하면 세상의 시비 거리를 결판 짓는 논의를 전개하지 말아야 한다.

철학은 어려운 것이 아니고, 따로 있는 것도 아니다. 연극에 관해서 생각하고 따지고 하는 작업이 연극 자체의 증거를 통해서 이루어지면서 일반론으로 정리되는 것이 철학이다. 철학은 따로 있고 별도의 전공자들이 맡아서 해야 한다고 하다가 유럽문명권의 철학이 잘못된 길에 들어선 것과 다르게, 우리는 철학과 개별학문을 함께 하는 전통을 이어 빛내야 한다고 했는데15) 여기서 그 본보기를 하나 보이고자 한다.

---

15) 《우리 학문의 길》(서울: 지식산업사, 1993) 전권 특히 127~129면에서 그렇게 주장했다.

〈서편제〉에 끼어든 남의 장단[16)

판소리를 다룬 영화 〈서편제〉에 많은 관객이 모여들어 뜨거운 공감을 나누는 것은 아주 반가운 일이다. 판소리를 누구나 알아주게 해서, 판소리 광대의 오랜 비원을 풀었다. 판소리뿐만 아니라 우리 전통문화 전반에 대한 재인식을 촉구하는 계기가 마련되었다. 우리 영화가 수입영화보다 흥행에서 앞설 수 있다는 것을 보여준 의의 또한 대단하다.

이 영화는 백만이 넘은 국내 관람객을 상대로 해서 우리 민족의 일원으로서 자격을 갖추게 하는 교육을 실시하고 있다. 누가 우리 민족의 일원으로서 필요한 자격을 갖추었는가를 가리는 데 세 가지 기준이 있다고, 나는 말해왔다. 첫째는 우리말을 모국어로 삼고 있는가? 둘째는 김치를 먹으면 맛이 있는가? 셋째는 판소리를 들으면 즐거운가? 그 가운데 셋째 관문을 통과하게 하는 교육을 이 영화가 맡아 나섰으니, 크게 칭송해야 할 일이다.

앞에서 든 세 가지 관문 가운데 첫째 관문은 말을 배우기 시작할 때 통과한다. 우리민족을 부모로 해서 태어나, 같은 민족의 아이들과 함께 자라나면, 국내에서는 물론 설사 외국에서라도, 우리말을 배워 우리 민족의 일원이 된다. 중국 연변의 조선족이나, 중앙아시아 몇몇 곳의 고려사람들이 우리민족일 수 있는 이유가 바로 거기 있다.

둘째 관문은 인류 공통의 유아식인 젖을 떼고 자기 문화의 산물인 음식을 먹기 시작할 때 통과한다. 부모가 김치를 즐겨 먹으면, 자식도 배워 우리 민족의 일원이 된다. 그런데 요즈음 서울 한가운데에도 김치를 싫어하고 치즈를 즐기는 아이들이 있어 차질이 생긴다. 대개 나이가 들면 우리 식성으로 되돌아오지만, 외국생활을 오래 하거나 길게 흉내 내면 그럴 기회가 없다. 그래서 첫째 관문을 통과하는 데 그쳐, 1/3의 자격만 갖춘 우리 민족의 일원으로 일생을 살아가는 사람들도 있다.

---

16) 이 대목은 《세계와 나》 1994년 1월호 (서울: 세계일보사)에 발표하고;《독서·학문·문화》 (서울: 서울대학교출판부, 1994)에 수록한 글이다. 중복 수록이 바림직하지 않지만, 이제부터의 논의 전개를 위해서 반드시 필요하므로 다시 내놓는다.

말을 배우기 시작할 때 우리말을 택하도록 하는 것이 좋은지 영어를 택하도록 하는 것이 좋은지 따져보고 정하는 것이 불가능하듯이, 김치와 치즈를 견주어서 평가한 다음 어느 것을 먹을까 결정할 수는 없다. 둘을 견주어 우월을 가린 데 근거를 두고 입맛을 개종하는 것은 불가능하다. 김치와 치즈의 영양가를 분석해 비교하는 것은 가능하고 필요하다. 그러나 어느 것이 더 맛있는가는 견주어서 판정할 수 없다. 맛은 과학적인 측정의 대상이 아니다. 서로 다른 음식을 먹어보고 공정하게 비교할 중립적인 입맛이 있을 수 없다. 김치를 먹고 자랐으면 김치가 더 맛이 있고, 치즈에 길들여졌으면 치즈가 더 좋다. 설사 영양가에서는 우열이 명백하다 해도, 자기 음식을 먹어야 생기가 돌고, 살맛이 난다.

그런데 판소리를 들으면 즐거운가 하는 세 번째 관문은 부모의 보호를 받으면서 자라나는 동안에 저절로 통과할 수 없다. 음악은 생활 자체가 아니고, 생활을 근거로 해서 이룩한 높은 차원의 문화여서, 공동체 전체의 노력으로 지키고 가꾸어야 이어진다. 음악에 관심을 가지자 바로 판소리와 자주 만날 수 있는 환경이 조성되어 있어야 판소리를 들으면 즐거울 수 있게 훈련되는데, 그렇지 못해 문제가 된다. 음악문화 전승에서 생긴 위기를 학교교육이나 사회교육에서 극복할 방책이 없어 파탄이 심각하다. 〈서편제〉가 그 파탄을 해결하는 데 앞장선 공적은 아무리 높이 평가해도 지나침이 없다.

학교를 다니고, 방송을 듣고, 공연을 구경하는 동안에, 일본풍의 대중가요, 미국풍의 팝송, 유럽풍의 가곡을 즐기고, 판소리를 비롯한 우리 전통음악은 멀리하도록 하는 사회에 살고 있어, 특별히 노력하지 않고서는 셋째 관문은 통과하지 못한다. 내 강의를 듣는 학생들에게 물어 확인해보니, 전국에서 특별히 선발된 수재라고 세상에서 말하는 서울대학교 학생이 대부분 셋째 관문은 통과하지 못해, 2/3의 자격만 가진 우리 민족일 따름이다. 다른 대학도 마찬가지라고 생각된다.

문화의 국적을 상실한 그런 문제아들이 심각한 자기반성 없이 자라나 지도자로 자처하면서 이 나라를 이끌어가도 좋은가 진지하게 묻지 않을 수 없다. 외국 국적을 가진 사람이 공직에 취임하는 것이 부당하다고 주장하면서 문화의 국적은 전혀 고려조차 하지 않으니 그럴 수 있는가? 외국 국적을 가지면 대외적인 활동을 하는 데 유리하다는 변명이 통할 수 없듯이, 자기 문화를 버려야 국제화 시대가 요구하는 세계인이 될 수 있다는 논리가 성립되지도 않는다.

이 경우에도 판소리가 더 좋은가 서양가곡이 더 좋은가 하는 문제를 제기하고, 음악미학의 전문적인 검토를 거쳐 판소리를 선호하도록 설득하는 것은 무의미하고 불가능하다. 여러 해 전에 내가 다른 어느 대학에 재직하면서 학교 발전을 기획할 때, 국악과를 신설하자고 제안했더니, 학교의 중요한 직책을 맡고 있으며, 학식과 교양이 풍부하다고 해서 존경받는 교수 한 분이 이렇게 말했다. "우리는 좀 더 솔직하고, 교육자다운 양심을 버리지 맙시다"하고 서두를 꺼내더니, "판소리 따위의 돼먹지 못한 억지소리를, 다만 우리 것이라는 이유에서 무조건 좋아하는 풍조가 대학에는 발을 붙이지 못하게 해야 하겠습니다"라고 했다. 어떤 반론을 제기해도 그런 사람의 생각을 바꿀 수는 없다.17)

이미 그렇게 결정되어 있는 문화의 국적을 바꾸라고 하는 것은 무리이다. 세상에 수없이 많은 갖가지 음악 가운데 어느 것이 좋은가는 사람마다 다를 수 있고, 단일한 것보다는 다양한 것이 더 나으니, 국악을 위한 최소한의 자리라도 만들어 달라는 소극적인 제안을 할 수밖에 없다. 그런 제안이 거부되지 않아, 성악과·기악과·자곡과로 구성된 음악대학 한 구석에 국악과도 있다.

거기서 한 걸음 더 나아가, 같은 정도의 노력을 들인다면 서양 가곡보다 판소리와 친해지기 더 쉽고, 새롭게 창작해 오늘날의 음악으로 활용할 수 있는 원천으로서, 외국에 내놓을 수 있는 우리 음악으로서 판소리는 쓰임새가 크다는 정도의 논의를 펼 수는 있다. 문화에서도 자기 상표가 있어야 밖에 나가 크게 행세할 수 있는 시대에 이르렀다고 주장하는 것도 가능하

---

17) [보주]《학문에 바친 나날 되돌아보며》(서울: 지식산업사, 2004)에서 그 전후의 일을 자세하게 회고했다.

고 필요하다. 그런 말이 먹혀들어가 정부에서도 국악을 육성하기 위한 최소한 방책은 강구하고 있다.

그렇게 해서 민족문화의 위기를 근본적으로 해결할 수는 없다. 어려서부터 판소리를 자주 듣고, 학교에서 국악부터 익히고 양악을 배운 다음, 방송이나 공연에서 전통국악이나 신작국악과 줄곧 만나면, 들어 즐겁게 된다. 우리말을 쓰고, 김치를 좋아하는 것과 마찬가지로, 판소리를 찾게 된다.

그렇지 못하게 된 책임을 따진다면, 학교에서 하는 음악교육의 주체성 상실이 가장 큰 과오이고, 나라에서 관장하는 방송의 잘못을 그 다음 순서로 들어 규탄해야 한다. 사회풍조에 대해 막연하게 개탄하는 것은 효력이 없다. 시대 변화에다 책임을 전가할 수는 없다. 시대 변화를 바로잡는 노력을 제대로 하고 있는지, 그렇지 않은지 따져 책임을 물어야 한다.

얼마 전에 어느 텔레비전 방송에 나와 판소리의 가치에 대해서 강의식 해설을 해달라는 요청을 받고, 분노를 참을 수 없었다. 방송에서 추방해 판소리가 멍들게 하고, 딱딱한 강의나 청해 죄악을 은폐하려고 하는 것은 용서할 수 없다고 했다. 판소리 대신에 판소리론이나 들려주면, 판소리에 대한 불신을 더욱 조장할 따름이다. 내가 방송에 출연한다면 판소리를 추방한 방송의 죄과를 나무라는 것을 중심 화제로 삼아야 하겠는데, 그래도 좋다면 주저하지 않고 나가겠다고 했다.

뜻있는 사람들은 누구나 그런 근심을 하면서 세월을 보내고, 절망을 해소할 수 없어 안타까워하기나 할 때, 판소리를 들려주는 영화 〈서편제〉가 크게 성공하는 놀라운 사태가 벌어졌다. 세상이 변하고 대중의 취향이 달라졌다는 이유를 내세워 교육이나 방송에서 판소리를 비롯한 갖가지 우리 음악을 멀리하는 잘못을 계속 합리화할 수 없게 했다. 학교에서 음악 시간에 국악부터 가르치고, 방송에서 국악 시간을 늘려야 한다는 주장을 막을 수 없게 되었다.

우리 영화는 죽었는지 살았는지 알기 어렵다 하고, 외국 영화 특히 미국 영화의 직배가 전면 허용되면, 우리 영화는 설 자리가 완전히 없어진다고 우려하고 있는 이때에 우리영화의 살 길을 보여준 것이 또한 쾌거이다. 우리 영화의 대외경쟁력을 높이기 위해, 영화의 본고장에 다투어 유학가고, 최신의 기법과 첨단의 기재를 적극 도입하고, 제작비를 과감하게 투자하는 것 외에 다른 방책이 없다는 속설을 물리치고 새로운 지평을 연 공적이 대단하다. 작품 배경을 반은 외국으로 하고, 주요 인물로 외국인을 자주 등장시켜, 마치 수입영화 같은 국산영화를 만들어 이목을 현란하게 하는 풍조를 정면에서 거슬려 활로를 찾았으니, 그 공적이 더욱 크다.

지금 세계에는 영화전쟁이 벌어지고 있으며, 그 양상이 아주 그릇되어 우려할 만하다. 미국영화라는 황야의 무법자가 세계를 휘젓고 다니면서, 잔혹한 폭력과 연결된 괴이한 구경거리로 관객을 압도해, 다른 우상은 섬기지 말라는 무시무시한 종교로 인류를 위협한다. 다양한 문화를 창조하면서 서로 다른 가치관이 공존할 수 없게 되었다고 일방적으로 선언한다. 다른 모든 나라는 미국 상품의 소비시장이 되는 것이 마땅하다는 신화를 조작한다. 그것이 바로 세계사의 심각한 위기이다.

그 무법자와 맞서려는 시도가 여러 차례 있었다. 이탈리아 영화나 프랑스 영화가 나섰으나, 역부족이었다. 문화의 뿌리가 같은 발상을 일상생활의 차원에서 소규모로 변형시키기나 해서는 경쟁이 되지 않는다. 프랑스에서 갖가지 노력을 해도 대세를 바꾸어놓지 못해, 지금 프랑스 파리 시내 영화관이 거의 다 미국 영화의 병영으로 징발되다시피 한 지경에 이르렀다. 이차대전 때 파리가 독일군에 점령된 것 못지않은 참사가 벌어지고 있다.

그래서 다른 문명권에서 들고일어나 연합군을 조직하지 않을 수 없다. 일본 영화가 한때 관심을 모았다. 그런데 평면적 구성을 하고서 기이한 정감을 자아내는 데 그치는 기교로는 험한 싸움을 감당하기 어렵다. 중국 영화에서 광활한 자연을 배경으로 엄청나게 큰 움직임을 보여주어 관객을 더 놀라게 하는 것이 적절한 경쟁 방식인가 의문이다. 미국 영화 다음으로 흥행에 성공하고 있는 홍콩 영화는 폭력종교를 퍼뜨리는 동업자가 되고만 형편이다.

그래서 이제 우리가 나서지 않을 수 없게 되었다. 미국 영화 직배 때문에 우리 영화가 다 죽으니 보호책을 강구해달라고 하는 소극적인 대응책에 머무르지 않고, 국내는 물론 온 세계 영화시장에서 미국 영화와 승부를 겨루려고 나서야 한다. 폭력영화에 맞서서 진정한 영화예술이란 무엇인가 본때를 보여야 한다.

우리가 남들보다 특별히 잘나서 그러겠다는 것은 아니다. 조상 전래로 민중의 공연예술을 힘써 가꾸어온 전통이 있고, 오늘날 당면한 시련과 문제가 특히 심각해, 부당한 폭력에 맞서서 인류를 구하는 지혜가 무엇인가 앞서서 보여줄 책임이 있다. 제3세계 다른 여러 민족이 함께 분발하자고 나서서 외칠 의무가 있다.

그런데 유감스럽게도 〈서편제〉는 그런 사명을 감당하기 어려운 결함을 지니고 있다. 평소에 판소리를 듣지 못하던 사람들에게 판소리를 들려준 공적이 대단하고, 아름다운 국토를 보여준 영상미가 뛰어난 또 한 가지 장점을 뺀다면, 결함이 더 많다. 비판할 것을 비판해야 앞으로의 작업을 제대로 할 수 있다. 〈서편제〉의 성공에 만족하지 말고, 다음번에는 제대로 된 영화를 만들어야 한다.

〈서편제〉에서 저지른 커다란 잘못의 하나는 恨타령을 지나치게 하면서 자학에 빠진 것이다. 판소리를 비롯한 모든 전통예술에서 한을 다룬 것은 사실이다. 그러나 한을 해학과 함께 나타내, 슬픔이 넘치지 않게 하는 장치를 마련한다. 빠지면서 구경하지 않고 따지면서 구경하게 해서, 몰입을 스스로 비판할 수 있게 한다. 그런데 〈서편제〉에서는 한을 일방적으로 확대하고, 한으로 관객을 압도해서, 폭력의 종교 대신 자학의 종교를 마련하려고 했다.

恨이 깊어지게 하기 위해서 여주인공 광대가 장님이 되게 만든 것은 전혀 어울리지 않는 일이다. 자학의 종교가 폭력의 종교와 은밀하게 내통한 용서할 수 없는 비행이다. 우리 예술이 자연스러움을 생명으로 삼는 원리를 정면에서 거부하고, 洋夷에게 혼을 팔았다. 그 점을 철저하게 따져 책임을 묻지 않을 수 없다.

유럽문명권의 서양과 우리는 장님 이야기를 서로 다르게 해왔다. 소포클레스의 《오이디푸스왕》을 보자. 눈을 뜨고 있으면서도 세상을 바로 보지 못한 오이디푸스왕은 어리석기만 한데, 장님 점쟁이는 앞뒤의 일을 훤하게 안다고 했다. 아버지를 죽이고 어머니와 결혼한 끔찍한 잘못을 깨닫고 오이디푸스왕은 스스로 제 눈을 찔러 장님이 되었다. 그렇게 끝나는 비극의 결말이 우리 모두 눈 뜬 사람이라는 자부심을 버리라고 충고한다.

장님 예술가의 처절한 절규를 다루는 작품이 서양에는 흔히 있다. 슈니쫄러의 〈눈먼 네로니이모와 그의 형〉이 좋은 본보기이다. 형의 실수로 장님이 된 아우가 떠돌이 광대 노릇을 하면서 노래를 팔고 다니는 비참한 사정을 다룬 그 작품이 〈서편제〉와 흡사하다. 그런데 그것은 남의 이야기이다. 우리는 극단적인 상황을 거부하고, 자연스럽게 살아가면서 부딪히는 문제에 대해서 슬픔과 기쁨, 분노와 감격을 함께 느끼는 문학을 이룩했다. 쥐어짜는 고통을 멀리하고, 고난조차도 익살스럽게 그리는 문학을 해왔다.

우리 문학에도 장님 이야기가 이어져 왔다. 그런데 모두 장님이 눈을 뜨는 데 이르는 공통점이 있다. 석가모니 전생에 있었던 일이라면서 《釋譜詳節》에 지어 넣은 〈善友太子傳〉이나 그것을 소설화한 《적성의전》에서는, 아우나 형의 악행으로 눈이 멀게 된 주인공이 거듭되는 시련을 이기고 광명을 다시 찾는다고 했다. 전국 여러 곳의 무당 굿놀이에 장님 눈 뜨는 거리가 있다. 장님이 눈을 뜬다는 것은 서양인의 상상력으로는 미치지 못하는, 우리 문학 특유의 구상이다.

그런 전통을 판소리에서 이어 더욱 생생한 표현을 얻은 작품이 바로 〈심청가〉이다. 거기서 눈을 감은 탓에 물색 몰라 본의 아니게 실수를 거듭하는 심봉사는 눈을 떠서 광명천지를 바로 보아야 한다고 한다. 청중도 눈을 떠야 한다고 깨우쳐주기 위해서, 판소리광대는 심봉사의 딱한 처지를 보고 동정의 눈물을 흘릴 여유를 주지 않고, 청중을 웃기기 위해 익살을 떤다. 요즈음 세상을 떠난 선승 性徹이 "눈을 감으면 깜깜한 밤중이니, 어서 마음의 눈을 떠라"고 한 것과 같은 말을, 광대는 법어와는 다른 판소리의 언어로 전달하려고 열을 올린다.18)

---

18) 심봉사가 눈을 뜰 때 잔치에 모여든 다른 장님들은 물론 온 세상 장님이 모두 '개평'으로 눈을 떴다고 광대가 익살을 떤다. 수없이 많은 장님이 일제히 눈을 뜨는

〈서편제〉는 판소리광대가 오늘날 세상에서 배척되고 있는 고난을 다루었으므로, 옛 사람들이 누리던 여유나 지난 시기 예술의 자연스러움을 그대로 이을 수 없다고 할지 모른다. 이제 아무도 알아주지 않는 광대는 눈을 감아야 하고, 장님이 되는 고통으로 자기 예술을 가꾸어야 하는 시대에 이르렀다는 아주 그럴듯한 반론을 전개하면, 위의 입론이 다 무너질 것 같다.

그러나 판소리광대는 판소리라면 죽고 못 사는 청중과 함께 성장해 왔다. 전라도 전주에서 吳貞淑 명창이 〈흥부가〉의 흥부 가난타령을 부르는데 할머니들이 오줌을 설설 싸면서 넋을 잃는 데 나도 한몫 끼어, 그 점을 새삼스럽게 깨달았다. 그런 청중이 없는데 어느 시러베아들놈이 판소리를 생명을 걸고 연마한단 말인가. 판소리광대의 몰락은 판소리 때문에 죽고 사는 관중의 몰락과 함께 이루어졌다는 점을 영화에서 다루었어야 했다. 관중의 몰락이 광대의 몰락보다 더 큰 시련이다.

영화의 관객이 〈서편제〉를 보고 비극적인 좌절을 겪는 판소리광대를 깊이 동정하고, 자기가 겪는 갖가지 좌절도 함께 씻어내면서, 판소리를 미치도록 사랑해 양쪽의 고난을 함께 해결하기로 작정하는 것은 얼마나 훌륭한 일인가. 이렇게 말하면 지금까지 시비를 건 것이 공연한 트집으로 판명될 듯하다. 그러나 관객이 영화를 그렇게 보도록 하는 것은 '카타르시스'에 근거를 둔다. '카타르시스'는 서양예술의 원리이고, 우리예술의 신명풀이와는 커다란 차이가 있다.

'카타르시스'를 본뜰 것인가 신명풀이를 다시 할 것인가는 깊이 따져보고 결정할 일이다. '카타르시스'는 입문 단계에서부터 잘 알고 있으나, 신명풀이라는 것은 그런 말은 들었어도 무엇인지 도무지 막연하다는 편향된 지식으로는 그 논란에 참견할 자격이 없다는 점을 미리 명심할 필요가 있다. 그래서 이 글에 대한 토론자와 단순 독자는 엄격하게 구분된다.

광경을 한참 동안 시늉말로 그려낸다. 장님이 어째서 그렇게 많은가? 눈을 뜨고 나다닌다고 생각하는 사람들도 장님이기 때문이 아닌가 하는 의문이 생기게 한다. 심봉사 눈 뜨는 장면을 우연히 듣게 된 나도 또한 '개평'으로 눈을 뜨면 다행이라는 생각이 들게 한다. 이 말은 원래 없었으나, 주를 달아 추가하는 것은 무방하다.

　신명풀이는 공연 진행에 관중이 능동적으로 개입하면서, 고통을 일으키는 공동의 문제에 대해 관중이 오히려 더욱 높은 식견을 가지고 토론할 때 이루어진다. 탈춤은 물론 판소리도 그런 신명풀이의 원리를 갖춘 민중예술로 자라났다. 고수뿐만 아니라 청중이 추임새를 제대로 해야 광대가 광대 노릇을 마음먹은 대로 할 수 있는 것이 바로 그런 원리의 구체적인 구현이다. 판소리에서 한을 나타내면서 한에 빠져들지는 않게 하는 것은, 한풀이를 신명풀이와 함께 해서 한풀이가 신명풀이이고, 신명풀이가 한풀이이게 하기 때문이다. 한과 신명을 광대 혼자 풀지 않고, 고수와 함께 풀고, 청중과 함께 풀어 그렇게 한다.

　그런데 〈서편제〉에서는 판소리 예술의 본질을 '카타르시스'로 오해하고, 신명풀이에 대해서 아무런 관심도 보여주지 않았다. 바로 그 점이 결정적인 과오이다. 그래서 스스로 의도한 바와는 아주 반대로, 판소리를 죽이는 데 한 몫 거들었다. '카타르시스'와 신명풀이를 비교해서 따져본 다음 그런 결정을 내렸다고 생각되지는 않는다.

　한쪽밖에 몰라서 남들이 하는 짓을 따라갔으리라는 혐의를 씻기 어려워 안타깝다. 그 이유가 되는 무지는 동정의 대상일 수 없다. 규탄해서 바로잡아야 한다. 규탄하지 않고 그대로 둔다면, 우리 예술의 원리를 탐구하는 것을 생업으로 삼는 내 자신이 직무유기를 한 과오를 용서받을 수 없다.

　관중의 개입을 필요로 하는 신명풀이를 폐쇄된 화면 속의 영화에다 어떻게 다시 살릴 수 있는가 문제이다. 해답을 제시하지 못했다고 나무라는 것은 무리이다. 그 문제를 두고 고심하는 것이 우선 소중한 작업이다. 판소리에서 이루어진 신명풀이를 보여주면서, 화면 속의 관객을 오늘날 관객이 따르도록 유도하는 것은 쉽사리 가능한 일이다. 오늘날의 관객이 판소리를 외롭게 들으면서, 비장한 마음으로 열애하겠다는 관념 형성을 노릴 것이 아니고, 스스로 추임새를 하면서 신명풀이에 참여하는 주체로서 자각하게 하는 것이 핵심 과제인 줄 알아야 한다. '카타르시스'의 망령을 쫓아내, 양이에게 판 혼을 되찾아야 그럴 수 있다.

　오늘날 영화를 만들면서, 유럽문명권의 '카타르시스', 인도문명권의 '라사', 우리의 '신명풀이', 또는 다른 문명권의 어떤 미학원리를 계승해서 발전시킬 것인가 하는 것이 예술세계 올림픽 종목 가운데 가장 크다. '카타르시스'는 극중의 갈등에 관중이 몰입해야, '라사'는 극중 조화에 관중이 몰입해야 이루어지는 것과 다르게, 신명풀이는 극중 갈등에 관중이 개입해 등장인물과 함께 조화를 이룩하려는 행위라고 구별해서 논할 수 있다. 그 셋 가운데 어느 것을 기본원리로 삼는가에 따라서 연극이 달라지고, 영화에서도 서로 다른 길이 열린다.

그 점을 알고, 우리는 우리 전통을 이어야 한다. 각자 자기 전통을 이어 좋은 대로 하면 된다는 것은 낡은 생각이다. 전통을 이은 새로운 창조에서 더 높은 가치를 추구해야 한다. 연극에서나 온전하게 구현할 수 있는 전통예술의 원리를 영화에서 살리는 방법을 두고 이론과 실제 양면에서 철저한 점검이 있어야 한다. 영화에 관한 세계대전이 그 점을 두고 치열하게 전개되어 마땅하다.

싸우는 진영 가운데 어느 한쪽이 이겨서 세상을 지배하자는 것은 전혀 바람직하지 않다. 각자 자기 장기를 발휘해 서로 선의의 경쟁을 하면서, 세계문화를 더욱 풍요롭게 하기 위해 애써야 한다. 그런데 우리 영화는 그런 임무를 망각하고 남의 장단에 춤을 추고 있으며, 〈서편제〉마저 예외가 아니어서, 갈 길을 잃었다.

〈서편제〉는 경치를 보여주고 판소리를 들려주는 것이 놀라워 감동을 줄 따름이고, 영화미학을 혁신한 성과는 없다는 데 대해 뼈저린 반성을 해야 한다. 그림을 그리면서 어떤 기법을 사용하든지 잊혀 있던 옛날 물건을 아주 실감나게 그려 시선을 끌면 그만이라고 하는 것과 같은 소재주의에 머물러서, 영화 발전을 위한 자극이 되지 못한다. 잊혔던 물건을 찾아내 보여준 의의는 크다 하겠지만, 그 물건을 실상과는 다르게 이지러지게 그린 잘못 또한 용서할 수 없다.

광대가 세상에서 소외되어 아무도 알아주지 않는 판소리를 외롭게 다듬기 위해 처절하게 애쓴다고 한 데서 남의 이야기를 가져와서 복제했다. 세상에서 소외되어 남들이 알아주지 않은 예술을 외롭게 가꾸는 유럽문명권

19세기말의 '저주받은 시인'들의 처지를 흉내 냈다. 보들레르가 시집《악의 꽃》서시 말미에서 "그대 위선의 독자여"라고 하면서 빈정대고, 토마스 만의 〈토니오 크뢰거〉에서 주인공 시인이 "문학은 천직이 아니고 저주이다"고 하면서 자학에 빠진 데서 확인되는 '저주받은 시인'의 의식을 뒤늦게 받아들여, 판소리광대에다 전이시켰다.

'저주받은 시인'은 대화 단절에 대한 보복으로 삶의 자연스러운 경험에서 분리되어 난해한 시를 쓰고, 예술을 그 자체로 절대시하는 방책을 택했지만, 판소리광대는 어떤 어려움이 있어도 그런 배신자가 되지는 않았다는 사실을 무시하고, 남의 장단에 춤을 추었다. '저주받은 시인'에 대해 아는 지식을 유식이라고 착각하고, 판소리에 대해서 모르는 무식은 걱정하지 않았다.

나는 한때 상징주의 시에 심취한 불문학도였다. 상징주의에서 초현실주의까지 더듬으면서 서양문학의 막다른 길을 보고 절망하다가, 초현실주의와는 정반대가 되는 봉산탈춤을 발견해 충격을 받고 국문학으로 전공을 바꾸어, 탈춤·판소리·민요 등 구비문학의 미학을 해명하기 위해 정열을 쏟았다. 그 과정을 거쳐 내 자신이 다시 태어난 경험이 있어, 〈서편제〉에 끼어든 남의 장단을 가려내는 데 남다른 관심이 있다.

영화의 제목이 〈동편제〉가 아니고 〈서편제〉인 것은 판소리의 두 경향 가운데 민중예술 쪽을 택한다는 선언이다. 추임새를 하는 청중을 사랑방에서 찾지 않고, 시장판으로 가겠다고 했다. 격조 높고 유식한 소리로 좌상객의 사랑을 받아 광대를 낮추어볼 수 없게 하려고 하지 않고, 상스러운 것을 마다하지 않고 몸을 천하게 굴리면서 하층민중과 고락을 함께 하겠다고 스스로 결정했다.

그런데 '서편제'는 恨을 쥐어짜는 판소리라고 여겨 핵심에서 벗어나고 본질을 왜곡했다. 한으로 '카타르시스'의 방책을 삼으려 하다가 청중에게 외면당한 광대를 '저주받은 시인'처럼 그리면서, 대단한 작품을 만든다는 자기도취에 빠졌다. 자기 춤을 남의 장단에 맞추어 추면 격이 높아진다고 착각했다. 그렇게 해서 판소리를 곡해하고, 우리 예술의 가치를 훼손하고,

예술 창작의 방향에 관한 세계적인 논란에서 패배를 자초한 잘못을 용서할 수 없다.

소설을 쓰든 영화를 만들든 알 것을 알아야 한다. 무식이 자랑일 수는 없다. 무식한 줄 모르는 것은 더 큰 무식이다. 문학소년 같은 치기에 들떠 유럽문명권의 예술을 동경하고 찬양하기나 하던 부끄러운 과거를 철저하게 청산하는 것이 우리 모두의 절실한 과업임을 분명하게 하고, 새 출발을 과감하게 해야 한다. 우리 전통예술의 본질을 동서고금 예술의 다양한 원리와 널리 비교해서 고찰하는 열린 안목으로, 지금 당장 우리에게 절실하게 필요하고, 온 세계 사람들에게 자신 있게 내놓을 수 있는 새로운 미학을 창조해내야 한다.

그런데 전국 각 대학 연극영화학과에서 무엇을 가르치는지, 지금 연극학교를 국립으로 세워 일을 크게 해보겠다는데, 거기서는 무엇을 가르칠 작정인지 참으로 의심스럽다는 생각을 떨칠 수 없다. 연극영화과에 우리 전통예술을 전공한 교수가 거의 없으며, 그런 교과목도 찾기 어렵다. 두세 곳뿐인 미학과에서도 남들의 미학이나 소개하고 있다. 학문의 제조업은 외면하고 수입업만 능사로 여기는 폐단이 극심하게 나타나, 우리 예술 창조를 위한 지침을 찾지 못하게 방해하고 있다.

남의 장단에 춤을 추는 것 외에 다른 방도는 없게 하고서, 정부의 시책에 힘입어 연극을 진흥하고, 국산영화를 보호하려고 한다. 연극학교를 국립으로 세운다고 해서 국면 전환이 가능한 것은 아니다. 세종문화회관에다 다시 국립극장을, 국립극장에다 다시 예술의 전당을 덧보태온 건축의 역사로 연극사를 대신할 수는 없듯이, 시설을 잘 갖춘 영화학교를 세운다고 해서 세계영화계로 진출하는 거점을 마련할 수 있는 것은 아니다.

판소리에서 이룩해서 광대가 청중과 함께 가꾸어온 신명풀이의 원리를 미학일반론으로 발전시켜, 서양의 '카타르시스' 예술론이나 인도의 '라사' 예술론과 세계무대에서 선의의 경쟁을 하는 이론 작업을 할 수 있느냐하는 것은 우리말, 김치, 판소리 다음 순서로 통과해야 하는 넷째 관문이다. 넷째 관문을 통과하기 위해서는 우리 학문의 주체적인 이론을 창조하는 능력을 최대한 발휘해야 한다.

그렇게 하는 데 차질이 있어 지금까지 지적한 모든 잘못이 빚어졌다. 우리 예술의 이론을 제대로 탐구하지 않고 널리 알리지 않아 〈서편제〉에 남의 장단이 끼어들게 했다. 소설을 쓰고 영화를 만든 사람들을 향해 비난을 퍼부은 말을 내게로 되돌려 용서를 빌고 깊이 참회하는 것이 마땅한 도리이다. 우리 예술 이론을 창조하는 작업을 하자고 젊고 의욕이 있는 인재들을 불러 모아, 막연한 서론이 아닌 알찬 본론을 함께 마련하기 시작해야 적반하장의 죄과를 조금이라도 씻을 수 있다.

시각·자료·문제

무엇을 어떻게 다룰 것인가

연극은 인류 공유의 창조물이다. 인류의 여러 갈래가 각기 이룩한 연극은 서로 같으면서 또한 다르다. 어느 문명권 또는 어느 민족이든 연극을 만들어내서, 연극이 인류 공통의 창조물임을 확인할 수 있게 한다. 누구든지 자기 연극을 경험한 바로 미루어보아 다른 쪽의 연극을 이해할 수 있다. 그러면서 다른 한편으로는 연극을 하는 원리가 제각기 특이해서 공감을 저해하기도 한다.

오늘날 연극에서도 광범위한 교류가 이루어지고 있는 것은 다행스러운 일이지만, 공통점을 매개로 한 화합보다 차이점 때문에 빚어지는 충돌이 더욱 두드러지게 나타난다. 연극에서 영화로 나아가자 충돌이 더욱 확대되었다. 이제 연극과 영화 등의 공연예술을 통해서 표출되는 문명권 충돌에 관해 본격적인 연구를 해서, 해결 가능성을 찾고, 인류 공통의 지혜를 재확인하고 확대하는 창조적인 작업을 힘써 해야 할 시기에 이르렀다.

연극은 여러 형태의 공연예술 가운데 일찍 자리를 잡고 높이 평가되는 위치를 차지해서 특히 중요시될 뿐만 아니라, 곡예, 춤, 재담, 노래, 시 읊기, 책 읽기 등 다른 여러 가지 연희를 하나로 통합하는 종합적인 구현물로서 커다란 의의가 있다. 광범위한 관중의 호응을 받아야 번성할 수 있는 대중적인 흥행물인 연극이 어느 사회가 어느 시기에 추구하고 있는 최고 가치관의 표현물로 인정되기도 해서, 상하층의 문화가 만나게 하는 구실 또한 깊이 주목하고 평가해야 한다.

인류의 연극이 서로 같고 다른 점을 밝히는 연극사 연구를 깊이 하면,

문학사·예술사·사상사·사회사가 서로 만나는 지점을 확인할 수 있고, 그 모두를 함께 포괄하는 총체적인 역사를 해명하는 성과를 거둘 수 있다. 그 작업은 지금까지의 세계사를 세계사답게 이해하는 새로운 이론을 창출하기 위해서 절실하게 필요할 뿐만 아니라, 인류가 지금 당면하고 있는 고민을 해결하고, 바람직한 미래를 창조하는 데 크게 기여할 수 있다.

오늘날 인류가 겪고 있는 세계사적 불행의 이유는 대부분 유럽문명권의 횡포에 있다. 지구상에 여러 문명권이 공존하는 것은 오래 전부터 있었던 일이며, 중세시기에 뚜렷하게 나타난 문명권 구획이 오늘날까지 이어진다. 그 때문에 인류가 불행해진 것은 아니다. 문명권마다 자기 특색을 구현하는 서로 다른 가치관은 인류의 이상을 각기 그 나름대로 추구한 결과이므로, 서로 평화롭게 공존하면서 상보적인 관계를 가질 수 있다. 중세에는 오히려 그럴 수 있었다.

그런데 근대에 이르자 유럽문명권 열강이 세계 도처에서 식민지 지배를 하면서 사정이 달라졌다. 배타적인 타당성을 주장하는 자기네 가치관을 다른 문명권에서도 일제히 받아들이라고 강요해서 충돌이 격심해졌다. 문명권의 충돌이라는 것이 그 때문에 생긴 세계사적 사건이다. 유럽문명권의 일방적인 우위에서 진행된 문명의 충돌이 인류를 불행하게 하고 있다.

生克論의 관점에서, 그런 사태에 관한 예비적인 논의를 좀 더 진전시키기로 하자. 문명권을 갈라놓는 서로 다른 가치관은 인류 공동의 이상을 더욱 생동하고 다채롭게 달성하는 원동력일 수도 있고, 세계의 분열을 격심하게 만들어 가치관 논쟁을 넘어서서 물리적인 힘을 동원해서라도 승패를 가르지 않을 수 없게 하는 불행의 원인일 수도 있다. 그런 양면성이 분리되지 않고 함께 작용해서 갈등 극복의 싸움을 싸움답게 해야 조화로운 생성을 이룩할 수 있다.

그런데 유럽문명권에서 근대라는 새로운 시대를 만드는 데 앞장서면서 그런 규칙을 함부로 어기는 반칙을 일삼았다. 조화와 갈등, 생성과 극복을 갈라놓고서, 조화 또는 생성 쪽은 버리고, 갈등 또는 극복 쪽만 일방적으로 확대시켰다. 그런 잘못을 진단하고 치유하는 실제작업의 하나로 이 연구가 이루어진다.

실제작업의 사례를 공연예술에서 택한 것은 공연예술이 그 자체로 소중한 가치가 있다고 하는 막연한 이유 때문만은 아니다. 세계사적 질병의 증세를 진단하고 치료법을 개발하는 데 공연예술이 적합한 사례라는 것이 더욱 긴요한 이유이다. 사태가 심각한 곳에서 해결의 방책을 찾아 반전을 꾀하고자 한다.

경제적인 불평등이 더 큰 문제라고 할 수 있다. 정치적이거나 군사적인 지배와 피지배의 관계가 아직도 광범위하게 남아 있다. 그러나 경제나 정치 또는 군사면에서는 기대하기 어려운 불평등 시정이 문화에서는 가능하다. 그렇게 하는 데 공연예술이 앞설 수 있다. 여러 문명권 많은 민족이 문화창조에서 서로 대등한 관계를 가지고 다양한 역량을 보이는 것이 인류 전체의 삶을 풍요롭게 하는 길임을 입증해서 세계사의 진행을 전면적으로 바로잡는 전환점을 마련해야 한다.

공연예술은 문명의 충돌이 부당하게 전개되어 빚어낸 폐해를 극명하게 보여주면서, 그런 비정상을 시정할 수 있는 가능성을 찾을 수 있는 사례이기도 한 이중의 성격이 있어 다른 무엇보다 먼저 집중해서 검토할 필요가 있다. 지배와 피지배의 관계는 뒤집어놓아야 종식될 수 있다는 단견에서 벗어나서, 서로 대등한 관계에서 벌이는 투쟁이 곧 화해인 생극론의 원리를 해결책으로 삼아 마땅하다는 것을 공연예술을 고찰하면서 제시할 수 있다. 공연예술 가운데 영화는 경제적인 이해관계가 첨예하게 걸려 있는 상품이어서 세계 여러 나라가 국력을 동원해서 육성하고 수출하려고 하므로, 영화를 통해서 경제와 정치의 갈등 양상도 깊이 다룰 수 있다.

지금 공연예술은 세계 도처에서 중병을 앓고 있어 사태가 심각하다. 유럽문명권 연극의 기본원리인 '카타르시스'가 세계를 제패하고 있어서 생기는 차질 · 파탄 · 갈등이 심각하다. 고대그리스 이래로 유럽문명권에서 널리 존중되어온 관습에 의거해서, 연극의 최고형태는 비극이고, 비극의 원리인 '카타르시스'만이 연극미학으로서 진정한 가치를 가진다고 하는 일방적인 주장이 다른 문명권에 널리 침투해서 파괴 작용을 한다.

　문화 창조의 전통이 유럽과는 다른 세계 여러 곳에서 유럽문명권의 가치관을 그대로 받아들여 세계적인 의의를 독점해서 가진 일반이론으로 받드는 많은 사례 가운데 ‘카타르시스’를 내세우는 비극론만큼 분명하고, 또한 치명적인 것을 더 찾기 어렵다. ‘카타르시스’가 세계연극의 일반이론이라고 하는 주장은 세계연극의 다양성 이해를 저해하고, 유럽이 아닌 다른 여러 문명권 연극의 독자적인 전통을 훼손하고, 오늘날 연극 창조의 방향을 그릇되게 하니 용납할 수 없다. 그 잘못을 지적하고 비판하는 데 그치지 않고, 세계연극의 일반이론을 다시 수립하는 대안을 제시하는 데까지 이르러야 한다. 세계연극의 다양성과 통일성을 실상 그대로, 그러면서도 이치에 맞게 해명하면서 연극 창조의 방향을 제시할 수 있어야 한다.

　세계연극의 일반이론을 ‘카타르시스’에서 찾는 것은 유럽문명권 열강이 세계를 침략해 식민지를 통치하면서, 자기네는 우월하기 때문에 통치자의 위치에 서는 것이 정당하다고 하기 위해서, 자기네 문명의 연원인 고대그리스문명을 최대한 미화한 책동의 하나이다. 그 점에 관해서는 세계문학사 서술의 허위를 논파하고 진실을 추구하는 저술에서 다각도로 고찰한 바 있다.19) 그러므로 이미 한 작업을 여기서 더욱 진척시킨다.

　그런데 연극이 영화로 이어지면서 새로운 국면이 벌어진다. 유럽문명권의 새로운 강자 미국이 ‘카타르시스’를 기본원리로 한 영화를 거대한 규모로 대량 만들어서 세계 전역에 침투시켜, 다른 영화가 견디어내지 못하게 한다. 영화는 대중의 호응이 가장 넓은 문화 창조물이면서 또한 높은 소득을 가져오는 상품이어서, 엄청난 파괴력을 가지고 있다. 지금의 미국 영화는 한 세기 전에 영국 군함이 지녔던 것보다 더 큰 힘을 가지고 더 넓은 세계를 뒤흔들고 있다. 영화 전쟁에서 망하지 않고, 자기 영화를 살리는 것은 민족해방을 위한 정치적 투쟁의 성취보다 오히려 더 어렵다.

　우리 한국도 영화전쟁을 치르면서 세계의 분란에 깊이 말려들고 있다. 미국 영화 때문에 국산영화가 망하는 것을 그냥 보고 있지 말고, 정부 당국자가 앞장서서 미국 영화 수입을 제한하고, 국산영화를 보호하라고 요

───────────────

19) 《세계문학사의 허실》에서 한 작업이다.

구하는 것은 한국뿐만 아니라 다른 어느 나라에서도 영화전쟁에서 살아남고 또한 승리하는 길이 아니다. 미국영화의 근본원리와 대응되는 원리를 발견해야 한다. 영화의 뿌리가 연극에 있는 것을 바로 알아, 영화의 문제를 연극에서 다루어야 한다. 우리가 그 일을 하는 데 남다른 열의를 가져 마땅하다고 생각해서 이 책을 쓴다.

‘카타르시스’와 신명풀이의 우열 시비를 역전시키자는 것은 아니다. 그 둘은 공연예술의 기본원리로서 각기 그것대로의 전통과 의의가 있으므로 공존해야 마땅하다. 예술 자체의 경쟁이 아닌, 정치적이거나 경제적인 승패에 따라서 그 가운데 어느 것이 다른 것을 일방적으로 침해하는 오늘의 사태는 인류의 불행이다. 그 점을 지적하고 비판하기 위해서 ‘카타르시스’와 신명풀이의 내력과 원리에 대한 본격적인 비교연구가 필요하다고 했다.

공연예술의 기본원리는 그 둘만이 아니고, 다른 것들이 더 있다. 우선 쉽사리 생각할 수 있는 것이 ‘라사’이다. 고대그리스연극에서 유래한 ‘카타르시스’, 인도산스크리트연극의 기본원리인 ‘라사’, 그리고 한국의 민속극에서 뚜렷한 모습을 드러낸 ‘신명풀이’는 연극미학의 기본원리로서 각기 소중한 의의를 가지고 서로 비교될 수 있는 특징이 있다.

그 셋을 함께 다루어, 유래와 특징을 비교하는 연구가 아직 한 번도 시도되지 않아, ‘카타르시스’의 횡포를 저지하는 이론적인 준비를 갖추지 못하고 있다. 유럽문명권에서는 ‘카타르시스’의 의의를 일방적으로 주장하고, 인도인들은 ‘카타르시스’와 ‘라사’의 논쟁을 벌여, ‘라사’를 옹호하는 등의 기존의 작업이 있다. 그러나 ‘카타르시스’ · ‘라사’ · ‘신명풀이’를 함께 비교해서 세계적인 범위의 일반론을 마련하고자 한 것은 아니다.

‘카타르시스’와 ‘라사’의 논쟁에다 ‘신명풀이’를 하나 더 보태 삼파전을 벌이는 것은 뒤늦게나마 우리 한국도 국제경기에 참가하자고 나서는 처사로 보인다. 참가에 의의가 있을 뿐 볼 만한 결과는 기대하기 어렵다고 할지 모르나 ‘카타르시스’ · ‘라사’ · ‘신명풀이’는 각기 삼각형의 꼭지점 하나씩을 차지하고 있다고 할 수 있는 양상의 대립적인 관계를 가지고 있다.

그 셋은 그리스 · 인도 · 한국의 국가대표로서 의의가 있다고 할 만한 차원을 넘어서서, 유럽문명권, 남-동아시아문명권, 동아시아문명권의 의식 구조가 어떻게 근본적으로 다른지 입증해주는 놀라운 증거이다. 연극에 관한 인류 공동의 창조가 상이하게 구현되는 진폭을 잘 보여준다. 서로 대등한 위치에 놓고 함께 고찰해야 진정으로 보편적인 연극미학 일반론을 이룩할 수 있다.

연극미학의 기본원리가 '카타르시스' · '라사' · '신명풀이'로 한정되지는 않고, 그 밖에 다른 것이 더 있으리라고 믿는다. 이 연구는 거기까지 나아가지 못하는 한계가 있다. 여기서는 그 셋을 한 자리에 두고 서로 견주어 살피는 데 그친다. '카타르시스' · '라사' · '신명풀이'가 아닌 다른 어떤 원리가 그 셋과 대등한 위치에 있어서 셋이 아닌 넷 또는 다섯 사이의 관계를 다시 논해야 하는지는 직접 확인할 수 없다. 그 점이 이 연구의 한계이다.

그러나 '카타르시스' · '라사' · '신명풀이' 가운데 어느 것에 해당한다고 바로 말할 수 없는 원리는 그 셋 가운데 어느 것의 변이형이거나 어느 두 가지의 복합형이라고 보아 논의를 확대할 수 있기를 기대한다. 세계 연극의 수많은 사례를 가져와서 그 작업을 진행하려고 한다. 그렇게 해서 '카타르시스' · '라사' · '신명풀이'가 세계연극의 세 가지 기본원리임을 입증하는 데까지 이를 것이다.

'카타르시스' · '라사' · '신명풀이'가 어떤 점에서 서로 같고 다른지 밝히는 것이 본론 전개의 긴요한 작업이다. 그렇게 하기 위해서 삼자 비교의 기본적인 모형을 사용하는 것이 유익하다. 그것은 셋 가운데 하나는 다른 둘의 중간형태라는 사실을 세 번 지적해서, 셋이 모두 각기 그것대로 중간형태임을 밝히는 방법이다.[20]

그 모형을 사용해서 다루는 대상이 셋임을 증명하자는 것은 아니다. 다루는 대상이 셋이 아니고 넷이나 다섯이면 다른 모형을 사용해야 하는 것이다. 또한 그 모형을 사용해서 나타낼 수 있는 대립항들이 이 책에서 연구해서 밝힌 모든 사실을 충분하게 포괄하지는 못한다. 그러나 비교논의

---

20) 《문학연구방법》(서울: 지식산업사, 1980), 131~145면에서 그 모형에 관해 논하고 실례를 제시했다.

의 대상으로 삼은 셋이 서로 어떤 관계에 있는지 정리해 보여주는 데 그보다 더 유용한 방법이 없어, 적극 이용하기로 한다.

'카타르시스' · '라사' · '신명풀이'는 각기 그것대로의 독자적인 원리를 구현하고 있어서 서로 대립되면서, 또한 연극 창조의 세 가지 기본방향이어서 상보적인 관계를 가진다. 서로 다르다는 것이 충돌의 원인이 되기만 한 이유는 '카타르시스'의 일방적인 확대와 횡포 때문이다. 이제 그런 불균형을 시정하고, 서로 다르기 때문에 화합할 수 있는 새로운 관계를 모색해야 한다.

어느 한 가지 원리를 기본으로 하면서 다른 둘을 받아들여 융합을 꾀하는 것도 있을 수 있다. '카타르시스'는 갈등을, '라사'는 조화를 근본으로 한다면, 신명풀이는 갈등에서 조화로 넘어갈 때 이루어진다고 할 수 있다. 그렇기 때문에, '카타르시스'와 '라사'의 대립을 '신명풀이'에 의해서 해결하는 것이 바람직한 방안일 수 있다.

카타르시스 · 라사 · 신명풀이 이해의 자료

'카타르시스'는 고대그리스 시대 아리스토텔레스(Aristoteles)의 《시학》에서 처음 사용한 용어이다. '카타르시스'는 고대그리스연극의 원리이다. 고대그리스연극의 전성기가 지난 다음 시기인 기원전 6세기에 문학창작법을 정리한 《시학》을 저술해서, 연극 가운데 특히 비극이 문학의 다른 갈래와 어떻게 다른지 설명하느라고 '카타르시스'론을 전개했다.[21]

---

21) 아리스토텔레스의 《시학》에 관해서는 천병희 역, 《시학》 (서울: 문예출판사, 1977); Gerand Else tr., *Aristotle's Poetics* (Cambridge, Mass.: Havard University Press, 1967); Roselyne Dupont-Roc et Jean Lallot tr., *Aristotle: La Poétique* (Paris: Seuil, 1980); S. H. Butcher, *Aristotle's Theory of Poetry and Fine Art* (Dover, 1951); Humphry House and Colin Hardie, *Aristotle's Poetics* (London: Ruper Hart-Davis, 1956); James Hutton, *Aristotle's Poetics* (New York: Norton, 1982)를 참고한다.

‘라사’는 인도 사람 바라타(Bharata)가 지었다고 전하는 책《나티아사스트라》(Natyasastra)에서 유래한 개념이다. 그 책은 인도 고전극을 대표하는 산스크리트연극이 아직 본격적으로 발전하기 전인 기원후 2세기 경에 이루어진 것으로 보인다. 거기서 연극을 비롯한 공연예술 전반의 지침을 마련하면서, 연극의 본질은 ‘라사’를 불러일으키는 데 있다고 했다.22)

신명풀이는 문헌에 올라 있지 않고 구두로 전해온 말이다. 오늘날의 연구자들이 한국 전통극의 특징을 논하면서 신명풀이를 중요시하게 되었다. ‘카타르시스’·‘라사’와 ‘신명풀이’는 연조나 품격이 서로 달라 나란히 열거하기 어렵다고 할지 모른다. 그러나 그 세 가지 용어는 연극미학의 기본원리를 말한다는 점에서 서로 대등한 위치에 선다 하겠으므로, 한자리에서 비교해서 논할 수 있다.

‘카타르시스’는 “깨끗하게 하기”라는 뜻이며, 한자어로 옮기면 ‘淨化’라고 할 수 있다. ‘라사’는 ‘느낌’이라는 말인데, 한자어를 사용해서 ‘美感’이라고 번역할 수 있다. 연극을 하기 전에 이미 있는 연극 밖의 느낌인 ‘情感’을 연극 안으로 가져와서 예술표현물로 재창조해야 ‘美感’이 된다고 하므로, 그 두 말을 획연하게 구별할 필요가 있다.23)

---

22) 《나티아사스트라》는 고승길, 《동양연극연구》에서 소개해서 국내에도 알려지게 되었다. 산스크리트 원문은 읽지 못하므로, Manomohan Ghosh tr,, *The Natyasastra* (Calcutta: The Royal Asiatic Society of Bengal, 1950); J. L. Masson and M. V. Patwardhan tr., *Aesthetic Rapture, the Rasadhyaya of the Natyasastra* (Poona: Decan College, 1970); G. K. Bhat, *Bharata on the Theory and Practice of Drama* (Poona: Bhandarkar Oriental Research Institute, 1975); Adya Rangacharya tr., *Natyasastra* (Bangalore: IBH Prakashana,1986); A Board of Scholars tr., *Natyasatra* (Delhi: Sri Satguru, 1988); Lyne Bansat-Boudon, *Poétique du théâtre indien: Lectures du Natyasastra* (Paris: École Française D’Extrême-Orient, 1992)를 참고해서 내용을 이해한다. 개략을 파악할 때에는 Bhat의 책이, 원문의 모습을 짐작할 수 있는 직역이 필요할 때에는 Ghosh의 책이 특히 긴요하다. 앞으로 인용할 때에 인용의 용도에 따라 그 둘 가운데 하나를 택한다.

23) 연극 밖의 “bhavas”가 연극 안에서는 “rasa”가 되는 관계에 있다고 하는데, 이 두 말을 Manomohan Ghosh tr., *The Natyasastra*; J. L. Masson and M. V.

  그러나 번역어의 한자 어원에서 그 말뜻을 찾는 것은 적합하지 않으므로, 번역어를 택하지 않고, '라사'라는 표기를 계속 사용하기로 한다. 신명풀이는 그 자체로 쉽게 이해되는 말이므로, 한자어로 옮길 필요가 없으나, 구태여 가까운 것을 찾으면 '興趣'와 유사하다고 할 수 있다. 그 셋은 말뜻만 살펴도 서로 가까운 관계에 있다는 것을 알 수 있다.

  '카타르시스' · '라사' · '신명풀이'는 셋 다 연극이 관객에게 어떤 작용을 하는가를 지칭하는 말이다. 연극을 보는 관객이 마음에 쌓인 괴로운 느낌을 씻어내고 깨끗하게 되는 정화를 체험하는 것이 '카타르시스'이다. 연극의 관객이 정신적으로 고양되게 하는 바람직한 미감을 '라사'라고 한다. 관객이 연극 진행에 참여해 마음속에 간직했던 바를 풀어내어 흥겨움을 누리는 것이 신명풀이이다.

  그 셋은 연극은 관객을 위해서 공연되므로 관객의 반응을 존중해야 한다는 공통된 전제에서 연극미학의 기본이론을 이룩하는 점에서 서로 일치한다. 관객의 마음을 바람직한 상태로 이끌어가는 것이 연극의 의의라고 하는 점에 관해서도 차이가 없다. 그러면서 관객의 반응 또는 관객의 마음을 이끌어가는 방식이 서로 달라 상이한 이론을 마련하게 했다.

  개념적인 논의를 하면 이처럼 서로 공통점은 크고 차이점은 작은 것 같은 '카타르시스' · '라사' · '신명풀이'가 연극미학의 기본원리로서 서로 심각한 대립을 보여주는 이유는, 그 세 가지 원리를 각기 구현한 연극의 실상이 서로 아주 다르기 때문이다. '카타르시스'의 원리를 구현한 고대그리스연극 가운데 소포클레스(Sophocles)의 《오이디푸스왕》(Oedipus Tyranos)을 본

Patwardhan tr., *Aesthetic Rapture, the Rasadhyaya of the Natyasastra* ; Lyne Bansat-Boudon, *Poétique du théâtre indien: Lectures du Natyasastra*에서 번역한 전례와 나의 번역 시안을 표로 나타내면 다음과 같다. "——"는 번역을 하지 않았다는 말이다. 다른 번역서에서는 두 말 모두 번역을 하지 않고 원어를 그대로 사용하기만 했다.

	Ghosh	Masson	Bansat-Boudon	
bhava	state	emotion	sentiment	情感
rasa	sentiment	——	saveur	美感

보기로 들 수 있다.24) '라사'를 잘 갖춘 연극의 모범사례는 칼리다사(Kalidasa) 의 《사쿤탈라》(Abhijnanasakuntala)라고 할 수 있다.25) '신명풀이' 연극의 실 상을 확인하는 좋은 자료가 《봉산탈춤》이다.26) 그 세 작품을 서로 견주어보면 '카타르시스'·'라사'·'신명풀이'가 개념 차원 이상의 다양한 성격 차이가 있음 을 알 수 있다.

'카타르시스'에 관한 아리스토텔레스의 논의는 아주 간략하지만, 《오이 디푸스왕》과 같은 작품의 실례를 들어보면, 뜻하는 바가 단순하지 않음을 알 수 있다. 《나티아사스트라》에서 찾을 수 있는 '라사'론은 훨씬 구체화 되어 있지만, 칼리다사가 남긴 작품에서 볼 수 있는 더욱 풍부한 내용을 들어 그 내용을 보완해서 이해해야 마땅하다. 신명풀이는 고전적인 이론 의 원천이 없는 구두용어여서 정체불명이라고 할 수 있으나, 《봉산탈춤》 을 한 편만 들어보아도 만만치 않은 의미가 있음을 알아차릴 수 있다. 작 품에서 제시하고 있는 바를 최대한 받아들여 이론적 명제가 정립되어 있 지 않은 미비점을 보충하는 것이 긴요한 과제이다.

---

24) 이 작품의 자료는 천병희 역, 《오이디푸스왕》 (서울: 문예출판사, 1988); Harold Bloom ed., *Sophocles' Oedipus Rex* (New York: Chelsa, 1988); Pierre Gravel, *Pour une logique du sujet tragique: Sophocle* (Montréal: Les Presses de l'Université de Montréal, 1980)을 이용한다.

25) 이 작품의 원명을 영어로 직역한 말은 *Sakuntala and the Ring of Recollection* (사쿤탈라와 회상의 반지)인데, 주인공의 이름을 따서 흔히 Sakuntala라고 약칭된 다. 이 작품의 자료는 Barbara Stoler Miller ed., *Theater of Memory, the Plays of Kalidasa* (New York: Columbia University Press, 1984); Kalidasa, "Sakuntala", in C. R. Devadhar, *Works of Kalidasa* vol. 1 (Delhi: Montilal Banarsidas, 1966); Kalidasa, *Sakuntala with a Introductory Essay by Rabindranth Tagore* (London: Macmillan, 1920); Kalidas, "Sakunkala" in John D. Yomannan ed., *A Treasury of Asian Literature* (New York: John Day, 1956) 를 이용한다.

26) 이 작품은 이두현, 《한국가면극》 (서울: 문화재관리국, 1969) 소재 〈봉산탈춤〉을 주자료로 이용한다. 같은 저자의 《한국의 탈춤》 (서울: 일지사, 1981)에도 그 자료 가 수록되어 있다. 심우성 편, 《한국의 민속극》(서울: 창작과 비평사, 1975); 전경 욱 역주, 《한국고전문학전집 8, 민속극》 (서울: 고려대학교 민족문화연구소, 1993) 에 수록된 임석재 채록본을 이용하는 것도 좋다.

최초의 이론이 미비하다고 보고 이를 보완하고 재정립하고자 하는 노력은 꾸준히 계속되어왔다. 아리스토텔레스는 간략하게 언급하는 데 그친 '카타르시스'에 관해서, 《시학》을 재발견해서 문학론의 지침으로 삼은 17세기 이후의 논자들이 새로운 논의를 거듭해서 대단한 의미를 부여한 성과가 누적되어 있다. '카타르시스'를 특별히 강조해서 논하지 않으면서 비극 또는 비극적인 것에 관해서 고찰하는 작업은 그보다 더 많이 진척되어, 유럽문명권에서 이룩한 문학론 또는 예술론의 근간을 이룬다. 그렇게 해서 고대그리스의 비극이 인류가 이룩한 최고 형태의 예술의 변함없는 모형이고, '카타르시스'를 성취하는 비극이 인간 존재의 본질에 가장 깊숙이 자리 잡은 불변의 가치를 지닌 사고형태의 표출이라고 한다. 그런 생각에는 유럽문명권 종교사상의 전통이 깊이 개재해서, 예술론이 이념적인 성향이 짙은 사상론이게 했다.

'라사'에 관한 논의를 처음 전개한 《나티아사스트라》에서는 연극에서 미감을 어떻게 구현할 것인가 하는 실제적인 문제에 관심을 가졌을 따름인데, 그 뒤에 관심의 확대와 변이가 나타났다.27) 산스크리트연극이 쇠퇴한 9세기 이후에는 '라사'를 시론 또는 예술 일반론의 원리로 확대해서 해석하고, 거기다가 종교적 배경을 가진 정신적인 의미를 크게 부여하는 작업을 거듭해 왔다. 그런 전통을 오늘날의 인도 학자들이 충실하게 이어서, 인간의 예술 활동을 모두 포괄해서 한꺼번에 논하는 궁극적인 이론을 '라사'를 근거로 해서 마련하려고 하고 있다 유럽문명권의 문화적인 침투에 대항해서 인도예술의 전통을 지키고, 근대적인 사고의 폐단을 극복하는 새로운 정신주의의 강령을 마련하는 데 '라사' 이론이 커다란 의의를 가진다고 한다.

《나티아사스트라》는 분량이 많을 뿐만 아니라 연극과 무용의 여러 문

---

27) V. Raghavan, *Sanskrit Drama, its Aesthetics and Production* (Madras: Paprinpack, 1993); Rachel van Baumer and James K. Brandon ed., *Sanskrit Drama in Performance* (Honolulu: University of Hawaii Press, 1981); P. V. Kane, *History of Sanskrit Poetics* (Delhi: Motil Banarsidass, 1971)에서 그런 추이에 관해서 서술했다.

체에 관해 자세한 서술을 했다. 《시학》은 우리 말로 번역되어 많이 읽히고 있으나, 《나티아사스트라》는 한 번도 번역되지 않았으며 그 내용이 알려지지 않았다. 《시학》은 연극이나 문학을 공부하는 사람은 누구나 잘 알고, 그 방면의 개론서에서 반드시 소개하고 크게 평가하고 있는 것과 다르게, 《나티아사스트라》는 인도연극에 대해서 특별히 관심을 가지는 소수의 전공자가 아니고서는 이름조차 알지 못한다. 그런 불균형을 하루 빨리 시정해야, 우리 학문의 발전이 정상화된다.

신명풀이에 관해서는 《시학》이나 《나티아사스트라》에 상응하는 이론서를 만든 전례가 없다. 그래서 이론 정립의 작업이 전적으로 오늘날의 연구자에게 부과되어 있다. 그렇게 하는 것이 어려운 일은 아니다. 신명풀이의 의의를 깊이 있게 논의하기 위해서 전통극 자체에서 논거를 보완하는 데 그치지 않고, 한국 예술이나 사상의 전통에서 광범위한 뒷받침을 얻을 수 있다. 13세기 이래의 시론에서 거듭 내세운 '興趣'론을 끌어들여, 신명풀이의 의미를 심화하고, 신명풀이가 시를 포함한 예술활동 전반의 원리임을 입증할 수 있다.

신명풀이의 사상적인 연원과 의의를 밝히는 것이 가능하고 또한 필요하다. 멀리는 자기 자신이 춤을 추고 노래하면서 전국 각처를 돌아다녔다고 하는 元曉의 행동과 사상을 가져오고, 가까이는 사람의 神氣가 발동되는 것을 가장 소중하게 여긴 崔漢綺의 발상을 원용해서, 신명풀이의 철학을 다시 정립할 수 있다. 그렇게 해서 '신명풀이'론을 '카타르시스'론이나 '라사'론과 대등한 수준 또는 그 이상으로 끌어올리는 작업을 오늘날의 학자가 해야 한다. 그러면서 거기서 더 나아가 한국학의 세계화를 위한 비교연구에 힘써야 한다.28)

'신명풀이'론을 발전시켜 '카타르시스'론이나 '라사'론과의 경쟁에서 이기는 것을 목표로 삼으려고 하지는 않는다. 아직 별다른 전례가 없는 '신명풀이'론을 새롭게 정립하는 작업 자체를 '카타르시스' · '라사' · '신명풀

---

28) 근래에 낸 한국문학 입문서 《한국문학 이해의 길잡이》 (서울: 집문당, 1996)의 마지막 대목에서 〈한국학의 국제화를 위한 비교문학〉에 관해 논의했다.

이'의 관계를 바르게 이해하는 틀이 되게 만들고, 그 셋이 인류가 이룩한 연극미학의 기본원리로서 어떤 경쟁적이고 상보적인 의의를 가지고 있는지 밝히고자 한다. 그렇게 해서 인류의 지혜를 하나로 모으는 세계 학문의 과업을 성취하고자 한다.

'신명풀이'론은 '카타르시스'론이나 '라사'론보다 뒤떨어져 있으므로 새로운 작업을 방해하는 인습이 없어서, 그런 목표를 달성할 수 있게 한다. '카타르시스'론이나 '라사'론을 개조해서 인류 전체의 연극미학을 다시 이룩하는 데 쓸 수는 없지만, 아직 이루어지지 않은 '신명풀이'론을 그렇게 만드는 것은 쉽사리 가능하다. 그것이 바로 후진이 선진으로 역전되는 논리이다.

카타르시스와 라사의 논쟁에서 재확인되는 문제

영국이 인도에서 식민지통치를 할 때 유럽문명권 학자들이 인도의 고전극인 산스크리트연극을 발견하고, 거기에 대한 연구를 시작했다. 산스크리트라는 언어와 함께 그 언어로 이루어진 오래 되고 방대한 문학의 유산은 유럽인들에게 커다란 충격이고 경이였다. 그 때문에 유럽문명권의 문화적 우위가 의심스럽게 되어, 영국의 인도 통치, 또는 유럽문명권 각국의 다른 문명권 여러 민족 지배를 합리화하기 어렵게 되었다. 유럽에서 인도의 고전을 연구하는 학자들은 연구대상의 실상을 밝히는 학문적인 작업을 하는 한편, 그 의의를 폄하하는 서로 상반되는 이중의 구실을 수행해야 했다.

그래서 유럽의 학자들은 인도의 고대문명이 대단한 것은 사실이지만 유럽문명의 연원인 고대그리스문명이 그보다 상위에 있다는 것을 입증해야만 했다.[29] 그래서 고대그리스 특히 아테네에서는 다른 어디에서도 찾아볼 수 없는 민주정치가 이루어졌다고 하는 것이 필요한 주장의 하나이다.

---

29) 그런 관점을 택한 유럽문명권중심주의가 세계문학사 서술을 얼마나, 어떻게 왜곡해왔는가 《세계문학사의 허실》에서 자세하게 밝혀 논했다.

연극은 그런 비교론을 전개하는 데 정치형태보다 더욱 유리한 증거였다.

고대그리스문명의 커다란 자랑거리가 연극이다. 고대그리스의 연극은 다른 어느 곳의 연극보다 먼저 발전되었으며, 많은 작품이 남아 있고, 《시학》 같은 이론서가 함께 전하는 등의 이유에서, 인간 존재에 대한 가장 심오한 탐구를 최고의 표현 형태를 갖추어 나타냈다고 주장할 수 있게 하는 증거를 다각도로 갖추었다. 인도연극은 그보다 나중에 이루어졌다. 고대그리스연극은 기원전 6세기에 특히 발달한 것과는 다르게 인도의 산스크리트연극은 기원후 5세기경에 이르러서야 전성기에 이르렀다. 《시학》과 비교되는 《나티아사스트라》는 기원후 2세기쯤의 저술이니, 그것 또한 현저한 격차가 있다.

그래서 유럽학자들은 그리스연극과 인도연극의 비교론을 전개하면서, 인도연극은 그리스연극의 영향을 받아 이루어졌다고 했다. 또한 그리스연극이 보여주는 연극의 최고형태인 비극을 제대로 갖추지 못하고 있는 인도연극은 가치의 등급이 그만큼 뒤떨어진다고 했다. 그 두 가지 주장은 상반된다. 인도연극에서 비극을 갖추지 못하고 있는 것은 인도연극이 독자적으로 형성된 증거일 수 있다.

그런데도 그 두 가지 주장이 함께 제시되었다. 그 둘 다 유럽을 높이고 아시아를 낮추는 구실을 함께 수행하고 있어서, 효용이 같으니 둘 다 동시에 필요하고, 논리적 연관성이 결여된 것은 그리 문제가 되지 않았다. 두 가지 주장을 나란히 열거하면, 인도연극은 그리스연극의 영향 덕분에 이루어졌으면서 연극의 최고형태인 비극은 받아들이지 못해서 이중으로 열등하다고 해서, 유럽인의 우월감을 확인하는 데 더욱 유익하게 쓸 수 있었다.

인도연극은 그리스연극의 영향을 받아 이루어졌다는 견해를 19세기말의 유럽 학자들이 거듭 제기했다. 알렉산더대왕이 인도 북부를 정복한 시기에 그리스의 배우들을 데려가 그리스연극을 공연하는 것을 보고 인도연극이 시작되었다는 추정을 그 근거로 삼고, 영향관계의 구체적인 증거를 인도연극에서 찾으려고 했다.

빈디쉬(Windisch)의 《인도연극에 끼친 그리스의 영향》(*Die griechische*

Einflüss im indischen Drama, 1882)에서는 그리스연극 가운데 메난데르 (Menander)의 '신희극'(new comedy)이 인도연극에 수용되어, 인도연극의 대표적인 형태인 '나타카'(nataka)를 이루었다고 했다. 레비(Lévi)의 《인도 연극》(*Le théâtre indien,* 1890)에서는, 직접적인 연관관계가 있다고 하는 그런 견해는 부적당하다고 하고, 인도연극의 사상적 배경이 되는 대승불 교가 그리스사상의 영향을 받아 이루어진 것과 같은 간접적인 영향을 중 요시해야 한다고 했다.

기존의 논의를 종합해서 정리한 케이스(Keith)의 《산스크리트극》(*The Sanskrit Drama,* 1924)에서는 인도연극에 끼친 그리스연극의 영향이 다 방면에 걸쳐 복합적으로 나타났으므로, 어느 특정한 사실을 들어 그 증거 로 삼는 것은 적당하지 않다고 했다. 그리스의 조각을 보고서 인도인이 불 상을 만들었듯이 인도연극에 끼친 그리스연극의 영향 또한 인도에 적합한 방식으로 변형되어 있는 것을 주목하자고 하면서, "인도는 차용한 것을 변 형시키고 동화시키는 특이한 재능을 지녔다"고 했다.30) 칭찬하는 말을 곁 들여 인도연극의 독자성을 옹호하는 듯한 논의를 펴서, 그리스연극과 인 도연극의 연관관계를 재론의 여지가 없는 사실로 고착화시켰다.

그런데 그리스의 '신희극'과 인도의 '나타카'는 남녀의 사랑에서 생기는 시련을 다루다가 행복한 결말에 이른다는 점이 서로 일치하기는 한다. 그 러나 그런 것은 한국 고전소설에서도 흔히 보이는 세계문학의 일반적인 형태의 하나이다. 세계문학의 일반적인 형태를 영향관계의 증거로 삼을 수는 없다.

더구나 '신희극'은 일상생활의 세계를 보여줄 따름이지만, '나타카'에서 는 일상생활 안의 영역과 그 위의 영역이 함께 존재하고, 일상생활 위의 영역에서는 사람과 신이 서로 구별되지 않는 '神人合一'이 이루어지는데, 그런 사고형태가 그리스에는 없다. 대승불교가 그리스사상의 영향을 받아 이루어졌다고 하는 견해는 경쟁의 대상에서 자극을 받은 것도 영향이라고

---

30) A. Berriedale Keith, *The Sanskrit Drama in its Origin, Development, Theory, and Practice* (Oxford: Clarendon, 1924), 68면

할 때에만 성립될 수 있다. '神人不合'을 핵심으로 하는 그리스사상은 비극을 통해 표출되고, 대승불교를 비롯한 인도사상의 '神人合一'에서는 비극을 넘어선다는 차이점을 무시한 비교론은 타당성이 없다.

불상을 만들 때 그리스의 조각을 참고하고 그 기법을 본뜨기도 했다는 것은 널리 인정되고 있는 바이다. 그러나 기법의 차용에 지나친 의의를 부여할 것은 아니다. 그리스의 조각은 그리스의 종교를, 인도의 조각은 인도의 종교를 나타내는 차이점이 더욱 중요하다. 더구나 조각과 연극은 성격이 다르다. 중국·한국·일본의 경우를 비교해보아도 불상 조각에서는 공통점이 두드러지고, 연극에서는 차이점이 더 크다. 불상 조각은 문명권 전체의 공유물인 것과 다르게, 연극은 하층의 전승과 관련된 민족문화의 독자적인 특징을 상대적으로 더 많이 지니고 있기 때문이다.

연극의 최고형태는 비극이기 때문에 비극이 갖추어져 있지 않은 인도연극을 비롯한 아시아 여러 나라의 연극은 정상에서 벗어나 있거나 가치가 떨어진다는 견해가 널리 유포되어 있다. 그 점에 관해 케이스의 《산스크리트극》에서는 비교적 온건한 것 같은 견해를 폈다. 연극이 성행하는 동안에 유행한 인도사상의 독자적인 특성 때문에, 그리스의 비극이 인지되지 못하고 수용될 수 없었다고 했다.[31]

그런데 시월(Sewall)이 세계연극의 비극을 총괄해서 논한 논설에서는, "동양연극의 비극 부재"는 유럽 비극의 주인공이 지닌 것과 같은 투지를 불교가 부정해서 죽음을 감미롭게 여기도록 하기 때문이라고 했다.[32] 그런 견해는 불교에 대한 수준 이하의 편견과 몰이해에서 나왔으므로 거론할 가치조차 없다고 할 수 있다. 그렇지만 불성실한 발언에 대해서도 반론 제기를 성실하게 해서, 우열 시비를 넘어서서 인류 공동의 지혜를 찾는 데

---

31) 같은 책, 354면

32) Encyclodedia Britanica (1974년판) 제18권에 실려 있는 "Tragedy" 항목에서 한 말이다. 이에 관해서 〈한국문학의 숭고와 서양문학의 비장〉, 《한국문학과 세계문학》(서울: 지식산업사, 1991)에서 논의하고 비판한 바 있다. 유럽인의 인도연극 평가절하에 대한 인도인의 반론에 대해서도 그 논문에서 어느 정도의 예비적인 고찰을 했다.

한걸음 더 나아가야 한다.

유럽인이 인도연극을 평가절하하는 갖가지 주장에 대한 인도인의 반격은 다각도로 이루어졌다. 반격의 요지는 두 가지이다. 하나는 인도연극은 그리스연극의 영향을 받지 않고 독자적으로 형성되었다고 하는 것이다. 다른 하나는 비극이 연극의 최고형태라고 하는 것은 잘못된 견해이고, 인도에서처럼 연극의 다양한 형태를 풍부하게 갖추고 있는 가운데 비극도 포함되어 있는 것이 정상이라고 하는 반론이다. 해결할 수 없는 갈등이 파탄에 이르고 마는 비극의 공식을 따르지 않고, 인도연극이 우호적인 인물들 사이의 차질을 즐겨 다루면서 행복한 결말에 이르는 것이 결코 잘못되지 않았다는 항변도 추가되고 있다.

인도연극의 원리를 유럽연극과 적극적으로 비교해서 논하는 작업을 인도에서 여러 차례 했는데, 그 좋은 본보기를 미쉬라(Mishra)의 저술에서 찾을 수 있다. 유럽에서 비극은 비극이고, 희극은 희극이라고 갈라놓는 전통이 있는 것과 다르게, 인도에서는 비극과 희극 또는 그 밖의 다른 미감이 다양한 방식으로 복합되어 여러 형태의 연극을 만들어냈으므로, 비극 부재가 결함이라고 하는 것이 부당하다고 했다. 어느 한 가지 감정으로 치닫는 유럽연극의 주인공과 다르게, 인도연극의 등장인물은 "자제력이 있고, 고상하며, 모든 것에 대해서 대단한 자비를 가진다"는 사실이 잘못일 수 없다고 했다.33) 유럽에서 인간 존재가 비극적일 수밖에 없다고 하는 이유가 인간의 운명(fate)을 인간 스스로 결정할 수 없다는 데 있는데, 業報(karma)에 관한 신앙을 지닌 인도인은 "운명이란 다만 지난 시기의 행동의 결과 축적일 따름이다"고 하므로 비극을 부정한다고 했다.34)

아르준와드카르(Arjunwadkar)의 논문에서도 그 비슷한 견해를 다소 다른 방식으로 전개했다.35) 그리스의 조각은 사람의 손을 있는 그대로 나타

<hr>

33) Hari Ram Mishra, *The Theory of Rasa in Sanskrit Drama with a Comparative Study of General Dramatic Literature* (Chatarpur: Vindhyachal Prakashan, 1964) 662면
34) 같은 책, 663면
35) Leela Arjunwadkar, "Absence of Tragedy in Sanskrit Kavya-Literature", in C.

내는 것과 다르게, 인도에서는 조각해놓은 손을 보고서 연꽃을 생각할 수 있게 하는 점이 서로 다르다는 말로 철학의 차이를 설명하는 서론으로 삼았다. 업보에 따른 윤회가 근본적으로 자기 책임이라고 믿는 인도인은 눈앞의 불행 때문에 완전히 좌절하는 비극은 저열하다고 여긴다고 했다. 연극은 인간의 삶을 처절하게 사실적으로 그리기보다, 불행을 넘어서는 성숙된 자세를 상징적이고 서정적인 품격을 갖추어 나타내는 것이 더욱 바람직하다고 했다.

티와리(Tiwary)는 '카타르시스'와 '라사'를 비교해 우열을 가리는 작업을 적극 전개했다. '카타르시스'의 한계를 비판한다 하고서,36) '카타르시스'는 공포와 연민의 감정을 씻어준다고 하는데, 여타의 감정도 같은 원리에 따라 처리할 수 있는가를 물었다. '카타르시스'는 적용 범위가 한정된 이론이지만, '라사'는 그렇지 않아 모든 감정에 두루 적용할 수 있는 포괄성을 갖추고 있다고 했다. '카타르시스'는 심리적인 원리이지만 '라사'는 심리적인 원리이면서 또한 정신적인 원리인 것도 '라사'가 우월한 증거라고 했다. 그렇다고 해서 '라사'를 일방적으로 옹호하지는 않고, '라사'의 한계도 지적했다. '라사'는 "감정"(feeling)을 일컫는 말이고, '라사' 이론은 감정주의(emotionalism)라고 할 수 있어서, 예술활동의 지성적인 면을 중요시하는 지성주의(intellectualism)와는 대립적인 위치에 선다고 했다.

'카타르시스'와 '라사'를 비교해서 논한 파텔(Patel)의 논문에서는 '라사'는 아리스토텔레스가 그리스연극을 잘못 이해한 결함을 시정해줄 수 있는 의의까지 지니고 있다고 했다.37) 아리스토텔레스는 '카타르시스'론을 전개하면서 공포와 연민의 감정을 개인적인 차원에서 이해한 것은 잘못이라고 하고, 신과 인간의 관계에 대한 그리스인의 집단적인 경험으로 자리매김

D. Narisimhaiah and C. N. Srinath ed., *A Common Poetic for Indian Literatures* (Mysore: Dhavanyaloka, 1984)

36) R. S. Tiwary, *A Critical Approach to Classical Indian Poetics* (Varanasi: Chukhambha, 1984), 76-80 면 "Limitations Katharsis"에서 편 견해이다.

37) C. N. Patel, "Catharsis and Rasa", in V. M. Kulkarni, *Some Aspects of the Rasa Theory* (Delhi: B. L. Institute of Indology, 1986)

을 다시 해야 한다고 했다. 초월적인(transcendental) 영역에서 경험적인
(empirical) 영역으로 아리스토텔레스가 끌어내린 연극론을 원래의 상태로
되돌리기 위해서 '라사' 이론이 필요하다고 했다. 그러나 고대그리스 이래
의 유럽연극에서는 초월적인 영역 속에서도 인간존재는 유한할 수밖에 없
다고 하는 것과 다르게, 인도연극에서는 인간존재는 무한하므로 초월적이
라고 하는 점이 서로 다르다고 했다.

  인도문학에 대한 비교문학적 연구를 다각도로 시도한 추두리(Choudhuri)
는 '라사'의 원리 및 그것이 작품에서 구현된 양상이 유럽연극의 경우와 어
떻게 다른지 구체적으로 검토하는 작업을 했다.38) 사실주의를 존중하는 유
럽의 연극은 현실의 삶을 다루는 데 머무르고 있지만, 인도의 '라사연극'은
현실의 영역에서 현실을 넘어서는 영역으로 나아가는 통로를 열어준다고
했다. 지금 쓰고 있는 이 책에서와 마찬가지로 《오이디푸스왕》과 《사쿤탈
라》를 비교의 예증으로 들어, 《오이디푸스왕》에서는 운명 앞에서 인간이
전적으로 무력하다는 것과 다르게, 《사쿤탈라》는 경험과 초월, 유한과 무한,
현실과 신화가 둘로 나누어져 있지 않고 하나로 연결되어 완벽한 조화를 이
루는 것을 보여준다고 했다. 그러므로 인간 존재의 본질 탐구에서 유럽의
연극보다 인도의 연극이 우월하다는 것을 그런 논의를 통해서 입증하려고
했다.

  그런 논의에서 아리스토텔레스의 '카타르시스'로 개인적인 감정을 경험
적인 차원에서 다루는 데 그친 잘못을 지적한 것은 적절하다 하겠으나,
'라사'는 그것과는 반대가 되는 집단적이고 초월적인 영역의 인간존재에
대한 이해방식이라고 한 것은 한쪽에 치우친 반론이라고 하지 않을 수 없
다. 개인적이면서 집단적인 삶을 다루어, 경험적이면서 초월적인 영역을
함께 보여주는 연극이라야 바람직하다고 하겠고, '라사' 이론의 근거가 되

---

38) Indra Nath Choudhuri, *Comparative Indian Literature* (New Delhi: Stering,
  1992)에 수록되어 있는 "Verfremdung of Brecht and Rasa in Theatre and Its
  Validity"와 "Sakuntalam in the Context of Western Dramatic Art and Modern
  Aesthetics"가 그런 논문이다.

는 산스크리트연극은 그렇게 말할 수 있는 특징을 지니고 있다.

그런데 하나에 대해서 다른 하나를 내세우기만 하고, 둘이 하나라고 하지 못한 것은 논자의 이해가 부족한 탓이라고만 할 것은 아니다. 영어를 이미 관습화된 방식대로 사용하는 탓에 새로운 발상을 전달할 수 없었던 것이 차질을 가져온 더욱 결정적인 이유였을 수 있다. 그 점에 관해서 자각하지 않고, 해명하지 않은 채 영어를 사용하면, 누구든지 영어 글쓰기에서 일반적으로 허용될 수 있는 것 이상의 내용을 갖춘 이론을 마련할 수 없다.

'카타르시스'와 '라사'의 논쟁에 관한 인도인의 주장은 대체로 타당하다. 그러나 미흡하기 때문에 기대하는 만큼의 설득력을 갖추지 못하고 있다. 유럽 쪽의 편견을 그 자체로 반박하면서 인도연극의 가치를 옹호하는 데 그치고, 세계연극 일반론에 관한 더욱 진전된 이론을 만들어내지 못하고 있기 때문이다. 자기 것을 옹호하고 남의 것을 탈잡을 수 있는 권리가 인도인에게도 있다고 하는 것으로는 유럽중심주의의 편견을 근본적으로 비판하고 극복하지 못한다.

유럽인의 편견을 시정하고 인도의 전통을 옹호하려고 하면서, 분별하고 비교하는 기준을 유럽에서 가져왔기 때문에 생기는 차질이 발견되는 데 또한 심각한 문제가 있다. '라사'는 "감정"이라 하고, '라사' 이론은 "감정주의"의 결함을 지닌다고 한 것이 바로 그런 견해이다. '라사'는 그 말뜻을 영어로 직역하면 'sentiment' 또는 'feeling'이어서 '감정'이라고 할 수 있다. 그러나 《나티아사스트라》에서 '라사'에 관해 논하면서 작품 밖의 감정은 'bhavas'라고 해서 '라사'와 구별한 것을 주목해야 한다. 'bhavas'도 영어로 직역하면 'emotion'이 될 수 있어서,39) 영어로 번역해서는 '라사'와 구별되지 않는다. 이미 지적해서 말한 바와 같이, 'bhavas'는 '情感'이라고 하면, '라사'는 '美感'이라고 해서 혼동되지 않게 해야 한다.

'美感'은 음식의 맛과 마찬가지인 맛이라고 했다. 그래서 '情感'과 '美感'의 관계를 음식의 재료나 양념과 그것들을 사용해서 만들어낸 요리의 관

---

39) Masson이 그렇게 번역했다.

계에다 견주어서 살폈다.40) 작품 밖의 '정감'을 작품 속의 '미감'으로 옮겨 놓으려면 요리법에 해당하는 치밀하게 계산된 과정을 거쳐야 하고, 그래서 이루어진 결과물은 이미 "감정"의 차원을 넘어서서 감정과 지성이 합일된 상태를 보여준다고 이해해야 마땅하다. 그 점에 관해서 《나티아사스트라》에서 치밀한 논리를 갖추어 자세한 논의를 편 것 자체가 '라사'를 감정의 차원에서 이해하지 않도록 하는 주의를 환기하는 처사였다.

'라사'를 잘 갖추고 있는 표본인 칼리다사의 희곡은 고도의 지성적인 계산을 갖추어 만든 고전주의 작품이고, 감정 토로에 치우친 낭만주의와는 아주 거리가 멀다. 9세기 이후의 이론가들은 '라사'가 지니고 있는 정신적 고양의 의미를 한층 중요시했다.41) '라사'에 입각해서 문학 또는 예술일반론을 이룩하고자 하는 인도인의 작업에 그런 전통이 잘 이어지고 있는 것까지 고려하면, '라사'를 감정으로 이해하는 것이 더욱 부당하다.

라사'는 감정이니 지성이니 하는 구분을 넘어서서 있는 통일개념이며, 사람의 일과 신의 일을 하나로 연결시키는 神人合一의 경지를 지칭하는 의미도 지니고 있다.42) 그런데도 '라사'를 "감정"이라 하고, '라사' 이론을

---

40) Ghosh의 영역에서 이 대목을 들면, "it is said that, as taste(rasa) results from a combination of various spices, vegetables and other articles, and as six tastes(rasa) are produced by articles such as, raw sugar or spices or vegetables, so that Dominant States(sthayibhava), when they come together with various other States(bhava) attain the quality of the Sentiment (i. e. become Sentiment)"(105 면)라고 했다. "Sentiment"라고 한 것이 '라사' 즉 "미감"이고, "State"라고 한 것이 "정감"이다. 번역하면, "'라사'의 맛을 양념이나 채소, 그리고 다른 재료의 결합에서 이루듯이, 양념이나 채소 같은 재료에서 여섯 가지 맛의 '라사'를 만들어내듯이, 기본정감들이 여러 가지 다른 정감들과 함께 작용해서 '라사'의 미감에 이르게 된다 "고 할 수 있다.

41) Edwin Gerow, *Indian Poetics* (Wiesbaden: Otto Harrassowitz, 1977), 264~268 면에서 서술한 바와 같이, 《나티아사스트라》에 관해 후세의 해설 가운데 가장 두드러진, 11세기경의 아브힌나바굽타(Abhinavagupta)의 저술에서는, '라사'가 사람의 정신을 고양시킨다고 하고, 여러 가지 기본적인 '정감'이 모여서 '라사'의 '미감'을 이루는 원리는 오직 "상호조명"에 있을 따름이라고 해서 그 변형을 중요시하고, "애욕미감", "희극미감" 등의 여덟 가지로 분류한 미감의 종류에다 "寂靜미감"이라고 하는 최고형태를 하나 추가했다.

감정주의라고 하는 것은 본질을 바르게 이해하지 못한 탓이라고 하겠으며, 영어의 용어를 사용하면서 유럽인의 사고에 맞는 분별개념에 따라서 인도사상의 전통을 재단한 탓에 그런 잘못을 저질렀다.

'라사연극'은 경험과 초월, 유한과 무한, 현실과 신화가 둘이 아니고 하나여서 완벽한 조화를 이루는 경지를 보여주어, 경험·유한·현실 쪽에 치우쳐 있는 유럽의 연극보다 우월하다는 주장에서는 그런 혼란이 없다. '라사'를 "감정"이라고 풀이하는 것과 같은 실수는 저지르지 않았으며, 유럽인과는 다른 인도인의 사고방식을 정확하고 적절하게 설명했다. 영어를 사용하더라도, 분별하고 시비하는 척도는 자기 것을 지킬 수 있었다. 영어권 독자의 통상적인 사고방식을 추종하지 않고 오히려 비판하면서 설득력을 높이는 방법을 쓴 점을 평가할 만하다.

그렇지만 연극의 이론이나 작품의 우열을 가리는 근거를, 초월·무한·신화가 소중하다는 지론에다 두었으며, 그런 사고방식이 연극에서 어떤 의의를 가지는지 납득할 수 있게 밝혀 논하지는 않았다. 그래서 비교가 대등하게 이루어지지 않았으며, 논의의 깊이가 모자란다. 단순 대조법을 기본논리로 삼고 있어서 그런 한계가 있다. 유럽과는 다른 아시아 전통문화의 가치가 정신주의에 있다 하고 역사적인 문제나 사회적인 고민은 되돌아보지 않으면서, 유럽문명권 정신주의자들의 동의를 얻고자 했다.

나는 산스크리트를 알지 못하고, 영어로 적어 놓은 번역이나 해설을 통해서 '라사'에 대해서 이해한다. 그러나 산스크리트로 표현된 인도사상이 불교를 매개로 해서 동아시아에 전해졌으며, 한문을 공동문어로 한 동아시아의 철학에서 그 유산을 계속 활용해온 것이 다행이다. 그 전통에 근거

---

42) 위의 책에 수록된, Edwin Gerow, "Rasa as a Category of Literary Criticism"에서는 오늘날 인도의 예술론에서 사용하는 '라사'의 기본개념을 "(a) The rasa is a sense of unity...", "(b) The rasa is an immediate awareness.", "(c) The rasa is always an effect...", "(d) The rasa is a whole" 이라고 요약했다. 영어로 옮겨 설명한 말이니 정확하게 전달되지 않으나, 무슨 뜻인지 대강은 알 수 있다. 그런 말을 다시 번역해 '라사' 이해의 지침으로 삼는 것보다, '카타르시스'·'라사'·'신명풀이'의 비교론에 따라 '라사'의 의미를 규정하는 방법이 더욱 바람직하다.

를 두고 학문을 하는 덕분에, 지금 이 책을 쓰는 작업을 하면서 이용 가능한 문헌에서 '라사'에 관한 논의를 한 내용이 영어의 특별한 사정 때문에 이지러져 있는 양상을 바로잡고 원래의 의미를 짐작해서 이해하는 것이 가능하다.

'카타르시스'와 '라사' 양자의 비교론에다 덧보태서, '카타르시스'·'라사'·'신명풀이'를 비교론을 전개해 새로운 시야를 열고자 한다. 이 셋을 비교하면 '카타르시스'와 '라사'의 논쟁이 둘 사이의 우열을 가리는 쪽으로 들어선 잘못을 시정할 수 있다. '라사'를 유럽인의 분별 개념에 따라 이해한 차질도 바로잡을 수 있다.

'카타르시스'·'라사'·'신명풀이' 가운데 어느 쪽이 더 큰 가치를 가지고 있는지 가리는 우열 시비를 하지 않고, 특징을 비교하는 데 힘쓴다. 특징은 공통점의 다른 측면이므로, 공통점을 매개로 해서 체계적으로 이해해야 한다는 원칙을 살린다. 나타난 현상의 근거나 그 배경이 되는 세계관의 차이를 찾아내는 데까지 이르러 논의를 심화한다. 그렇게 해서 세계연극 일반론을 이룩하고자 한다.

카타르시스·라사·신명풀이의 비교 검토

작품전개 비교

‘카타르시스’·‘라사’·‘신명풀이’가 서로 어떻게 다른지 구체적으로 분석하는 작업을 시작하기 위해서 먼저 그 셋을 가장 분명하게 보여주는 대표적인 예증인 《오이디푸스왕》·《사쿤탈라》·《봉산탈춤》의 특성을 비교해보기로 하자. 분석의 틀은 이미 밝힌 바와 같이, 그 가운데 하나와 다른 둘이 서로 대조가 되는 점을 찾아내는 작업을, 그 하나를 다른 것으로 교체해가면서 세 차례 하는 것이다.

먼저 《오이디푸스왕》이 《사쿤탈라》나 《봉산탈춤》과 어떻게 다른가 살펴보자. 《오이디푸스왕》은 파탄에 이르는 결말을 갖추고 있는 것과 다르게, 《사쿤탈라》와 《봉산탈춤》에서는 원만한 결말에 이른다. 그런 사실에서 그 셋의 근본적인 차이에 관한 최초의 중요한 발견을 할 수 있다.

오이디푸스는 아버지를 죽이고, 어머니와 결혼하는 끔찍한 잘못을 저지른 것을 뒤늦게 깨닫고, 스스로 눈을 찔러 장님이 되어 방랑의 길로 나섰다. 오이디푸스의 어머니이고 아내였던 이오카스테는 자결했다. 이 작품뿐만 아니라 그리스비극의 다른 작품도 모두 파탄에 이르는 결말을 보여주는 것을 공식으로 삼았으며, 그렇기 때문에 비극이라고 했다.

오이디푸스가 아버지를 죽이고, 어머니와 결혼한 것과 같은 끔찍한 사건이 전개되는 연극을 보면서, 관중은 ‘카타르시스’를 경험한다고, 아리스토텔레스는 《시학》에서 “연민과 공포의 감정을 환기시키는 사건에 의하여 바로 이러한 감정의 ‘카타르시스’를 행한다”고 했다.43) 《시학》에서 ‘카타르시스’라는 말이 나오는 것은 이 대목뿐인데, 전후의 설명이 부족해 ‘카

타르시스'가 무엇이며, 왜 이루어지고, 무슨 효과를 가지는지 분명하지 않
아, 수많은 추론이 벌어지게 했다.44)

  '카타르시스'는 원래 의학의 용어로서, 소화가 되지 않고 뱃속이 거북할
때 쓰는 관장치료법을 의미했다고 한다. 아리스토텔레스가 그런 의미를
분명하게 의식하면서, 연민과 공포의 감정을 연극을 통해서 간접적으로
경험하게 함으로써 마음속에서 씻어내는 치료 효과를 '카타르시스'라고 했
다는 견해가 계속 이어지고 있다. 그러면서 다른 한편으로는 질병치료의
용어인 '카타르시스'를 가져와서 연극을 논한 것은 비유라고 하고, 죄를 씻
고 깨끗해지는 종교적인 의미의 정화를 뜻한다고 보아 마땅하다는 반론을
제기해 왔다. 감정의 파탄에 적절하게 대응하는 교육을 실시해 사회를 안
정시키는 것이 아리스토텔레스가 의도한 '카타르시스'의 가장 긴요한 기능
이라는 주장도 계속 이어지고 있다.

  그러나 그 어느 쪽을 택하든지 '카타르시스' 이론은 발상이 모호하고 체
계가 갖추어져 있지 않아 평가하기 어려우며, 미비한 점을 보완해서 아무
리 좋게 해석한다고 해도 연극의 기본원리에 관한 해명으로서 납득할 수

---

43) 천병희 역, 《시학》, 47면
44) '카타르시스'에 관한 역대의 논란이 다양하게 전개되어온 복잡한 과정을
    Humphry House and Colin Hardie, *Aristotle's Poetics* (London: Ruper
    Hart-Davis, 1956)의 "Catharsis" 대목(104-111 면); Teddy Brunius, "Catharsis",
    Philip P. Wiener ed., *Dictionary of the History of Ideas* vol. 1 (New York:
    Charles Scribner's Sons, 1978) 같은 데서 정리해서 논했다. Geoffrey Brereton,
    Principles of Tragedy (London: Routledge and Kegan Paul, 1968); T. J. Scheff,
    Catharsis in Healing, Ritual, and Drama (Berkeley: University of California
    Press, 1979); J. Peter Euben ed., *Greek Tragedy and Political Theory*
    (Berkeley: University of California Press, 1986) 같은 데서 '카타르시스'에 관한
    새로운 해석을 시도했다. 그러나 '카타르시스'가 대단한 의의를 가진 개념임을 다
    시 입증하려는 노력에서 평가할 만한 성과가 이루어지는 것은 아니다. 근래에 재
    론한 바를 검토해보면, '카타르시스'는 유용한 지침이라기보다 거북한 인습이라고
    생각하지 않을 수 없다. Patrik Madign, *Aristotle and his Modern Critics*
    (Scranton: University of Scranton Press, 1992)에서는 현대의 갖가지 반론을 비
    판하고 아리스토텔레스 《시학》의 의의를 재확인하려고 했는데, 납득할 수 있는
    결과에 이르렀다고 하기 어렵다.

있는 내용을 갖추었다고 할 수 없다. 아리스토텔레스가 《시학》을 써서 연극을 옹호한 것은 스승인 플라톤이 《공화국》에서, 연극을 포함한 모든 시 문학은 이성으로 달래서 적절하게 눌러놓아야 할 감정을 함부로 자극하는 것과 같은 과오를 저지르고 있다고 나무란 데[45] 대한 반론을 전개하고자 한 것은 널리 알려진 바와 같다. 연극은 연민과 공포의 감정을 '카타르시스'해주기 때문에 유용하다는 견해는 플라톤의 비난과 견주어보면 너무 간략하고 미비해서 설득력이 부족하다.

플라톤이 "옛날부터 철학과 시는 사이가 나빴다"고 한 발언을 시정하기 위해서는, 시에 관한 철학을 철학에서 기대하는 최상의 이치를 갖추어 이룩해야 했다. 그런데 아리스토텔레스는 유럽철학사상에서 가장 우뚝한 철학자라고 칭송되면서도 그렇게 하는 데 성공하지 못해, 시나 연극은 구제 불능의 약점이 있는 것처럼 보이게 했다.[46] 《시학》은 의도한 바와는 반대가 되는 기능을 수행했다고 할 수 있다. 그러나 이론의 미비점을 작품이 보완하고 있다. 여기서 예증으로 드는 소포클레스의 《오이디푸스왕》과 같은 비극 작품은 짜임새가 훌륭하고, 뜻하는 바가 만만하지 않고, 관중에게 주는 충격이 대단해서, 세계연극사에서 우뚝한 위치를 차지하고 있다는 것을 누구도 부인할 수 없다.

아리스토텔레스의 '카타르시스' 이론이 엉성하기만 하니, 그 근거가 되는 작품도 볼 것이 없다고 할 수는 없고, 아리스토텔레스가 못다 한 말을 작품에서 찾아내서 '카타르시스' 이론의 미비점을 메우는 것이 마땅하다. 비극 작품의 실상에 근거를 두고 정립될 수 있는 비극론의 전폭을 '카타르시스'이론이라고 인정하면서 논의를 계속할 필요가 있다. 그래야만 '카타르시스'·'라사'·'신명풀이' 비교론에서 연극미학의 근본적인 문제에 관한

---

45) 그 대목을 천병희 역, 《시학》에 합본되어 있는 〈플라톤, 시론〉, 229~232면에서; *The Dialogue of Plato* (Chicago: Encyclopedia Britannica, 1990), 433~434면에서 찾을 수 있다.

46) Thomas Gould, *The Ancient Quarrel between Poetry and Philosophy* (Princeton: Princeton University Press, 1990)에서, 그 논란이 오늘날까지 계속된 양상을 고찰했다.

가장 포괄적이고 깊이 있는 고찰을 할 수 있다. '카타르시스' 이론에는 특별한 실격 사유가 있다고 해서 평가절하를 하고 말면, 세계연극 일반론을 다시 이룩하려고 하는 전반적인 구도가 이지러지고 말아 유익할 것이 없다.

《오이디푸스왕》과 같은 비극에서 끔찍한 사건이 벌어져 마침내 구제할 수 없는 파탄에 이르는 것은 무슨 까닭인가 하는 질문은 '카타르시스'론에서 다루지 못했으며, 비극론의 과제도 아니었다. 사람은 자기 스스로 아무리 선량하고 성실해도, 예기하지 않던 불행에 사로잡혀 파멸에 이를 수 있는 것이 피할 수 없는 운명이라고 전제하고, 작품을 논해왔다. 그런 것이 인간존재의 본질인가 하는 데 대해서 소포클레스가 스스로 연구해서 밝힌 다음에 비극 작품을 쓴 것은 아니다. 비극을 구성하는 기본내용은 작가가 선택하고 이론가가 문제 삼기 전에 그리스문명에서 선택해놓은 전제이다.

소포클레스는 신과 인간의 관계에 관해 그리스문명에서 내놓은 전제는 재검토하거나 수정하려고 하지 않았으며, 공동의 문제를 두고 다른 사람들보다 더욱 심각하게 고민했을 따름이다. 그러면서 인간이 어떤 운명인가를 아주 잘 보여주는 전래의 소재 오이디푸스 이야기를 택해 작품 전개를 교묘하게 다듬는 수법을 보여주어 높이 평가되고 있다. 아리스토텔레스는 《시학》에서, 비극에서 보여주는 운명관에 관해서는 전혀 언급하지 않고, "급전과 발견"의 수법 같은 것을 효과적으로 사용하면 작품을 잘 만들 수 있다고 하는 형식론에 관심을 가졌을 따름이다.

그러나 지금 여기서 하고 있는 작업에서는 운명의 시련 때문에 연극의 전개가 결국 파멸에 이르게 마련이라는 '카타르시스연극'의 결말이 당연하다고 받아들이지 않는다. 그런 운명관이 부당하다고 시비를 차리자는 것이 아니다. 그것과는 다른 생각이 또한 일반화되어 있음을 밝혀내는 더 큰 작업을 한다.

'라사연극'과 '신명풀이연극'은 '카타르시스연극'과 달라, 파탄이 아닌 행복한 결말에 이른다고 하는 사실을 확인하고, 그 점과의 대조를 통해서 '카타르시스연극'의 특성을 다시 조명하고자 한다. '카타르시스연극'은 파탄에 이르는 결말을 특징으로 한다는 사실을 '라사연극'과 '신명풀이연극'

은 원만한 결말에 이른다고 하는 사실과의 대조를 통해서 다시 이해해야, 그처럼 근본적인 문제를 제대로 다루지 못한 유럽문명권 연극론의 좁은 시야에서 벗어날 수 있다.

'라사연극'의 결말을 확인하기 위해서 《사쿤탈라》를 살피기로 하자. 이 작품은 임금 두시얀타(Dusyanta) 와 시골 소녀 사쿤탈라(Sakuntala) 사이의 사랑 이야기이다. 임금이 사냥을 나갔다가 만난 소녀 사쿤탈라를 사랑해서 아내로 삼았고 반지를 정표로 주었다. 그런데 왕궁으로 찾아간 사쿤탈라를 임금이 알아보지 못하고, 사쿤탈라는 그 반지를 잃어버려 파탄이 생겼다. 그 이유는 사쿤탈라가 두르바사스(Durvasas)라는 수도사를 경배하지 않는 실수를 저질러 그 수도사가 주술을 걸어 파탄이 생기도록 했기 때문이다. 그래서 생긴 시련은 오래 가지 않고 쉽게 회복되어, 임금 두시얀타와 사쿤탈라는 신들의 축복을 받으면서 재회의 기쁨을 누리게 되었다.

두시얀타와 사쿤탈라의 사랑에 아무런 시련도 없었다고 하면 작품이 성립되지 않는다. 그래서는 아무 재미도 없을 뿐만 아니라, 사랑이 이루어지는 과정을 납득할 수 없다. 임금과 사쿤탈라는 지체가 다르다. 숲 속에서 자라난 시골 소녀 사쿤탈라가 왕비가 되어 궁중으로 들어가기 위해서는 반드시 시련이 있어야 하고, 절망하고 좌절하지 않을 수 없는 고비를 겪어야 한다.47) 그렇지만 그 시련이 치명적인 것일 수는 없다. 사쿤탈라는 예사 시골 소녀가 아니다. 칸바(Kanva)라는 수도사의 양녀일 뿐만 아니라, 메나카(Menaka)라는 선녀가 인간세계의 수도사를 유혹해서 낳은 딸이다.48)

---

47) 《삼국사기》 권 16에 전하는. 고구려 山上王이 시골 소녀를 왕비로 맞이한 이야기가 이것과 아주 흡사하다. 인도의 이야기가 전해져 그렇게 정착되었을 가능성도 없지 않다. 그러나 시골 소녀가 존귀한 존재라고 하는 내용은 갖추어져 있지 않은 점이 다르다. 《삼국시대 설화의 뜻풀이》 (서울: 집문당, 1990), 171-175 면에서 번역하고 주해했다.

48) 그 내역에 관해서 좀더 설명하면, 인드라(Indra)신이 비바미트라(Visvamitra)라는 수도사의 지나치게 근엄한 태도를 좋지 않게 여겨, 선녀 메나카를 보내서 유혹하게 했다. 메나카는 두 사람이 결합해서 낳은 딸을 내다버리고 신들의 세계로 돌아갔다. 그 딸이 "sakuntas"(새들)에 의해 양육되어 "Sakuntala"라고 불리어지게 되었다. 칸바 수도사가 사쿤탈라를 발견하고 데려다가 키웠다.

두시얀타와 사쿤탈라는 한편으로 "上 : 下"의 대립관계에, 다른 한편으로는 "俗 : 聖"의 대립관계에 있다. 下의 사쿤탈라는 上의 두시얀타를 따르기 위해서 시련을 겪어야 하듯이, 俗의 두시얀타도 聖의 사쿤탈라를 맞이하기 위해서 시련을 겪어야 한다. 서로 만나지 못하는 사연이 너무 심각하면, 앞의 시련만 부각되고 뒤의 시련은 망각될 염려가 있다. 사쿤탈라가 수도사를 경배하지 않은 실수를 저질러, 두시얀타가 준 반지를 잃어버리게 되고, 그 때문에 두시얀타가 사쿤탈라와의 만남을 기억하지 못하게 된 것은 우연의 연속 같지만, 俗의 일에 몰두해서 聖의 세계를 망각한 것이라고 보면 필연적이다.

사쿤탈라가 잃어버렸던 반지가 다시 나타나 두시얀타의 기억을 되살리자 聖의 세계로 들어가는 길이 열렸다. 두시얀타는 자기 궁전에서 사쿤탈라를 다시 만나지 못하고, 天神 마리차(Marica)가49) 보낸 사자의 인도를 받아 하늘로 날아가 마리차의 집으로 가야 했다. 그런데 천신은 하늘 먼 곳에 있지 않고 땅에 내려와 있어 하늘이 곧 땅이다. 신과 수도사가 그리 다르지 않다. 두시얀타와 사쿤탈라의 결합에서 욕망(kama, 色) 추구와 도리(dharma, 法) 실현이 하나가 되었다. 그래서 둘이 하나이고, 이원론이 일원론이다. 이원론이 일원론임을 깨닫게 하는 것이 작품 전체의 주제이다.

그래야 하는 이유가 초월 · 무한 · 신화가 소중한 데 있다고 하면 한쪽으로 치우친 이해이다. 임금과 시골 사람 사이의 사회적인 격차를 시정하고, 세상 다스리는 일을 천상의 이치에 맞게 해야 한다고 주장하는 것이 더욱 긴요한 의미이다. 그래서 사회적인 갈등을 부인하는 종교적인 이상주의를

---

49) 마리차에 관해서 "Marica: A divine sage; master of the celestial hermitage in which Sakuntala gives birth to her son; father of Indra, king of the gods, whose armies Dusyanta leads." (Barbara Stoler Miller ed., *Theater of Memory, the Plays of Kalidasa,* 86면)라고 설명해 놓은 말이 복잡한 의미를 지니고 있다. 임금에게 버림받고 사쿤탈라 혼자 아들을 낳는 장소를 제공한 수도사 은거처의 주인이라고 하고, 신들의 임금 인드라의 아버지라고 했다. 수도사의 하나인 것처럼 말하다가 모든 신들 가운데 최고신이라고 해서 앞뒤가 맞지 않는다. 그러나 그것이 바로 진실이다. 수도사와 신, 지상의 존재와 천상의 존재가 둘이 아니고 하나이기 때문에, 그런 이중성이 동시에 인정되는 것이다.

고취한다고 비난할 것은 아니다. 작품 속의 두시얀타 같은 임금에게 나라를 이끌어나가는 바른 도리를 열어주기 위해서 그렇게 했다고 보면 뜻하는 바가 단순하지 않다.

두시얀타와 사쿤탈라가 결합해서 낳은 아들이 바라타(Bharata)라는 이름의 轉輪聖王이 되리라고 하면서, 전륜성왕의 출현을 희구하는 말을 서두에서부터 나타내다가, 그 소망이 이루어질 수 있게 되었을 때 작품이 끝났다. 전륜성왕이란 '차크라바르틴'(cakravartin)이라는 말을 한문으로 옮긴 것이다. '차크라바르틴'은 제국의 바퀴를 돌릴 임금(a king who turns the wheel of the empire)이다.50) 그 바퀴는 제국 통치의 바퀴이면서 또한 진리의 바퀴이다. 불교에서는 그것을 法輪이라고 한다. 거대한 제국을 자비롭게 다스리면서 힌두교나 불교에서 말하는 우주적인 진리를 구현하는 통치자가 전륜성왕이다.

칼리다사는 생존 연대를 알 수 있는 자료가 남아 있지 않아 의견이 갈라져 있으나, 4세기말에서 5세기초 사이에 굽타(Gupa)제국의 한창 시절에 활동한 것으로 추정된다. 굽타제국에서 표방하는 이상을 작품으로 나타냈다고 보는 것이 적절한 견해이다. 굽타제국의 황제 찬드라굽타(Chandragupta) 2세를 칭송하면서 전륜성왕의 이상을 제시하느라고 《사쿤탈라》를 지었다고 할 수 있다.51)

두시얀타와 사쿤탈라가 만나 바라타를 낳은 이야기는 인도 역사의 이른 시기에 있었다는 일이다. 한국사에다 견주면 桓雄과 熊女가 만나 檀君을 낳았다고 하는 데 해당하는 것이며, 인도사의 연원을 노래한 서사시 《마하바라타》(Mahabharata) 서두에서 다루었다. 칼리다사는 거기 있는 소재를 가져와 희곡으로 개작하면서,52) 자기 시대의 정치이념으로서 가장 존

---

50) 같은 책, 9면
51) 같은 책, 8~12면에서 제시한 견해를 따른다.
52) C. R. Devadhar, *Works of Kalidasa* vol. 1의 서두 해설에서 밝힌 바와 같이, 《마하바라타》에서 보이는 단순한 사건을 가져와서 복합적인 구성과 의미를 갖춘 작품으로 만들면서; (1) 두르바사스 수도사를 경배하지 않아 반지를 잃어버리는 사건을 넣고; (2) 사쿤탈라의 출생에 관해서 본인이 직접 두시얀타에게 말하지 않

중되는 전륜성왕에 대한 기대가 역사의 시초부터 있었다고 해서 그 존엄성을 덧보태는 작업을 했다. 그렇게 해서 칼리다사는 자기 시대의 가장 이상적인 군주의 모습을 두시얀타를 통해서 보여주려고 했다.53)

적대적인 관계의 승패를 가리다가 파탄에 이르는 결말로 치닫는《오이디푸스왕》과는 다르게,《사쿤탈라》에서는 우호적인 관계의 차질이 해결되어 원만한 결말에 이르는 데는 그만큼 깊은 이유가 있다. 오이디푸스도 임금이고 두시얀타도 임금이고, 두 임금 다 작품 속에서 결혼을 하고 자식을 낳은 공통점이 있다. 그러나 차이점이 그보다 훨씬 더 크다.

오이디푸스는 작은 나라 임금의 자리를 스스로 차지한 야심가이고 모험가이다. 그래서 작품 이름을 "Oedipus Tyranos"라고 했다. '티라노스'란 스스로 지배자가 되어 권력을 휘두르는 임금이어서 자랑스럽지만, 능력이 모자라면 밀려날 수 있다. 절대적인 권력을 장악한 듯이 보이지만, 패배한 경쟁자들이 허점을 노리고 재기할 수 있다. 신과 다름없는 위치에 올라간 것 같지만, 신의 노여움을 사서 패망할 수 있다.54) 고대그리스에서는 그런 '티라노스'보다 우위에 있는 다른 통치자가 없었다. 황제에 해당하는 존재를 생각하지 못해서, 힘보다 정의가 우위에 있다는 정치철학을 마련할 수 없었다.

그러나 전륜성왕 '차크라바르틴'은 처음부터 보장되어 있는 통치의 정당성을 최대한 확대한다. 그래서 통치자와 피통치자, 사람과 신, 현실과 이상, 정치와 종교 사이의 분열을 넘어서는 데까지 이르렀다고 칭송되는 존재이다. '티라노스' 이야기에는 비극이 따르게 마련이지만, '차크라바르틴'

고, 친구들이 자기네끼리 말하는 것을 두시얀타가 엿듣게 하고; (3) 사쿤탈라가 숲을 떠나 궁정으로 갈 때 아직 아들을 낳지 않은 것으로 하는, 세 가지 점이 뚜렷하게 달라지게 했다.

53) Walter Ruben, *Kalidasa, die menschliche Bedeutung seiner Werke* (Berlin: Akademische Verlag, 1959)에서는 바로 그 점을 중요시하면서 작품을 평가해 《사쿤탈라》에 관한 논의의 결론으로 삼았다. (65면)

54) "티라노스"가 어떤 존재이며, 작품에서 어떻게 형상화되어 있는가에 대해서는 Rebecca W. Bushnell, *Prophesying Tragedy* (Ithaca: Cornell University Press, 1988), 67-85면에서 흥미롭게 고찰했다.

은 비극의 주인공일 수 없다.

오이디푸스는 고대의 제왕이고, 두시얀타는 중세의 제왕이다. 고대의 자기중심주의를 탁월하게 갖춘 고대의 제왕은 용맹을 자랑한다. 용맹스럽다는 것이 칭송하고 흠모해야 할 이유이다. 고대 바빌로니아서사시 《길가메쉬》(Gilgamesh)의 주인공이 누구든지 공포를 느끼게 해서 위대한 영웅이라고 한 것과 같다.55) 그런데 중세의 제왕은 중세보편주의의 이념을 받들어 정의를 실현해야 한다. 《마하바라타》와 쌍벽을 이루는 인도서사시 《라마야나》(Ramayana)의 주인공 라마가 갖춘 덕성을 본받아, 정치를 하면서 우주적인 규모의 조화를 구현해야 한다.

'카타르시스연극'과 '라사연극'은 다루는 내용이나 주인공의 성격이 그처럼 서로 다르기 때문에 서로 대립되는 관계에 있는 것만은 아니다. 연극을 만드는 방법에서도 주목할 만한 차이가 있다. 그 점을 확인하는 데 《나티아사스트라》가 《시학》보다 더 많은 자료를 제공한다. 《나티아사스트라》에서는 연극이 무엇이며, 어떻게 창작하고 공연해야 하는가 하는 문제를 다각도로 자세하게 다루었다.

연극이 무엇인가 설명한 총론 대목에서, 브라흐마(Brahma) 신이 마귀에게 하는 말로, 다음과 같이 이른 것을 우선 주목할 필요가 있다.

연극은 너희 마귀들이나 (우리) 신들의 정감을 일방적으로 전달하는 것이 아니다. 연극은 (신, 마귀, 인간) 세 세계의 감정을 나타내고 전달한다. 경우에 따라서, 도리·유희·이익·화평·웃음을, 싸움·애욕·살육 (가운데 어떤 것들)을 갖춘다... (그래서) 무기력한 이에게는 대담성을, 자기가 용감하다고 여기는 이에게는 정열을, 생각이 모자라는 이에게는 분

---

55) 〈문학사의 시대구분을 위한 고대서사시의 특성 검증〉,《한국사의 시대구분에 관한 연구》(성남: 한국정신문화연구원, 1995)에서 고대서사시의 주인공이 어떤 인물인가 검토하면서 길가메쉬를 대표적인 사례의 하나로 들었다. 그런 문제를 더욱 자세하게 다루는 서사시의 역사를 광범위하게 다루는 《동아시아 구비서사시의 양상과 변천》이라는 책을 지금 쓰고 있으며, 1997년 후반기에 출간할 예정이다. [보주] 책이 서울: 문학과지성사, 1997년에 출간되었다.

별을, 배우는 이에게는 지혜를 가져다준다.[56]

연극이 신·마귀·사람의 정감을 전달한다는 말의 일차적인 의미는 연극이 사람의 일을 다루는 데 그치지 않고 사람이 자기 이상의 세계와 분리되지 않고 있는 연관관계를 나타내서, 神人合一을 이룬다는 것이다. 브라흐마 신이 마귀를 향해서 그렇게 말했다고 써놓아, 마귀가 아니고서는 의심할 수 없게 했다. 그렇지만 연극은 사람이 하는 일이다. 사람이 연극에서 신의 세계도 나타내고 마귀의 세계도 나타내는 것은 신이나 마귀를 위해서 하는 짓이 아니고, 사람이 지니고 있는 신이나 마귀와 다름없는 성격을 문제 삼고자 하기 때문이다.

연극은 도리, 이익, 화평, 웃음, 살육 등을 갖춘다고 해서, 사람의 선악을 모두 다룬다는 점을 명시했다. 그 가운데 어떤 것에 사로잡혀 있는 이들에게 자기 모습을 보여주기도 하고, 자기와는 반대가 되는 모습을 알려주어 결핍을 보충하게 하기도 한다고 했다. 연극의 양상은 무척 다양하지만, 어느 것이든지 자기발견과 자기비판의 구실을 수행해서 사람에게 유익하다는 긍정론을 폈다.

아리스토텔레스는 《시학》에서 연극의 종류를 비극과 희극으로 나누어 놓고서, 비극에 관해서만 '카타르시스' 이론을 전개하고, 희극에 관해서는 거기 상응하는 이론을 내놓지 않았다. 비극에만 소용되는 각론을 후대의 논자들은 연극 일반의 총론으로 삼으려고 해서 많은 차질을 빚어냈다. 그런데 《나티아사스트라》의 '라사' 이론은 열 가지로 나눈 모든 연극에 두루 해당되는 포괄적인 의의를 가진다. 총론을 분명하게 하고서, 총론과 유기적인 관계를 가지고 각론을 마련했다.

사람의 정감 가운데 어떤 것을 어떻게 나타내는가에 따라서 연극의 종류가 열 가지로 나누어진다고 했다. 그 가운데 '나타카'(nataka)와 '프라카라나'(prakarana)를 먼저 들어 자세하게 고찰하고, 다른 여덟 가지에 관해

---

56) G. K. Bhat, *Bharata on the Theory and Practice of Drama* (Poona: Bhandarkar Oriental Research Institute, 1975), 11 면

서는 부분적인 언급만 했다. '나타카'(nataka)는 신화·전설·역사에서 유래한 고귀한 인물의 행위를 다루는데, '프라카라나'는 당대인의 일상생활에서 소재를 구하므로, 작품의 전개방식도 서로 다르다고 하고, 여러 측면에서 다각적인 비교론을 폈다.

그 둘은 각기 그리스연극의 비극, 희극과 상통하는 면이 있으나, 차이점을 더욱 주목할 만하다. 공통점과 차이점을 함께 간명하게 정리하기 위해서 미적 범주의 개념을 사용하는 것이 가장 유익하다. 그리스연극에서는 비장과 골계가 나누어져 있다면, 인도연극에서는 숭고와 우아가 나누어져 있다. 그래서 '나타카'는 숭고극, '프라카라나'는 우아극이라고 일컬을 수 있다. 역사극과 세태극이라는 분별 용어도 적합하다. 두 가지 말을 합쳐서, 역사숭고극과 세태우아극이라는 말을 사용하면 뜻이 분명하지만, 그런 말이 통용되기 어려울 것 같아서 사용이 주저된다.57)

《사쿤탈라》는 그 가운데 숭고극 '나타카'의 훌륭한 본보기이다. 칼리다사의 희곡의 다른 작품 가운데 《용기로 이긴 우르바시》(Vikramurvasīya, Urvasi Won by Valor)도 숭고극이지만 애정 문제를 서정적인 수법으로 다루는 데 치우쳐 다소 결격 사유가 있다고 한다.58) 《말라비카와 아그니미트라》(Malavikagnimitra, Malvika and Agmitra)는 우아극이다. 칼리다사는 극작에서 다양한 능력을 발휘했지만, 《사쿤탈라》에서 숭고극의 모범을 보여준 것이 으뜸가는 업적으로 평가된다.

《나티아사스트라》에서 '나타카'에 관해 설명한 대목은 길고 복잡해 그대로 옮기기 어렵다. 내용 구성을 정리하면, 정의·기본장면·연결장면으

---

57) 일본의 歌舞伎에서 '時代物'과 '世話物'을 구분하는 관습이나, 인도네시아 루드루크(ludruk)에서 "전통구성"(T-plot)과 "근대구성"(M-plot)이 서로 다른 것이 이와 상통하는 현상이다. 그런 사례까지 들어, 연극 갈래 구분의 일반이론을 마련해서 세계연극에 널리 적용할 필요가 있다.

58) Edwin Gerow, "Sanskrit Dramatic Theory and Kalidasa's Plays" in Barbara Stoler Miller ed., *Theater of Memory, the Plays of Kalidasa,* 61면. 그런데 Lyne Bansat-Boudon, Poétique du théâtre indien: Lectures du Natyasastra에서는 이 작품을 들어 《나티아사스트라》와 비교하면서 이론과 실제의 합치를 확인했다.

로 나누어져 있다.59) 정의 대목의 서두를 들어보자.

'나타카'라고 하는 것은 잘 알려진 구성을 갖춘 소재를 다루는 연극 형태이다. 존경받는 유명인물인 그 주인공이 고귀한 혈통을 지닌 왕가에서 태어나서 일생 동안 이룩한 위업을 신들과 관련된 일화를 곁들여서 다룬다. 잘 먹고 잘 살았다고 하는 것과 여인과 즐거움을 나눈 일, 그리고 (악한의 저해 같은) 사소한 사건을 곁들인다. 그런 사건을 몇 개의 기본장면 및 연결장면을 적절하게 배치해서 다룬다.60)

위대한 임금인 '나타카'의 주인공은 모든 일을 뜻대로 성취하게 되어 있다. 부귀를 누리는 것이 당연하다고 하고, 거기 부수되는 사소한 사항의 하나가 여인과 즐거움을 나누는 것이라고 했다. 악한의 저해는 쉽사리 극복하니 사소한 사건이라고 했다. 그렇게 되는 것은 설화분류의 용어를 사용하면 "잘될 만해서 잘되기"이어서61), 하나 마나 한 이야기 같지만, 구성을 교묘하게 해서 긴장을 만들고 흥미를 불러일으켰다. '나타카'의 기본장면 구성에 관해 논한 대목 서두에서는 다음과 같이 말했다.

빠뜨린 일이 어떻게 진행되는지 살펴, 전개 과정을 확실하게 하고, 도달점에 이르기까지의 과정을 적절하게 검토하고서, 극작의 원리에 정통한 작가는 필요한 장면 수와 합치되는 구성을 해야 한다.62)

"빠뜨린 일"이란 주인공이 본의 아니게 저지른 실수이다.《사쿤탈라》에

---

59) Bhat의 번역에서 중간 제목을 붙여 정리한 바에 의한다.
60) 같은 책, 115면
61) 〈한국설화의 분류체계와 잘되고 못되는 사연〉,《한국설화와 민중의식》(서울: 정음사, 1985)에서 제시한 용어이다. 그런 용어를 사용해서 설화를 실제로 분류하는 작업은《한국구비문학대계 별책부록 (1) 한국설화유형분류집》(성남: 한국정신문화연구원, 1989)에서 이룩했다.
62) Bhat의 번역, 117면

서 사쿤탈라가 반지를 잃어버리고, 임금 두시얀타가 사쿤탈라를 알아보지 못하는 일련의 사건이 거기 해당된다. 그런 일이 있어 갈등이 조성되어 작품이 진행되는 것을 적절하게 처리하고, 결말에 이르러서 모든 문제를 무리 없이 해결하는 최상의 구성을 갖추어야 한다고 했다. 거기다가 여러 조항을 더 보태고, 연결장면을 만드는 법을 자세하게 가르쳐,《나티아사스트라》는 정밀이론의 극치라고 할 수 있는 것을 제시했다.

적대적인 인물들 사이의 다툼이 있어야 갈등이 조성되는 것은 아니다. 적대적인 인물들 사이의 다툼이 아닌 우호적인 인물들 사이에서 생기는 차질도 작품을 긴장되게 하고 흥미롭게 하는 갈등일 수 있음을 '라사연극'의 이론과 실제 양면에서 잘 보여주었다.《나티아사스트라》와《사쿤탈라》사이에는 두 세기 정도의 시간적인 거리가 있는데, 이론과 실제가 세밀하게 일치하는 것은 놀랄 만한 일이다. 이론의 지침을 잘 따르면서 작품을 창작해서 그렇게 되었다기보다 동일한 사고방식이 지속되면서 이론으로 정리되기도 하고 작품으로 표출되기도 했다고 보는 것이 더욱 적합하다.

우호적인 인물들 사이에서 생기는 차질 때문에 조성되는 갈등을 쉽사리 극복하고, 행복한 조건을 타고난 주인공이 예정된 바에 따라서 부귀를 얻고 승리를 구가하는 데 이르는 작품은 세계 도처에 있으며, 한국에서 예를 하나 든다면《구운몽》이 거기 해당한다.《구운몽》은 이야기 줄거리만 간추리면 "잘될 만해서 잘되기"이지만, 구성과 표현이 뛰어나 독자를 사로잡는다. 주인공이 임금도 아니고 역사상의 인물도 아니지만,《구운몽》같은 소설은 '나타카'의 범주에 속하며, '라사'의 원리를 구현한다고 할 수 있다.

그런데 한국의 민속극《봉산탈춤》은 그것과 대립되는 위치에 선다. 우호적인 인물들 사이에서 생기는 차질이 아닌 적대적인 인물들의 다툼이 승패를 나누는 데까지 이르는 과정을 다룬다. 본의 아니게 저지르는 실수가 있어서 문제가 생긴다고 하지 않고, 삶의 양상 자체가 갈등이라고 한다. 사건의 경과를 복잡하게 해서 흥미를 끄는 방식을 버리고, 서사적인 설명은 최대한 배제하고 갈등을 첨예하게 하는 극적 구성을 사용한다. 마땅히 이겨야 할 쪽이 이겨서 원만한 해결에 이른다. 원만한 해결에 이르는 점은 《사쿤탈라》와 같지만, 적대적인 인물들 사이의 갈등을 문제 삼는 것은 《오이디푸스왕》과 같다.

《오이디푸스왕》에서는 오이디푸스왕이 가장 가깝고 친근한 사이여야 할 부모와 가장 적대적인 관계를 가져 아버지를 죽이고 어머니가 자결하게 하는 데 이르렀다. 그렇게 된 이유는 도저히 납득할 수 없는 운명 탓이다. 사람으로서는 어떻게 할 수 없는 가혹한 운명을 신이 내렸기 때문에 그런 적대적인 관계가 생겨서 파멸에 이르렀다. 그러나 《봉산탈춤》에서의 적대적인 관계는 현실에 근거를 두고 있기 때문에 타당성이 있다. 운명 때문에 생긴 적대적인 관계는 바람직하게 해결되지 못하고 파멸에 이르지 않을 수 없는 것과 다르게, 현실에 바탕을 두고 타당성 있게 형성되는 적대적인 관계는 바람직하게 해결될 수 있다.

《봉산탈춤》은 《오이디푸스왕》이나 《사쿤탈라》와는 다르게 단일한 사건으로 이루어져 있지 않고, 서로 다른 내용을 다루는 몇 개의 독립된 과장으로 이루어져 있다. 전승되는 과정에서 과장이 추가될 수 있다. 각 과장은 그것대로의 갈등구조를 가지고 있어 독립성을 가지면서, 다른 과장과 사건의 연결이 아닌 갈등의 누적에 따라서 느슨한 관련을 가지고 있다.

한 과장 안의 갈등이나, 과장들 사이의 갈등 누적 관계가 어떤 의미를 가지는지 설명해놓지 않았으므로 관객이 스스로 이해해야 하는데, 관객이 작품 속의 갈등이 자기 일이라고 여기는 당사자로 연극 진행에 참여하기 때문에 그럴 수 있다. 작품이 그 자체로 완결되어 있지 않은, 미완성의 열린 구조를 가지고 있어 관객이 개입할 수 있고, 관객이 자기 일인 듯이 개입하기 때문에 절실한 의미를 가지게 된다.

서두의 몇 과장은 노장이라는 승려의 파계에 관한 내용이다.[63] 산속의 절간에서 도를 닦던 노승이 잡스러운 승려 무리인 목중들을 찾으려고 놀이판에 나왔다가 자기 자신이 소무라는 여인에게 유혹되어 살림을 차리고 당당하게 살아가다가, 승려의 흔적이 남아 있는 약점 때문에 세속의 강자

---

63) 《탈춤의 역사의 원리》에서 이미 분석한 결과를 재론하므로, 자세한 고찰은 그쪽으로 미룬다.

취발이에게 쫓겨났으며, 불법을 수호하고 타락된 삶을 징벌하는 사자는 목중들에게만 나타나고 취발이는 어떻게 하지 않았다고 요약할 수 있는 줄거리는 작품의 외형에 지나지 않는다. 그런 외형을 이용해 다음과 같이 요약할 수 있는 (가)와 (나) 사이의 심각한 갈등을 나타냈다.

(가) 노장　　승려　절간　　道　無言　不毛
(나) 취발이　속인　놀이판　힘　多言　多産

(가)와 (나)가 양극화되어 있기만 해서는 싸움이 전개되지 않으므로, 그 중간에 목중들이 개입하고, 또한 노장의 변모가 이루어진다. 목중들은 원래 (가)에 속했는데, (나)에 이끌려서 본래의 자세를 버렸다. 그렇다고 해서 (나)로 넘어간 것은 아니다. 그러므로 타락을 징벌하는 사자가 나타나자 후회하고 반성했다. 목중들이 산사를 떠나 놀이판에 나가서 (나)에 기웃거리는 것을 막기 위해서 나섰다가 노장 또한 (나)에 이끌렸다. 노장이 (가)를 버리고 (나)의 인물로 변모하는 것이 가능한 듯했다. 소무와 살림을 차린 노장이 신 값을 떼어먹고 신장수를 쫓아버리기까지 하는 위력을 보여주었다. 그러나 (나)로의 변모가 불철저한 약점이 있어 취발이와의 싸움에서 패배했다. (가)와 (나)의 싸움에서 (나)의 승리가 당연하지만, 그렇게 되는 구체적인 계기가 (가)의 동요에 있다는 것을 그런 방식으로 보여주었다.

불법을 수호하고 타락을 징벌하는 사자가 있고, 노장이 산속 절에서 수도하는 세계가 있어, 《봉산탈춤》에도 현실을 넘어서 있는 초월적인 영역, 신들의 세계가 있는 점이 《오이디푸스왕》이나 《사쿤탈라》와 상통한다. 그런데 초월적인 영역의 신들이 《오이디푸스왕》에서는 납득할 수 없는 횡포를 부려 인간을 파멸시키고, 《사쿤탈라》에서는 인간과 화합하는 관계를 이룩해 인간을 고귀한 존재로 만드는 것과 달리, 《봉산탈춤》에서는 무력화하고 배격된다. (가)에 대한 (나)의 승리는 신과 인간의 싸움에서 인간이 이기는 것이다. 인간이 신에게 이기는 것이 반역이라고 이해되지 않으니, 고민이 따르지 않는다.

노장의 파계와 관련된 몇 과장이 끝나고 양반과장이 시작되는데, 거기서 보여주는 양반과 민중의 갈등은 성격이 더욱 명확해 이해하기 쉽다. 그렇다고 해서 현실에서 흔히 있는 일을 설명하려고 하지 않고, 극적 갈등 제시의 탁월한 방법을 사용해서 현실 인식과 해결의 새로운 차원을 마련한다. 양반이 호령하고, 말뚝이가 변명하고, 양반이 변명을 잘못 알아들어 안심을 하고, 말뚝이와 함께 춤을 추며 즐거워하는 전개방식이 거듭 사용되어, 양반이 자기의 지배를 더욱 공고하게 하려고 하기 때문에 패배하지 않을 수 없다는 것을 보여준다.

말뚝이가 관중과 합작해서 양반을 우롱하는 것을 양반은 모르고, 관중은 그 때문에 연극 진행에 참여하는 당사자의 즐거움을 누린다. 적대적인 인물들 사이의 싸움에서 부당한 쪽이 패배하고 정당한 쪽이 승리하는 것이 당연하다. 부당한가 정당한가 하는 판별은 관중이 어느 편인가에 따라서 결정된다. 그래서 관중의 신명풀이에 따라 연극이 진행되고, 의미 구현이 구체화한다.

노장이나 양반을 풍자하는 대목은 희극이다. 허위를 일삼는 부정적인 세력을 비판해서 물리치고 승리를 구가하는 데 이르는 비판적인 희극이다. 뒷부분의 미얄과장에서도 희극이 계속되고, 허위에 대한 비판이 이어진다. 노장과장 이하의 몇 과장에서는 관념적 사고의 허위를, 양반과장에서는 신분적 특권의 잘못을 비판하는 것과 마찬가지로 미얄과장에서는 영감이 아내 미얄을 박대해서 죽게 한 남성의 횡포를 비판한다. 관념적 사고의 허위, 신분적 특권의 잘못과 남성의 횡포는 중세 지배이념을 지탱하는 세 기둥이라고 할 수 있어서 하나씩 차례대로 거부하고, 관념과 현실의 일치, 지배와 피지배의 부정, 남성과 여성의 평등을 이룩해야 한다고 했다.

그렇기는 하지만 미얄과장은 비판적인 희극이라고 하고 말 수 없는 복합적인 성격을 지니고 있다. 영감과 미얄은 원래 마을의 수호신이다. 영감이 할미에게 "너는 웃목에 서고 내가 아랫목에 서면 이 동네에 잡귀가 범치 못하는 줄 모르더냐?"라고 한 말에서[64] 그렇게 보아야 할 단서가 있다.

---

64) 이두현, 《한국가면극》, 321면

신이 사람이라고 여겨, 남녀 수호신의 이야기를 허름한 영감과 할미의 이야기로 바꾸어 놓아 미얄과장을 만들어냈다.

그렇게 해서 노장과장 이하 몇 과장에서 신의 영역을 없앤 것과 다른 방식을 택해서, 신이 신 노릇을 하지 못하게 했다. 《오이디푸스왕》에서 보이는 神人不合을 거부했다. 《사쿤탈라》에서 신과 사람이 서로 존중하는 관계에서 神人合一을 이룬 것과 달리, 사람을 존중해서 신이 신 노릇을 할 필요가 없다고 하는 神人合一을 이룩했다.65)

남녀 수호신은 서로 대등한 위치에 있었는데, 남녀 수호신이 허름한 영감과 할미로 바뀌면서 男尊女卑의 차등이 생겼다. 그렇더라도 할미가 영감을 존중하면서 따르면 둘 사이의 우호적인 관계가 유지될 수 있었겠는데, 영감의 박대가 심해지는 것을 할미가 견디지 못해, 적대적인 관계의 갈등이 조성되었다. 그래서 벌어진 싸움에서 할미가 패배해 죽게 된 것은 비극이라고 할 수 있다. 그렇지만 할미가 죽은 다음에 영감이 깊이 뉘우쳐 우호적인 관계가 적대적인 관계일 수 없음을 확인했다. 애초에 싸움이 없었어야 한다는 것을 알려주었다.

《봉산탈춤》 같은 '신명풀이연극'에는 이론이 정립되어 있지는 않다. 그러나 연극 공연 현장의 자료에다 문학론이나 철학에서 얻을 수 있는 방증을 보태 그 이론을 구성하는 것은 가능하다. 한국에서는 연극을 시인의 작품으로 여기지 않고 집단의 놀이로 삼는다.

혼자 시를 짓고 노래를 부르는 것이 흥겨운 일이라고 해서, 역대 시론에서 흥을 특히 중요시했다. 13세기의 시인 李奎報는 物과 부딪히면 興이 나지 않을 수 없다고 하는 "寓興觸物"을 시론의 핵심적인 명제로 삼았다.66)

---

65) 강의를 수강한 이은영(미학과)은 "신을 부정하는 사람의 모습"을 보여주는 것이 神人合一인가 하고 물었다. 그것은 사람 밖의 신은 없애고 사람 안의 신만 인정해서 이루어진 神人合一이다. 神人合一이 이루어지려면 사람이 신의 자리로 올라가거나 신이 사람의 자리로 내려와야 하는 것이 보편적인 이치이다. 인도에서는 앞의 길을, 한국에서는 뒤의 길을 택했다.

66) 〈13세기 詩論에서 문제가 된 心과 物〉, 《한국의 문학사와 철학사》에서 이에 관해 고찰했다.

興이 物에서 촉발된다고 보는가 아니면 心에 이미 갖추어져 있는가, 興趣가 노래하는 대상이 경치 또는 나타내야 할 진실인 이치와 어떤 관계가 있는가 하는 데 대해서는 견해차가 있었으나,67) 興이 문학활동의 핵심이라는 것은 공통적인 견해이다.68)

노래를 혼자 지어서 부를 때 느낄 수 있는 흥보다 여럿이 함께 부를 때의 흥이 더 크다. 노래 부르기만 하지 말고 춤을 추기까지 하면 흥이 한층 고조된다. 흥이 고조되면 즐거울 뿐만 아니라 마음이 깨끗해진다고 했다. 李滉이 〈陶山十二曲跋〉에서 시조를 지어 "아이들로 하여금 스스로 노래 부르고 스스로 춤추며 뛰게 해서, 비루한 마음을 거의 씻어버리고, 感發하고 融通하게" 하겠다고 한 것은 그런 데 근거를 둔다.69)

한시는 노래 부를 수 없어 시조를 지어 부른다고 하면서 그렇게 말했다. 노랫말에서 전하는 의미가 소중하다고 여기지 않고, 노래 부르고 춤을 추는 행위가 여러 사람의 마음을 함께 바꾸어놓아 서로 융합될 수 있게 하는 위력을 발휘한다고 했다. 철학의 이치 탐구에 힘쓰느라고 흥겨운 놀이를 벌이는 현장에서 가장 멀어졌을 듯하고, 인륜도덕을 분명하게 해서 무질서를 바로잡는 것을 가장 긴요한 사명으로 삼은 성리학자의 최고봉 李滉이 그렇게 말한 것은 언뜻 보아 이상스러운 일인 것 같지만, 그럴 만한 이유가 있다.

흥겨운 놀이의 위력을 인정하고, 그 전통을 이어받아야 자기가 하고자 하는 바를 이룩할 수 있었다. 춤추고 노래 부르는 놀이를 바로잡기 위해서 스스로 그렇게 하지 않을 수 없었다. 淫祀라고 지칭한 민간신앙의 놀이를 억누르고 유교윤리에 따라 질서를 확립하는 조선전기의 지배층의 역사적

---

67) 〈산수시에 나타난 경치·흥취·이치〉, 《한국시가의 역사의식》 (서울: 문예출판사, 1993)에서 이에 관해 고찰했다.

68) 신은경, 〈'興'의 미학〉, 《고전문학연구》 9 (한국고전문학회, 1994)에서 한국시가에 나타난 흥에 대해서 다각적인 고찰을 했으며, 〈'흥'의 예술적·계층적·시대적 전개〉, 《한국고전연구》 1 (한국고전연구회, 1995)에서는 고찰의 범위를 한국 예술 전반으로 확대하고서, 탈춤의 경우에는 "경계 허물기"가 '흥'을 일으키는 데 긴요한 구실을 한다고 했다.

69) 〈이황〉, 《한국문학사상사시론》 (서울: 지식산업사, 1978)에서 이에 관해 고찰했다.

과업 수행에 필요한 최고의 이념을 제공하는 이황이 흥겨운 놀이의 의의
를 그렇게 평가한 것은 갈등이 곧 조화이고, 극복이 바로 생성임을 밝히는
生克論에 의거해야 그 이유와 의의를 제대로 이해할 수 있다.

  그런 일은 전후의 시기에도 있었다. 이황 앞 시대의 사상을 주도한 元曉
는 광대 스승에게서 배운 춤을 추고 노래를 부르면서 전국 각처 수많은 마
을로 돌아다녔다고 했다.70) 이황 다음 시기의 사상을 연 崔濟愚는 칼춤을
추면서 〈劍訣〉을 노래하는 행사를, 東學의 이치를 구현하고 선포하는 가장
중요한 방법으로 삼았다.71) 한국사상사의 세 시기를 각기 대표하는 위치
에 있는 원효 · 이황 · 최제우가 모두 노래 부르고 춤추며 흥을 돋우는 행
위로 자기 생각을 펴고자 한 것은 한국사상사가 신명풀이 이론의 역사임
을 말해준다. 노래 부르고 춤추어 흥을 내고 신명을 푸는 것이 소중하다는
것을 거듭 확인하면서, 그렇게 하면 왜 즐거우며 어떤 소득이 있는가 하는
문제에 대해서 새로운 해답을 제시하면서 사상을 혁신해왔다.

  탈춤은 여럿이 함께 노래 부르고 춤을 추면서 흥겨워하고 신명을 푸는
행위를 근거로 해서 이루어진다. 풍물패를 앞세우고 마을 사람들이 사방
돌아다니면서 함께 노는 행사가 탈춤의 기원이고 바탕이다. 놀이패가 한
곳에 자리를 잡아 길놀이가 마당놀이로 바뀌고, 누구든지 참여하는 대동
놀이에서 탈꾼들이 특별한 배역을 맡는 탈놀이로 넘어가면서 탈춤이 시작
된다.

  《수영야류》 조사보고에서는 그 점에 관해서, 모여든 사람이 누구든지
群舞에 참여해서 "3·4시간 氣가 盡하도록 亂舞하여 興이 하강할 때쯤 되
면 후편인 가면무극으로 넘어간다"고 했다.72) 여기서 '興'이라는 말과 '氣'
라는 말을 사용한 것을 주목할 필요가 있다. 사람이 지닌 氣가 興으로 발
현된다고 했다. 군무에 참여한 모든 사람의 氣가 다해서 興이 떨어질 때가

---

70) 〈원효〉, 같은 책에서 이에 관해 고찰했다.
71) 〈최제우의 득도와 민중의 이야기〉, 《민중영웅이야기》(서울: 문예출판사, 1992)에
    서 이에 관해 고찰했다.
72) 강용권, 《야류·오광대》(대구: 형설출판사, 1977), 38면. 〈대방놀이로 하는 신명풀
    이〉에서 이에 관해 고찰했다.

되면, 탈꾼들이 나서서 氣를 새롭게 발현해서 興을 다시 돋운다고 했다.

여기서 '신명풀이'라는 말에 대해서 본격적인 검토를 할 필요가 있다. '신명'이 무엇인가 정의를 내리는 일을 계속 보류해왔는데, 이제 사람의 氣 가운데 興으로 발현되는 것이 '신명'이라고 규정할 수 있다. '신명'을 한자로 적으면 '神明'이라고 할 수 있으나, 그 '神'이 '鬼神'의 '神'이라기보다 '精神'의 '神'이다. '鬼神'의 '神'으로 이해하면 사람이 곧 신이어서 신다움을 자기 안에 간직하고 있다고 해야 뜻하는 바가 어긋나지 않는다.

'카타르시스연극'의 신이나 '라사연극'의 신과 비교해서 논하기 위해서는 그런 관점이 필요하다. 그러나 '精神'의 '神'은 사람 속에 내재되어 있다는 것을 쉽사리 납득할 수 있지만, 그 정체가 더욱 모호하다. 좀 더 분명한 논의가 필요하므로 崔漢綺의 도움을 받아 마땅하다.

최한기는 사람이 정신활동을 하는 氣를 '神氣'라고 하고, 사물을 인식하고 표현해 나타내는 과정을 '神氣'의 발현으로 설명했다.73) 氣는 "活動運化"를 기본특징으로 한다 하고, 사물이 그렇게 하는 것을 보고 마음에서 터득하면 "말을 하는 것마다 모두 靈氣를 지녀, 용이 꿈틀거리는 형체를 갖추고 萬化를 녹여서 지닌다"고 했다. 그래서 이루어진 표현물을 받아들이는 쪽은 '神氣'가 흔들리어 움직이고 쉽사리 感通하게 된다"고 했다. 글을 쓰고 읽는 행위에 관해 해명하고, 쓰는 사람과 읽는 사람 사이의 공감이 어떻게 해서 이루어지는지 밝히느라고 이렇게 전개한 이론을 연극에다 적용할 수 있다. 그 과정에서 최한기 이론의 미비점을 보완해 나의 이론을 만들 수 있다.

천지만물과 함께 사람도 수행하는 '活動運化'를 표출해서 공감을 이룩하는 주체가 되는 氣를 '神氣'라고 하면, '神氣'가 바로 '신명'이다. '神'은 양쪽에 다 있는 같은 말이고, '氣'를 '明'이라고 일컬을 수 있다. 안에 간직한 '神氣'가 밖으로 뻗어나서 어떤 행위나 표현형태를 이루는 것을 두고 '신명'을 '푼다'고 한다. 그래서 '신명풀이'란 바로 '神氣發現'이다. 사람은 누구나 '神

---

73) 〈최한기의 글쓰기 이론〉, 《한국의 문학사와 철학사》에서 이에 관해 고찰했다. 인용구의 출처 설명도 그쪽으로 미룬다.

氣' 또는 '신명'을 지니고 살아가지만, 천지만물과의 부딪힘을 격렬하게 겪어 심각한 격동을 누적시키면 그대로 덮어두지 못해 '神氣'를 발현하거나 '신명'을 풀지 않을 수 없는 지경에 이른다.

그러면서 신명풀이를 하는 방식에 차이가 있다. 홀로 하는 것과 여럿이 함께 하는 것이 다르다. 여럿이 함께 하는 것 가운데 또한 화합을 확인하는 것과 싸움을 하고 마는 것이 또한 다르다. 홀로 하는 것의 좋은 본보기는 시 창작이다. 여럿이 함께 하면서 화합을 다지는 것의 하나가 풍물놀이이다. 탈춤을 공연하는 행위는 여럿이 함께 하면서 적대적인 대상과의 싸움을 하는 점에서 그 둘과 다른 갈래에 속한다. 그러나 두 번째 갈래만으로 독립되어 있지는 않고, 두 번째 갈래를 기초로 한 세 번째 갈래이다.

탈춤은 탈꾼들 사이에서 벌어지는 싸움으로 나타난다. 노장과 취발이, 양반과 말뚝이, 영감과 미얄 사이의 싸움이 어떤 의미를 가지는지 이미 고찰했다. 탈꾼들이 그런 배역을 하면서 등장시킨 인물들은 함께 흥겨워하지 않고, 싸움의 전개에 따라서 흥하기도 하고 망하기도 한다. 그러나 탈춤 진행 도중에 이따금씩 탈꾼 모두 함께 춤을 추면서 즐거워한다. 일어서서 춤을 추면서 반주를 하던 풍물패 반주자들이 앉은 악사로 바뀐 다음에도, 그런 관습이 변함없이 이어져서, 탈춤 공연의 기본적인 방식의 하나가 되었다.

《봉산탈춤》의 양반과장에서 그 점을 확인할 수 있다. 거기서 양반이 말뚝이에게 호령하고 말뚝이는 항변을 하다가 양쪽이 다툼을 멈추고 함께 춤추며 즐거워한다.[74] 그런 전개의 실상을 확인하기 위해서 양반과장의 서두를 들어보자.

> 말뚝이 : (중앙쯤 나와서) 쉬이. (음악과 춤 멈춘다.) 양반 나오신다아! 양
> 반이라고 하니까 노론·소론·호조·병조·옥당을 다 지내고
> 삼정승·육판서를 다 지낸 퇴로재상으로 계신 양반인 줄 아지
> 마시오. 개잘량 양자에 개다리소반이라는 반자 쓰는 양반 나오

---

74) 그런 전개방식을 앞 대목 〈양반과장과 구성의 원리〉에서 면밀하게 분석했다.

신단 말이요.
　　양반들 : 야아, 이놈 뭐야아!
　　말뚝이 : 아, 이 양반들 어찌 듣는지 모르갔소. 노론 · 소론 · 호조 · 병조 ·
　　　　　옥당을 다 지내고 삼정승 · 육판서를 다 지내고 퇴로재상으로 계
　　　　　신 이생원네 삼형제분이 나오신다고 그러하였소.
　　양반들 : (합창) 이생원이라네. (굿거리장단으로 춤을 춘다. 도령은 때때
　　　　　로 형들의 면상을 치며 논다. 끝까지 그런 행동을 한다.)75)

　　말뚝이와 양반 삼형제가 처음 등장할 때 함께 춤을 추었다. 한 과장이
'춤대목'에서 시작되었다. 양반 삼형제가 말뚝이와 함께 등장한 곳은 놀이
판이다. 하인과 함께 춤을 추면서 놀이판에 등장하는 것은 양반을 양반답
게 하는 위엄을 부인하는 처사이다. 노장이 놀이판에 등장할 때 필요했던
복잡한 과정을 거치지 않고, 양반 삼형제는 아무런 절차 없이 놀이판에 등
장한다.

　　그 이유를 밝히지 않고 생략해버렸으니, 관중이 추측해서 알아낼 일이
다. 사람은 누구나 마음속에 신명이 있으니 풀어야 하고, 신분 차별의 장
벽을 넘어서서 누구나 평등한 것이 마땅하니 양반이 말뚝이와 함께 춤추
고 노는 것이 당연하다고 하면 올바른 해답을 찾았다고 할 수 있다. 그러
나 여러 단계를 거쳐 길게 추리하지 말고 한꺼번에 깨닫는 비약을 경험해
야 관중도 신명풀이에 동참한다.

　　그런데 처음의 춤대목에서 말뚝이가 앞서서 양반을 인도하고 등장했다.
평등을 이룩해서 신명풀이를 함께 하는 일을 말뚝이가 선도해야 했기 때
문이다. 양반과 말뚝이의 신분상의 위계질서를 부정하는 데 그치지 않고
역전시키기까지 해야 평등이 이루어진다. 그런데 양반 삼형제 가운데 막
내인 악소년 도령이 형들의 면상을 부채로 치며 노는 것도 연령에 따르는
위계질서를 파괴하는 점에서 그것과 같은 의미를 지닌다고 하고 말면 피
상적인 이해이다.

---

75) 이두현, 《한국가면극》(서울: 문화재관리국, 1969), 316면

도령은 함께 춤을 추면서 경망스러운 태도로 남을 해쳐, 두 형들이 위엄을 차리느라고 감추어두었던 허위의 깊은 층위를 드러내는 구실을 한다. 춤대목에서 의식 차원의 문제가 해결되면서 무의식 차원의 문제가 표출된다. 그렇게 해서 춤대목의 화해가 화해이기만 하지 않고, 화해가 또한 싸움임을 일깨워준다.

말뚝이가 관중에게 양반 험담을 하는 말은 양반이 즐겨 쓰는 언사를 모방해 공격 효과를 높인다. 양반은 역임한 관직을 열거하면서 뽐내기를 잘하고, 상대방이 선뜻 알아차리지 못할 말을 할 때에는 어느 한자를 쓰는 말인가 밝혀 "…자에 …자 쓰는"이라고 해야 설명이 제대로 이루어진다고 믿는다. 그런데 열거한 관직에 "노론, 소론"도 들어 있다. 관직이야 다다익선이지만, "노론"을 하다가 "소론"을 하는 지조 없는 짓은 해서는 안 된다. "양반"이라는 말이 "개잘량이라는 양자에 개다리소반이라는 반자"로[76] 이루어졌다고 하는 것은 그보다 더 심한 억설이지만, "양반=개"라는 등식을 들어 양반을 경멸하고 공격하는 데 쓰여 큰 힘을 발휘한다.

양반은 그렇게 공격하는 말을 대강 듣기는 했으므로 호령을 하지만, 제대로 알아듣지 못했으므로 말뚝이의 변명을 듣고 안심해서 춤대목으로 들어간다. 등장인물들이 함께 즐거워하는 춤대목에서 연극이 중단되는 것은 아니다. 대사를 주고 받아서는 도저히 나타낼 수 없는 깊은 의미가 구현된다.

양반과 말뚝이는 서로 싸울 필요가 없음을 알고 화해를 하는 춤을 추자는 데 합의해 함께 춤추며 즐거워하는데, 그 이유는 서로 다르다. 양반은 말뚝이를 호령해서 제압했으므로 만족해 하고 평화를 구가하지만, 말뚝이는 양반에 항거해 승리를 거두었으므로 즐거워하는 것이다. 그런 동상이몽의 균형을 관중이 개입해서 깨버린다. 관중은 양반의 착각을 보면서 재미있어 하고, 말뚝이와 함께 승리를 구가한다. 양반은 그런 사태를 이해하

---

76) "개잘량"이란 개가죽을 방석처럼 쓰기 위해서 무두질한 것이다. "개다리소반"은 발이 개다리처럼 생긴 소반이다. 둘 다 양반과는 아무 상관이 없고, 혐오스러운 물건도 아니다. 오직 "개"라는 말을 "양반"에다 가져다 붙이기 위해서 그 둘의 이름을 이용할 따름이다.

지 못해 패망하지 않을 수 없게 된다.

탈놀이에서 진행되는 싸움이 바라는 방향에서 진행되고 해결되는 것이 관중으로서는 더욱 흥겹고 신나는 일이다. 관중이 줄곧 연극 진행에 개입하기 때문에, 탈놀이가 대동놀이로 진행되어, 싸움의 승패를 나누는 데서 신명풀이가 최고조에 이른다. 탈놀이가 끝난 다음에도 시작하기 전과 마찬가지로 관중 모두가 나서서 함께 춤을 추는 난장판 군무를 벌이면서 탈놀이에서 이룩한 승리를 구가한다. 그러나 上·下나 優·劣을 뒤집어 패배자를 조롱하고 박해하자는 것은 아니다. 그런 구별이 원래 있을 수 없어 대등하고 평등하다는 것을 함께 춤을 추면서 재확인한다. 그래서 싸움이 화해이고, 극복이 생성임을 입증한다.

한국의 '신명풀이연극'은 그리스의 '카타르시스연극'과 마찬가지로 적대적인 관계의 승패를 문제 삼는다고 하겠으나, 승패가 바람직하게 이루어지는 점이 다를 뿐만 아니라, 패배자의 고통은 전혀 찾아볼 수 없다. 노장·양반·영감은 패배를 겪으면서 자기네들 또한 승리자가 되었다. 허위를 거부하고 진실을 되찾은 기쁨을 누리는 데 동참해서 그렇게 될 뿐만 아니라, 서로 나누어져 싸우는 것이 허위라고 배격되어 아무런 구분이 없는 대등하고 조화로운 관계가 이루어지기 때문이다. 그래서 싸움의 否定이 최대의 승리임을 분명하게 하는 과정이 탈놀이가 끝난 다음의 군무이다.

탈춤 전체는 세 부분으로 이루어져 있다. 이제 각 부분을 지칭하는 용어를 확정해서 정리를 해보자. 서두에 '앞놀이'가 있고, 중간에 '탈놀이'가 있으며, 나중에 '뒷놀이'가 있다.77) 앞놀이와 뒷놀이를 할 때에는 놀이패와

---

77) 《전통희곡의 제식적 미학》의 저자 조만호는 이 책 원고에 대한 질문서에서 탈춤에 과연 뒷놀이가 있는가 의문이라고 했다. 지금 채록되어 있는 대본이나 공연 현장에서는 뒷놀이를 찾기 어려우니 그렇게 생각될 수 있다. 그러나 앞놀이가 있으면 뒷놀이도 있는 것이 당연하다. 탈춤이 원래 풍물패의 마을굿에서 생겨날 때부터 그 둘을 다 갖추었다. 놀이패와 관중이 함께 어울려 길놀이를 하는 중간에 어느 한 곳에 머물러 탈놀이를 했으므로, 앞놀이뿐만 아니라 뒷놀이 또한 필수적인 순서였다. 야류에 그런 전통이 잘 이어지고 있다. 정상박, 《오광대와 들놀음 연구》, 54면에서 표를 만들어 정리한 바와 같이, "탈춤놀이가 끝나면, 출연자들과 신명 있는 관객이 어울려 춤을 추며 논다"고 한 순서가 수영야류와 동래야류 양

관중 사이에 아무런 구별이 없이, 모두 대등한 자격으로 함께 어울려 춤을 추면서 즐거움을 나눈다. 탈놀이를 할 때에는 탈을 쓴 놀이패가 등장인물들의 배역을 나누어 하면서 서로 싸우고, 관중은 관중석에서 구경하면서 그 싸움에 이따금 끼어든다.

탈놀이가 진행되는 동안에, 일정한 간격을 두고 춤대목이 있어, 서로 싸우던 등장인물들이 함께 어울려 춤을 춘다. 관중이 앞놀이와 뒷놀이에 참여하고, 탈놀이에 끼어들면서 춤대목의 의미를 자기 나름대로 해석할 수 있는 재량권을 갖고 있다. 탈춤이 완성되어 닫힌 구조일 수 없고, 미완성의 열린 구조인 원리가 그런 세부에서까지 잘 갖추어져 있다.

춤대목에서는 등장인물들이 싸움을 멈추고 함께 즐거워하는데, 그렇게 해야 한다고 판단하는 이유가 각기 다르다. 양반은 자기가 말뚝이를 눌러서 이겼다고 즐거워하고, 말뚝이는 자기가 양반을 속여서 이겼다고 즐거워한다. 관중은 그런 사정을 명확하게 알 수도 있고, 그렇지 않을 수도 있다. 그래서 춤대목 자체에서 싸움이 화해이고, 화해가 싸움이다.

탈놀이의 싸움과 춤대목의 화합, 탈놀이의 싸움과 앞놀이 · 뒷놀이의 화합을 함께 보여주어 싸움이 화합이고, 화합이 싸움임을 알려준다. 그 양쪽이 둘이면서 하나이고, 하나이면서 둘임을 명시한다. 그 둘이 둘이라고 보는 관중에게는 하나임을 일깨워주고, 하나라고 보는 관중에게는 둘임을 일깨워주는데, 관중은 거기 맞서서 자기주장을 편다. 그렇게 하는 것이 싸움을 싸움답게 하면서 싸움을 해결하는 방법이다.

싸움에 대해서 그렇게 생각하는 데는 오랜 전통이 있다. 일찍이 元曉는 ‘有無’ · ‘眞俗’ · ‘一二’ · ‘中邊’이 둘이 아니고 하나이며, 하나가 아니고 둘이라고 하는 이치를 밝혔다.[78] 그렇게 말하는 데서 열거한 말들은 추상적

쪽에 다 있다. 수영야류에는 그 뒤에 다시 “탈춤놀이가 끝나면, 출연자들이 탈을 한 곳에 모아놓고 고사를 지내고 태운다”고 했다. 봉산탈춤에도 있는 그 행사가 뒷놀이의 일부이다. 오늘날의 양주산대놀이에는 앞놀이만, 봉산탈춤에는 뒷놀이만 남은 것은 후대적인 변모의 결과라고 생각한다. 탈춤의 진행원리를 찾아내서 이어받기 위해서, 앞놀이 · 탈놀이 · 뒷놀이가 갖추어져 있는 것을 기본형으로 삼아야 한다.

인 개념이면서 또한 현실적인 대립을 집약하는 의미를 지니고 있다. '有無'에는 부자와 가난뱅이, '眞俗'에는 귀족과 민중, '一二'에는 임금과 신하, '中邊'에는 서울과 시골을 지칭하는 분별 개념이 다른 많은 것들과 함께 포함되어 있어서, 이해하는 쪽에서 그렇게 받아들인다고 해도 나무랄 수 없다.

그런 것들이 하나가 아니고 둘이므로 대립이 있다. 당시 신라 사회에 대립이 없다고 하면 거짓말이다. 사회적 대립의 심각한 문제를 외면하고 고매한 사상을 전개하기만 하는 것은 허공에 뜨자는 것이다. 그러면서 그런 것들이 둘이 아니고 하나이므로 대립을 넘어설 수 있다. 대립은 대립 아닌 것으로 만들어 본래의 화합을 되찾아야 해결된다. 그럴 수 있는 가능성이 본래 주어져 있다고 믿고, 거기 이르는 길을 찾고자 했다.

그것이 '신명풀이연극'에서 대립을 제기하고 해결하는 방식의 원형이 되는 사상이라고 할 수 있다. 물론 대립이 화합이라는 주장을 함께 펴면서 강조점의 차이는 있어 元曉는 대립보다는 화합을 더욱 중요시하고, 탈춤에서는 화합보다는 대립을 더욱 중요시하는 것은 서로 다르다. 그런 거리를 메우기 위해서는 시대를 내려와서 하나가 둘로 나누어진 과정을 중요시하는 徐敬德의 철학을 찾을 필요가 있으며, 사람과 사람 밖의 사물의 부딪침을 특히 중요시한 정약용의 사상에서도 보충자료를 얻을 수도 있다.[79] 그러나 사회적 대립에서 생기는 싸움을 전개하고 해결하는 방식을 탈춤이 가장 선명하고 치열하게 보여주므로, 탈춤의 이론을 다시 마련하기 위해서 멀리 돌아오는 것이 반드시 필요한 것은 아니다.

'신명풀이연극'이 대립을 다루는 방식은 뚜렷한 특징을 지녀 다른 두 가지 연극미학과 비교될 수 있다는 것은 분명해졌다. 패배에 이른다는 것은 애초에 생각할 수 없다고 하는 점에서 '카타르시스연극'의 바탕이 되는 사상과 다르다. 대립의 문제를 심각하게 제기한 점에서 '라사연극'과는 입각

---

78) 〈원효〉, 《한국문학사사상시론》; 〈의상·명효·원효의 질서관과 문학이론〉, 《한국의 문학사와 철학사》에서 이에 관해 고찰했다.
79) 〈생극론의 역사철학의 정립을 위한 기본구상〉, 《한국의 문학사와 철학사》에서 그런 작업을 했다.

점의 차이가 있다.

지금까지 작품전개의 특성을 비교한 결과를 삼자 관계를 중첩시키는 방식으로 정리하면 다음과 같다.

‘카타르시스’   ‘라사’와 ‘신명풀이’
파탄에 이르는 결말   원만한 결말

‘라사’   ‘카타르시스’와 ‘신명풀이’
우호적인 관계의 차질   적대적인 관계의 승패

‘신명풀이’   ‘카타르시스’와 ‘라사’
미완성의 열린 구조   완성되어 닫힌 구조

언어사용 비교

《오이디푸스왕》의 서두를 보자. 연극이 시작되면, 많은 사람들이 탄원을 하겠다면서 궁전 앞에 모여들었는데, 오이디푸스가 나서서 길게 말한다. 도시가 비탄에 잠긴 이유를 들으러 “이 오이디푸스가 몸소 이리로 왔노라”고, “어떤 도움이라도 내 기꺼이 베풀겠다”고 하는[80] 요지에다 곁들여서 자기가 유능한 군주라고 자부하는 말을 잔뜩 늘어놓았다. 거기 모인 백성들의 대표인 사제가 나서서, “사람들 중의 으뜸가는 분”인[81] 오이디푸스왕이 도시의 재난을 구해달라고 하는 말은 그보다 훨씬 길고 장황해서, 연극이 연설로 진행된다.

등장인물들끼리 연설을 주고받는 것만으로 모자라, 코러스의 무리가 자기들 나름대로 추측하고, 해설하고, 논평하는 말을 또한 길게 늘어놓는다.

---

80) 천병희 역, 《오이디푸스왕》, 164면
81) 같은 책, 166면

연극이 끝날 때 코러스가 다음과 같이 말해 연극에서 무엇을 보여주었는
지 결론지어 말했다. 그래서 다른 생각을 할 여지가 없게 했다.

> 오오 조국 테바이의 시민들이여, 보라, 이분이 오이디푸스다.
> 그는 유명한 수수께끼를 풀고 권세가 당당했으니
> 그의 행운을 아는 어느 시민이 선망의 눈으로 보지 않았던가!
> 보라, 그러한 그가 얼마나 무서운 고뇌의 풍파에 휩쓸렸는가를!
> 그러니 우리의 눈이 그 마지막 날을 보고자 기다리고 있는 동안에는
> 죽어야 할 인간일랑 어느 누구도 행복하다고 기리지 말라,
> 삶의 종말을 지나 고통에서 해방되는 때까지는.[82]

스핑크스의 수수께끼를 풀고 왕위에 올라 권세가 당당하던, 사람들 가
운데 으뜸이라고 하던 오이디푸스가 자기도 모르는 사이에 아버지를 죽이
고 어머니와 결혼한 끔찍한 죄를 저지른 것을 알고 무서운 고뇌의 풍파에
휩쓸린 것을 보고서, 관객은 "세상에 그런 일도 있구나", "잘난 사람이 오
히려 못난이로구나"라고 하면서 그것을 예외적인 일이라고 생각하지 말
고, 누구에게나 닥칠 수 있는 시련이고, 사람의 지혜로는 피할 수 없는 운
명인 줄 알아서 받아들이라고 한다.

그래서 "죽어야 할 인간일랑 어느 누구도 행복하다고 기리지 말라"고
했다. 신과는 다르게, 죽어야 할 존재인 인간은 운명의 시련에서 벗어날
수 없다고 했다. 오이디푸스의 운명이 모든 사람의 운명이고, 사람은 신이
아니므로 운명에서 벗어날 수 없다는 결론을 분명하게 내려, 의심을 하고
반론을 제기할 여지가 없게 했다.

그렇지만 사람들이 말을 많이 한다고 해서 삶의 진실을 밝힐 수 있는 것
은 아니다. 사람들이 말 많은 것과 신들이 말이 없는 것이 줄곧 대조를 이
루고 있다. 신들이 입을 열어 말을 하는 神托이 이루어져야 인간에게 어떤
운명이 닥쳐오는가 알 수 있을 것인데, 그런 기회가 흔하지 않으며, 누구에

---

82) 같은 책, 247~248면

게나 허용되는 것은 아니다. 특별한 능력을 가져 신탁을 받고 운명의 비밀을 아는 사제자는 말을 함부로 할 수 없고, 말을 한다 해도 불신을 받는다.

오이디푸스와 장님 사제자 테레시아스 사이의 다툼에서 그런 사정이 잘 나타난다. 사람 가운데서 가장 뛰어나 무엇이든지 가장 잘 안다고 자부하는 오이디푸스는 빗나가기만 하는 말을 많이도 했다. 그런데 눈을 감고 있어 신의 뜻을 아는 테레시아스는 입을 다물고 있었다. 그러니 말이 헛되다는 것을 절감하지 않을 수 없다.

오이디푸스뿐만 아니라 다른 인물들도, 그 도시의 양식 있는 사람들을 다 모아놓은 코러스도 안다면서 주장하는 바가 모두 억측일 수 있다. 직설적인 대사의 웅변을 늘어놓기를 일삼는 연극을 하고서, 신들은 침묵하고 있어 말이 헛되다는 것을 알려준다. 신들의 침묵에 사람은 다변으로 대처할 수밖에 없는 것 자체가 비극이다.[83]

《사쿤탈라》에는 연설조의 대사가 없고, 코러스가 등장해서 해설을 하지 않으며, 결론지어 정리하는 말도 없다. 직설적 전달과는 다른 암시적 표현으로 일관한다. 산문 대사에 시나 노래가 자주 삽입되어, 주변상황에 대한 느낌이나 등장인물의 심리상태를 서정적으로 표현할 따름이고, 전후의 사실을 설명하지는 않는다. 작품의 주제를 요약하는 데서 시를 사용하지만, 작품에서 일어나는 사건과는 직접 관련되지 않는 암시적이거나 상징적인 수법을 사용하기만 한다.

작품 서두에 다음과 같은 시가 있다. 등장인물이 나타나 연극을 시작하기 전에 적어놓은 시이며, 누가 낭독한다고 하지 않았다. 공연이 아닌 독서를 통해서 작품과 만나는 사람에게나 소용되는 시이며, 고도로 암시적인 표현을 사용해서 무슨 뜻인지 쉽사리 알아내기 어렵다.

처음으로 창조된 물,
제단에 바쳐져 희생을 건디는 불,

---

83) 그 점에 관해 Rebecca W. Bushnell, *Prophesying Tragedy*의 한 대목 "Speech and Silence Oedipus the King"에서 깊이 있는 고찰을 했다.

시간을 정하는 해와 달,
우주를 채워 귀로 들을 수 있는 것
사람들이 자연이라고 하는, 모든 씨앗의 근원,
산 것들이 숨을 쉬게 하는 공기…
이들 여덟 가지 분신을 나타내는,
시바의 신이여, 여기 와서 축복하소서.84)

시바(Siva)의 신에 대해서 찬사를 바치고, 축복을 내리기를 바란다고 하면서, 물, 불, 해, 달, 공기 등의 자연물이 모두 신의 분신이라고 했다. 그래서 이 시는 신에 대한 찬양이면서 또한 자연물에 대한 찬양이다. 그 두 가지가 서로 대등한 의미를 가진 것은 아니다. "자연물을 분신으로 나타내니 신이 거룩하다"는 것보다 "신의 분신이니 자연물이 거룩하다"는 것이 더욱 의미 있는 진술이므로, 이 시는 신을 예찬하는 말을 매개로 해서 자연물을 예찬했다고 할 수 있다. 눈에 보이는 자연물이 무엇이든 아름답고 황홀하며 거룩하다고 해서 작품에서 일관되게 보이는 긍정적 사고방식의 바탕으로 삼았는데, 그런 사고방식은 직설을 배제한 암시의 수법으로 전달될 따름이다.

《오이디푸스왕》에서는 신의 침묵과 사람의 다변이 서로 어긋나는 관계를 가지는 것과 다르게, 《사쿤탈라》에서는 사람 자신이 소중한 것을 망각하다가 기억을 되살리는 것이 작품 전편의 사건을 만드는 대립의 축 노릇을 한다. 두시얀타가 사쿤탈라를 아내로 맞이하고 그 기억을 되살리기 위해서 반지를 정표로 주었는데, 사쿤탈라는 반지를 잃고 두시얀타는 기억을 상실했다가, 반지가 다시 나타나자 기억이 소생했다.

그 과정에 신이 개입한 것은 아니고 사람이 스스로 망각과 기억 사이에

---

84) Barbara Stoler Miller ed., Theater of Memory, the Plays of Kalidasa, 89면에 의거해서 번역했다. Kalidasa, "Sakuntala", in C. R. Devadhar, Works of Kalidasa vol. 1에서는 그 대목을 산문으로 풀어놓았으므로 번역 대본으로 삼기에 적합하지 않다.

서 왕래했다. 망각을 깨기 위해서 신의 뜻을 알아내거나 바꾸어놓아야 하는 것은 아니고 자기 자신의 내면으로 깊이 들어가야 한다. 설명을 배제하고 암시로 이루어진 대사가 내면으로 가는 안내자 노릇을 한다. 그 길이 열려 자기 자신을 되찾으면 신들이 도와준다.

두시얀타가 사쿤탈라와 다시 만나고, 아들도 찾는 결말 대목에서는 신들의 도움이 두드러지게 나타나 있다. 갈 데 없는 신세가 된 사쿤탈라를 보호해 아들을 낳을 장소를 제공하고, 두시얀타가 아내와 아들을 찾을 수 있게 도와준 마리차(Marica)신이 두시얀타에게 각별한 배려를 해서 다음과 같은 대화가 전개된다. 인드라(Indra)신이 이끄는 하늘의 수레를 타고, 세 사람이 함께 왕궁으로 출발하도록 하라면서 하는 말이다. 맨 나중의 네 줄은 시이므로 산문 대사와는 다르게 표기한다.

> 마리차 : 애야, 네 친구 인드라의 수레에 아내와 아들을 데리고 타서, 왕궁
>   으로 돌아가거라.
> 임 금 : 분부대로 하겠습니다.
> 마리차 : 애야, 다른 기쁨을 더 베풀어주기를 바라느냐?
> 임 금 : 이렇게 되면, 더 큰 기쁨이 없겠습니다.
>   임금이 훌륭한 자연을 섬기도록 해주소서!
>   사제들이여 말의 여신을 칭송하라!
>   그리고 시바의 신께서 지니신 놀라운 힘으로
>   나를 얽고 있는 輪廻의 사슬을 끊어주소서!

신이 사람에게 무엇이든지 해주겠다고 하고, 사람이 지닌 최대의 소원을 이렇게 나타냈다. 임금이 읊은 시는 서두의 시와 바로 호응이 된다. 훌륭한 자연을 섬기는 것이 신이 거룩하다고 하는 경배 행위이고, 신과 같은 경지에 이르러 정신적으로 고양되는 길이다. 말의 여신을 칭송하면서, 말로써 신을 섬기고, 말로써 시를 짓는 것은 사제들이 맡아서 수행하는 그 다음 차원의 과업이라고 해서, 더 높은 경지는 말을 넘어서 있다고 했다.

그렇게 해도 윤회를 벗어나지 못하면 다시 불행해질 수 있으니 윤회의 사슬을 끊고 해탈을 이루고자 하는 최후의 소망을 말했다.

사람은 죽어야 할 존재라고 하는 것과 윤회에서 벗어나지 못한다고 하는 것은 신과는 다른 인간의 한계를 지적한 점에서 서로 상통하는 말이다. 그러나 죽어야 할 존재인 사람은 잘못을 저지르지 않아도 가혹한 운명의 시련을 겪을 수 있는 것과는 다르게, 윤회의 고통은 사람 스스로 지은 업보에 따라서 이루어진다. 사람은 죽지 않는 신의 경지에 절대로 이르지 못한다고 하는 것과 다르게, 윤회를 벗어나는 것은 사람이 스스로 노력하면 이룰 수 있는 소망이라고 하는 점도 아주 다르다.

그래서 한쪽은 근본적인 비관을, 다른 쪽은 근본적인 낙관을 택했다. 근본적인 비관의 사고방식에서는 사람의 능력을 최대한 발휘해 크나큰 승리를 이룩하려고 하다가 처참한 패배에 이르는 것과 다르게, 근본적으로 낙관하면서 살아나가면 사람 사이에서뿐만 아니라 자연물과의 관계에서도 조화롭고 평화로운 관계를 존중한다. 투쟁이 패배에 이른 사건의 경과와 그 의미는 웅변적인 대사를 통해 직설적으로 전달하는 것이 어울리듯이, 조화롭고 평화로운 삶은 암시적인 표현을 사용해서 그 내면적이고 정신적인 의미를 나타내야 비로소 의의가 있게 된다.

그런데 《봉산탈춤》을 함께 고려해 셋을 다시 비교하면, 위의 논의가 미흡하다는 것을 쉽사리 알아낼 수 있다. 《봉산탈춤》은 웅변적인 대사에 따른 직접적인 전달은 배제하고 암시적인 표현을 사용하는 특징을 《사쿤탈라》에서보다 더욱 분명하게 했다. 암시적 표현의 방법이 《사쿤탈라》에서는 시이고, 《봉산탈춤》에서는 춤이다. 시를 이용하는 암시적인 표현과 춤으로 보여주는 상징적인 표현은 상당한 거리가 있다. 암시적인 표현에서는 안에 숨어 있는 일정한 의미가 있지만, 상징적인 표현으로 무엇을 말하는가를 한 가지로 지적할 수 없다. 시는 직설법은 배격하면서도 언어의 전달 능력이나 표현 능력에 대해서 근본적인 신뢰를 하는 것을 전제로 삼지만, 춤은 언어를 넘어서야 진실에 이른다고 하는 점이 서로 다르다.

이번에도 서두를 들어 비교의 자료로 삼기로 하면, 《봉산탈춤》의 서두에는 인용할 대사가 없다. 맨 서두의 〈상좌과장〉에서는 상좌 넷이 나와서 춤을 추는 것뿐이고, 말이 전혀 없다. 그 다음의 〈목중과장〉에서 목중들이 등장하고, 이어서 〈노장과장〉에서 노장이 나타나는 대목도 춤으로 진행되고, 노래가 몇 마디 삽입될 따름이다. 노장은 대사가 없는 무언의 인물이고, 노장과 소무의 만남은 무언극으로 진행된다.

〈상좌과장〉에서 상좌 넷이 춤을 추는 것은 동서남북의 四方神에 대한 배례라고 이해된다. 그 점에서 《사쿤탈라》의 서두에서 시바의 신을 칭송한 것과 상통하지만, 사방신은 성격이 뚜렷하지 않다. 다른 지방 탈춤에서는 東方靑帝將軍·南方赤帝將軍·西方白帝將軍·北方黑帝將軍을 등장시켜 그 이름과 모습을 구체화하기도 하지만, 사방의 방위를 색채로 나타낸 것 이상의 의미가 없고, 네 방위를 지켜 잡귀가 범접하지 못하게 하는 마당씻이의 기능을 수행할 따름이다. 그 점에서 사방신은 장승과 다를 바 없다.

네 상좌가 나와서 춤을 추는 것은 사방신에 대한 배례라고만 할 수는 없는 다른 의미가 또한 있다고 하겠으며, 그 다음 대목 〈목중과장〉을 보면 그런 생각이 더욱 분명해진다. 처음에 상좌 넷이 등장하고, 이어서 목중 여덟이 등장한다. 등장하는 곳은 탈춤을 하는 놀이판이다. 탈춤을 하는 놀이판에 어린 중인 상좌들이 먼저 등장하고, 잡스러운 중인 목중들이 이어서 등장하면서, 그 넷이 여덟로 늘어나서, 같은 사태가 이어지면서 확대되는 것을 알 수 있게 한다.

그 다음에 노승인 노장이 등장하는 것은 아주 큰 사건이다. 노승이 산사를 떠나 놀이판에 나타난 뜻밖의 사태가 벌어진 이유는 먼저 상좌들, 그 다음에는 목중들이 등장한 것과 연관시켜 이해해야 한다. 상좌들이 밖에 나가서 돌아오지 않으니 목중들을 보내 찾아오게 하고, 목중들마저 돌아오지 않자 노장 스스로 찾아 나서게 되었다고 하는 것은 지나치게 산문적인 설명이어서 상징적 표현의 특성을 왜곡할 염려가 있지만, 어떤 일이 벌어지는지 이해하는 데 도움이 된다.

상좌들의 춤은 조용하고 느리게 진행되는 것과 다르게, 목중들은 힘차게 춤을 추면서 삶의 격동을 나타낸다. 그런 정력을 가지고 있으면서 산에

들어가 수도나 하고 있는 것이 부자연스러웠음을 알려주고, "승려 : 속인",
"절간 : 놀이판", "道 : 힘"의 대립을 드러내 보여주기 시작한다. 목중들이
흥겹게 춤을 추는 기쁨을 덧보태기 위해서 부르는 잡가 가운데 다음과 같
은 것이 있어, 승려 생활을 버리고 산사를 떠나 놀이판에 나서는 동기를
선명하게 나타낸다.

> 산중에 무력일(無曆日)하여 철가는 줄 몰랐더니
> 꽃 피어 춘절이요, 잎 돋아 하절(夏節)이라.
> 오동낙엽 추절(秋節)이요,
> 저 건너 창송녹죽(蒼松綠竹)에 백설이 펄펄 휘날리니 이 아니 동절이냐.
> 나도 본시 강산오입장이로 산간에 묻혔더니,
> 풍류 소리 반겨 듣고 염불에 뜻이 없어,
> 이런 풍류정에 한 번 놀고 가려던…[85]

"풍류정"이라고 한 곳은 놀이판이다. 놀이판은 풍류스럽게 노는 곳이어
서 그렇게 일컬었다. 목중이 산사를 떠나 풍류스러운 놀이를 하는 놀이판
을 찾아가 춤추고 노래하면서 자기가 "강산오입장이"임을 확인하는 신명
풀이가 바로 연극이다. 신명풀이를 하면서 삶의 약동을 나타내기 위해서
연극이 필요하다. 그래서 연극은 삶 자체이면서 삶이 고양되어 있는 모습
이다.

이 대목의 목중뿐만 아니라 할미과장의 할미도 놀이판에 들어서면서
"떵꿍하기에 굿만 여기고 한 거리 놀고 가려고 들어온 할맘일세"라고 한
다.[86] 그렇게 해서 연극이 시작되는 것은 다른 탈춤의 여러 과장에서 두루
확인되는 공통적인 현상이다. 음식을 함부로 사먹고 관격이 되어 죽을 지
경에 이른 사람을 살려내기 위해서도 신명을 풀어야 한다고 한다.[87]

---

85) 이두현, 《한국가면극》, 301면
86) 같은 책, 319면
87) 양주별산대의 침놀이 과장에서는 말뚝이의 아들, 손자, 증손자가 놀이판에 나왔
   다가 음식을 함부로 사먹고 관격이 되어 죽을 지경에 이른 것을 보고서 완보가

그런데 신명을 푸는 행위가 그 자체로 관철되지는 않고 싸움을 유발한다. 음식을 함부로 사먹다가 죽을 지경에 이른 것은 절제 없이 뛰노는 아이들을 유혹하는 장사꾼이 있기 때문에 생긴 사고이다. 할미는 놀다가 가려고 놀이판에 들어와서는 헤어진 영감을 찾아야 한다. 목중의 신명풀이는 노장스님과 복잡하게 얽혀 있어, 싸움을 일으키고, 새로운 화합을 만들어내기도 한다. 신명풀이 때문에 빚어지는 대립과 화합의 관계가 연극의 구체적인 내용이다. 그래서 자유와 구속이 이중삼중으로 얽힌 관계를 빚어낸다.[88]

노장과장에서 벌어지는 신명풀이에 얽힌 사연은 단순하지 않다. 노장이 목중들에게 이끌려 들어오고, 목중들이 노장을 잃고 찾아다니면서 엉뚱한 수작을 하고, 노장이 목중들이 하는 말에 고개를 끄덕이기만 하는 등의 전개가 어떤 상징적인 의미를 가지는지 분석하자면 상당히 복잡한 과정을 거쳐야 한다.[89] 무리하지만 간추려 말하면, 산사를 떠나 놀이판으로 나오자 모든 것은 뒤집어져서 노장이 최대한 비하되다가 차차 정상의 위치로 올라간다는 것이, 그 다음 대목에서 노장이 소무를 만나 매혹되고 함께 살

신명이 과한 녀석들이 신명을 풀지 못해서 그렇게 되었다고 하고서, 백구타령을 노래하니 살아난다. 앞 대목 〈침놀이에 나타난 삶과 죽음의 관계〉에서 이에 대해서 자세하게 고찰했다.

88) 꼭두각시놀음에서는 팔도강산 유람을 다닌다는 박첨지는 꼭두각시의 모습을 하고 있으면서 포장을 친 구역 안에서 들락날락 하기만 하고, 한 자리에 머물러 있으면서 말이나 물어보는 그 상대역은 악공이 맡아서 하니 예사 사람들이다. 발탈이라고 일컬어지는 또 한 가지 민속극에서는 꼭두각시 대신에 빌에다 탈을 씌우고 노는 연기자가 예사 사람과 수작을 나눈다. 사방 돌아다니는 난봉꾼은 얼굴에는 탈을 쓰고 상반신만 있는 몸으로 나타나고, 그 상대역인 집주인은 신체가 온전한데 어디 나다니지 않고 자기 자리를 지키면서 장사를 하는 데 몰두해 있다. 자유로울 수 있는 사람은 스스로 구속을 선택하고, 구속되어 있어야 할 사람은 자유롭기를 바라서 서로 상반되어 있는 사정을 그렇게 나타낸다. 그런 사실에 대해서 자세하게 고찰하면서 연구를 확장해야 마땅하지만, 여기서는 '카타르시스' · '라사' · '신명풀이'를 자료 선택에서도 대등한 비중을 두어 고찰해야 하므로 그렇게 하지 못한다. 〈발탈 조사보고〉에서 자료를 조사해서 보고하면서 그 점에 관해 고찰한 바 있어, 그 글을 이 책 부록 자료에 제시해 보완책으로 삼는다.

89) 〈봉산탈춤 이해〉, 《탈춤의 역사와 원리》에서 이에 대해 자세한 고찰을 했다.

기 시작한다는 데까지 이르는 일관된 전개 방식이다. 노장이 신장수를 물리칠 때 변신이 최고도에 이르렀다가, 승려의 자취를 버리지 못해서 취발이에게 쫓겨난 것은 이미 말한 바와 같다.

그 과정에서 노장은 계속 無言이다. 노장이 벙어리여서 그런 것은 아니고, 노장의 무언이 목중들의 노래, 신장수의 말, 취발이의 다변과 대조가 되어 성격 창조에서 중요한 구실을 한다. 소무 또한 무언인 것은 말을 하지 않고 몸짓만 해도 맡은 구실을 다 할 수 있기 때문인 것과 다르게, 노장의 무언은 다각적인 의미를 지닌다. 장면에 따라서 그 의미가 달라진다.

노장은 산중에서 오랫동안 도를 닦는 데 전념해 不立文字의 경지에 이르렀다. 그런 고승이 놀이판에 나와서 세속의 놀라움을 겪자 말이 막혀 입을 열 수 없었다. 소무와 만나 변신을 하고 새 사람이 되자 말하지 않고 행동만 하면 그만이었다. 그렇지만 취발이와 싸울 때에는, 취발이가 관중의 지지를 받을 만한 수작을 계속 늘어놓는 데 맞설 도리가 없어 노장이 패배하지 않을 수 없었다.

양반과장의 양반이나 미얄과장의 영감은 무언의 인물이 아니고 끊임없이 말을 하지만, 말이 빗나가기만 해서 자기 결함을 스스로 폭로한다. 양반은 말뚝이를 불러 호령하기를 일삼지만, 말뚝이가 자기 잘못을 변명하면서 양반을 우롱하는 말을 바로 알아듣지 못하고 안심한다. 그래서 양반의 말은 계속 빗나간다. 언성을 높여 위압을 하는 정도만큼 더욱 멀리 빗나간다. 영감은 할미에게 잘해주고 박대하지 않았다는 변명을 관중을 향해 늘어놓지만, 말을 많이 할수록 허점이 더 드러나 역효과를 낸다. 노장의 무언을 비판하고 말 많은 것이 삶의 약동이고 신명의 발현인 듯이 전개되다가, 그 대목에 이르러서는 말의 한계를 알아차리게 한다.

그런 일이 다른 연극에서는 있을 수 없다. 《오이디푸스왕》에서 하듯이 웅변적인 대사를 중언부언 늘어놓아서는 전달할 수 없는 의미를 《봉산탈춤》에서는 무언으로 나타낸다. 《사쿤탈라》에서처럼 시를 자주 삽입해 내면의 심리를 나타내는 수법도 쓰지 않고, 외면적인 상황을 보여주는 데 그치면서도 등장인물의 마음속에서 어떤 일이 일어나는지 관중 스스로 판단하고 시비할 수 있는 길을 열어놓는다. 다른 두 가지 연극과는 다르게, 말해서 전달하는 의미보다 말로는 감당하기 어려운 표현 효과를 더욱 중요시한다. 《오이디푸스왕》의 연설, 《사쿤탈라》의 시, 《봉산탈춤》의 몸짓이 서로 다른 연극미학의 원리를 구현한다. 《오이디푸스왕》과 《사쿤탈라》는 말로 이루어진 작품이라면, 《봉산탈춤》은 몸짓으로 하는 놀이인 점이 상이하다.

말로 이루어진 작품인 《오이디푸스왕》과 《사쿤탈라》는 일찍 정착되고 널리 알려져 있어, 고전으로 칭송된다. 작자 소포클레스와 칼리다사는 대단한 시인이라고 거듭되는 찬사를 모으고 있다. 그 두 사람을 칭송할 때에는 극작가라는 말보다 시인이라는 말이 더 어울린다. 작품을 쓰면서 율문을 즐겨 사용했기 때문에 그렇게 말하는 것은 아니다. 문학의 최고형태라고 할 수 있는 시의 완결성을 가진 작품을 써서, 언어 사용의 모범적인 사례를 보여준 공적이 뛰어나기 때문에 시인으로 칭송되는 것이다.

그런데 《봉산탈춤》은 문자로 정착되지 않고 구전되기만 하고, 작자가 있는 것도 아니다. 《봉산탈춤》을 시라고 하고, 그 작자를 시인이라고 하는 것은 전혀 어울리지 않고, 부당한 말이다. 《봉산탈춤》 같은 '신명풀이연극'은 시가 아니고 놀이이다.

놀이는 구전되면서 공연되고, 누구나 참여할 수 있게 개방되어 있고, 뜻하는 바가 고정되어 있지 않다. 말을 적게 하고, 말에 의한 전달보다 말하는 방식 자체를 표현에 이용하는 데 더욱 힘쓰는 것이 모두 놀이의 특성이다. 놀이는 연설도 시도 아니고 행동이다. '신명풀이연극'은 관중의 참여로 이루어지는 놀이이며 행동이다. 그 점은 관중의 반응에 관한 다음 항목의 비교에서 더욱 분명하게 밝혀진다.

지금까지 언어사용을 비교해서 얻은 결과를, 삼자 관계를 중첩시키는 방식으로 정리하면 다음과 같다.

'카타르시스'	'라사'와 '신명풀이'
직설	암시

'라사'	'카타르시스'와 '신명풀이'
내면심리	외면상황
'신명풀이'	'카타르시스'와 '라사'
놀이	詩

관중의 구실 비교

언어사용의 차이는 관중이 서로 다른 것과 밀접하게 연관되어 있다. 그 점에 대해서 또 한 차례 고찰해야 이미 얻은 성과가 더욱 분명해지고, 논의의 진전을 얻을 수 있다. '카타르시스'·'라사'·'신명풀이'는 모두 관중의 반응을 두고 하는 말이므로, 작품전개나 언어사용을 살핀 것은 관중의 반응이 서로 다르다는 사실을 해명하기 위한 예비적인 고찰이었다고 할 수 있다.

'카타르시스연극'은 관중이 연극에 몰입하도록 해야 한다. 연극의 주인 공에게 일어나는 일에 대해서 관중이 깊은 공감을 가져야 "연민과 공포의 감정"을 느낄 수 있고, 그런 감정의 '카타르시스'가 가능하게 된다. 사건이 비참하게 전개되고, 주인공 스스로 자기 처지에 대해서 한탄하는 말을 길 게 늘어놓고, 코러스가 비탄의 느낌을 덧보태는 등의 갖가지 방법을 써서 관중이 비극을 비극으로 받아들이게 했다. 비극을 희극으로 받아들이거나, 비참한 일을 대수롭지 않게 여기는 것을 허용하지 않았다.

고대그리스에서는 연극이 도시국가의 행사로 공연되어, 참관하는 것이 시민의 의무였다.[90] 자유민이 아닌 노예에게는 그럴 수 있는 권리도 의무

---

90) 이하의 논의에서 그리스연극의 코로스와 관중에 관해 고찰하는 것은 Peter D. Arnott, *Public and Performance in Greek Theatre* (London: Routledge, 1991)의 "The Audience and the Chorus"; Arthur Pickard-Cambridge, *The Dramatic Fesatvals of Athens* (Oxford: Claredon, 1968)의 "The Audience"에 근거를 둔다.

도 주어지지 않았다. 여자나 아이들도 제외되었던 것 같다. 극장에 들어갈 때 입장료를 내지 않았으며, 오히려 민회에 참석할 때처럼 일당을 받았다. 종교적인 제전에서 유래한 연극을 엄숙한 공적인 행사로 거행하면서, 신과 사람의 관계를 문제 삼고 신화적인 인물의 투쟁과 시련을 다루는 현장에 참여하는 것이 단순히 흥미를 찾는 일일 수 없었다.

희극에서는 일상생활을 소재로 해서 순전히 창작한 내용을 공연할 수 있으나, 비극은 그렇지 않았다. 이미 잘 알려진 신화적인 사건을 다시 작품화해서 거듭 체험하게 했다. 기량이 우수한 극작가에게 상을 주는 극작 경연을 해서, 여러 번 보아 진부해질 수 있는 내용이 새로운 관심을 불러일으킬 수 있게 했다.

도시국가가 연극을 위해 많은 투자를 해서, 연극의 규모를 키웠으며, 그 일을 두고 도시국가들끼리 서로 경쟁을 했다. 지금 남아 있는 극장의 유적들이 신전 못지않은 자랑거리이다. 거기 가서 서보면, 고대그리스 시대에 연극을 공연하던 광경을 눈앞에 되살릴 수 있다. 거대한 규모의 극장을 대리석으로 지어, 공연장은 평면이게 하고 관중석은 계단을 만들어 높여 그 두 곳을 분리시켜, 연극 공연의 엄숙함을 가중시켰다. 아무리 많이 모인 관중이라도 관중은 관중이어서, 연극을 보는 사람일 따름이고 연극을 하는 사람에 끼어들지는 못했다.

비극과 희극이 명확하게 구분되어 있어, 그 두 가지 연극을 보는 태도가 서로 달랐다. 희극은 엄숙하지 않고 소란스러우며, 관중보다 못한 못난 위인들이 우스꽝스러운 짓을 하는 것을 보여준다. 희극을 구경할 때에는 긴장을 할 필요가 없었다. 그러나 희극은 비극이 너무 부담스러워서 잠시 일탈을 시도하는 연극에 지나지 않았다. 희극은 그 자체로 진지한 것이 아닐 뿐만 아니라 진지하게 다룰 만한 가치가 없다고 여겨, 아리스토텔레스는 《시학》에서 제대로 다루지 않았다.[91] '카타르시스'는 희극은 제외하고 오

---

[91] 희극을 다룬 부분이 전하는 도중에 상실되어 《시학》에서 비극만 중요시하고 희극은 소홀하게 다룬 것처럼 바뀌었다는 견해가 있으며, 희극론을 찾아내려고 애쓴다. 그러나 다루는 비중은 그리 문제가 되지 않는다. 가치의 등급에서 비극이

직 비극에만 해당되는 이론이었다. 희극에 관해서는 그런 이론을 내놓지 않았으며, 비극과 희극을 함께 포괄하는 총괄적인 이론을 마련하려고 하지 않았다.

그리스연극은 디오니소스 신을 섬기는 굿에서 시작되었다고 하며, 그 점에서는 한국의 탈춤과 그리 다르지 않고, 인도연극의 기원과도 기본적으로 일치한다.[92] 노래 부르고 춤을 추면서 함께 돌아다니던 무리가 연극을 하는 놀이패, 반주자인 악사, 구경을 하는 관중으로 나누어지면서 굿에서 극으로 넘어온 점도 어디서나 다르지 않다. 그리스에서는 굿하는 패거리 코러스의 우두머리가 등장인물이 되고, 다른 인원들은 그 상대역 노릇을 하면서 반주를 하는 구실을 맡고, 굿패를 따라다니던 사람들은 관중이 되는 분화 과정을 거친 것도 특이하지 않으나, 등장인물이 관중을 압도하고, 그 중간에 들어 있던 코러스가 등장인물 쪽으로 기울어진 점이 한국의 경우와 다르다.[93]

한국탈춤에서 악사는 등장인물로 분장하지 않고 특정한 이름도 없이 그저 악사인 채로 등장인물과 대화를 나누면서 연극 진행에 끼어든다. 그렇게 해서 악사가 등장인물이 아닌 관중의 위치에 선다. 연극 진행에 관중이 끼어드는 방식의 하나가 악사의 개입이다.

그리스연극의 코러스는 관중의 자격으로 연극에 끼어들면서, 그 나름대로 이름이 있고, 분장을 하고 있어, 등장인물의 일원이기도 한 이중성격을 지닌다. 관중은 코러스가 하는 짓을 보면서, 자기들도 코러스 구성에 참가하고 있는 것 같은 생각을 가지고 등장인물들 사이에서 벌어지는 사건을 참관한다. 코러스는 등장인물들과 관중이 직접 만나는 것을 차단하고, 불

희극보다 우월하다고 한 것은 재론의 여지가 없는 일이다.

92) M. L. Varadpande, *History of Indian Theatre* (New Delhi: N. D. Abhinav, 1987)의 앞 대목 "Ritual and Theatre"에서 그 점에 관한 다각적인 고찰을 했다. 이에 관한 국내의 연구는 허동성, 〈인도민속극의 제의적 성격에 관한 연구〉(중앙대학교 석사논문, 1991)가 있다.

93) 《탈춤의 역사와 원리》의 〈악사의 유래와 구실〉에서 한국 탈춤의 악사를 그리스 연극의 코러스와 비교하는 작업을 했다.

필요한 해설을 늘어놓아 긴장을 완화하는 등의 작용을 해서 극 진행을 산만하게 하고 지루하게 하기 때문에, 작품을 새롭게 쓰는 극작가들이 차차 축소해나갔다. 그래서 그리스연극의 역사는 코러스가 점차 몰락해나간 역사라고 한다.

《오이디푸스왕》에서 코러스가 하는 구실을 보면, 과연 일관성이 있는지 의심스럽다. 도시 전체가 재앙에서 벗어날 수 있는 길이 있는지 아폴로신에게 물어, 오이디푸스 이전의 임금이던 라이어스를 죽인 자를 찾아내야 한다는 신탁을 받아오고, 장님 사제자 테레시아스를 불러 도움을 청하니 오이디푸스가 그 범인임을 암시하는 말을 하는 데까지 이른 다음에, 코러스가 등장해서 하는 말 가운데 다음과 같은 것들이 있다.[94]

(가) 대체 누구인가, 예언하는 델포이의 바위가 이르기를
　　　말로써 형언치 못할 끔찍한 짓을 피 묻은 손으로
　　　저질렀다고 하는 그 자는.

(나) 대지의 배꼽에서 나온 그 말씀을
　　　벗어나려고 하면서. 하나 그 말씀
　　　언제나 살아서 그 자의 주위를 날아다니네.

(다) 무섭도록 정말 무섭도록 현명한 그 예언자 나를 격동시키건만
　　　나로서는 시인도 부인도 할 수가 없고 무슨 말을 해야 할지 알지
　　　못하겠구나.

코러스가 (가)에서는 사태의 진상을 알지 못해 갑갑해 하고, (나)에서는 범인이 누구인지 짐작을 하면서 직접 발설하지는 못하고, (다)에서는 오이디푸스의 속마음의 대변자 노릇을 한다. 오이디푸스의 처남이고 경쟁자인 크레온이 등장한 그 다음 대목에서는 코러스의 우두머리가 크레온과 말을

---

94) 천병희 역, 《오이디푸스왕》, 189~191면

주고받는 상대역이며, 크레온에게 오이디푸스가 심한 말을 했다고 해서 노여워하지 말라고 타이른다. 등장인물들만으로는 처리하기 어려운 사태가 생기면 무엇이든지 코러스에게 맡겨, 코러스의 구실이 경우에 따라서 달라지게 했다. 소포클레스가 《오이디푸스왕》에서 뛰어난 솜씨를 발휘했다고 거듭 칭송되지만, 코러스를 이용하는 극작법이 지닌 근본적인 결함을 시정하지는 못했다.

그리스연극의 관중이 코러스를 매개로 하지 않고 스스로 연극에 대해서 직접적인 반응을 보이는 일이 없지 않았다.95) 극의 내용이 마음에 들지 않으면 일어나서 고함을 지르기도 했다. 배우들이 연극을 공연하면서 관중을 진정시키고 관중의 환심을 사기 위해서 애쓰는 일도 있었다. 그래서 등장인물과 관중 사이에서 직접적인 대화가 오고갈 수 있었다. 그러나 그것은 정상에서 벗어난 예외이고, 규칙을 어긴 일탈행위였다.

희극에서는 예외나 일탈이 있어도 그리 큰 문제가 되지 않고, 공연의 성공을 위해 유리하게 이용할 수 있다. 그러나 비극은 엄숙하게 공연해야 했다. 등장인물이 그 성격이나 연극 진행 방식에서도 우뚝한 자리에 있어 코러스를 이끌어가고, 관중을 위압해야 비극이 비극답게 되어, '카타르시스'가 이루어질 수 있었다.

'라사연극'은 임금이나 그 주변의 귀족들을 위해서 공연하는 소규모의 연극이었다. 극장의 흔적이 남아 있지 않지만, 글로 써놓은 자료가 분명해서 많은 것을 알아낼 수 있다. 극장이 너무 크면 배우의 표정이나 연기를 잘 볼 수 없기 때문에, 크기가 중간 정도인 극장이 좋다고 《나티아사스트라》에서 명시하고, 그 치수까지 세밀하게 정해놓았다.96) 실제로 어떻게

---

95) David Bain, *Actors and Audience, a Study of Asides and Related Conventions in Greek Drama* (Oxford: Clarendon, 1977)에서는 그 점에 대해서 집중적인 고찰을 하고, 연극에 관중이 참여하는 전통이 고대그리스연극에서 유래했다고 주장하려고 했으나, 다른 곳의 연극과 비교해서 고찰하지 않았으므로 설득력이 부족하다.

96) R. P. Kulkarni, *The Theatre According to Natyasastra of Bharata* (Delhi: Kanishika, 1994)에서 그 점에 관해 정리해 고찰했다. 극장의 형태와 크기를 정리해놓은 도표를 옮기면 다음과 같다. 숫자는 미터로 환산한 길이이다.

공연하고, 누가 구경했던가 하는 등의 의문을 풀 수 있는 자료도 거기 있다. 연극 경연의 행사를 공식적으로 개최하지는 않았을 것 같은데, 소수의 전문가가 심사위원 노릇을 해서 공연의 성패를 판가름한 듯하다.

심사위원은 "성격이 훌륭하고, 혈통이 고귀하고, 행동이 조용하면서, 지식을 얻으려고 노력하고, 영광스러움과 자비스러움을 소망스럽게 여기고, 편파적이지 않으며, 나이가 지긋한 사람"이어야 한다고 했다.97) 혈통이 고귀해야 한다는 것은 '라사연극'이 귀족의 연극이므로 들어가야 할 조항이다. 귀족이 아닌 사람이라도 연극을 볼 기회를 얻을 수는 있으나, 깊은 공감을 나누기는 어려웠을 것이다. 성격이 훌륭하다든가 영광스러움과 자비스러움을 소망스럽게 여긴다든가 편파적이지 않다든가 하는 것은 일반적으로 소망스러운 품성이다.

얻으려고 노력해야 한다고 한 지식에는 연극을 보는 데 직접 필요한 것들이 포함되어 있다. 인용한 말 그 다음 대목에서 연극에 대한 전문적인 식견을 갖추고, 음악에도 정통해야 하며, 연극에서 산스크리트와 함께 사용되는 구어 방언도 잘 알아야 한다고 했다. '라사연극'은 산스크리트연극이라고 하지만, 작품에 등장하는 미천한 인물은 상스러운 말인 구어 방언을 사용했다. 교육을 제대로 받아 고급문화의 文語 산스크리트를 알 뿐만 아니라 지방의 방언도 여럿 이해해야 연극을 제대로 평가할 수 있었다.

그런 자격을 갖추어 연극을 이해하는 것이 아주 소망스러운 일이었다. '라사연극'의 좋은 본보기인 칼리다사의 작품이 창작 당시부터 오늘날까지 인도문학의 최고봉으로 평가되는 규범과 가치를 지니고 있었다. 연극에 대한 플라톤의 비판이나 아리스토텔레스의 변호 같은 것이 인도에서는 어느 시기에도 나타나지 않았다.

심사위원의 자격을 규정한 말 가운데 행동이 조용하고, 나이가 지긋해

직사각형 극장:대 50x30, 중 30x15, 소 15x7.5
정사각형 극장: 대 50, 중 30, 소 15
정삼각형 극장: 대 50, 중 30, 소 15
97) 같은 책, 263면

야 한다는 것은 연극을 보는 태도와 관련된 말이다. 소란스럽게 굴지 않는 성숙된 태도로 조용하게 완상해야 '라사연극'을 '라사연극'답게 볼 수 있다는 것을 그 말에서 확인할 수 있다. 나이가 지긋해야 한다는 말까지 해서, 의문의 여지가 없게 했다. '라사연극'은 고귀하고 성숙된 인품을 가진 사람이 조용하게 보아야 깊이 이해하고 제대로 평가할 수 있는 연극이라는 점에서 '카타르시스연극'이나 '신명풀이연극'과 아주 다르다.

심사위원의 자격을 규정한 데 이어서 이상적인 관중에 관해서 두 차례 말했다.[98) 처음에는 "감각이 흐트러지지 않고, 순수하고 정직하며, 좋고 나쁜 것을 가리는 데 전문적인 식견이 있으면서, 결점은 덮어두고 장점을 사랑하는 사람"이 이상적인 관중이라고 했다. 심사위원의 자격과 관중의 자격을 대체로 서로 비슷하게 규정하면서, 관중에게는 요구 사항을 줄였으며, 연극을 되도록 좋게 보아주는 것이 바람직하다고 했다.

그 다음에는, "즐거운 것을 보고서 즐거움을, 슬픈 일에서 슬픔을, 분노할 일에서 분노를, 두려운 일에서 두려움을 경험하는 사람"이 이상적인 관중이라고 했다. 그것은 연극에서 보여주는 것에 대해서 관중이 자기 나름대로 개입하거나 다른 의미를 부여하지 말라는 말이다. 수동적인 자세를 지니는 것이 바람직하다고 했다.

일반 관중은 심사위원들처럼 성숙된 자세로 조용하게 완상하기는 어렵지만, 연극에서 보여주는 느낌을 있는 그대로 받아들이기만 하면 된다고 해서, 같은 결과에 이르는 쉬운 길을 제시했다. 그 어느 쪽에서 말하든지, '라사연극'은 관중이 자기 위치를 최대한 낮추어 연극을 받아들이는 것을 특징으로 삼는다. '카타르시스' 연극에서처럼 격동을 경험해서 충격을 받지도 말아야 하고, '신명풀이연극'에서처럼 연극 진행에 능동적으로 참여하지도 말아야 하며, 움직임을 줄이고 자기 자신을 망각한 寂靜의 자세에서 도를 닦는 듯이 연극을 보면서, 산은 산이고 물은 물인 줄 알아야 한다는 것이라고 이해할 수 있다. 그렇더라도 '라사연극'의 관중은 연극의 진행을 수동적으로 수용한다고 할 수 있다.[99)

---

98) 같은 책, 265~267면

《사쿤탈라》의 서두를 보면, 맨 처음에 이미 인용한 바 있는 시바의 신에 대한 찬사가 있고, 그 다음에는 무대감독이 등장해서 누가 지은 어떤 작품을 공연하는가 알린다. 거기서부터 공연이 시작되지만, 연극에 들어간 것은 아니고, 판소리광대가 허두가를 부르는 것과 같은 대목이다. 다음과 같은 대화가 오고간 다음에 무대에 나온 여배우가 노래를 불러 관중을 잡아두려고 하는 점이 서로 같다. 무대감독이 등장하는 대목이 어떻게 진행되는가 알기 위해서 번역해서 인용하기로 하자.100)

> 무대감독 : (의상실을 바라보면서) 부인, 옷을 입었으면 이리 나와요.
> 여 배 우 : 여기 나왔어요. 어떻게 해야 하는지 말하세요.
> 무대감독 : 부인, 우리 연극의 관객은 대부분 학식 있는 분들입니다. 오늘 우리는 칼리다사의 신작극을 가지고 그분들을 즐겁게 할 작정입니다. 모든 일을 세심하게 살펴야 해요.
> 여 배 우 : 선생님이 지시를 잘 하셔서, 아무 차질도 없습니다.
> 무대감독 : 부인, 진정으로 말합니다.
> 식견 있는 분들이 만족하기까지는,
> 공연을 제대로 했다고 할 수 없습니다.
> 우리가 훈련이 잘 되어 있다면,
> 우리 자신을 더욱 의심해야 하지요.

---

99) 강의를 수강한 한수자(국어교육과)는 이에 대해서 의문을 제기했다. 무대장치가 없이 현실과 초현실을 왕래하는 연극진행을 이해하고, 암시적인 말로 전달하는 바를 알아차리고, 등장인물의 내면심리까지 파악하는 관중이 어떻게 "수동적"이라고 할 수 있느냐고 물었다. 연극진행에 개입하지 않으니 그렇다고 한 것이다. 수동적인 자세를 지닌다고 해서 인식 능력이 떨어지는 것은 결코 아니다. 함부로 나서지 않고 조용히 있어야 슬기로울 수 있다는 주장이 '라사'의 원리에 포함되어 있다.

100) Kalidasa, "Sakuntala", in C. R. Devadhar, *Works of Kalidasa* vol. 1, 첫 면에 의거한다. "무대감독"이라고 한 말은 "stage director"의 번역어이다. Barbara Stoler Miller ed., *Theater of Memory, the Plays of Kalidasa*에서는 그 말을 "director"라고 했으니 "감독"이다.

이 대목에서는 무대감독이 관중에서 직접 말을 해서, 무대 위의 세계와 관중의 세계가 직접적으로 연결되는 통로를 열어두었다. 그렇게 해서 앞으로 진행되는 사건이 연극으로 연출된다는 것을 밝히고, 실제상황이라는 착각이 생기지 않게 했다. 그렇지만 두 세계 사이에 열려 있는 통로를 공연자와 관중이 서로 대등하게 이용하는 것은 아니다.

공연자 쪽에서 관중에게 자기네가 온갖 정성을 기울여 연극을 공연한다고 선전하고, 관중을 학식 또는 식견을 갖춘 분들이라고 추어올려, 함부로 나서지 말고 분별 있는 태도로 조용하게 구경하라고 당부했다.《나티아사스트라》에서 이상적인 관중의 자세라고 한 것을 직접 설명했다. 직접적인 대화를 일방적으로 진행할 따름이고, 관중이 공연자를 향해서 말을 할 기회는 주지 않았다.

연극이 시작되면서 그 둘 사이의 통로가 닫히고 다시 열리지 않는다. 등장인물은 마치 관중이 없는 것처럼 행동하고, 관중은 연극 진행에 개입할 생각을 하지 않는다. 코러스에 해당하는 중간자마저 없어서 등장인물의 반응을 간접적으로 전할 길도 없다. 관중은 연극 진행을 조용하게 엿보면서 등장인물들이 하는 말을 엿듣는 사람이다. 연극이 시작된 서두에서 사쿤탈라가 두 벗과 함께 놀고 있는 거동을 우연히 그 자리에 가게 된 임금 두시얀타가 엿보고 하는 말을 엿듣는 장면이 있다.

관중은 두시얀타 뒤에 숨어서 두시얀타와 함께 엿보고 엿들으면서, 두시얀타가 혼자 마음속으로 하는 말도 엿듣는다. 등장인물 가운데 한쪽이 혼자 하는 말을 관중은 듣고, 상대방의 등장인물은 듣지 못한다고 하는 수법을 자주 써서101), 엿듣고 있는 관중의 태도가 조용해지도록 한다. 관중은 엿들은 바를 종합해서 자기 나름대로 수수께끼를 풀어 무슨 일이 어떻게 진행되고 있는지 알아내야 하므로 들떠 있을 수 없다.

___

101) 어느 연극에든지 있을 수 있지만, 셰익스피어극에서 사용한 것 때문에 잘 알려진 傍白(aside)과 같은 수법이다. 그런데 셰익스피어극에서보다 더 많이 사용하는 방백이 산스크리트극에서는 서정시로 이루어져 있어, 무슨 별난 행동을 하는 숨은 동기를 나타내기보다 주변에서 벌어지는 광경이나 말하는 이의 심리상태에 관한 암시적인 표현을 하는 구실을 한다.

그 대목을 옮겨보기로 한다. "프리야므브다바"와 "아나수야"라는 등장
인물은 사쿤탈라와 함께 정원에서 놀고 있는 두 친구이다.

프리야므브다바 : 기다려, 사쿤탈라! 여기 잠깐 있어보아. 네가 미모사나
　　　　　무 곁에 서 있으니까, 그 나무가 덩쿨을 뻗는 것 같구나.
사쿤탈라 : 그러니까 미모사나무 네 이름이 "달콤한 말"을 뜻하는구나.
임　　금 : "달콤한 말"이라, 그렇구나. 프리야므브다바가 사쿤탈라의 진
　　　　　실을 말했구나.
　　　　　사쿤탈라의 입술은 싱싱하고 붉은 싹이고,
　　　　　두 팔은 덩쿨손으로 뻗어나네.
　　　　　그대로 눌러두지 못할 청춘이
　　　　　나뭇가지에서 꽃을 피우려 하네.
아나수야 : 사쿤탈라야, 망고나무를 신랑으로 맞이한 이 자스민 덩쿨을
　　　　　네가 "숲의 빛"이라고 불렀지?
사쿤탈라 : 아이고, 내 정신 보아라! (가까이 가서 덩쿨을 만진다.) 넝쿨과
　　　　　나무가 한 데 엉켜 아주 잘 어울리네. 숲의 빛이 꽃을 피우고,
　　　　　새로운 망고가 기쁨의 열매로 맺히네.
프리야므브다바 : (웃으면서) 아나수야야, 사쿤탈라가 왜 숲의 빛을 그렇
　　　　　게 사랑스럽다고 하는지 모르니?
아나수야 : 짐작이 가지 않는데.
프리야므브다바 : 숲의 빛이 자기 나무와 결혼하는 것을 보고, 사쿤탈라
　　　　　도 낭군이 있었으면 하고 생각하는 거야.
사쿤탈라 : 너는 네가 간직한 비밀을 말하는 거야. (이렇게 말하면서 조로
　　　　　를 기울여 물을 따른다.)
임　　금 : 사쿤탈라의 지체가 자기 아버지와는 다른가? 틀림없이 그렇겠다!
　　　　　사쿤탈라는 무사 계급의 신부가 되려고 태어났다.
　　　　　내 고귀한 마음이 이끌리는 것을 보니 그렇다.
　　　　　선량한 사람은 의심나는 일이 있으면,

내심의 느낌만을 진실의 척도로 삼는다.

그러나 무엇이든 사쿤탈라에게서 직접 알아보아야지.

사쿤탈라 : (당황해 하면서) 물이 튀겨서 벌을 놀라게 했구나. 자스민에 있던 벌이 내 얼굴로 날아온다. (벌의 공격을 당하는 것을 알리는 춤을 춘다.)

임 금 : (사랑스럽게 바라보면서)

벌이여, 너는 사쿤탈라의 놀란 눈

떨리는 가장자리를 건드리는구나.

비밀스러운 사연을 귀에다 전하려고

가까이서 떠돌고 있구나.

손으로 물리쳐도 날아가지 않고

입술의 비밀을 맛보는구나.

우리는 아직 진실을 이루지 못했는데,

너는 참으로 복받았구나.

사쿤탈라 : 이 끔찍한 벌이 멈추지 않네. 도망가야겠다. (한쪽으로 피한다. 흘끗 돌아보면서) 아이고, 나를 따라오네.... 사람 살려! 사람 살려줘요. 미친 벌이 나를 좇아와요.

두 벗 : (웃으면서) 우리가 어떻게 살려주겠니? 두시얀타 임금님을 부르려므나. 이 숲을 보호하고 있는 분이 임금님이다.

임 금 : 기회가 왔구나. 무서워하지 말아라.[102]

인용이 너무 길다 하겠지만, 이 정도는 읽어보아야 작품이 어떻게 전개되는지 알 수 있다. 사쿤탈라가 두 벗과 함께 숲 속에서 놀고 있는 것을 엿보면서, 사쿤탈라의 자태에 매혹되고, 결혼해서 낭군을 맞이하고 싶어하는 사쿤탈라의 내심도 알 수 있었다. 자기가 사쿤탈라를 신부로 삼기 위해서는 카스트의 지체가 같아야 한다. 사쿤탈라는 아버지가 수도승이니 브라만에 속하고, 임금인 자기는 무사 계급인 크샤트리아이다. 그래서는

---

102) Barbara Stoler Miller ed., *Theater of Memory, the Plays of Kalidasa*, 95~96면

결혼이 성립될 수 없는데, 자기가 사쿤탈라를 간절하게 원하는 것을 보니 둘의 지체가 같을 것이라고 했다.

그 말은 억지처럼 보이지만 진실로 판명된다. 수도승은 사쿤탈라를 양육한 아버지일 따름이다. 사쿤탈라의 어머니는 선녀인데, 크샤트리아에 속한 남자를 유혹해서 사쿤탈라를 낳았던 것이 감추어져 있는 진실이다. 작품의 이 대목에서는 전혀 문제되지 않아 언급조차 하지 않은 사실이지만, 임금이 아직 미혼인 것은 아니다. 아내가 여럿 있다. 그렇지만 다시 장가들어 사쿤탈라를 또 하나의 왕비로 맞이할 수 있다. 이 장면에서 임금과 사쿤탈라의 사랑을 가장 이상적인 남녀의 만남으로 그리는 데 임금이 기혼자인 것은 전혀 문제가 되지 않는다.

숨어서 엿보고 엿듣고 있던 임금이 어떻게 해서 사쿤탈라 앞에 나타날 수 있게 하는가가 문제인데, 벌을 등장시켜 그럴 수 있는 계기를 만들었다. 사쿤탈라가 조로를 기울여 나무에 물을 주자 물이 튀어, 그 때문에 놀란 벌이 사쿤탈라에게 다가가 사쿤탈라를 당황하게 하자, 두시얀타가 벌을 물리치고 사쿤탈라를 구하는 보호자로 나섰다. 사쿤탈라의 두 벗이 숲을 보호하고 있는 두시얀타 임금을 불러 구원을 청하라고 한 것은 임금이 거기 와 있는 줄 알고서 한 말은 아니라고 본다. 임금은 나라 안 모든 곳을 보호하고 백성을 누구나 편안하게 해야 하는 의무가 있으므로, 벌의 공격을 받는 사소한 사태도 맡아 나설 수 있을 것이라고, 사쿤탈라에게 조롱 삼아 말했다고 보는 편이 적합하다. 그런데 그 말이 사실로 판명되었다.

사쿤탈라가 크샤트리아 출신이라고 두시얀타가 짐작한 것이 허황되지 않듯이, 두 벗이 그렇게 한 말도 빗나가지 않아 두시얀타가 사쿤탈라 앞에 나타났다. 그래서 사랑을 성취할 수 있었다. 그런 우연은 있을 수 없다고 하는 것은 온당하지 않다. 두 사람의 결합이 반드시 이루어져야 하므로, 가능성이 그리 크지 않은 것 같은 추측이 사실로 판명되지 않을 수 없는 필연성을 가진다. 거기까지 이르는 과정을 치밀한 계산에 의해서 교묘하게 펼쳐 보여, 세밀하게 살피면서 보는 관중을 매혹시킨다. 눈에는 보이지 않는 벌을 마음속으로 충분히 상상하면서, 작품 전개의 미묘한 국면을 음미하면, 세상 모든 일을 범속하게 보아 넘기는 잘못을 시정할 수 있다.

그 장면에 벌이 등장해 두시얀타가 사쿤탈라 앞에 나타날 수 있게 하는 계기를 만들었다는 것만 알면 피상적인 이해에 머문다. 사쿤탈라에게 접근해서 사랑을 얻고자 하는 두시얀타에게 벌이 경쟁자 노릇을 한다. 벌이 사쿤탈라에게 접근하는 모습을 육감적으로 그리면서 질투를 하는 말을 두시얀타가 시로 나타내서 전하는 것을 들으면서, 두시얀타를 벌과 바꾸어 놓는 상상력을 발휘할 수 있는 사람이라야 관중 자격이 있다.

두시얀타는 그 경쟁자를 물리치면서 사쿤탈라에게로 다가갔다. 벌이 "비밀스러운 사연을 전하려고" 사쿤탈라의 "귀에서 떠나지 않는구나"라고 한 말은 자기가 그렇게 하고 싶은 심정을 나타낸다. 그런 느낌까지 세심하게 그리는 것이 이 작품의 특징이다. 차분한 자세로 세밀하게 관찰하는 관중이라야 겉으로 드러나지 않은 내밀한 의미의 영역을 음미할 수 있다. 들떠서 소란하게 굴어서는 얻는 것이 없다.

연극 공연의 실제상황에서는 그런 장면에 벌을 등장시키지 않을 뿐만 아니라, 정원이나 나무를 나타내는 무대장치도 없다. 모든 것을 대사와 동작으로 보여줄 따름이다. 무대장치도 없고 장면 구성에 필요한 도구도 사용하지 않기 때문에, 어떤 비약도 할 수 있다.

서두에서 두시얀타 임금이 수레를 타고 사냥을 나선다고 하면서 수레를 타고 달리고 내리는 동작만 해보이면 된다. 나중에는 인드라 신의 수레를 타고 하늘로 올라가 사쿤탈라가 있는 먼 곳까지 단숨에 날아간다. 관중은 그 광경을 마음의 눈을 열고 경이롭게 바라보면서, 사람의 일상생활을 초월해 있는 넓은 영역을 동경하게 된다. 마음의 눈 心眼이 열려 있지 않으면 그런 비약을 경험할 수 없다.

'카타르시스연극'이나 '라사연극'에서는 극이 시작할 때부터 극중장소가 공연장소와 별도로 설정되어 있다. 《오이디푸스왕》에서는 테바이 왕궁 앞을 극중장소로 삼아 연극이 진행된다. 《사쿤탈라》는 숲속에서 벌어지는 일을 보여주다가, 나중에 장면이 전환된다. 그런데 《봉산탈춤》에서는 공연장소를 극중장소로 해서 극이 시작된다. 등장인물이 모두 공연장소인

놀이판에 등장해서, 놀이판이 공연장소이면서 또한 극중장소이다.103) 노장과장에서 목중들이 등장하는 장면에서 그 점을 확인해보자.

목중들이 "이런 풍류정에 한번 놀고 가려"고 나왔다는 말과, "수인사 한 마디 들어가오"라고 하는 말을 되풀이한다. 놀이판을 풍류정이라고 한다. "수인사"란 거기 모인 관중에게 인사를 드린다는 말이다. 신장수가 등장하는 대목에서, 신장수가 좌우를 둘러보면서 "장이 잘 섰다"고 감탄하고, 자기도 물건을 팔겠다고 하는 것은 놀이판이 곧 장사판이기 때문에 하는 말이다. 양반과장에서 양반이 등장하는 곳은 무어라고 말하지 않았으나, 말뚝이가 "여보, 구경하시는 양반들. 말씀 좀 들어보시오"라고 하는 것을 보면, 그 장소가 놀이판이다.

미얄과장에서는 난리가 난 탓에 헤어져서 서로 찾아다니는 미얄과 영감이 놀이판에서 나는 소리를 듣고 한 거리 놀고 가려고 나왔다가, 반주를 하는 악사들에게 상대방의 행방을 묻는다. 극중장소가 바로 공연장소여서 그럴 수 있다. 등장인물이 아닌, 관중의 위치에 있는 악사가 미얄과 영감에게 어떤 사정이 있는가 물어서 알아내는 상담역을 한다.104) 그 대목을 들어보기로 한다.

> 미얄 : (한 손에 부채 들고, 한 손엔 방울을 들었으며, 굿거리장단에 춤을
>   추면서 등장하여 악공 앞에 와서 울고 있다.) 아이고, 아이고, 아이
>   고!
> 악공 : 웬 할맘입나?
> 미얄 : 웬 할맘이라니 떵꿍하기에 굿만 여기고 한 거리 놀고 가려고 들어
>   온 할맘일세.
> 악공 : 그러면 한 거리 놀고 갑세.

---

103) 여기서 하는 논의는 앞 대목 〈공연장소와 극중장소의 관계〉에서 자세하게 폈다.
104) 여기서 말하는 "상담역"이란 "confident"이다. 고대그리스연극에서는 코러스가, 유럽 근대극에서는 주역의 가까운 벗이라고 설정되어 있는 조역이 하는 상담의 구실을 탈춤에서는 악사가 맡는다.

미얄 : 놀든지 말든지, 허름한 영감을 잃고, 영감을 찾아다니는 할맘이니
　　　영감을 찾고야 놀갔습네.
악공 : 할맘 본고향은 어데와?
미얄 : 본고향은 전라도 제주 망막골일세.
악공 : 그러면 영감을 어찌 잃었습나?[105]

여기서 악사가 하는 구실을 일반 관중이 맡을 수도 있다. 등장인물이 관중에게 말을 걸 수도 있고, 관중이 먼저 대화를 끌어낼 수도 있다. 그런데 관중이 어떤 말을 어떻게 할 수 있는가는 대본 채록에서 기록해놓지 않았다. 그럴 필요가 없기 때문이다. 가변적인 상황은 즉흥에 맡겨야 한다. 즉흥에 따른 변이가 관중이 자유롭게 끼어들 수 있게 하는 필수적인 요건이다.

'카타르시스연극'에서 코러스를 매개로 해서 극중인물과 관중이 연결된다든가, '라사연극'에서 시작할 때 무대감독이 등장해서 관중을 향해 직접 말을 한다는 것 같은 고정된 격식이 필요하지 않다. '신명풀이연극'에서는 공연장소와 극중장소가 일치하기 때문에, 등장인물과 관중의 직접적인 만남의 통로가 항상 열려 있다. 그런 조건을 적극적으로 이용해야 관중 노릇을 훌륭하게 한다.

공연장소와 극중장소가 언제나 일치하는 것은 아니다. 극중장소를 별도로 설정해서 장면전환을 할 수 있다. 말과 행동만으로 장면을 나타내기 때문에 장면전환을 하는 데 아무런 어려움이 없다. 그러나 《사쿤탈라》에서와 같이 비약을 하지는 않는다. 공연장소에서 잠시 떠났다가 되돌아오곤 해서, 초현실로 나아가지 않고 현실의 문제를 현실에서 다루는 것이 연극 전개의 기본방향이다.

장면 전환이 자유롭게 이루어진다는 조건을 가장 효율적으로 이용하는 수법은 동시적 진행이다. 극중장소에서는 서로 멀리 떨어진 곳에서 일어나는 두 가지 서로 대조적인 장면을 가까운 위치에 두고 함께 보여주는 것이 그런 수법이다. 영감과 할미가 헤어져 서로 소식을 모르면서, 영감은

---

105) 이두현, 《한국가면극》, 319면

첩을 두고 즐겁게 살지만 할미는 영감과 다시 만나게 해달라고 치성을 드리는 장면을 함께 보여주다가, 둘이 서로 찾아다니던 끝에 마침내 만나게 되기까지의 과정을 이어서 보여줄 수 있다.

'신명풀이연극'은 공연장소와 일치하는 극중장소에서 진행되므로 연극의 범위가 등장인물들 사이의 관계로 국한되지 않고 등장인물과 관중의 관계도 거기 포함되어 있다. 관객은 언제나 연극에 개입하고 있는 당사자이다. '카타르시스연극'에서처럼 놀라운 깨우침을 당하지 않고, '라사연극'에서처럼 차분한 자세로 세심하게 관찰하는 것을 능사로 삼지 않고, '신명풀이연극'의 관객은 자기네가 등장인물과 함께 연극을 진행하는 당사자임을 잊지 않고 그 권리를 적극적으로 행사해야 즐거움을 누릴 수 있고 얻는 바가 크다.

'카타르시스'는 관중이 피동적으로 당하는 심리 변화이고, '라사'는 수준 높은 관중이 道를 닦는 것과 같은 자세를 갖추고 체험해야 할 각성이라면, 신명풀이는 관중이 연극을 보는 사람에 머무르지 않고 스스로 하는 사람이 되어야 경험할 수 있는 격동이다. 그런 차이점은 등장인물과 관중의 우열관계가 서로 다른 것과 밀접한 관련이 있다. 등장인물과 관중 사이의 경쟁에서 등장인물이 관중을 압도하면 '카타르시스연극'이, 양쪽이 대등하고 평화로운 관계를 가지면 '라사연극'이, 관중이 위세를 떨치면 '신명풀이연극'이 이루어진다고 총괄해서 말할 수 있다.

지금까지 관중의 반응을 비교해서 얻은 결과를, 삼자 관계를 중첩시키는 방식으로 정리하면 다음과 같다.

'카타르시스'	'라사'와 '신명풀이'
깨우침을 당함	깨어 있음

'라사'	'카타르시스'와 '신명풀이'
직접적 통로 닫혀 있음	직접적 통로 열려 있음

'신명풀이'	'카타르시스'와 '라사'
능동적 참여	수동적 수용

세계관의 지향 비교

악의 신화적 기원을 밝히는 작업을 한 리쾨르(Richoeur)는 《악의 상징》이라는 책에서[106] 그리스비극의 배경을 이루는 신앙체계에 대해서 거대한 규모의 종교사적 고찰을 시도했다. 바빌로니아 · 그리스 · 유다야의 신화를 비교하면서, 바빌로니아에서는 신의 창조 자체가 악하므로 악하게 된 책임이 사람에게 있지는 않다고 하고, 유다야에서는 신의 창조는 선하기만 한데 사람이 타락해서 악하게 되었으므로 악에 대해서 사람이 스스로 책임을 져야 한다고 했다. 그런 경우와는 다르게, 그리스에서는 신이 선할 수도 있고 악할 수도 있어 사람이 저지르는 악이 누구 책임인가 하는 문제가 심각하게 제기되었다고 했다. 그 문제를 비극을 통해 다루었으므로, 비극이 그리스에서만 이루어졌다고 했다.

그런 논의를 더욱 정밀하게 하기 위해서 그리스종교의 변천을 살필 필요가 있다. 그리스의 종교사는 거인신 숭배 시대, 올림피아신 등장시대, 신에 대한 회의와 비판이 이루어진 시대로 크게 구분될 수 있다. 그 가운데 올림피아신 등장 시대가 비극이 이루어진 시기이다. 그리스 사람들은 원래 천지만물을 거인신들이 지배하고 있다고 믿다가, 기원전 8세기 무렵에 "올림피아신들의 정복"이라고 하는 전환을 겪었다고 한다.[107]

제우스(Zeus)를 비롯한 한 무리의 새로운 신들이 그때까지의 지배자 거인신들을 정복해 쫓아내고 올림포스산을 본거지로 삼아 세계 질서를 바로 잡았다고 하는 것이 종교사의 커다란 전환이었다고 한다. 거인신들은 힘

---

106) 폴 리쾨르, 양명수 역, 《악의 상징》 (서울: 문학과 지성사, 1994)
107) Gilbert Murray, *Five Stages of Greek Religion* (New York: Doubleday, 1955)의 "Olympian Conquest" 대목에서 이에 관한 자세한 고찰을 했다.

을 악하게 쓰는 횡포한 지배자여서 바빌로니아의 신들과 상통한다 하겠는
데, 제우스를 비롯한 새로운 신들은 정의롭고 이성적인 면을 갖춘 점이 서
로 다르다고 했다. 그 점에 관해서 지적한 말이 적절하다.

> 사람이 거인신들이나 고르곤(Gorgon) 같은 괴물들, 영원한 괴로움을
> 주는 자들이 아닌, 제우스 · 헤르메스(Hermes) · 데메테르(Demeter)의 고
> 전적 모습에서 흔히 볼 수 있는 바와 같은, 어느 정도 인간적이거나 인간
> 이상의 분별력을 가진 조용하고 위대한 존재에 의해 통치를 받는다는 사
> 실은 대단한 것이었다.108)

이러한 전환은 비인간에 대한 인간의 승리가 신들의 영역에서 관철된
것을 의미한다고 했다. 그 덕분에 이성적 사고, 아름다움과 자유를 추구하
는 기풍 같은 것이 생겨, 유럽문명의 연원을 훌륭하게 만들었다고 평가했
다. 그러면서 다른 한편으로는 다음과 같은 문제점도 생겨났다고 했다.

> 자연종교의 요소를 인간적인 것으로 바꾸어놓자 사악함이 문제되지 않
> 을 수 없게 되었다. 벼락이 선인이든 악인이든 가리지 않고 함부로 때리
> 지만, 천둥을 숭배한다고 해서 도덕적인 손해가 생기는 것은 아니었다.
> 벼락이 지혜롭고 정의로운 선택을 한다고 꾸며낼 필요는 없었다. 그러나
> 사람과 비슷한 존재가 벼락을 친다고 하게 되자, 난처하게 되었디... 신이
> 인격적인 존재이면, 변덕스럽고 잔인하게 된다.109)

난처하게 된다는 것은 선악을 가려야 할 어려운 문제가 제기되었기 때
문에 한 말이다. 자연신을 인격적인 존재로 바꾸어 이해하자, 신은 정의롭
다고 하게 되어 질서의 근본을 바르게 할 수 있는 이점이 생긴 반면에, 인
격적인 것의 특징이 변덕스러움으로 나타나고, 때로는 질투나 보복을 잔

---

108) 같은 책, 70면
109) 같은 책, 65면

인하게 할 수도 있어, 난처한 국면이 생겨났다고 했다. 《오이디푸스왕》이
그런 사례를 생생하게 보여주는 작품이다.

　비극은 바로 그 점을 다룬다. 정의로워야 할 신이 변덕을 부려 인간에게
가혹한 시련을 요구하는 것이 비극의 문제이다. 그렇다고 해서 신에게 항
의를 할 수도 없고, 신의 뜻을 미리 알아서 바꾸어놓는 것은 더욱 어려운
일이다. 신이 내린 도저히 납득할 수 없는 운명 때문에 괴로워하는 인간이
비극의 주인공이다. 세상에는 그런 예외적인 사람도 있다고 하지 않고, 그
런 일이 누구에게든지 닥칠 수 있으니 미리 각오하고 있어야 한다고 경고
하는 것이 비극의 의미이다.

　신과 사람은 다르며, 神人不合의 관계는 어쩔 수 없다는 것을 불변의 전
제로 삼으면, 그런 비극에서 벗어날 길이 없다. 비극이 아닌 다른 연극의
의의를 인정할 수 없다. 그 점을 두고 그리스사상 안에서 또는 그 전통을
이어받은 범위 안에서 논의를 거듭하는 것은 바람직하지 않은 일이다. 논
의의 깊이나 세련성을 더 보태는 것으로 성과를 삼는다 해도, 근본적으로
동어반복을 하거나 원인과 결과가 서로 물고 들어가는 말을 하는 데서 벗
어날 수 없다.

　그런 문제점이 있는 그리스종교를 버리고 신은 선하기만 하다는 기독교
를 택해도 비극이 없어지지는 않았다. 신이 선하기만 해도 사람이 생각하
는 도리를 예상한 바와 같이 실현하지는 않으며, 신이 사람과 한층 멀어져
神人不合의 골이 더 깊어졌다. 유한하고 죄 많은 사람이기에 지닌 어쩔 수
없는 한계를 넘어서서 구원을 바라면서, 이성과 신앙, 합리적인 것과 비합
리적인 것의 모순 때문에 괴로워하는 것이 비극의 원천이라고 하면서, 기
독교에서도 비극을 대단하게 여긴다.110)

　인도에서 이른 시기에 섬기던 신들도 자연신이며, 바빌로니아나 거인신
시기의 그리스에서와 비슷한 단계의 신앙의 대상이었다고 할 수 있다. 폭
풍우·물·불 등의 수많은 자연신이 각기 그 나름대로의 대단한 위력을

---

110) Miguel de Unamuno, *The Tragic Sense of Life, in Men and Peoples* (London:
　　Macmillan, 1921)에서 그렇게 전개되는 비극론의 좋은 본보기를 볼 수 있다.

지니고 있으므로, 제사를 지내고 기도해서 피해를 입지 않게 해야 한다는 것이 그 때의 신앙이고, 제사를 지낼 때 부르는 노래가 《베다》(Veda)로 총칭되었다.

그러다가 기원전 800년경에 《우파니샤드》(Upanishad)가 출현하면서 신앙의 형태가 달라졌다. 《우파니샤드》에서는 여러 잡다한 신들 위에 최고의 신이 있어, 그 모두를 통괄하거나 자기 분신으로 삼는다고 하고, 최고의 신이 사람 마음속에도 있다고 했다. 《베다》 시대에는 "사람의 삶은 신들의 손에 달려서, 사람을 죽이든 자기네와 같은 경지로 올리든 신들이 하기에 달렸다"고 하다가, 《우파니샤드》 시대에는 "최고 존재의 본질이 사람의 마음속에 갖추어져 있다"고 요약해서 한 말이 적절하다.111)

《우파니샤드》의 하나인 〈케나 우파니샤드〉(Kena Upanishad)의 한 대목을 들어 그 점을 구체적으로 확인해보자.112) 서두에서, 학생이 "누가 내 마음으로 하여금 생각하게 하고, 누가 내 귀를 통해서 듣고, 내 눈을 통해서 보는가요?"라고 물으니, "마음의 마음"인 "영원한 自我"가 있다고 선생이 대답했다. 영원한 자아에 대한 자기 자신을 성찰해서, 감각의 영역을 넘어서 있고, 지식으로도 잡히지 않는, 궁극적인 '자아'에 이르는 것이 인생의 최고 목표라고 했다. 그 다음 대목에서는 강력하다고 자랑하는 여러 신들을 무력하게 하는 최고의 존재 브라흐만(Brahman)이 우주의 궁극적인 실체라고 했다. 그 두 가지 서로 다른 진술을 하고서, 여기서는 '자아'(Self)라고 옮긴 '아트만'(Atman)이 바로 '브라흐만'이라고 하면서 다음과 같이 노래했다.

브라흐만의 빛이 번개 속에서 번쩍인다.
브라흐만의 빛이 너의 눈 속에서 번쩍인다.
마음으로 하여금 생각 · 욕망 · 의지를 가지게 하는 것이

---

111) Kshiti Mohan Sen, *L'hindouisme* (Paris: Payot, 1961), 49 · 59면에서 한 말이다.
112) Eknath Easwaran, *The Upanishads* (London: Penguin Books, 1987), 68~74면의 자료를 이용한다.

브라흐만이니,

브라흐만에 대해서 명상할 때 그런 힘을 사용하라.

브라흐만은 모든 것의 궁극적인 자아이다.

브라흐만은 우리의 모든 사랑을 받을 수 있다.

모든 것에서 브라흐만에 대한 명상을 하라.

브라흐만에 대해 명상하는 사람은 모든 것에 대해서 친근하다.

'브라흐만'은 우주의 실체이면서 궁극적인 자아이다. '브라흐만'은 한자어로 번역해서 '梵'이라고 한다. 여기서 말하는 '자아'는 일상적인 행위의 주체인 '小我'가 아니고, '아트만' 즉 그보다 크고 위대한 '眞我'이다. 그 두 말을 연결시켜 말하면, "브라흐만이 아트만이다" 또는 "梵이 바로 我이다"고 하는 '梵我一體'가 《우파니샤드》 사상의 핵심이다.

그렇다는 것을 증명해 보인 것은 아니다. 합리적인 사고의 한계를 넘어서고, 인식의 주체와 대상의 구분도 부정한 경지에서 그런 깨달음을 얻었다는 것이다. 그래서 납득할 수 없다고 할 수 있으나, '아트만'이 '브라흐만'이라고 하는 사고가 어떤 의의를 가지는가 생각해보는 것은 어렵지 않다.113)

'브라흐만'이라고 일컫는 궁극의 진리는 바로 '아트만'이므로, 우리 각자의 내면에서 찾아야 하고, 누구에게서나 같아야 하고, 주체와 대상의 구분을 넘어서 있어야 한다. 가변적이고 상대적인 현상에 구애되지 않고, 각자의 주관이 서로 달라 생기는 충돌에 휘말리지 않고, 그런 것을 성실하게 찾아나서는 탐구자가 되는 것이 무엇보다도 소망스러운 일이다. 도를 닦는 것을 본분으로 하지 않은 사람이라도 누구나 그런 자세를 가져야 한다.

---

113) P. T. Raju, *The Philosophical Traditions of India* (London: George Allen and Unwin, 1971) 49~65면; *Structural Depths of Indian Thought* (New Delhi: South Asian Publishers, 1985), 25~49면에서 그 사상이 어떻게 형성되고 어떤 의의를 가졌는지 거듭 논하고; *Introduction to Comparative Philosophy* (Delhi: Montal Banarsidass, 1992), 270~283면에서는 유럽사상 및 중국사상과의 비교를 시도하면서 '아트만'을 인정하는 점이 인도사상의 가장 두드러진 특징이라고 했다.

신을 믿어야 일상생활에 매몰된 예사 사람의 한계를 벗어날 수 있지만, 신을 믿는다는 것은 자기 자신에 대해서 성찰한다는 말이다. 신은 위대하지만 사람은 못난 죄인이라고 하는 것과 같은 망상을 버리고, 진정한 자아를 찾아서 해탈을 이루어야 한다.114) 그것이 초기 힌두교 사상의 핵심이며, 불교 또한 같은 사상을 이었다. 불교에서 흔히 하는 말이 우리에게 더욱 친근하므로 들어보기로 하면, 모든 중생은 불성을 가져, 자기 자신이 바로 부처인 줄 아는 것이 깨달음에 이르는 길이라고 한다.115)

그런 사고가 바탕에 깔려 있어서, ‘라사연극’은 ‘카타르시스연극’의 神人不合과는 아주 다른 神人合一을 구현해서, 대립보다도 조화를 소중하게 여기고, 파탄을 넘어서서 원만한 결말에 이른다. 신이 예측할 수도 없고 납득할 수도 없는 처사를 하는 것을 사람이 막지 못한다는 주장의 근거가, 신은 사람 밖에 있을 뿐만 아니라 사람 안에도 있어, 신과 사람이 궁극적으로 일치한다고 하니 사라지고 만다. 그래서 비극이 생기는 이유가 없어지고, 비극이 연극으로서 최고의 가치를 가진다는 이론도 남아날 수 없다.

‘카타르시스연극’에서는 신이 사람 밖에 있기만 하고, ‘라사연극’에서는 사람 밖에도 있고 안에도 있다 하겠는데, ‘신명풀이연극’에서는 사람 밖에는 없으니 있다면 안에만 있다고 할 수 있다. 그런 사상에는 뚜렷한 종교적인 배경이 없다. ‘신명풀이연극’인 탈춤은 서낭신이 마을 사람들에게 하강해서 춤을 추면서 놀도록 해서 농사가 잘되도록 하자는 굿에서 유래했다. 그런 굿을 하는 것은 종교의례라고 하겠으나, 신앙이 대상이나 교리는 불분명하다.

서낭신은 성격이 불분명하고, 고유한 명칭을 지니고 있었던 것도 아니

---

114) 19세기 말에 유럽사상의 침투에 맞서서 힌두교 사상을 재흥시킨 철학자 Vivekananda 가 그 점에 관해서, "Practical Vedanta", The Complete Works of Swami Vivekananda vol. 2 (Calcutta; Advaita, 1955), 299면에서, 어떤 종교에서는 인격적인 신을 믿지 않는 사람을 무신론자라고 하는데, 힌두교에서는 자기 자신을 믿지 않는 사람을 무신론자라고 한다고 한 말은 주목할 만하다.

115) Shridhar B. Shrotri, *The Doctrine of Upanishad and the Early Buddhism* (Delhi: Montil Banarsidass, 1991)에서 힌두교가 불교로 전환되는 과정을 소상하게 밝혔다.

다.116) 마을의 신이고 농사가 잘 되게 하는 신이기는 한 것 이상의 구체성이 없다. 마을의 신이 사람들에게 하강해서 춤을 추며 논다는 것과 사람들이 스스로 그렇게 한다는 것이 실질적으로 아무런 차이가 없으면서, 신을 내리고 보낸다는 절차가 있기에 매년 되풀이되는 행사가 보존되고 존중되도록 할 따름이다.

춤을 추고 놀면 농사가 잘 된다고 하는 것은 주술적인 행위의 원리에 의거할 따름이고, 서낭신이 그렇게 해줄 수 있는 권능을 가졌다고 인정하지는 않는다. 마을의 신 앞에 제물을 차려놓고 절을 하는 제사를 별도로 거행하기도 하지만, 그것은 탈춤의 모체가 되는 굿과는 경쟁관계에 있다. 탈춤을 출 때 쓰는 탈은 원래 신의 모습을 나타낸다고 인정해서 신성하다고 여겼으나, 실제로는 사람의 모습을 보여줄 따름이고, 신령스러운 면이라고는 전혀 없는 비속한 성격을 과장되게 표출했다.

서낭굿에 관해서 길게 논할 필요는 없다. 그리스에서도 연극이 디오니소스굿에서 유래했기 때문에 디오니소스신을 등장시킨 것은 아니다. 연극에 등장하는 신은 좀더 중요한 위치에 있어, 인간의 운명을 좌우하는 다른 신들이다. 탈춤은 서낭신뿐만 아니라 다른 신들도 등장시키지 않는다. 그 점에서 '카타르시스연극', '라사연극' 양쪽과 분명한 차이점이 있다. 신의 흔적 같은 것 또는 신과 가까운 인물의 거동은 탈춤에도 보인다고 할 수

---

116) 서낭이라는 명칭은 중국에서 들어온 '城隍'이라는 신의 이름을 차용해서 부르기 쉽게 한 것으로 보인다. '城隍'은 원래 민간신앙의 신인데 도교의 신으로 편입되었으며, "剪惡除凶 護國保邦"을 기본기능으로 하는 것 이외에 날씨를 조절하고, 저승의 혼령을 징치한다 하고, 玉皇上帝가 인간세계를 다스리기 위해 보낸 사자로도 이해되어 크게 숭앙되었다. 葛兆光, 《道敎與中國文化》 (上海: 上海人民出版社, 1987), 333~334면; 于民雄, 《道敎文化槪說》 (貴陽: 貴州人民出版社, 1991) 121~123면에서 이에 대한 설명을 갖추었을 뿐만 아니라, 鄭土有·王賢淼, 《中國城隍信仰》 (上海: 新華書店, 1994) 같은 연구서도 있다. 《東國輿地勝覽》 등의 지리지를 보면 한국에도 고을마다 城隍祠가 있었다. 조선초기에 국가에서 중국의 관습을 받아들여 재래 마을 신앙을 정비하려고 했으나, 한국에는 도교가 없으므로 신의 성격이 이식될 수 있었던 것은 아니다. 그런 시책에 불만을 가진 농민들이 원래 일정한 이름이 없던 마을의 신을 같은 말로 지칭해서 국가 지정의 城隍과 병존시키려고 했기 때문에, 마을의 신을 '서낭'이라고 하게 되었던 것 같다.

있으나, 그 의의를 축소하거나 부정했다. 불법을 수호하는 사자가 나타나 목중들의 타락을 징치하는 것이 고작이다.

탈춤은 신을 부정하는 사람들의 연극이다. 그렇다고 해서 사람이 일상생활의 차원에서 무력하게 살아나간다고 하면서 현상 묘사만 하고 마는 것은 아니다. 놀이판에 나서서 뛰고 노는 사람뿐만 아니라 관중으로 참여해 즐거움을 함께 나누는 사람들까지도 신명이 넘친다. 신명은 사람의 기력이고 생명력이며, 최한기의 용어를 써서 神氣라고 하는 것이 적절한 규정이다. 사람의 神氣는 천지만물의 氣와 함께 活動運化하는 변화와 생성의 능력을 갖추고 있다는 것을 최한기가 분명하게 밝혔다.

사람은 누구나 신명을 지니고 있으며, 신명을 발현하면서 살아가지만, 그것이 어느 정도인가 구분해서 평가할 수 있다. 신명이 대단하다든가, 예사 상태보다 뛰어나다고 하는 사람은 변화하고 생성하는 능력이 탁월하다. 춤을 추고 놀이를 하는 데서 대단한 정력을 발휘할 뿐만 아니라, 허위를 물리치고 진실을 찾으며, 고착화하여 있는 관습을 깨고 창조의 비약을 이룩하는 데서 커다란 일을 할 수 있다. 그런 놀라움을 들어 말할 때 신들렸다든가 신통하다든가 라고 할 수 있다. 탈춤 진행에 관중으로 참여하는 사람들도 함께 춤추고 놀면서 그런 경지에 이르고자 한다.

'신명'·'신기'·'신통'이라는 말에 공통되게 들어 있는 '神'은 사람과 분리되어 있는 별도의 존재가 아니고, 사람이 지닌 속성이다. 사람 자체의 속성은 별도로 내세워 섬기는 대상이 아니니 신이라고 할 수 없다. 그러나 신이 사람 밖에는 있지 않고 사람 안에만 있다고 여겨 그런 말을 한다고 보는 것은 무리하지 않은 해석이다.

성리학에서는 天人合一이라는 말을 즐겨 사용했다. 天人合一을 東學의 전례에 따라 神人合一이라고 고쳐 일컬으면서 지금부터의 논의에 필요한 기본용어로 삼기로 한다.117) 神人合一은 만물을 주재하는 인격적인 신이

---

117) 神人合一에 관해 李敦化, 《人乃天要義》 (서울: 開闢社出版部, 1924)에서는 "사람은 사람 自己性 無窮에서 可히써 한울림님의 全意思와 合致할 만한 모든 素質인 可能性을 가졋슨즉 사람은 이 可能性에 의하여 神人合一을 圖할 수 잇으며 天國과

있다고 하든 그런 것이 없다고 하든 함께 사용할 수 있어서, 天人合一을 포함하고 그것보다 범위가 넓다.

神人合一을 天人合一이라고 이해하는 견해에서는 天性이 사람에게 부여되어 있다고 하고, 사람이 天道를 실현한다고 보아, 天과 人의 일치가 이루어진다고 했다.118) 그렇게 말할 때의 天은 神을 대신하는 용어이다. 그렇지만 李珥는 움직이는 것은 氣이고 움직이게 하는 것은 理이며, 또한 氣의 움직임이 잘되고 못되는 것을 판단하는 근거가 理에 있다고 하고, 사람에게 부여된 理의 근거가 天理라고 여겨 天을 숭상하는 것이 마땅하다고 했다. 조상에게 제사를 지내면 조상이 응감하는 것도 조상의 理가 후손과 교감할 수 있기 때문이라고 해서, 神을 섬겨야 하는 최소한의 근거는 인정했다.119)

人國의 共通點을 어들이라 함이로다"(148면)(《동학사상자료집》 3, 서울: 아세아문화사, 1979, 324면)라고 설명했다.

118) 李珥, 〈天道策〉, 《栗谷全書》 14에서 그런 사상을 명확하게 정리해서 나타냈다. "上天之載 無聲無臭 其理至微 其象至顯 知此說者 可與論天道也"라고 그 서두에서 말한 것을 들어 풀이하기로 한다. "上天"이라고 지칭한 하늘에 관한 사항은, "無聲無臭"여서 소리도 없고 냄새도 없다고 해서 감각적으로 파악할 수 없다는 말을 먼저 했다. 그러니 하늘의 모습을 문학 작품에 등장시킬 수는 없다. 다른 무엇을 들어 상징적이거나 비유적인 방법으로 나타내는 것도 무리이다. "其理至微"라고 한 그 다음 말에서 그 이치가 지극히 희미하다고 한 것은 쉽게 드러나지 않는다는 말이다. 그런데 "其象至顯"이라고 해서 그 모습은 지극히 뚜렷하다고 했다. 하늘의 모습이 나타나 있는 바는 뚜렷하다. 창공 자체가 그 모습이고, 해와 달을 보아도 하늘의 모습을 알 수 있다. 그렇지만 하늘의 모습을 눈으로 본다고 해서 하늘의 이치를 아는 것은 아니다. 모습을 감각적으로 파악하면 그 이치가 드러날 수 있는 것은 결코 아니다. 모습과 이치는 분리되어 있지 않지만, 모습에서 이치로 나아가기 위해서는 사유의 비약이 필요하고, 그것이 깨달음의 과정이다. 인용하지 않은 그 다음 대목에서 "一動一靜者 氣也"라 하고, "動之靜之者 理也"라고 했다. "한번 움직이고 한 번 멈추는 것은 氣이다"라고 하고, "움직이게 하고 멈추게 하는 것은 理이다"라고 한 말이다. 그렇게 표현되는 理氣의 원리가 하늘의 이치이다. 하늘의 이치란 궁극적인 이치라는 말이다. 인용한 대목으로 되돌아가면, "知此說者 可與論天道也"라고 했다. 자기가 한 말을 아는 사람은 가히 더불어 天道를 논할 수 있다고 했다.

119) 〈15세기 鬼神論과 귀신이야기〉, 《한국의 문학사와 철학사》에서 이에 대해 자세하게 고찰했다.

그런데 理는 氣의 원리일 따름이라고 하는, 徐敬德, 任聖周, 崔漢綺의 氣일원론에서는 神을 理의 근원으로 섬겨야 할 이유를 인정하지 않는다. 그렇다고 해서 神은 없고 物만 있다고 하는 무신론을 전개한 것은 아니다. 임성주가 "하늘에 있으면 神이고, 땅에 있으면 示이고, 사당에 있으면 鬼이고, 사람과 동물에 있으면 心이라고 한다"고 하고, "있는 곳마다 두루 충만해 양양하게 넘치며, 옛날부터 지금까지 흘러가면서 없어지지 않는 것이 모두 이것이다"라고 한 말을[120] 주목할 필요가 있다.

임성주가 그렇게 말해서 하늘의 신, 땅의 신, 조상의 신이라고 하는 것이 사람뿐만 아니라 동물도 함께 지니고 있는 마음과 마찬가지이고, 서로 별개의 것이 아니므로, 섬겨야 할 대상일 수는 없다고 했다. 그 모두가 천지만물의 창조적인 약동에 참여하고 있어서, 존중해야 마땅하다고 보았다. 그 가운데 어느 것을 특별히 좋아할 수는 있어도, 그 때문에 다른 것을 배격하지는 말아야 한다고 했다.

천지만물과 사람의 마음 양쪽에 다 있는 창조적인 약동을 일컫는 임성주 특유의 용어는 '生意'이다. 그 말뜻은 "생성의 의지"라고 풀이할 수 있다. 사람이 천지만물과 함께 지니고 있어서, 투쟁하고 생성하는 '生意'가 바로 '신명'이다. 최한기는 그것을 "活動運化之氣"라고 하고, 사람에게 갖추어진 것은 '神氣'라고 일컬었다. 神氣가 또한 바로 신명이다.

東學을 창도한 崔濟愚는 〈劍訣〉이라는 이름의 칼노래를 지어 부르면서, "용천검 날랜 칼로 일월을 희롱"하니 "좋을시고 좋을시고 이내 신명 좋을시고"라고 했다.[121] 우수적인 범위에서 투쟁을 전개하는 신명풀이를 한다고 한 말이다. 《東經大典》에서는 "鬼神者吾也"라고 해서 "귀신이 바로 나이다"고 일렀는데, 이 말을 그 뒤에 "人乃天"이라고 고쳐 일러 "하늘이 곧 사람이다"는 원리로 정립하고, 그렇기 때문에 神人合一이 이루어진다고

---

120) 〈鹿廬雜識〉,《鹿門集》 19에서 한 말이다. 〈18세기 人性論의 혁신과 문학의 사명〉, 《한국의 문학사와 철학사》에서 이 자료의 원문과 번역을 제시하고, 필요한 논의를 전개했다.
121) 〈최제우의 득도와 민중의 이야기〉,《민중영웅이야기》에서 이 자료를 들고 논의했다.

했다.122)

　그런 사상은 '신명'에 대한 새로운 해석에 바탕을 둔다고 할 수 있다. 그 말은 사람이 곧 신이라는 뜻이기도 하다. 사람이 곧 신이라는 것은 사람 밖에 따로 섬길 대상이 없다는 말이기도 하고, 사람이 스스로 대단한 능력을 지녔다는 말이기도 하다. 그 능력은 각자 사사로운 이익을 위해서 쓸 것이 아니고, 사람이 마땅히 지켜야 할 도리를 찾고, 사회정의를 구현하는 데 소용된다.

　신명풀이의 행위뿐만 아니라 신명이 무엇인가 밝혀 논하는 사상도 아주 오래 전부터 있었으나, 18세기에서 19세기까지의 기간 동안에 명확하게 가다듬어 높은 수준의 창조물을 이룩할 수 있었다. 탈춤의 신명풀이를 발전시킨 사람들은 하층의 놀이패이고, 임성주와 최한기는 상층의 지식인이어서 서로 직접적인 교류를 하지는 않았으며, 연극과 철학이 다르기 때문에도 같이 일할 수 없었다. 최제우는 하층민의 각성을 위해서 떨쳐나서서 스스로 춤추고 노래하기까지 했으나, 탈춤판에까지 갔다고 보기는 어렵다. 그러나 양쪽이 서로 공통되는 과업을 함께 수행했다.

　탈춤패와 사상 혁신의 주역들은 같은 시대에 함께 살면서, 조상 전래의 지혜를 새로운 문화 창조의 원동력으로 삼고, 민중의 공동체적 결속을 근거로 사회문제에 함께 대처했다. 사상 논쟁의 가장 심각한 문제를 슬기롭게 해결하는 역사적인 과업을 각기 서로 다르면서 같게 이루어, 여럿이 하나가 되게 했다. 양쪽 다 보면서 그 경과를 정리하자 사태의 전모가 비로소 드러나기 시작한다. 세부적인 경과는 아직 제대로 밝히지 못해 계속 탐구해야 한다.

　그렇지만 신명의 철학과 '신명풀이연극'의 상관관계 같은 거대한 연구

---

122) 《東經大典》의 〈論學文〉에서 한 말이다.(《동학사상자료집》 1, 13면) "人乃天"이라는 말은 동학의 3대교주 孫秉熙가 1905년 전후에 간행한 《大宗正義說》에서 최제우의 사상은 "人乃天으로 敎의 客體를 成하며 人乃天으로 認하는 心이 其主體의 位를 占하야 自己自拜하는 敎體로 天의 眞素的 極岸에 立하나니"(《동학사상자료집》 2, 274면)라고 하는 등의 말로 풀이하는 데서 처음 사용했다. 앞에서 든 李敦化, 《人乃天要義》에서 이에 대해서 자세하게 풀이했다.

주제는 실증적인 방법으로 감당할 수 없다. '신명풀이연극'의 기본원리에 관한 철학을 새롭게 정립하는 지금 하고 있는 작업에서 문제가 제기되고, 논의가 진척될 수 있을 따름이다. 신명풀이의 이론 창조를 더욱 크게 이룩해야 지난 시기 경과의 세부적인 사항도 새롭게 해명할 수 있다.

　지금까지 세계관의 지향을 비교해서 얻은 결과를, 삼자 관계를 중첩시키는 방식으로 정리하면 다음과 같다.

'카타르시스' 神人不合	'라사'와 '신명풀이' 神人合一
'라사' 사람 안팎 양쪽에 있는 神	'카타르시스'와 '신명풀이' 사람 안팎 어느 한쪽에만 있는 神
'신명풀이' 사람 자신 속의 신명	'카타르시스'와 '라사' 별도로 설정되어 섬김을 받는 神

세계연극사를 향한 논의 확대

세계연극사 이해의 새로운 방안

지금까지 고찰한 《오이디푸스왕》·《사쿤탈라》·《봉산탈춤》은 각기 '카타르시스연극'·'라사연극'·'신명풀이연극'의 대표적인 본보기이면서, 시대적인 위치가 서로 달라 고대연극, 중세연극, 중세에서 근대로의 이행기연극의 본보기이기도 하다.

《오이디푸스왕》과 같은 비극이 그리스에서 이루어지던 기원전 6세기가 고대임은 재론을 필요로 하지 않는 사실이다. 고대그리스를 고대 이해의 본보기로 삼는 견해가 널리 유포되어 있다. 고대그리스의 비극을 고대연극으로 이해해 거기서 고대의 특징을 찾는 것이 당연하다.

《사쿤탈라》와 같은 산스크리트연극이 인도에서 성행하던 5세기경은 중세이다. 그 시기 제국에서 중세 인도문명을 최고수준으로 올린 성과의 하나가 연극이다.

《봉산탈춤》은 중세에서 근대로의 이행기 한국에서 18세기 중엽 이후에 지금 볼 수 있는 모습으로 형성되었다. 그 시기를 중세에서 근대로의 이행기라고 규정하고, 《봉산탈춤》과 같은 탈춤을 그 시기 예술의 대표적인 형

	그리스	인도	한국
고대	'카타르시스연극'		
중세		'라사연극'	
중세에서 근대로의 이행기			'신명풀이연극'

태의 하나로 보는 것은 기존 연구에서 거듭해서 얻은 성과이다.

그런 사실들의 상관관계를 도표로 나타내면 앞쪽과 같다.

'카타르시스연극'·'라사연극'·'신명풀이연극'의 차이점은 문명권의 지향점이 서로 다르기 때문에 생겼다고 할 수 있다. 그리스의 '카타르시스연극', 인도의 '라사연극', 한국의 '신명풀이연극'은 그 세 나라 또는 그 세 나라 사람들이 민족 또는 문명권 단위로 지닌 '세계관의 지향'이 서로 다른 점을 보여준다고 보아 마땅하다. '카타르시스연극'은 그리스에서만 생기고 인도나 한국에서는 생기지 않았으며, '라사연극'은 인도에서만 생기고 그리스나 한국에서는 생기지 않았으며, '신명풀이연극'은 한국에서만 생기고 그리스나 인도에서는 생기지 않은 이유가 거기 있을 것이다.

지금까지도 더러 사용한 '세계관의 지향'이라는 말을 여기서 중요한 용어로 정립하고자 한다. 그리스·인도·한국인의 차이점이 민족성, 문화적 전통, 가치관, 철학, 종교 등이 서로 다른 데 말미암는다고 하는 등의 논의를 그 용어를 써서 한데 모으고자 한다. 세계관이란 뜻이 넓은 말이므로, 그 모두를 모을 수 있는 포괄성이 있으며, 어느 한쪽으로 치우친 논의의 편향성을 시정할 수 있다.

민족성론은 민족우열론으로 치달은 과오가 있어 다시 등장시키기 어렵다. 문화적 전통에 관한 논의는 너무 막연하다. 철학이나 종교를 비교하는 데 그치면 연극을 포함한 대중문화의 양상을 두루 살피는 데 지장이 있다. 그래서 세계관의 지향을 비교하기로 한다. 이 용어를 사용하는 작업이 이론적으로 얼마나 다듬어질 수 있는가는 연구의 진전을 기다려 다시 따져야 하겠으므로, 여기서는 우선 논의의 출발이 가능하게 하는 데 그친다.

'카타르시스연극'·'라사연극'·'신명풀이연극'의 차이점은 세계관의 지향이 서로 다른 데 있기만 하지는 않고, 시대의 성격이 상이해서 생겨났다고 할 수 있다. 고대의 '카타르시스연극', 중세의 '라사연극', 중세에서 근대로의 이행기의 '신명풀이연극'은 그 세 시기의 시대 성격이 서로 다른 점을 보여준다고 해야 마땅하다. '카타르시스연극'은 고대에만 생기고 중세 이후의 시기로 이어지지 않았으며, '라사연극'은 고대에는 없다가 중세에 생겨

나서 중세에서 근대의 이행기에는 사라졌으며, '신명풀이연극'은 중세에서 근대로의 이행기에 이르러서 비로소 출현한 이유가 거기 있을 것이다.

위의 논의에서 든 '세계관의 지향'이라는 요인과 '시대 성격'이라는 요인은 각기 독립되어 작용할 수 있다. 그리스, 인도, 한국인의 세계관의 지향은 어느 시대에든지 기본적인 동질성을 유지할 수 있다. 고대, 중세, 중세에서 근대로의 이행기의 시대 성격은 그 세 나라에서 서로 다르지 않았다고 할 수 있다. 그렇게 가정하는 것이 그 반대의 가정보다 합당하다.

그런데 연극의 형성에서는 세계관의 지향과 시대 성격이라는 요인이 독자적으로 작용하지 못하고, 둘이 합치되어야 효력을 발휘했다. '카타르시스연극'은 그리스인의 세계관의 지향과 고대의 시대 성격이 합치되어 생겨났다. '라사연극'은 인도인의 세계관의 지향과 중세의 시대 성격이 합치되어 생겨났다. '신명풀이연극'은 한국인의 세계관의 지향과 중세에서 근대로의 이행기의 시대 성격이 합치되어 생겨났다.

> '카타르시스연극' = 그리스의 세계관의 지향 + 고대의 시대 성격
> '라사연극' = 인도의 세계관의 지향 + 중세의 시대 성격
> '신명풀이연극' = 한국의 세계관의 지향 + 중세에서 근대로의 이행기의
> 　　　　　　　시대 성격

이렇게 정리될 수 있는 등식이 과연 타당한지 검증하고, 왜 그렇게 되었는지 해명하는 것은 세계 학문에서 아직까지 한 번도 시도하지 않은 새로운 작업이다. 그러므로 접근방법을 반성하지 않고서는, 더 나아갈 수 없다. 세계 여러 민족은 '세계관의 지향'이 서로 다르다는 것은 민족성 우열론의 관점에서 더러 논의되다가 이에 대한 비판이 일어나서 학문적 논의의 밖으로 밀려났다.[123]

여기서 '세계관의 지향'이라는 것은 편의상 사용하는 임시용어에 지나지 않는다. 그 점에 관해서는 학문적인 논의가 축적되지 못했으므로, 무엇

---

123) 《세계문학사의 허실》에서 그 경과를 검토했다.

이 문제인지 분명하지 않고, 어떤 용어를 사용해야 할지 아직 막연하다. 그러니 임시용어라도 사용하면서, 우선 논의를 시작해야 한다.

고대니 중세니 하는 시대가 어떻게 다르고, 어떻게 교체되었는가 하는 시대 성격의 문제에 관한 논란은 아주 많이 이루어졌으나, 어느 한쪽의 역사에 치우쳐 있기나 하고, 세계사 전개의 보편성을 밝히는 데까지 나아가지 못해, 믿고 의지할 것이 없다.124) 기존 연구가 적든 많든, 믿고 의지할 것이 없다는 점은 서로 같다. 기존 연구가 적은 쪽은 오히려 논란하고 극복해야 할 대상이 뚜렷하지 않아 새로운 출발을 쉽게 할 수 있는 이점이 있다.

시대 성격과 세계관의 지향 양쪽 모두 새롭게 연구하는 방안을 찾아야 한다. 시대의 성격에 관해서는, 한국문학사에서 시작해서, 동아시아문학사를 거쳐 세계문학사로 나아가는 일련의 연구를 진행해왔으므로 그 성과를 여기 가져와서 적용하고 검증할 수 있다. 세계관의 지향을 다루는 작업은 여기서 처음 시도하므로, 작업 진행 단계가 서로 달라 균형이 맞지 않는다.

그 양쪽의 연구는 만나고 합쳐져야 온전해진다 하겠으므로, 뒤떨어진 쪽을 비약적으로 발전시키는 획기적인 방안을 마련해야 하는 것이 당연한데, 과연 그럴 수 있을까 의문이다. 시대 성격만 중요시하고, 세계관의 지향은 문제될 것이 없다고 하는 관습을 타파하고 학문의 기본 방향을 다시 잡는 것을 새로운 작업의 출발점으로 삼아야 하므로, 그 일이 만만치 않다. 그 작업은 학문의 역사를 거시적으로 살피는 역사철학을 요구한다.

사람은 세계관의 지향이 서로 달라 서로 충돌한다. 민족 사이의 싸움이나 문명권의 충돌이 그래서 생겨난다. 지금까지의 학문은 그 점을 제대로 연구하지 못했다. 민족모순이나 문명충돌은 버려두고 계급모순만 중요시하고, 세계관의 차이는 문제로 삼지 않고 시대의 변화만 학문적으로 다룰 문제라고 여기는 근대학문의 편향성을 이제 넘어서야 한다. 시대의 성격이 달라져온 과정은 계급모순을 중요시하는 근대학문이 힘써 다루면서, 계급투쟁의 양상이 달라져온 것이 그 원인이고 양상임을 밝히려고 애쓴 성과가 어느 정도 축적되어 있다. 그런데 이제는 계급모순보다 민족 또는

---

124) 그 점 또한 같은 책에서 자세하게 논했다.

문명의 충돌이 더욱 심각한 문제를 일으키는 시대가 되어, 그 문제를 진단하고 해결하는 학문을 힘써 이룩해서 근대학문의 한계를 넘어서지 않을 수 없게 되었다.

새로운 작업을 연극에서 시작하는 것은 적절한 선택이다. 세계관의 지향과 시대 성격이 만나는 양상이 연극에서 아주 뚜렷하게 나타나고 있으며, 그 둘의 상관관계에 관한 일반론을 정립할 수 있는 단서를 제공하기 때문이다. 지금까지 '카타르시스연극'·'라사연극'·'신명풀이연극'의 특성을 비교하고 상관관계를 해명한 성과를 그렇게 이용하고자 한다.

위에서 세 연극의 세계관의 근거를 비교해서 얻은 성과가 세계관의 지향을 밝히는 데 직접 원용된다. 신을 사람 밖에다 별도로 설정해서 섬기면서 神人不合의 관계 때문에 괴로워하는 것이 바로 그리스인 특유의 세계관의 지향이다. 신이 사람 밖에도 있고 안에도 있다고 하면서 神人合一의 바람직한 관계를 설정한 것이 인도인 특유의 세계관의 지향이다. 신은 있다 해도 사람이 스스로 지닌 신명에 지나지 않아 신인합일이 보장되어 있다고 하는 것이 한국인의 세계관 지향이다.

작품의 특성, 언어사용, 관중의 반응 등에 관해서 세 가지 연극을 비교해서 고찰한 성과에서 시대 성격의 차이를 정리해서 논할 단서를 발견할 수 있다. '카타르시스연극'에서 적대적인 관계의 승패를 다투어 파탄으로 치닫는 결말을 보고 관중이 큰 충격을 받는 데 고대의 특징이 있다고 할 수 있다. '라사연극'에서 우호적인 관계의 차질을 문제 삼다가 원만한 결말에 이르는 것을, 관중이 세련된 자세로 완상하는 데 중세의 특징이 있다고 할 수 있다. '신명풀이연극'에서 적대적인 관계의 승패를 바람직하게 결판 지으면서, 관중이 연극 진행에 적극 참여하는 데 중세에서 근대로의 이행기의 특징이 있다고 할 수 있다.

고대에는 힘의 우열에 따른 경쟁이 특히 중요시되었고, 힘이 최대의 가치로 존중되었다. 사람이면 누구나 따라야 할 보편적인 가치가 확립되거나 화해의 근거가 되는 우주적인 질서가 설정되어 있지 않아, 싸움이 처참하게 전개되고 감당하기 어려운 충격을 주었다. 신들의 싸움이 인간의 영역에서도 벌어지고, 인간의 싸움에 신들이 개입하는 것이 고대문학에서 거듭 다룬 주제이다. '카타르시스연극'에서 전개되는 싸움이 그런 특징을 잘 보여준다.

고대가 자기중심주의의 시대였다면, 중세는 보편주의의 시대이다. 중세에는 관념적 질서에 따른 조화가 중요시되어, 싸움이 격화될 수 없게 하는 제어장치가 마련되고, 화해의 방법과 절차가 갖추어졌다. 유일신만 섬기고 다른 신은 모두 없애버리거나, 모든 것을 포괄하는 최고 또는 궁극의 신이 설정되어 다른 여러 신은 그 변신이라고 하거나, 우주적인 질서를 통일되게 구현하는 보편주의의 논리를 마련하는 데서는 근본적인 차이가 없었다. '라사연극'에서 그런 특징을 잘 보여주고 있다.

중세에서 근대로의 이행기에는 사회 저변에서 일어나는 변혁의 요구가 특히 두드러진 의의를 가졌다. 하층민이 사람으로서의 권리를 주장하고 평등한 사회를 요구하면서, 민족공동체를 이룩하자는 움직임이 구체화했다. 고대의 자기중심주의, 중세의 보편주의에 대응되는 근대의 특징은 민족주의라고 할 수 있고, 민족주의는 평등주의를 내면의 논리로 삼는데, 그런 방향으로 나아가는 추세가 중세에서 근대로의 이행기에 사회 저변에서 마련되었다. '신명풀이연극'이 그런 요구를 명확하게 구현했다.

고대의 싸움을 나타내는 데 연극보다 영웅서사시가 더욱 큰 몫을 했다. 영웅서사시는 강자가 힘을 자랑하는 세계이다. 힘을 통제하는 정신적 원리가 없는 것이 고대영웅서사시가 중세영웅서사시와 다른 점이다.[125] 아버지와 아들 사이의 싸움도 힘으로 결판이 난다. 서사시에서 전개되는 싸움은 바람직한 결말에 이를 수도 있고, 파탄에 이를 수도 있는데, '카타르시스연극'에서는 파탄에 이르는 싸움만 보여주었다. 영웅서사시는 세계 도처에서 고대문학의 특징적인 갈래 노릇을 하는데, 고대연극은 그리스에서만 뚜렷한 모습을 나타냈다.

그리스에서는 서사시를 통해서 이미 풍부하게 다룬, 신들과 인간이 얽

---

125) 《동아시아 구비서사시의 양상과 변천》(서울: 문학과지성사, 1997)에서 이에 관해 자세한 고찰을 했다.

힌 싸움의 이야기를 비극을 지어 재론했다. 서사시에는 없던 '카타르시스'를 비극에서 마련했다. 神人不合 때문에 생기는 파탄이나 고통을 더욱 집약해서 나타내는 데 비극이 훨씬 유리했기 때문이다. 신과 인간의 관계가 바람직하게 설정되었다고 생각되지 않고, 그 차질이나 모순이 크게 문제되던 시기에 비극이 발달했다. 고대인의 무자비한 싸움과 그리스인 특유의 신인불합이 결합되어, 그 양쪽의 문제를 가장 심각하게 표출한 것이 '카타르시스연극'이다.

인도에서는 고대서사시가 크게 발달해서 《마하바라타》(Mahabharata)와 《라마야나》(Ramayana)를 이룩했다. 둘 다 신들과 사람이 얽혀서 빚어내는 적대적인 관계의 승패를 보여주는 점에서 《사쿤탈라》와는 다르고, 《오이디푸스왕》과 같다. 그것은 바로 고대문학의 특징이라고 할 수 있다.

그러나 《라마야나》는 바람직한 결말에 이른다. 《마하바라타》는 전적인 결말은 파탄에 이르지만, 중간의 전개에서 화합의 길을 줄곧 제시한다. 화합의 길은 중세적인 사고에 따라 개작되었기 때문에 생겨났다고 하겠으며, 〈바가바드 기타〉(Bhagavad Gita)를 추가한 데서 그런 증거를 찾을 수 있다. 《마하바라타》에 포함되어 있는 사건을 가져와서 《사쿤탈라》를 창작한 것도 고대문학의 중세적 개작의 좋은 사례이다. 고대의 중세화가 인도문명의 특징이라고 할 수 있다.

다른 곳에서는 아직 고대가 한창일 때 神人合一의 중세적 사고를 일찍부터 키운 인도에서는 그리스에서처럼 고대연극을 마련할 수 없었다. 고대서사시를 중세서사시로 개작하는 데 이어서 중세연극의 아주 좋은 본보기를 인도에서 만든 것이 당연한 일이었다. 중세는 인도가 주도한 시대여서, 동아시아의 이웃 문명세계로 불교를 넘겨주었다. 그 대신에 중세의 우등생 인도가 중세를 청산하기 어려워 낙후하고 고난을 겪어야 했다.

세계 도처에서 중세문학의 특징을 가장 잘 구현한 보편적인 갈래는 서정시이다. 그런데 인도에서는 서정시와 함께 연극을 또한 중세문학의 긴요한 갈래로 삼았다. 그렇지만 서정시로서는 신과 인간, 영원과 역사, 초월과 현실의 관계를 풍부하게 나타낼 수 없어서, 연극이 필요했다. 칼리다사는 서정시와 연극 양쪽에서 창조적인 재능을 최대한 발휘하면서, 서정시에서 못다 한 작업을 연극에서 구체화해서, 중세연극의 모형을 만들었다. 그래서 칼리다사가 세계 중세문학의 최고봉을 보여주었다.

한문문명권의 李白이나 아랍문명권의 알 무타나비(al- Mutanabbi) 또한 자기네 문명권에서 그 나름대로 우뚝한 위치를 차지하고 중세문학의 전범을 마련했지만, 칼리다사만큼 당당하거나, 세련되거나, 풍부한 것은 아니다. 그 이유를 칼리다사의 개인적인 재능에서 찾고 마는 것은 적절하지 못하다. 인도인이 지닌 세계관의 지향이 중세의 시대 성격과 잘 맞아들어갔기 때문에 적절한 시기에 태어난 칼리다사가 자기 재능을 마음껏 발휘해서 중세문학의 정상을 차지할 수 있었다고 보아 마땅하다. 인도는 중세의 영광을 너무 크게 누려서, 그 다음 시대에는 뒤떨어지지 않을 수 없었다고 할 수 있다. 이런 이론을 마련하면 역사의 흥망성쇠를 학문연구의 대상으로 삼아 그 내막을 파헤치는 길을 열 수 있다.

중세에서 근대로의 이행기문학의 갈래로서 연극보다 소설이 더욱 널리 분포되어 있다. 구비문학과 기록문학, 연행문학과 독서문학이 얽힌 데서 소설이 생겨나서 문학 갈래의 체계를 크게 바꾸어놓은 것이 중세에서 근대로의 이행기의 커다란 변화였다. 한국에서도 판소리, 필사본소설, 방각본소설 등을 통해서 그런 작업을 적극 수행하면서, 다른 한편으로는 탈춤을 발전시켰다.

한국은 고대에서든 중세에서든 그리 대단하지 않은 위치를 차지했다. 고대문명을 이룩하는 데 가담하지 못했으며, 중세문명을 가까이는 중국에서, 멀리는 인도에서 받아들여 자기 것으로 만들었다. 고대연극이나 중세연극으로 내세울 것도 없다. 고대의 건국신화극이 없지는 않고, 중세에도 농민의 민속극이 이어져 왔으나, 그런 전통이 뚜렷한 발전을 보이는 것은 중세에서 근대로의 이행기에 이르러서 가능했다.

그것은 한국인의 세계관의 지향이 그 시대와 맞아들어갔기 때문이다. 신을 따로 설정해서 섬기지 않고 자기 자신의 신명을 발현하는 신명풀이의 원리가 중세에서 근대로의 이행기에 큰 구실을 하게 마련이었다. 한국에서는 그 시대에 하층민중의 주체적인 움직임이 어느 곳에서보다 활기를 띠고, 예술적으로도 성장해서 탈춤의 발전을 이룩했다. 상층이 만들어낸 고대연극이나 중세연극의 유산이 없기 때문에 밑으로부터 성장해오는 하층의 민속극이 마음껏 뻗어날 수 있었다.

카타르시스연극과 라사연극의 세계사

이상의 논의에서 문제가 다시 제기된다. '카타르시스연극'·'라사연극'·'신명풀이연극'은 그리스·인도·한국에만 있는 연극인가 아니면 세계연극의 세 가지 기본적인 형태인가 묻지 않을 수 없다. 이에 대답하기 위해서는 그 세 가지 연극이 그리스·인도·한국이 아닌 다른 곳에도 있는지 살펴야 하고, 세계 도처에서 발견되는 다른 형태의 연극도 그 셋 가운데 어느 한쪽에 속한다고 할 수 있는지 따져야 한다.126)

---

126) 머리말에서 이미 밝힌 바와 같이, 1995년도 2학기 서울대학교 대학원 강의 "전통극연구"에서 '카타르시스연극'·'라사연극'·'신명풀이연극' 비교론에 관한 강의를 이 책 앞의 항목까지와 같이 하고서, 그 다음 순서로 수강하는 학생들이, 예증으로 삼은 세 가지 연극이 아닌 세계 도처의 다른 연극 하나씩을 택해서, 그것이 '카타르시스연극'·'라사연극'·'신명풀이연극' 가운데 어느 하나에 해당하는가, 강의에서 전개한 세 가지 연극미학 비교론이 세계 연극에 널리 타당한 보편성이 있는지 검증하는 연구발표를 하고 과제를 제출하라고 했다. 그래서 이루어진 과제 논문의 필자와 제목이 다음과 같다.
　김남기, 〈元雜劇의 연극미학적 특성〉
　정대진, 〈傳奇의 연극미학적 특성〉
　최귀묵, 〈노오(能)의 연극미학적 특성〉
　최원오, 〈분라구(文樂)와 연극 창조의 네 가지 미학〉
　정인숙, 〈일본의 연극, 가부기(歌舞伎)〉
　권보드래, 〈인도네시아 그림자극(wayang kulit)의 연극미학적 특질〉
　정한기, 〈인도네시아 루드루크(ludruk)에 대한 고찰〉
　송팔성, 〈태국 전통극의 연극미학적 특성〉
　정재민, 〈미얀마 전통극 고찰〉
　황재문, 〈네팔 탈춤(mani-rimdu)의 연극미학적 특성〉

이제부터 논의는 거시적인 관점에서 전개하기만 하고, 정밀한 논증을 미처 갖추지 못한다. 전체적인 방향을 잡는 것이 우선 긴요한 일이라고 생각해서 가설적인 전망을 마련하는 데 힘쓰고, 구체적인 입증의 많은 과제는 앞으로 다시 해야 할 일로 남겨두기로 한다. 역사철학적인 구상과 실증사학에 입각한 입증을 아우르는 것이 바람직한 일이기는 하지만, 실증사학으로 감당하기 어려운 크고 중요한 문제에 관해서는 역사철학적인 구상을 먼저 전개하는 것이 불가피한 일이다.

서로 무관한 것처럼 여긴 사실들을 연관지우고, 부분과 전체의 관계를 결정짓는 논리를 찾아내는 성과가 어느 정도인가를 가려서 판별해야 한다. 더 자세하게 말한다고 해서 설득력이 높아지는 것은 아니다. 부분에 매몰되지 않고 전체를 드러내는 거시적인 작업을 성과 있게 전개하려면 되도록 집약해서 논하는 방법을 강구해야 한다.

'카타르시스연극'은 그리스 외의 다른 곳에 더 있었던 것 같지 않다. 그 이유는 '카타르시스연극'이 고대연극이라는 데서 찾아야 할 것이다. 그리스 이외의 다른 곳의 고대연극은 자료가 남아 있지 않아서 알 수 없다. 고대의 바빌로니아나 이집트에도 연극이 있었는지 분명하지 않다.127) 그런 곳에도 연극이 있었다 하더라도 그리스의 비극과는 아주 달랐으리라고 생각한다. 이집트에서는 사람이 신들의 환심을 사서 신화적 질서에 동참하려고 했으며, 파라오는 그렇게 하는 데 특권을 가져 세상을 지배했다. 그

홍재범, 〈테라쿠투(terakutu)의 연극미학적 특성〉
이상규, 〈아프리카 굿극(théâtre-rituel)의 연극미학〉
최현재, 〈중세 유럽 민속극 '무언극'과 '바보제'의 연극미학적 특성〉
이양숙, 〈라틴아메리카 민중극(popular theatre) 연구〉
이하의 논의에서 개별 연극에 관해 고찰하는 내용은 이들 논문에 많이 의존한다.
127) 고대이집트의 문화를 총괄해서 고찰한 Pierre Montel, *L'Egypte eternelle, des origines à Alexandre le grand* (Paris: Arthème Fayard, 1970)에서 "이집트인은 연극을 알고 있었던가?"하는 의문을 제기하고, 신화의 내용을 동작으로 나타내는 것은 있었지만, 연극이라고 할 만한 공연물은 없었다고 했다.(228면) 그 이유는 이집트인은 신과 인간의 관계를 조각이나 회화로 표현하는 데 열중해서 연극은 필요로 하지 않았기 때문이라고 할 수 있다.

런데 그리스에서는 신화적 질서에 사람은 끼어들 수 없다고 여겨 神人不
合 때문에 괴로워하고, 그것을 비극으로 나타냈다.

나는 서사문학의 역사를 이해하는 이론을 수립하면서,[128] 고대는 신화
적 질서의 시대라는 점에서 그 뒤에 오는 전설적 경이와 민담적 가능성이
공존하는 시대, 다시 그 다음에 오는 소설적 진실성의 시대와 다르다고 했
다. 신화적 질서는 자아와 세계가 동질성을 가지는 것이, 전설적 경이에서
는 세계의 우위를, 자아의 민담적 가능성에서는 자아의 우위를 전제로 하
고, 소설적 진실성에서는 자아와 세계가 상호우위를 가지는 것과 구별된
다고 했다. 그 이론과 지금 전개하는 이론이 어떤 관계를 가지는지 밝혀,
두 가지 이론을 합쳐야 이론 만들기에서 더욱 큰 진전을 이룩할 수 있다.
그렇지만 지금 그 작업을 본격적으로 할 수 있는 겨를을 가지지 못하고,
신화적 질서에 직접 관련된 영역에 관해서만 검토하기로 한다.

신화적 질서에서 자아와 세계가 동질성을 가진다고 한 것은 신들 사이
의 관계, 신과 사람의 관계, 사람과 사람의 관계에서 모두 적대적인 대결
이 벌어져 파탄에 이르지는 않고, 대결을 거치면서 대결 쌍방의 일방적인
영역을 넘어서 있는 더 크고 조화로운 영역이 있다는 것을 인정하게 된다
는 점을 지적한 말이다. 세계 어느 곳의 고대문학이든 그 점에서 차이가
없다고 본다. 고대그리스에서도 신화의 본영역인 신들 사이의 대결은 자
아와 세계의 동질성을 확인하면서 신화적 질서를 나타낸다. 제우스신의
지배가 그래서 유지된다. 사람과 사람의 관계에서도 특별한 문제가 없다.

그런데 사람이 신들의 세계에 끼어드는 경우에는 파탄이 생긴다. 사람
은 신의 영역에 끼어들 수 없어 패배하고 물러나지 않을 수 없다. 그래서
신화적 질서가 손상되는 것은 아니고, 자기 분수를 지키지 않는 사람의 오
만이 징벌의 대상이 된다. 그런 의미의 신인불합이 그리스에서 특히 심각
한 문제로 부각되어 비극의 세계관을 이루었다.

그리스의 비극은 고대의 연극이었다. 고대의 종말과 더불어 유럽 전역
에서 비극이 사라졌다. 그러다가 중세에서 근대로의 이행기 유럽에서 고

---

128)《한국소설의 이론》(서울: 지식산업사, 1977)에서 한 작업이다.

대그리스의 비극을 이어, '카타르시스연극'을 재현했다. 중세를 극복하기 위해서 고대를 재발견하고 계승하고자 해서 그렇게 되었다 하겠으며, 또한 중세에서 근대로의 이행기에 중세의 질서를 부인하자 심각한 대립이 나타난 것도 비극 재현의 중요한 이유이다.

연극이 귀족문화의 영역에서 벗어나 시민계급의 애호물이 되고 상업주의에 이끌리게 되면서, 비극이 대중화되고 비속화된 激情劇(melodrama)이 유행했는데, 그것 또한 '카타르시스연극'의 변형이라고 볼 수 있다. 비극과 격정극은 가치가 달라 차별 대우를 해야 한다는 주장으로 격정극의 원리가 카타르시스의 변형임을 부인할 수 있는 것은 아니다. 순수주의와 정통주의에 집착하고, 가치판단을 사실판단보다 앞세워, 이해의 폭을 좁히지 말아야 한다.

고대그리스의 비극과 그것의 정통적인 후계자만 대단하다고 여기고 다른 연극은 무엇이든 낮추어보는 편향된 시각에서 벗어나야 한다. 그렇게 해서, 여러 시대, 많은 곳의 갖가지 연극의 공통점과 차이점을 사실 그대로 파악할 수 있어야 세계연극사를 바르게 이해하는 길이 열린다. 앞으로 다시 말하겠지만, 격정극은 중세에서 근대로의 이행기 이후 유럽이 아닌 다른 여러 곳의 연극에서도 나타나는데, 그 이유가 시대의 성격에 있었을 것이다.

고대그리스의 비극에서 보이는 '카타르시스'의 원리는 연극미학의 최고 원리이므로 다른 어디서나 존중하면서 수용해야 마땅하다는 주장으로 '카타르시스'의 보편적인 의의를 입증할 수는 없다. 고대그리스의 연극이 아닌 다른 시대 다른 곳의 연극에서도 '카타르시스'의 원리라고 할 수 있는 것이 자연발생적으로 갖추어져 있을 수 있다고 해야 한다. 그래야만 '카타르시스'를 연극미학의 다른 두 가지 기본원리인 '라사'나 '신명풀이'와 함께 세계연극사 이해의 기본개념으로 삼을 수 있다.

보편적인 원리는 다른 보편적인 원리와 대등하게 공존하는 것이 당연하다. 다른 것들과 대등하게 공존하지 않으려고 하는 원리는 보편적일 수 없다. '카타르시스'에 대한 일방적인 평가 때문에 생긴 의식의 당착을 바로잡는 것이 쉬운 일이 아니므로, 말을 길게 하지 않을 수 없다.

고대의 문제를 가장 심각하게 나타낸 연극이 '카타르시스연극'이듯이, 중세의 세계관을 구현하는 데 적합한 연극은 '라사연극'이다. 그런데 중세 전기 동안에는 '라사연극'이 인도에서만 제대로 이루어졌다. 중세문명을 각기 이룩한 세 문명권 가운데, 유럽의 기독교문명권, 서아시아와 북아프리카의 이슬람문명권, 그리고 동아시아의 유교-불교문명권에서 일제히 이룩한 세계종교의 보편주의는 '카타르시스'의 갈등을 버리고 '라사'의 조화를 지향하는 데 기본적인 공통점이 있다고 할 수 있다. 그러나 그런 사고를 표현하기 위해서 서정시를 적극 활용한 것은 어디서나 있었던 일이었던 것과 다르게, 중세문명의 이상을 연극을 통해 나타내는 데서는 상당한 불균형을 보였다.

서부유럽 기독교문명의 중세연극은 고대연극과 단절되어 그리스에서 마련한 규범을 잇지 않고, 중세후기에 이르러서야 굿놀이의 토착적인 전통을 기독교극으로 변모시킨 신비극(mystère)이나 기적극(miracle)으로 자라났다.129) 그런 것들은 기독교 신앙에 입각해서 神人合一을 추구하는 '라사연극'의 노선을 택했다고 할 수 있으나, 야외에서 진행되는 거칠고 소란스러운 공연물이고 관중의 참여가 개방되어 신명풀이가 섞여들었다. 고대그리스의 땅에서 그 주민의 후예들이 중심이 되어 이룩한 비잔틴제국을 비롯한 동방기독교문명권의 기독교극은 오히려 그보다 더욱 빈약했다.130)

---

129) 서부유럽의 중세연극에 관해서 논한 저술에 E. K. Chambers, *The Medieval Stage* (Oxford: Oxford University Press, 1902); Richard Southern, *The Medieval Theatre in the Round* (London: Faber, 1957); William Tydeman, *The Theatre in the Middle Ages, Western European Stage Conditions, c.800–1576* (Cambridge: Cambridge University Press, 1978); Glynne Wickham, *The Medieval Theatre* (Cambridge: Cambridge University Press, 1987) 등이 있다.

130) 동방기독교문명의 문학을 연구한 논저는 흔하지 않으며, 연극에 관한 것은 거의 없다. 다만 Raymond Queneau dir., *Histoires des littératures* 1 (Paris: Gallimard, 1977)에서 "동방기독교"(Chrétienité orientale)문학을 다룬 글의 하나인 André Mirambel의 "littérature byzantine"에서 연극에 관해 간략하게 언급했을 따름이다. Oscard G. Brockett, *History of the Theatre* (Boston: Allyn and Bacon, 6th ed., 1991)에서 "Roman and Byzantine Theatre and Drama"라고 하는 장을 둔

중세기독교연극이 변변치 못했던 이유는 기독교 성직자와 세속 귀족이 중세문학의 규범을 마련하는 공동의 작업을 하지 못하고, 세속 귀족의 문학 창작이 부진해서 기독교중세문명의 이상을 연극을 통해 표현할 수 없었으며, 하층 주도의 연극을 기독교에 유리하게 이용하려고 하는 데 그쳤기 때문이었다고 할 수 있다. 그 이면까지 이해하고자 하면, 기독교에서는 사람이 신에 의해 구원을 받아야만 신인합일이 이루어진다 하고, 구원도 은총도 없는 세속의 삶은 신인불합의 연속이라고 여기기 때문에 연극을 통해서 진지한 가치를 추구하지 못해 '라사연극'을 제대로 만들 수 없었던 사정까지 이해해야 한다. 그러다가 중세에서 근대로의 이행기 이후에 비극을 재현하고, 신인불합이 인간 존재의 본질이라고 하는 '카타르시스연극'을 기독교연극으로 발전시켰다.

이슬람문명권에서도 고대그리스의 연극에 대해서 알고 있었으나 이어받을 생각이 없었으며, 이슬람교는 연극을 배격하는 데 기독교보다 한 걸음 더 나아갔다.131) 서방기독교에서는 신의 모습을 입체로도 만들고, 동방기독교에서는 입체는 허용하지 않고 평면의 모자이크나 회화를 통해서만 신의 모습을 나타낼 수 있게 하고, 이슬람교는 신의 모습을 어떤 방법으로

것은 흔하지 않은 일이다. 그러나 비잔틴연극은 그 장 말미에서 조금 다루는 데 그치고, 비잔틴연극이 로마연극을 이어받아 문예부흥기 이후의 서부유럽에 전해주었으리라고 추정했을 따름이고, 비잔틴연극의 실체를 밝히지는 못했다.

131) 11세기 아랍철학자 아비센나(Avicenna)가 아리스토텔레스의 《시학》에 대해서 논한 저술을 남겼으며, 그것을 영어로 번역한 Ismail M. Dahiyat, *Avicenna's Commentary on the Poetics of Aristotle* (Leiden: E. J. Brill, 1974)이 출간되었다. 그 책을 읽어보면 아비센나는 '카타르시스'에 대해서는 전혀 언급하지 않은 흥미로운 사실이 발견된다. 관심을 가질 만한 것이 아니라고 판단해서 그랬으리라고 생각된다. 중세아랍연극에 관한 포괄적인 연구를 Shmuel Moreh, *Live Theatre and Dramatic Literature in the Medieval Arab World* (Edinburgh: Edinburgh University Press, 1992)에서 했는데, 많은 자료를 동원해서 연극의 존재를 입증한 성과가 빈약하고, 아랍문학은 연극이 결핍되어 있는 것이 특징이라는 견해를 뒤집어놓지 못했다. M. M. Badawi, *Early Arabic Drama* (Cambridge: Cambridge University Press, 1988)의 서두 "The Indigenous Dramatic Tradition"에서도 아랍세계에 원래 연극이 있었다는 뚜렷한 증거를 제시할 수 없었다.

든지 형상화해서 나타낼 수 없게 한 차이점이 연극을 용인하는 정도의 차이와 직결된다고 할 수 있다. 이슬람교에서는 신은 물론이고 천사 등의 다른 초인간적 존재의 모습을 눈으로 볼 수 있게 나타내는 것을 전혀 허용하지 않고, 종교의식도 아주 간략하게 해서, 종교극을 만들어낼 수 없었다.

중세 이슬람세계에서 '라사연극'이 아닌 연극을 해야 할 이유는 없었다. 종교적인 의의는 전혀 없는 예사 사람들의 일상생활을 가지고 연극을 하는 것은 금지된 일이 아니지만, 중세문학으로서 전혀 의의가 없어 시도할 가치가 없었다. 유럽연극을 받아들여 근대극을 이룩할 때에 비로소 그렇게 했으나, 비극을 가장 훌륭한 본보기로 삼으면서도 파탄에 이르는 결말은 따르지 않고 화합을 중요시해서132), 연극을 통해서는 구현하지 못하고 있던 신인합일의 전통을 살렸다고 할 수 있다. 중세 동안에는 희곡 비슷하게 대화체의 산문을 쓴 것이 있고133), 그림자극은 더러 했으나 아랍세계의 중심지보다 그 변방인 터키 쪽에서 더욱 성행했다.

그렇지만 이슬람교를 받아들였어도 융통성 있게 해석하고, 아랍문학의 관습에 매이지는 않은 동남아시아 쪽에서는 전부터 해오던 연극을 계속 키워나갔다. 인도네시아가 바로 그런 곳이었다. 와양 쿨리트(wayang kulit)라고 일컬어지는 그곳의 그림자극은 9세기에 생겨나 11세기에는 확고한 위치를 차지한 이후 오늘날까지 계속 인기를 누린다.134) 세계연극사

---

132) Mohamed A. Al-Khozai, *The Development of Early Arabic Drama 1847-1900* (London: Longman, 1984)에서 아랍근대극의 성립을 고찰하면서 그런 사실을 지적하고 논했다.

133) "maqama"라고 하는 것이 그런 산문의 갈래이다. 그 말은 "회합"을 뜻한다. 사람들이 만나 회합을 할 때에 주고받는 말을 적는다고 해서 그렇게 일컬어지지만, 사건을 전개하는 것은 아니고, 문장력을 자랑하는 데 치중하는 교술산문이다. 그런데 흔히 근대소설의 기원을 거기서 찾기도 하고, Al-Khozai의 위의 책에서는 그것을 근대극의 선행형태라고 보았다.

134) Edward C. Van Ness and Shita Praqirohardjo, *Javanese Wayang Kulit* (Singapore: Oxford University Press, 1985); Victoria M. Clara Van Groenendael, *The Dalang behind the Wayang* (Dordrecht: Foris, 1985); James Brandon ed., *On Thrones of Gold, Three Javanese Shadow Plays* (Honolulu: University of Hawaii Press, 1993)에서 그 모습과 특징을 확인할 수 있다.

에서 그처럼 오랜 생명을 유지한 연극의 다른 예를 찾을 수 없다. 다른 특징은 대체로 보아 '라사연극'에 해당되면서, 적대적인 관계에서 생기는 대립에도 관심을 가지고, 공연자와 관중 사이의 직접적 통로가 열려 있는 점에서 두드러진 차이가 있다.

동아시아문명권은 중세전기까지 별다른 연극을 보여주지 못하다가 중세후기연극을 형성하는 데서는 커다란 성과를 거두었다. 13세기 중국 元시대에 이루어진 雜劇 또한 '라사연극'의 특징을 지니고 있으면서, 적대적인 관계에서 생기는 대립을 다루고, 하늘이 인간의 잘못을 징벌한다고 하는 방식으로 신인합일의 원만한 결말에 이른다는 점에 두드러진 차이가 있다. 같은 시기 13세기에 나타난 월남의 뚜옹(tuong)에서는 충효의 도리를 지키면 살아가는 데서 생기는 갖가지 어려움을 극복하고 화목한 세계를 이룩할 수 있다는 믿음을 구현했다.135) 14세기 일본에서는 생겨난 能(노오)라는 이름의 연극 또한 '라사연극'이라고 할 수 있는데, 적대적인 관계에서 생기는 대립을 다루는 점에서 雜劇과 상통하고, 天人合一의 해결을 이승에서 이루지 못하면 저승에서 해결한다는 점이 특이하다.

와양 쿨리트, 雜劇, 뚜옹, 能 등은 중세후기의 연극이라는 공통점이 있다. 중세전기의 연극인 인도의 산스크리트연극이 쇠퇴하기 시작한 시기에 인도네시아에서 와양 쿨리트가 출현했다. 인도에서 산스크리트극이 쇠퇴한 것은 중세전기가 가고 중세후기가 시작되었기 때문이라고 할 수 있다. '라사연극'은 중세전기에서 중세후기로 이어지면서, 원래의 고장에서는 쇠퇴하는 대신에 다른 여러 고장에서 번성하고 성격 변화도 일어났다는 사실을 거시적인 관찰에서 파악할 수 있다.

'라사연극'이 중세후기에 이르러서 보인 변화를 총괄해서 이해하는 데 핵심적인 의의를 가지는 사실은 신인합일에 변화나 차질이 생긴 것이라고 할 수 있다. 그렇게 집약할 수 있는 말에 여러 가지 의미가 포함되어 있다.

---

135) Tran Van Khe, "Le Théâtre vietnamien", Jean Jacques ed., *Les Théâtres d'Asie* (Paris: Editions du Centre Nationale de la Recherche Scientifique, 1978)에 의거해서 월남 전통극을 이해한다.

작품의 전개를 보면, 적대적인 인물들 사이의 다툼이 나타나고, 다툼의 해결이 원만하게 이루어지지 않을 수 있다. 임금이나 귀족 대신에 하급의 지배자들, 지배층이 아닌 사람들이 관중 구성에서 큰 비중을 차지해서 연극을 비속화한 결과 그렇게 되었다. 중세전기에 이룩된 거대한 규모의 우주적인 질서가 흔들리고, 안정이 이룩되는 범위가 축소되면서 그렇게 되었다고 할 수도 있다.

그런 변화의 요인과 양상이 경우에 따라서 서로 다르게 나타나서, 연극의 특성이 다원화했고, 문명권 전체의 공통된 유산보다 민족적 특색이 더욱 두드러지게 나타나게 되었다. 그렇지만 '라사연극'의 기본적인 성격을 버리지 않고 지녀서, 중세후기의 연극 자체에서뿐만 아니라 그것이 중세에서 근대로의 이행기의 연극으로 계승될 때에도 중세적인 가치의 전제를 계속 존중하게 하는 구실을 하게 했다.

인도네시아의 와양 쿨리트는 귀족연극의 범위를 넘어서서 일반 민중에게 널리 개방된 인기공연물이 된 다음에도, 인도의 서사시《마하바라타》나《라마야나》에서 유래한 이야기를 되풀이해서 보여주어 오랜 전통에서 이탈하지 않았다. 중국에서는 元 雜劇이 明 이후에는 傳奇로 바뀌어 시대변화에 따르는 새로운 흥밋거리를 찾으면서도, 중세 문학의 고답적인 표현을 더욱 애호했다. 天道는 지극히 공정해서 선악을 분명하게 하는 근거가 된다는 보수적인 사고방식을 재확인했다.

일본에서는 무사의 연극 能에서 마련된 격식이 시민층의 애호를 받는 새로운 연극 文樂이나 歌舞伎에서도 계속 존중되었다. 그래서 귀족적 교양을 갖추지 못한 관중이라도 연극을 볼 때에는 道를 닦는 것 같은 엄숙한 자세를 갖추어야 한다고 했다. 세부적인 사항까지 면밀하게 살펴 작은 일에 대해서도 감동을 받아 마땅하다고 하는 교훈이 이어진다.[136)]

인도와 인도네시아는 산스크리트문명권에 함께 속한다. 그래서 인도의

---

136) Jacob Raz, *Audience and Actors, a Study of Their Interaction in the Japanese Traditional Theatre* (Leiden: E. J. Brill, 1983)에서 그 점에 관해서 자세한 고찰을 했다.

산스크리트연극과 인도네시아의 와양 쿨리트 등 여러 형태의 연극 사이에는 직접적인 전승관계가 있다. 인도와 인도네시아 두 나라가 모두 여러 형태의 연극이 크게 성행하는 연극의 고장이라는 사실도 문명권의 동질성을 입증해주는 증거로 이해할 수 있다. 인도네시아뿐만 아니라, 티베트, 네팔, 캄보디아, 미얀마, 타이 등의 나라도 산스크리트문명권에 속한다.

그 여러 나라는 산스크리트를 공동문어로 하는 중세문학에 동참했으며, 연극에서도 문명권 공동의 유산을 적극 이어받았다. '라사연극'의 규범을 충실하게 따르는 것이 가치 있는 연극을 하는 최상의 방안이라고 여겼다. 춤을 추면서 연극을 하고 춤을 추고 몸짓을 하는 동작에서도 기본적인 동질성을 갖추었다.137)

티베트는 산스크리트문명권에 일찍 가담해서 인도문화의 영향을 적극 받아들였다. 중세전기에 이미 라-모(lha-mo)와 참(cham)이라고 하는 두 가지 연극을 이룩했는데, 라-모는 인도 산스크리트연극을 직접 이식하면서 '라사'의 원리를 《나티아사스트라》에서 바로 가져왔다.138) 참은 재래신앙의 연극을 무언극으로 진행되는 불교극으로 바꾸어놓은 것이며, '라사'의 원리를 라-모를 통해서 받아들였다.

그 가운데 참이 네팔의 연극 마니-림두(mani-rimdu)로 이어진다.139) 중세에서 근대로의 이행기의 연극인 마니-림두에는 희극적인 장면이 추가되고, 관중의 참여가 이루어지는 등의 변화가 나타나지만, '라사연극'의 기본적인 틀이 없어지지 않았다. 타이의 가면극인 콘(khon)과 무용극 라콘(lakhon)도 중세에서 근대로의 이행기에 이루어졌지만, 궁중에서 공연하는 고급의 연극이어서 '라사'의 전통을 충실하게 지키는 것으로 자랑을 삼았다.140) 미얀마 또한 궁중연극을 뒤늦게 발전시키면서 '라사'의 규범을

---

137) K. Bharata Iyer, *Dance Dramas of India and the East* (Bombay: Taraporevala, 1980)에서 그 점에 관해 광범위한 고찰을 했다.

138) R. A. Stein, "Le Théâtre au Tibet", Jean Jacquot ed., *Les Théâtres d'Asie*에서는 그 가운데 '참'에 대해서 집중적으로 고찰했다.

139) 이 연극에 관한 연구가 Luther G. Jesstad, Mani-rimdu, *Sherpa Dance-Drama* (Seattle: University of Washington Press, 1969)에서 이루어졌다.

준수하려고 했다.141)

남-동남아시아의 산스크리트문명권의 연극은 중세전기에 인도에서 마련한 '라사연극'의 원리를 함께 이용하면서 서로 직접적인 관련을 가진 것과 다르게, 동아시아 한문문명권의 연극은 중세전기에 이룩한 공동의 규범이 없으며, 중세후기 이후의 시기에 각국에서 별도로 발전했다. 중세전기까지 중국에도 연극이 없지는 않았지만 小戲라고 총칭해서 마땅한 잡다한 여러 형태의 歌舞戲에 연극이 포함되어 있기만 했으며, 大戲라고 할 수 있는 온전한 연극은 南宋 또는 元 이후의 시기에 이루어졌다.142)

오늘날의 北京인, 元의 수도 大都에서, 시문 창작 능력을 과거 시험이 아닌 연극 창작에다 쓸 수밖에 없게 된 문인들이 광대의 무리와 합작해서 시정인들에게 인기가 있는 연극 雜劇을 만들어냈다. 그때 중국사에서 중세후기가 시작되었다. 雜劇의 뒤를 이어, 傳奇, 南戲, 京劇 등 여러 형태의 연극이 이루어졌다.143)

일본에서도 중세전기까지의 神樂 또는 田樂이라고 하던 것에 포함되어 있던 연극적인 놀이가 독자적인 공연물로 자라난 것은 귀족을 대신해서

---

140) Mattani Mojdara Rutnin, *Dance, Drama, and Theater in Thailand* (Tokyo: Center for East Asian Cultural Studies for Unesco, 1993)에서 타이연극에 대한 광범위한 고찰을 했다.

141) Mung Htin Aung, *Burmese Drama* (Oxford: Oxford University Press, 1957)에서 그런 사실을 확인할 수 있다.

142) 그 둘의 구분에 관해서는 김학주, 〈중국 戲劇의 변화를 통해 본 중국문화이 전변〉, 《한·중 두 나라의 가무와 잡희》 (서울: 서울대학교출판부, 1994); 《중국의 가무희》 (서울: 민음사, 1994)에서 밝혀 논했다.

143) 중국연극사의 전개는 張標, 《中國古代戲劇史》 (北京: 中國戲劇出版社, 1985); 張庚外, 《中國戲曲通論》 (上海: 上海文藝出版社, 1989); Colin Mackerras ed., *Chinese Theater from its Origins to the Present Day* (Honolulu: University of Hawaii Press, 1975); Chung-wen Shi, *The Golen Age of Chinese Drama: Yüan Tsa-chü* (Princeto: Princeton University Press, 1976); J. I. Crump, *Chinese Theater in the Days of Kublai Khan* (Tuscon: The University of Arizona Press, 1980); Tao-ching Hsü, *The Chinese Concept of the Theatre* (Seattle: University of Wasington Press, 1985); Colin Mackerrras, *The Chinese Theatre in Modern Times* (Amherst: University of Massachusetts Press, 1975)에 의거해서 이해한다.

武士가 집권한 시기에 이르러서 가능했다. 무사들의 취향에 합당한 절제되고 高雅한 연극을 해서 광대의 무리도 고급문화의 영역으로 진출해 정신적인 상승을 할 수 있게 한 새로운 연극이 能였다.144) 그때 일본사에서 중세후기가 시작되었다.145)

남-동남아시아의 산스크리트문명권과 동아시아의 한문문명권은 서로 이웃하고 있으면서, 대등한 발전을 보여왔다. 중세문학의 공통된 규범을 공동문어문학을 통해서 이룩하는 데서는 격차가 없었다. 그런데 연극을 만들어낸 시기에는 선후의 차이가 뚜렷하다. 산스크리트문명권에서는 중세전기에, 한문문명권에서는 중세후기에 연극을 만들어냈다. 왜 그랬는지 의문이 아닐 수 없다.

그럴 만한 이유가 있다면, 동아시아문명의 세계관의 지향이 고대연극이나 중세전기연극을 산출하기에 부적당한 것이었다고 해야 마땅하다. 그 문제에 대해 해답이 될 수 있는 가설로 신인합일을 거대한 규모로 이룩하는 세계관이 동아시아에서는 마련되지 않아 중세전기의 연극을 산출하지 못했다는 것을 생각해볼 수 있다. 그러다가 신인합일에 변화와 균열이 생기는 중세후기의 추세와 동아시아에서 이미 갖추고 있던 세계관의 지향이 잘 맞아들어가서 연극의 창조에서 적극성을 띠었다고 보아야 할 것이다.

그런 착상을 중국이나 일본의 학자들은 하지 못하고 있는데, 그 이유는

---

144) 일본연극사의 이해는 濱村米藏, 《日本演劇略史》(東京: 演劇出版社, 1970); 河內繁俊, 《日本戲曲史》(東京: 南雲堂櫻楓社, 1974); 諏訪春雄, 菅井幸雄 編, 《日本演劇史の視點》(東京: 勉誠社, 1992); Faubian Bowers, *Japanese Theatre* (New York: Hermitage, 1952); Yoshinobu Inoura and Toshio Kawatake, *The Traditional Theatre of Japan* (New York: Weatherhill, 1981); Benito Ortolani, *The Japanese Theatre, from Shamanistic Ritual to Contemporary Plualism* (Princeton: Princeton University Press, 1990)에 의거해서 이해한다.

145) 일본학자들은 그때 일본사에서 중세가 시작되었다고 하는 것이 상례이다. 그러나 《한국문학통사》에서 제시하고, 《동아시아문학사비교론》(서울: 서울대학교출판부, 1993)에서 확대해서 검증한 나의 시대구분에 의거해서 그때 일본사에서 중세후기가 시작되었다고 판단한다. 그렇게 보아야 일본사를 아시아사 또는 세계사에 포함시켜 다룰 수 있다.

세계연극의 다양한 양상을 거시적으로 살피려고 하지 않고 자기 나라 연극을 그 자체로 이해하기만 하거나 유럽문명권의 '카타르시스연극'과의 같고 다른 점을 찾는 평면적인 작업을 해서 자기 나라 연극의 특성을 밝히고자 하는 데 그치기 때문이다. '카타르시스연극'과 '라사연극' 사이의 논쟁을 심각하게 전개하는 인도학자들의 노력에 대해서 관심이 없고, 인도의 '라사연극'이 자기 나라 연극을 이해하기 위해서 어떤 의의가 있는가 알려고 하지도 않는다.146)

철학사상의 정립에서도 동아시아 한문문명권은 중세전기 동안에 크게 떨치지 못하고 산스크리트문명권에서 이룩한 불교철학을 받아들여 자기 것으로 삼다가, 중세후기에는 신유학을 마련해 새로운 사상을 창조하는 작업을 활기 있게 전개한 것이 이와 상응하는 변화였다. 중세전기의 철학

---

146) 위에서 든 Yoshinobu Inoura and Toshio Kawatake, *The Traditional Theatre of Japan*을 보면, 일본연극사의 전개를 사실 위주로 서술하면서 아리스토텔레스의 이론, 고대그리스연극, 세익스피어연극 등과의 비교론을 곁들여, 일본연극이 유럽문명권연극과 대등하면서 서로 대조가 되는 위치에 있다는 것을 알리려고 했다. 위에서 든 Tao-ching Hsü, *The Chinese Concept of the Theatre*; 藍凡, 《中西戲劇比較論稿》(上海: 學林出版社, 1992) 등에서는 유럽연극과 중국연극이 서로 다른 점을 찾는 비교연구에 힘쓰면서 비교의 항목은 유럽연극에서 가져왔다. 앞의 책에서는 중국연극의 독자적인 특징을 중요시했지만, 중국연극사의 전개를 유럽연극사에 맞추어 이해하는 관점에서 벗어나지 못했다. 뒤의 책에서는 유럽연극과 중국연극의 비극과 희극이 어떻게 다른가 비교하는 것을 최종적인 과제로 삼아 중국연극이 특징을 밝히려고 했다. 예컨대 유럽비극은 "一悲到底"이고, 중국비극은 "苦盡甘來"(570-585 면)라고 했다. 그것은 맞는 말이지만, "苦盡甘來"의 연극을 비극이라고 해야 할 이유가 없다. 鄭傳寅, 《中國戲曲文化概論》(武昌: 武漢大學出版社, 1993)에서는 중국연극은 비극과 희극이 "融合"과 "互補"의 관계를 가지는 것을 특징으로 한다고 했다. 그것은 타당한 견해이지만, 나타나 있는 현상을 정리하는 데 그쳐, 유럽문명권의 비극론에 대한 반론이 되는 이론을 마련하지는 못했다. 謝柏梁, 《中國悲劇史綱》(上海: 學林出版社, 1993)에서는 중국비극의 역사를 총괄해서 서술하고, 중국비극의 특징은 "悲劇品位的世俗性", "悲劇情感的中和性", "悲劇結局的圓滿性"에 있다고 했는데, 그것은 중국비극은 유럽비극만한 가치가 없는 사이비 비극이라는 말이다. 동서문명의 비교에서 동양은 일본 또는 중국이 홀로 대표할 수 있다는 착각을 하면서 학문의 서세동점을 지금 다시 자초하는 그런 잘못을 시정하는 대안을 제시하기 위해서 이 책이 필요하다.

을 확고하게 하고 그것을 연극으로 표현하는 주체가 되는 대토지소유 귀족의 활약이 두드러지지 않았던 것과 대조가 되게, 중세후기의 문화 창조를 주도한 중소지주 출신의 士는 다른 문명권에서보다 더욱 큰 구실을 해서, 시민층 이하의 하층민과 합작해서 함께 즐길 수 있는 연극을 만들었다.

중세후기연극을 마련하는 데 공통되게 관여한 동아시아문명의 세계관의 지향은 제한된 범위의 신인합일이라고 규정할 수 있다. 그 말은 인도에서 중세전기의 연극을 만드는 데 관여한 신인합일은 무제한의 포괄성을 가지는 것과 다르다는 사실을 지적하는 의미를 가진다. 인도에는 브라흐만 신이 있어, 신·사람·사물을 모두 포괄하고 그 전체에 질서와 의미를 부여했는데, 동아시아에는 그런 것이 없다. 有를 최대한 인정하는 브라흐만 신앙을 뒤집어 모든 것이 空이라고 하는 불교를 인도에서 받아들여 중세전기 사상으로 삼았을 따름이다.

그런데 중세후기에는 인도의 직접적인 영향에서 이탈해 동아시아에서 독자적인 사상을 만들었다. 신인합일의 근거를 중국이나 한국에서처럼 신유학에 의해 입증해 논리화하거나, 일본의 神道에서처럼 관장하는 영역이 한정되어 있는 여러 신들이 나누어가지는 방식을 택하거나, 어느 쪽에서든지 적지 않게 약화시킨 것이 독자 노선이다. 그런 세계관으로 시대정신을 구현하는 변화를 보였다.

동아시아의 '세계관의 지향'에는 일찍부터 그런 성향이 있어, 중세전기에는 산스크리트문명권보다 뒤로 물러나 있다가, 중세후기에 이르러 새로운 시대정신을 구현해야 하는 과제가 제기되자, 불리한 조건이 유리한 조건으로 바뀌어 선진과 후진의 교체가 일어났다고 생각한다. 신인합일이 제한된 범위에서 이루어진다는 것은 경험적이고 현실적인 문제에 대한 관심이 그만큼 더 커졌다는 말이다. 중세후기의 사상과 예술은 그만큼 근대에 가까워졌다. 그렇지만 아직 중세의 범위를 넘어서지 않고 중세의 사고형태를 가지고 현실의 문제를 다루고, 무갈등의 조화가 최상의 가치를 가진다는 전제에서 현실의 고민을 해결하고자 했으므로, 연극미학에서는 '라사'의 원리를 갖추었다.

‘라사’의 원리를 인도에서 받아들였기 때문에 그럴 수 있었던 것은 아니다. 불교를 통해서 또는 불교극을 매개로 해서 인도연극의 ‘라사’가 전해졌을 가능성이 없는 것은 아니지만, 중세적인 사고의 동질성이 더 큰 이유가 되어 중세후기 동아시아연극도 ‘라사’의 원리를 갖추었다. ‘라사’라는 말을 편의상 공통되게 사용하지만 그 내용에서는 서로 커다란 차이가 있었다. 인도연극과 동아시아연극에서 ‘라사’의 양상이 서로 달랐을 뿐만 아니라, 중국연극과 일본연극 사이에서도 중세적인 사고의 동질성 또는 문명권의 공통성 못지않게 민족적 차이가 컸다.

중국에서는 신인합일을 유지하는 논리를, 天道는 지극히 공정하다는 新儒學의 사상을 속화해서 퍼뜨리는 데서 찾았다고 할 수 있다. 도교에서는 많은 신을 내세워 종교를 철학으로 대치하고자 하는 유학과는 다른 길로 나아갔지만, 사람이 일정한 수련을 거쳐 道士가 되면 天道 실현에 동참할 수 있다고 하는 점에서 기본 생각이 서로 다르지 않았다. 일본에서는 불교와 神道를 결합시켜, 귀신을 많이도 만들어내고 그 기능을 각기 특수화하면서147), 사람의 일이 꼬인 것은 귀신의 세계에서 풀어야 한다고 했다.

元代 雜劇의 열두 유형 가운데 하나가 ‘神仙道化’라고 하는 신선이야기이다. 그런 유형의 작품에서는 예사 사람들의 한계를 넘어서 있는 신선이나 도사의 세계를 보여주어 생활의 구속에서 벗어날 수 있게 할 따름이고,148) 사람보다 귀신이 우위에 있다고 하는 것은 아니다. 원통하게 죽은

---

147) H. Byron Earhart, *Japanese Religion: Unity and Diversity* (Belmont, California: Wadsworth, 1982)에서 일본종교의 특징으로 신과 인간의 가까운 관계, 개별적인 신앙의 성행, 종교의 일상성, 종교와 국가의 친근성 등을 들었다. 일본의 神社에서 섬기는 신을 한국 마을 신앙의 신과 견주어보면 그 특징이 더 잘 드러난다. 일본에서는 어떤 신이라도 고유명사로 지칭되며, 그 유래, 관장 영역, 기능이 분명하다. 어떤 신이라도 특수화되어 있어 누구나 아무 자격도 갖추지 않고 어느 때든지 섬길 수 있는 신은 없다. 그런데 한국에서는 산신이라 하고 서낭이라고 하는 신들이 성격마저 불분명하다. 막연하게 천지신명에게 기도를 올리기도 하는데, 천지신명은 어떤 신이라고 규정할 수 없으므로 보편적인 신이다.

148) “元曲四大家”의 하나인 馬致遠은 그 ‘神仙道化’ 유형에 특별한 매력을 느껴, 희곡 일곱 편 가운데 네 편에서 그 유형을 택했다. 그 가운데 〈呂洞賓三醉岳陽樓〉는 도교에서 크게 받드는 이름난 신선을 주인공으로 삼았다.

사람이 원귀가 된다고 할 때에는 귀신이야기를 하지만, 원귀가 이승의 명
판관에게 호소해서 억울한 사정을 풀어 작품이 결말에 이르고, 이승의 문
제를 저승으로 가져가지는 않는다.149)

그런데 일본의 能에서는 사람이 할 수 없는 일을 귀신이 맡아 하면서,
이승에서 못 이룬 일을 저승에서 이룰 수 있게 한다. 다섯 가지로 나눈 能
의 유형 가운데 셋이 귀신의 등장을 필수적인 요건으로 해서,150) 그 비중
도 잡극의 경우보다 훨씬 크다. 중세후기의 동질성은 그런 이질성의 다른
이름이다.

能는 작품이 많이 전하고, 오늘날까지 공연이 계속되어 구체적인 양상
을 파악하는 데 유리한 조건이 마련되어 있다. 그뿐만 아니라, 이론을 밝
힌 저술이 갖추어져 있어 더욱 주목된다. 能를 완성한 연희자 世阿彌
(1333-1384) 자신이 〈風姿花傳〉 등 일련의 글을 써서 연극의 원리, 공연하
는 방법 등에 관한 다각도의 논의를 폈다.151)

그것은 《시학》이나 《나티아사스트라》보다 후대에 이루어졌으며 이론
전개가 체계를 갖추었다고 하기 어렵지만, 그 둘과는 다른 가치를 지닌다.
《시학》은 고대그리스연극의 전성기 이후에, 《나티아사스트라》는 인도산

---

149) 關漢卿의 《竇娥冤》을 그런 작품의 좋은 본보기로 들 수 있다. 竇娥라고 하는 가련
한 여인이 억울한 누명을 쓰고 관가에 잡혀가 처형당한 다음에 잘못이 밝혀져 원
수를 갚을 수 있게 된 것을 보면 天道가 무심하지 않다. 작품 번역은 박성훈 · 문
성재 편역, 《중국고전희곡 10선》(서울: 고려원, 1995)에 수록되어 있고, 연구논문
은 김학주, 〈두아원과 답요랑〉, 《한 · 중 두 나라의 가무와 잡희》가 있다.
150) '能'의 다섯 유형은, Earl Miner, Hiroko Odagiri, Robert E. Morrell, *The
Princeton Companion to Classical Japanese Literature* (Princeton: Princeton
University Press, 1985) 308 면에서 정리한 바와 같이, (1) "神物"(가미모노), (2)
"修羅物"(슈라모노), (3) "鬘物"(가쯔라모노), (4) "狂女物"(교조모노), (5) "鬼物"
(기모노)이다. 그 가운데 (1)은 숭앙받는 신을, (2)는 죽어서 저승에 간 사무라이의
혼령을, (5)는 여러 형태의 귀신을 주인공으로 한다.
151) '能'에 대한 世阿彌의 저술은 모두 21편에 이른다고 한다. 김학현 편, 《能 노오의
고전 風姿花傳》(서울: 열화당, 1991)에 자료 번역이 있고; 김효자 역, 《風姿花傳
외》(서울: 시사일본어사, 1993)에 표제에 내놓은 것 외에 〈花鏡〉 · 〈至花道〉 · 〈九
位〉 · 〈申樂談儀〉가 실려 있어 쉽게 이용할 수 있다.

스크리트연극의 전성기 이전에, 연극 공연의 현장을 떠나서 별도로 이루
어진 이론서인 것과 다르게, 世阿彌의 저작은 能를 만든 사람 자신이 자기
예술의 비결을 밝힌 점에서 소중하다.

거기 나타나 있는 생각을 간추리면, 能는 '幽玄'한 아름다움을 꽃을 피우
듯이 갖추는 고급의 창조물이며, 정신적인 격조를 무엇보다도 소중하게
여긴다고 했다. 수준 높은 관중을 만나야 그 진가가 발휘된다고 하면서,
관중이 갖추어야 할 교양과 자세에 대해서도 많은 말을 했다. 그러면서 다
른 한편으로는, 能의 道를 깊이 깨닫고 보면, 꽃이라고 하는 것이 특별히
존재하는 것은 아니고, 불교에서 "善惡不二 邪心一如"라고152) 했듯이, 관
중의 취향이나 지방의 풍속에 맞게 연극을 하는 것이 마땅하다고 했다.

그런 말에 중세후기 연극론의 핵심이 들어 있다. 幽玄이란 '라사'의 다른
이름이라고 할 수 있다. '라사'를 일본에서 재론해서 幽玄의 원리를 만들어
낸 것은 중세후기에 이르러 중세보편주의를 구현하는 방식이 다원화하는
현상의 좋은 본보기이다. 불교의 道와 같은 경지에 이르러, 道에 대한 집
착까지 넘어서서 선과 악, 그릇된 마음과 바른 마음의 구분을 없애야 한다
고 했다. 그것은 연극의 이상을 한껏 높이는 말이라고 생각되지만, 연극
공연을 상황에 따라서 다르게 하는 편법의 구실로서 더욱 긴요하게 쓰인
말이었다. 부처와 보살의 기능을 특수화하고, 귀신을 잡다하게 늘어놓는
종교의 특징과 합치되게, 저급의 흥미를 고급예술로 위장해서 내놓아야
관중의 적극적인 호응을 얻을 수 있었다. '狂言'(교겡)이라고 하는 저급의
희극을 곁들여서 공연하면서 중압감을 완화시키는 방식도 써서, 能의 격
조가 지나치게 높아지는 것을 막는 장치도 그래서 필요했다.

일본에서는 일본 특유의 연극을 하고, 일본 나름대로의 이론을 정립하
는 것이 중세전기와는 다른 시대 중세후기에 마땅히 할 만한 일이었다. 중
세보편주의를 중세전기는 문명권의 중심지와 대등하게 구현하려고 하다
가, 중세후기에는 문명권의 주변에서도 독자적으로 재창조하는 작업이 그
렇게 구체화한 것이다. 일본 특유의 재창조에만 관심을 가지지 말고, 누구

---

152) 김학현 역, 위의 책, 109면에 있는 이 문구는 《維摩經》에서 따온 말이다.

나 자기 것을 독자적으로 만들 수 있는 원리의 보편성을 인식하는 데 힘쓴다면, 《시학》이 고대연극론으로서, 《나티아사스트라》가 중세전기연극론으로서 지니는 것과 같은 가치를, 世阿彌가 남긴 《風姿花傳》 등 일련의 저술은 중세후기연극론으로서 값한다고 평가할 수 있다.

신명풀이연극의 세계사

한국은 중세후기에 '라사연극'을 만들어내는 과업에 동참하지 않고, 중세에서 근대로의 이행기의 탈춤을 통해서 '신명풀이연극'의 모습을 뚜렷하게 드러냈다. 그 전에 한국에 연극이 없었던 것은 아니다.153) 건국신화의 내용을 나타내는 굿에서 연극이 시작되었다. 농촌 마을의 탈춤을 중세전기 이후 오늘날까지 이어오고 있다. 떠돌이 광대의 즉흥적인 풍자극 笑謔之戱가 중세후기에 인기를 모아 국왕 앞에서도 공연을 한 사실을 확인할 수 있다.

그렇지만 건국신화굿은 고대연극일 수는 있어도 '카타르시스연극'은 아니었으며, 연극으로 크게 발달하지 못했다. 적대적인 관계의 대결이 파탄에 이르도록 하는 神人不合의 세계관이 마련되어 있지 않았기 때문에 그랬다고 할 수 있다. 농촌탈춤은 하층민의 불만을 풀어내는 구실을 하고, 笑謔之戱는 지배층의 잘못을 과감하게 풍자했다.

중세후기가 시작되던 시기인 고려후기에는 元나라의 간섭을 받고, 그쪽의 문화를 수용했다. 元에서 온 광대의 무리가 여러 형태의 놀이를 공연하기도 했다고 한다. 그러나 그 가운데 연극이 포함되어 있었던가는 의문이고, 元 雜劇이 이식되지 않은 것은 사실이다.154) 같은 시기에 월남은 元의

---

153) 지금부터 드는 한국연극사의 줄거리는 《한국문학통사》 전5권 (서울: 지식산업사, 제3판 1994)에 정리해놓은 것에 의거한다.

154) 여증동, 《배달문학통사》 1 (서울: 형설출판사, 1990)에서는 〈고려후기 몽고풍〉이라는 제목을 내걸고, 원나라의 연극을 받아들여 고려에서도 〈雙花店〉, 〈西京別曲〉 등의 연극을 만들어 공연했다고 했는데, 동의하기 어렵다. 연극이라고 할 수는 없

침공을 물리쳐 간섭을 받지 않게 되었으면서도, 元 雜劇의 모형을 받아들여 자기네 연극 뚜옹을 만들어냈다고 하는데, 元과 더욱 가까운 관계에 있던 한국은 중세후기 연극의 모형으로 雜劇을 이용하지 않았다.

중세후기 연극이 이루어진 것은 어디서나 재래의 詩文 창작으로는 만족하지 못해서 새로운 문학을 이룩하고자 한 혁신 작업이 연극을 소중한 영역으로 삼았기 때문이다. 중세전기문학에서 중세후기문학으로의 전환이 뚜렷하게 나타나 시대구분을 명확하게 할 수 있게 하는 것이 한국문학사의 특징이다. 그런데도 연극을 통해서 중세후기문학을 창조하는 작업이 이루어지지 않았다.

한국에서는 왜 중세후기의 연극이 생겨나지 않았는가 하는 물음에 대해서 한국의 지배층은 몸을 움직여 연극을 하는 행위를 천하게 여기고, 하층민과 함께 연극을 구경하는 것이 마땅하지 않다고 여긴 데 있다고 하는 것은 일단 수긍할 수 있는 견해이다. 그러나 문제를 피상적으로 다룬 한계가 있다고 하지 않을 수 없다.

한국의 연극은 그때 이미 농민이든 광대이든 하층 민중이 주도하고 있어서, 중세의 이상주의를 나타내는 '라사연극'은 멀리 하고, 지배층에 대한 불만을 터뜨리는 '신명풀이연극'으로 나아가고 있어서 상층문인이 접근해서 지배이념과 접목시킬 수 없었다는 것이 더욱 중요한 이유이다. 부녀자들의 독서물로 성장하는 소설에서 유교윤리를 가르쳐 중세의 질서를 다지려고 하는 작업을 연극에서는 할 수 없었다. 판소리에까지 들어가 표면적 주제 노릇을 하는 유교윤리가 탈춤에는 범접하지 못했다.

신인합일을 이룩하기 위해서 사람이 일상적으로 살아가는 영역을 넘어서서, 신들의 세계나 저승을 넘나들어야 했다면 연극을 이용해야 했다. 그런데 한국에서는 초경험적인 세계를 부정하고 모든 사물의 이치를 합리적

고, 노래와 춤이 어우러진 공연물 모才를, 그전과 기본적으로 같은 방식으로 만들어 즐기면서 그런 노래를 불렀다고 보는 편이 타당하다. 그렇게 하는 데 원나라 연극이 자극제가 되었을 수는 있어도, 원나라 연극이 들어와서 정착된 것은 아니다. 그 점에서 월남의 경우와 다르다.

으로 이해하는 중세후기 사상을 마련하고, 국가적인 이념으로 채택했다.155) 하층에서는 이미 지니고 있던 그런 사고방식을 상층에서도 받아들여, 다른 어느 나라에서도 보기 어려운 합리적이고 현실적인 세계관을 중세후기에 마련했다.

한국에서는 신의 존재를 부인하면서 신인합일을 추구했으므로, 다른 나라에서와 같은 '라사연극'을 만들어낼 수 없고, 그럴 필요도 없었다고 할 수 있다. 神을 天으로 인식해서, 天道나 天命을 말하고, 소설에는 그런 것을 지상으로 가져오는 도승이 등장하지만, 그 모든 설정이 理氣論의 기본 논리에서 벗어나지 않는다.156) 그 정도의 일을 연극으로 나타내 공연하면 관중을 긴장시키기 어려워, 소설을 읽는 것만큼 흥미로울 수 없다.

신인합일의 거대한 질서를 축소해서 생각하고 신의 구실을 약화시키는 것이 동아시아문명권 여러 나라의 공통된 성향이고, 그 때문에 동아시아에는 중세전기가 가고 중세후기가 시작되었을 때 비로소 중세전기의 '라사연극'과는 다른 중세후기의 '라사연극'을 만들어냈다고 했다. 그런데 한국은 신인합일에서 신이 하는 구실을 거의 부정했으므로, 중세후기의 연극을 만들어낼 때에는 동참하지 못하다가, 중세에서 근대로의 이행기에 이르러서 '신명풀이연극'을 키우는 과업을 크게 이룩했다.

귀신이 실제로 있으므로 섬겨야 마땅하다고 여기지 않고, 음양의 움직임에 지나지 않는다고 보고, "鬼神은 二氣의 良能이다"라고 하는 말은 중국의 張載가 먼저 했다.157) "二氣"는 "음양"이다. "鬼神" 가운데 "鬼"는 "陰氣"의 작용이고, "神"은 "陽氣"의 작용이라고 보았다. "良能"은 "저절로 그렇게 한다"는 말이다. 음양의 기가 저절로 움직이고 운동을 하는 과정을 귀신이라고 일컫는다고 하는 뜻에서 그렇게 말했다. 장재가 그런 주장을 펴면서 이기이원론에서 기일원론으로 나아가는 방향 전환을 시도한 작업

---

155) 〈15세기 鬼神論과 귀신이야기〉, 《한국의 문학사와 철학사》에서 이에 대해서 자세하게 고찰했다.
156) 《한국소설의 이론》에서 그 점에 관해서 깊이 있는 논의를 전개했다.
157) 이와 관련된 논의를 《한국의 문학사와 철학사》의 〈15세기 鬼神論과 귀신이야기〉에서 자세하게 폈다.

을 한국에서는 적극적으로 잇고, 더욱 철저하게 밀고나가 金時習과 徐敬德이 기일원론에 입각한 귀신론을 완성했다.

김시습은 "祭祀之鬼神"이 "造化之鬼神" 이외 다른 무엇이 아니므로, 귀신에게 제사를 지내는 것은 천지만물의 운동과 조화가 순조롭게 이루어지고 있는 데 대해서 감사하는 행위에 지나지 않는다고 했다. 서경덕은 사람이 살고 죽고 하는 것은 氣가 모였다가 흩어지는 현상에 지나지 않는다고 했다. 귀신의 존재를 그렇게까지 부정하는 철학을 중세후기에 마련한 것은 한국에서만 찾을 수 있는 일이다. 민중과 아주 가까운 관계에서 민중의 생각을 대변하는 철학을 이룩할 수 있어 그렇게 되었다고 생각한다.158)

그러나 귀신에 관한 논란을 국가 주도로 해결해서 정통이념의 자리를 굳힌 철학은 기일원론이 아니고 이기이원론이었다. 이기이원론은 조상이 죽어 귀신이 되어 후손이 제사를 지내면 응감한다는 것을 인정하고, 천지나 산천의 신에 관한 제사도 제한된 범위 안에서 인정했다. 한편 불교를 억압하고, 민간신앙을 淫祀라고 일컬으면서 엄격하게 금해서 잡신을 함부로 섬기지 못하도록 했다.

유교가 주도해서 귀신정리 사업을 일제히 단행한 것은 한국에서만 볼 수 있던 일이다. 중국에서는 유교보다 도교가 성해서, 유교의 귀신론이 도교에는 영향력을 행사하지 못했다.159) 일본에서는 불교와 신도가 결합된

---

158) 理는 氣의 원리에 지나지 않아 理氣가 하나라고 하는 기일원론이 중국에서는 뚜렷한 흐름을 이루지 않고, 한국에서는 김시습·서경덕·임성주·최한기에 의해 단계적으로 발전해온 사실을 지적하고 그 이유가 무엇인가 캐묻는 작업을 《우리 학문의 길》에서 시도했다. 그 이유가 무엇인지 아직 분명하지 않으나, 중세 시기 한국의 지식인들은 같은 민족인 하층민중과 가까운 위치에 있으면서, 하층민중의 대변자 노릇을 하는 것이 마땅하다고 여기는 전통이 있어, 문학에서는 愛民詩를 쓰는 데 대단한 열의를 가지고, 철학에서는 기일원론을 힘써 이룩했다고 보는 것이 가장 유력한 해답이다. 이기이원론의 철학자들은 중국의 전례를 존중하고, 기일원론의 철학자들은 독자적인 사고를 전개한 차이점도 그런 맥락에서 이해할 수 있다.

159) 중국의 종교를 총괄해서 고찰한 程杰 外 共編, 《中華宗教篇》 (天津: 天津人民出版社, 1992)에서는 도교가 漢민족을 주체로 한 종교이고, "中華民族的族教"라고 했다. (27면) 潭家健 主編, 《中國文化史概要》 (北京: 高等敎育出版社, 1988)에서는 도교가 중국의 문학이나 예술과 깊은 관련을 가진 점을 중요시하고, "在戲劇和小說

신앙이 사회 전체를 지배하고 있어서, 유교의 힘으로 귀신을 정리하는 것은 불가능했으며, 그렇게 하고자 하는 움직임이 확인되지 않는다.160)

그렇다고 해서 민간신앙이 타파되지는 않았다. 민중은 유교를 자기네 종교로 할 수 없어서 민간신을 받들면서, 신앙 자체보다 거기 부수된 연행 활동을 더욱 긴요하게 여겨 집단의 결속을 다지고, 상층에 맞서는 발판으로 삼았다. 유교의 신앙행위를 민간신앙에서까지 받아들여 축문을 읽고 절을 하는 방식으로 제사를 지내도록 요구한 데 맞서서 굿을 지키는 것 자체가 항거였다.

굿은 신앙의례로서 필요하기보다 신명풀이를 할 수 있는 기회를 마련하기 때문에 이어나가야만 했다. 이름이나 기능이 분명하지 않고, 유래에 관한 이야기마저 흥미본위로 지어낸 것에 지나지 않아, 원래 대단치 않은 잡신의 무리인 민간신앙의 대상은 더욱 초라하게 되는 데 비례해서, 굿을 하는 사람들의 신명풀이는 더욱 확대되었다. 그래서 사회비판의 연극이 자라날 수 있게 했다.

민간신앙이 연극과 직접 연결되어, 무당굿과 농악대굿이 각기 무당굿놀이와 탈춤이라는 두 가지 연극을 성장시킨 모체 노릇을 했다. 그런데 연극이 성장하면서 그 모체의 존재 이유인 신앙을 부정했다. 무당굿놀이만 해도 이미 굿의 위엄을 웃음거리로 만드는 장난의 요소가 많은데,161) 탈춤은

　　方面, 以道敎故事爲製材的甚多"라고 했다. (336면) 陳宗構,《佛敎與戲劇藝術》(天津: 天津人民出版社, 1992)에서는 불교와 연극의 관계를 다루면서, 불교는 도교와 혼동되면서, 도교와 함께 연극의 사상, 소재 등을 제공했다고 했다.

160) 한국에서는 15세기에 귀신에 대한 논란이 일어나고, 16세기에 귀신을 정리하는 국가의 사업이 이루어진 것과 다르게 일본에서는 17세기에 伊藤仁齋가 鬼神을 陰陽으로 이해하는 사상을 정착시키고, 18세기 후반에 이르러서 山片蟠桃가 귀신을 부정하는 無鬼論을 전개했다. 그렇지만 귀신을 정리하는 국가 시책이 이루어지지는 않았다. 子安宣邦,《鬼神論, 儒家知識人のディスークル》(東京: 福武書店, 1992)에서 그 경과를 정리해 논했다.

161) 서대석,《한국무가의 연구》(서울: 문학사상사, 1980); 서연호, 〈한국무극의 원리와 유형〉,《한국무속의 종합적 연구》(서울: 고려대학교 민족문화연구소, 1982); 이균옥, 〈동해안지역 무극 연구〉(경북대학교 박사논문, 1996)에서 무당굿놀이의 그런 면모를 드러내 고찰했다.

굿에서 떨어져 나와 굿의 신앙을 철저하게 극복하는 데서 더 나아가 모든 권위를 일거에 파괴했다.

굿의 신명풀이를 극의 신명풀이로 바꾸어놓아 유교의 공격을 가능하게 하는 약점은 없어지고, 유교에 반격을 할 수 있는 힘이 가중되었다. 탈춤은 귀신의 간섭을 부정하고 삶의 양상을 그 자체의 원리에 따라서 파악하는 역사적인 과업을 수행하는 데서도 이기이원론의 정통유학보다 앞서나갔음은 물론이고, 기일원론의 추상화된 원칙론에다 현장에서 생동하는 활력을 부여해서 그것마저 넘어섰다.

중세에서 근대로의 이행기에는 '라사연극'이 '신명풀이연극'으로 바뀌는 것이 일반적인 추세였다. 그래서 관중이 조용하게 완상하지 않고 연극 진행에 개입하려고 했으며, 하층민이 관중으로서 큰 구실을 하게 되었다. 상층 주도의 이상주의가 아직 완강하게 남아 있어 사회 통제의 구실을 수행하지만 불신의 대상이 되고, 창조력을 잃고, 하층민중의 항거가 표면화해 새로운 역사 창조를 주도할 수 있게 되는 전환의 시기가 중세에서 근대로의 이행기여서, 연극사에서도 그런 변화가 나타났다. 중세에서 근대로의 이행기는 중세를 경험한 모든 곳에서 나타났으나, 구체적인 양상은 서로 달랐다.

중세가 대단했던 곳에서는 그 권위에 대한 항거가 어려워, 하층의 활력이 적극적으로 발현되지 못했다. 연극에서는 '라사연극'의 권위가 확립되어 있으면, '신명풀이연극'이 뻗어나기 어려웠다 인두에서는 중세전기이 '라사연극'이 중세이후에는 이미 쇠퇴했지만, '라사'의 원리를 예술전반의 규범으로 삼고 종교적인 권위를 더 보태는 작업이 계속되어, 혁신을 하기 어려웠다. 인도의 하층민속극조차도 '라사'의 원리를 이어나가고, 신명풀이 구현에서 적극성을 띠지 못하는 이유가 거기 있다.162)

---

162) Farley p. Richmond, Darius L. Swann, Phillip B. Zarrilli ed., *Indian Theatre* (Honolulu: University of Hawaii Press,1990)에서는 인도의 연극을 (1) "The classical tradition and its predecessors", (2) "The ritual traditions", (3) "The devotional traditions", (4) "The folk-popular traditions", (5) "Dance-dramas and dramatic dances", (6) "The traditions of modern theatre"라고 구분했다. 그 가운

세계연극의 양상을 두루 살피면 중세에서 근대로의 이행기연극이 '신명풀이연극'이라고 일반화해서 말하기 어려울 것 같다. 그러나 고대연극의 '카타르시스'나 중세연극의 '라사'가 중세에서 근대로의 이행기에 이르러서도 줄곧 행사하는 표면적인 현상 이면에서 '신명풀이연극'이 힘차게 자라나고 있었던 사실을 세계 도처에서 확인할 수 있다. '신명풀이연극'은 거의 다 하층에서 집단으로 창작하는 민속극이어서 자기 고장에서도 제대로 평가되지 못하고, 조사연구한 성과도 미흡해서 그 사실이 잘 드러나지 않으나, 부지런히 찾아보면 가져와서 이용할 자료가 적지 않다.

유럽에서는 중세를 부정하고 극복하기 위해서 고대를 긍정하고 계승하는 작업을 연극을 통해서 적극 시도했다. 중세에 '라사연극'을 발전시킨 성과는 거의 없었으므로, 연극 자체에서 중세를 극복하는 것은 그리 문제될 것이 없었고, 고대의 연극을 가져와 중세적인 사고방식이나 문화규범에 대한 전반적인 대안으로 삼고자 했다. 그래서 그리스의 연극이 그리스문화를 대표하고, 고대의 위대함을 널리 입증해주는 의의를 가진 창조물로 평가되었다. 그 점은 남-동남아시아문명권이나 동아시아문명권에서도 중세를 극복하기 위해서 고대를 계승하는 작업을 광범위하게 전개했으나, 연극에서는 되찾아올 만한 고대연극이 없었던 것과 좋은 대조를 이룬다.

그래서 중세에서 근대로의 이행기 이래의 유럽연극계에서는 비극을 다시 만들어 '카타르시스연극'을 재현하고, '카타르시스'가 연극 일반의 최고의 원리라고 하는 이론을 여러 가닥으로 전개했다. 그런데 고대의 비극이 뜻하는 대로 재현되지 않고, 그 대신에 격정극이 생겨나 자리를 넓혀갔다. 중세에서 근대로의 이행기의 문제를 나타내는 데 격정극이 더욱 적합한 방식이기 때문에 그럴 수밖에 없었다.

중세에서 근대로의 이행기가 끝나고 근대가 시작되자, 격정극은 더욱

___

데 (1)의 'kutiyattam', (3)의 'krsnanattam',(5)의 'kathakali'같은 것들이 산스크리트극을 계승하면서 '라사'의 원리를 계속 존중하고 있는 현행 연극의 대표적인 예이다. 허동성, 《〈나티아사스트라〉를 통해 본 쿠티야탐〉, 《연극영화학연구》 2 (서울: 현대미학사, 1995)가 있어, 산스크리트연극과 현행 인도연극의 관계에 관한 연구가 국내에서도 이루어졌다.

번창하면서 통속적인 인기를 누렸지만, 비극은 종말을 고해야 했다. 비극 대신에 시민극(drame)이라고 하는 근대극이 차원 높은 연극의 자리를 차지했다.163) 시민극은 범속한 사람들이 일상생활에서 겪는 사소한 고민에 대해서 진지한 관심을 가지면서 '카타르시스'의 원리에서 사회문제의 해법을 찾으려고 했다. '카타르시스'가 연극미학의 기본원리라고 하는 관점은 그렇게 전개되어온 유럽연극사의 지속성을 밝히는 데 기여하는 일면적인 의의가 있다.

그러나 '카타르시스'의 원리는 연극사의 이론으로 삼기 어려운 한계가 있다. 그것만 가지고 유럽연극이 시대에 따라서 달라져온 양상을 설명하기는 어렵다. 세계연극사의 전개를 거시적으로 이해하는 데까지 나아가는 것은 더욱 불가능하다. 유럽연극사의 전개를 실상대로 폭넓게 이해하기 위해서도 '카타르시스연극'과 '신명풀이연극'을 함께 인정하고 둘의 관계를 살펴야 한다.

유럽에서도 바보굿(feast of fools)이라고 하는 놀이나 코메디아 델 아르테(commedia dell'arte)라는 민속극이 바로 '신명풀이연극'이다.164) 그 둘이 중세후기에 나타나 중세에서 근대로의 이행기까지 공연이 지속되면서, '신명풀이연극'을 만드는 데서 유럽도 물러나 있지 않았음을 입증해준다. '카타르시스연극'만 정통이라고 하는 편견을 시정하고, '카타르시스연극' · '라사연극' · '신명풀이연극'이 연극미학의 기본원리로서 서로 대등한 보편적

---

163) 시민극 "drame"의 형성과 발전에 대해서 Michel Lioure, *Le drame de Diderot à Ionesco* (Paris: Armand Colin, 1973)에서 총괄해서 고찰했다. 거기서 시민극의 성립을 고전적인 비극과의 관계에서 고찰하면서, 계몽주의 시대에 디드로를 위시한 일군의 시민 출신 극작가들이 시민의 요구에 맞게 만들어낸 시민극은 비극과 희극을 합쳐, 당대사회를 그리는 연극이며, "가정비극"(tragédie domestique)으로 나아갔다고 했다. 그런데 시민극의 창도자들부터 오늘날의 이론가들에 이르기까지, 아리스토텔레스의 이론을 수용하고 수정하는 방법으로 연극사의 전개를 설명하는 데 그치고, 그것과 병립되는 다른 이론이 있을 수 있다고 생각하지는 못한다는 것을 그 책에서 확인할 수 있다.

164) Harve Cox, *The Feast of Fools* (Cambridge, Mass.: Havard University Press, 1969); Winfred Smith, *The Commedia dell'arte* (New York: Columbia University Press, 1912)에서 그런 사실을 확인할 수 있다.

인 의의를 가진다고 하는 데 그러한 사실이 아주 긴요한 논거를 제공한다.

중세유럽의 기독교 교회에서는 기적극과 신비극을 이용해서 기독교신앙을 정착시키려고 하면서 민속굿놀이의 신명풀이를 되도록 억제하려고 했으며, 그런 연극을 자기 마을에서 공연하는 농민들은 교회에서 허용하는 놀이에 참여하는 기회에 신명풀이를 한껏 하려고 했다. 그러다가 기독교연극의 틀에서 벗어나서 신명풀이를 자유롭게 하고자 하는 요구가 확대되어, 기독교의 권위를 파괴하는 것으로 흥미를 삼는 대동놀이 바보굿이 나타나고, 또한 유랑광대의 전문적인 연극 코메디아 델 아르테가 이루어져 인기를 끌었다.

그런 '신명풀이연극'은 제대로 된 작품을 갖추지 못한 하층의 오락물이라고 해서 당대에 무시당했으며, 오늘날의 연극사 서술에서도 명예가 회복되지 않았다.165) 그 유산을 희극에서는 어느 정도 수용했으나, 비극에서는 외면했다. 유럽에서는 고대에 이루어진 '카타르시스연극'의 규범이 대단한 권위를 지녀, 그것과 맞설 수 있는 다른 연극이 성장하지 못하게 방해했다.

중세의 기독교연극은 세련되고 격조 높은 작품으로 완성되어 있지 못해 '라사연극'으로 평가하기 어려운 결격사유가 있으며, 거기 반발해서 나타난 '신명풀이연극' 또한 제대로 뻗어나지 못했다. '카타르시스' 왕국 최후의 지배자인 근대의 시민극을 '신명풀이연극'으로 뒤집으려고 하는 오늘날의 시도가 말썽스러운 사건으로 끝나기나 하고 지속적인 의의를 가진 성과를 이룩하지 못하는 이유가 거기 있다. 그런 특수한 사정을 세계적인 범위로 확대해서 일반화하지 않도록 막기 위해서 다른 곳의 여러 연극을 널리 살펴야 한다.

'카타르시스연극'이 수많은 공격을 받으면서도 지속적인 권위를 누리고 있는 것은 연극미학의 근본원리에 대한 이해를 유럽문명권 내부의 역량으

---

165) 민중연극을 대단하게 여기는 관점을 표방하고 유럽연극사를 서술한 Guy Leclerc, *Le grands aventures du théâtre* (Paris: Français Réunis, 1965)에서도 그것을 두 면을 채우지 못하는 분량으로 다루면서, 17세기의 상황을 간략히 서술하고, 희극으로 이어진 양상에 관해 언급하는 정도에 그쳤다.

로는 혁신할 수 없기 때문이다. 새로운 연극을 한다는 사람들은 어떤 파격적인 주장을 늘어놓든 연극의 근본문제에 대한 깊이 있는 성찰을 하는 수준 높은 작업은 아리스토텔레스 이래의 비극론을 근간으로 하고 거기서 멀리 벗어나지 못하고 있다.166) 그처럼 편협한 시각이 유일한 일반이론으로 행세해서 세계연극의 역사와 방향에 대해 그릇된 논의를 펴고, 유럽 자체의 연극 이해를 왜곡하기도 한다. 그런 잘못을 근본적으로 시정하기 위해서 지금 하고 있는 연구가 필요하다.

중국이나 일본에서는, 중세전기의 것보다 격이 떨어지는 중세후기 ‘라사연극’의 원리가 중세에서 근대로의 이행기의 대중적인 연극에서도 상당한 영향을 끼치고 있어, 하층민중의 연극이 자라나기 어렵게 했다. 중국에서는 탐관오리를 징치하고 민중을 옹호하는 일련의 작품이 인기를 모았으나, 소설 《水滸傳》에서 소재를 가져와서 이상적인 통치자의 모습을 다시 그리려고 했으며,167) 민속극의 활력이 사회저변에서부터 터져나오도록 한 것은 아니다. 한국의 탈춤과 상통하는 일면이 있는 희극이 일본에서는 能에 곁들여 공연하는 간략한 구경거리 狂言 수준에 머물러 있기나 해서, ‘신명풀이연극’으로 자라나지 못했다. 그 때문에 ‘라사’의 우위와 신명풀이의 열세가 더욱 고착되었다.

중국에서는 元代의 雜劇에서 오늘날의 京劇에 이르는 중간 과정에서 나타난 여러 연극 모두 신명풀이를 등한하게 하지 않아 대중의 인기를 모았으나, 귀족 취향을 버리지 못한 데 한계가 있었다. 연극이 놀이의 하나로

---

166) George Steiner, *The Death of Tragedy* (London: Faber and Faber, 1961)를 보면 비극이 죽었다는 표제를 내걸고 여러 가지 변형을 거치면서 아직까지 살아 있다는 사실을 밝히고, 서두에서는 유럽문명권의 연극에만 비극이 갖추어져 있다고 하고서 결말에서는 중국같이 먼 곳에서도 비극의 장래가 촉망된다고 했다. 유럽문명권 중심주의를 부인하는 것처럼 하고서 재긍정했다. 비극론을 근간으로 해서 연극 일반론을 다시 정립한 Eric Bently, *The Life of Drama* (London: Methuen, 1966) 같은 책이 세계 도처에서 교과서 노릇을 하고 있는 데 대해 대응이 될 만한 이론서를 어디에서든지 마련하지 못한 것이 또한 문제이다.

167) 그런 작품의 좋은 예인 康進之의 《李逵負荊》의 번역이 박성훈 외 역, 《중국고전희곡10선》에 실려 있다.

여겨져 아무 부담 없이 보면서 즐길 수 있게 개방되었을 따름이고,168) 관중이 참여해서 극중에서 일어나는 일에 대해서 토론하는 방식이 마련된 것은 아니다.169) 문인이 창작하고 귀족이 즐기는 고급의 연극 형태와는 직접적인 관련을 가지지 않고 발전한 갖가지 형태의 지방극에는 신명풀이가 온전하게 살아 있는 본보기도 있을 터인데, 자세한 내막을 알기 어렵다.170) 지방의 민속극이 성장한 과정을 중요시하는 새로운 관점에서 중국연극사를 다시 서술하는 작업이 어떻게 진척되는지 기대하면서 기다리고자 한다.

---

168) Tao-ching Hsü, *The Chinese Concept of the Theatre*의 한 대목 "The Traditional Attitude and Manners of the Audience"(307~818면)에서 설명한 바와 같이, 연극은 흔히 잔치를 하면서 즐기는 기회에 곡예의 부류에 속하는 여러 가지 놀이의 하나로 공연되었으며, 관중은 먹고 마시면서 구경했다. 작품 내용은 거의 다 알고 있기 때문에 연기를 얼마나 잘 하는가 살피는 데 관심을 두고, 탄성을 지르기도 하고, 비평을 하기도 했다. 연극에 대해서 진지하게 생각하지 않고 거리를 두고 바라보니, '카타르시스'는 이루어지지 않고, 아주 느슨한 형태의 '라사'에 가벼운 기분의 신명풀이가 섞였다고 할 수 있다.

169) 張庚 外 主編,《中國戲曲通論》(上海: 上海文藝出版社, 1989)을 보면, "戲曲與觀衆"이라는 장에서, "與觀衆交流方式"을 고찰했다. "演員"이라고 일컬은 공연자가 관중과 "密切的·生活的交流"를 할 수 있는 것이 영화나 텔레비전과는 다른 연극의 특성이라고 하고, 중국연극에서 그렇게 하는 방식 가운데 가장 두드러진 것은 공연자가 관중에게 직접 말을 하는 "自我敍述", 그리고 우스운 연기나 대사로 관중을 웃기는 "揷科打揮"가 있다고 했다. (589~595면) 관중이 스스로 연극 진행에 개입하는 방식에 관해서는 말하지 않았다.

170) 周妙中,《淸代戲曲史》(鄭州: 中州古籍出版社, 1987)에서는 여러 형태의 "地方戲"를 소개하고, "兄弟民族的戲曲"이라고 한 소수민족의 연극도 열거해서, 양쪽 다 유산이 아주 풍부하다는 것은 알 수 있게 했으나, 공연의 실상에 대한 설명이 너무 소략하다. 지방연극에 관한 개별적인 업적으로는 雲南省의 사례 하나를 역사적 유래에서 공연방식에 이르기까지 자세하게 고찰한 楊明顧,《滇劇史》(北京: 中國戲劇出版社, 1986)가 있으나, 공연자와 관중의 관계에 관한 논의는 없다. 李漢飛 編,《中國戲曲劇種手帖》(北京: 中國戲劇出版社, 1987)에서 중국 각처의 267개의 연극을 省別로 정리해서 소개한 것을 보면 방대한 유산이 있음을 알 수 있으나, 자세한 설명을 갖추지 않았다. Liu Jilin, *Chinese Shadow Puppet Play* (Beijing: Morning Glory, 1988)에서는 중국의 그림자극을 개관하면서 각지방의 특성에 관해서 간략하게 언급했다. 중국 지방극에 대한 조사연구를 구체적으로 진행한 보고서가 출간되고 있다고 하는데, 입수해서 검토하지 못했다.

일본에서 중세에서 근대로의 이행기 시정의 오락물로 자라난 歌舞伎는 신명풀이를 제공하면 인기가 더 커질 수 있는데, 能에서 가져온 '라사'의 원리를 계속 지녀 가치를 높이려고 했다.171) 사회적 규범이 경직되어 생기는 문제를 비판적이고 풍자적인 방향에서 다루지 않고, 불리한 조건 때문에 희생이 되는 쪽의 아픔에 공감하도록 해서 '카타르시스'와 상통하는 성향도 지니고 있는데, 중세의 이상이 불신되면서 적대적인 관계의 문제가 부각된 시기, 중세에서 근대로의 이행기의 상황이 고대와 상통하는 바 있기 때문에 그렇게 되었다. '카타르시스'와 상통하는 것을 비극과는 다른 격정극의 방식으로 다룬 데 커다란 차이가 있다.

인도 각 지방의 민속극은 그보다 더 많이 알려져 있다. 그 형태를 구분해서 총괄적으로 고찰한 성과를 보면, 놀이패와 관중이 함께 진행하는 민중극이 여럿 있어, '신명풀이연극'이 널리 퍼져있음을 알 수 있다.172) 그런 민중극은 "무대 위에서 허구적으로 문제가 해결에 이르는 것을 보고서, '카타르시스'에 의한 만족이나 감정의 이완을 얻는 것을 언제나 피한다"고 하고, "공동체의 삶에서 제기되는 실제의 문제"를 실상대로 다룬다고 했다.173) 그런 데서 '신명풀이연극'의 특징이 명확하게 나타나 있다.

지방의 연극으로서 널리 알려진 것들 가운데, 몇 가지를 특히 주목할 만

---

171) Earle Ernst, *The Kabuki Theatre* (New York: Grove, 1936)에서 '歌舞伎'의 관객에 관해서 고찰하면서 두 가지 점을 외국인은 이해하기 어렵다고 했다. (가) 17~19세기의 시정인이 상층의 귀족석인 취미를 어울리지 않게 본뜨면서 우쭐거렸듯이, 오늘날의 일본인도 자기네가 이해하지 못하는 '歌舞伎'를 훌륭한 예술이라고 받들면서 거듭 구경한다고 했다. (70면) (나) 박수를 치고 환호성을 지르는 반응을 공연이 끝난 다음에 보이지 않고, 좋아하는 장면이 벌어질 때마다 터뜨린다고 했다. (76, 82면) 서로 상반되는 이 두 가지 사실이 공존하면서, (나)의 '신명풀이'가 누릴 수 있는 자유를 (가)가 들어서 제한한다.

172) Jacob Srampicklal, Voice to Voiceless, *The Power of People's Theatre in India* (London: Hurst and Company, 1994)에서 '신명풀이' 형태의 민속극에 대한 총괄적인 검토를 했다. Balwant Gari, *Folk Theater of India* (Calcutta: Rupa, 1991); Farley p. Richmond, Darius L. Swann, Phillip B. Zarrilli ed., *Indian Theatre*에서 민속극의 개별적인 양상을 고찰했다.

173) Farley p. Richmond, Darius L. Swann, Phillip B. Zarrilli ed., *Indian Theatre,* 40면

하다. 서부 인도에서 전승되는 타마사(tamasa)라고 하는 최하층민의 연극
은 관중의 참여를 특징으로 하는 '신명풀이연극'의 좋은 본보기이다.174) 북
부 인도의 나우탄키(nautanki)는 고전적인 소재를 즐겨 사용하면서, 격정극
성향의 희곡을 창작해서 공연하므로 민속극의 범위에서는 벗어났다 하겠
지만, 관중의 참여에 따라 사회를 풍자하고 비판하는 효과를 높인다.175)

'라사'의 원리가 오랜 권위를 누리고 있는 인도에서 타마사나 나우탄키
가 '신명풀이연극'이 될 수 있었던 것은 고전적인 취향의 고급문화와는 거
리가 먼 하층민중의 생활에서 생겨났기 때문이다. 그와 같은 현상을 인도
네시아에서도 찾을 수 있다. 와양 쿨리트를 온 나라에서 즐기면서 커다란
자랑거리로 삼고 있는 인도네시아지만, 자바 섬 동쪽에서는 그것과는 별
개의 연극인 루드루크(ludruk)를 발전시켜 왔다.176) 와양 쿨리트가 중세후

---

174) 같은 책에서 다룬 바에 따라, 그 특징을 간추려보면, 인도 서쪽 마하라슈트라 지방
에서 공연하는 이 연극은 16세기에서 17세기 사이에서 생겨났으리라고 한다. 최하
층 불가촉천민에 속하는 광대집단이 연극을 하는 기능을 대대로 전수한다. 공연
장소는 실내일 수도 있고, 실외일 수도 있다. 마을을 찾아다니는 순회공연도 한다.
작품은 역사에서 가져온 것도 있고, 당대의 삶을 소재로 한 것도 있으며, 사회풍자
를 주된 내용으로 한다. 줄거리만 대강 정해놓고 공연하면서 즉흥적으로 다듬어나
가는 것이 예사이다. 희곡 작품을 창작해서 공연하는 것은 근래의 일이다. 공연을
하면서 광대와 관중이 직접 말을 주고받으며, 관중이 적극적으로 참여하게 하는
능력이 뛰어난 광대라야 높이 평가된다.

175) 위의 책에서 이 연극도 중요시해서 다룬 다음에, Kathryn Hansen, *Grounds for
Play, the Nautanki Theatre of North India* (Berkeley: University of California
Press, 1992)라고 하는 별도의 연구서가 나왔다. 이 연극은 북부 인도의 우다르프
라데쉬 지방에서 전승되고 있으며, 하층민이기는 하지만 천민은 아닌, 반전문적인
공연자 집단이 창작하고 공연한다. 그 기원은 16세기까지 소급되고, 19세기 후반
이후의 희곡이 남아 있다고 한다. 공연자 자신들이 서사적인 내용의 희곡을 써서
공연하는 과정에서 관중의 참여가 이루어진다. 사랑의 이야기 같은 것을 많이 다
루면서 사회를 비판하고 풍자하고, 영국의 식민지 통치에 항거하기도 했다.

176) James L. Peacock, *Rites of Modernization, Symbolic and Social Aspects of
Indonesian Proletarian Drama* (Chicago: The University of Chicago Press,
1968)에서 보고하고 고찰한 바에 의거해서 그 실상을 이해할 수 있다. 이 연극은
1822년경에 시작되었으며, 1920년대 후반에서 1930년대 사이에 오늘날 볼 수 있는
모습을 갖추었다. 공연되는 곳은 인도네시아 자바섬의 동부 해안도시 수라바자이

기 '라사연극'의 좋은 본보기이듯이, 루드루크는 중세에서 근대로의 이행기 '신명풀이연극'의 대표적인 사례의 하나이다.

　루드루크는 나우탄키와 여러모로 상통한다. 연원은 오래 되었어도, 중세에서 근대로의 이행기가 끝나갈 무렵에 지금 볼 수 있는 형태가 되었으며, 격정극의 성향을 지닌 사건을 다루는 희곡을 지어서 공연하면서, 관중이 연극 진행에 참여하도록 한다. 그런데 루드루크에서는 희곡을 글로 쓰지 않고 대강 줄거리만 정해놓고는 즉흥적으로 다듬어나가서 민속극의 특성을 더 많이 지니고 있다. 격정극의 성향을 지닌 사건을 공연하는 부분 전후에 노래 부르고 춤추는 대목이 있어 공연자들이 흥을 돋우고 쉽사리 동참하게 하는 점이 또한 다르다.

　'신명풀이연극'은 또한 아프리카, 라틴아메리카 등지에서 중세에서 근대로의 이행기연극이 아닌 근대극으로 시도되고 있다. 아프리카에는 굿놀이 정도의 것이 있었으나 연극으로 발전하지는 못했는데, 근래에 그 전통을 이은 새로운 연극을 만들어, 유럽 전래의 근대극에서 벗어나려고 한다. 1970년대 후반 이래로 코크 디브와르에서 만들어낸 그런 굿극(théâtre-ritual)을 보면, 그것은 '신명풀이연극'의 특징을 잘 갖추고 있다.177)

　라틴아메리카 민중극은 유럽인이 침공하기 전에 이룩했던 토착의 전통

다. 근대적인 교육을 받지 않은 하층 출신의 반직업적 극단이 여럿 있어 다투어 공연한다.

177) 코트 디보아르의 시례를 중심으로 해서 아프리카 연극운동의 새로운 방향을 고찰한 M.-J. Hourantier, *Du ritual au théâtre-ritual* (Paris: L'Harmattan, 1984)에서 그 실상을 확인할 수 있다. "공연자와 관중이 대등한 자격을 가지고 각기 자기의 구실을 하게 한다"(257 면)는 것을 기본원리로 삼았다고 했다. Roslyne Baffet, *Tradition théâtrale et modernité en Algérie* (Paris: L'Harmattan, 1985); I. Peter Ukpokodu, *Socio-political Theatre in Nigeria* (San Francisco: Mellen Research University Press, 1992)에서는 같은 운동이 다른 나라에서도 일어나고 있는 양상을 논했다. Bakary Traoré, *The Black African Theatre and its Social Function* (Ibadan, Nigeria: Ibadan University Press, 1977)에서는 아프리카연극이 연극을 만드는 방법 자체에서 전통과 접맥되기는 어렵다고 보고, 전통문화의 의의를 역설하면서 제국주의와 맞서서 싸우는 내용을 갖추는 것이 가장 긴요한 과제라고 하던 것과 다른 움직임이 나타나고 있다.

과 연결되지 않고, 오늘날 문화운동의 산물이다.178) 유럽 근대극에 대해서
비판하고 그 대안을 마련하면서, 연극을 통해서 민중을 정치적으로 각성
시키는 방법을 찾아내는 이론적인 작업을 선행시켜, 브라질에서 먼저 만
들어낸 "억압받은 사람들의 연극"이 그것인데, 신명풀이를 기본원리로 삼
고 있다.

민중의 정치적 해방을 위해 새로운 연극을 만들어내고자 하는 움직임은
세계 도처에서 나타나고 있다. '라사연극'의 오랜 전통이 있는 인도나 동남
아시아 각국에서도 최근에는 민중극운동을 활발하게 일으킨다.179) 그런
연극은 모두 '신명풀이연극'의 방향을 택하고 있으나, 자기 전통과 제대로
연결되지 않는다.

'라사연극'의 위세가 대단한 이면에서 그 나름대로의 뿌리를 가지고 자
라난 민속극을 찾아내서 연극사의 혁신을 내부에서 이룩하려고 하지 않는
다. 그 대신에 유럽문명권 좌익연극을 모범으로 삼거나 라틴아메리카에서
유래한 민중극 이론을 미국이나 유럽을 통해서 받아들여 자기 것으로 삼
으려는 경향이 두드러진다. 그래서 좌익의 정치투쟁이 수입 각본에 의존
하고 있는 결함을 지닌다.180) 그 때문에 신명풀이의 원리가 온전하게 구현
되지 않는다. 한국의 마당극도 그런 것의 하나여서, 탈춤에서 보이던 신명
풀이의 원리와는 상당한 거리가 있다.

한국의 탈춤은 세계 도처에 있는 '신명풀이연극'의 하나이다. 그러면서
우선 '라사'의 요소나 격정극의 요소를 섞지 않고 신명풀이의 원리로 일관
하고 있는 점에서 주목할 만한 의의가 있다. 중세에서 근대로의 이행기에
자연발생적으로 이루어진 민속극이라는 점에서 아프리카나 라틴아메리카

---

178) 이에 관해서 보알, 민혜숙 역, 《민중연극론》 (서울: 창작과 비평사, 1988); Elena
De Costa, *Collaborative Latin American Popular Theatre* (New York: Peter
Lang, 1992)를 참고할 수 있다.
179) Eugene Van Erven, *The Playful Revolution, Theatre and Liberation in Asia*
(Bloomington: Indiana University Press, 1992)에서 필리핀 · 한국 · 인도 · 파키스
탄 · 인도네시아 · 타이 민중극의 여러 사례를 소개하고 고찰했다. 한국의 것으로
는 연우무대의 〈칠수와 만수〉를 대표적인 예로 삼았다.
180) 같은 책에서 다룬 연극이 대부분 그런 것들이다.

의 사례와 성격이 다르고, 인도네시아의 루드루크와도 차이가 있다. 관중의 적극적인 참여를 보장하는 점에서는 인도에서 볼 수 있는 사례와 비슷하면서, 또한 극적 짜임새가 뛰어나 예술적인 완성도가 높은 점이 특이하다. 완성도가 높은 예술품을 미완성의 열린 구조로 삼아 관중이 개입할 수 있게 하는 데 뛰어난 가치가 있다.

한국의 '신명풀이연극'은 중세에서 근대로의 이행기의 연극으로 크게 대두하다가 근대극 때문에 밀려났다. 유럽문명권의 근대극이 들어와서 관중은 연극 진행에 참여하지 못하고 연극에서 제공하는 감동을 일방적으로 받아들이도록 했다. 그런 변화를 겪는 불행이 한국뿐만 아니라 세계 여러 곳에 일제히 닥쳐왔으므로 공동으로 대처해야 한다. 유럽문명권의 근대극이 그 자체로 불량하기 때문에 거부해야 한다는 것은 아니다. 그 자체로는 평가할 만한 의의가 있으며, 인류문화 창조의 소중한 성과의 하나를 이룬다. 그렇지만 그 의의를 일방적으로 확장하기 위해서 다른 연극을 밀어내는 것은 부당하다.

유럽문명권 연극의 일방적인 확장이 자행되고 있는 것을 불행한 사태이다. 거기 맞서서 연극 창조의 다양한 원리와 가능성을 수호하는 것이 인류 전체를 행복하게 하는 길임을 다시 강조해서 말해야 한다. 문명의 충돌은 어느 문명의 일방적인 승리가 아닌 다양한 문명이 서로 대등한 자격을 가지고 평화스럽게 공존하면서 선의의 경쟁을 통해서 협동하는 관계를 이룩해서 해결해야 한다.

유럽문명권의 근대극은 일상생활을 있는 그대로 진지하게 다루므로 구태여 거부할 필요가 없다고 해야 할 것 같다. 그러나 그 원형은 유럽 중세에서 근대로의 이행기의 비극에서 왔고, 그것은 또한 고대그리스의 비극을 모형으로 했다. 고대그리스의 비극이 두 번 변해서 근대극이 되는 과정에서, '카타르시스'의 기본원리는 다른 것으로 바꾸지 못하고 그대로 간직했으며, 그것으로 연극미학에 관한 모든 논란을 해결하려고 했다. 유럽문명권 특유의 가치관 또는 사고방식을 인류 전체가 믿고 따라야 한다는 주장을 연극을 통해서 편다.

이제 유럽문명권의 근대극에 대한 자체의 반성과 비판이 일어나고 있다. 브레히트(Brecht)의 서사극을 비롯한 여러 형태의 실험적인 연극이 일어나 근대극을 해체하고, 뮤지컬 따위의 공연물을 지어내서 연극의 인기를 되살리려고 하기도 한다. 그 모든 시도는 '카타르시스연극'의 한계를 극복하기 위해서 신명풀이를 끌어들이려는 것으로 이해할 수 있다.181)

그러나 반성이 철저하지 못하고, 새로운 원리에 대한 탐구가 미흡해서 뚜렷한 성과를 거두지 못하고 있을 뿐만 아니라, 방향 전환의 필요성을 세계사적 범위에서 명확하게 하지 못하고 있는 데 근본적인 결함이 있다. 아프리카나 라틴아메리카에서는 그보다는 더욱 널리 열려 있는 안목에서 '신명풀이연극'을 시도하고 있다. 아프리카에서 자기 전통 계승에서 새로운 창조의 방향을 찾고, 라틴아메리카에서 민중연극은 '신명풀이연극'이어야 하는 이유를 명확하게 하는 등의 작업이 이루어지는 것을 주목하고 평가할 만하다.

유럽문명권에서 전래된 근대극을 넘어서기 위해서 한국에서 탈춤을 계승해서 재창조하고자 하는 작업에서, 전통의 원천을 보거나 이론적인 근거 정립의 성과를 보거나 세계 전체를 위해서 더욱 크게 기여할 수 있다고 믿어도 좋다. 그러나 지금 한국에서 연극을 하고 있는 사람들은 탈춤의 원천을 깊이 이해하지 않고, 이론 정립의 성과도 돌보지 않고, 유럽문명권의 근대극을 따르며 배우고자 한 것처럼 이제 실험극을 스승으로 삼고, 라틴아메리카의 민중극을 수입해오기나 하면 앞서 나간다고 하면서, 한국연극을 위해서나 세계연극을 위해서나 스스로 힘써 해야 할 일은 도외시하는 것이 예사이다.

---

181) 마가렛 크로이든, 송혜숙 역, 《20세기 실험극》 (서울: 현대미학사, 1994)에서 큰 비중을 두고 다룬 '해프닝', '리빙 시어터', '오픈 시어터' 등에서 연기자와 관중의 장벽을 허물어뜨리려는 다양한 시도를 했다. 그런데 관중이 이미 익숙하게 알고 있는 방법으로 연극 진행에 참여하게 하지는 못하고, 예기하지 않던 수법을 써서 관중을 당황하게 하는 데 그쳐, 신명풀이를 제대로 이루지 못했다. '신명풀이연극'의 전통이 없으며, 다른 곳의 '신명풀이연극'에 대해서 진지하게 이해하려고 하지 않으면서, 항상 새로운 시도를 하면서 앞서 나가려고만 하니 그럴 수밖에 없다.

영화에서 제기되는 과제

영화전쟁의 시대

오늘날 어느 곳의 전통극이든 그것대로의 고유한 특징을 잃고 다른 것들과 섞인다. 영화에서는 전통의 혼재가 더욱 두드러진다. 그것은 자연스러운 일이고, 공연예술 발전의 당연한 결과라고 할 수 있다. 세 가지 원리는 상보적인 관계를 가져 서로 도움을 줄 수 있다. '카타르시스연극'이나 '라사연극'은 민중과 가까워지기 위해서 '신명풀이연극'을 받아들일 필요가 있다. '신명풀이연극'은 완성도를 높이기 위해서 '카타르시스연극' 또는 '라사연극에서 필요한 요소를 가져오는 것이 바람직하다. 관중이 직접 개입할 수 없는 영화에서 신명풀이를 살리는 방법을 찾아내자면 고전적 원리를 대폭 수정하지 않을 수 없다.

그러나 세 가지 원리의 만남에 심한 불균형이 있어 상보적인 작용이 제대로 실현되지 않고 있다. '카타르시스'는 다른 둘을 받아들이지 않고, 다른 둘에 침투해서 주체성을 유린한다. 그것은 정치·경제적 힘이 끼어들어 예술사의 흐름을 왜곡시키는 불행한 사태이다. 그런 그릇된 방향을 바로잡기 위해서, 세 가지 원리가 각기 그것대로의 독자적인 원리를 지키면서 서로 교류하고 화합해야 한다는 점을 강조할 필요가 있다. 그러면서 화합의 가능성과 방법에 대해 원론 차원에서 본격적인 논의를 하고, 다양한 실험을 해야 한다.

'카타르시스'·'라사'·'신명풀이'가 각기 독자적인 원리를 지닌다고 해서 화합이 배제되는 것은 아니다. 셋 다 다른 둘의 중간형태일 수 있어서 결합의 주역 노릇을 하는 것이 가능하다. 갈등이나 조화냐 하는 시비가 관심의 초점이 되므로, '카타르시스'의 갈등과 '라사'의 조화를 함께 지닌 신명풀이가 다른 둘보다 더 큰 의의를 가질 수 있다. '카타르시스'는 갈등의 철학을, '라사'는 조화의 철학을 기조로 한다면, 신명풀이는 갈등과 조화, 극복과 생성이 둘이 아니고 하나라고 하는 生克論의 철학을 구현한다고 할 수 있다.

'카타르시스'와 '라사'에서도 화합의 방안을 그 나름대로 제시할 수 있다. 그러나 '카타르시스'에서는 싸워서 승패를 나누어서 승자 주도의 화합이 이루어진다고 하게 마련이다. '라사'에서는 싸움을 피하고 시비를 덮어 둔 채 화합을 이루자고 해서 그것과는 반대가 되는 길을 택한다.

그러나 신명풀이에서는 양극단을 버려, 그 둘의 잘못을 바로잡으면서, 극복을 통해 생성을 이루고, 생성의 의의가 극복임을 밝힌다. 그렇게 하는 것이 우리가 할 일이다. 우리 예술 자체에서 그것에 대한 학문적 성찰을 근거로 해서 우리가 주도하는 화합의 이론을 마련하면서 널리 동지를 구하는 것이 마땅하다.

연극은 서로 다른 곳에서 각기 따로 존재할 수 있으나, 영화는 세계적인 규모로 유통되는 상품이어서 직접 싸우면서 경쟁한다. '카타르시스영화'의 범람으로 세계적인 위기가 조성되고 있다. 위기 타개의 방법이 고립을 선언하는 것은 아니다. 세 가지 원리의 영화가 각기 그것대로 살아 있으면서 서로 교류하고 합작하자고 하는 것이 더욱 바람직한 방법이다. 그렇지만 남의 영화 식민지가 되지 않고, 자기 주체성을 살려 영화 창작의 독자적인 영역을 확보한 나라만 교류와 합작을 하자고 나설 수 있는 자격을 가진다.

한국영화가 미국영화와 어떻게 맞서서 독자적인 노선을 살리고, 세계의 영화를 풍요롭게 하는 데 적극 기여할 수 있는가 살피는 데 참고가 되는 특히 중요한 두 가지 전례가 일본영화와 인도영화이다.182) 그 두 나라 영화가 영화의 역사에서 차지하는 위치가 크다는 것은 이미 알려져 있는 바

---

182) Jack C. Ellis, *A History of Film*, 변재란 역, 《세계영화사》 (서울: 이론과실천, 1988)를 보면, 유럽문명권이 아닌 다른 문명권의 영화는 인도영화와 일본영화만 들어 고찰했다.

와 같다. 그러면서 그 두 나라 영화는 서로 대조가 되는 특성을 지니고, 가는 길이 서로 다르다.

1960년에 일본은 영화 제작 편수에서 세계 제1위이고, 인도가 제2위였다. 그런데 인도는 지금도 제2위의 지위를 유지하고 있다.[183] 미국은 1960년에 일본의 절반 정도의 영화만 제작하다가 지금은 제1위로 올라섰다. 그 반면에 일본영화는 몰락의 길을 걸었다.

한때 일본은 영화를 자랑으로 삼는 나라 같았으나, 지금은 그렇지 못하다.[184] 만화영화, 음란영화, 무술영화 등을 제외한 본격적인 영화 작품을 거의 내놓지 못하고 있으며, 일본 영화관을 미국영화가 지배하고 있는 데 대해서 일본은 자존심 상해하는 반응도 보이지 않고 있다. 일본은 자동차전쟁에서는 미국에 기어코 이겨야 하지만, 영화전쟁에서는 지는 것이 당연하다고 여긴다.

자동차전쟁에서는 일본이 미국을 이기고, 영화전쟁에서는 미국이 일본을 이기는 이유를 공학이나 사회학문에서 밝힐 수 있는 것은 아니다. 지금 이 책에서 전개하고 있는 것과 같은 예술론의 이론을 핵심에다 두고 문화사 전반을 깊이 있게 이해하는 학문을 해야 그런 문제를 다룰 수 있다. 그런데 예술론이나 문화사를 위한 인문학문의 노력은 무용하다고 해서 배격하고, 기술을 개발해 돈을 버는 것을 다그치기나 하는 천박한 안목을 가지고 영화전쟁에 끼어드는 것은 무리이다.

---

183) P. Parrain, *Regards sur le cinéma indien* (Paris: Editions du Clef, 1969), 7면에서, 인도영화의 특성을 고찰하기 위해서 그런 비교론을 앞세웠다. 그 책과 함께 Beatrix Pfleiderer and Lothar Lutze ed., *The Hindi Film, Agent and Re-agent of Cultural Change* (New Delhi: Manohar, 1985)에서 인도영화의 특징과 의의에 대해서 깊이 있는 고찰을 해서, 이하의 논의를 위해 크게 참고가 되었다.

184) 山田和夫, 《日本映畵の80年》 (東京: 一聲社, 1976); 左藤忠男, 《日本映畵理論史》 (東京: 評論社, 1979), 《現代日本映畵 1950-1969》 (東京: 評論社, 1980) 등에서 일본 영화의 역사와 특성을 확인할 수 있다. 지금의 상황에 관한 각종 통계자료를 조희문, 〈일본영화의 수입개방 문제에 대한 조사보고〉, 최진용 외 《한국영화정책의 흐름과 새로운 전망》 (서울: 집문당, 1994)에서 얻을 수 있다. 1994년 8월부터 1995년 9월까지 한 해 동안 일본에 머무르면서 직접 견문한 바도 판단의 근거로 삼는다.

지금 미국에서 영화전쟁을 선포하고 나서는 이유가 무엇인가 분석하는
데는 경제와 정치를 다루는 사회학문이 앞장설 수 있다. 그러나 미국영화
는 무엇이길래 온 세계를 뒤흔들 수 있는가 하는 질문에 미국의 기술 우위
또는 경제나 정치의 힘을 들어 대답할 수는 없다. 문화 전통의 오랜 연원
과 관련시켜 오늘날의 창조물이 지니는 특징을 분석할 수 있는 인문학문
에서 그런 문제를 다룰 수 있다. 인문학문에서 주도해 인문학문과 사회학
문의 제휴를 이룩하고, 자연학문도 동참하게 해야 전후의 사정에 대한 전
면적인 고찰을 할 수 있다.

미국영화의 압력에 어떻게 대처하면서 한국영화를 살려야 할 것인가 하
는 문제를 무역전쟁의 시각에서, 산업발전의 전략을 마련하는 작업의 일
환으로 다루어서는 해결책이 나오지 않는다. 영화법을 고쳐 규제를 풀고,
파격적인 지원을 하고, 재벌의 참여를 장려하고, 대통령이 직접 챙기고 하
는 등의 방법을 쓴다고 해서 영화가 살아나지는 않는다. 영화는 자동차나
반도체와는 다른 상품이다. 영화를 상품이라고 여기면 영화가 살아날 수
없다. 미국영화가 경쟁력을 가지는 것은 미국의 정치적이고 경제적인 힘
이 크기 때문이라는 말로 되돌아가서 문제를 흐리게 하지는 말아야 한다.

영화를 연극의 전통과 관련시켜 다루고, 공연예술의 원리를 세계관의
차이와 함께 이해하는 거대한 규모의 비교연구를 하지 않고서는 영화전쟁
에 관해서 근거 있는 발언을 할 수 없다. 그런 일은 인문학문의 연구과제
이다. 인문학문은 무용하다 하고, 무용한 학문을 억제해서 유용한 학문을
육성하는 반사이익을 얻으려고 하는 어리석은 사고방식을 버려야 영화전
쟁에 대처하는 방안을 발견할 수 있다. 영화는 영화학에서 온통 맡아서 다
룰 수 없다. 인문학문의 여러 분야가 일제히 협력해서 그 일을 감당해야
한다. 그렇게 하는 데 비교문학이 특히 긴요한 구실을 해야 한다. 지금 나
는 세계문학의 역사철학을 정립하는 비교문학의 작업을 하면서 영화 문제
를 거론하고 있다.185)

185) 통상을 위시한 국제관계의 여러 일을 맡을 인재가 필요하다면서, 1997학년도부터
    서울대학교 대학원에 몇 가지 협동과정을 신설할 때 비교문학 전공 인가를 신청한

일본영화가 잘 나가다 몰락한 이유는 여러 각도에서 검토할 필요가 있다. 그러나 일본연극에서 물려받은 '라사'의 원리가 영화에는 맞지 않기 때문에 그렇게 되었다고 하는 분석이 가능하고, 여기서는 바로 그 점에 대해서 관심을 집중시킬 필요가 있다. 이러한 분석은 일본의 경제를 연구하고, 기술의 경쟁력을 평가하는 학문에서는 할 수 없는 일이다.

연극의 전례를 이어받아 일본 특유의 영화 연기를 하는 방법을 일찍 마련하고,186) 고전작품을 영화로 만드는 작업을 거듭 한 것은 바람직한 일이다. 그러나 귀족의 취향을 무사 계급 사무라이가 본뜨고, 시민계급 町人이 사무라이 흉내를 내는 상층 지향의 보수적인 성향을 일본의 미의식이라고 일방적으로 숭상하면서, 일본 특유의 '라사'에 지나친 의의를 부여한 것이 문제이다. 위계질서를 존중하기 위해서 아랫사람은 자진해서 자기를 희생시켜야 마땅하다는 가치관을 잇는 것이 그런 미의식의 전승과 표리관계에 있다.187)

그런데 영화는 연극만큼 실감나게 전개되지 않고, 관중으로부터 멀리 있는 이질적인 구경거리이므로, 고전극처럼 전개하면 긴장이 와해된다. 평면에 지나지 않는 영화 화면에 입체감을 부여하는 것이 뛰어난 기법인데, 평면이 더욱 평면으로 보이게 하는 정태적인 방법을 써서 활력을 뺀 것이 또한 문제이다.188) 일상생활에서 일어나는 사소한 일에 관심을 가지고, 자

것이 받아들이지 않았다. 인문학문은 무용하므로 확장을 허락하지 말아야 한다고 판단해서 그렇게 했다고 이해된다.

186) 앞에서 든 《日本映畵理論史》, 120-129면에서 말한 "視線演技論"이 그런 예이다. 그것은 연기자가 시선을 두는 법을 일정하게 양식화한 歌舞伎의 전례를 영화에서 이어야 한다고 한 이론이다.

187) 위에서 든 《現代日本映畵 1950-1969》에서 일본영화의 예술적 특징을 논하면서, 黑澤明 감독은 사무라이를 동경해서 〈七人の侍〉(일곱 사람의 사무라이), 〈用心棒〉 같은 작품을 만들고, 溝口健二 감독은 町人의 취향을 되살리기 위해서 井原西鶴이나 近松門左衛門의 작품을 즐겨 재현했다고 했다. (365~367면)

188) 일본문화의 특징을 여러 측면에서 논한 Robert S. Ellwood, Jr., *An Invitation to Japanese Civilization* (Belmont, California: Wadsworth, 1980)에서, 영화의 특징은 화면구성의 평면성, 위계질서를 존중하는 내용, 그리고 일상생활에 대한 관심에 있다고 보았다.(181~183면)

연 경치를 절묘하게 묘사한다고 해서 영화가 살아날 수 있는 것은 아니다. 영화는 고전문화의 오랜 유산이 아니므로 존경의 대상이 아니다. 연극을 볼 때처럼 道를 닦는 듯이 자세를 가다듬고, 갑갑한 것을 참아야 하고, 미숙한 반응을 보이지 말도록 요구하거나 해서는 관중이 모여들 수 없다.

그런 어려움을 타개하는 적절한 방법을 찾아, 격정극의 방식으로 '카타르시스'를 하는 데 지나지 않는 내용을 일본 특유의 미의식으로 포장해서 격조를 한껏 높였다. 엄숙한 거동을 하고 느리게 움직이다가 상상하기 어려울 정도로 잔혹하거나 음란한 행위를 보여주어, 관중을 이중으로 매혹시키려고 했다. 최고의 예술을 감상했다고 믿는 그 이면의 의식에서는 자극적인 오락물을 맛보는 충격을 받도록 해서, 영화가 예술로서 성공하면서 잘 나가는 상품일 수 있게 하려고 했다. 뛰어난 기량을 갖춘 거장이 나타나,[189] 그런 영화의 정점을 보여준 것이 커다란 자랑거리였으며, 미국에서 크게 평가를 받은 결과가 다시 일본 국내로 미쳐, 일본영화의 전성시대를 만드는 데 큰 기여를 했다.

그렇지만 일본 특유의 '라사'가 지닌 보수성 · 폐쇄성 · 엄숙성을 예술의 원리로 삼기 때문에, 예술과 오락의 이중성을 무리 없이 지켜나가는 것은 어려운 일이다. 구조적인 차질을 개인의 능력으로 해결하는 데는 명백한 한계가 있다. 이중성의 이면에 머물러 있어야 할 것이 마구 표면화해서, 폭력물과 음란물이 미화되고 있던 껍질을 깨고 걷잡을 수 없이 확대되어 영화를 황폐하게 만드는 것을 막을 수 없다. 예술영화에 포함되어 있던 그런 요소가 제어하기 어려울 정도로 자라나 예술영화란 허울만 남게 하다가, 별개의 구경거리로 뛰쳐나와 영화를 온통 지배하게 되었다.

그 점에 관해서 미국영화는 일본영화와 커다란 차이가 있다. 미국영화도

---

189) 黑澤明(구로사와 아키라)가 바로 그런 사람이다. 한국에서도 이정국, 《구로사와 아키라》 (서울: 지인, 1994); 오세필 역, 《감독의 길, 구로사와 아키라 자서전》 (서울: 민음사, 1994)이 출간되어 관심이 크다는 것을 입증해준다. 뒤의 책을 보면, '能'를 보고 그 독창성에 감탄했다 하고, "일본은 자신만의 독특한 미적 세계를 가지고 있음을 자부해도 좋을 것 같다"(259면)고 한 말이 있다. 그런 생각을 가지고 영화를 만들었다.

폭력물과 음란물로 돈벌이를 한다. 그러나 그 두 가지 요소는 '카타르시스'를 만들어내는 데 불가결한 구실을 하므로, 예술적 가치가 있다고 합리화될 뿐만 아니라, 별개의 것으로 튀어나오지 않는다. 그런 작품의 전형이 이미 《오이디푸스왕》에서 마련되었다. 아버지를 죽이고, 어머니를 아내로 삼아 자식을 낳고, 자기 눈을 찔러 장님이 된 오이디푸스는 상상하기 어려울 정도로 끔찍한 폭력과 음란행위를 보여주었다. 그렇기 때문에 관중이 두렵게 여기고, 가엽게 여겨 '카타르시스'를 경험하지 않을 수 없게 한다.

그 뒤를 이은 유럽문명권의 연극의 최고명작이라고 하는 셰익스피어의 《햄리트》를 하나 더 보자. 그 작품에서도 왕의 아우가 왕을 죽이고 왕비를 아내로 삼은 살인과 간음의 사건이 관중을 긴장하게 하고, 칼을 휘둘러 피를 흘리는 복수의 성패 때문에 마음 조이게 한다. 그러면서 갖가지 정신착란의 증세를 보여주고, 유령이 출몰하게 하고, 우연한 사건을 남발하는190) 등의 납득하기 어려운 방법을 즐겨 사용해서 이치에 맞게 생각하고자 하는 관중의 예측이 빗나가게 한다.

오늘날의 미국영화는 살인과 간음으로 화면을 온통 뒤덮어 관중을 사로잡으면서, '카타르시스'의 원리가 누려온 설득력에 힘입어, 저질의 구경거리를 고도의 예술품으로 알도록 한다. 神人不合의 비극을 다시 보여준다고 하면서 질투심, 복수심, 정복욕 등 때문에 파멸로 치닫는 결말에 인간의 유한성을 보여주는 형이상학적 의미가 있다고 한다. 셰익스피어의 《맥베드》가 그런 작품의 고전적인 명작 노릇을 하면서 광범위한 영향을 끼치고 있는 것이 영화를 위해 크게 다행스러운 일이다. 저질의 범죄자가 절대자에게 가장 가까이 다가간 성인으로 보이게 하는 희한한 역전을 성취하기까지 한다.191)

---

190) 셰익스피어연극에 그 셋이 거듭 나타난다고 A. C. Bradely, *Shakespearean Tragedy* (Greenwich, Conn.: Fawcett, 1965), 21~23면에서 명언했다.

191) 그런 작품의 좋은 전례를 도스토이에브스키의 《카라마조프의 형제들》에서 찾을 수 있다. 그 작품이 독자에게 던지는 최대의 의문은 주인공 삼형제 가운데 아버지를 살해했다고 의심을 받고 있는 맏형인 주정뱅이 망나니 드미트리와 천사같이 선량한 마음으로 신앙을 돈독하게 하고 있는 막내 알료샤 가운데 누가 하느님 곁에

연극이나 소설에서 거듭 확인해온 그런 기이한 주장이 영화를 위해서 최상의 복음이다. 화면구성을 잡다하게 하고 소란하게 할수록 예술적인 격조가 높아진다는 억지가 오랜 내력을 가진 고도의 미학에서 도출되므로 반론의 여지가 없는 듯이 합리화된다. 미국영화는 저질오락물을 고급예술품으로 만드는 데 '카타르시스'의 미학을 교묘하게 활용하면서, 영화전쟁에서 일방적인 승리를 얻는 데 쓰는 최상의 무기로 삼고 있다.[192]

유럽문명권의 유산을 최대한 활용해, 고대그리스시대 이래로 누천년 가꾸어온 '카타르시스'의 미학을 가장 수지맞는 상품으로 만든 것이 미국이 성공한 비결이다. '카타르시스' 이론의 전통이 영화를 만드는 사람들이 의식적으로 이어받지 않아도 관중의 의식 깊숙한 곳에 자리 잡고 있어서, 잘 팔리는 영화를 만들려고 하면 찾아내 이용하는 것이 마땅하다. 거기 맞서는 싸움은 문명권 사이의 경쟁이므로, 다른 문명권에서도 영화에 적합한 자기 전통을 찾고, 이어받고, 재창조하는 작업을 해야만 비로소 가능하게 된다. 그런 줄 모르고, 미국영화를 본뜨면 미국과 경쟁을 할 수 있는 것은 아니다.

기술은 모방해서 원래의 것보다 더 잘 나가는 상품을 만드는 것은 가능하지만, 문화를 모방하면 수입품 소비를 촉진할 따름이다. 영화전쟁에서 미국이 계속 이기는 것은 세계 도처에서 미국영화를 모방해 그 비슷한 것

더 가까이 가 있는가 하는 것이다. 사리 분별을 분명하게 하는 둘째 이반은 바로 그 점 때문에 도저히 구제받을 수 없다고 하고서, 다른 두 형제에 관한 이야기를 그렇게 펼쳐보였다.

192) '카타르시스'의 원리를 오늘날의 미국영화에서 어떻게 이용하고 있는가 살핀 이 대목의 작업은 문제 제기에 이어서 개괄적인 고찰을 조금 시도해본 데 지나지 않아, 크게 미흡하다. 강의를 수강한 이행근(심리학과)은 '카타르시스'의 연극이론이 지금도 힘을 가지는 것은 미국에서 영화를 만드는 데 이용하면서 현대인의 생활환경과 심성을 분석하고 거기 맞추어 변혁시켰기 때문이라고 했는데, 전적으로 타당한 말이다. 또한 길영민(법과대학)은 미국영화 가운데 폭력과 음란의 요소를 지니지 않고 건전한 내용으로 신선한 감동을 주는 것도 있다고 했는데, 그것도 사실이다. 미국영화의 특성에 관해 더욱 광범위한 고찰을 해야 마땅한데, 여기서는 그 과제를 제대로 감당할 수 없다. 뛰어난 식견을 가지고 오랫동안 준비를 한 전문가가 장차 본격적인 연구를 해서 많은 의문을 풀어주기를 간절하게 바란다.

을 만들어내려고 하는 실패가 되풀이되어 미국영화 수입을 촉진하기 때문이다. 영화 제작과 관련된 이론이나 수법은 미국에서 가져다 쓴다고 해서 미국영화와 동질적인 것을 만들어내지는 못한다. 영화를 만드는 사람들이 주위의 여건을 온통 바꾸어놓으려고 악을 쓰면서도 정작 자기네 의식의 내부를 스스로 바꾸어놓을 수는 없어 어설픈 모방을 하다가 만다. 그래서 실패를 거듭하는 책임을 남들에게 전가해서 사태를 더욱 악화시킨다.

관중을 미국에서 수입해오거나 자국의 관중을 미국의 관중처럼 만드는 것은 더욱 불가능하기 때문에, 설사 미국영화를 그대로 재현할 수 있다고 해도 흥행에 성공한다는 보장이 없다. 인기 없는 모방물로 자기를 속이고 관중을 속이는 동안에 의식을 개조하지는 못하게 교란시키기나 해서, 미국영화는 공감하기 어려워도 훌륭하다는 선입견이나 조성하고 만다. 모방품에 대한 불만 때문에 진품을 찾지 않을 수 없게 한다.

다른 문명권, 다른 나라에서는 '카타르시스'와 맞서는 독자적인 원리의 전통이 관중의 의식 저층에서 잠자고 있는 줄 알아 그것을 불러일으켜 자기 고장에서 대단한 성공을 거두어 국내시장을 확보하고, 그 다음에 밖으로 나가는 것이 영화를 국제화하고 세계화하는 당연한 과정이다. 미국에서 잘 팔리는 영화를 만들려고 하면 '카타르시스'의 전통이 저절로 계승되는 것과 다르게, 다른 곳에서는 '카타르시스'와 맞서는 자기 전통을 깊이 탐구하고 적극 활용하는 방안에 대한 이론적인 연구를 철저하게 해야 미국영화의 지배에서 벗어나서 자기 길을 찾을 수 있다.

일본의 경우를 다시 살펴보자. 일본에서 만들어 줄곧 숭상해온 '라사'의 원리를 구현하기 위해서 살인과 간음이 반드시 필요하지 않으며, 잡되고 소란스러운 것을 억누르거나 멀리 해야 격조가 높아진다. 그런데도 폭력물과 음란물을 안에다 간직하고 키우다가, '라사'를 망치는 것을 막지 못하게 된 것은 탈선이라고 하지 않을 수 없다. 폭력과 음란을 수단으로 해서 관중을 모으기만 하면 미국영화에 대응할 수 있다고 하는 것은 패배를 자초하는 짓이다.

미국의 자동차 제조 기술을 일본이 모방하고 개량해서 더 좋은 자동차를 미국 시장에다 내다 팔 수 있었던 것은 자동차가 문화상품이 아니고 기술상품이기 때문에 가능했다. 문화상품인 영화는 그렇게 할 수 없다. 문화상품을 모방해서 더 잘 만들려고 하면 생산자의 지위를 잃고 소비자로 전락하고 만다는 것을 가장 분명하게 보여주는 사례가 일본의 영화산업이다.

미국영화의 도전은 세계 모든 나라에 다 같이 다가오는데, 거기 대응하는 영화를 만드는 데 필요한 자본이나 기술의 조건을 잘 갖추고 있는 일본이 다른 곳보다 더 큰 타격을 받고 있다. 그래서 일본경제가 위축된다고 염려하는 것은 아니다. 일본경제가 영화에서라도 적자를 내야 세계평화에 기여할 수 있으니 다행스러운 일이라 하겠는데, 그런 것도 아니다. 제대로 된 영화는 미국에 내주는 대신에 만화영화로는 수지맞는 장사를 하고, 전자오락에서는 더 많은 돈을 벌어들인다.193) 그러나 영화는 장사 이상의 것이고, 국제 수지로 계산할 수 없는 가치가 있다.

일본을 포함한 세계 모든 나라가 자기 영화를 잘 만들어 남들의 것과 서로 대등하게 주고받아야 세계문화가 균형 잡힌 발전을 이룩하고, 인류 화합의 이상을 실현할 수 있다. 그런데 일본이 기권을 해서 미국영화의 세계 제패를 거들어주는 것은 일본을 불행하게 하는 데 그치지 않고, 인류의 기대를 저버리는 배신행위이다. 한국에서 일본영화 수입을 막고 있는 것은 제대로 된 좋은 영화는 내놓지 못하고, 돈을 벌기 위해서 수단을 가리지 않는 만화영화 · 음란영화 · 무술영화로 가치관을 혼란시키기나 하는 데 말려들지 않으려고 하는 정당한 처사이다. 그렇게 해서 영화를 망치는 불행이 일본 국경을 넘지 않도록 해야, 피해의 범위를 줄일 수 있다.

일본영화의 불행은, 다른 나라의 경우와 거시적인 관점에서 비교해서 살피면, 전통 계승의 방향을 그릇되게 설정하고, 사회적 위치를 잘못 잡은 데서 비롯했다고 할 수 있다. 중세에서 근대로의 이행기 동안에도 부당하

---

193) 일본이 전자오락에서 세계를 석권하다시피 하는 것은 일본 사람들이 옛날부터 특별하게 가꾸어온 세 가지 재능, 만화, 손재주, 칼싸움이 하나로 결합되었기 때문이다. 그러나 영화는 만화 이상의 내용을 갖추어야 하고, 손재주가 있다고 해서 만들어낼 수 있는 것이 아니고, 칼싸움은 그 일부를 이루는 요소일 따름이다.

게 억압당하고 있던 신명풀이를 살려내려고 하지는 않아194), 전통 계승이 오히려 창의력을 제약하는 구실을 했다. 歌舞伎에서도 이미 보이던 '카타르시스' 지향의 격정극을 더 키우고 또한 밖에서 잔뜩 받아들여 새로운 흥밋거리로 만드는 편법을 쓰려고 하다가 상품 경쟁에서 밀려나고 말았다.

역사가 발전하기 위해서는 과거를 청산해야 한다는 생각은 하지 않고, 과거의 권위를 그대로 이으면서, 오늘의 상황을 타개해 나가려고 하는 것이 문제이다. 그렇기 때문에 일본의 문제와 이웃 나라의 문제를 다루어, 인류의 이상을 실현하고자 하는 보편적인 가치관을 제시하려고 하지 않아, 영화에서 말하고자 하는 바가 있어도 설득력을 갖추지 못한다. 일본의 이익을 배타적으로 옹호하고, 일본 안에서도 작은 집단의 특수한 주장이나 시각에 특별한 의미를 부여하는 협소한 사고방식으로 무역전쟁에서는 승리할 수 있어도 영화전쟁에서는 패배할 수밖에 없다.

인도영화 또한 '라사'의 원리에 의거해서 만들지만, 인도에서는 '라사영화'가 크게 성공하고 있다.195) 그 이유는 일본의 '라사'와 인도의 '라사'가

---

194) 《동아시아문학사비교론》, 404~413면에서 고찰한 바와 같이, 중세에서 근대로의 이행기 동안에 한국에서는 민중의 구비문학이 크게 성장해서 문학과 예술의 여러 영역을 온통 뒤흔들어 놓았던 것과 다르게, 일본에서는 그런 움직임을 억제하면서 町人의 시민문화가 정착되었다. 그 때문에 일본은 자본주의방식의 근대화를 이룩하는 데 앞장설 수 있었으나, 이제 그 길이 막히기 시작해서 전반적인 재검토가 필요하다. 그런데 민중의 구비문학을 찾아내서 평가하는 데 한국의 학계는 대단한 열의를 가진 것과 다르게, 일본에서는 문학사 서술에서 구비문학을 제외하는 관습을 시정하지 않으려고 하는 또 한 가지 이유가, 유럽문명권의 문명을 이식해온 근대사를 청산하고 역사 창조의 새로운 길을 찾는 데 한국보다 일본이 더욱 뒤떨어지게 한다. 〈근대 극복의 과제와 한·일학문〉, 《한국의 문학사와 철학사》에서 근대 극복의 문제에 대한 전반적인 고찰을 했는데, 영화에 관한 논의가 그 논지와 연결된다.

195) 여기서부터 인도영화에 관해 논하는 대목의 원고를 보고 어느 정도의 현장경험을 근거로 하는가 의심스럽고, 구체적인 예증이 결여되어 있다고 경성대학 영화학교수 주윤탁이 나무랐다고 그 대학 연극교수 허은이 전해왔다. 당연한 말이고 변명의 여지가 없다. 인도영화를 비롯한 아시아 각국의 영화 또는 제3세계영화에 대해서 자세한 연구를 하는 업적이 나오고, 그런 영화가 많이 수입되어 무지를 일깨워주게 되기를 간절하게 바란다. 내가 영화 분야를 침범한 것이 불만이면 본때를 보

서로 다른 데서 찾아야 할 것이다. 일본의 '라사'는 중세후기에 성립되어 神人合一을 보장해주는 신이 특수화하고 세속화했다. 어떤 소원을 들어주고, 어떤 사람들을 옹호하는 데 그쳐, 모든 사람 또는 인류 전체가 함께 섬길 수 있는 신은 아니다. 그런데 인도에서 중세전기의 神人合一을 보장해주던 신은 보편적인 신이고, 위대한 신이다. 인도인들은 그런 신을 지금도 섬기면서 즐거워한다. 라마(Rama)나 크리슈나(Krishna)가 영화에 나오면 열광적으로 숭배하는 환호성을 지른다.

일본의 天照大神은 일본민족이 신성해 이웃 나라를 정벌하는 것이 마땅하다고 보장해주는 구실을 하는 배타적인 신이지만, 인도의 라마는 누구에게든지 갈망하는 정의를 구현하는 보편적인 신으로 이해되는 점이 서로 다르다. 天照大神 신앙은 군국주의 국가가 강요했으므로 민주화의 요구와 더불어 배격되지만, 라마는 약속되어 있는 정의가 이 땅에서 실현되기를 촉구하는 다수의 민중이 언제나 다시 찾는다. 그래서 신화를 다룬 영화가 인도에서는 일본에서와는 전혀 다른 의의를 가진다.

신과 더불어 있으면 즐겁고, 노래를 부르고 춤을 추게 된다. 일본에서는 엄숙하고 느리게 전개되는 연극이나 영화가 인도에서는 즐거운 춤이다. 영화를 보면서 관중이 자기들도 노래를 부르고, 환호성을 지른다. 그처럼 긴장을 완화한 자세로 영화를 볼 수 있는 것은 이미 알고 있는 내용을 재확인하게 하면서 관중이 기뻐하면 그만이고, 예기치 않던 끔찍한 일이 벌어질 때까지 조용히 참고 기다려야 하는 것은 아니기 때문이다. "예술 활동은 무엇이든지 이미 알려져 있는 형태를 재발견하고, 창조가 새롭게 이루어질 때마다 사고 · 도덕 · 사회에서 이미 이룩되어 있는 질서를 재확인하고, 재확립하는 방식 이외의 다른 것일 수 없다"고 하고, "관중의 즐거움은 놀라는 데 있지 않고 안심하는 데 있다"고 한 것이 적절한 지적이다.196)

그런 차이점을 신명풀이와의 관계를 들어 다시 설명할 수 있다. 일본의

이는 연구를 내놓아 나무라는 것이 마땅하다.

196) Parrain, 위의 책, 330면

‘라사’는 신명풀이를 최대한 배제하면서, 끔찍한 사건에서 오는 충격과 관련된 ‘카타르시스’를 끌어들인 것과 다르게, 인도의 ‘라사’는 신명풀이를 가까이 한다. 일본에서는 민속과 예술이 엄격하게 구분되어 있어 영화는 민속과는 거리가 먼 예술이고자 했으나, 인도에서는 민속이 예술이고 예술이 민속이라고 하는 근접 작용이 근래에 더 이루어져 영화에서 그 둘을 함께 살리게 한다. 유식한 사람들이 고전극에서 가져오는 ‘라사’와 무식한 사람들이 민속극에서 가져오는 신명풀이를 결합시킨다. 그러면서 그 지배적인 원리는 ‘라사’이다.

> 오늘날 연극과 춤, 노래와 이야기, 웃음 · 굿 · 꿈, 신들에 대한 신앙, 대중의 마음 깊은 곳에서 필요로 하는 모든 것들을, 다양하게 전개되는 영화 화면에서, (다른 방법을 사용하는 것보다) 가장 적은 비용으로, 더욱 규칙적으로 발견한다.[197]

인도영화의 성격에 대해서 이와 같이 평가하는 말에서, 미국영화를 위시한 유럽문명권의 영화와 인도영화가 커다란 차이가 있다는 것을 확인할 수 있다. 인도인들은 영화에서 이런 것을 원하기 때문에, 인도에서는 미국영화가 힘을 쓰지 못한다. 인도영화가 압도적인 인기를 누리기 때문이다. 그래서 인도영화는 그 장래는 어쨌든, 서양 아닌 곳의 미학에 의거해서 만들어낸 아마도 가장 강력한 예술적인 창조물로서 지금 살아 있다고 평가된다.[198] 바로 그 점에 관해서 다음과 같이 지적한 말을 주의 깊게 살필 필요가 있다.

> 인도영화는 민속극에서 다루던 신이나 제왕을 평범한 사람들의 모습으로 대치했다. 그리고 평범한 사람들을 신으로 만들었다. 전통문화와 근대

---

197) 같은 책, 34면
198) Lothar Lutze, “From Bharata to Bombay: Change in Continuity in Hindi Film Aesthetics”, in Beatrix Pfleiderer and Lothar Lutze ed., 위의 책, 14면에서 한 말이다.

문화(영국의 영향을 받은 식민지문화), 참되고 훌륭한 가치의 영역과 일 상적인 언어 현실세계의 이원적인 가치를 공존시켰다. 인도에서 영화가 인기가 있는 것은 우연이 아니다... 진실로, 영화는 새로운 예배장소가 되었다.[199]

인도영화가 인도의 고전의 세계와 깊이 연결되어 있는 것은 자기 것을 찾기 위해 의도적인 노력을 하기 전에 자연스럽게 주어져 있는 조건을 활용한 결과이다. 인도영화를 대표하는 걸작 가운데 하나인 〈두 개의 길〉(Do Raste)을 감독한 라지 코슬라(Raj Khosla)는 어렸을 때 어머니가 들려주는 《마하바라타》와 《라마야나》의 이야기를 듣고 자랐다고 하며, 인도의 전통이 자기 어린시절의 일부로 자기 속에 자리 잡고 있어 영화에 들어갈 수밖에 없다고 했다.[200] 선과 악의 싸움이 비극으로도 벌어지고 희극으로도 벌어지게 하는 원리를 자기 영화의 핵심으로 삼고 있는 것은 오랜 전례와 이어져 있기 때문이라고 했다.[201]

인도영화는 자기 나라에서 인기를 누리는 데 그치지 않고, 외국에 수출되어 환영받기도 한다.[202] 다른 나라에서 그 성공사례를 본받으려고 하는 것은 당연하다. 그러나 인도에서 하는 방식대로 하면 되는 것은 결코 아니다. '라사'에다 신명풀이를 보태는 방식 자체를 이식할 수는 없기 때문이

---

199) 같은 글, 같은 책, 21~22면
200) 같은 책의 Raj Khosla and Lothar Lutze, "The Maker's View", 39면
201) 같은 글, 같은 책, 35~36면
202) 김지석, 《아시아영화를 다시 읽는다》(서울: 한울, 1996)에서 말한 바와 같이 (24 면), 인도는 연간 8백편을 웃도는 영화를 제작해서 영화 제작편수에서 세계 최상 위를 유지하고 있으며, 그 가운데 연간 100편 이상을 외국에 수출하고 있다. 김지 석, 〈인도〉, 주윤탁·김지석 편, 《아시아영화의 이해》(서울: 제3문화사, 1993)에 서는 인도영화의 현황을 더 자세하게 소개하고, 수출 시장에 관한 통계 자료를 제 시했다. (226면) 내가 1993년 6월에 중국 延邊大學에 가서 한 달 동안 머무르면서 특강을 하는 동안에, 延吉市의 영화관에서 한국영화가 처음 상연되는 것이 큰 화 제 거리였다. 전에는 어떤 영화를 보았는가 하고 물으니, 중국영화, 소련영화와 함 께 인도영화를 많이 보았다고 했다. 한국에서는 한 편도 상연되지 않은 인도영화 를 중국에서는 자주 보면서 즐겼다고 했다.

다. 인도와는 다른 자기 길을 찾으면서, 인도영화가 결여하고 있는 것을 갖추는 대책을 마련해야 한다.

인도영화는 화합을 다루는 데 치중해서 갈등을 멀리하는 편향성이 있다. 그래서 심각한 문제제기에 소홀하고, 열띤 토론을 전개하지 않는다. 우리는 그렇게 하지 않고, 갈등과 화합을 함께 중요시하면서 갈등이 화합이고, 화합이 갈등이며, 그 둘이 하나이면서 둘이라는 것을 명시하는 '신명풀이영화'를 만들어야 할 것이다. 그렇게 하기 위해서, '라사'에다 신명풀이를 보태지 않고, 신명풀이를 하면서 '라사'와도 관련을 가져야 할 것이다.

비교해서 검토할 예를 하나 더 들기 위해서, 다음 순서로 인도네시아영화에 대해서 알아보기로 하자.[203] 인도네시아는 중세후기 이래로 '라사연극'을 크게 발전시킨 나라이다. 그 점에서 일본과 비슷한 위치를 차지하고 있다고 할 수 있다. 그런데 인도네시아에서는 전통극과 근대극이 일본에서보다 더욱 밀접한 관련을 가지고 있으며, 바로 그 때문에 인기를 누린다. 일본에서는 일본 특유의 미의식을 이어나가기 위해 의도적인 노력을 하면서 오늘날의 영화를 전통과 접맥시킨다면, 인도네시아에서는 연극의 인기를 영화에서도 살리기 위해서 전통극을 받아들이는 점이 서로 다르다고 할 수 있다.[204]

---

203) 인도네시아영화는 Karl G. Heider, *Indonesian Cinema, National Culture on Screen* (Honolulu: University of Hawaii Press, 1991); Salim Said, *Shadows on the Silver Screen, a Social History of Indonesian Film* (Jakarta: The Lontar Foundation, 1991); Krishna Sen, *Indonesian Cinema, Framing the New Order* (London: Zed, 1994); Virginia Matheson Hooker ed., *Culture and Society in New Order Indonesia* (Kuala Lumpur: Oxford University Press, 1993) 등에서 거듭 논의되어, 인용할 수 있는 자료가 풍성하다. 이 가운데 외국인 Heider의 책은 인도네시아영화의 민족적 특색을 중요시하고 긍정적으로 평가하고, 본국인인 Said의 책은 인도네시아영화의 사회적인 기여를 낮추어보고 비판하는 것이 서로 대조가 된다. 의도와 관점의 차이가 그렇게 나타나 있다.

204) Virginia Matheson Hooker ed., 위의 책, 서론, 17~18면에서, 일본과 인도네시아 근대문화의 전반적인 양상을 비교하면서, 민족 구성이 단순하고 근대국가를 스스로 이룩한 일본에서는 유럽문명권의 근대문화를 대폭 수용하고 자기 전통문화는 사회 일각에서만 문화재로 유지하고 있는 것과 다르게, 다민족국가이고 또한 식민

그런데 인도네시아영화가 시작될 때 일본영화의 영향을 받았다는 것은 흥미로운 일이다. 제2차 세계대전 때 일본 통치를 받으면서, 영화를 선전에 이용하는 것을 보고 자극을 받고, 영화를 만드는 기술에 관한 견문도 얻은 것이 인도네시아영화의 출발을 촉진하는 구실을 했다고 한다.205) 그 뒤에 인도네시아영화는 미국영화의 상업주의와 공산주의 정치사상, 그 양쪽의 충격을 받아들여 자기 것으로 삼으면서, 인도네시아가 당면하고 있는 광범위한 문제를 자기 방식대로 다루는 독자 노선을 찾고, 사회적인 기반을 크게 넓혔다. 그래서 인도네시아는 영화가 잘 되는 나라가 되었다.

인도네시아영화의 독자 노선은 개인이 아닌 집단의 이야기를 하면서, 무질서를 넘어서서 질서를 이룩하려고 하는 데 있다고 할 수 있으며, 그 점에서 전통적인 가치가 잘 이어진다.206) 갈등이 없는 상태가 바람직하다고 하는 '라사'의 원리를 그렇게 구현하는 것은 그 나름대로의 의의와 결함을 둘 다 지니고 있다고 할 수 있다. 개인끼리의 싸움으로 일관하는 미국영화의 폭력물에 휘말려들지 않는 독자 노선을 선포하는 점에서는 평가할 만한 의의가 있다. 그러나 집단의 질서를 내세워 사회문제를 외면하는 것은 부인하기 어려운 결함이다.

1965년 이후에 인도네시아를 통치해온 군부세력이 자기네가 주장하는 "새로운 질서" 수립을 위해 영화를 이용하면서 그런 결함을 확대했다. 지방 민속극을 다양하게 활용하고 "공연자들과 관중이 공동의 의견 형성에 함께 참여"하는 방식을 쓰면서 공인된 권위와 충돌하는 연극이 적지 않은207) 것과 다르게, 영화는 전국 범위의 단일 창작물이고, 검열을 통한 국

지 상태를 오래 겪은 인도네시아에서는 민족문화의 전통을 사회 전반에서 뚜렷하게 계승하고 있는 점이 서로 대조가 된다고 했다. 일본은 脫亞入歐의 노선으로 근대화한 것과 다르게 인도네시아에서는 민족해방투쟁이 근대화의 길이었으므로 그런 차이가 생기는 것이 당연하다고 생각한다.

205) Salim Said, 위의 책, 31~36면에서 이에 관해 서술했다.
206) Karl G. Heider, 위의 책에서 그 점에 관해 자세하게 고찰했다.
207) Virginia Matheson Hooker ed. 위의 책에 수록된, Banara Hatley, "Constructions of 'Tradition' in New Order Indonesian Theatre"에서 그 점에 관해 구체적인 고찰을 했다. 인용구는 66면에서 가져왔다.

가적인 통제를 바로 받고 있어서 국책에 순응하지 않을 수 없었다. 그 때문에 인도네시아영화는 인기가 떨어지고 제작 편수가 줄어들었는데, 최근에는 미국영화 수입 압력 때문에 큰 타격을 받게 되었다고 한다.208) 그렇지만, 인도네시아영화는 다음과 같은 특징을 잘 갖추고 있다.

> 인도네시아영화는, 모두 동의하는 바와 같이, 전설적인 배경을 가진, 가볍고, 우스우며, 무술을 즐겨 사용하는 작품이 주류를 이루고 있다... 그런 영화는 시골 사람들에게 친숙한 지방민속극의 관습에서 전설적인 사건이나 구경거리로 삼을 만한 특별효과를 가져와서, 현대 생활의 가혹한 현실에서 하층민이 벗어날 수 있는 희극적 위안을 제공하기 때문에 잘 팔리고 있다.209)

이처럼 인도네시아영화는 연극의 전통 특히 지방민속극과과 밀접한 관련을 가지고 있다. "전설적인 사건이나 구경거리로 삼을 만한 특별효과"라고 한 것은 '라사'에다 '신명풀이'를 어느 정도 보탠 인도네시아 전래의 예술 공연방식의 외형적인 특징을 일컬은 말이라고 할 수 있다. 그런 특징을 오늘날까지 이어서, 지방민속극을 즐겨 보던 시골의 관중을 확보하고 있어 저변이 든든하다. 도시문화가 어떻게 흔들리더라도 큰 영향을 받지 않는 기반이 있다.

인도네시아영화가 사회문제를 진지하게 다루는 사실주의의 노선을 택하지 않고, 희극적인 구경거리에 지나지 않는다고 낮추어보는 것은 유럽 문명권 예술론의 관점이다. "새로운 질서"를 내세워 부당한 통제를 일삼는 군부통치자에 대해서 항거하지 않는다고 나무라는 것은 공연예술의 정치

---

208) Krishna Sen, 위의 책에서 그 점에 관해서 고찰했다. 미국영화 수입 증가 때문에 생긴 문제는 161면에서 다루었다.

209) 이웃 나라 오스트랄리어에서 인도네시아의 현황을 다각도로 조사해서 정리한 책 Hal Hill ed., *Indonesia's New Order, Dynamics of Socio-economic Transformation* (St. Leonards, Australia: Allen and Unwin, 1994)에서 문화의 상황을 다룬 글 Barbara Hatley, "Cultural Expression"에서 한 말이다. (259면)

적인 의의를 지나치게 평가하는 잘못이 있다고 하지 않을 수 없다. 인도네시아영화가 특히 시골의 하층민들에게 환영을 받아 든든한 기반을 구축하고 있어서, 미국영화가 공략을 해도 시련은 있어도 패배는 없다는 사실이 더욱 소중하다. 군부통치자의 횡포가 제거될 수 있다면, 인도네시아영화의 저력이 더욱 발전된 형태로 구현되어 사회의식에서나 예술적 표현능력에서나 미국의 '카타르시스'영화와 대등하게 경쟁하면서 세계로 진출할 수 있으리라고 예견할 수 있다.

인도나 인도네시아영화뿐만 아니라 제3세계의 다른 여러 곳의 영화도 자기 전통을 살리는 독자적인 노선을 마련해서 영화를 통해서 들어오는 문화제국주의와 맞서기 위해서 애쓰고 있다. 영화는 세계 어디로든지 쉽사리 들어갈 수 있는 국제적인 상품이어서 문화제국주의의 첨병 노릇을 쉽사리 수행한다. 그렇지만 작용이 있으면 반작용이 있게 마련이다. 영화를 만들자면 많은 자본이 소용되어 제3세계에서 영화를 발전시키기 어렵게 하지만, 문자문화를 거치지 않고 공연예술을 즐겨온 제3세계 여러 곳의 관습이 큰 작용을 해서 자기 영화를 힘써 만들지 않을 수 없도록 촉구한다. 그래서 영화의 각축이 벌어진다.

영화가 상품이라면 밖에서 장사를 하는 쪽이 유리하고, 영화가 자기표현의 방법이라면 안에서 만드는 쪽이 유리하다. 영화가 그 어느 쪽인가 하는 것이 우선 싸움거리이다. 아프리카는 영화 상품을 만들어낼 자본이 가장 모자라는 곳이지만, 자기 영화를 만들고자 하는 욕구는 가장 강한 곳이다. 아프리카영화는 아프리카 공연예술 또는 구비문학의 전통을 계승하는데 소설을 비롯한 여러 형태의 문학보다 더욱 적극적인 구실을 한다. 그 점에 관해서 많은 연구과 열띤 토론이 있으나, 여기서 다루지 못하고, 다른 분들의 작업을 기대한다.210)

---

210) 아프리카영화에 관한 논의는 *Research in African Literatures* vol. 26, no.3 (Bloomington: Indiana University Press, 1995)의 "Special Issue: African Cinema"의 여러 논문을 통해서 이해한다. 거기 실려 있는 Stephaen A. Zacks, "The Theoretical Construction of African Cinema"에 의하면, Roy Armes and Lizbeth Malkmus, *Arab and African Film Making* (London: Zed, 1991); Roy

한국영화의 진로

한국영화의 운명은 인도네시아영화와 상통하는 바 있어 지난 몇 십 년 동안의 경과를 되돌아보는 데 도움이 된다.211) 한국에서도 권위주의 정부가 검열을 통해서 영화를 통제하는 것을 능사로 삼아 영화를 위축시키다가, 미국영화가 밀어닥쳐 곤경에 빠지게 되었다.212) 그런데 한국정부는 영화를 이용해서 사회질서를 바람직하게 구현하자는 데는 관심이 없었으며,

---

Armes, *Third World Film Making and the West* (Berkeley: University of California Press, 1987); Angela Martin ed., *African Films: The Context of Production* (London: British Film Institute, 1982); Manthia Daiwara, *African Cinema* (Bloomington: Indiana University Press, 1992); Teshome H. Gabriel, *Third Cinema in the Third World: The Aesthetic of Liberation* (Ann Arbor: UMI Research P., 1982); André et Pierre Haffner, *Regards sur le cinéma négro-africain* (Brussels: OCIC, 1987); Gladstone E.Yearwood ed., *Black Cinema Aesthetics* (Athens, Ohio: Center for Afro-Amercan Tudies, Ohio University, 1982); Françoise Pfaff, *Twenty-Five Black African Filmmakers* (Westport, CT: Greenwood, 1988); Jim Pines and Paul Willemen ed., *Questions of Third Film* (London: British FInstitute, 1982) 등의 연구서가 나와 있으나, 구해 읽지 못한다.

211) 주윤탁·김지석 편, 《아시아 영화의 이해》(서울: 제3문화사, 1993)가 나와서 대만, 일본, 중국, 홍콩, 말레이시아, 인도네시아, 태국, 필리핀, 인도, 파키스탄 등지의 영화를 소개한 것은 크게 반가운 일이다. 다루는 범위가 이 책보다 더 넓다. 그러나 아시아 다른 나라의 영화를 한국영화와 비교해서 문제점을 발견하고 나아가야 할 길을 찾는 것은 거기서는 하지 않은 일이다.

212) 한국영화의 문제점과 진로에 대해서 최근 몇 해 사이에 특히 많은 논의가 일어나서; 이중거 외, 《한국영화의 이해》 (서울: 예니, 1992); 최진용 외, 《한국영화정책의 흐름과 새로운 전망》 (서울: 집문당, 1994); 이효인, 《우리 영화의 몽상과 오만》(서울: 민글, 1994); 김영민, 《철학으로 영화 보기, 영화로 철학하기》 (서울: 철학과 현실사, 1994); 장세진, 《한국영화 씹어먹기》 (서울: 우리문학사, 1995); 김지석, 《한국영화 읽기의 즐거움》(서울: 책과 몽상, 1995) 등이 출간되었다. 문화 분야 공무원들이 공동집필한 정태환 외, 《문화대국으로 가는 길》(서울: 지식산업사, 1995)에서도 영화에 상당한 비중을 두었다. 그래서 영화론 출간의 전성시대를 맞이한 느낌이나, 대부분 영화를 살리는 대책을 마련하는 것이 시급하게 되었다고 강조하면서 단편적인 주문이나 정책적인 처방을 내놓는 데 그치고, 어떤 원리에 따라서 어떤 영화를 만들어야 할 것인가에 대해서 깊이 있는 검토는 하지 않았다.

범죄 예방 차원에서 검열의 고삐를 늦추지 않았다. 영화는 필요악이라고나 해야 할 오락물이므로 감시를 해야 한다고 생각했던 것이다.

그러다가 미국이 영화를 무역전쟁에서 이기기 위한 중요한 수출품으로 삼아 대단한 수익을 올리고, 자기네 영화를 수입하라고 세계 각국에 압력을 넣자, 정부 당국자들이 영화제작이 산업이라는 것을 뒤늦게 깨달았다. 그래서 다른 상품에서와 마찬가지로 국내 시장을 보호하고 수출을 꾀하기도 하는 반격을 시도하려고 한다. 규제에서 지원으로 정책을 바꾸고, 영화학교를 만들고 하는 것이 그래서 일어난 변화이다.

그러나 파격적인 지원을 하고 획기적인 투자를 한다고 해서 영화가 살아날 수 있는 것은 아니다. 영화를 살리는 방안을 정부에서 마련할 수 없을 뿐만 아니라, 영화인들도 그럴 수 있다고 믿기 어렵다. 전환이 가능하다고 낙관할 수 있는 근거는 사회 분위기, 관객의 요구, 지식인들의 주장 등의 민간영역에서, 영화 바깥 세계의 동향에서 찾을 수 있고, 의식하지 않은 가운데 탈춤의 신명풀이를 함께 하던 전통이 그 근저에서 작용하고 있다.

오늘날 한국의 영화는 인기의 정도에서 일본영화보다 앞서고, 인도네시아영화나 인도영화보다는 뒤떨어진다. 그 정도라도 희망을 가질 수 있다. 이따금 많은 관객을 모으면서 높이 평가되는 영화가 나오는 것은 크게 다행스러운 일이다. 그러나 야심적인 시도가 대개는 '카타르시스영화'를 한국에서도 만들어보자는 것이어서, 그 방향이 빗나갔다고 하지 않을 수 없다. 위에서 이미 시비한 바와 같이, 판소리광대의 수난을 다루면서 판소리를 재인식하도록 촉구한 그 〈서편제〉조차도 '카타르시스'의 원리를 받아들였다. 그런 잘못을 명확하게 시정해야 새로운 출발이 가능하다.

한국영화가 살아나고, 확고한 기반을 다지고, 한국인을 위해서나 세계 전체를 위해서나 필요한 구실을 하기 위해서는 '신명풀이영화'를 만드는 길을 찾아야 한다. '신명풀이연극'은 세계 도처에서 시도되고 있어도 '신명풀이영화'를 만든 전례는 알려져 있지 않으며, '신명풀이영화'의 이론도 마련되어 있지 않다. 그렇기 때문에 우리가 앞서 나가야 하고, 또한 그럴 수 있다. 한국의 탈춤이 '신명풀이연극'의 예술성을 드높이는 가장 좋은 본보기이고, 연극뿐만 아니라 영화에서도 신명풀이를 다시 살릴 수 있는 이론을 우리가 마련하고, 영화에 기대와 관심이 크다는 세 가지 조건을 합쳐, 세계영화사를 바꾸어놓는 작업을 한국에서 선도해서 할 수 있다.

'신명풀이연극'을 할 때 민중의 정치의식을 살려 기존의 사회체제에 대해서 비판하고 풍자하는 작업을 하던 성과를 영화에서도 이어야 '신명풀이영화'를 이룩할 수 있음은 물론이지만, 영화는 연극보다 더욱 정교하게 계산해서 제작해야 하고, 한 고장이나 한 나라에서 성공을 거두는 데 그치지 않고 나라 밖에 나가 세계적인 관심을 끌어야 한다. 그러므로 예술운동을 소홀하게 하고 정치운동에 들뜨기만 해서 '신명풀이연극'을 변질시킨 잘못을 영화를 만들 때에는 더욱 경계해야 한다.

우리가 만들어야 할 '신명풀이영화'는 관중을 놀라게 해서 충격을 주려고 하지 말아야 한다는 것을 맨 먼저 강조할 필요가 있다. 끔찍한 장면으로 관심을 모으려고 하는 것이 가장 어리석다. 그 점에서는 미국영화는 물론 일본영화와도 다른 길을 가야 하고, 인도영화의 전례에 관심을 가져야 한다. 그러나 우리의 '신명풀이영화'는 인도의 '라사영화'에서처럼 이미 있는 질서를 재확인하는 것은 아니다. 그런 질서를 인정하지 않는다. 질서를 뒤집고 그 잘못을 시비하고 새로운 질서를 찾는 토론장이어야 한다.

미완의 열린 구조로 토론을 벌이는 데 관중이 참여하게 하는 영화가 '신명풀이영화'이다. 영화의 이야기가 그 자체로 완결되어 있지 않아야 하고, 영화 만드는 사람들이 관중보다 무엇이든지 더 잘 알아 가르쳐준다고 하지 말아야 한다. 그런 원리만 분명하게 한다고 영화를 만들 수 있는 것은 아니므로, 구체적인 방법을 강구해야 한다.

영화 화면은 관중과 직접 연결될 수 없는 폐쇄성을 가진 평면이다. 그러나 영화에서 벌어지는 일이 그런 폐쇄성을 깰 수 있게 하는 것이 가능하다. 지금까지의 영화는 '카타르시스' 또는 '라사'의 원리에 따라서 만들었기 때문에 불가능하다고 생각되었던 다음과 같은 수법을 쓰면, 영화의 세계와 관중의 세계를 바로 연결시켜 '신명풀이영화'를 만들 수 있다.

영화의 세계와 관중의 세계가 바로 연결될 수 있다는 생각조차 하지 못하고, 관중이 영화가 주는 충격을 수동적으로 받아들이기만 하도록 하는 '카타르시스영화'의 상투적인 방법을 과감하게 깨야 새로운 길이 열린다. 무엇을 어떻게 깼는지 관중이 쉽게 알아차릴 수 있게 해야, 기대하는 효과가 더 커진다. 그래서 생각할 수 있는 방법에 대해서 시험 삼아 몇 가지 구상을 예시해본다.213)

이런 구상이 영화를 만드는 현장의 작업에 직접 도움이 되지 않을 수도 있다는 것을 안다. 그러나 발상을 신선하게 하는 자극제 노릇은 할 수 있으리라고 기대한다. 영화의 기본이론은 공동의 관심사라고 인정해도, 영화를 만드는 실제 기법은 전문가의 소관일 따름이라고 하는 반론을 예상할 수 있다. 그러나 원리와 기법이 불가분의 관계를 가지는 것이 바람직하다. 기법 문제를 구체적으로 다루지 못하는 원리는 전적으로 불신해야 한다는 더욱 심각한 반론에 응답하기 위해서도, 기법에 관한 최소한의 예증이 필요하다.214)

(가) 앞놀이·탈놀이·뒷놀이가 이어지는 방식을 따서, 앞뒤에는 영화가 아닌 실제 상황에서 여러 사람이 함께 뛰어노는 장면을 넣는다. 탈춤에서 가져온 앞놀이·탈놀이·뒷놀이를 영화용어로도 사용하기로 한다. 지

---

213) Teleshome H. Gabriel, "Towards a Critical Theory of Third World Films", in Jim Pines and Paul Willeman ed., *Questions of Third World Cinema* (London: BFI, 1989)에서는 제3세계의 영화는 구비문학과 가까운 관계를 가지고 구비문학의 특색이나 수법을 적극 받아들여야 한다고 하면서 영화를 만드는 데 직접 이용할 수 있는 기법을 몇 가지 구체적으로 제시했다. 이하의 논의도 대체로 그것과 같으면서, 탈춤을 영화로 잇는 원리를 제시해서 구비문학 활용의 원천과 방법을 더욱 분명하게 하고, 이론 정립의 수준을 더욱 높인다.

214) 강의를 수강한 방원일(철학과)은 여기서 펴는 구상이 영화기법의 발전을 무시한 "기술적 퇴행"을 초래하고, 영화를 연극으로 되돌리는 잘못을 저지른다고 비판했다. 그 비판은 정당하다. 이미 이루어진 새로운 영화기법을 널리 이용할 뿐만 아니라, 영화기법의 획기적인 발전을 스스로 이룩하기까지 하면서 '신명풀이영화'를 만드는 방안을 제시하는 데까지 나아가야 하겠는데, 나는 그렇게 하지 못한다. 내가 능력을 제대로 갖추지 못한 채 남의 분야를 침범했다고 분개하는 영화전문가들이 나의 죄를 징치하면서 세상의 무지를 깨우쳐주기 바란다.

금까지의 영화는 탈놀이만으로 이루어져 있었는데, 그 앞에다 앞놀이를, 그 뒤에다 뒷놀이를 보탠다. 앞놀이와 뒷놀이에서는 민속놀이를 함께 즐기는 사람들, 다수가 참가해서 열광적으로 진행되는 군중대회나 시위, 체육경기를 보고 열광하는 관중 등을 현장에서 직접 촬영한 필름을 이용한다. 같은 자료를 앞놀이와 뒷놀이에서 거듭 사용할 수 있다.

앞놀이와 뒷놀이를 넣는 이유는 중간에 들어가는 탈놀이가 관중이 직접 경험하는 현실의 일부를 확대해서 보여주는 것임을 알게 해야 하기 때문이다. 앞놀이가 벌어진 장소에서 탈놀이가 시작되게 해서, 공연장소와 극중장소가 일치하는 원리를 살리고, 영화에서 보여주는 일이 관중이 직접 경험하는 현실 자체와 바로 연결되어 있음을 알린다. 끝 장면에서는 탈놀이가 뒷놀이로 바뀌게 한다. 사건 진행을 군중이 함께 열광하는 데로 가게 한다. 그래서 영화 속의 일이 누구나 함께 경험하는 현실임을 다시 확인하고, 영화 속의 일에 관중들이 직접 개입해야 마땅하다는 생각을 하게 한다.

(나) 탈놀이에 춤대목이 삽입되는 방식을 이어, 중간 중간에 등장인물 모두 함께 즐겁게 노는 장면을 넣는다. 춤대목도 영화용어로 사용해, 영화 중간 중간에 누구나 함께 어울려 춤을 추는 장면을 넣고 춤대목이라고 일컫기로 한다.215) 춤대목은 참가자가 많아야 한다. 앞 장면까지에서 등장인물이 아니었던 다른 사람들도 끌어들여 함께 어울리게 하는 것이 마땅하다.

춤대목은 인도의 '라사영화'에서 흔히 볼 수 있으며, 우리가 만들 '신명풀이영화'에도 필요하다. 갈등을 해소한 화해를 보여주는 것이 춤대목의 공통된 기능이다. '라사영화'는 춤대목에서 경험하는 화해의 즐거움에 동참하도록 하면서 관중을 모아들인다. '신명풀이영화'는 화해에 치우치지 않고 갈등을 또한 중요시해야 한다. 춤대목의 화해와 앞뒤 싸움대목의 갈등을 대조시켜 보여주면서 관중에게 토론을 청하는 것이 마땅하다.

춤대목으로 들어갈 때 논리적 연관을 무시하는 것이 마땅하다. 앞놀이에서 탈놀이로, 탈놀이에서 뒷놀이로 넘어갈 때에는 논리적 연관이 있어

---

215) [보주] 이창동 감독의 영화 〈오아시스〉에 춤대목이 있다. 보충 논의의 〈영화 '오아시스'를 주목한다〉에서 이에 관해 고찰한다.

야 하는 것과 다르다. 논리적 연관을 무시하고 춤대목이 시작되면 관중이 당황하게 되고, 왜 그렇게 연결되는가 생각해보지 않을 수 없다. 그래서 서로 대립하고 싸우는 쌍방이 원래 싸우지 말아야 할 사이이고, 싸움이 화해이고, 화해가 싸움이라는 근본 이치를 스스로 찾아내게 한다. 그렇게 설명할 수 있는 生克의 원리를 깨닫게 하는 것이 영화의 주제이고, 영화를 만드는 수법에서도 그 원리를 구현해야 한다.

(다) 카메라를 높은 곳에다 두고, 아래로 내려다보면서 촬영하는 시각을 택한다. '카타르시스영화'는 위에 있는 대상을 쳐다보면서, '라사영화'는 대상과 같은 높이에서 가까이 다가가서 촬영을 하는 것이 적합하듯이, '신명풀이영화'는 아래 있는 대상을 내려다보면서 촬영하는 것이 다르다는 점을 명시할 수 있다. 탈춤의 양반에 해당하는 위압적인 인물을 위로 쳐다보다가, 각도를 바꾸어서 내려다보아 정상적인 시각을 회복한다. 관중이 영화 속의 인물을 어느 시각에서 바라볼 것인가 스스로 문제 삼지 않을 수 없게 한다.

(라) 관중을 향해서 직접 해설을 한다. 꼭두각시놀이의 박첨지와 같은 해설자가 서두에 등장해서 장차 무슨 일이 벌어지는가 알 수 있게 해설을 하고, 장면이 바뀔 때마다 다시 등장할 수 있다. 등장인물이 관객을 향해서 직접 말을 할 수도 있다.216) 그래서 관중이 자기를 숨기면서 편안히 앉아 보지 못하게 하고, 당사자로서 사건에 끼어들지 않을 수 없는 느낌을 가지게 한다. 등장인물이 말을 거는 데 대해서 관중이 대답을 하는 것이 바람직하다.

저절로 그렇게 되지 않으면, 그런 말을 할 사람이 관중석에 앉아 있다가 말을 맡아 나설 필요가 있다. 영화 속에서 벌어지는 일을 구경하는 관중을

---

216) 오세필 역, 《감독의 길, 구로사와 아키라 자서전》을 보면, 일본의 黑澤明(구로사와 아키라) 감독이 이 방법을 써서, 등장인물이 영화 끝 장면에서 관중을 향해서 박수를 쳐달라고 했더니, 일본의 관중은 아무 반응도 보이지 않아 모처럼 시도한 것이 실패로 끝났다고 하는 그 영화가, 파리에서 상연할 때는 관중이 박수로 응답했다고 하는 흥미로운 대목이 있다.(268~269면) 그런 수법을 쓰면 한국의 관중은 일본의 관중과는 다르고, 프랑스의 관중과 같은 반응을 보일 것으로 생각한다.

영화 속에 등장시켜서 등장인물과 말을 주고받고, 논란을 벌이면서, 탈춤에서 악사가 하는 구실을 하도록 하는 것도 좋은 일이다. 관중이 영화를 조용하게 보지 말고, 시끄럽게 떠들어야 한다.

(마) 영화 안에 또 영화가 있어, 영화관에서 영화를 구경하는 관중들이 영화에 등장하게 하는 것도 아주 효과적인 방법이다. 영화 속의 영화가 몇 겹 중첩되게 할 수도 있다. 그래서 영화 안이냐 밖이냐 하는 것은 상대적으로 구분될 따름이라는 것을 관중이 깨닫게 한다. 영화 안에서 영화를 보는 관중이 자기네가 보는 영화에 대해서 직접적인 반응을 보여, 불만을 토로하고, 중도에 퇴장하기도 해서, 그것을 보는 관중도 편안히 있을 수 없게 하도록 하면, 분위기가 들뜨게 할 수 있다.

(바) 영화가 처음 나타날 때에는 영화와 연극을 섞어서 했다. 영화가 미숙하고 미비해서 사용할 수밖에 없던 그런 수법을 다시 살리는 것을 고려할 일이다. 그렇지만 영화를 중단하고 연극을 하는 것은 어색한 일이고, 영화를 살리는 데 도움이 되지 않으므로 방법을 조금 바꾸어야 한다. 영화를 하다가 중단하고 관중석의 불을 켜고, 사물놀이 패가 나타나 한바탕 놀고 난 다음에, 다시 불을 끄고 영화에 들어가는 것이 좋은 방법이다. 그렇게 해서 관중이 직접 경험하는 현실로 되돌아오는 것이 더욱 실감나는 춤 대목이다. 앞놀이와 뒷놀이도 그런 방식으로 하면서, 관객도 함께 놀게 할 수 있다.

이런 차상은 필요에 따라 더 할 수 있다. 기본원리만 알고 있으면 변이를 하는 데는 어려움이 없다. 그렇지만 여러 가지 가능한 방법을 한 작품에서 다 쓰면 혼란이 일어난다. 어떤 관중과 함께 무슨 문제를 토론할 것인가에 따라서 적절한 방법을 서로 다르게 창안해서 사용해야 한다. 한국의 문제를 세계의 문제로 다루고, 문제제기의 범위와 토론 상대자의 성격을 더욱 확대해나가면서, 사용하는 기법도 달라져야 한다.

새로운 기법을 개발하면서 가장 경계할 것은 무엇을 말하려고 하는가 하는 내용과 무관하게 기법 자체를 중요시하고, 기법으로 영화를 평가하려고 하지는 말아야 한다는 점이다. 이 시대 한국에서, 또한 세계에서 가장 심각하게 생각하는 과제, 사회적 차별 철폐, 분배의 정의 실현, 이념이나 가치관의 차이 때문에 생긴 질시와 증오 시정, 자연과 서로 돕고 사는 관계의 회복 등을 위해서 구체적인 토론을 벌이는 데 새로운 형식을 개발해서 사용해야 한다. 영화는 재미가 있어야 하고, 그처럼 거창하고 딱딱한 문제를 다루면 관중이 외면하게 된다고 할지 모르나, 우리가 추구해야 할 재미는 자기 문제를 논의하는 데 참가하는 데서 생긴다.

'라사'는 특정의 정신적 가치를 내세우는 교훈일 수 있어도, 신명풀이는 관중 스스로가 관심이 있어 참여할 때에만 성립되는 흥겨움이다. 신명풀이를 배제하고 '라사'를 이룩하려는 영화는 대중성을 얻기 위해서 폭력물이나 음란물을 끌어들이지 않을 수 없지만, 신명풀이는 대중성을 획득할 때에만 성립되므로, 흥밋거리를 가져다가 붙여 사탕발림을 할 필요가 없으며, 이중성을 갖추는 곡예를 해야 하는 것도 아니다. 그렇기 때문에 일본영화는 실패했어도, 한국영화의 장래는 밝다고 낙관할 수 있다.

영화를 만드는 사람들이 대중보다 앞서나가면서, 신명풀이를 해야 할 것을 가져다주려고 해서 차질을 빚을 수 있다. 그것은 신명풀이에 대한 오해이고 배신이다. 대중을 따르기만 하면 된다는 것은 아니다. 영화가 여러 겹으로 이루어져 있어, 그 표면에서는 누구든지 아무 부담 없이 흥을 낼 수 있고, 그러다가 생각이 트이는 만큼 더욱 아래 층위로 내려가서 신명풀이의 깊이를 심화할 수 있게 하는 것이 바람직하다. 한층 더 깊은 층위에서 신명풀이를 다시 할 수 있다는 것을 스스로 알아차리는 놀라움을 최대의 즐거움으로 삼도록 해야 한다. 그렇게 하면 관중을 사로잡기 위해서 끔찍한 사건을 지어낼 필요가 없고, 이미 알고 있는 사실을 되풀이해서 확인하는 단조로움에서도 벗어난다.

관중이 아래 층위로 내려가는 길을 스스로 찾지 않았는데, 영화 만드는 사람이 미리 문을 열어놓는 것은 금물이다. 기법이 겉으로 드러나 보이지 않도록 해야 하는 것과 마찬가지로, 관중이 스스로 발견하지 않았는데도 깊은 층위가 더 있다고 말해주지 말아야 한다. 누구든지 스스로 들어가는 것만큼 깊이가 있는 미완성의 열린 구조를 만들어놓아야 한다.

미완성된 것을 완성하거나 열린 구조를 닫힌 구조로 만들거나 하는 것은 관중 각자에게 맡겨두어야 한다. 비유를 써서 말한다면, 누구든지 자기 얼굴을 비추어보는 거울일 수 있는 작품을 만들어야 한다. 그러면서 작품을 완전히 꿰뚫어보고 내려다보면서 시비하려고 하는 잘난 관중, 그 대표자인 비평가들조차도 전모를 다 보지는 못하게 하는 것이 바람직하다.

한국영화는 '신명풀이영화'로 일관해야 한다는 것은 아니다. 이미 깊숙이 들어와 있는 '카타르시스'의 원리를 제거하는 것이 불가능할 뿐만 아니라, 또한 그럴 필요도 없다. '신명풀이'에다 '카타르시스'를 합쳐 둘을 함께 이용하는 방법을 적극적으로 강구하는 것이 바람직하다. 그 둘을 합치는 데 그치지 않고, '라사'까지 가져와서, 연극미학의 세 가지 기본원리를 모두 다 이용하는 영화를 만드는 것이 유익하다. '신명풀이'·'라사'·'카타르시스'를 모두 갖추고 그 세 가지 서로 다른 관점에서 세상을 보면서 토론하는 영화가 어느 한 가지 관점만 갖춘 영화보다 더 많은 것을 줄 수 있다.

세 가지 관점을 합치는 작업을 연극에서는 하기 어렵고 영화에서는 하기 쉽다. 연극에서는 같은 연기자들이 원리가 다른 연극을 한 자리에서 보여주면 이상하게 보일 수 있다. 서로 다른 연극 몇 편을 연속하여 공연하는 것도 어울리지 않는다. 그러나 서로 다른 원리로 이루어진 영화를 편집해서 모아 더 큰 영화 한 편을 만드는 것이 영화에서는 가능하다.

'신명풀이'·'라사'·'카타르시스'를 결합하기만 하면 기대하는 성과에 이를 수 있는 것은 아니다 결합 방식을 면밀하게 계산해서 정확하게 알아내야 한다. 그 셋이 어떻게 배치되어 있는가를 관중이 설명은 할 수 없지만, 느낌을 통해서 알고서 영화를 보아 계속해서 생각할 문제를 던지는 방법을 마련해야 한다. 신명풀이의 주도적인 구실을 명확하게 하고, 신명풀이와 충돌하면서 화합할 수 있게 '라사'와 '카타르시스'를 배치해야 한다. 서로 충돌하면서 공존하게 해서, 화합이 충돌이게 하는 生克論의 원리를 구현해야 한다.

그런 작업을 카타르시스가 주도할 수도 있고, '라사'나 '카타르시스'가 주도자 노릇을 할 수도 있다. 그 양쪽에서도 지금 하고 있는 것과 같은 이론 정립 작업을 각기 수행하고, 영화 창작의 실제 작업에서 적극적인 시도를 해서 좋은 결과를 보여주기를 기대한다. 그러나 '카타르시스'는 생성과 극복 가운데 극복에 치우쳐 화합이 없는 충돌을, '라사'는 생성과 극복 가운데 생성에 치우쳐 충돌이 없는 화합을 내세우므로, 그 양면을 함께 포괄하는 작업을 생성이 극복이고 극복이 생성이라고 하는 '신명풀이'에서처럼 하기는 어렵다.

인류의 지혜를 융합해서 서로 대등하고 평화로운 세계를 만드는 것이 어느 문명권, 어느 민족에게도 주어져 있는 공통의 사명이지만, 그런 사명을 수행하는 데는 불가피하게 차등이 생긴다. '카타르시스' 쪽은 자기네가 세계를 제패하는 것이 정당하다고 믿어 의심하지 않아 인류의 화합을 이룩하지 않고 깨는 쪽으로 나아갈 뿐만 아니라, 투쟁을 일방적으로 소중하게 여기는 사고방식 자체가 화합을 저해한다. '라사' 쪽은 스스로 마련한 화합에 자족하고 있어 세계가 잘못되고 있는 것을 찾아서 바로잡으려고 하지 않으며, 화합을 일방적으로 중요시하는 사고방식 때문에 '카타르시스'의 횡포와 맞서 싸우기 어렵다.

싸움에 싸움으로 맞서 화합을 이룩해서, 대립과 조화, 극복과 생성이 둘이 아니고 하나임을 입증하는 '신명풀이'의 철학 生克論에서는 그 양쪽의 주장을 받아들여 하나로 만들면서, 그 양쪽의 잘못을 시정할 수 있다. 우리가 만들어 세계에 내놓아야 할 영화는 '신명풀이영화'이고 또한 '생극영화'여야 한다. 생극론의 원리에 따라 만들고, 그 원리를 구현하는 영화를 '생극영화'라고 일컫기로 한다. '신명풀이영화'라고 하는 것은 그 기법을 가리키는 말이며, '생극영화'라는 것은 그 철학을 두고 명명한 용어여서 서로 표리관계를 가지면서, 작업의 단계를 갈라서 이해할 수 있게 하는 다른 일면이 있다. 우리가 만들어 즐기는 '신명풀이영화'가 온 인류의 창조물인 '생극영화'이어야 한다.217)

---

217) 강의를 수강한 봉일근(철학과)은 '신명풀이영화'가 신명을 놀이의 형태로 소모시키고 말 수 있음을 경계하고, 문제해결의 의지를 불어넣는 것이 무엇보다도 소중하다고 했다. 그것은 적절한 지적이다. 그러나 문제해결이 생극론의 원리에 따라

연극과 영화의 제국주의에 맞서서 독자노선을 선포하는 제3세계의 움직임을 긍정적으로 평가하는 것 같이 하고서 무력화시키려는 책동이 자주 벌어지고 있다. 제3세계 각국이 잊혀진 전통을 찾는 것은 바람직한 일이지만, 그 때문에 남의 것과 자기 것을 지나치게 구별하는 탓에 문화적 순수주의에 빠져 새로운 창조를 빈곤하게 하고, 세계를 대립관계로만 이해해 인류의 화합을 이루는 데 저해작용을 한다고 비난하는 것이 그런 책동이다.218) '신명풀이연극'을 다시 하고 '신명풀이영화'를 만들자고 하는 지금까지의 주장이 그런 비난에서 헤어나지 못해 무력화될 수 있다고 염려하는 사람이 있을 수 있겠으나, 그런 억지를 논파하는 논리를 마련한 것이 지금까지의 작업에서 얻은 소중한 성과이다.

'신명풀이'는 공연자와 관중이 만나 언제나 새롭게 제기되는 문제를 함께 토론하는 공연방식이고 그 효과여서, 재창조를 해야만 살아날 수 있으며, 전에 하던 바를 순수하게 이어나가고자 하면 형체조차 없어진다. '신명풀이'는 싸움이 화해이고, 생성이 극복이라고 하는 생극의 원리에 따라 진행되어, 세계의 문제를 해결해서 인류의 화합에 이르는 길을 찾는다. 싸움이 없는 화해, 극복이 없는 생성이 바람직하다고 해서 제국주의에 대한 항거 능력을 말살하고자 하는 것은 오래 전부터 흔히 있던 일이어서 조금도 새삼스럽지 않다. 그런데 사태 파악은 다시 하지 않아도 되지만, 대응 방법은 새롭게 가다듬어야 한다.

공격에는 역공으로 맞서서 싸워서 이기려 하는 데 그치지 말고, 싸움과 화해, 생성과 극복이 둘이 아니고 하나임을 명시하는 생극의 원리를 관철

이루어지도록 해야 하고, 그러기 위해서는 싸움이 놀이이고, 놀이가 싸움이어야 한다. 놀이와 싸움을 분리시키면 둘 다 경직되어, 싸움이 제대로 진행되지 않는다. 싸움이 화해이고, 화해가 싸움이어야 한다고 한 "화해"는 싸움을 놀이로 공연해야 구현될 수 있으며, 실천에서도 놀이의 정신으로 화해를 이룩해야 마땅하다.

218) Julie Stone Peters, "Intercultural Performance, Theatre, Anthropology, and the Imperialist Critique", in J. Ellen Gainor ed., *Imperialism and Theatre, Essays on World Theatre, Drama and Performance* (London: Routledge, 1995)가 그 좋은 본보기이다.

시키는 것이 최대의 승리이다. 싸움을 부정하는 것이 가장 잘 싸우는 방법
이다. 싸우지 않고서는 싸움을 부정할 수 없으니 싸워야 하지만, 싸움을
부정하지 않고서는 싸웠다고 할 수 없다. '신명풀이'에다 '카타르시스'와
'라사'를 받아들이는 생극의 작업을 구체화하는 '생극영화'를 만들어 그런
목표를 성취하는 데 탁월한 창조력을 보여야 한다.

마무리

　‘카타르시스’는 고대그리스 문명의 자랑스러운 유산이라고 유럽인이 찬양하면서 이었다. ‘라사’는 중세인도 산스크리트 예술의 진수라고 평가되며 남-동남아시아 일대에 광범위한 영향을 끼쳤다. 그 둘과 맞서는 또 하나의 기본원리 ‘신명풀이’가 세계 어디든지 있으나 중세에서 근대로의 이행기 한국의 탈춤에서 특히 선명한 모습을 갖추어 특징과 의의를 고찰할 수 있다. 상층 지식인은 연극이랄 것을 만들어내지 못해 많이 뒤떨어진 한국에서 천대받고 살아온 하층민이 세계적인 범위에서 높이 평가해야 할 창조력을 보여주었다.

　‘카타르시스’·‘라사’·‘신명풀이’의 비교 고찰을 작품의 실상에 입각해 진행하고 철학적 근거까지 갖추어 이론화하는 것은 세계 연극 일반론을 정상화하는 필수적인 과제인데, 한국에서 내가 해냈다. ‘카타르시스’ 또는 ‘카타르시스’·‘라사’의 위세에 휘둘리지 않고 또 하나의 원리가 있음을 입증하는 데 불가결한 사실의 근거, 방법의 원리, 결단의 용기를 갖추었기 때문이다. 이렇게 하는 것이 한국학이 세계학으로 나아가는 좋은 본보기이다.

　‘카타르시스연극’이나 ‘라사연극’을 발달시킨 곳에서는 그 위세 때문에 ‘신명풀이연극’이 온전하지 못했다. 한국은 그런 고급의 연극을 만드는 대열에 들어서지 못한 탓에 ‘신명풀이연극’을 제대로 할 수 있었다. 양반 지식인은 철학을 존중하고 생극론을 개발하기까지 했으나 연극에서는 무능력자였다. 사회 밑바닥의 무식꾼들이 그 과업을 맡아 나서서 생극론을 생동하게 구현하는 ‘신명풀이연극’을 발전시켰다. 선진이 후진이고, 후진이 선진이다. 행운이 불운이고, 불운이 행운이다. 유식이 무식이고, 무식이 유

식이다. 이것이 생극론의 긴요한 원리이다.[219]

지금까지 말한 사실을 기본 내용으로 하고, 거기서 더 나아가 관련된 문제를 광범위하게 고찰하고자 했다. 연극이 영화와 밀접한 관련을 가지고, 오늘날은 연극보다 영화에서 더욱 심각한 문제가 제기된다고 보아, 연극에서 밝혀낸 그 세 가지 원리가 영화에서 어떤 관계를 가지는지 살펴 연극에 관한 논의를 더욱 심화하고자 했다. 그러면서 연극이나 영화가 그 자체로 존재하지 않고, 인류문명과 세계역사의 여러 문제와 깊이 연관되어 있는 양상을 다각도로 살펴, 예술론의 역사철학적 근거를 확립하고, 학문하는 방향을 다시 가다듬는 데 기여하고자 했다.

너무 길게 써서 장황한 것 같기도 하고, 너무 간략해서 이해하기 어려운 것 같기도 하다. 저자 혼자 사설을 늘어놓지 않고 독자와 대화를 하면서 문제를 함께 풀어나가야 할 것인데, 그렇게 하지 못해서 미진한 대목이 적지 않다. 독자가 관중이 되어, 희곡에 지나지 않는 이 글을 읽는 데 그치지 않고, 연극 공연에 해당하는 강의를 들으면서, '신명풀이'를 함께 해야 여기서 제시하는 이론이 전달 방식에서도 관철될 것이다. 인쇄매체를 통해서 그렇게 하지는 못해 안타깝다. 그래서 공개강의를 하면서 토론을 할 수 있는 기회를 만들어야 하겠다고 다짐하면서, 그 뜻이 이루어질 수 있기를 간절하게 바란다.

다룬 범위가 너무 넓어 내실이 부족하고 논의가 치밀하지 않다고 비판한다면, 너무나도 당연한 말이므로 변명하지 않기로 한다. 다만 여기서 고찰하다가 만 사실이나, 대강 거론하기나 하고 결판을 짓지 못한 논의를 철저하게 다루기 위해서는 수십 년의 작업이 필요하고, 한 사람의 일생으로는 감당할 수 없는 일거리가 된다는 점만 들어 양해를 구하고자 한다.

그렇지만 수많은 미비점 가운데 한국의 전통극에서 탈춤만 다루고, 《봉산탈춤》을 예증으로 드는 데 그치고, 탈춤의 다양한 모습이나, 꼭두각시놀음 · 무당굿놀이 · 발탈, 그리고 다른 여러 형태의 민속놀이까지 두루 고찰해서 연극이나 영화 창조를 위해서 물려받을 만한 유산의 폭을 확대하지

---

219) [보주] 여기까지의 머리말 서두를 다시 썼다.

않은 것은 가장 치명적이다. 그 점을 보완하는 것은 누구든지 힘써 해야할 일임을 명시하고, 먼저 손댄 사람이라는 이유에서 기득권을 행사하지는 않겠다고 다짐한다. 발탈을 조사한 자료를 부록으로 실어 누구든지 쉽게 이용할 수 있게 한다.

논의를 전개하는 과정에서 여러 용어를 관례와는 다르게 사용하고, 다시 규정하고, 만들어내고 하는 작업을 하지 않을 수 없었던 것이 시빗거리가 되리라고 예상한다. '카타르시스'·'라사'·'신명풀이'를 연극뿐만 아니라 영화에서도 널리 존재하는 기본원리를 지칭하는 용어로 만들었다. 그래서 '카타르시스영화'·'라사영화'·'신명풀이영화'를 구분해서 논하는 데까지 이르렀다. 神人不合과 神人合─이라는 말을 세계관의 지향을 가리키는 기본용어로 사용했다. 불분명한 것을 분명하게 하고, 다양한 현상을 포괄해서 지칭하고, 논의의 범위를 확대해 일반화를 꾀하면서 새로운 이론을 도출하는 일은 누가 하든지 새로운 용어를 사용하지 않을 수 없다는 것을 인정하고, 그것들 하나하나에 대해서 시비를 가리기를 바란다.

여기서 추진한 핵심 작업은 이론 정립이다. 그래서 사실 해명이 크게 부족하고, 연극이나 영화를 실제로 만드는 실천에 관한 논의도 미비하다. 관련 사실이든 실천의 과제이든 이론 정립을 위한 예증으로 들었으므로, 구체성이 결여되어 있는 것은 어쩔 수 없다. 이론 정립을 위해서 生克論이라고 이름 지은 나의 철학을 여러 문제 해결에 일관되게 적용해서 하나로 모아지는 결론을 얻으려고 했는데, 뜻한 바와 같은 성과에 이르렀는지 의문이다. 바로 그 점에 대한 시비가 이 글에 관한 토론에서 가장 중요시되어야 마땅하다고 본다.[220]

---

220) 이 책의 원고를 읽고 김석준은 生克論 정립의 의의는 수긍하면서, 그 내용이나 쓰임새는 잘못되었다고 하는 반론을 제기한 토론문을 보내주었기에, 여기서 응답한다. 김석준은 生克은 보편적인 조화의 원리이며, 조화는 하나를 하나라고 하는 데서 이루어지는데 대립과 투쟁을 강조해서 말한 것은 잘못이라고 하고, 본체론이며 형이상학의 높은 자리에 머물러 있어야 할 生克의 이치를 역사철학의 자리로 끌어내려 변증법과 비슷한 구실을 하게 한 것이 잘못이라고 했다. 그런 견해는 理氣이원론 또는 主理論을 극단화시켜 이어서 유럽 전래의 형이상학을 위해 봉사하도록

그런데 생극론 정립을 더욱 진척시키면서 '신명풀이'의 원리를 정립하는 두 가지 과업을 한꺼번에 이룩했으므로, 탈춤을 새롭게 이해해야 이론의 근거를 더욱 분명하게 밝힐 수 있다. 탈춤은 총괄해서 정리한다면, 앞놀이 · 탈놀이 · 뒷놀이로 이루어져 있고, 탈놀이 속에 싸움대목과 함께 춤대목이 있다. 그것들이 바로 생극의 원리를 구현하고 있다. 그래서 철학을 앞세우지 말고 먼저 탈춤에서 배우기 위해 힘쓰는 것이 마땅한 자세이다.

공연자와 관중이 앞놀이와 뒷놀이에서는 하나가 되고, 그 중간의 탈놀이에서는 둘로 나누어진다. 공연자와 관중이 하나이면서 둘이고, 둘이면서 하나이다. 공연자와 관중이 둘로 나누어진 탈놀이에서도 공연자가 관중을 향해 직접 말을 하고, 관중이 공연자들의 싸움에 끼어들어서 그 둘이 둘이면서 하나임을 분명하게 한다. 공연자들이 탈놀이의 싸움대목에서는 갈등 관계에 있어 승패를 다투다가, 춤대목에서는 함께 즐거워하면서 화합을 이룬다. 그렇지만 즐거워할 이유가 서로 달라, 화합이 또한 갈등이다. 관중은 싸움대목뿐만 아니라 춤대목에도 자기 나름대로 개입하고 사태를 판단해서, 화합의 이유가 서로 다른 것을 덮어두지 않고 들추어낸다. 그래서 연극이 그 자체로 폐쇄되지 않고 미완성의 열린 구조이게 만드는 것이다.

그런 전개 방식이 모두 生克의 원리를 아주 잘 구현하고 있다. 생극론을 이루는 데 관여한 어떤 선행 이론이나 어떤 선행 사상보다 탈춤이 더 많은 가르침을 지니고 있다. 그래서 생극론을 적용해 탈춤을 이해한 성과보다 탈춤 이해를 통해서 생극론을 발전시킨 성과가 더 크다. 미진한 작업을 보완하고, 철학의 정립을 더욱 가속화하는 데 이르렀다 하겠으므로, 그 점을 간추려 논하지 않을 수 없다.

해서 생겨났다고 생각한다. 갈등이 조화이고 조화가 갈등이라고 하는 생극론은 형이상학과 변증법, 본체론과 역사철학의 분리를 인정하지 않는다. 生克에 관한 논의를 높은 데서 할 수도 있고, 낮은 데서 할 수도 있는 융통자재한 진폭을 갖추어야 한다. 논의의 차원이 가치의 등급은 아니다. 徐敬德이 생극론을 처음 마련할 때에는 理氣에 관한 시비가 가장 긴요한 과제였으나, 지금은 문화제국주의를 극복하기 위해 힘써야 하므로 역사철학을 정립하고 예술이론 또는 문화이론을 만들어내야 하지만, 生克의 철학에 높고 낮은 양면이 갖추어져 있는 점은 변함이 없다.

　지금까지 생극론을 전개하면서, 생성과 극복, 화합과 갈등이 둘이 아니고 하나이며, 또한 하나가 아니고 둘인 것이 당연한 이치이지만, 하나가 아니고 둘이라는 뒤쪽의 말은 강조해서 하지 않았다. 말이 둘로 나누어져 있으니 둘이 아니고 하나라고 하는 것은 반드시 필요하고, 구태여 하나가 아니고 둘이라고 할 필요는 없었다. 그리고 계급모순보다 민족모순을 해결하는 것이 더욱 긴요한 과제로 제기되어 있는 지금 단계의 역사적 실천을 위해서도 갈등과 화합이 둘이 아니고 하나라는 측면을 강조해야 했다. 그런데 갈등이니 화합이니 하는 개념어를 사용하지 않고, 서로 부딪혀서 빚어내는 행위 자체로 이루어진 탈춤은 갈등과 화합이 둘이 아니고 하나일 뿐만 아니라 하나가 아니고 둘이어서 화합 가운데 갈등이 있다는 것을 명확하게 하고 있다.

　탈춤에서 보이는 이 모든 원리를 받아들여 재창조하는 영화를 '생극영화'라고 일컬었다. '생극연극'은 말하지 않고, '생극영화'만 말하는 이유는 연극과 영화가 서로 다른 데 있다. 연극에서는 이미 있는 탈춤에서 원리를 도출하는 것과 다르게 영화에서는 원리를 먼저 정립하고 작품을 만드는 것이 순서이다. 연극에서도 새로운 작품을 이론의 설계대로 만들어야 하지만, 영화에서 더욱 분명한 시험을 과감하게 할 수 있고, 또 그렇게 해야 한다. 이제 설계를 시작할 따름이고 아직 존재하지 않는 영화를 지칭하기 위해서 '생극영화'라는 말을 만들어서 쓸 필요가 있다.

　연극에서는 '신명풀이연극'이 그 자체로 일관되면서 '카타르시스연극'이나 '라사연극'과 대립하고 경쟁하는 관계를 맺으면 그만이지만, 영화에서는 다양한 원리가 쉽사리 섞인다. 그런 특성을 적극적으로 이용해서 '생극영화'는 '신명풀이영화'를 주축으로 삼고, '카타르시스영화'와 '라사영화'를 그 속에다 끌어들여 셋을 결합시킨다. 그 셋이 여럿이면서 하나이며, 하나이면서 여럿임을 원리상 명시하고 실제 작품에서 구현하는 것 자체가 생극의 실현이다. 그렇게 해서 여러 가닥으로 나누어져 있는 인류의 지혜를 하나로 모으면서 또한 더욱 심각하게 다투게 하는 것이 '생극영화'의 사명이다.

우리는 '신명풀이연극'을 계승하고 발전시켜 '생극영화'로 만드는 데서, 우리 한국인이 스스로 만족할 수 있게 할 뿐만 아니라, 인류가 정당한 투쟁으로 바람직한 화합을 이룩해, 생성과 극복이 둘이 아니고 하나임을 깨닫게 해야 한다는 것이 최종 결론이다. 그런 목표는 연극에서 도출되었으나 영화를 통해서 더욱 훌륭하게 달성할 수 있다고 보아, 연극론에서 시작한 논의를 영화론으로 끝을 맺었다.

앞으로 해야 할 일의 이론적인 전망을 제시하는 데 그쳤으며, 실제 작업을 시작한 것은 아니다. 실제 작업의 현장에서 일하는 분들의 지적과 비판이 있으면, 이론 정립을 되돌아보고 보완하는 지침으로 삼고자 한다. 그러나 이 책에서 시작한 연구를 더욱 확대하고 발전시키고 실제 작업에 적용하는 것은 관심 있는 수많은 동지의 공동작업이어야 한다. 그렇게 되리라고 믿고, 나는 다른 작업을 하는 쪽으로 방향을 돌리고자 하니, 나무라지 말기 바란다.

보충 논의

동서양의 희극[1]

두 가지 연극

연극에는 크게 나누어보면 두 가지 것이 있다. 어떻게 구별되는가? 우선 관중의 태도가 다르다. (가1) 엄숙한 자세로 보아야 한다. (나1) 떠들면서 보아도 된다. 이것이 가장 명백한 차이이다. 그 이유는 무엇인가? (가2) 연극이 그 자체로 진행되며 관중의 개입을 허용하지 않는다. (나2) 연극이 열려 있어 관중이 개입한다.

즐거움을 얻는 방식에 차이가 있다. (가3) 유기적인 구성을 갖추고 있어 자초지종을 살피고 이해해야 한다. (나3) 삽화가 열거된 느슨한 구성이어서 들락날락하면서 보아도 된다. (가4) 말을 알아듣고 감동해야 한다. (나4) 말을 알아듣지 못하고 동작만 보아도 어느 정도 알아차리면서 즐길 수 있다.

나타내고자 하는 바가 같지 않다. (가5) 존중해야 할 이념이나 규범을 재확인한다. (나5) 존중해야 할 이념이나 규범을 거부하고 파괴한다. (가6) 상층의 위세를 보여준다. (나6) 하층의 해방을 촉구한다.

이런 특징을 가진 (가)와 (나)를 무어라고 일컬어야 하는가? 이에 대한 대답은 미적 범주에 근거를 두고 해야 한다. (가)는 비극이고, (나)는 희극

숭고	비장
우아	골계

---

1) 2005년 6월 3일 부산국제연극제에서 강연한 원고이다.

이라고 하는 말을 흔히 들을 수 있는데, 이것은 비장과 골계의 대립을 근거로 한 것이다. 숭고와 우아 쪽은 빼놓고 하는 말이다.

미적 범주는 위의 표에 나타나 있는 넷이다.[2] 넷은 '있어야 할 것'과 '있는 것'의 관계 양상에 따라 구분된다. 위에 적은 숭고와 비장은 '있어야 할 것' 쪽이다. 아래에 적은 우아와 골계는 '있는 것' 쪽이다.

왼쪽에 적은 숭고와 우아에서는 '있어야 할 것'과 '있는 것'이 합쳐진다. 오른쪽에 적은 비장과 골계에서는 '있어야 할 것'과 '있는 것'이 서로 부정한다. '있어야 할 것'에서 '있는 것'을 가져가면 숭고가 이루어진다. '있는 것'에서 '있어야 할 것'을 합치면 우아가 이루어진다. '있어야 할 것'이 '있는 것'을 부정하면 비장이 이루어진다. '있는 것'이 '있어야 할 것'을 부정하면 골계가 이루어진다.

(가)라고 한 연극의 기본특징은 비장만이 아니다. 비장이기도 하고 숭고이기도 하다. (나)라고 한 연극의 경우는 골계이기도 하고 우아이기도 하다. 숭고와 비장이 공존하는 연극에서 그 둘이 어떤 관련을 가지고, 우아와 골계가 공존하는 연극에서 그 둘이 어떤 관련을 가지는지는 경우에 따라 다르다. 어느 한쪽에 치우치기도 하고 중간을 취하기도 한다.

(가)는 비극, (나)는 희극이라고 하는 것은 일방적인 명칭이다. 그런 용어는 비장과 골계 쪽만 지칭하고, 숭고와 우아 쪽은 무시했다. 숭고비장극·우아골계극이라고 하는 것이 공평하다. 상위연극·하위연극이라고 할 수도 있다. 그러나 이름을 고치는 것은 쉬운 일이 아니다. 비극과 희극이 너무 많이 알려져 개명을 한다 해도 효력이 있을 것 같지 않다.

그러면 어떻게 해야 하는가? 최상책이 불가능하면 차선책을 택하지 않을 수 없다. 비극과 희극이라는 말을 그대로 쓰면서 의미를 확대한다. 이른바 비극은 숭고비장극을, 이른바 희극은 우아골계극이라고 규정한다. 비극이라고 하는 것이 숭고극일 수도 있고, 희극이라고 하는 것이 우아극일 수도 있다는 말이다.

---

2) 〈한국문학의 양상과 미적 범주〉, 《한국문학 이해의 길잡이》(서울: 집문당, 1996)에서 미적 범주 일반론을 제시했다.

비극의 의미를 협소하게 규정해, 아리스토텔레스가 특성을 규정한 고대 그리스의 비극이라야 제대로 된 비극이라고 하는 견해는 전혀 부당하다. 세계 연극 일반론의 성립을 방해하고, 고대그리스 연극의 특성을 다른 것들과 비교해 고찰하기도 어렵게 한다. 그런 불필요한 선입견을 버리고, 지금 여기서 전개하는 논의를 한 단계씩 이해하기 바란다.

희극에 관해서는 이론이 너무 많아 헷갈린다. 웃음의 본질이 무엇이고, 어떤 연극이 희극인가 하는 등의 문제를 놓고 수많은 사람이 각기 자기 나름대로 전개한 학설을 하나하나 들추어내는 것은 무익하다. 단순하고 명확한 규정을 먼저 하고, 작품의 실상에 맞는 논의를 필요한 대로 갖추는 것이 마땅하다.

실제의 상황

새롭게 규정한 비극과 희극이 분포되어 있는 상황을 살펴보면 다음과 같은 세 가지 경우가 있다.

> (1) 비극과 희극은 별개의 연극이며, 비극이 우월하고 희극은 저열하다.
> (2) 비극과 희극은 독립되어 있지 않고 한 연극에 공존하는 요소이다.
> (3) 비극과 희극 가운데 희극이 우세하고 비극은 찾아보기 어렵다.

(1)의 본보기로 고대그리스연극이 널리 알려져 있다. 고대그리스에서는 비장극인 비극과 골계극인 희극을 별개의 연극이라고 하고, 그 둘 가운데 비극이 우월하고 희곡은 저열하다고 했다. 그런 관습을 17세기 유럽연극에서 재현했다. 일본 노오(能)와 교겐(狂言)도 그런 관계를 가진다고 할 수 있다. 심각한 내용을 가진 숭고비장극인 노오를 공연하는 막간에 단순한 웃음거리인 골계극 교겐을 보여준다. 노오는 존중받는 작품이지만 교겐은 단순한 흥밋거리이다. 월남에는 ‘뚜옹’(tuong)과 ‘째오’(cheo)라는 두 가지

전통극이 있는데, 하나가 비극이라면 다른 하나는 희극이다.3)

뚜옹은 국가 흥망과 같은 거창한 주제를 다룬 문인들의 창작품을 궁중의 무대에 올려 엄숙하게 공연하고, 국왕과 신하들이 관객이 되었다. 대표작으로 알려진 〈山後〉를 보면, 찬탈자 때문에 위기에 처한 왕자를 충신의 희생적인 노력으로 구출해 무너진 왕조를 다시 세웠다고 하면서 중세의 질서를 재확립하고자 하는 염원을 나타냈다.

째오는 마당에서 공연하는 민속극이다. 평소에는 농사를 짓던 사람들이 공연을 담당해 마을끼리 경연을 벌이기도 했다. 줄거리만 전해지는 내용을 즉석에서 윤색해 관중과 함께 주고받는 흥미로운 대사로 만들었다. 연극 진행에 끼어드는 무리가 관중 가운데 있어 상대역이 되기도 하고 논평자가 되기도 하며, 일반관중이라도 자유롭게 개입할 수 있다. 〈劉平〉이라는 것에서, 과거보러 가서 유식한 상전은 낙방하고 무식한 하인이 시험관을 감탄하도록 했다. 하인의 역을 맡은 사람이 익살꾼의 재담으로 폭소를 자아내면서 지위의 고하, 가치의 우열을 뒤집어엎는다.

(2)의 본보기는 인도산스크리트연극이다. 그 연극은 비극의 요소와 희극의 요소를 다른 여러 요소와 함께 지니고 있으면서 그 어느 한쪽으로 치우치지 않는다고 했다. 양자가 공존하므로 극단이 배제된다. 비극이라는 것이 숭고비장극이면서 숭고의 특성을 많이 지니고, 희극은 우아골계극이면서 우아의 특성을 많이 지녔다. 인도네시아의 그림자극 '와양 쿨리트'(wayang kulit), 중국의 雜劇도 이에 해당한다. 북부 인도에서 공연되는 '나우탄키'(nautanki) 또한 비극과 희극의 양면을 지니고 있다.

나우탄키가 어떤 연극인지 알아보자.4) 하층의 남자가 공주를 아내로 맞이하기까지 겪는 기이한 사건을 다루는 각본을 여럿 마련해 민속극의 범위에서 벗어났다. 그러면서 기이하다고 할 정도로 겉과 속이 다르고 갈등

---

3) 최귀묵, 〈월남 전통극 연구〉. 《고전문학연구》16 (서울: 한국고전문학회, 1999), 《세계문학사의 전개》(서울: 지식산업사, 2002), 305~306면

4) Kathryn Hansen, Grounds for Play, the Nautanki Theatre of North India (New Delhi: Manohar, 1992), 《세계문학사의 전개》, 300면

이 격심한 사건을 보여준다. 전능한 제왕이 무대 위를 활보하다가, 다음 순간에는 헐벗은 거지가 되어 나타난다. 목을 달아매는 짓이 싫지 않은 듯이 덤덤하게 해치우려는 사형집행자에게 검은 모자와 가면을 쓴 자가 난데없이 출현해 말을 걸더니, 가련한 여자가 죽음의 위기에서 구출된다. 어릿광대가 끼어들고 관중이 개입해 고정된 질서를 부정하고, 기존의 가치를 뒤집어엎는다.

(3)에 속하는 연극의 좋은 예는 한국의 탈춤이다. 남부 인도의 '타마사'(tamasha), 인도네시아의 '루드르크'(ludruk)를 함께 들 수 있다. 유럽에서도 중세의 바보굿(feast of fools)은 이런 놀이면서 연극이었다. 타마사의 실상을 확인하면서,5) 나우탄키와의 차이점을 주목하자.

타마사는 최하층민의 연극이다. 글로 쓴 각본은 없으며, 관중이 참여하는 방식으로 공연된다. 신화 속의 인물 크리슈나(Krishna)와 그 애인의 만남을 보여주고, 왕과 왕비가 등장하는 사건을 전개하는 방식으로 감당해야 하는 고전의 무게를 어릿광대가 관중과 함께 희화해 웃음거리로 만든다. 크리슈나를 조롱의 대상으로 삼아 숭고를 비속으로 격하시킨다. 고귀한 인물 또한 그 자체의 특성은 무시하고 단순화된 형태의 흥밋거리로 삼는다.

고대그리스의 희극

연극은 공연 또는 작품을 들어 고찰하는 것이 바람직하다. 작품이 있고 이론이 만들어졌다는 이유에서 이론은 그리 중요하지 않다. 그러나 일단 만들어진 이론은 작품 활동을 제약하는 틀이 되고, 연극에 대한 관념을 지배한다. 비극이니 희극이니 하는 것이 문제 되는 이유가 작품에 있지 않고

---

5) Tevia Abrams, "Tamasha", Farley P. Richmond et al., ed., *Indian Theatre, Traditions of Performance* (Honolulu: University of Hawaii Press, 1990), 275~304면, 《세계문학사의 전개》, 300면

이론에 있다. 이론을 시비의 대상으로 삼지 않을 수 없다.

작품에서는 여러 연극이 각기 존재하고 그 나름대로의 가치를 가지는 것이 당연한데, 이론에서는 그런 사실을 무시하고 우열 논쟁을 벌인다. 고대그리스연극이 으뜸가는 가치를 가지고 연극의 규범이 된다고 주장하면서 비극이 희극보다 우월하다고 한다. 이에 대해서 반론을 펴야 연극 이해가 정상화된다. 《카타르시스·라사·신명풀이: 연극·영화미학의 기본원리에 대한 生克論의 해명》에서 한 작업을 원용해 필요한 논의를 전개한다.

비극과 희극은 별개의 연극이며, 비극이 우월하고 희극은 저열하다고 하는 경우를 고대그리스극을 들어 구체적으로 살피기로 하자. 아리스토텔레스가 《시학》에서 전개한 견해가 둘을 구별하고 평가하는 근거를 제공한다. 몇 대목을 들어 고찰하기로 한다.

"모방의 대상이 되는 행동하는 인간은 필연적으로 우리들 이상의 선인이거나, 또는 우리들 이하의 악인이거나, 또는 우리와 동등한 인간이다"라는[6] 것이 논의의 출발점이다. 선인의 행위를 모방하는 연극은 비극이고, 악인의 행위를 모방하는 연극은 희극이라고 했다. "우리와 동등한 인간" 쪽에 관해서는 별도의 논의가 없었다.

악인의 성격을 다시 규정했다. "보통 이하의 악인이라 함은 모든 종류의 악과 관련해서 그러는 것이 아니라 어떤 특정 종류, 즉 우스꽝스런 것과 관련해서 그런 것"이고, "우스꽝스러운 것은 남에게 고통이나 해를 끼치지 않는 실수 또는 기형이다"고 했다.[7]

비극은 선인을, 희극은 악인을 모방한다는 것은 다루는 대상에서 가치의 차이가 있다는 말이지만, 그런 생각을 명시하지는 않았다. "비극은 여러 가지 발전과정이나 그 창안자들이 잘 기억되고 있는 반면 희극의 경우는 그렇지 못하다"고 하고, "그것은 희극이 초기에는 중시되지 않았기 때문이다"라고 하는 대목에서[8] 두 연극은 높이 평가되고 낮게 평가된 차이

---

6) 천병희 역, 《시학》(서울: 문예출판사, 2002), 제2장, 31~32면
7) 같은 책, 제5장, 45~46면
8) 같은 책, 같은 곳

가 있다고 했다.

비극은 "서사시보다 시의 목적을 더 훌륭하게 달성하므로 더 우수한 예술임이 명백하다"고 한 대목에서는9) 사실 기술은 그만두고 가치 평가로 선회했다. 타당한 논의를 한 단계씩 조심스럽게 전개하는 것 같은 태도를 보여주다가 의도했던 바를 노출시켰다. 비극과 희극을 바로 비교하지는 않고 비극은 서사시보다 더 우수한 예술이라고 해서, 희극은 비극은 물론 서사시와도 비교될 수 없는 저열한 예술임을 알도록 했다.

희극은 폄하해 내보내고 비극은 칭송해 우대하는 편파적인 태도를 보였다. 희극에 관해서는 서두의 몇 대목에서 위에서 든 것 정도로 언급하는 데 그치고 비극은 자세하게 다루었다. 다룬 분량에서 차별이 아주 심하다. 비극은 공포와 연민의 감정을 일으켜 보는 사람의 마음을 정화해준다는 '카타르시스'론을 마련했다. 희극의 경우는 어떤지 말하지 않았다.

희극을 다룬 대목도 원래 《시학》에서 상당한 분량을 차지했었는데, 후대에 전해지지 않았다고 주장하는 논자가 있어 그 대목을 복원한다고 했다.10) 그러나 '카타르시스' 비극론에 해당하는 희극론을 만들어낼 수는 없다. 후대의 논자들이 희극이 무엇인가에 대해 다양한 견해를 폈지만 희극은 비극보다 저열하다는 평가를 바꾸지는 못했다.

인도산스그리트극의 경우

비극과 희극은 독립되어 있지 않고 하나의 연극에 공존하는 요소라고 하는 본보기로 인도산스크리트연극을 살피기로 하자. 인도연극에 관한 이론은 바라타(Bharata)가 지었다고 하는 《나티아사스트라》(Natyasastra)에서

---

9) 26장, 162면
10) Lane Cooper, *An Aristotelian Theory of Comedy with an Adaptation of the Poetics and a Translation of the "Tractatus coislinianus"* (New York: Hartcourt, 1922)

마련했다. 그 한 대목에서 연극을 다음과 같이 규정했다.

　　연극은 너희 마귀들이나 (우리) 신들의 정감을 일방적으로 전달하는 것이 아니다. 연극은 (신, 마귀, 인간) 세 세계의 감정을 나타내고 전달한다. 경우에 따라서 도리·유희·이익·화평·웃음, 싸움·애욕·살육 (가운데 어떤 것들)을 갖춘다... (그래서) 무기력한 이에게는 대담성을, 자기가 용감하다고 여기는 이에게는 정열을, 생각이 모자라는 이에게는 분별을, 배우는 이에게는 지혜를 가져다준다.[11]

　브라흐마 신이 마귀를 향해서 설파한 말이다. 아리스토텔레스가 《시학》에서 사용한 것과 아주 다른 논법이다. 연극에 대해서 관찰하고 분석한 바를 한 단계씩 말하지 않고, 마귀라도 의심할 수 없는 진리를 설파한다고 하는 신화의 논법을 사용했다. 연극은 신에서 마귀까지 이르는 다양한 내용을 다룬다고 하면서 그 포괄성이나 총체성을 소중하게 여겼다.

　구체적인 논의에 들어가 연극은 도리·이익·화평·웃음·살육 등을 갖추어 갖가지 정감을 두루 다룬다고 했다. 그 가운데 어떤 것에 사로잡혀 있는 이들에게 자기 모습을 보여주기도 하고, 자기와는 반대가 되는 모습을 알려주어 결핍을 보충하게 하기도 한다고 했다. 무척 다양한 연극이 어느 것이든지 자기 발견과 자기비판의 구실을 수행해서 유익하다고 했다.

　연극이 모두 하나라는 것은 아니다. '라사'(rasa)라고 일컫는 정감 가운데 어떤 것이 두드러지게 나타나는가에 따라서 연극의 종류가 열 가지로 나누어진다고 했다. 그 가운데 '나타카'(nataka)와 '프라카라나'(prakarana)를 먼저 들어 자세하게 고찰하고, 다른 여덟 가지에 관해서는 부분적인 언급만 했다. '나타카'는 신화·전설·역사 등에서 유래한 고귀한 인물의 행위를 다루고 '프라카라나'는 당대인의 일상생활에서 소재를 구하므로, 작품의 전개방식도 서로 다르다고 하면서 여러 측면에서 다각적인 비교론을

---

11) G. K. Bhat, *Bharata on the Theory and Practice of Drama* (Poona: Bhandarkar Oriental Research Institute, 1975), 11면

폈다.

그 둘은 각기 그리스연극의 비극, 희극과 상통하는 면이 있으나, 차이점을 더욱 주목할 만하다. 공통점과 차이점을 함께 간명하게 정리하기 위해서 미적 범주의 개념을 사용하는 것이 가장 유익하다. 고대그리스연극에서는 비장과 골계가 나누어져 있고, 인도산스크리트연극에서는 숭고와 우아가 맞섰다. 그래서 ‘나타카’는 숭고극, ‘프라카라나’는 우아극이라고 일컬을 수 있다. 역사극과 세태극이라는 용어를 사용할 수도 있다. 두 가지 말을 합쳐서, 역사숭고극과 세태우아극이라는 말을 사용하면 뜻이 분명하지만, 그런 말이 통용되기 어려울 것 같아서 사용이 주저된다.

비극이 최고의 연극이므로 비극이 없는 연극은 열등하다는 생각을 유럽인들은 꾸준히 해왔다. 동양연극에 비극이 없는 것은 유럽 비극의 주인공이 지닌 것과 같은 투지를, 불교가 부정해서 죽음을 감미롭게 여기도록 하기 때문이라는 견해까지 있다.[12] 인도의 학자들은 그런 견해에 대해서 다각도의 반론을 전개해왔다.[13]

유럽에는 비극은 비극이고, 희극은 희극이라고 갈라놓는 전통이 있지만, 인도에서는 비극과 희극 또는 그 밖의 다른 미감이 다양한 방식으로 복합되어 여러 형태의 연극을 만들어냈으므로, 비극 부재가 결함이라고 하는 것이 부당하다고 했다. 어느 한 가지 감정으로 치닫는 유럽연극의 주인공과 다르게, 인도연극의 등장인물은 자제력이 있고 고상하며, 모든 것에 대

---

12) Encyclodedia Britanica (1974년판) 제18권에 실려 있는 Sewall, “Tragedy” 항목에서 한 말이다. 이에 관해서 〈한국문학의 숭고와 서양문학의 비장〉, 《한국문학과 세계문학》(서울: 지식산업사, 1991)에서 비판했다.

13) Hari Ram Mishra, *The Theory of Rasa in Sanskrit Drama with a Comparative Study of General Dramatic Literature* (Chatarpur: Vindhyachal Prakashan, 1964); Leela Arjunwadkar, “Absence of Tragedy in Sanskrit Kavya-Literature”, in C. D. Narisimhaiah and C. N. Srinath ed., *A Common Poetic for Indian Literatures* (Mysore: Dhavanyaloka, 1984); R. S. Tiwary, *A Critical Approach to Classical Indian Poetics* (Varanasi: Chukhambha, 1984); C. N. Patel, “Catharsis and Rasa”, in V. M. Kulkarni, *Some Aspects of the Rasa Theory* (Delhi: B. L. Institute of Indology, 1986)

해서 대단한 자비를 가진다고 했다. 그래서 격이 낮다는 주장은 전혀 부당하다고 했다.

유럽에서 인간존재가 비극적일 수밖에 없다고 하는 이유가 인간의 운명(fate)을 인간 스스로 결정할 수 없다는 데 있는데, 業報(karma)에 관한 신앙을 지닌 인도인은 운명이란 다만 지난 시기의 행동의 결과 축적일 따름이라고 여기므로 비극을 부정한다고 했다. 업보에 따른 윤회가 근본적으로 자기 책임이라고 믿어 눈앞의 불행 때문에 완전히 좌절하는 비극은 저열하다고 여긴다고 했다. 인간의 삶을 처절하게 사실적으로 그리기보다 불행을 넘어서는 성숙된 자세를 상징적이고 서정적인 품격을 갖추어 나타내는 것이 더욱 바람직하다고 했다.

'카타르시스'는 공포와 연민의 감정을 씻어준다고 하는데, 그 밖의 다른 감정도 같은 원리에 따라 처리할 수 있는가를 물었다. '카타르시스'는 적용 범위가 한정된 이론이지만, '라사'는 그렇지 않아 모든 감정에 두루 적용할 수 있는 포괄성을 갖추고 있다고 했다. '카타르시스'는 심리적인 원리이지만 '라사'는 심리적인 원리이면서 또한 정신적인 원리인 것도 '라사'가 우월한 증거라고 했다. 고대그리스 이래의 유럽연극에서는 초월적인 영역 속에서도 인간존재는 유한할 수밖에 없다고 하지만, 인도연극에서는 인간존재는 무한하므로 초월적이라고 한다고 했다.

한국 탈춤의 원리

한국의 탈춤은 여럿이 함께 노래 부르고 춤을 추면서 흥겨워하고 신명을 푸는 행위를 근거로 해서 이루어진다. 풍물패를 앞세우고 마을 사람들이 사방을 돌아다니면서 함께 노는 행사가 탈춤의 기원이고 바탕이다. 놀이패가 한 곳에 자리를 잡아 길놀이가 마당놀이로 바뀌고, 누구든지 참여하는 대동놀이에서 탈꾼들이 특별한 배역을 맡는 탈놀이로 넘어가면서 탈춤이 시작된다.

공연 현장을 보고하면서, 모여든 사람들이 "3·4시간 氣가 盡하도록 亂舞하여 興이 하강할 때쯤 되면 후편인 가면무극으로 넘어간다"고 한 말을 보자.14) '興'이라는 말과 '氣'라는 말을 사용한 것을 주목할 필요가 있다. 사람이 지닌 기가 흥으로 발현된다고 했다. 군무에 참여한 모든 사람의 기가 다해서 흥이 떨어질 때가 되면, 탈꾼들이 나서서 기를 새롭게 발현해서 흥을 다시 돋운다고 했다.

신명이란 사람의 기 가운데 흥으로 발현되는 것이라고 규정할 수 있다, 신명을 한자로 적으면 '神明'이라고 할 수 있으나, 그 '神'이 '鬼神'의 신이라기보다 '精神'의 신이다. 사람이 신다움을 자기 안에 간직하고 있다가 밖으로 드러내는 것이 신명풀이이다. 그 점에 관해 좀 더 분명한 논의가 필요하므로 崔漢綺의 도움을 받을 수 있다. '카타르시스' 미학의 근거가 되는 그리스철학, '라사'의 원리를 제공하는 인도철학에 상응하는 우리 신명풀이의 이치를 최한기가 제공했다.

최한기는 사람이 정신활동을 하는 氣를 '神氣'라고 하고, 사물을 인식하고 표현해 나타내는 과정을 신기의 발현으로 설명했다.15) 氣는 活動運化를 기본특징으로 한다 하고, 사물이 그렇게 하는 것을 보고 마음에서 터득하면 "말을 하는 것마다 모두 신령스러운 기운을 지녀, 용이 꿈틀거리는 형체를 갖추고 모든 것을 녹여 지닌다"고 했다. 그래서 이루어진 표현물을 받아들이는 쪽은 "신기가 흔들리어 움직이고 쉽사리 감통하게 된다"고 했다.

천지만물과 함께 사람도 수행하는 活動運化를 표출해서 공감을 이룩하는 주체가 되는 氣인 神氣가 바로 신명이다. '神'은 양쪽에 다 있는 같은 말이고, '氣'를 '明'이라고 일컬을 수 있다. 안에 간직한 신기가 밖으로 뻗어나서 어떤 행위나 표현 형태를 이루는 것을 두고 "신명을 푼다"고 한다.

神氣發現이 바로 신명풀이다. 사람은 누구나 신기 또는 신명을 지니고 살아가지만, 천지만물과의 부딪힘을 격렬하게 겪어 심각한 격동을 누적시

---

14) 강용권, 《야류·오광대》(대구: 형설출판사, 1977), 38면
15) 〈최한기의 글쓰기 이론〉, 《한국의 문학사와 철학사》(서울: 지식산업사, 1997)에서
    이에 관해 고찰했다. 인용구의 출처 설명도 그쪽으로 미룬다.

키면 그대로 덮어두지 못해 신기를 발현하고 신명을 풀지 않을 수 없다. 상하로 나누어져 다른 길을 가던 理氣철학과 탈춤이 이론과 실천의 관계를 가지고 하나로 합쳐지자 오랜 의문이 일거에 풀렸다.

그것은 신명풀이를 학문으로 하고, 학문을 신명풀이로 해서 얻어낸 약동하는 이치다. 대상을 관찰하고 분석한 바를 한 단계씩 말하는 방식과는 아주 다르게 얻은 총체적 각성이다. 누구도 의심할 수 없는 진리를 설파하는 신화의 논법을 사용하는 것과도 상당한 거리를 두고 온몸으로 부딪혀 득도한 성과이다.

신명풀이의 연극은 희극이다. '카타르시스' 연극이 갈등으로 일관하고, '라사' 연극이 화합에 치우친 편향성을 시정하고, 갈등이 화합이고 화합이 갈등임을 등장인물과 관중이 함께 보여준다. 그것이 삶의 실상에 대한 최상의 통찰이라고 하면서 희극의 가치를 드높였다.

고성오광대를 키운 사람들[16]

경상남도 固城은 오광대라는 이름의 탈춤이 전승되는 곳이다. 전에는 경상남도 여러 고을에서 공연되던 오광대가 지금은 고성·통영·駕山(사천군 축동면)에만 남아 무형문화재로 보호되고 있다. '五廣大'란 다섯 방위를 나타내는 다섯 광대가 등장하는 장면을 놀이의 근간으로 삼았기에 생긴 말이라고 생각되고, 경상남도 낙동강 서쪽 여러 곳의 탈춤을 두루 일컫는 범칭으로 사용되었다.

다 같이 오광대라 하지만 떠돌이오광대와 마을오광대는 성격이 달랐는데, 떠돌이오광대는 다 없어지고, 마을오광대는 고성·통영·가산 세 곳에만 남아 있다. 떠돌이오광대는 놀이를 직업으로 하는 연예인 패거리가 공연했다. 그런 놀이패는 栗旨(합천군 밤마리)·新反(의령군)·大谷(남해군) 등지에 본거를 두고 인근 여러 고을을 돌아다녔다. 마을오광대는 각기 자기 나름대로 생업에 종사하는 마을 사람들이 자기 고장에서 스스로 즐기기 위해 공연했다. 위에서 든 세 곳 외에, 진주·산청·마산·김해·거제 등지에 마을오광대가 있었다.

떠돌이오광대는 돈벌이를 위한 흥행물이므로 다채로운 내용과 흥미로운 표현을 갖추었던 것으로 생각된다. 밤마리오광대는 특히 인기가 있어 광범위한 지역에서 자주 순회공연을 했다. 각처의 마을오광대에서 밤마리오광대를 다투어 흉내냈다. 그래서 더욱 규모가 크고 흥미로운 구경거리가 여기저기서 생겨났다.

---

16) 《중앙일보》 1989년 5월 2일자에 게재하고, 《민중영웅이야기》(서울: 문예출판사, 1992)에 수록한 글이다.

그런데 마을오광대가 떠돌이오광대를 본뜨기 전에 독자적으로 전승되던 모습을 확인하는 것은 쉬운 일이 아니다. 그렇게 이용할 수 있는 문헌 자료가 고성에서만 보여 주목된다. 《동국여지승람》 고성현 社廟 조항에서 "城隍祠는 현 서쪽 2 리에 있다" 하고, "지방민이 언제나 5월 1일에서 5일까지 두 패로 나누어 사당에 모신 신의 모습을 메고, 채색 깃발을 들고 마을을 돌아다닌다. 사람들은 다투어 술과 안주를 갖추어 제사지낸다. 굿하는 사람들은 행사를 마치고 온갖 놀이를 갖추어 벌인다."고 했다. 1484년(성종 17년)에 책을 처음 편찬할 때는 없었고, 1530년(중종 21년)까지 새로 증보하면서 추가한 기록이다.

그러고는 몇 백 년 뒤에 또 한 가지 소중한 기록이 마련되었다. 1893년(고종 30년)에 고성 원님으로 부임한 吳宏默이 남긴 《固城叢鎖錄》에 風雲堂이라는 당집에서 하는 굿에 따른 탈춤 공연에 관해 자못 자세한 설명이 있다. 풍운당은 松樹洞 대숲에 자리 잡고 있는 기와집 세 칸의 신당인데, 옛날부터 무당이 대를 이어 받들고, 해마다 단옷날과 섣달그믐에는 관아의 아전들이 제사를 지내면서 풍악을 울린다고 했다. 기록을 한 해의 섣달그믐에 실제로 보니, 아전의 무리가 풍운당에서 금을 하고 관아 마당으로 들어와, 할미·양반 등으로 분장한 탈춤을 추더라고 했다. "기이한 모습을 한 무리가 순서대로 번갈아 나와, 얼굴을 마주하고 익살을 떨며" 야단스럽게 놀더라고 했다.

이 두 기록이 서로 연결되는 내용임을 현지에서 확인할 수 있었다. 고성 경로당을 찾아 물어보니, 가장 연장자인 金南道(86세)옹이 기억을 되살렸다. 송수동은 지금의 西外洞이고, 거기 이름이 풍운동인지는 모르겠으나 당집이 있었으며, 그 당집 앞에 만들어 세운 문지기가 무섭게 보이던 어릴 적의 기억이 생생하다고 했다. 그곳은 마을이 끝나고 인가가 없었다고 했다. 당집이 없어진 지 50년도 넘었다면서, 그 자리를 정확하게 알고 있었다.

그 분이 일러준 대로, 읍내 중심지에서 서쪽인 고성초등학교 쪽으로 가다가 송수여인숙을 향해 왼쪽으로 내려가자 松樹井이라는 우물이 있고, 그 여인숙 옆집을 지나니 빈터가 보이고 한쪽에는 대숲이 있었는데 거기가 당집 자리였다. 그러니 "현 서쪽 2리"의 성황사와 송수동의 풍운당은 같은 곳이다. 거기서 마을굿을 하면서 키운 탈춤이 고성오광대로 자라났다.

  고성오광대를 원래 어디서 공연했던가 물으니, 김남도옹 외에 경로당 회장 千璟斗(79세)옹, 고성오광대 기능보유자 李允純(71세) 옹 등이 말을 거들면서, 그 장소가 客舍 마당이라고 했다. 관아의 부속건물인 객사는 손님접대에 쓰는 숙소였다. 고성의 관아 자리에 지금 군청이 들어서고, 그 앞의 객사는 보건소로 바뀌었다. 놀이패가 관아 마당에 와서 탈춤을 추더라고 한 오횡묵의 기록은 구전을 통해서 확인할 수 있는 사실과 일치한다. 1910년에 나라를 잃은 다음에도 얼마 동안 거기서 공연을 하다가 일제의 억압 때문에 계속하지 못하고, 광복 후에야 재현을 하면서 특정 장소를 정하지 않고 아무데서나 관중을 모았다고 했다. 지금은 고을 동쪽 東外洞에다 고성오광대전수회관을 큼직하게 마련하고 그 근처에서 공연한다.

  고성오광대에 관해 별도로 조사된 자료에는, 밤마리에서 유래한 오광대가 각처로 전파되어 그 한 가닥으로 통영오광대가 이루어지고, 통영오광대가 1900년경에 고성에 전해져 고성오광대가 되었다 한다. 같은 시기에 마산 출신이면서 고성에서 관속 노릇을 하던 이가 고성 읍내 南村 사람들에게 오광대를 전수했다고도 한다. 1920년경 고성 괴질이 유행했을 때 남촌 사람들이 고성 서쪽 10킬로미터 지점에 있는 文殊庵에 가서 병을 피하는 동안에 오광대놀이를 시작했다는 말도 있다. 이러한 자료 가운데 어느 것이 맞고, 어느 것이 틀렸다고 판정힐 수 없으며 그럴 필요도 없다.

  고성오광대는 오랜 기간에 걸쳐서 복합적인 요소를 아우르면서 발전해 왔기에, 어느 정도 시대구분을 하는 가설을 세울 수 있다. 처음에는 농민이라고 생각되는 일반인이 마을굿을 하면서 이어온 간단한 농촌탈춤이었는데, 18세기 이후 19세기 이전 어느 시기부터 아전들이 행사를 주관하면서 내용이 다채로워지고, 관아의 객사 마당이 공연장소로 이용되었다. 19세기 후반에는 떠돌이탈춤 밤마리 오광대에서 유래한 내용과 공연방식을 받아들여 도시탈춤다운 규모를 뚜렷하게 갖추었던 것으로 보인다. 이와 함께, 공연의 주체가 도시 시정인 취향의 풍류객인 남촌 사람들로 바뀌면서 마을굿과 탈춤의 관계가 단절되었다고 생각된다. 오늘날 당집은 터전마저 잊혀지고, 오광대전수회관이 우람하게 서 있는 것이 그런 변화의 최종 결과이다.

고성오광대는 한 지역사회에서 이루어진 문화발전과 변모의 좋은 사례로 평가할 만하다. 여러 가지 문화요소를 동원하고 각계각층의 사람들이 참여해 발전을 이룩했다. 다양한 집단이 여러 시기에 걸쳐 서로 이질적인 자아각성을 구현한 총체가 바로 고성오광대이다. 그런데 유교문화와 양반계급만은 동참이 거절되고 비판의 대상으로서 의미를 가졌다. 양반의 특권을 거부하는 농민, 무당, 아전, 시민 연합작전이 줄곧 이루어지면서, 주도권은 시대 상황에 따라 바뀌었다.

다른 고장 탈춤에서와 마찬가지로 고성오광대에도 양반을 풍자하는 과장이 있다. 양반은 "마음이 한가하여", "고금사를 곰곰이 생각"하고 있는데, 시끄러운 소리가 들려 나와 보았다고 한다. 세상은 변하지 않고, 책을 읽어서 얻은 지식으로 고금의 일을 다 헤아릴 수 있다는 환상에 사로잡혀 있다가, 본의 아니게 놀이판에 나와 험한 꼴을 당한다. 하인 말뚝이를 호령하다가 도리어 우롱 당한다.

말뚝이가 자기는 상놈이지만 "우리 선조 칠대 팔대 구대조께옵서는 벼슬이 일품이라 병조판서·이조판서도 더럽다고 아니하고"라며 말을 둘러대자, 양반이 지지 않으려고 자기 선조에는 "馬護軍이 스물이요, 能櫓軍이 서른이요"라고 하기에까지 이른다. 말 모는 하인, 노 젖는 일꾼을 유식하게 일컬어 지위역전을 만회하려는 어처구니없는 거동을 보인다. 마을을 지키는 다섯 방위 神將 노릇을 하던 다섯 양반이 물리쳐야 할 재앙으로 바뀐 과정을 자세히 살피면 알아낼 수 있다.

농촌탈춤 · 떠돌이탈춤 · 도시탈춤[17]

무당굿놀이는 무당의 연극이고, 꼭두각시놀음은 사당패의 연극이지만, 탈춤은 공연 주체에 따라서 몇 가지로 나누어 보아야 한다. 농촌마을에서 농민이 공연한 것은 농촌탈춤이라고 하자. 떠돌이탈춤이라고 부르고 싶은 것은 돌아다니며 벌이를 해야 하는 떠돌이놀이패가 공연했다. 그 둘과 다른 도시탈춤은 상업이 발달된 도시에 거주하는 이속이나 상인들이 주동이 되어 공연했다.

농촌탈춤은 다른 둘보다 유래가 오래 되고, 발전이 더딘 형태이다. 농촌마을에서 해마다 한 번씩 농악대가 주동이 되어 농사가 잘되라고 굿을 하면서 굿놀이의 일부로 공연한 탈춤이다. 농악대굿은 예사 농사꾼이 맡아서 하고, 농촌마을 자체에서 오랫동안 이어온 행사라는 점에서 무당굿과 구별된다. 풍물을 치고 춤을 추며 노래를 부르면서 거행한다는 점에서, 유교의 격식을 받아들여 절을 하고 축문을 읽는 엄숙한 절차를 갖춘 洞神祭 또는 서낭제와도 다르다. 무당굿에서 무당굿놀이가, 농악대굿에서는 탈춤이 생겨났다.

조선왕조는 유교에 입각한 농촌 질서를 확립하고자 해서 淫祀라고 규정한 굿놀이는 그만두고 제사를 지내라고 압력을 넣었다. 향촌의 양반들이 그렇게 하는 데 앞장섰으나, 하층 농민은 오랜 전통을 지키고자 했다. 마을굿을 울분을 발산하고 신명풀이를 할 수 있는 기회로 삼아, 탈춤이 자라날 수 있게 했다.

마을굿의 기본 절차는 마을의 신이 평소의 거처인 신당에서 마을 안으

---

17) 《한국문학통사》 3 (제4판, 서울: 지식산업사, 2005), 610~618면에서 옮겨온다.

로 내려와 한동안 놀다가 되돌아가게 하는 것이다. 신을 내리는 방식의 하나로 사람이 신의 탈을 쓰고 춤을 춘다. 신이 마을 안을 돌아다니며 놀아야 안녕과 풍요가 보장된다.

농악대의 풍물잡이들과 탈 쓴 사람들이 함께 어울려 풍물을 치고 춤을 추고 노래를 부르고 재담을 나눈다. 농사가 잘 되도록 하는 주술적인 동작에다 곁들여서 사회적인 구속에서 벗어나는 파격적인 놀이를 벌여야만, 묵은해에서 새해로, 겨울에서 여름으로, 죽음에서 삶으로 넘어오는 쇄신이 이루어질 수 있다. 신의 상징인 탈을 극중인물을 구분하는 데도 써서, 자연과의 갈등을 주술적으로 해결하자는 굿이 사람들 사이의 갈등을 예술적으로 표현하는 극이게 했다.

전국 도처에서 볼 수 있는 농악대의 잡색놀이는 농촌탈춤의 단순한 형태 또는 축소된 형태로 이해할 수 있다. 농악대의 구성원 가운데 풍물잡이들 외에 양반, 각시, 포수 등으로 꾸며 나서는 무리를 잡색이라고 한다. 신들이 하강해서 노는 모습이 그렇게 변해, 구경꾼을 상대로 말을 걸고 재담을 한다. 탈을 쓰지 않고 분장만 하는 것은 후대의 변모라고 생각된다.

신이 하나만 등장하면 양반으로 분장하는 인물이 되었다. 신의 위엄을 보이는 대신에 거들먹거리면서 놀아, 조롱의 대상이 되었다. 원래는 모의적인 성행위를 했을 남녀 신을 양반과 각시라고 일컫고, 양반이 체통 없는 짓을 하는 광경을 보여주도록 한다. 포수는 곁다리인 것 같지만 원래 재앙을 물리치는 구실을 하던 인물이다.

함경도의 〈북청사자놀음〉도 농촌탈춤의 하나라고 할 수 있다. 사용하는 악기나 연주하는 가락이 특이해 농악이라고 할 수는 없지만, 풍물잡이들이 돌아다니면서 마을의 안녕과 풍요를 위한 굿을 하는 데 탈을 쓰고 가장한 인물이 몇이서 따르면서 놀이를 벌인다는 점에서는 흔히 볼 수 있는 형태를 따르고 있다. 사자탈을 덮어쓴 사람들, 양반, 하인 꼭쇠가 등장하고, 다른 배역도 있다. 양반의 명령에 따라 꼭쇠가 사자를 몰고 다닌다고 해서 서로 연결되게 하고, 사자가 죽어 다시 살려낸다고 하면서 소생의 의미를 가진 사건을 설정했다.

사자는 국내에 없어, 사자춤이 밖에서 들어왔다. 그러나 재앙을 물리치기 위한 동물춤은 원래부터 있다가 동물이 사자로 바뀌었다고 보는 것이 순리이다. 경남지방 오광대에는 사자와 담보가 싸우는 춤이 있다. 자연의 재앙을 물리치기 위해 추는 그런 동물춤이 사회적인 갈등을 나타내는 의미도 지니게 되자 연극이 시작되었다. 사자와 담보의 싸움은 세력 있는 자들끼리의 다툼으로 이해된다. 동물이 자연의 재앙이 아닌 인간의 악을 응징하는 구실을 하자 연극에서 하는 구실이 더 커졌다. 부산지방 야류에서 뱀의 형상을 한 영노가 양반을 잡아먹겠다고 하는 것이나, 〈봉산탈춤〉에서 사자가 파계승을 징치하겠다고 하는 것이 그런 경우이다.

강원도 강릉에서 관노들이 공연한다고 해서 〈江陵官奴戱〉라고 일컫는 놀이도 구성이나 전개 방식을 보면 앞에서 든 것들과 그리 다르지 않다. 강릉은 농촌마을이 아니고 지방 관장이 주재하는 큰 고을이다. 거기서 여느 마을굿보다는 규모가 월등하게 큰 단오굿을 거행할 때 농민이 아닌 관노가 공연하는 놀이가 도시탈춤과는 거리가 멀고 오히려 농촌탈춤 본래의 모습을 확인하기에 알맞은 자료이다.

등장인물은 장자말·양반·소매각시·시시딱딱이뿐이다. 대사가 없이 진행되는 무언극이다. 정체가 모호한 것처럼 보이는 장자말만은 원래 신이 하강한 모습이었다고 생각된다. 재앙을 물리치는 구실을 하는 시시딱딱이를 보태고, 양반이 소매각시와 놀아나는 장면까지 보여주어 연극일 수 있는 요건을 갖추었다. 시시딱딱이가 양반을 물리치고 소매각시를 차지하려 하고, 소매각시가 죽었다가 깨어나는 소동까지 벌어져서 상황이 복잡해졌다.

고려 때에 만들었으리라고 생각되는 탈을 계속 사용하는 경북 안동의 〈하회별신굿놀이〉는 연극 내용에서 농촌탈춤이 발전된 모습을 보여준다. 평소에는 신당에 모셔놓고 섬기는 탈이 극중인물이어서 성격에 맞는 모습을 하고 있다. 강신에서 송신까지 여남은 마당에 걸쳐 거행되는 행사의 하나가 탈춤이다. 굿이 굿이면서 극이기도 한 이중의 특성을 선명하게 보여준다.

양반과 선비가 지체를 다투는 마당을 중심으로 해서 극적인 내용이 흥미로운 짜임새를 보인다. 그보다 앞서 파계승마당에서는 중이 각시에게 유혹받는 광경을 보여주더니 뒤이어 등장한 양반과 선비가 중의 행실을 못마땅하게 여기면서 부네라는 여자 때문에 다투기 시작하도록 한다. 누가 지체가 높은가에 따라서 다툼을 판가름하려고 어거지를 부리는데, 양쪽 하인이 개입해 더욱 흥미로운 광경이 벌어진다.

> 양반 : 우리 할아버지는 문하시중이거던.
> 선비 : 문하시중, 그까짓 것. 우리 할아버지는 門上侍大인데.
> 양반 : 문상시대, 그것은 또 뭔가 ?
> 선비 : 문하보다 문상이 높고, 시중보다 시대가 크다.

고려 때의 최고 관직인 문하시중을 말장난거리로 만들어 지체다툼이 허망하다는 것을 스스로 폭로한다. 양반이 반격을 하느라고 자기는 사서삼경보다 더한 八書六經을 읽었다 고 한다. 선비가 알아차리지 못해서 당황해 하는 팔서육경을 양반의 하인 초랭이는 "팔만대장경, 중의 바래경, 봉사 안경, 약국의 질경, 처녀 월경, 머슴 새경"이라고 풀이한다. 선비의 하인 이매가 그 말이 맞다고 하면서 맞장구를 친다. 경망스러운 초랭이와 바보인 이매가 자기네 상전들이 허망하다는 것을 보여주는 구실을 한다.

떠돌이탈춤은 농촌탈춤에서 파생되었다고 할 수 있다. 농촌에서 살 수 없어 떠돌이놀이패로 나선 무리가 농촌에서 하던 탈춤을 더욱 흥미로운 구경거리로 만들어 영업을 하다가 떠돌이탈춤을 만들었다고 보아 마땅하다. 떠돌이놀이패는 여러 종목의 하나로 탈춤을 공연하면서 농촌탈춤에는 없던 요소를 추가했을 것이다. 떠돌이탈춤이 여러 고장의 농촌탈춤에 영향을 주어 공연하는 내용이 서로 비슷하게 만들었다고 생각된다.

서울 磚礴, 애오개[阿峴], 社稷골 등지에 사는 本山臺 놀이패는 탈춤을 주종목으로 삼은 떠돌이놀이패였다. 원래 나라에서 산대희 또는 나례희를 거행할 때 동원되던 신분이어서 산대놀이패라고 일컬어졌지만, 그래서 생계를 해결할 수 있었던 것은 아니어서 자기네 나름대로 민간에서 하는 공연을 해야 했다. 산대희 공연이 중단되어 동원의 의무가 사실상 없어진 뒤에 산대희나 나례희를 할 때에는 소용되지 않던 탈춤을 가지고 서울 근처 여러 고장을 찾아다니며 순회공연을 해서 인기를 모으면서, 산대놀이패라는 말을 자랑스럽게 쓰면서 국가 공인의 공연단인 것처럼 행세했다. 그 패거리가 공연한 탈춤은 별산대놀이와 구별해 본산대놀이라고 한다.

柳得恭이 〈京都雜志〉에서 "연극에는 山戲와 野戲 두 부류가 있는데 儺禮都監에 속한다"고 했다. 산희는 다락을 엮고, 사자·호랑이 따위를 만들어 놓고 춤을 추는 놀이라고 했으며, 야희를 할 때에는 唐女나 小梅로 분장하고 춤을 추며 논다고 했다. 당녀와 소매는 등장인물 이름임에 틀림없으며 〈양주별산대놀이〉에서 볼 수 있는 왜장녀와 소무의 전신이 아닌가 싶다.

국가에서 그 둘을 함께 공연하도록 했다고 볼 수는 없다. 국가에 동원되지 않게 되었을 때 야희를 해서 인기를 모으던 놀이패가 단순화된 형태의 산희도 공연종목에 포함시켰다고 보는 편이 타당하다. 법제적으로는 나례도감에 소속되는 자기네가 공연하는 산희와 야희는 사당패 등의 다른 놀이패들이 하는 공연물보다 지체가 높다고 자부하는 말을, 유득공이 자세한 사정은 생략하고 옮겨놓았다고 할 수 있다.

이름이 광문 또는 달문이라는 비렁뱅이를 주인공으로 한 박지원의 〈廣文者傳〉과 洪愼猷의 〈達文歌〉에서, 그 위인이 曼碩戲, 鐵拐舞, 八風舞 등에 능해, 鰲棚左右部 長安惡少年들이 상석에 받들어 모신다고 했다. '오붕'은 '산대'와 같은 말이다. 산대희를 하는 놀이패가 좌우부의 조직을 이루고 있고, 장안의 악소년으로 취급되었음을 알 수 있다.

이덕무는 〈士小節〉에서, 산대놀이패가 하는 鐵拐와 曼碩의 음란한 놀이를 집에서 벌이고 부인들도 구경하도록 해서 웃음소리가 밖에까지 들리게 하는 것은 올바른 도리가 아니라고 했다. 산대희 놀이패가 민간에서 흥행을 하면서 살아간 사정을 말해주는 자료이다. 웃음을 자아내고 풍속을 문란하게 하는 것을 공연 내용으로 삼아 지탄의 대상이 되었다.

공연 장소가 집안이었던 것을 보면, 만석이나 철괴가 소규모의 놀이였

다. 산희에서 하던 놀이인데 산과 같은 다락을 만들지 않고 공연했다고 생
각된다. 철괴는 무엇인지 알기 어렵다. 만석은 고려 때 있었다는 승려이고,
그 모습을 만들어 그림자놀이를 했다는 기록이 있다. 사람이 직접 공연해
탈춤의 파계승과장 비슷한 것을 보여주었다고 생각된다. 그렇다면 산희에
있던 요소를 야희에서 받아들여 이용했다고 할 수 있다.

위의 두 자료는 산대놀이패가 소규모의 놀이를 공연 종목으로 했다는 증
거이다. 그렇다고 해서 탈춤 전편은 공연하지 않은 것은 아니다. 姜彛天
(1769~1801)이라는 사람은 1779년(정조 3)에 지은 시 〈南城觀戱子〉에는
여러 과장으로 이루어진 탈춤 공연이 묘사되어 있다.

놀이를 한 장소가 남대문 밖이라고 했으니, 본산대놀이라고 할 수 있다.
놀이의 내용이 오늘날 볼 수 있는 별산대놀이와 흡사해 그렇게 추정하는
증거가 추가된다. 얼굴이 안반만 한 것이 나와 사람들을 겁주고, 노기를
띤 흉악한 놈이 춤을 춘다고 한 대목은 연잎·눈끔적이과장 같다. 노장과
소무가 만나 파계를 하는 장면에 이어서, 오랑캐 형상을 한 인물이 스스로
목을 벤다는 것은 지금 볼 수 없는 사건이다. 영감과 할미가 싸우다 할미
가 죽어 굿을 한다는 대목은 여러 탈춤에 흔히 있는 것이다.

떠돌이탈춤을 하는 놀이패는 산대놀이패만이 아니었으며, 다른 지방에
도 있었다. 산대놀이를 할 때 동원된다고 해서 산대놀이패라고 일컬어지
는 것이 떠돌이놀이패의 특성을 이해하는 데 전혀 부차적인 사항임을 다
른 여러 곳의 떠돌이패를 보면 알 수 있다. 산대놀이와 무관한 놀이패도
자기들 나름대로 개발한 놀이 종목의 하나로 탈춤을 공연했다. 그것들을
모두 포함시켜 탈춤은 산대놀이라고 하고, 산대도감에서 탈춤을 육성했다
고 하는 것은 전혀 부당한 추론이다.

경남지방 草溪 밤마리에 본거지를 정하고 그 인근 지역을 두루 찾아다
니면서 순회공연을 한 대광대패는 공연 종목이 다채로워 온갖 곡예와 재
주를 포괄했다. 그 가운데 하나인 오광대라는 탈춤이 특히 인기가 있었다.
경남지방에는 그 밖에 의령 新反의 대광대패, 하동의 목골사당패, 남해의
花芳寺 매구, 진주의 솟대쟁이패 등이 더 있어 떠돌이놀이패가 아주 많았

으며, 그런 무리가 모두 탈춤을 중요한 공연 종목으로 삼았던 것 같다.

조선 후기에 떠돌이놀이패가 아주 많아지고 놀이 종목도 다채롭게 마련되었다. 서울 변두리의 본산대패나 밤마리의 대광대패는 그런 무리들 가운데 특히 성공한 예에 지나지 않는다. 본산대패는 산대희를 할 때 동원되던 과거를 자랑으로 삼고 서울이 상업도시로 성장하는 데 힘입어 떠돌이놀이패 가운데 으뜸가는 위치를 차지했다. 밤마리의 대광대패는 낙동강을 이용해 이루어지는 상업 활동의 중심지에서 자라났다.

떠돌이놀이패는 상업도시를 본거지로 삼아 발전해서 인근 지역 여러 곳을 순회하면서 공연해 수익을 더 올렸다. 다른 곳에서도 사람을 많이 모아 장사가 잘 되게 하려면 떠돌이놀이패의 탈춤을 초청해서 공연을 할 필요가 있었다. 새롭게 성장하는 상업도시는 초청 공연을 주최하는 데 큰 열의를 가지다가 전속극단이 공연하는 자기네 탈춤을 마련했다. 그래서 도시탈춤이 출현했다. 도시탈춤은 상인들의 후원으로 공연하고, 공연을 맡은 사람들도 본산대의 경우만큼 지체가 낮지 않았다.

경기도 양주서는 해마다 사월 초파일과 오월 단오날에 사직골딱딱이패를 초청해다가 탈춤을 공연했는데, 그쪽에서 약속을 지키지 않는 일이 빈번해서 분개한 끝에 자기네가 탈춤 공연을 하게 된 것이 〈양주별산대놀이〉이다. 지금은 서울의 일부가 된 송파(松坡)에서도 양주와 같은 이유에서 〈송파별산대놀이〉를 만들었다. 양주나 송파는 새로 일어난 상업도시였나. 그린 곳에서 독자저인 공연물을 만들어 우세한 재력으로 육성하자 본산대놀이는 타격을 받아 쇠퇴의 길에 들어섰다.

본산대놀이패가 어느 시기에 이르자 약속을 지키지 않았던 것은 그때 갑자기 인성이 나빠졌기 때문이 아니다. 초청 경쟁이 벌어진 것이 그 이유이다. 상업도시가 여럿 성장해 그런 일이 생겼을 것이다. 본산대를 초청하지 않고 독자적인 탈춤을 마련한 시기는 18세기 중엽이라고 한다. 그때 상업의 역사에서 중대한 변화가 일어났다.

서울의 특권적인 상인에게 대항하는 이른바 私商都賈가 지방의 물산이 서울로 들어가는 곳에 자리를 잡고 서울의 상권을 위협할 정도로 성장해 커다란 분쟁이 일어났다. 그 결과 마침내 1791년(정조 15) 辛亥通共의 조처에 의해 특권적 상인의 禁亂廛權을 철폐하는 데 이르러서 상업의 발달에 획기적인 전환이 생겼다. 양주와 송파는 바로 사상도고가 자리를 잡은 신흥 상업도시여서 축적된 역량으로 독자적인 탈춤인 별산대놀이를 키워나갔다. 본산대가 쇠퇴하고 별산대가 흥기한 것은 상업사의 전환과 직결되는 변화였다.

鳳山을 위시한 황해도 각 고을의 탈춤은 그쪽에서 활동하던 떠돌이놀이패의 탈춤과 구체적으로 어떤 관련을 가졌는지 확인되지 않지만, 역시 18세기 중엽쯤 생겨났다. 황해도 각 고을은 서울서 평양을 거쳐 의주로 가는 길목에 자리를 잡고 상업도시로 성장했다. 경남의 해안 및 낙동강 연변에서는 일본과의 무역 및 거기 관련된 국내 교역의 요충지마다 들놀음 또는 오광대라고 하는 탈춤을 키우는 상업도시가 나타났다.

도시탈춤은 떠돌이탈춤을 본떴으나 떠돌이탈춤이 인기를 누리던 권역 안에서 일어났지만 또 한편으로는 농촌탈춤을 발전시키면서 자라났다고 할 수 있다. 마을굿과 직접적으로 관련을 가지지 않고 연극으로 독립되는 경향을 보이고 공연하는 날짜가 반드시 정해져 있지 않으며, 여러 과정으로 나누어진 복잡한 내용에다 지배체제에 대한 비판을 과감하게 나타낸 점에서는 떠돌이탈춤의 전례를 이었다. 그러나 공연 담당자가 직업적인 놀이패는 아니기에 구경꾼들과 동질적인 의식을 가지고 모두 함께 신명풀이를 하는 대방놀이를 재현했다는 점에서는 농촌탈춤의 계승자 노릇을 했다.

영화 〈오아시스〉를 주목한다[18]

이창동 감독의 영화 〈오아시스〉가 베니스 영화제에서 감독상을 받아 어려운 시기에 큰 경사가 났다. 축하 대열에 한 몫 끼면서, 이 영화의 가치가 어디 있으며, 문제점은 없는지 살피고자 한다. 무슨 일이든지 진정한 비평이 있어야 잘 될 수 있다. 영화는 영화인들만의 관심사가 아니다. 보고 즐기는 데 그치지 않고 학구적인 관심을 가지고 작품을 깊이 있게 논하는 사람이 많아져야 한다.

장애인에 대한 편견을 다룬 소재가 훌륭하다는 말은 쉽게 할 수 있다. 어느 외국인이 보아도 공감할 수 있다고 해도 좋다. 그러나 좋은 소재가 있으면 영화를 잘 만들 수 있는 것은 아니다. 창조의 원리가 더욱 소중하다. 나는 한국 탈춤의 원리를 영화에서 살리자고 주장한 전력이 있어 그 문제에 대해 발언해야 하는 책임을 느낀다.

이창동 감독의 전작 두 편 〈초록 물고기〉와 〈박하사탕〉은 너무 무겁고 암울했다. 그 이유가 밝음에서 어둠으로, 희망에서 절망으로 진행된 데 있다. 이 영화는 반대가 되어 헤어짐에서 만남으로, 상실에서 회복으로 나아갔다. 그것이 우리 예술의 전통이다. 비극의 공식에 매이지 않고 진실성을 찾는 방법이다. 서양에서는 눈을 찔러 장님이 되는 이야기를 하지만 우리는 장님이 눈을 뜨도록 한다고 〈서편제〉에 대한 불만을 말할 때 지적한 원리이다.

작품이 진행되는 동안에 성한 사람이 눈을 찔러 장님이 될 수는 있어도 장님이 눈을 뜨는 것이 불가능하다고 생각하는 사람들은 예술과 의학을

---

18) 《문화일보》 2002년 9월 11일자에 〈영화 오아시스는 빛났다〉는 제목으로 낸 글이다.

혼동하고 있다. 예술은 현실과 현실을 넘어선 것을 함께 보여주어야 한다. 이 영화에서 중간 중간에 여주인공이 정상인이 되어 기쁨의 춤을 추는 것이 그런 이유에서 아주 값지다. 영화는 환상의 세계로 쉽사리 넘어설 수 있는 장점을 잘 살렸다.

탈춤에서 여러 등장인물이 다툼을 멈추고 모두 함께 춤을 추는 춤대목 같은 것이 이 영화에 있어 관중도 즐거움에 동참하게 한다. 벽걸이에 있는 인도 여자, 아이, 코끼리도 나와 함께 춤을 추는 것이 춤대목에 의한 신명풀이의 아주 훌륭한 재창조이다. 청계고가도로에서 차가 꽉 막혀 있을 때 그런 일이 일어난다고 한 것은 최상의 반어이다.

마지막 장면도 같은 방식으로 처리하면 더 좋았을 것 같다. 남주인공이 나무 가지를 잘라 여주인공 방 벽걸이에 드리워진 그림자를 없애자 여주인공이 이번에는 장애인의 모습을 한 그대로 하늘로 올라가고, 나무 위에 있던 남주인공이 뒤따라 올라가면서 춤을 추는 장면을 보여주면 어떤가. 한참 뒤에 시선을 아래로 돌리자 나무 밑에 떨어져 죽은 두 사람의 모습이 보이도록 하면 어떤가.

그렇게 해야 계속 나온 나무 가지 그림자, 마지막에 나온 나무의 상징적 의미가 살아난다. 라디오에서 울려나오는 결혼식장 광고방송이 배경음악 노릇을 하는 반어를 더 확대할 만하다. 삶과 죽음의 중간지대에 오아시스가 있다는 환상을 깨는 데까지 이르면 더 많은 것을 생각하게 한다.

그런데 일상생활로 돌아가는 것으로 끝을 맺어 지루하고 김빠지게 하고, 여주인공 방안에서 하얀 것들이 날아다니는 환상의 장면을 보여주기나 한 것은 많이 모자란다고 생각한다. 남주인공이 옥중에서 여주인공에게 보낸 편지 읽기로 마지막을 처리한 것은 궁색하다. 현실을 있는 그대로 말해야 한다는 일상생활 위주의 사실주의에 투항한 결과라고 하면 말이 너무 심한가.

예술은 현실과 현실을 넘어선 것, 있는 것과 있어야 할 것 사이의 관계를 다루어야 하는데, 근대 사실주의가 판을 친 뒤에는 현실에 있는 것만 보여주어야 한다는 편견이 생겨 말할 수 있는 영역이 많이 좁아졌다. 그런 잘못을 시정하면서 우리 예술의 자랑스러운 전통을 재창조하는 작업을 좀 더 과감하게, 한층 분명한 철학을 가지고 진행하는 것이 바람직하다.

위대한 예술가의 출현을 치하한다. 예술의 역사를 바꾸어놓을 만한 작업을 시작한 것을 확인하고 자부심을 느낀다. 사람을 감동시키는 진정한 이야기 없이 카메라 영상 장난으로 평가를 얻고 돈도 벌려고 하는 사이비 영화인들은 이 기회에 반성해야 한다. 허리우드에 유학하면 세계 수준의 영화를 만들 수 있다고 하는 미신에 대해서 일침을 가한 것도 쾌사이다. 이창동 감독이 국어교사였고 소설가였다는 사실에 많은 의미를 부여하고 싶다.

신명풀이의 창조정신[19]

문제제기

한국민족의 민족성은 어떤가? 이런 질문에서 시작된 민족성론은 민족성 우열론으로 치달았다. 일본인의 민족성은 우수하고 한국인의 민족성은 열등하니 개조해야 살아날 수 있다고 하는 이광수류의 민족개조론으로 민족성 우열론이 구체화되어, 민족개조가 이루어지지 않는 데 대한 자탄과 자학에 귀착하는 것이 상례였다. 이제는 그렇게까지 비관할 필요가 없다고 여겨, 민족성에 관한 질문을 하지 않는다.

한국인의 정서는 어떤 특징이 있는가? 질문을 이렇게 바꾸면, 문학이나 예술활동에서 증거를 찾아 차분한 논의를 시작할 수 있다. 그래서 나온 견해의 하나가 한국인의 정서는 '恨'을 특징으로 한다는 것이다. 그런데 '한'이란 한국인 정서의 일면이기는 해도 전면은 아니며, 식민지시대에 겪은 좌절 때문에 지나치게 확대되었으며, 필요 이상 강조되고 있다. 이제 '한'타령을 그만둘 때가 되었다.

한국인의 정서를 '멋'이라고 하는 말을 많이 들을 수 있었다. '멋'은 '恨'보다 긍정적인 개념이어서 환영할 만하다. '한'타령은 그만두어도, '멋'타령은 그만두어야 할 이유가 없다. 그런데 '한'과 '멋'이 어떤 관계에 있는가 하는 문제는 다루지 않았다. 그 문제를 해결해야 '한'타령을 그만둘 수 있고, '멋'이 지닌 특징과 의의를 좀 더 명확하게 인식할 수 있다.

---

19) 〈한국인의 신명·신바람·신명풀이〉, 《민족문화연구》 30 (서울: 고려대학교 민족문화연구소, 1997)로 발표하고, 《이 땅에서 학문하기》(서울: 지식산업사, 2000)에 재수록한 글이다. 이 책 앞 대목과 많이 중복되지만 삭제하지 않고 그대로 내놓는다.

또한 '멋'이란 한국인이 살아온 삶 전체에 관한 말은 아니다. 예술창작을 하거나 여가생활을 하는 등의 '놀이'에서는 '멋'을 찾았다고 하자. 일을 할 때에는 어떻게 했는가? 이런 문제가 다시 제기된다. 한국인은 '멋'이나 찾다가 '일'은 제대로 하지 않아 망한다고 우려하면, 무어라고 대답해야 할 것인가?

지금 제기되고 있는 절박한 문제는 "한국인은 어떨 때 열심히 일하는가?" 하는 것이다. 열심히 일해야 살아갈 수 있다는 것은 언제나 그랬던 불변의 진리지만, 지금 사태가 심각하다. 경제개방을 강요해 무한경쟁에 끼어들게 하는 국제관계에서 살아남기 위해서는 열심히 일해야 한다. '한' 타령이나 하고, '멋'이나 찾고 말아서는, 경제식민지에서 벗어나지 못한다.

열심히 일해야 주권을 수호하고, 경제를 발전시키고, 통일을 이룩할 수 있다. 그 문제를 경영학에서 맡아 인사관리의 기법으로 해결하려고 하면서, 미국이나 일본에서 경험한 바를 정리한 남들의 이론을 가져와서 처방으로 삼는다. 미국인은 돈을 더 준다면 열심히 일한다. 일본인은 높은 사람이 알아주면 열심히 일한다. 그런데 한국인은 "돈을 더 주는 것, 치사하다", "높은 사람, 자기는 무언데"라고 하면서 반발한다.

미국경영학이나 일본경영학이 무력해져 물러나는 자리에 한국경영학이 등장해야 하는데, 한국의 경영학은 있어도 한국경영학은 없다. 그래서 대학과 기업, 정부에서도 미국경영학과 일본경영학이 경합을 벌인다. 한국경영학은 한국의 경영학계에서 독자적으로 마련할 수 없어, 국학에서 제공해야 한다. 국학에서 선도해서 연구하는 성과를 받아들여 한국경영학을 이룩해야 한다. 미국경영학을 수입하기 위해 미국으로 유학하는 것보다 한국경영학을 생산하기 위해서 국내에서 국학을 공부하는 것이 이제 더욱 긴요한 과제이다. 경영학뿐만 아니라, 경제학도, 정치학도, 사회학 등의 사회학문의 여러 분야, 더 나아가서 자연학문, 기술학문까지도 그렇게 해야 한다.

그러나 다른 학문에서 국학의 연구성과를 가져가려고 하지 공부하지 않는다고 나무라기만 할 것은 아니다. 가져갈 만한 연구성과를 축적했는지 반성해야 한다. 사회학문이나 자연학문 전공자가 국학연구의 자료를 스스로 뒤져서 기초적인 연구부터 스스로 하라는 것은 무리이다. 국학연구에서 이미 해놓은 연구를 가져가서 가공하고 응용하면 된다. 그렇게 쓸 수 있는 연구를 해놓지 않은 것은 국학자의 잘못이다.

"한국인은 어떨 때 열심히 일하는가?"라는 질문이 국학자에게 주어져 있다. '한'이나 '멋'을 가지고 이 문제에 대해 대답할 수 없으므로 새로운 탐구를 해야 한다. 새로운 탐구의 과제도 이미 주어져 있다. "한국인은 신명이 나야 열심히 일한다"는 것이 널리 인정되고 있는 해답이다. 그래서 '신명'·'신바람'·'신명풀이'라는 말을 많이 한다.

그렇지만 '신명'·'신바람'·'신명풀이'란 (가) 다른 정서와 어떤 관계를 가지고 있으며, (나) 그 원리나 특징이 무엇이고, (다) 어떻게 하면 발현되는지 밝혀지지 않았다. 신명이 그 자체로 발동될 따름이고, 신명에 대한 인식과 평가, 설계와 예견은 이루어지지 않고 있다. 그래서 그 모든 과제를 감당하는 학문활동을 시작해야 한다. 신명을 인식 대상으로 삼는 데 그치지 않고, 신명 난 창조가 이론 정립에서 이룩하는 결실의 좋은 본보기를 보이는 연구를 해야 한다.

신명·신바람·신명풀이의 상관관계

위에서 든 세 가지 과제 가운데 (가)에 관한 고찰을 하려면, 먼저 한과 신명의 관계를 문제 삼아야 한다. 한국인의 정서가 '한'이라고 하는 견해는 한쪽으로 치우친 잘못이 있지 부당한 것은 아니다. '신명'은 '한'과 맞물려 있으므로, '한'을 '한'으로만 다루는 '한'타령은 그만두어야 하지만, '한'을 버리고 '신명'만 논하는 것은 적합하지 않다.

'한'은 '한'이고 신명은 신명이지만, '한'이 신명이고 '신명'이 '한'이다. 한풀이가 '신명풀이'여서, 신명풀이를 해서 한풀이를 넘어선다. '신명풀이'가 '신명풀이'이기만 해서는 공연히 들뜨기나 할 수 있으므로 한풀이에서 절실한 동기와 해결해야 할 과제를 제공한다. 한풀이가 한풀이이기만 해서는 좌절과 자학에서 벗어날 수 없는 질곡을 '신명풀이'에서 시원스럽게 풀어버리고 창조적인 비약을 이룩한다.

'멋'과 '신명'은 어떤 관계에 있는가? 신명이 일의 영역이 아닌 놀이의 영역에서 가시적인 형태로 표출된 것이 '멋'이다. 일의 영역에서도 '멋'과 같은 것이 드러나지 않게 작용하고 있는데, 그것을 따로 지칭하는 말은 없다. '멋'이라고 하는 것과 따로 지칭하는 말이 없는 것을 함께 일컬어 '신명'이라고 한다고 보면, '신명'의 개념을 파악하고 특성을 논하는 길이 열린다.

'신명'은 한자로 '神明'으로 적을 수 있지만, 한자의 뜻으로 이해하고 말 수는 없다. 한자의 뜻을 적절하게 풀이해서 "깨어 있고 밝은" 마음가짐이라고 하면 뜻하는 바에 근접했으나, 역동적인 움직임을 나타내지 못한다. "깨어 있고 밝은 마음가짐이 힘차게 움직이는 상태"라고 하면 좀 더 핍진한 정의를 얻을 수 있다.

"힘차게 움직이는 상태"는 바람과 같으므로, '신바람'이라는 말을 쓴다. '신명바람'이라고 하면 번다하니 '신바람'이라고 줄여 일컫는다. '바람'은 여기저기 불어 닥친다. 각자의 내면에 있는 '신명'이 일제히 밖으로까지 나와 여럿이 함께 누리는 것을 '신바람'이라고 한다. '신바람'이란 신명이 발현되는 사회의 기풍이라고 할 수 있다.

'신명풀이'란 "신명을 풀어내는 행위"이다. 안에 있는 신명을 밖으로 풀어내는 행위를 여럿이 함께 한다. '신명풀이'는 '신명'을 각자의 주체성과 공동체의 유대의식을 가지고 발현하는 창조적인 행위라고 규정할 수 있다. 그러므로 '신명'이나 '신바람'보다 '신명풀이'가 더욱 긴요한 연구대상이다.

사람이 일을 해서 무엇을 창조하는 행위를 하는 것은 자기 내부의 '신명'을 그대로 가두어둘 수 없어서 풀어내야 하기 때문이다. '신명'을 풀어내는 과정에서 창조가 이루어진다. 그래서 어떤 실제적인 이득을 가져오는가 하는 것은 나중에 판별할 문제이다. 세상을 유익하게 한다는 생각 없이 자기의 내면적인 요구 때문에 하는 자발적인 행위 그 자체가 바람직한 창조임을, 가치나 효용을 따지지 말고 인정해야 한다.

'신명풀이'를 하는 동기는 각자 자기 '신명'을 풀기 위해서이다. 그 점에서 누구든지 개별적인 존재로서 주체성을 가진다. 그러나 '신명풀이'는 여럿이 함께 주고받으면서 해야 풀이를 하는 보람이 있다. 자기의 '신명'을 남에게 전해주고, 남의 '신명'을 자기가 받아들여, 두 신명이 서로 싸우면서 화해하고, 화해하면서 싸워야 신명풀이가 제대로 이루어지고, 그 성과가 더 커진다. 대립이 조화이고, 조화가 대립이며, 싸움이 화해이고, 화해가 싸움인 것이 천지만물의 근본이치인 것을 '신명풀이'의 행위에서 절실하게 경험한다.

'신명'·'신바람'·'신명풀이'는 한국인만의 것이 아니다. 세계 모든 민족, 모든 국민이 공유하는 바이다. 그런데 한국인에게서 특히 두드러진 모습을 보이고 있다. 사람의 마음에는 신명이 아닌 다른 성향도 얼마든지 있고, 사람의 마음을 드러내서 예술행위로 구현하고 철학사상에서 논의하는 방식도 여러 가지 선택 가능한 것들이 있다. 그런데 한국인은 예술행위나 철학사상에서 신명에 관해서 특별한 의의를 부여한 특징이 있다고 생각된다.

과연 그런지 확인하기 위해서 비교연구가 필요하다. 비교연구의 자료로는 예술행위가 가장 큰 의의를 가진다. 예술행위는 마음가짐의 직접적인 발현이면서, 민족에 따라서 특이하게 조직화된 전통이 있어 그 특징이 뚜렷하다. 공리적인 효용을 생각하지 않기 때문에 남의 것을 쉽게 받아들이지 않는다. 예술행위 가운데 집단이 하는 것일수록, 전통이 뚜렷한 것일수록 그 점을 확인하는 데 더욱 유용한 자료이다. 전통극이 바로 그런 영역이다. 한국의 전통극 탈춤을 예증으로 삼아, 그 원리가 다른 곳의 전통극과 어떻게 다른지 고찰하는 것이 긴요한 과제이다.

철학사상은 한문으로 서술되고, 理氣心性을 논하는 용어를 중국철학과 함께 사용해서 한국의 독자적인 노선이 쉽사리 드러나지 않는다. 그러나 탈춤의 신명풀이를 고찰한 결과와 견주어보면, 서로 연결되는 논의를 알아차릴 수 있다. 예술행위만으로는 부족한 논의를 철학사상에서 펴고, 철학사상에서는 보여주기 어려운 실례를 예술행위를 통해서 제시했다고 이해하면서 그 둘을 연결시키는 것이 필요하고, 가능하다.

　과거의 예술행위와 철학사상을 들어 신명풀이가 무엇이고 어떻게 이해되었던지 살피는 일은 그 자체가 목적이 아니고 오늘날의 창조를 위해서 소중한 지침을 얻는 데 이르러야 한다. 오늘날의 창조 또한 예술행위와 철학사상 양면에서 이루어질 수 있고, 거기다 덧보태 사회조직이나 생산활동까지 생각해야 한다. 그 모든 영역에서 할 일을 설계하는 기본원리를 제시해야 한다.

신명풀이의 예술행위

　연극에 관한 일반이론을 전개할 때 흔히 본보기로 삼는 고대그리스의 연극, 특히 그 가운데 비극은 '카타르시스'를 기본원리로 한다. 극중에서 벌어지는 참혹한 싸움의 불행한 결말을 보면서 관중은 자기 마음속에 있던 그런 느낌을 씻어내고, 마음이 정화되는 것을 경험한다는 것이 '카타르시스' 이론의 핵심이다.

　연극에는 '카타르시스'와는 다른 '라사'의 원리를 구현하고 있는 것도 있다. 중세인도연극을 좋은 본보기로 한 '라사'의 연극에서는 적대적인 인물들끼리의 싸움이 아닌 우호적인 인물들끼리의 차질이 원만하게 해결되는 것을 보면서 관중이 우주적인 조화의 커다란 원리에 동참하도록 한다.

　'카타르시스'·'라사'와 대립되는 또 하나의 기본원리가 바로 '신명풀이'이다. '카타르시스'에서는 적대적인 인물들끼리의 싸움을, '라사'에서는 우호적인 인물들끼리의 화합을 강조하는 것과 다르게, '신명풀이'의 연극에서는 적대적인 인물들끼리의 싸움이 화합에 이르도록 해서, 싸움이 화합이며 화합이 싸움인 원리를 구현한다. '신명풀이연극'에서는 관중이 연극 진행에 개입하면서 싸움과 화해의 당사자 노릇을 하는 점이 크게 다르다.

　'카타르시스'·'라사'·'신명풀이'는 연극의 세 가지 기본원리이다. 고대그리스, 중세인도, 중세에서 근대로의 이행기 한국에서, 그 셋의 본보기를 보여준 것은 세 시대의 특징과 세 문명권이 지닌 세계관의 지향이 특히 선명하게 구분되기 때문이다. 다른 어느 곳에서 누가 하는 연극이라도 그 가운데 어느 하나이거나, 다른 성향도 함께 지닌 복합형인 것으로 확인되며, 넷째로 들어야 할 기본원리는 없다.

문학이나 예술의 다른 형태는 언제나 있으면서 시대에 따른 변천을 보인 것과 다르게 연극은 있기도 하고 없기도 했다. 그리스연극은 고대에만 있고 중세에는 없었다. 인도연극은 고대에 없다가 중세에 등장했다. 인도연극이 쇠퇴한 다음 시기인 중세후기에 중국·일본·인도네시아 등지의 연극이 나타났다. 한국은 그 대열에 들어서지 못하고, 중세에서 근대로의 이행기 민속극을 힘써 가꾸어 오늘날까지 전승하고 있다.

선후의 차이를 들어 우열을 나누자는 것은 아니다. '라사'의 원리와 '신명풀이'의 원리 사이의 관계가 문제이다. 인도뿐만 아니라 중국, 일본, 인도네시아의 연극도 중세연극으로 등장하면서 '라사'를 기본원리로 삼았다. 중세에서 근대로의 이행기 중국이나 일본의 연극은 '신명풀이'의 요소를 받아들이기는 했어도 '라사'를 버리지는 않고 그 하위에 두었다.

그런데 한국연극은 '라사' 시대를 거치지 않아 '신명풀이'로 일관했다. '라사' 시대의 연극을 만들지 않은 것은 그 원리가 한국인의 심성과 맞지 않았기 때문이라고 보아 마땅하다. '신명풀이'의 시대인 중세에서 근대로의 이행기가 오자 한국연극이 비로소 활기를 띤 것은 한국인이 그런 성향을 지니고 있었기 때문이다. 한국인은 '신명풀이연극'의 특징이 되는 마음가짐을 이웃 나라 사람들보다 더욱 뚜렷하게 지니고 있다고 보는 근거가 바로 거기 있다.

'신명풀이연극'인 한국의 탈춤은 여럿이 함께 노래 부르고 춤을 추면서, 흥겨워하고 신명을 푸는 행위를 근거로 해서 이루어진다. 풍물패를 앞세우고 마을 사람들이 사방 돌아다니면서 함께 노는 행사가 탈춤의 기원이고 바탕이다. 놀이패가 한곳에 자리를 잡아 길놀이가 마당놀이로 바뀌고, 누구든지 참여하는 대동놀이에서 탈꾼들이 특별한 배역을 맡는 탈놀이로 넘어가면서 탈춤이 시작된다.

모여든 사람이 누구든지 群舞에 참여해 "3·4시간 氣가 盡하도록 亂舞하여 興이 하강할 때쯤 되면 후편인 가면무극으로 넘어간다"고 한 말을 보자.20) 여기서 '興'이라는 말과 '氣'라는 말을 사용한 것을 주목할 필요가 있다. 사람이 지닌 기가 흥으로 발현된다고 했다. 군무에 참여한 사람들의 기가 다해서 흥이 떨어질 때가 되면, 탈꾼들이 나서서 기를 새롭게 발현해서 흥을 다시 돋운다고 했다.

탈춤은 탈꾼들 사이에서 벌어지는 싸움이다. 노장과 취발이, 양반과 말뚝이, 영감과 미얄 사이의 싸움이 어떤 의미를 가지는지 이미 고찰했다. 탈꾼들이 그런 배역 노릇을 하면서 등장시킨 인물들은 함께 흥겨워하지 않고, 싸움의 전개에 따라서 흥하기도 하고 망하기도 한다. 그러나 탈춤 진행 도중에 이따금씩 탈꾼 모두 함께 춤을 추면서 즐거워한다. 일어서서 춤을 추면서 반주를 하던 풍물패 반주자들이 앉은 악사로 바뀐 다음에도, 그런 관습이 변함없이 이어져서, 탈춤 공연의 기본방식으로 정착되었다.

봉산탈춤의 양반과장에서 그 점을 확인할 수 있다. 거기서 양반이 말뚝이에게 호령하고 말뚝이는 항변을 하다가 양쪽이 다툼을 멈추고 함께 춤추며 즐거워한다.21) 그런 전개의 실상을 확인하기 위해서 양반과장의 서두를 들어보자.

말뚝이와 양반 삼형제는 처음 등장할 때 함께 춤을 춘다. 한 과장이 '춤대목'에서 시작된다. 양반 삼형제가 말뚝이와 함께 등장한 곳은 놀이판이다. 하인과 함께 춤을 추면서 놀이판에 등장하는 것은 양반을 양반답게 하는 위엄을 부인하는 처사이다. 노장이 놀이판에 등장할 때 필요했던 복잡한 과성을 거치지 않고, 양반 삼형제는 아무런 절차 없이 놀이판에 등장한다.

그 이유를 밝히지 않고 생략해버렸으니, 관중이 추측해서 알아내야 한다. 사람은 누구나 마음속에 신명이 있으니 풀어야 하고, 신분 차별의 장벽을 넘어서서 누구나 평등한 것이 마땅하니 양반이 말뚝이와 함께 춤추

---

20) 강용권, 《야류·오광대》(대구: 형설출판사, 1977), 38면. 〈대방놀이로 하는 신명풀이〉에서 이에 관해 고찰했다.
21) 이런 전개방식을 〈양반과장과 구성의 원리〉에서 면밀하게 분석했다.

고 노는 것이 당연하다고 하면 올바른 해답을 찾았다고 할 수 있다. 그러나 여러 단계를 거쳐 길게 추리하지 말고 한꺼번에 깨닫는 비약을 경험해야 관중도 신명풀이에 동참한다.

처음 춤대목에서는 말뚝이가 앞서서 양반을 인도하고 등장했다. 평등을 이룩해서 신명풀이를 함께 하는 일을 말뚝이가 선도해야 했기 때문이다. 양반과 말뚝이의 신분상의 위계질서를 부정하는 데 그치지 않고 역전시키기까지 해야 평등이 이루어진다. 그런데 양반 삼형제 가운데 막내인 악소년 도령이 형들의 면상을 부채로 치며 노는 것도 연령에 따르는 위계질서를 파괴하는 점에서 그것과 같은 의미를 지닌다고 하고 말면 피상적인 이해이다.

도령은 함께 춤을 추면서 경망스러운 태도로 남을 해쳐, 두 형들이 위엄을 차리느라고 감추어두었던 허위의 깊은 층위를 드러내는 구실을 한다. 춤대목에서 의식 차원의 문제가 해결되면서 무의식 차원의 문제가 표출된다. 그렇게 해서 춤대목의 화해가 화해이기만 하지 않고, 화해가 또한 싸움임을 일깨워준다.

말뚝이가 관중에게 양반 험담을 하는 말은 양반이 즐겨 쓰는 언사를 모방해 공격 효과를 높인다. 양반은 역임한 관직을 열거하면서 뽐내기를 잘하고, 상대방이 선뜻 알아차리지 못할 말을 할 때에는 어느 한자를 쓰는 말인가 밝혀 "…字에 …字 쓰는"이라고 해야 설명이 제대로 이루어진다고 믿는다. 그런데 열거한 관직에 "노론·소론"도 들어 있다. 관직이야 다다익선이지만, "노론"을 하다가 "소론"을 하는 지조 없는 짓은 해서는 안 된다. "양반"이라는 말이 "개잘량이라는 양자에 개다리소반이라는 반字"로 이루어졌다고 하는 것은 그보다 더 심한 역설이지만, "양반=개"라는 등식을 들어 양반을 경멸하는 공격을 하는 데 큰 힘을 발휘한다.

양반은 그렇게 공격하는 말을 대강 듣기는 했으므로 호령을 하지만, 제대로 알아듣지 못했으므로 말뚝이의 변명을 듣고 안심해서 춤대목으로 들어간다. 등장인물들이 함께 즐거워하는 춤대목에서 연극이 중단되는 것은 아니다. 대사를 주고 받아서는 도저히 나타낼 수 없는 깊은 의미가 구현된다.

양반과 말뚝이는 서로 싸울 필요가 없음을 알고 화해를 하는 춤을 추자는 데 합의해 함께 춤추며 즐거워하는데, 그 이유는 서로 다르다. 양반은 말뚝이를 호령해서 제압했으므로 만족해하고 평화를 구가하지만, 말뚝이는 양반에 항거해 승리를 거두었으므로 즐거워하는 것이다. 그런 동상이몽의 균형을 관중이 개입해서 깨버린다. 관중은 양반의 착각을 보면서 재미있어 하고, 말뚝이와 함께 승리를 구가한다. 양반은 그런 사태를 이해하지 못해 패망하지 않을 수 없게 된다.

탈놀이에서 진행되는 싸움이 바라는 방향에서 진행되고 해결되는 것이 관중으로서는 더욱 흥겹고 신나는 일이다. 관중이 줄곧 연극 진행에 개입하기 때문에, 탈놀이가 대동놀이로 진행되어, 싸움의 승패를 나누는 데서 신명풀이가 최고조에 이른다. 탈놀이가 끝난 다음에도 시작하기 전과 마찬가지로 관중 모두가 나서서 함께 춤을 추는 난장판 군무를 벌이면서 탈놀이에서 이룩한 승리를 구가한다. 그러나 상하나 우열을 뒤집어 패배자를 조롱하고 박해하자는 것은 아니다. 그런 구별이 원래 있을 수 없어 대등하고 평등하다는 것을 함께 춤을 추면서 재확인한다. 그래서 싸움이 화해이고, 극복이 생성임을 입증한다.

한국의 '신명풀이연극'은 그리스의 '카타르시스연극'과 마찬가지로 적대적인 관계의 승패를 문제 삼는다고 하겠으나, 승패가 바람직하게 이루어지는 점이 다를 뿐만 아니라, 패배자의 고통은 보여주지 않는다. 노장·양반·영감은 패배를 겪으면서 자기네들 또한 승리자가 되었다. 허위를 거부하고 진실을 되찾은 기쁨을 누리는 데 동참해서 그렇게 될 뿐만 아니라, 서로 나누어져 싸우는 것이 허위라고 배격되어 아무런 구분이 없는 대등하고 조화로운 관계가 이루어지기 때문이다. 그래서 싸움의 부정이 최대의 승리임을 분명하게 하는 과정이 탈놀이가 끝난 다음의 군무이다.

탈춤 전체는 세 부분으로 이루어져 있다. 이제 각 부분을 지칭하는 용어를 확정해서 정리를 해보자. 서두에 '앞놀이'가 있고, 중간에 '탈놀이'가 있으며, 나중에 '뒷놀이'가 있다. 앞놀이와 뒷놀이를 할 때에는 놀이패와 관중 사이에 아무런 구별이 없이, 모두 대등한 자격으로 함께 어울려 춤을 추면서 즐거움을 나눈다. 탈놀이를 할 때에는 탈을 쓴 놀이패가 등장인물들의 배역을 나누어 하면서 서로 싸우고, 관중은 관중석에서 구경하면서 그 싸움에 이따금 개입한다.

탈놀이가 진행되는 동안에, 일정한 간격을 두고 춤대목이 있어, 서로 싸우던 등장인물들이 함께 어울려 춤을 춘다. 관중이 앞놀이와 뒷놀이에 참여하고, 탈놀이에 개입하고, 춤대목의 의미를 자기 나름대로 해석할 수 있는 재량권을 갖고 있다. 탈춤이 완성되어 닫힌 구조일 수 없고, 미완성의 열린 구조인 원리가 그런 세부에서까지 잘 갖추어져 있다.

춤대목에서는 등장인물들이 싸움을 멈추고 함께 즐거워하는데, 그렇게 해야 한다고 판단하는 이유가 각기 다르다. 양반은 자기가 말뚝이를 눌러서 이겼다고 즐거워하고, 말뚝이는 자기가 양반을 속여서 이겼다고 즐거워한다. 관중은 그런 사정을 명확하게 알 수도 있고, 그렇지 않을 수도 있다. 그래서 춤대목 자체에서 싸움이 화해이고, 화해가 싸움이다.

다시 춤대목 앞뒤에서 벌어지는 탈놀이의 싸움과 춤대목의 화합, 다시 탈놀이의 싸움과 앞놀이·뒷놀이의 화합을 함께 보여주어 싸움이 화합이고, 화합이 싸움임을 알려준다. 그 양쪽이 둘이면서 하나이고, 하나이면서 둘임을 명시한다. 그 둘이 둘이라고 보는 관중에게는 하나임을 일깨워주고, 하나라고 보는 관중에게는 둘임을 일깨워주는데, 관중은 거기 맞서서 자기주장을 편다. 그렇게 하는 것이 싸움을 싸움답게 하면서 싸움을 없애 해결하는 방법이다.

신명풀이의 철학사상

탈춤에서 벌어지는 것과 같은 신명풀이 방식의 싸움은 일찍이 元曉가 문제 삼았다. 원효는 〈金剛三昧經論〉 서두에서, "有·無", "眞·俗", "一·二", "中·邊"이 둘이 아니고 하나이며, 하나가 아니고 둘이라는 이치를 밝힌 것을 그렇게 이해할 수 있다.22) 한문으로 글을 쓰면서 중국의 전례에 따라 불교나 유교의 철학을 전개하고, 기존의 용어와 사상을 재정리하는 작업을 하면서 한국인의 ‘신명풀이’ 의식에 근거를 둔 논의를 전개하는 일이 계속되어, 한국철학사의 독자적인 영역을 마련했다고 할 수 있는 일이 원효에서 시작되었다.

원효는 스스로 춤추고 노래하고 가난하고 미천한 사람들이 사는 마을을 돌아다니면서 탈춤 광대와 같은 짓을 했다고 한다. 그렇게 해서 더욱 절실하게 깨달은 바를 불교철학의 논설로 나타내면서, 기존의 개념과 논리를 자기 나름대로 휘어잡아 새로운 발전을 이룩했다. “有·無”, “眞·俗”, “一·二”, “中·邊”을 함께 든 것은 하나와 둘의 관계를 다루기 위한 선택이었다. 없음과 있음, 하나와 여럿의 관계는 불교에서 항상 중요시해온 바이고, 義湘이 〈華嚴法界一乘圖〉에서 “一卽多”이고 “多卽一”이라고 한 말은 하나와 여럿의 관계에 관한 불교의 논의를 집약한 의의가 있다. 그런데 원효는 하나와 둘의 관계를 문제 삼았다.

하나와 둘의 관계는 현실에서 발견한 문제이다. 현실에서 문제되는 대립을 넘어서기 위해서 둘이 하나라고 해서 대립을 부정하고, 그렇다고 해서 대립이 없다고 하는 것은 잘못임을 깨우쳐서 하나가 둘이라고 했다. 그래서 불교철학으로서 보편적인 의의와 당대 현실의 문제를 자기 관점에서 다루는 특별한 의의를 함께 지닌 철학을 마련했다고 할 수 있다.

“有·無”, “眞·俗”, “一·二”, “中·邊”이라고 열거한 것들은 추상적인 개념이면서 또한 현실적인 대립을 집약하는 의미를 지니고 있다. “有·無”에는 부자와 가난뱅이, “眞·俗”에는 귀족과 민중, “一·二”에는 임금과 신하, “中·邊”에는 서울과 시골을 지칭하는 분별 개념이 다른 많은 것들과 함께 포함되어 있어서, 이해하는 쪽에서 그렇게 받아들인다고 해도 나무랄 수 없다.

그런 것들은 하나가 아니고 둘이어서 서로 대립되어 있었다. 당시 신라

---

22) 《한국문학사사상시론》(서울: 지식산업사, 1978)의 〈원효〉; 《한국의 문학사와 철학사》(서울: 지식산업사, 1996)의 〈의상·명효·원효의 질서관과 문학이론〉에서 이에 관해 고찰했다.

사회에 대립이 없다고 하면 거짓말이다. 사회적 대립의 심각한 문제를 외면하고 고매한 사상을 전개하기나 하는 것은 허공에 뜨자는 짓이다. 그러면서 둘이 하나인 이치로 대립을 넘어설 수 있다. 대립은 대립 아닌 것으로 만들어 본래의 화합을 되찾아야 해결된다. 그럴 수 있는 가능성이 본래 주어져 있다고 믿고, 거기에 이르는 길을 찾고자 했다.

'신명풀이연극'에서 대립을 제기하고 해결하는 방식의 원형이 되는 사상이 그렇게 나타나 있다고 할 수 있다. 그렇지만 대립이 화합이라는 주장을 함께 펴면서 강조점은 서로 달랐다. 元曉는 대립보다는 화합을 더욱 중요시하고, 탈춤에서는 화합보다는 대립을 더욱 중요시했다. 그 어느 쪽을 택할 것인가 하는 고민 때문에 시비가 일어날 수 있다.

양쪽의 거리를 메우기 위해서는 시대를 내려와서 하나가 둘로 나누어진 과정을 중요시하는 徐敬德의 철학을 찾을 필요가 있으며, 사람과 사람 밖의 사물의 부딪침을 특히 중요시한 丁若鏞의 사상에서도 보충자료를 얻을 수 있다.23) 사회적 대립에서 생기는 싸움을 전개하고 해결하는 방식을 탈춤이 더욱 선명하고 치열하게 보여주지만, '신명풀이'의 이론을 선명하게 가다듬기 위해서는 철학을 가져와서 이용할 필요가 있다. 서경덕이 다음과 같이 말한 데서 生克論의 이치를 발견해서 '신명풀이'의 원리를 해명하는 데 직접 원용할 수 있다.

> 하나는 둘을 生하지 않을 수 없고, 둘은 스스로 능히 克한다. 生하면 克하고, 克하면 生한다. 氣가 미세한 데서 시작해서 진동하는 데까지 이르는 것은 生克이 그렇게 한다.24)

氣가 하나이면서 둘이어서 生克을 빚어내는 것은 천지만물의 이치일 뿐

---

23) 《한국의 문학사와 철학사》의 〈생극론의 역사철학 정립을 위한 기본구상〉에서 그런 작업을 했다.
24) 《花潭集》 2 〈原理氣〉, "一不得不生二 二自能生克 生則克 克則生 氣之自微至鼓盪 其生克使之也"

만 아니라 사람이 살아나가는 과정 또는 사람의 마음의 움직임도 그렇다. 사람의 마음 또한 氣이고, 기의 운동을 한다고 보아, 理를 별도로 설정하지 않았다. 理는 氣의 자체의 원리일 따름이라고 했다.

서경덕의 사상을 계승해서 발전시킨 任聖周는 천지만물과 사람의 마음 양쪽에 다 있는 창조적인 약동을 '生意'라고 지칭했다. 그 말뜻은 '생성의 의지'라고 풀이할 수 있다. 사람이 천지만물과 함께 지니고 있어서, 투쟁하고 생성하는 '生意'가 바로 '신명'이다. 崔漢綺는 그것을 '活動運化之氣'라고 했으며, 그것이 사람에게 갖추어진 것은 '神氣'라고 일컬었다. '神氣'가 바로 '신명'이다.

최한기가 사람이 정신활동을 하는 氣를 '神氣'라고 하고, 사물을 인식하고 표현해 나타내는 과정을 '神氣'의 발현으로 설명한 데 소중한 지침이 있다.25) 氣는 '活動運化'를 기본특징으로 한다 하고, 사물이 그렇게 하는 것을 보고 마음에서 터득하면 "말을 하는 것마다 모두 靈氣를 지녀, 용이 꿈틀거리는 형체를 갖추고 萬化를 녹여서 지닌다"고 했다. 그래서 이루어진 표현물을 받아들이는 쪽은 '神氣'가 흔들려 움직이고, 쉽사리 感通하게 된다"고 했다. 글을 쓰고 읽는 행위에 관해 해명하고, 쓰는 사람과 읽는 사람 사이의 공감이 어떻게 해서 이루어지는지 밝히느라고 이렇게 전개한 이론을 연극에다 적용할 수 있다. 그 과정에서 최한기 이론의 미비점을 보완해 나의 이론을 만들 수 있다.

천지만물과 함께 사람도 수행하는 '活動運化'를 표출해서 공감을 이룩하는 주체가 되는 氣를 '神氣'라고 하면, '神氣'가 바로 '신명'이다. '神'은 양쪽에 다 있는 같은 말이고, '氣'를 '明'이라고 일컬을 수 있다. 안에 간직한 '神氣'가 밖으로 뻗어나서 어떤 행위나 표현형태를 이루는 것을 두고 '신명'을 '푼다'고 한다. 그래서 '신명풀이'란 바로 '神氣發現'이다. 사람은 누구나 '神氣' 또는 '신명'을 지니고 살아가지만, 천지만물과의 부딪힘을 격렬하게 겪어 심각한 격동을 누적시키면 그대로 덮어두지 못해 '神氣'를 발현하거나

---

25) 《한국의 문학사와 철학사》의 〈최한기의 글쓰기 이론〉에서 이에 관해 고찰했다. 인용구의 출처 설명도 그쪽으로 미룬다.

'신명'을 풀지 않을 수 없는 지경에 이른다.

東學을 창도한 崔濟愚는 〈劒訣〉이라는 이름의 칼노래를 지어 부르면서, "용천검 날랜 칼로 일월을 희롱"하니 "좋을시고, 좋을시고, 이내 신명 좋을시고"라고 했다.26) 우주적인 범위에서 투쟁을 전개하는 '신명풀이'를 한다고 한 말이다. 《東經大典》에서는 "鬼神者吾也"라고 해서 "귀신이 바로 나이다"라고 일렀는데, 이 말을 그 뒤에 '人乃天'이라고 고쳐 일러 "하늘이 곧 사람이다"라고 하는 원리로 정립하고, 그렇기 때문에 '神人合一'이 이루어진다고 했다.27)

그런 사상은 신명에 대한 새로운 해석에 근거를 둔다고 할 수 있다. 그 말은 사람이 곧 신이라는 뜻이기도 하다. 사람이 곧 신이라는 것은 사람밖에 따로 섬길 대상이 없다는 말이기도 하고, 사람이 스스로 대단한 능력을 지녔다는 말이기도 하다. 그 능력은 각자 사사로운 이익을 위해서 쓸 것이 아니고, 사람이 마땅히 지켜야 할 도리를 찾고, 사회정의를 구현하는 데 소용된다.

'신명풀이'의 행위뿐만 아니라 신명이 무엇인가 밝혀 논하는 사상도 아주 오래 전부터 있었으나, 18세기에서 19세기까지의 기간 동안에 명확하게 가다듬어 높은 수준의 창조물을 이룩할 수 있었다. 탈춤의 '신명풀이'를 발전시킨 사람들은 하층의 놀이패이고, 임성주와 최한기는 상층의 지식인이어서 서로 직접적인 교류를 하지는 않았으며, 연극과 철학이 다르기 때문에도 같이 일할 수 없었다. 최제우는 하층민의 각성을 위해서 떨쳐나서서 스스로 춤추고 노래하기까지 했으나, 탈춤판에까지 갔다고 보기는 어렵다.

---

26) 《민중영웅이야기》(서울: 문예출판사, 1992)의 〈최제우의 득도와 민중의 이야기〉에서 이 자료를 들고 논의했다.

27) 《東經大典》의 〈論學文〉에서 한 말이다.(《동학사상자료집》 1, 13면) "人乃天"이라는 말은 동학의 3대교주 孫秉熙가 1905년 전후에 간행한 《大宗正義說》에서 최제우의 사상은 "人乃天으로 敎의 客體를 成하며 人乃天으로 認하는 心이 其主體의 位를 占하야 自己自拜하는 敎體로 天의 眞素的 極岸에 立하나니"(《동학사상자료집》 2, 274면)라고 하는 등의 말로 풀이하는 데서 처음 사용했다. 앞에서 든 李敦化, 《人乃天要義》에서 이에 대해서 자세하게 풀이했다.

그러나 탈춤패와 사상 혁신의 주역들은 같은 시대에 함께 살면서, 조상 전래의 지혜를 새로운 문화 창조의 원동력으로 삼고, 민중의 공동체적 결속을 근거로 사회문제에 함께 대처했다. 사상 논쟁의 가장 심각한 문제를 슬기롭게 해결하는 역사적인 과업을 각기 서로 다른 자리에서 함께 이룩해, 여럿이 하나가 되게 했다. 양쪽 다 보면서 그 경과를 정리하자 사태의 전모가 비로소 드러나기 시작하고 있다. 세부적인 경과는 아직 제대로 밝히지 못해 계속 탐구해야 한다.

신명풀이의 창조적 계승

'신명풀이'의 원리는 각자의 자발성과 주체성에서 창조가 발현된다는 것을 명시한다. 각자의 창조가 서로 만나 싸우고 한 데 모여, 대립이 조화이고 조화가 대립이며, 싸움이 화해이고 화해가 싸움임을 구현하는 것 자체가 창조이다. 예술창조, 철학사상, 사회조직, 생산활동 등의 여러 영역에서 그런 원리를 구현해야 한다. 그런 원리는 그 모든 영역에서 서로 같으면서 서로 다르다. 서로 같으므로 함께 논해야 하고, 사로 다르므로 분야에 따라서 각기 다르게 처리해야 한다.

예술창조, 철학사상, 사회조직, 생산활동이라고 열거한 것들 가운데 이번에는 철학사상부터 논의하기로 하자. 그 모든 영역에서 함께 인정되는 동일한 원리가 生克論이다. 생극론은 탈춤으로 구현된 예술행위의 철학을 氣철학에서 가져와서 오늘날의 시대적인 요구에 맞게 재창조한 창안물이면서 누구나 공유할 수 있는 공동의 자산이다. 사상의 내용뿐만 아니라 사상을 만들고 전개하는 과정 또한 탈춤에서 하는 것과 같은 관중의 참여로 이루어진다. 철학이면서 철학이 아닌 다면적인 논리를 마련해서 인생만사를 두루 다룬다.

그 가운데 문학사의 이론을 구체화하는 것을 나의 직접적인 소관사이자, 저작권을 주장해야 할 영역으로 삼고, 그 밖의 여러 영역에 관한 더욱 광범위한 연구와 실천은 다른 사람의 소관으로 넘긴다. 그래서 하나이면서 여럿인 연구를 하나이면서 여럿인 작업을 통해서 하자는 것이다. 예술창조, 철학사상, 사회조직, 생산활동의 당면과제를 전문적인 식견을 가지고 해결하는 구체화작업이 별도로 진행되어야 한다는 것을 강조하면서, 생극론의 총괄적인 관점에서 펼 수 있는 논의의 일단만 제시하고자 한다.

그런 원리를 구현하는 예술창조로서 지금에 와서는 영화가 특히 긴요하다. '카타르시스 영화'가 세계를 제패하는 데 맞서서, '라사영화'가 독자적인 영역을 지키고 있는 노력에 자극을 받아, '신명풀이영화'를 만드는 생극론의 작전을 수립하고 실행해야 한다. 그래야 영화전쟁에서 살아남을 수 있고, 문화제국주의 횡포를 제어하고, 인류문명을 더욱 다양하고 풍요롭게 가꾸어 가해자들마저도 행복하게 할 수 있다.

사회조직에서는 구성원 각자의 내면적인 욕구를 발현하는 자발적인 창의력을 최대한 존중해야 한다. 규제를 푼다고 하는 소극적인 대책에서 한 걸음 더 나아가, 누구나 최고책임자임을 명확하게 해야 한다. 그래서 개인이 개인으로 흩어지자는 것은 아니다. 각자의 '신명풀이'는 반드시 다른 사람과의 공동작업을 통해서 완수된다는 것을 믿고, 자발적인 협동이 생겨나는 것을 방해하지 말아야 한다.

내 자신이 직접 소속되어 있는 대학사회를 예를 들어본다면, 교수는 가르치고 싶은 것을 가르치고 학생은 배우고 싶은 것을 배울 수 있게 허용하고, 자발적이고 창의적인 강의가 이루어지게 해야 한다. 생각이 근접하는 학생들끼리 만나 무엇을 공부할까 토론하고, 교수와 만나서 그런 강의를 할 수 있는지 협의하는 것 자체가 대단한 공부이다.

생산활동에서도 각자가 자발적인 욕구를 실현해 신명풀이를 하는 일을 남들과 더불어 하는 것이 최상의 방법이다. 자발적인 신명풀이는 경제적인 이득과 배치될 수도 있고, 실패할 수도 있다. 그래도 거듭 시도하는 것은 삶의 기본 욕구가 창조의 모험을 요구하기 때문이다. 우리 각자는 자기의 주체성을 관철시키기 위해서, 잠재적인 능력을 창조의 성과로 바꾸는 일을 남들과 함께 하는 것을 커다란 기쁨으로 삼아 마땅하다.

부록 자료

양주산대 연희본

양주산대놀이 대본 또는 연희본은 여러 번 발표되었다. 목록을 들면 다음과 같다.

(가) 趙鐘洵 구술 金志淵 필사본 : 1930년에 기록된 것이다.

(나) 임석재 채록본 : 원래 《協同》 49・50호에 발표하고, 국악예술학교의 《'주요무형문화재전수자료》(1966)로 다시 간행했다.

(다) 金成大 기록 李保羅 정리본 : 《현대문학》46-50, 54호(1958년 10월— 1959년 1월, 1959년 6월)에 발표되었다.

(라) 임석재・이두현 채록본 : 문화재관리국의 《주요무형문화재지정자료》로 간행되었다(1964). 이 자료를 근거로 양주산대놀이가 주요무형문화재 제2호로 지정되었다.

(마) 최상수 채록본 : 《한국예술총람 자료편》(서울: 대한민국예술원, 1965)에 수록되었다.

(바) 이두현 채록본 : 《한국가면극》(서울: 분화재관리국 1969)에 수록되었다.

(사) 김성대 기록 심우성 정리본 : 《한국의 민속극》(서울: 창작과비평사 1975)에 수록되었다.

이 책에는 이 중에서 (가)를 수록하고, 이 목록에 없는 필자 소장의 필사본을 정리해서 수록하기로 한다.

(가)는 지금까지 흔히 "서울대학교 도서관본"이라고 하던 것이다. 그런데 서울대학교 도서관에는 현재 이 자료가 보관되어 있지 않다. 서울대학

교 도서관본을 다시 등사했다고 하는 등사본이 더러 돌아다니고 있다. 예용해의 《인간문화재》(서울: 어문각, 1963)에 서울대학교 도서관본이라고 하면서 이 자료를 수록했는데, 이것은 원본이 아닌 다시 등사한 본을 대본으로 했다. 필자는 과거에 이 정도의 사실만 알고 있었고, 이 자료를 원래 채록했던 사람이 일본인 학자 秋葉隆이었다는 불확실한 말을 누구에선가 들어서 그런가 여기기도 했다.[1]

그런데 영남대학교 도서관에 수장되어 있는 趙潤濟 선생의 陶南文庫에서 (가)를 찾았는데, 원본도 등사본이다. 그 도서관의 일반도서에는 (가)를 다시 등사해 그 말미에 "國立서울大學校 中央圖書館 所藏인 山臺都監劇(謄寫本)의 寫本임"이라고 한 것도 있다. 둘을 비교해 보니, 원본의 속표지에 쓰인 연대와 일자, 속표지 뒷장에 쓰인 구술자와 필사자, 그리고 본문의 서두에 쓰인 유래 설명 기타 참고자료가 재등사본에는 빠져 있다. 재등사본에는 원본과는 다르게 된 오자도 적지 않다. 원본을 소개할 필요가 있어서 여기 싣기로 한다. 표기는 정서법만 약간 고치고 원문대로 한다.

(가)를 "서울대학교 도서관본"이라고 해온 것은 재등사본 말미에 쓰인 말을 근거로 삼았는데, 사실은 적절한 명명이 아니다. 서울대학교 도서관과 특별한 관련이 없었을 뿐만 아니라, 구술자와 필사자가 밝혀졌으나, 구술자와 필사자를 내세워 "趙鐘洵 구술 金志淵 필사본"이라고 해야 한다.

이 자료는 후대의 채록본과 비교해 보면 아주 소루하다. 동작에 대한 자세한 설명이 없어 불만이다. 채록자의 부주의도 엿보인다. 그러나 다른 어느 것보다 일찍 기록되었다. 양주산대뿐만 아니라 모든 탈춤 대사 중에서 가장 먼저 기록된 자료라는 점에서 소중하다. 그런데도 그 동안 묻혀 있었다.

이 자료에는 "양주산대"라는 말은 보이지 않는다. "山臺都監劇"이라고만 했다. 그러나 흔히 산대도감극이라고 하는 산대놀이 가운데 다른 지방의 것일 수는 없다. "役員의 문벌"을 해설하는 데서 "양주의 吏屬"이 놀이를 했다는 말이 있다. 그러면서 소재지가 서울과 양주라고 하고, "남대문 큰 고개"와 "녹본(녹번)"이 역원의 소재지라고 하는 것은 본산대로 함께

---

1) 《한국구비문학선집》(서울 : 一潮閣 1977), 298면

언급하기 위한 배려인 것 같다. 본산대의 전승이 이미 오래 전에 중단되었다는 것은 알려진 바와 같다.

서두에 유래에 전설이 있는데, 사실과는 거리가 멀다. 紂와 妲己를 내세우고 辛旽을 등장시켜 탈춤이 남녀의 난잡한 춤으로 이루어져 있는 것은 그만한 이유가 있다고 했다. 姜太公이 귀신을 제어하기 위해서 탈춤을 추게 했다고도 해서, 없애지 말고 존중해야 한다는 근거로 삼았다.

契房의 유래에 대한 설명도 그대로 받아들일 수 있는 것은 아니다. 나라에서 탈춤을 하라고 강제 추렴을 허가해 주었을 리는 없다. 탈춤은 나라에서 도와주어서 하던 놀이가 아니다. 여기서 말하는 강제 추렴 허가는 아마도 탈춤이 아닌 山臺戱를 하기 위한 것이었다고 생각된다. 탈춤 놀이패가 옛날에는 산대희할 때 동원되던 倡優이기도 했다는 데 근거를 두고, 탈춤의 격을 높이고자 해서, 산대희를 위한 강제 추렴 허가가 마치 탈춤을 위한 것이었던 것처럼 말하는 설명을 그대로 적어 두었다고 할 수 있다.

탈춤의 유래에 관한 설명이나 계방의 유래에 관한 설명이나 격이 낮은 것을 높이고자 하는 점에서 한결같다. 탈춤이나 놀이패가 격이 낮은 데 대한 열등의식 때문에도 그랬다고 할 수 있겠으나, 그렇게 꾸며야만 탈춤이 온전하게 유지되고 발전될 수 있었을 것이다. 그러나 탈춤의 내용을 살펴보면 그렇게 꾸미는 것은 표면에 지나지 않는다. 이면적인 의식에서는, 중국에서 유래한 것을 내세우며 나라의 권력을 배경으로 삼는 양반은 과감하게 비판하고 야유한다. 이 자료는 이와 같은 양면적인 의식을 이해하는 데 길재비가 될 수 있다는 점에서도 소중하다.

위에서 든 자료를 채록본과 연희본으로 나눌 수 있다. 연희자들의 공연이나 구술을 채록한 채록본은 (가)·(나)·(라)·(마)이고, 연희자 자신이 기록한 연희본은 (다)·(사)이다. 채록본은 기록자의 의견을 첨부하지 않고 공연 또는 구술의 내용을 객관적으로 기록한 자료라는 점에서 의의가 있다. 그러나 녹음기가 사용되기 전에 이루어진 채록본은 기록의 속도가 구술의 속도를 따를 수 없으므로 소루하게 될 염려가 있었다.

또한 채록본은 녹음에 의해서 정확하게 기록되고, 연희의 동작을 면밀하게 관찰해서 기술한다고 해도 겉으로 드러난 것만 다루고, 작품의 의미나 연희자의 의식을 드러낼 수는 없다는 한계를 가진다. 채록본 중에서는 (바)가 필요한 요건을 특히 잘 갖추고 있다고 생각되지만, (바)조차도 채록본이 지닌 이러한 한계 때문에 양주산대놀이를 이해하고 연구하는 데 있어야 할 정보를 충분히 제공해 줄 수는 없다. 연희본의 장점은 대사나 동작을 기록하는 데 그치지 않고, 작품의 의미나 연희자의 의식까지 전하는 데 있다. 특히 (사)는 이 점에서 귀중한 자료이다.

연희본에도 문제가 없는 것은 아니다. 대사를 능숙하게 구사하는 연희자라도 말을 하는 것과 글로 쓰는 것은 다르기 때문에 글로 쓸 때에는 실제 연희에서는 나타날 수 없는 변화가 생길 수 있고, 작품의 내용이나 연희자의 의식을 설명하는 데서도 객관적으로 인정될 수 없는 견해가 삽입될 수 있다.

여기 수록하는 1957년 기록의 '양주산대놀이'는 또 하나의 연희본이다. 경기도 양주군 州內面 維楊里 현지에서 연희자 중에서 누가 기록한 것인데, 그 마을 출신인 친우 홍갑표가 보관하고 있다가 필자에게 준 것이다. 표지에 "단기 4290년도"라고 한 것을 보면 기록한 해는 1957년이고, 생존한 연희자들에 관한 대목은 "단기 4294년도 연령"이라고 하고 4년 후에 가필한 곳이 있다. 본문 중에도 가필자가 교정을 본 대목이 있다.

이 자료는 (다)·(사)와 함께 연희본이지만 특히 다음과 같은 점에서 중요한 차이점이 발견된다.

(1) 서두의 〈머리말〉, 〈양주산대놀이의 경과〉, 〈춤식의 설명〉, 〈악기 설명〉, 〈연기자 소개〉 등은 다른 연희본에서는 찾아보기 어려운 것이다. 〈양주산대놀이의 경과〉라고 한 곳에서는 양주산대놀이의 유래에 관한 구전을 정리했다. 춤식을 아주 자세하게 구분하고 친절하게 설명했다. 연기자 소재에서도 약 백이삼십 년 전의 李乙丑에서 시작해서 생존하고 있는 연기자에게 이르기까지 시대별로 명단이 마련되어 있다.

(2) '각 과장의 해설'이라는 전체적인 표제하에 수록된 본문에서 우선 주목할 점은 각 과장의 사건 개관을 미리 설명한 점이다. '1. 상좌과장'에서

는 절이 망해 폐사가 되었으므로 중들이 인가로 내려왔고, 어린 상좌중도 인가로 내려와 다른 중들을 찾았다고 하고, '2. 옴중과장'에서는 옴중은 인가로 내려와 물건을 팔러 다닌다고 했으며, '6. 노장과장'에서는 노장이 파계를 한 다음 소무와 함께 살아가는 생활 내용을 자세하게 설명하고, '취발이과장'에서도 취발이가 노장이 소무를 데리고 사는 집의 후원 별당으로 들어가 소무를 유인했다고 하는 것 등이 모두 그 좋은 예이다.

이와 같은 설명은 극중 사건에 관한 유일한 해석이라고 할 수 없으며, 때로는 극중 사건을 이해하는 데 오히려 불필요한 선입관을 제공할 염려도 있는 것이다. 즉 상좌가 등장하는 것을 절이 망해서 인가로 내려왔다고만 할 수는 없으며, 소무가 노장 집 후원 별당에 거처한다고 할 수는 없을 것이다. 상좌의 등장 이유나 취발이가 소무에게 접근하는 장면의 배경을 어느 한 가지로 한정하는 것은 탈춤의 본질에 어긋난다. 탈춤에서는 어떤 극적 행동이 그런 특정한 의미만 가지지 않고 보다 포괄적인 의미를 가지는 상징이다. 그러나 특정한 설명을 여러 가지 복합적인 의미 가운데 하나로는 인정할 수 있다. '2 옴중과장'처럼 의미가 분명하게 드러나지 않고 극적 내용이 없는 장난으로도 오해된 과장을 정확하게 해석하는 데 있어서는 특정 설명에서 이해의 단서를 찾을 수 있다.

(3) 각 과장의 전체적인 내용뿐만 아니라 각 과장에서 전개되는 행동 하나하나를 자세하게 서술해서 연극이 실제로 어떻게 진행되는가를 소상하게 알려 준다. 서술은 행동의 외면에 관한 것만이 아니고, 등장인물이 처한 상황과 심리 상태까지도 다루고 그 의미를 풀이하기도 했다. 행동의 외면에 대한 설명과 그 배후에 존재하는 상황 및 심리 상태에 관한 풀이는 구분되어 있다. 이와 같은 다각도의 설명으로, 자료의 분량이 다른 어떤 채록본이나 연희본보다 늘어나서 다른 것의 2배 정도가 된다.

이렇게까지 자세하게 기록하는 것은 무엇보다도 연희자 자신들이 연희를 정확하게 하기 위해서 필요했던 일이라고 생각된다. 연희자들의 생각은 연구를 위해 소중한 자료가 된다. 탈춤은 대사만으로 연구하지 않고 연희를 대상으로 연구해야 할 것인데, 그럴 수 있기 위해서는 실제로 진행되

는 연희를 다각도로 정확하게 기술하는 것도 필요한 일이지만 이러한 연
희본을 연구 자료로 삼는 것도 좋은 방법일 수 있다. 물론 각 과장 내부의
사건에 관한 설명이 모두 타당하다고 할 수 없으며, 포괄적으로 해석할 수
있는 의미를 지나치게 제한한 것도 적지 않다.

　(4) 이 연희본의 과장 구분을 자료 (바)나 (사)와 비교해 보면 다음과 같다.

(바)	(사)	이 자료
제1科場 상좌춤	제1科程 상좌춤	1 상좌과장
제2과장 옴과 상좌	제2과정 옴중춤	2 옴중과장
제3과장 목중과 옴	제3과정 목중과 옴중	3 묵승과장
제4과장 연잎와 눈끔적이	제4과정 연닢 눈끔적이춤	4 연잎 눈끔적이 과장
제5과장 팔목중	제5과정 팔목중춤	5 팔묵승과장
제1景 염불놀이	제1경 염불놀이	(1) 염불놀이
제2경 침놀이	제2경 침놀이	(2) 침놀이
제3경 애사당 북놀이	제3경 애사당 법고놀이	(3) 애사당의 북놀이
제6과장 노장	제6과정 노장춤	6 노장과장
제1경 파계승놀이	제1경 파계승놀이	
제2경 신장수놀이	제2경 말뚝이춤(신장수놀이)	7 말뚝이과장
제3경 취발이놀이	제3경 취발이춤	
제7과장 샌님	제7과정 샌님춤	8 취발이과장
제1경 의막사령놀이	제1경 의막사령놀이	9 샌님과장
제2경 포도부장놀이	제2경 포도부장놀이	포도부장놀이
제8과장 신할애비와 미	제8과정 신할아비와 미	10 신할아비 미얄할미 과장
얄할미	얄할미	

　이상에서 알 수 있는 바와 같이, 세 자료는 과장의 구성에서 그리 큰 차
이점을 보이지는 않는다. 그런데 과장의 구성에서 (바)와 (사)는 명칭이 좀
다를 뿐이고 실제로는 일치하는데, 이 자료만은 '6 노장과장' 이하에서 특
이한 점이 있다. 즉 다른 자료에서는 노장과장의 각 景으로 들어 있는 대

목들이 '7 말뚝이과장', '8 취발이과장'으로 독립되어 있다. 그러나 '의막사령놀이'에 해당하는 내용이 있어 이름 붙이는 과정에서 누락된 것으로 보인다. 이러한 사정은 양주산대놀이의 과장 구분이 고정적이지 않음을 말해 준다. '샌님과장'이 '의막사령놀이'와 '포도부장놀이'로 구분되지 않고 '포도부장놀이'만 따로 들어가 있는 것으로 처리되었다. 그리고 이 자료에는 경이라는 말이 아무 데도 보이지 않는다. 각 과장의 일부로 들어가 있는 독립된 부분을 번호로만 구분해 놓았다.

원문에는 과장의 번호는 한자 숫자로, 과장 안에 들어가 있는 독립된 부분은 아라비아 숫자로 표시해 두었는데, 여기서는 앞의 것은 괄호 없는 아라비아 숫자로, 뒤의 것은 괄호 안에 든 아라비아 숫자로 표시했다. 그리고 '6 노장과장'의 경우는 처음 제시되어 있는 과장 분류표에는 다시 구분되지 않았고, 자료의 본문에서는 '(1) 등장장면', '(2) 유인장면', '(3) 동거장면'이 구분되어 있다. 그런데 여기서만은 숫자에 괄호가 쳐 있으며, '장면'이라는 용어가 사용되었다. '장면'이라고 한 것은 다른 자료에서 '경'이라고 한 것과 같은 차원의 구분이 아니고 그보다 하위구분이라고 할 수 있을 것이다.

이상에서 살핀 바를 종합하면 여기 수록하는 '양주산대놀이'의 연희본은 연희의 실상과 연희자의 생각을 충실하게 전한다는 점에서 연희본 가운데서도 가장 연희본다운 것이라고 할 수 있다. 그러므로 이미 발표된 다른 자료에서 찾을 수 없는 장점을 지니고 있다고 하겠다.

이 자료는 정서법을 손보고, 불필요한 한자 노출을 줄여서 수록한다.

양주산대 연희본 - 1930년본

[속표지]

一九三〇年 春三月 十七日
山臺都監劇 脚本
京城帝國大學 朝鮮文學研究室

[속표지 뒷장]

趙鐘洵 口述
金志淵 筆寫

[본문]

山臺都監劇

　A. 山臺都監劇의 유래 : 4천 년 전 昔, 殷의 桀紂가 女媧氏의 祠堂에 일년에 春秋 2회 거동을 하였습니다. 女媧氏 則天下一色이라, 그 화상을 보고 紂가 흠모하여 내심에 曰 "吾平生에 願娶如此之女하여 作配同居하였으면" 하니, 女媧之神이 怒而欲懲此妄想하여 命九尾狐 曰 "方今 蘇哥之女 妲己가 一色인즉 彼必求婚于此女矣리니 汝가 妲己를 잡아먹고 그 형용을 뒤집어써서 嫁彼後守吾之命하여 作萬般之禍하라."
　紂娶妲己하니 妲己 請紂作諸船惡事하여 殺忠臣(熱銅柱使臣抱柱等)하니,

比干의 諫而死가 亦此時也라. 冤死諸魂이 化爲妖鬼하여 作亂이 莫甚하니, 姜太公이 此를 제어키 위하여 做天地殺星等하여 戲逐妖鬼하였으니, 此가 遠因이고,

高麗末年에 僧辛旽이 道僧이 되려 할 時에 백성 중 好事者等이 誹謗曰 "此何道僧고 必以女色으로 試而罷其工夫하리라"하고 以小巫黨으로 惑케 하니 無十伐之木이라. 辛의 방탕이 無所不至하니, 此則 小巫黨等이 誘之曰 "道僧과 妾等이 雖有如何動作이나 他人이 不得見 則從心志之所樂이 未有不可라"하여, 혹은 衆人會合之席에 作醜態하며, 혹은 携至汚川 曰 "此卽淸勝之地也라"하여, 於山於水에 放慾回遊하니, 小巫黨은 妲己의 행세를 하고 道僧은 紂의 행세를 하였다.

本國 李朝 丙子胡亂에 屬于支那하여, 移御嘉禮時에는 上府使(卽淸使臣)가 必來하여 願見金剛山하니, 有見識之宰相等이 相議案出山臺都監遊戲하여 以代金剛遊覽하니, 此卽省弊之精神이라. 淸使來時에 山臺役人等 舞鶴峴에서 迎而前倍入城하니, 此ㅣ 李朝尙有山臺都監遊戲之源因也오. 後에 淸使가 此를 보기 싫다고 하는 자 있어 山臺代錢之例도 有함.

B. 契房의 由來 : 山頭役員 등 生活費로 하기 위하여 生한 者니, 道, 郡, 面, 洞, 店幕, 浦口, 寺刹에(舟 배 추렴 같이) 稅納과 如히 金品 혹은 穀物을 收斂하니, 國으로부터 許可憑考品은 卽圖書(印)也. 春에는 蟬印, 秋에는 虎印을 用하야 此印을 捺去則 少兒에게라도 추렴을 出給하다. 額數는 當時 該郡守가 定한.

附錄

1. 山臺遊興時 : 春, 夏(綠陰芳草時), 秋(九月黃菊時) 三期也

2. 所在地 : 京城, 楊州

3. 役員의 門閥 : 楊州 吏輩니, 與 꼭두각시, 사당 등 役員으로 別而遇之하느니라.

4. 役員 所在地 : 1은 南大門 큰고개, 2는 高陽郡 恩平面 녹본이라.

序幕(고사)

三種 과실, 소머리, 돼지다리 등을 놓고, 酒床도 있음. 연잎과 눈꿈적이가 중요한 자이기 때문에 가운데 둔다. 아무든지 나와서 고사하는 어구는 如左함. "各人各姓 열에 열 명이 다니시더라도 뉘도 탈도 보지 마시고 寂寂히 흠향하시고 도와주소서."

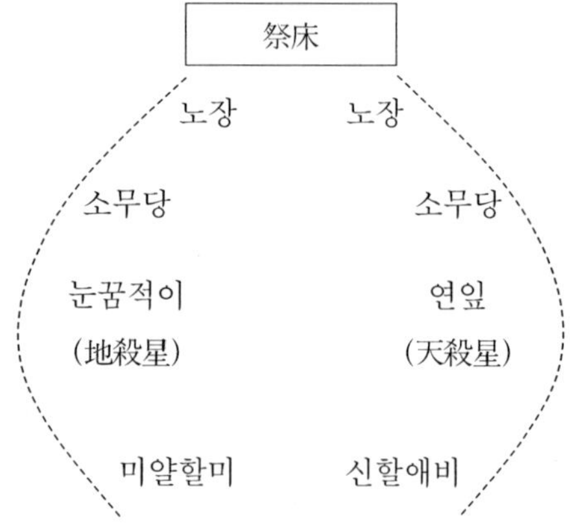

제1과정

(上佐가 나와서 하나님께 절을 하고 춤을 추는데, 타령 장단을 친다.)

舞의 종류

돌   단 : 도는 것.

곱사위 : 장고 앞에서 뒤로 물러나는 것.

화   장 : 새면 앞에서 손을 한 번 돌리어 어깨에 대고 또 한편 손도 그렇게
　　　　한다.

여닫이 : 새면 앞에서 곱사위해 나오다가 손을 1차 돌려서 사타구니에 대
　　　　고, 다른 손도 그렇게 하다가 전면에 손을 한 목 들었다가 팔을
　　　　좌우로 벌리면서 장고 있는 데로 들어간다.

멍석말이 : 장고를 향하여 멍석 말듯 말면서 전진.

제2과정 (옴 등장)

옴 : 여러 해포만에 왔더니 정신이 띵하다. 옛날 하던 지저귀나 한 번
     해 볼까. (兩棒을 딱딱 치면 상좌가 빼앗아 간다.)
옴 : 사람이 백절 치듯 한데 賊穴에 들어왔군. 막대기를 빼앗아갈 제는
     쇠끝을 내놓으면 큰일 나겠군. (재팔이를 치며 상좌 앞으로 돈다.)
   (상좌가 와서 또 빼앗고, 그 제금을 옴의 가슴과 등에 대어 치는 형용
을 한다.)
옴 : 賊反荷杖도 분수가 있지. 남의 물건을 뺏어가고 사람까지 쳐. 너
     요 녀석들 하던 지랄이나 다 했나?
   (상좌가 拍手而立[장고 치라는 신호] 上佐가 옴을 마주보고 춤을 춘
다. 옴이 上佐를 熟視하니 상좌가 엉덩이를 두른다.)
옴 : (옴이 上佐를 한 번 때리고) 요 녀석 어른보다 車包五卒을 더 두
     르느냐? (옴의 인사.) 대방에 휘몰아예소. 절수절수 지화자 저리
     절수 (하며 옴이 춤춘다. 타령춤.)

제3과정

묵 승 : 어이어이
  옴 : (들고 있던 홰기로 묵승의 얼굴을 치며,) 네밀 할 놈 大方 노류판
       에 나와서 무얼 어이어이 하니?
묵 승 : 남 채 나오지도 않아서. (앉는다.)
  옴 : (우 하고 꾸부리고 앉는다.) 나오지 안 한 놈이 저렇게 커?
묵 승 : 니 어쨀 말이냐? 나오기는 한 60년 되었지만 노름판에를 인제 나
       왔단 말이야. (묵승이 옴을 찾으러 다니다가 옴을 벙거지째 잡고
       서) 예끼 놈 이 녀석을 인제 만났구나.
   (묵승이 "아나야" 하니 옴은 "아나야" 하고 응답.)
묵 승 : 너 쓴 게 무엇이냐?

옴　　：내가 너한테 쓰기는 무엇을 써?

묵　승：저놈이 평생 가난한 것은 알아볼 거야. 남의 日收나 月收만 써 버
　　　　릇하여서 말대답도 그렇게 하느냐? 너 머리에 쓴 것 말이다.

옴　　：옳것다. 내 머리에 쓰신 것 말이지? 이것은 衣冠인데, 이름이 여
　　　　러 가지다. 저 선 白木廛에서 깔고 앉은 草方席도 같고, 大國天子
　　　　가 使送하신 노[繩] 벙거지라고도 하고, 저 東大門 밖 썩 나서서
　　　　淸凉里 지나서 떡전 거리쯤 가면, 한 팔십 먹은 마나님이 녹두 반
　　　　되 드르르 갈고 미나리 한 십전어치 사서 숭덩숭덩 썰어서 부친
　　　　덜 굳은 빈대떡이라고 한다.

묵　승：야, 그 두 가지는 그만두고, 나중 말한 것이 무어야?

옴　　：응 빈대떡.

묵　승：내 밥맛 본 지 한 사날 된다. 좀 먹어야겠다.

옴　　：예끼 들에 아들놈, 의관도 먹더냐?

묵　승：이놈아, 네가 빈대떡이라기에 먹겠댔지. 의관이라고 하는데 먹을
　　　　리가 있느냐? 어라 이놈, 네 얼굴이 노릇노릇하고 발긋발긋하고
　　　　우툴우툴한 것은 무엇이냐?

옴　　：내 얼굴이 우툴우툴하고 발긋발긋하기는 다름이 아니라 河南서
　　　　나오신 戶口別星이 잠깐 殿座해 계시다.

묵　승：야, 호구별성이 고렇게 전좌하실 데도 없더냐? 네 누추한 상판대
　　　　기에 전좌하시더냐?

옴　　：호구별성이 家口적간 人物推尋 다니실 때 상하 勿論하고 전좌 안
　　　　하시겠느냐?

묵　승：야, 호구별성이라니 다시 좀 보자. (손으로 옴의 얼굴을 만진다.)

옴　　：야, 마마 어이진다.

묵　승：이놈이 어서 진옴을 잔뜩 올려 가지고 마마니 疫神이니 그래? 어
　　　　이고 가려워. (물러선다.) 너하고 말도 하고 싶지도 않다.

옴　　：이놈이 뭘 올려?

묵　승：이놈이 옴을 올려.

옴   : 이놈이 뭘 올려?

묵 승 : 이놈이 옴을 올려.

옴   : 이놈이 뭘 올려?

묵 승 : 이놈이 옴을 올려.

　　　　(옴이 목중 앞에 왔다.)

묵 승 : 이놈 네 얼굴이 대패질한 것보다 더 빤빤하다.

옴   : 아이고, 묽기는 한량없는 놈이로구나.

묵 승 : 너 하던 지랄이나 다 했니? (서로 맞춤 추고 있다가,) 이놈이 어
　　　　른보다 軍包五卒을 더 두는구나. (옴이 물러 새면 앞에 앉고,) 대
　　　　방에 휘몰아예소.
　　　　(唱) "절수절수 지화자 절수" (춤춘다.)

제4과정

　　　　(연잎[蓮葉]·눈꿈적이 등장)
　　　　(연잎은 앞에서 부채로 얼굴을 가리고 눈꿈적이는 그 뒤에서 장삼으
　　로 얼굴을 가린다. 상좌가 곱사위 舞를 추고 연잎 앞에 가서 窺視할 제
　　연잎이 부채를 떼면 상좌가 놀라서 들어간다. 다음 상좌도 같다.)

옴   : (나오면서) 아따 요 어린 녀석들이 뭘 보고 그렇게 방정맞게 그
　　　　러느냐?

묵 승 : (歌) "瀟湘斑竹 열 두 마디 후리쳐 덥석 타"
　　　　(곱사위 춤으로 들어가다가 상좌를 보고 돌아서면서) 어이쿠 이
　　　　게 뭐야? (제 자리로 돌아간다.)

옴   : 아따, 그 자식들 무엇을 가보고 그렇게 氣絶驚風을 하느냐?

묵 승 : 오냐, 나가봐라. 너밖에 죽을 놈 없다.

　　　　(옴이 춤추며 나와서 눈꿈적이 얼굴 가린 것을 홱 벗겨 눈꿈적이 눈
　　을 끔쩍끔쩍하며 옴을 쫓아간다. 연잎이 새면 앞에 가서 부채를 한번 들
　　면, 염불타령을 친다. 눈꿈적이는 돌단으로 세 번 돌고 나서 연잎은 새

면 앞에 가서 부채를 앞에 대고 3차 몸을 잰다. 눈꿈적이가 세 번 돌면 연잎이 새면을 뒤로 하고 부채로 잔등이를 치면 타령을 친다. 연잎이 곱사위, 멍석말이 추고 들어간다. 눈꿈적이도 여닫이하고 퇴장.)

제5과정 (팔목과정)

(팔목 중이 나와서 새면 앞에 전부 앉는다. 상좌가 일어나서 박수하고 춤추며[타령장단] 한 편에 서고 그 다음 상좌 역시 일반. 이하 이와 같다.)

옴 　：(歌) “瀟湘斑竹 열 두 마디
　　　　　　후리쳐 덤석 타.” (나온다.)

중 1：(歌) “金剛山이 좋단 말은 풍변에 언뜻 듣고
　　　　　　長安寺 쩍 들어가니 난데없는 검은 중이” (舞) (나가 선다)

중 2：(歌) “綠水靑山 깊은 골에
　　　　　　靑龍, 黃龍이 꿈틀어졌다.” (舞) (나가 선다.)

중 3：(歌) “양양조아 제백수학니
　　　　　　난가장천 배동제라.” (나가 선다.)

중 4：(歌) “달아달아 밝은 달아
　　　　　　李太白이 노던 달아
　　　　　　太白이 飛上天後에
　　　　　　나와 사잤더니.” (나가 선다.)

(이렇게 해서 전부 일렬로 서고 완보만 남아 있다.)

완 　보：(앉아서) 이놈에 집안이 어찌 되야 벌겋게 앉았더니 모두 어디로 갔나? 집안 개새끼가 나가도 찾는다는데 나가 찾아봐야겠군. (“금강산…” 등 노래를 부르고 갈 제, 돌단으로 춤추고 중 선 데를 빙 돌다가 다시 새면 있는 데로 왔다가, 중들을 보고 다시 화장을 춤추며 향하여 간다.) 너들 명색이 무어냐?

중 　：우리가 중이다.

완　보 : 중이면 절간에 있지 여염집에 왜 왔느냐?

　중　 : (××)에서 산대도감을 한다기에 구경 왔다. (××는 장소)

완　보 : 이애 그렇지 않다. 암만 구경은 왔다 해도 우리가 중 행세를 해야
　　　　할 테니까, 우리 염불이나 한마디 해보자.

　　　　(모두 인도 소리를 하고 관 쓴 사람이 하나 열 밖에 서 있다. “나무아
미타불” 이런 소리를 여러 중이 따라 한다.)

관 쓴 사람 : 나무할미도타불, 나무에미도타불, 나무애비도타불

　　　　(완보가 가서 그를 [즉, 관쓴 중=앞으로는 편의상 “관중”이라고 쓰겠
다.] 물끄러미 들여다보다가 꽹과리채로 “관중”의 얼굴을 친다.)

완　보 : 이 잡놈아, 이게 무슨 짓이냐?

관　중 : 이놈아, 몹쓸 놈아, 남에게 이렇게 적악을 하느냐. 내가 도통이 다
　　　　돼서 생불이 거진 됐는데, 남의 도를 이렇게 깨뜨려 주는 수도 있
　　　　느냐?

완　보 : 너 이놈 무얼로 도통이 다 됐다는 것이냐?

관　중 : 너는 나무아미타불만 불렀지? 나는 그보다도 몇 가지 더 불렀는데.

완　보 : 네가 몇 가지를 더 불렀어?

관　중 : 몇 가지를 더 부른 말을 들어라. 나무할미도타불. 나무할애비도타
　　　　불. 나무애비도타불.

완　보 : 옳것다. 다른 사람보다 세 가지 네 가지 더 불렀으니까 그렇겠다.

　중　 : (나와서 완보를 보고) 어 우리가 겉으로 중이지. 속도 중일 리가 있느냐.
　　　　염불인지 무엇인지 다 그만 내버려두고 우리 가사나 한번 하여 보자.

　중 2 : 애 그거 좋은 말이다.

　　　　(완보, 관중, 전부 일렬로 서고, 완보가 꽹과리를 치면 장고도 장단을
맞춘다.)

전　부 : (歌) “매화야 너 있던 곳에”

　　　　(완보 옆에서 관중이 상좌를 침으로 찌르면 상좌가 춤추고 새면 앞에
가 앉는다.)

　　　　　(歌) “봄철이 돌아를 온다.”

(관중이 옴을 침 주면, 옴은 춤추고 상좌같이 한다.)

완　보 : 마라, 마라.

　옴　 : 남이 신이 나는데 그래.

　중 3 : (나오면서) 애, 그놈의 자식들은 딴 놈의 자식이로구나. 그놈들
　　　　 다 나갔으니 빼고 우리끼리나 잘 놀아보자.

완　보 : 애, 그거 좋은 말이다.

전　부 : (歌) "그물을 매세, 매세."

　　　　 (중 하나가 또 침을 맞고서 전과 같이 나간다.)

　중　 : 그놈은 딴 놈의 자식이니 무어니 하더니 저놈은 왜 미쳐 나가느냐?

완　보 : 우리는 다시 잘 놀아보세.

전　부 : (歌) "五色唐絲로 그물을 매세."

　　　　 (한 중이 또 나간다.)

　중　 : 그놈도 잡놈이루구나.

완　보 : 애 이번엔 우리 꼼짝 말고 잘 놀자.

전　부 : (歌) "치세, 치세 그물을 치세."

　　　　 (또 하나 나간다.)

　　　　　 (歌) "浮碧樓下에 그물을 치세"

　　　　 (또 하나 나간다. 완보와 침쟁이만 남았다.)

완　보 : 애, 그 잡자식들은 멀쩡한 미친 녀석들이니 우리 둘이 잘 놀아보자.

　중 1 : (새면 앞에 앉았던 중이 두 사람 앞으로 나오면서,) 네 말이 우리
　　　　 는 다 미친놈이라고 했으니 너 두 놈은 장승 번으로 서서 죽어라.
　　　　 만일 나오면 개자식이다. (다시 가서 앉는다.)

완　보 : 저놈이 와서 우리를 꼼짝도 못하게 하니, 이것을 어떻게 하면 좋으냐?

관　중 : 우리야 점잖은 사람이 그럴 도리야 있느냐! 우리 잘 놀아보자.

완보·관중 : (歌) "北京使臣 譯官들아"

　　　　 (관중이 마저 노래하며 춤추며 새면 앞으로 나간다.)

완　보 : 원 그녀석도 그녀석이로구나. 뭘 점잖으니 어쩌니 하더니 마저
　　　　 미쳐 나갔으니 이것을 어떻게 해야 하나? 나는 춤을 한번 추어야

겠다. (노래를 부르고 춤추면서 새면 앞으로 간다.)
(염불놀이 終)

(중이 상좌, 옴, 목중 3인을 새면 앞에 세운다.)
중　　：四顧無親한데 나와서 이런 옹색한 꼴을 당하니 어떻게 하나. 或
　　　　이 사람이나 여기 왔을까. (완보 앞에 가서) 아나야이.
완　보：어이꾸 아와이 (일어선다.) 자네 이새 드문드문하이 그려?
중　　：드문드문 엔장 할. 건둥건둥하이 그려.
완　보：족통이나 아니 났느냐?
중　　：아이고 그런 효자야.
완　보：소재라는 게 오줌 앉힌 재?
중　　：그것은 소재지. 효자란 말이다. 애, 그러나저러나 안 될 일이 있
　　　　어서 너를 찾았다. 자식 손자 어린것들이 여기서 산두를 논다니
　　　　까 산두 구경을 왔더니, 무얼 먹고 관격이 되어서 다 죽게 되었
　　　　은즉 이걸 어찌하면 좋으냐?
완　보：내 의사가 아니고, 나 역 너와 마찬가지가 아니냐.
중　　：너는 나보다 지식이 있고 하니까, 이 일을 돼야지 어떻게 한단
　　　　말이냐.
완　보：야 그것 봐. 한즉 뭐 음식 먹고 관격이 된 것 같지 않고 내 마음에
　　　　는 신병이 제한 섯 같나. 닐너러 안 할 밀이다마는 니 집에 혹시
　　　　神明의 붙이로 부리가 있느냐?
중　　：옳것다. 우리 집에 그런 일이 있다. 무당의 부리 말이야. 우리 집
　　　　에 한 삼대째 曾祖母, 祖母, 母 모두 무당이다.
완　보：옳다 인제 고쳤다. (3人 앞에 가서 白鷗詞를 한다.)
　　　　(歌) “백구야 펄펄 날지 마라.
　　　　　　　너 잡을 내 아닌데.
　　　　　　　聖上이 버리시니
　　　　　　　너를 좇아 여기 왔다.

　　　　　五柳春光景 좋은데

　　　　　白馬金鞭 花柳 가자……”

중　　：花柳? 에미 먹감나무는 아니구? (춤춘다.)

완　보：마라, 마라. 이놈아 사람을 셋씩이나 쥑여 놓고 무에 좋아 뛰노느냐?

　　　　(歌) “三淸洞 花開洞에 桃花洞 玉流洞에

　　　　　東小門밖 썩 내달어 안암동도 동이로다.

　　　　　충청도 나려가서 경상도 돌아오니 안동도 동이로다.

　　　　　모시 닷 동 베 닷 동 미영 닷 동 명주 닷 동

　　　　　사오 이십 스무 동을 동동 그러니 말에 메고

　　　　　문경새재를 넘어가니 난데없는 도적놈이”

중　　：난데없는 도적놈이 (춤춘다.)

완　보：애 마라, 마라. 이놈아 큰일 났다. 아까는 애들이 꼼짝꼼짝 하더니

　　　　영 아주 죽었다. 나는 모른다. 네가 매장군을 디려서 갖다 묻든지.

　　　　불에다 사르든지, 생각대로 해라, 나는 모른다.

중　　：애애, 그렇지 않다. (쫓아가 붙든다.)

완　보：(붙잡혀 오면서,) 네가 이렇게 애걸을 하니 내가 이왕에 들으니까

　　　　먼지골 살다가 잿골로 간 신주부라는 의원이 있으니 가서 그를

　　　　청해 오너라.

중　　：가랴?

완　보：가려무나.

중　　：그 사람이 집에 있을까?

완　보：그건 가봐야 알지.

중　　：아 정말 갈까?

완　보：이놈아 사람을 셋이나 쥑이고 뭘 이렇게 지체하느냐? 어서 빨리

　　　　불러 오너라.

중　　：(가다가 다시 와서,) 나는 그 녀석들이 죄 죽어도 못 가겠다. 잿골

　　　　병문에를 간즉 열댓 살 먹은 아해가 하나 잇기에 “먼지골 살다가

　　　　잿골로 온 신주부댁이 어디냐?” 물은즉 “요 아래 가 물어 보아라.”

어린 녀석이 그렇게 말하니까 그 녀석들이 죄 죽어도 못가겠네.

완 보 : 애, 그 아이가 몇 살이나 돼 보이더냐?

 중 : 열댓 살 되더라.

완 보 : 머리 깎았더냐?

 중 : 머리 깎았더라.

완 보 : 머리 깎았으면 보통학교 졸업은 마쳤을 테고 중학교생은 될테야.
       (이것은 후세 삽입.) (손으로 중의 머리를 만져보니까 맨머리다.)
       네가 이 모양을 하고 병문에 가 물은즉, 평생 남의 집 하인이지
       무에냐? 의관 쓴 내가 물어볼 게 보아라. (나가면서) 애 먼지골서
       살다가 잿골로 오실 신주부댁이 어디냐?

「   」 : 요 아래 가서 물어 보시오. (「   」는 완보가 자문자답하는 아이 표
       시 ; 편집 주)

완 보 : 이것 봐라. (중을 본다.) 의관 쓴 양반이 물어보니까. 네 귀구멍
       없느냐?

 중 : (신주부 집에 간 모양) 여 신주부.

신주부 : 누 네미 할 놈이 신주부야?

 중 : 어찌 듣는 말씀이오. 성이 辛氏래 신주부가 아니라 새로 났으니
       까 신주부야.

신주부 : 그러면 와야.

완 보 : (월긱 딜려들며) 의시인 줄 알았더니 수완치[매사냥꾼] 새끼로구나.

 중 : (신주부를 데리고 오면서) 신주부 청함은 다름이 아니라, 내 아
       들, 손자, 증손 이렇게 데리고 산두 구경을 왔다 어린 것들이 무
       얼 먹고 관격이 되었는지 죽게 되어서 왔소.

신주부 : 너 알로 몇 대냐?

 중 : 나 알로 사대요.

신주부 : 그럼 난 오대조다.

완 보 : (덤비면서) 나는 육대조다. (신주부를 데리고 온 모양.)

 중 : 그 녀석들이 어디 있느냐?

중　：저 빙소(죽은 송장 있는 방) 방에 있소.

신주부：빙소 방이라니 다 죽었단 말이냐?

중　：죽을 줄 알고 미리 빙소 방으로 정했소.

　　(신주부가 옴의 손을 쥐고 새끼손가락을 집는다.)

완　보：(쫓아가서 손을 잡아떼고) 이건 의사냐? 맥 보는 법 三理絶曲・膀
　　　胱脉이라든지, 새끼손가락 맥 보는 것은 今時初見이다.

신주부：이 무식한 놈아, 이전에는 三理絶曲, 膀胱血이라든지 그렇게 맥을
　　　보았지마는 지금은 신식으로 맥을 치걸어 보는 게다.

완　보：얘, 그럼 盲間은 아니로구나.

신주부：(다시 옴의 손을 쥐고) (완보를 향하여) 어딜 주랴?

완　보：이런 녀석의 의원이 어디 있나? 그런 내가 주게, 그럼 그 녀석을
　　　아주 줄띠를 끊어 버려라.

중　：(완보를 보고) 본즉 애들이 경망한 듯하니 붙잡아라.

　　(3人에게 침을 준다. 옴 등이 소생하여 노래하고 춤춘다.)

완　보：야 의사 없어도 못 살게로구나.

　　(침놀이 終)

제6과정 (애사당놀이)

　　(중이 일렬로 서고 제금을 치면서 애사당을 청하면, 왜장녀가 장삼
두 개를 걸머지고 애사당을 데리고 나와 산다. 왜장녀가 막대기로 중의
얼굴을 때리며,)

왜장녀：애, 애.

墨　僧：이년이, 애가 누구냐.

왜장녀：여보, 여보. (애사당을 가리키며) 애, 내 딸이다.

중　：너의 집에 또 있느냐?

왜장녀：우리 집에 또 있다.

중　：너 집에 저런 게 또 있으면 집안 망하긴 똑 알맞겠다.

(왜장녀가 가진 장삼을 관 쓴 목중이 뺏어 새면 앞에 가서 풀고, 그 중에 작은 장삼 하나를 꺼내어 목중이 입는다. 장고 등을 치고 사당을 놀릴 제, 왜장녀, 애사당 춤춘다)

관 중 : 사당, 돈이야! (왜장녀가 돈을 받으러 간다.) 이년아, 저리 가거라. (또 그런다.) 이 육실할 년아, 저리가. (관 중이 왜장녀 손을 잡는다.)

중   : (唱) "등장 가세, 가세, 하나님한테로 등장 가세.

　　　　　무삼 연유로 등장을 가나?

　　　　　늙으신 노인은 구기지 말고,

　　　　　젊으신 청년은 늙지 말게.

　　　　　하나님한테로 등장 가세

　　　　　얼시구 절시구, 기정(기장) 자로 찧는다.

　　　　　아무리 찧어도 헛방아만 찧는다."

관 중 : (두 손가락을 동그랗게 해서 돈이라는 표시를 하고, 두 번 팔을 벌여 두 쾌라는 것을 보인다.)

왜장녀 : (애사당 뺨을 만지며) 저 저 양반이 두 쾌만 주마고 그러니 가자.

　　　(애사당이 왜장녀 뺨을 친다. 왜장녀가 분이 나서 관 쓴 중 앞에 가서 뺨을 치고 발로 복장을 친다. 관중이 다시 왜장녀 등을 툭툭 두드린다.)

관 중 : 돈 한 쾌만 더해서 세 쾌를 줄게, 이 편지를 갖다가 애사당을 주어라.

왜장녀 : (편지를 갖다가 애사당을 주고 얼굴을 어루만지며,) 돈 한 쾌를 더 주마고 그래고 편지를 주니 보아라.

　　　(애사당이 편지를 보고 미소하고 왜장녀를 따라간다.)

관 중 : (애사당과 同坐한다.) 애, 주안상 한 상 차려오너라.

　　　(왜장녀가 북에다가 꽹가리를 얹어 이고서 가지고 와서 관중과 애사당 앞에 놓을 제, 중들이 죽 돌아선다.)

중 들 : 이년아 어서 술 데라. (왜장녀가 꽹과리 안에 손을 넣고 두른다.) 이년아 너 먼저 먹을라. (왜장녀 먹는다.) 이년아 너가 먹는단 말야? (왜장녀 또 덴다.)

완 보 : (아무 중이나 가리키며) 저 양반 먼저 드려라. (왜장녀가 그것을
          관중을 준다. 완보가 북[酒床]을 발로 차 엎지르고,) 자아.
중 들 : 자아.
관 중 : (애사당을 업고 한 손을 흔들며) 자아.
     (여러 중들이 물러서서 새면 앞에 앉는다. 애사당은 小長衫, 왜장녀는
大長衫을 입고 마주 서서 타령 장단에 맞추어 대무를 춘다. 對舞, 三進三
退 후에 애사당이 새면 앞에 앉으면 왜장녀가 돌단을 추고 멍석말이, 곱
사위하고 퇴장, 애사당이 일어나 여닫이 후에 화장을 하고 그만둔다. 목
중 2인이 북을 들고 서면 장단은 굿거리. 애사당이 버꾸를 치고 한창 재
미있게 노는 중에 목중 1인이 덤벼서 버꾸를 뺏는다.)
묵 승 : 요년 요 요망 방정스런 년아, 남의 크나큰 놀음에 나와서 계집 아
          이년이 무엇을 콩콩 쾡쾡 하느냐?
     (애사당을 가서 안고, 목중이 버꾸를 뺏어 들고 친다. 완보가 북 뒤에
가서 슬그머니 북을 잡아당기자 중은 헛손질을 한다.)
완 보 : 아따 그놈은 남을 타박을 치더니, 밥을 굶었는지 헛손질 잘하고 섰다.
  중 : 남 재미있게 노는 데 이게 무슨 짓이냐?
완 보 : 너는 왜 남 잘 치는 데 타박을 왜 주라더냐?
  중 : 얘 그렇지 않다. 좀 잘 들어라. 우리 좀 잘 놀아보자.
완 보 : 그래라. (북을 머리에 인다.)
  중 : 그것을 어떻게 치란 말이냐?
완 보 : 이놈아 물구나무서서 못 치느냐?
  중 : 그렇지 않다, 잘 들어라. (완보가 두상에 북을 높이 든다.) 이놈아
          높아서 어떻게 치느냐?
완 보 : 이놈아 사닥다리 놓고 못 치느냐?
  중 : 얘. 너무 높으니 조곰 조곰, 조곰 조곰, 조곰 조곰... (완보가 차츰
          차츰 내려든다.) 고만 (완보가 북을 땅에 놓는다.) 네게 땅에 노라
          더냐?
완 보 : 이놈아 조곰 조곰 하다가 땅에 닿기에 놨지.

중　　：애 안 되겠다. (북을 밀방을 하고 완보에게 지운다.)

완　보：이런 대처를 나왔으니 좋은 물건이나 팔아 볼까.

　　　　(歌) "헌 가마솥 봉 받치올까 으르르…"

　　　　사람은 백차일 치듯 한데 흥정은 오리 치도 없구나.

중　　：게가 구멍을 찾지, 구멍이 게를 찾더냐.

완　보：올컸다. 게가 구멍을 찾지, 구멍은 게를 안 찾는 법이라.

　　　　(歌) "헌 무쇠 가마솥 봉 받치려"

　　　(중이 일어나 북을 꽝 친다.)

완　보：어이쿠 나와 계시우?

중　　：자네 이새 드문드문해 그려.

완　보：드문드문? 네미 경둥경둥 아니고? 족통이나 안 났느냐?

중　　：아이고 그런 효자야.

완　보：소재라는 게 오줌 앉힌 재?

중　　：어찌 듣는 말이냐? 효자란 말이다. 자네 요새 들으니까 영업이 대

　　　　단히 크다데 그려.

완　보：내 요새 영업이 대단히 크이. 영업차 서양 각국이든지 일본이든

　　　　지 많이 다녔다.

중　　：그 무슨 물건이란 말인가?

완　보：물건은 한 가지로되 이름은 여러 가질세.

중　　：그 무슨 물건 이름이 여러 가지란 말인가?

완　보：그 이름 알면 끔직끔직하다. 고동지라고 하고, 북이라고도 하고,

　　　　버꾸라고도 한다.

중　　：버꾸면 치기도 허겠구나.

완　보：치면 천지가 진동하고 도무지 기가 막힌다.

중　　：우리 한 번 치고 놀아보면 어떻겠느냐?

완　보：글낭은 그래라. (중이 버꾸를 치는데, 완보가 돌아다니며,) 좋지.

중　　：애 그 딴은 좋다. (다시 친다.)

완　보：쩌르르… (남으로 나가니 중이 헛손질을 한다.) 왜 이놈아 귀게

(헛게) 들었느냐? 왜 헛손질을 하느냐?

중   : 애 애.

완   보 : 왜 그러느냐?

중   : 너 이번에 남쪽으로 갔으니 남쪽으로 가면 네 母를 나를 주느니라.

완   보 : 남쪽으로 안 가면 그 욕은 네가 먹느니라.

중   : 너만 그래. (중이 북을 또 친다. 완보가 북으로 가면 그는 못치고 헛손질을 한다.) 너 이게 무슨 짓이냐?

완   보 : 남으로 가는 맹세했으니까 북으로 가지 않았니.

중   : 너 북쪽이나 남쪽으로 가면 그렇다. (중이 버꾸를 치면, 완보는 동으로 간다.)

완   보 : 아따 그놈 잘 친다.

중   : 너 이게 무슨 짓이냐?

완   보 : 너 북쪽이나 남쪽 가는 맹세했지. 동으로 가는 맹세는 아니 했으니까 동쪽으로 갔다.

중   : 너 남쪽이나 북쪽으로 가면 그 욕은 네가 먹느니라.

완   보 : 그러면 남이 북이나 동이나 아니 가면 괜찮지. (중이 버꾸를 치면 완보가 서로 간다.)

중   : 이게 무슨 짓이냐?

완   보 : 남쪽이나 북쪽이나 동쪽이나 맹세했지, 서쪽 가는 맹세는 아니 했으니까 서쪽으로 갔다.

중   : 이런 녀석 말해 볼 수 있나, 너 이리 오너라. (완보를 세워 두 발을 모아 놓고 그 주위에 원을 긋는다.) 너 만일 이 금 밖에 나오면 네 어멈을 날 주느니라.

완   보 : 아모러지. 이 금 밖에만 나가면 그렇지.

중   : 영낙 없지.

완   보 : 여러분이 다 보십시오. 금 밖에 나가면 그렇다고 맹세했으니 금 밖에 이놈이 먼저 나갔습니다. (중이 북을 칠 제 완보가 북을 벗어 버린다.)

중   : 너 이게 무슨 짓이냐?

완　보 : 금 밖에 나가면 그렇게 맹세했으니까 북을 벗어 놓으면 그만 아니냐?
　　　（북놀이 終）

제7과정 （노장과정）

　　　（노장이 상좌를 앞세우고 놀이판 병문에 들어섰다. 상좌가 손을 치면 타령 장단을 치고, 깨끼리춤[곱사위 멍석말이]을 추며 노장을 보고 驚風을 하여 돌아선다.）
중　　 : 요 녀석아 어린 녀석이 무얼 보고 놀래느냐?
　　　（歌）“瀟湘斑竹 열두 마디 후리쳐 텁석타.”
　　　（노장을 보고 경풍을 하고 돌아선다.）
묵　승 : 아따 그 녀석은 남 나무라더니 너는 더 놀라는구나? （양양가 등을 부르고 나오다가 노장을 보고 깜짝 놀라 돌아선다.）
중 1 : 아따 그 녀석들 남 나무라더니 뭘 보고 기절들 하느냐! （“달아달아” 등을 부르고 나가서 노장을 窺視後 경풍하여 돌아선다.）
중 2 : 뭘 이 녀석들아 일, 객, 하느냐? （“금강산” 등을 부르고 나오다가 노장을 보고 놀라 돌아선다.）
관　중 : 이 자식들아 무얼 보고 그리 야단이냐? 어른이 나가실게 보아라.
　　　（歌）“綠水靑山 깊은 골에
　　　　　　靑龍 黃龍이 굼틀어졌다.”
　　　（나가보고 놀라 돌아선다.）
완　보 : 이 제웅의 아들 녀석들아! 무얼 보고 그렇게 지랄들을 하느냐? 군자는 邪不犯正이라 어른이 나가시건 보아라. （노래하고 나가서 노장을 보고） 어이쿠 이게 뭐냐?
중　들 : 그 뭐란 말이냐?
완　보 : 애 뒷 절에 여러 천 년 묵은 신님이 내려오셨구나. 점잖으신 신님이 무얼 하러 旅閣에 내려오셨수? 신님이 절간에 계시면 松粥이 세 그릇이요, 담배가 세 대요, 상제 비역이 세 번인데, 뭘 하러 내

　　　　려와 계시우?

중　　：(노장의 송낙을 붙잡고) 어 이건 무얼 썼어? 터주 주저리를 썼나.

중 2：새 새끼로 치겠네. 위여 위여. (노장이 부채로 완보 얼굴을 치고
　　　　옴을 가리킨다)

완　보：애 이것 봐라. 잇겁[藁]에도 뱀이 있다고. 그 중의 얼굴 감붉고 노
　　　　벙거지 쓴 놈 잡아들이네. 술렁수.

중　들：여이 여이.

완　보：(명령적으로) 그 중에 얼굴 붉고 노벙거지 쓴 놈 잡아들여라.

중　들：우—— 어——

중 1：(옴을 붙들고) 잡아들였소. (노장이 부채로 완보 얼굴을 친다.)

완　보：네 그놈을 덮어놓고 까요! 네 대매에 물고를 올려요! (명령적으
　　　　로) 執杖 노좌 헐장 말고 當處를 각별히 쳐라. 매우 쳐라.

執杖한 人：저 아떠 ——

　　　　(歌) "瀟湘斑竹 열두 마디
　　　　　　　후리쳐 덤석타." (춤추며 나간다.)

완　보：애 마라마라. 신님이 사람 하나 쥑이고도 꼼짝을 안 하고 요지부
　　　　동이라. 이 철없는 자식아 뛰기만 하면 제일이냐. (노장이 또 부
　　　　채로 완보 얼굴을 친다.) 네 신님이 신명이 과해서 내려오셨어요.
　　　　백구타령 한 마디를 드르르 말아다가 두 귀에 콱 박아 드리리까?
　　　　(歌) "백구야 펄펄 날지마라……
　　　　　　　화류 가자"

옴　중：화류? 예미——먹감나무? (춤추며 나간다.)

완　보：애 말아 말아. 이 자식들아 뛰기만 하면 그만이냐?

옴　중：남 신이 날 만하면 왜 이래! (들어온다.)

완　보：(歌) "三淸洞 花開洞에 桃花洞도 동이로다"

중　　：난데없는 도덕놈이. (나간다.)

완　보：애 마라마라. 이 자식들아 무에 좋아 이렇게 뛰느냐? 신님이 백구타령
　　　　일판을 해드려도 땅김도 안 하고서 계시다. 모셔드려야 안 하느냐?

중 들 : 그 이를 말이냐!

완 보 : (歌) "오이여 으으으 산이여 하하" (닻 감는 소리.)

중 들 : (歌) "오이여 으으으 에헤여아"

완 보 : (歌) "연평바다로 조기잡이 가세
　　　　　　아기냐소냐 방애홍애로다"

중 들 : (歌) "야기냐소냐 방애홍애로다."

완 보 : 야할 야할. (노장을 엎어 놓는다.) 아이고 애 한밥 먹을 것 생겼구
　　　　나. 하느님께 여러 중생이 수고했다고 天賜福이다. (노장의 등을
　　　　짚고 흔든다.) 야 이것 농바위 덩이 같구나. 그냥 먹을 수 없으니
　　　　까 토막을 쳐야 할 터인데 여러 토막을 내야겠는걸. (노장의 머리
　　　　를 짚으면서) 이건 누가 먹으려느냐? (상좌가 가서 노장의 머리
　　　　를 짚는다.) 요 안달할 녀석아, 이런 녀석이 魚頭鳳尾란 말은 들어
　　　　서 어른 전에 먼저 먹는단 말이냐? (토막을 내서 먹는 모양.)

　　　(여러 중들이 白木 무명을 가지고 노장을 둘러싸고, 새면은 타령장단
　　을 친다.)

중 들 : 비애라 (꾸부려 엎드린다.) 비애라 비애라, 비애라 비애라.

　　　(노장 하나만 두고 모두 개복청으로 들어간다.)

　　　(노장 혼자 그드름하고 타령장단. 노장이 3차를 일어나 엎드리고 일
　　어나서 杖을 額을 대고 附而立하며, 염불타령장단을 친다. 노장이 三進
　　三退 후 돌단으로 3회를 돌고, 장단을 타령으로 돌려 가지고 멍석말이,
　　곱사위, 화장으로 한참 춤춘 후에 小巫堂을 좌우에 세우고 臺上을 행하
　　여 再拜한 후에, 소무당을 좌우에 갈라 세우고, 중령산 장단을 치면서
　　양소무가 對舞하는 가운데, 노장이 之字로 왕래하면서 소무의 입도 떼
　　어 먹고, 겨드랑이도 떼어 먹고, 견대 띠를 끌러서 소무 1인을 동여가지
　　고 연도 날려보고, 갖가지로 재롱을 보다가 노장의 念珠로 무당의 목을
　　걸어 가지고 왕래 馳走하다가 새면 앞에 가서 앉는다.)

　　　(노장과정 終)

제8과정(말뚝이과정)

(말뚝이가 원숭이를 업고 나온다.)

말뚝이 : 사람이 백차일 치듯 모였는데 이왕 나왔으니 물건이나 한번 외어
　　　볼까. (외운다.) "犀皮 발막이나 女唐鞋들 사려" 사람은 滿山偏野해
　　　도 흥정은 오리 치도 없네. (외운다.) "犀皮 발막에 女唐鞋들 사려"
　　　　(노장이 앉았다가 말뚝이 앞에 가서 부채를 확 편다) 네, 나다
　　　러 계시우. 네, 물건을 사서요! (원숭이를 내려놓는다.) 아이고 무
　　　거워 죽겠네.
　　　　(노장 앞에서 채찍으로 땅을 치면서) 어찌 불러게시우? 네, 신
　　　을 사요. 몇 켤레나 쓰시려우?
　　　　(노장이 두 손가락을 붙였다 뗐다 한다.) 네 두 켤레요. 그건 누
　　　구를 신기시려우? (노장이 부채로 소무 2인을 가리킨다.) 네, 한
　　　켤레는 당신 할머니를 디리고, 한 켤레는 당신 대부인을 디려요.
　　　몇 치나 쓰시려우?
　　　　(노장이 부채다 손을 대고 兩指로 2차를 뻗는다.) 이거 자벌레
　　　가 중패를 질렀소? 값은 언제 내시려우? 원 이런 어처구니없는
　　　놈을 보게. 물건 값이라 하는 건 현금 없으면 한 파수라고 하든
　　　지, 넉넉 두 파수지. 윤동지달 스무 초하룻날 내마. 네 예끼 도둑
　　　에 아들놈! 열치가 한자가 되기루 내가 물건 값이야 못 받겠느
　　　냐? (채찍으로 원숭이를 친다.) 요 녀석 일어나거라. (원숭이는 일
　　　어서서 들까분다.) 요 안달을 작작해라. 널로 해서 세상이 망하겠
　　　다. 요 모양에 무슨 신명은 아마 있으렸다.

　　(타령 장단.)

　　　(歌) "봉지 봉지 봉지야. 깨소금 봉지도 봉지요.
　　　　　후추 봉지도 봉지요, 고춧가루 봉지도 봉지요.
　　　　　짝짝콩 짝짝콩 쥐얌 쥐얌 쥐쥐얌.
　　　　　돌이 돌이 돌돌이

계수나무 요분틀 자기녹비 끈을 꿰어

이슥비슷 차는구나.

네밀 붙고 발겨간다."

요 녀석아 네미를 붙는데도 조렇게 두르느냐? 애 그건 다 戲言이다. 물건을 가지고 나왔다가 웬 못된 직장님을 만나서 물건 값은 받을 수 없는데, 그 놈의 집 후정을 본즉 처첩인 듯싶더라. 그 중에 얌전한 걸로 하나를 빼오면 너도 홀아비요, 나도 홀아비인데, 밥도 하여 먹고 옷도 하여 입으면서, 네 동생도 하루저녁에 여남은씩 날 테니 가서 한 년만 빼오너라. 쳐라.

(타령장단을 친다. 원숭이 소무 앞으로 곱사위로 들어가서 소무 앞에서 좌우 손으로 소무의 어깨를 짚고 아래를 대고 돌아온다. 다시 멍석말이, 말뚝이 앞에 와서 말뚝이 얼굴을 친다.) 오 너 잘 다녀왔느냐? 간 일은 어떻게 되었단 말이냐?

(원숭이 左手 2指로 環을 만들고 右手一指로 그 속에 넣어 성교를 의미.) 요런 안갑을 할 녀석 봤을까? 요 체면에 무슨 생각이 있어서 요 녀석아 숫국을 거르고 와? 솔개미 꾸미 가게 보낸 모양이지, 나는 어떻게 하란 말이냐? 네 비역이라도 할 수밖에 없다. 요 녀석 들어가자. 쳐라. (타령장단. 말뚝이가 깨끼리 춤을 추고 퇴장.)

제9과정(취발이과정)

취　　발 : (고섶가지[木枝]를 들고 나오면서) 에라 에라 에라. 이 안갑을 할 녀석들 다들 물러서라. (나와서) 애 여러 해포만에 나왔더니 정신이 띵하구나. 왜 난데없는 향내가 코를 쿡쿡 찌르느냐? 향내도 되잖은 人造麝香내 일세, 옛날에 하던 지저귀나 한번 하여 보자. 애 일어—— 어이키여 (재채기 한다.) 한번 다시 불러볼까? 애 일어——

　　(노장이 앉았다가 벌떡 일어나서 취발이 앞에 가 부채를 확 편다.) 어이쿠머니 이게 뭐냐? 내 오늘 친구 덕에 술잔이나 얼척지근하게 먹었더니 이 ××(장소) 벌판에 주린 솔개미가 내 얼굴이 벌거니까 꾸미 자판으로 알고 덤비네. 까딱하면 얼굴 부랑당 맞기 쉽겠군. 솔개미 좀 쫓아야지. 휠휠휠휠 (타령장단.) 솔개미를 쫓았으니 다시 한번 불러볼까. 일워――

　　(노장이 나와서 또 부채를 확 편다.) 얘 이건 솔개미인 줄 알았더니 솔개미도 아니로구나. 무슨 내용이 있는 모양이로군. (취발이가 솔가지를 제 이마에 대고 터부렁한 머리를 거슬리고 소무를 건너다보고 두 손으로 땅바닥을 탁 치면서 껄껄 웃는다.) 나는 뭐이 그랬노 했더니, 저 녀석이 그랬네 그려. 이놈아 아무리 세월이 말세가 되었기로 중놈이 旅閭에 내려와서 계집이 하나도 어려운데 둘씩 데리고 농창을 쳐? 저런 육실할 놈을 어떻게 하면 저년을 다 빼앗나! 우선 급한 대로 新町 갖다 팔더래도 둘에 백원은 받겠지. 이놈아, 너고 나고는 소용없다. 만첩청산 깊은 골에 쑥 들어가서 눈이 부옇게 멀도록 생똥구멍이나 하자. 아이고 저런 육실한 놈 그건 싫다네. 저놈을 뭘로 놀여낼꼬, 금강산으로 놀여낼까.

(歌) "금강산이 좋단 말을 풍편의 넌짓 듣고

　　　　장안사 썩 들어가니

　　　　난데없는 검은 중놈 팔대 장삼을

　　　　떨쳐입고 흐늘거려서 노닌다."

　　(노장과 마주 서서 춤추다가 돌단을 추고, 노장이 장삼 소매로 취발이를 때린다.) 얘 그 중놈 딴딴하구나. 속인 치기를 囊中取物하듯 하네. (노장이 새면 앞에 가서 장삼을 벗고 우뚝 서면 취발이가 물끄러미 본다.) 아 이놈 보게. 나를 아주 잡으려나 옷을 벗고 덤비네. (취발이도 벗는다.) 이놈아 너 벗었는데 나는 못 벗으랴! 여 여러분이 몸조심을 하는 이는 다 가시시오. 오늘 여기서 살인 납니다.

(歌) "양양 소화······"

　(둘이 대립하여 춤을 추다가 노장이 취발이 앞으로 돌아서며 화장을 하며 다시 취발이 앞으로 간다. 취발이가 노장의 등을 치면 노장이 놀라 나가서 소무 다리를 벌리고 들어가 엎드린다.) 중놈이란 할 수 없어 뒤가 무르기가 한량이 없지. 나는 그놈한테 한번 얻어맞고 능히 배겼는데, 이놈은 아주 열두 끗을 하였네. 이놈이 들어갔으니 한번 놀아나 봐야겠다. (옷을 주워 입고)

(歌) "綠水靑山 깊은 골에

　　　靑龍 黃龍이 굼틀어졌다."

　(춤을 추며 돌단으로 소무 앞으로 간다. 노장이 별안간에 쑥 나오면, 취발이가 깜짝 놀라 돌아서면서,) 아이고머니 이게 뭐야! 옳다 뭔고 하였더니 인왕산 속에서 천 년 묵은 대맹이[蛇]가 나왔네 그려. 애 그저 연일 날이 흐리더라, 점잖은 짐승이 인간 눈 더러운데 왜 내려왔어, 어서 들어가! 어, 짐승도 점잖으니까 말귀를 알아듣네, 들어가라니까. 슬슬 들어가는데.

　(노장이 뒷걸음으로 들어가다가 쑥 나온다. 취발이가 놀라 물러서면서,) 아이고 이게 나하고 놀자네. 어서 들어가! 이 녀석아 쑥 들어가거라. (솔가지로 땅바닥을 치니 노장이 소무 하나를 대리고 개복청으로 퇴장.) 저년은 그래도 못 미더워 중서방을 해가네. (나머지 소무 1인의 옆에 가서,) 중놈이 밤낮 千手千眼觀自在菩薩이나 불렀지 이런 오입쟁이 놀음이야 한번 해 봤을 수가 있나. 자라춤이나 한번 추어 볼까!

　(취발이가 춤으로 들어가서 소무를 가운데 놓고 돌단으로 추다가. 곱사위 춤으로 들어가서 소무 앞에 앉으며 다리 하나를 소무 치마 속에 넣고 책상다리로 앉는다.) 제가 나무아미타불이나 했지 이런 가사나 한번 불러봤을 수가 있나?

(歌) "공산이 적막한데 슬피 우는 두견아.

　　　蜀國興亡이 어제 오늘 아니어든,

지금에 피나게 울어 남의 애를.”

이 계집애 가사마다 시시 절절 (타령장단) (다시 한 바퀴 돌아 소무 앞에 앉는다.) 원 이런 녀석에 일이 있나? 내가 계집을 데리고 논다고 머리를 풀고 있었으니. 남이 알면 제상 당한 줄 알겠지. 상투나 좀 짜야겠다. (상투를 짠다.) 밤낮 짰다 봐도 한 벌. (몇 번 감다가,) 또 한 벌. (3차나 이렇게 하고 앉는다.) 이 계집에 상투 외투마다 시시 절절 (한 바퀴 돌아 뒤에 가서 소무의 사타구니에 머리를 넣고 엎드려 방아 찧는다.)

(歌) “얼시구 절시구 庚귀자로 찧는다.

　　아무리 찧어도 헛방아만 찧는다.”

(고개를 돌려 소무를 보니 소무가 살그머니 비껴 선다.) 내 그저 싱겁더라니 요년 중놈만 못하지? 이 계집애 방아마다 시다. (일어나서 돌단을 돌고 소무 뒤로 앉아서 치마 속에 머리를 넣는다.) 애 딴은 좋다 평생 살아도 後庭이라고는 처음 들어와 봤는데. 잔솔이 담상담상 난 게 참 좋다. (일어나서 소무의 치마 붙잡고 등을 대고 선다.) 뒤집 신개 흘러 허——

(소무가 서서 배를 만진다.) 공석 어멈, 공석 어멈. (부른다.) (왜장녀가 수건을 머리에 쓰고 한 바퀴를 돌면서 드러누운 소무 옆으로 가니, 공석 어멈을 보고, 취발이) 머리를 짚어 드려라. 허리를 좀 눌러 드려라.

(공석 어멈은 해산을 구완하는 형용하고 퇴장. 마당에 아이만 있고 소무는 나가서 새면 앞에 앉았다.) (취발이가 낭성걸음으로 뛰어다니다가 아이를 보고서,) 어이쿠머니 이게 뭐여. 지금 난 게 요렇게 큰가! 매시 숙성한데 아! 육실할 년 보게 삼도 안 가르고 들어갔네, 내가 가를 수밖에.

(태줄은 뺌 가옷을 뺌어서 돌돌 말아 배에 붙이고,) 삼신제왕이 내가 넉넉지 못한 줄 알고 한 번 일습을 하여 입혀 보냈네. 굴레까지 저고리까지 바지까지 버선행전 토수까지 꽃미투리를 낙꼭

지로 들메까지 하였네.

[주의 : 다음에 나오는 아이 말은 취발이가 자문자답하는 것]

아 해 : 여보 아버지. 날 좀 업어주.

취 발 : 몰라 그렇지, 아해 업는 방법이 있는 걸. 여간 사람이 이걸 알 수 가 있나. 아이라는 것은 거꾸로 업어야 체증이 없는 법이다. (거꾸로 업는다.) 아이고머니 덜미를 이렇게 뚫어? 원 어떻게 어린 녀석이 양기 덩어리로 생겼는지. (어린애를 들고 본다.) 아따 어린 녀석 자지라고 어른 좃보다 더 빳빳하구나.

아 해 : 여보 아버지 글을 좀 배워야겠소.

취 발 : 그 이를 말이냐.

아 해 : 황해도하고 평안도하고 배우겠소.

취 발 : 옳것다. 兩西[兩書]를 배워?

　　　　(唱) "하늘천 따지. 가물현 누루황

　　　　　　 하늘에 있을 제 땅이랴 없으랴!

　　　　　　 가마솥이 있을 제 누른밥이 없으랴"

아 해 : 북북 긁어서 선생님은 한 그릇 나는 두 그릇 먹겠소.

취 발 : 이놈아, 네가 두 그릇을 먹어 선생님을 두 그릇 드려야지

　　　　(唱) "ㄱ, ㄴ, ㄷ, ㄹ

　　　　　　 ㄱ字로 집을 짓고 ㄷㄷ이 살잤더니

　　　　　　 기이 없는 이내 몸이 거주 없이 되었소." (아이가 운다.)

　　　　(唱) "아가 아가 우지 말아 제발 덕분 우지마라.

　　　　　　 너 어머니가 굿보러 가서

　　　　　　 떡받아다 주맜스니 제발 덕분 우지마라."

아 해 : 여보 아버지 내 젖을 좀 먹어야겠소.

취 발 : 오냐 그래라. 이걸 이름을 지어여 할 텐데 뭐라고 지어야 할까. 옳것다. 마당에서 났으니 마당이라고 지어야겠군. (아이를 안고 소무에게로 간다.) 여 마당어머니 애 배고프다고 젖을 좀 달라니 젖을 좀 먹이우. (소무가 아이를 툭 친다.) 아 이게 무슨 짓요? 어

린 게 젖을 달라니 좀 먹일 게지 아수 그러지 마우.
(다시 아이를 내미니 소무는 또 그런다.) 이게 무슨 못된 짓일까.
이건 나만 좋아 만들었니? 어린 게 우니까 젖 좀 주라니까 뺑그
러트리고 그럴 게 뭐야. 예끼 망덕을 할 년 같으니. (아이를 소무
앞에 던지고 취발이가 소무 옆에 가 앉는다.)

제10과정 (샌님과정)

(말뚝이가 샌님 서방님 도련님 3인을 데리고 나온다. 이때에 취발이
는 依幕使令 노릇을 한다.)

말뚝이 : 의막사령, 의막사령

쇠뚝이 : 누 네미 할 놈이 남 內勤하는데, 의막사령 의막사령 그래?

말뚝이 : 내근하기는 사람이 백차일 치듯 한데 내근을 해?

쇠뚝이 : 어찌 듣는 말이냐? 아무리 사람이 백차일 치듯 해도 우리 內外
　　　　앉았으니까 내근하지.

말뚝이 : 옳것다. 내외 앉았으니 내근한단 말이렸다.

쇠뚝이 : 자네 드문드문 하이그려.

말뚝이 : 드문드문 넨장할 건둥건둥하이.

쇠뚝이 : 足痛이나 안 났느냐?

말뚝이 : 아이 그런 효자야.

쇠뚝이 : 소재라니 오줌 앉힌 재.

말뚝이 : 어찌 듣는 말이냐? 그건 소재지, 이건 효자란 말이여. 애 그러나
　　　　저러나 안된 일이 있다.

쇠뚝이 : 무슨 일이란 말이냐?

말뚝이 : 우리댁 샌님, 서방님, 도련님이 장중 출입을 하시느라고, 日勢는
　　　　저물어서 하룻밤 숙박을 해야 할 텐데, 나는 여기 아는 사람이 없
　　　　고, 친구란 자네뿐인데 의논의 말일세. (쇠뚝이가 샌님을 기웃이
　　　　보고 샌님 부채 대고 있는 것을 잡아뗀다.)

샌 님 : 으어 으어 으흠 (기침을 한다.)

말뚝이 : 다 자란 송아지 코낄라?

쇠뚝이 : 애, 依幕 치었다. 애 봐 하니까 그 젊은 청년도 있는 듯하니 담배
도 먹을 듯하니, 방 하나 가지고 쓸 수 없으니까 안팎 사랑 있는
집을 치었다. 바깥사랑은 동그랗게 말장 (돼지우리 같이) 박고 안
은 동그랗게 담쌓고 문은 하날 냈다.

말뚝이 : 그럼 돼지우리로구나.

쇠뚝이 : 영낙 없지. (쇠뚝이는 앞서고 말뚝이는 뒤에 섰다.) 고이 고이 고
이 고이.

말뚝이 : (채찍을 들고) 두우 두우 두우 (돼지 쫓는 모양.) 애 우리댁 샌님
께서, "이 依幕을 누가 잡았느냐? 네가 얻었느냐, 누가 다른 사람
이 얻었느냐?" 말씀하시기에 이 동네 아는 친구 쇠뚝이가 얻었습
니다. "그럼 개 좀 보는 게 어떠냐." 하시니 들어가서 한번 뵈이는
게 좋다.

쇠뚝이 : 샌님 쇠뚝이 문안 들어가우. 잘 받아야지 잘못 받으면 송사리 뼈
라는 게 안 남는다. 샌님 소인——

말뚝이 : 애 샌님께 인사를 드려도 씹구녕 같고, 아니 드려도 우스꽝스러
우나, 서방님께 문안을 단단히 드려야지 만일 잘못 드리면 죽고
남지 못하리라.

쇠뚝이 : 서방님 쇠뚝이 문안 들어가우. 잘 받아야지 잘못 받으면 생육실
하리라. 서방님 소인——

말뚝이 : 애, 샌님과 서방님께서는 인사를 드려도 씹구녕 같고, 아니 드려
도 우스꽝스러우니, 해낭 관머리께 선 종가집 도령님께 인사를
드려야지 인사를 잘못 드리면 네가 죽고 남지 못하리라.

쇠뚝이 : 도령님 쇠뚝이 문안 들어가우. 도령님 도령님 소인——

도령님 : 좋이 있더냐?

쇠뚝이 : 하, 이런 놈의 일 보게. 양반의 새끼라 다르다. 상놈 같으면 네미
나 잘 붙었느냐? 그럴 텐데 그런 호래들 녀석이 어디 있어? 늙은

사람에게 의젓이 좋이 있더냐 그러네!

말뚝이 : 애 그리하기에 우리나라 호박은 커도 심심하고 大國 胡椒는 작아
도 맵단 말을 못 들었느냐?

쇠뚝이 : 말뚝이 샌님께 문안 좀 다시 드려다우. 쇠뚝이가 술 한잔 아니 먹
은 날은 샌님, 서방님, 도령님 세 댁으로 다니면서 안팎에 비질을
말갛게 하고요. 술이나 한 잔 먹고, 두 잔 먹고, 석 잔 먹어서, 한
반취쯤 되면 세 댁으로 다니면서 조개라는 조개, 작은 조개, 큰
조개, 묵은 조개, 햇조개, 여부없이 잘 까먹는 영해 영덕, 소라, 고
등어 아들놈 문안 드리오 이렇게 하여다오.

샌 님 : 어으 아 남의 종 쇠뚝이 잡아들여라 쿵.

말뚝이 : 쇠뚝이 잡아들였소. (쇠뚝이를 거꾸로 잡아들였다.)

샌 님 : 그놈의 대가리는 정주 난리를 갔다 왔느냐?

말뚝이 : 그놈의 대강이가 하도 험상스러워서 샌님이 보고서 경풍을 하실
까봐 거꾸로 잡아들였소. (쇠뚝이가 손가락으로 꼴뚜기[욕할 때
하는 것]를 만들어 꼼짝꼼짝한다.)

샌 님 : 그 놈의 뒤에서 무엇이 꼼짝꼼짝하느냐?

말뚝이 : 그 놈더러 물어 보시구려.

샌 님 : 여라찌놈.

쇠뚝이 : 누 네밀할 놈이 날보고 여봐라 이놈 그래. 내 이름이 있는데.

샌 님 : 네 이름이 뭐란 말이냐?

쇠뚝이 : 내 이름은 샌님한테 아주 적당하오.

샌 님 : 그것 뭐란 말이냐? 이름이.

쇠뚝이 : 아당아字 번개번字요.

샌 님 : 애 이놈의 이름이 이상스럽다.

쇠뚝이 : 샌님께는 그 이름이 꼭 맞지요.

샌 님 : 아字 번字.

쇠뚝이 : 붙여 부를 줄 몰우? 하늘천 따지만 알지 天地玄黃은 모르우?

샌 님 : 아아.

쇠뚝이 : 이건 누가 잘잽이[목 누르는 것]를 놓소.

샌　님 : 아字 번字

쇠뚝이 : 붙여 불러요.

샌　님 : 아번이.

쇠뚝이 : 왜!

샌　님 : 으으아! 남의 종 쇠뚝이 죄는 許하고 赦하고 내 종 말뚝이 잡아들여라.

쇠뚝이 : 그러면 그렇지 양반집에는 이래 다니는 거야. 이놈이 그 댁 청지
　　　　기 별배니 하면서 세도가 아망위 같이 세더니 勢無十年이요, 花無
　　　　十日紅이라더니. (말뚝이 평양자 비껴 쓰고 채찍을 빼서 들면서)

샌　님 : 엎어 놓고 그놈을 까라. 執杖 노좌 그놈을 대매에 물고를 올리고
　　　　혈장을 해라.

쇠뚝이 : 자아—— (때리려고 한다.) (말뚝이가 일어나 쇠뚝이를 보고 스무
　　　　량을 준다는 의미로 兩手를 합하야 이차 편다.) 걱정 말아 이놈
　　　　넙죽 엎드렸거라 자아——

샌　님 : (부채를 확 펴고) 여봐라 찌놈. 네밀 논아하자고 공론을 했느냐.

쇠뚝이 : 아니올시다. 저놈이 매를 맞으면 죽겠으니까 혈장하여 달라고 했
　　　　습니다.

샌　님 : 아니다.

쇠뚝이 : 저놈의 눈깔이 띄었으니까, 어떻게 할 수가 있나? (쇠뚝이가 채찍
　　　　으로 샌님 코를 찌르며,) 이것 주맙디다.

샌　님 : 빈신[돈]? 얼마?

쇠뚝이 : 아 이게 아퀴까지 지라네. 그놈의 행세가 없으니까 열댄 냥 주맙
　　　　디다.

샌　님 : 열아홉 냥 아홉 돈 구 푼은 댁으로 봉송하고 한 푼 가지고 청량리
　　　　나가서 막걸리 한 푼어치를 사가지고 냉수 한 동이에 타먹고 급
　　　　살이나 맞아 죽어라.

쇠뚝이 : 예끼 도적의 아들놈.

　　　　(말뚝이·쇠뚝이·서방님·도령님 퇴장. 샌님이 소무를 내세우고 사

방으로 다니다가 춤추다가[타령장단] 소무 곁에 와서 돌단 한 번 돌고
소무를 안는다.)

샌　　님 : 두 내외 재미있게 노는데 어느 놈이 희를 지어.

(捕盜部將이 개복청에서 왈칵 나와서 샌님을 집어치고 小巫의 손
을 잡고 對舞하면서 나가니 샌님이 소무 뒤를 쫓으면서,) 일어서,
일어서 어디를 갔나?

(소무가 돌아서면 샌님이 마주 서서 춤을 추는데 포도부장이
춤추며 가운데 와서 막아선다. 샌님이 포도부장을 떠밀면서,) 이
놈아 저리 물러 서거라. (소무와 샌님이 마주 춤을 추는데 포도부
장이 재차 들어 중간을 막아서니 샌님이 포도부장의 등을 울리
며,) 이놈이 이 육실할 놈아 저리 가거라.

(샌님이 소무 즉 첩을 끼고 서서) 저놈은 얼굴은 뻔뻔해도 속
에는 장구벌레가 들썩들썩하네. 나는 코밑은 조 째졌어도 못 먹
는 돌배일세. 저놈을 한번 보고 와야겠지. 쳐라. (세마치 타령장
단) 고이고이 (가다가 중간에서 소무를 돌아다보고) 소무를 두고
가려니까 걸음이 뒤로 걸리네. 그래도 저놈을 가보고 와야겠지.

(부채로 포도부장 얼굴을 탁 치면서) 이놈, 이 주릴할 놈아. 처
가살이 갔다가 장모 붙고 쫓겨올 놈 어디 계집이 없어서 늙으니
가 소첩 하나 둔 것을 깍쟁이 胎 차가듯 차가느냐? 다시 오면 네
미를 붙느니라. 쳐라. (춤추며 돌아온다.)

(포도부장이 다시 소무 손목을 잡고 對舞하며 나간다. 샌님이
소무 뒤를 쫓으면서,) 어이거, 어이거, 일어서, 일어서. (다시 소무
를 안고) 너 어디 갔더냐? (소무가 손가락으로 하늘 가리키니) 하
늘에 별따러? 아닌 밤중쯤 되면 내 연장 망태를 네 것 주무르듯
맘대로 노는 내 사랑이지?

(소무가 뺑그러트리며 샌님의 뺨을 치고 멱살을 들고서 포도부
장을 손으로 부르니까, 포도부장이 꼬을 제켜 쓰고 두 소매를 걷
으면서 옷자락을 뒤로 제치고 벼락같이 달려들어서 샌님의 멱살

을 들고 발길로 복장을 질러 내쫓고서, 소무와 같이 서서 있다. 샌님이 할 일 없어) 늙으면 죽어, 젊은 놈의 세상이다.

　(샌님이 소무 곁에 가서) 丈夫一言이 重千金인데 말을 냈다 그만두랴? 손 내밀어라. (포도부장이 손을 내미니 샌님이 소무의 손인 줄 알고서 붙잡고,) 참말 이러나 어이거, 어이거, 정말인가? 이놈이 이 육실을 할 놈아 널더러 손 내밀랬어? (손을 홱 뿌리치고 다시 소무를 보고) 손 내밀게. (소무가 손을 내민다.) 어이거, 어이거 정말 이러나, 할 수 없다. 퇴 (침 뱉는다.) 쳐라. (샌님이 춤추고 개복청으로 들어간다.)

제11과정 (신할애비과정)

　(신할애비가 미얄할미를 데리고 나와서 사설한다. 말뚝이가 도끼가 되고 왜장녀는 도끼누이가 되어서 판 가운데 나와 앉았다.)

신할애비 : 웬 사람이 이렇게 백차일 치듯 하였노? 예전에 하던 지저귀나 하여볼까?

　(唱) "아이들아 산디굿을 다 보았느냐?

　　　　탈 쓴 팔십노인 나도 보자.

　　　　나도 엊그제 청춘일러니 홍안백발이 되었구나.

　　　　치어다보니 만하천봉 굽어보니 白沙地로다.

　　　　雲枕은 碧溪요 황혼은 유록한데,

　　　　寂寞江山이 여기로구나."

　그 무엇이 앞에서 곰실곰실하였노 했더니 청개고리 밑에 실뱀 쫓아다니듯 뭘 하러 늙은 것이 쫓아왔노. 모양 대단히 창피하구 멱동구리 항동아리 부정귀는 다 어찌하고 나왔나? 본시 똑똑하니까. 건너 마을 김동지를 맡겼어? 송아지와 개새끼는 어쨋나? 오구장을 맡겼어? 근본 사람이 낙제는 없으니까 튼튼하게는 하였지. 前 말이지 지금은 소용이 없어. 자네도 늙고 나도 늙었으니

우리 이별이나 한번 하여볼까. 아 이것 보게 마단 말 아니하고 그
리하자고 그러네 할 수 없다.

(唱) "죽어라 죽어라 제발 덕분에 죽어라.

　　　너 죽으면 나 못 살고 나 죽은들 너 못 살랴!

　　　제발 덕분에 죽어라.

　　　玉丹春이가 죽었으랴? 제발 덕분에 죽어라.

　　　두 손뼉을 척척 치며,

　　　노란 머리를 박박 뜯고서,

　　　제발 덕분에 죽어라."

　(미얄할미가 장중에서 죽는다.) 이거 성미는 가랑잎에 불붙기였
다. 그리 하였더니 이거 정말 죽었나?

(唱) "마누라 마누라 마누라 마누라"

　아이쿠머니, 이게 무슨 짓이여? 이러면 내가 속을 줄 알고 이
러나 어이쿠머니 코에서 찬김이 나오네, 정말 죽었구나. 이를 어
떻게 하잔 말인가? (우는 모양으로.)

(唱) "어이 어이 어어이 어어이"

　이거 내가 울음을 우나 시조를 하나? 이거 인제는 파묻기나
할 수밖에 없는데, 나농의 자식이 하나 있었는데 이름이 무슨
엔장 이름인데! 이 때 갈 녀석이 이런 데 나왔을까? 어디 찾아
나 봐야지.

(唱) "예! 도끼야 도끼야"

　이런 녀석이 이런 데 나왔을까?

(唱) "예! 도끼야 도끼야"

도　끼 : (와서 채찍으로 신할애비 얼굴을 치며,)압세 네.

신할애비 : 네가 누구냐?

도　끼 : 네 내가 도끼요, 아버지 평안 지냈소?

신할애비 : 애비더러 평안 지냈수가 머냐?

도　끼 : 어버지 하는 채신 봐서는 그것도 過滿하지요.

신할애비 : 너 그새 어디 갔더냐?

도   끼 : 똥 누러요.

신할애비 : 똥은 이 녀석아. 화수분 설사를 붙잡혔더냐? 그러나저러나 저
        건너 김동지 집 월수돈 두 돈 칠 푼 전하랬더니 어찌 하였느냐?

도   끼 : 가지고 촉동 밖에 나가니, 다섯이 앉아서 五동댕이를 합디다. 원
        목도 못 놔보고 부타가여 잃고서 집에 들어오면 아버지한테 경칠
        까봐서 그냥 달아났소.

신할애비 : 얘 너 어머니가 세빙고를 쳤단다.

도   끼 : 아버지 약주 잡수셨소 그려.

신할애비 : 술이 다 뭐냐? 정말이다.

도   끼 : 어머니가 어머니가 정말 새팽이를 쳤어요? 빙소방이 어디요? (신
        할애비 부자가 미얄할미 누운 데 와서 곡한다.)

도   끼 : 어이 어이 어이

신할애비 : 얘 앉아서 울기만 하면 어떻게 하느냐? 네나 내나 현손백결인
        데. 얘 너의 누이 하나 있는데 먼지골서 살다가 잿골로 갔느니라.
        네가 빨리 가 데리고 오너라.

도   끼 : 누 제밀할 놈이 상제보고 통부 가지고 가라는 데 어디 있읍니까?
        아버지가 갔다오시우.

신할애비 : 네 말인즉 옳은 말이다마는 늙은 놈 내가 갈 수가 있느냐? 젊
        은 놈 네가 속히 가 데리고 오너라.

도   끼 : (도끼가 왜장녀 즉 누이한테 가서,)여보 누님.

왜장녀 : 거 누구냐?

도   끼 : 내가 도끼요.

왜장녀 : 깍귀여?

도   끼 : 내가 도끼여요.

왜장녀 : 대패?

도   끼 : 이거 뭐 억이는데 무엇 생기우? 내가 도끼여요.

왜장녀 : 이새 너 도무지 안 오더니 왜 왔니?

도　끼 : 어머니가 숟가락을 놨다오.

왜장녀 : 너 내가 전처럼 뭐 있는 줄 알고 이래니? 네 매부가 나간 지가 갓
　　　　마흔두 해다. 겨울 풀장사와 물레질 품을 팔아서 구명도생해 간
　　　　다. 머 전 쪽으로 알고 이따위 소리를 또 하느냐? 가끔 뜯어가더
　　　　니 죽쟎은 어머니 죽었다고 또 와서 거짓말을 하느냐?

도　끼 : 어느 제밀할 놈이 죽지 않은 어머니 죽었다고 한단 말이요?

왜장녀 : 정말이면 가자. (둘이 온다) 아버지 뵈입니다.

신할애비 : 오! 너 왔느냐? 네 모가 죽었다.

왜장녀 : 아버지 약주 잡숫고 무에라고 했나 보. 양잿물 잔치를 했나 보.

신할애비 : 애 이번에는 아무 말도 안 했다. 정말 죽었단다. (3인이 곡한다.)

왜장녀 : 아이고 어머니 정말 돌아가셨소? 어쩌잔 말이요? 전에는 어머니
　　　　얼굴이 粉玉을 따고는 듯하더니 희금자 다식이 다 됐소그려. 약
　　　　이나 좀 써 봤소?

신할애비 : 약도 쓸 새가 없어서 못 썼다.

왜장녀 : 그럼 약이나 좀 써 보지요. (약 같은 것을 미얄할미 입에 넣으니
　　　　까 미얄할미가 일어나서 딸을 데리고 들어간다. 단, 회생한 것이
　　　　아니라 죽어서 묻은 모양.)

신할애비 : 애 도끼야.

도　끼 : 네

신할애비 : 야 네 모가 죽을 적에 넋이나 하여 달라고 하였으니 넋이나 적적
　　　　히 풀어 주자. (신할애비가 장고를 끼고 앉아서 가망청배를 한다.)
　　　　(唱) “바람이 월궁의 달월이성이요. 일광지성 마누라 바람 영실로 나
　　　　　　리오.”

　　(삼잽이가 노래가락 장단을 친다.)
　　　　(唱) “이 터전이 家中에 各人 各性 열에 열 명이 다니시더라도
　　　　　　뉘도 탈도 보지 아니하시던 영부정 가망에”
　　　　(唱) “山 간데 그늘이요, 龍 계신데 沼이로다.
　　　　　　소이라 깊속건만 모래 우에 해소로다.

　　　　　마누라 영검소이를 깊이 몰나"
(唱) "국이야 국이언만은 저 마당에 전이로다.
　　　　시절은 시절이오나 兩殿 마마님 시절이로다.
　　　　세상에 吾獨立하니 하마온들"
(唱) "넋이야 넋이로다. 노양 신선의 초녁시야
　　　　넋일랑 넋반에 담고, 신의 신체는 관에 모셔,
　　　　世上에 나오신 망제님 놀고갈까"
(唱) "어이히히 웃자 초가망 이가망 삼가망이 아니시냐?
　　　　좋다 저물도 가망이요, 말게라 오신 가망
　　　　설게 받아 오신 가망 각인각성 열에 열명 다니시더라도
　　　　뉘도 탈도 보지 아니시던 영부정 가망이 적적히 놀고 갑시다"
(굿거리 장단에 소무 도끼 對舞하고 퇴장.)

假面劇 山臺都監劇 脚本 大尾

양주산대 연희본 – 1957년본

[속표지]

단기 四二九〇年度
楊州山臺놀이
錄音 (1)

[본 문]

머리말

楊州邑에서는 약 150년 전부터 年中行事로 山臺놀이를 하여 왔으나, 그 내용을 알고 보는 사람들이 별로 없던 것입니다. 산대놀이의 내용을 알지 못하고 관람하게 되면 無趣味할 뿐 아니라, 혹은 악평까지 가하게 되는 것입니다. 그러나 산대놀이의 내용을 알고 보면, 자연 신이 나서 어깨춤·엉덩이춤을 추게 됩니다. 이 산대놀이는 弄戲·雜談·무용·三絃六角(器樂)으로 된 것인데, 양주읍에서는 예전에 춤, 잡담, 농희 등이 수백 년을 그대로 계승하여 내려왔기 때문에, 현대식 무용에 비할 수는 없으나, 향토예술로서 연구의 자료가 되는 것입니다.

우리 한국에서도 數處에 散在하였던 산대놀이가 자연 쇠퇴하여 자취를 감추고 다만 楊州舊邑에서만이 계승하여 겨우 명맥만 유지하고 있으나, 이후 후배 양성이 難問題입니다. 이 산대놀이가 발전하려면 우선 산대놀이의 내용을 알아야 발전의 길이 빠를까 하여 간략하나마 참고로 발표하나이다.

양주에는 가면이 25개인데, 그 중 중요한 역할을 하는 가면들은 1 完甫란 관을 쓴 중, 2 老丈이란 늙은 중, 3 취발이는 절간의 불목한이, 4 말뚝이는 남의 하인, 5 墨僧, 6 옴중인데, 25개 가면 중에서도 6가면의 役이 가장 중요한데, 이 6가면의 역만 충분히 잘한다면, 그 외 가면들 역은 하등 문제가 아닙니다. 6가면 중에서도 完甫란 관 쓴 중은 희롱·잡담뿐만 아니라 歌詞(노래)를 잘 불러야 되는 것입니다.

그리고 산대놀이 연습을 하려면 우선 장고, 피리 2종의 악기만 가지고서도 충분히 연습을 할 수 있게 됩니다.

양주산대놀이의 경과

산대놀이는 麗朝 말엽, 즉 佛敎 전성시대 賤人[상사람]들에 의해서 이루어진 것으로서, 李朝 시대에는 漢陽 社稷골에 근거를 두고 일명 '딱딱이패'들이 공연을 함으로써 '딱딱이극'이라고 불리어 왔던 것입니다. 이 '딱딱이극'이란 명칭은 상대자끼리 재담을 할 적마다 안면을 딱딱 때리면서 대화를 하기 때문에 생겼던 것입니다.

옛날부터 양주읍(본바닥)에서는 산대놀이의 명칭을 여러 가지로 불러왔는데, 혹은 '山棚'이니, '山頭놀이'니, 혹은 '山岱굿'이니, '山臺놀이'니, '가면극'이니, 이러한 명칭으로 오늘날까지 불려왔던 것입니다.

불교 전성시대 상인들은 양반이나 僧들에게 무서운 학대를 받았기 때문에 천대에 분노하여 산대놀이 극을 만들어 가지고서 인가에서도 못 놀고 깊은 산중에 들어가서, 양반에 대한 모욕, 僧에 대한 음담패설 등을 함부로 해 가면서 마음껏 자기네의 심회를 풀었다는 전설도 있습니다.

양주읍에서는 약 백이삼십 년 전부터 연중행사로 4월 8일, 5월 단오를 기하여 漢陽 社稷골의 딱딱이극을 초청하였으나, 사직골 딱딱이패극은 벌써 타지방과 약속이 되었기 때문에 양주에서는 놀이를 실패하고 못 하게 되므로 불편한 감을 느끼게 된 일이 한두 번이 아니었습니다. 그래서 양주에서도 신명이 과한 자들끼리 가면을 만들어 실연한 결과 춤, 弄戲, 才談

등이 한양의 딱딱이패 이상으로 훌륭하였던 것입니다. 이것을 모방한 것이 오늘날까지 계승되어 양주에 정착된 것입니다.

(약 백이삼십 년 전의 가면 제조자는 李乙丑씨, 약 80년 전의 가면 제조자는 尹台均씨, 李昌裕씨, 金盛運씨).

양주 구읍(본바닥)에서도 이것을 모방하여 가지고 연중행사로 산대놀이를 하였던 것이 차차 발전되어 각 지방 초청에도 응하였던 것입니다.

漢陽 社稷골의 딱딱이패극이 쇠퇴하여 자취를 감추고 阿峴, 鷺梁津, 舊把撥 등지의 산대놀이도 자취를 감추고 말았으나, 양주에서만이 유지하고 있던 중 6·25사변으로 인하여 가면과 도구 일체가 불에 타서 없어지고, 그리고 연기자가 老亡 또는 移去하여 생존자 사오 인이 가면과 도구 등을 만들었으나, 연기자 부족으로 명맥만 유지된 것입니다.

(6·25 사변 후 가면 제조자는 金星泰씨).

<h1 style="text-align:center">춤</h1>

산대놀이 탈춤은 가면들에 따라 추는 식이 따로 있습니다. 老丈춤에서는 노장만이 추는 식이 따로 있고, 上佐, 小巫, 취발이, 옴중, 신할아비, 왜장녀 등 여러 가면들이 춤추는 식이 따로 있습니다. 이것을 알지 못하고 보면 모두 동일시하고 보기 때문에 無趣味한 것입니다.

1 三進四退란 춤에 식이 있고, 2 四方 치기, 3 거드름, 4 자라춤, 5 까치걸음, 6 여닫이, 7 멍석말이, 8 깨끼리, 9 곱싸이, 10 팔뚝잡이, 허리잡이, 고개잡이, 11 굿거리, 12 劍舞 등 이러한 춤식이 있습니다. 여러 가지 춤의 식을 일반 춤에 합하여 추면 양주산대놀이의 춤이 되는 것입니다.

양주춤의 춤식을 설명하면 :

1. 三進四退 : 춤식은 장내에 들어서서 三絃廳 정면을 향하여 장삼자락을 후리쳐 돌돌 말아서 兩手로 잡고 좌우를 窺視하다가, 총총걸음으로 三絃廳 앞까지 가서 후리쳐 감은 장삼자락으로 앉았다 섰다 수차 반복하면서, 장삼자락을 풀고 허리는 꾸부리고 고개를 흔들면서 좌우

를 보다가 뒷걸음질로 갔다 왔다 3회를 하는 것입니다. (이 춤은 老
丈, 연잎, 옴중 등만 추는 것입니다.)

2. 四方치기 : 도포자락 또는 장삼자락을 머리에 펴서 얹고 兩手로 장삼
자락을 잡고 三絃 장단에 맞추어 주춤주춤, 한편 방향으로 돌아가서
再拜를 하고, 또다시 한편 방향으로 돌아가서 再拜를 합니다. 이렇게
四方을 돌면서 재배를 하는 것입니다. 그리고 또다시 반대 방향으로
돌면서 재배를 하고서 장삼자락을 내려놓는 것입니다. 이것은 四方神
에게 금일 大衆 놀이에 오신 손님이 무사히 구경하고 돌아가시란 축
원입니다. (上佐중, 옴중만 추는 춤입니다.)

3. 거드름 : 三絃廳을 향하여 장삼자락을 兩手에 돌돌 말아 가지고 동쪽
으로 右手를 내밀고 다리를 약 1자 5치가량 내놓고서 고갯짓을 하는
것입니다. 또 반대 방향으로 이와 같이 장삼자락을 풀고 성큼성큼 장
내를 돌면서 춤을 춥니다. (이 춤은 노장, 연잎, 上佐, 옴중, 墨僧 등이
추는 춤입니다.)

4. 자라춤 : 이 춤은 일반 가면들이 추는 춤이 아니라, 小巫만이 추는 춤
입니다. 자라춤은 제자리에서 右手를 전면 두부까지 올려서 손바닥을
젖혔다가 가리었다 하면서 손을 내놓고 左手를 들어서 손바닥을 젖
혔다 가리었다 하면서 상대방을 따라 다니면서 추는 춤입니다. 취발
이과장에서 예를 들면 "이년아 어서 자라춤을 추어라"하면 小巫는 취
발이를 따라다니면서 추는 춤입니다. (小巫만 추는 춤)

5. 까치걸음 : 이 춤은 까치걸음처럼 아이들이 "갱금질"하듯, 한 다리를
앞으로 빼었다 뒤로 내놓았다 하며 '깡충'하고, 또 다른 다리를 들어
'깡충'하고 右手는 좌편에 左手는 우편에 들고 지면을 보면서 추는 춤
입니다. (취발이, 샌님)

6. 여닫이 : 이 춤은 三絃廳을 향하여 兩手를 다리에 모았다가 兩手를 전
면에 내펴는데 다리는 오른쪽으로 갔다 왼쪽으로 갔다 하면서 전진
하는 춤입니다. (이 춤도 일반 가면들이 추는 춤식이나, 샌님, 신할아
비, 미얄할미는 이 춤식을 많이 춥니다.)

7. 멍석말이 : 멍석말이 춤은 三絃廳을 향하여 맴을 도는 춤인데, 일반 가면들이 추는 춤입니다.

8. 팔뚝잡이 : 팔뚝잡이식의 춤에는 上佐 팔뚝잡이식, 옴중, 墨僧, 취발이 등의 팔뚝잡이식의 춤이 다릅니다. 또 연기자에 따라서도 팔뚝잡이식이 다릅니다. 上佐 팔뚝잡이식의 예를 들면, 三絃廳 중앙에서 동쪽을 향하여 右手를 내빼면서 오른쪽 다리를 한 자가량 내놓고, 허리를 조금 구부리고 三絃 장단에 맞추어 고개를 끄덕끄덕하고, 반대 방향에서도 이와 같이 하는 것입니다. (신할아비 내외분은 팔뚝잡이식의 춤을 많이 춥니다.)

9. 곱싸이 : 이 춤은 右脚을 육칠 자가량 들고 右手를 전면 흉부에까지 가져갔다가, 그 손을 어깨에서 젖히는 것입니다. 반대로 좌편에서도 역시 이와 같이 하는 것입니다.

10. 깨끼리 : 우편 다리를 들어서 'ㄱ字'型으로 꼬부리고, 三絃 장단에 의하여 여러 가지 손장난을 하고 반대로 좌편 다리를 들고서 이와 같이 하는 것입니다.

11. 굿거리

12. 劍舞 (小巫, 捕盜部長이 추는 춤)

三絃六角의 樂器로

1 長鼓, 2 북, 3 대피리 2개, 4 笛, 5 해금

晉曲으로는

1 靈山會相, 2 긴 念佛, 3 念佛, 4 타령, 5 잦은 타령, 6 굿거리

楊州 가면연기자 연대 (인기 연기자)

약 백이삼십여 년 전 : 李乙丑 (老丈 역, 가면 제조자), 盧慶茂 (小巫 역), 劉寅爀 (취발이 역)

약 백여 년 전 : 申福興 (老丈, 취발이 역, 가면 제조자), 高永萬 (老丈), 朴

光鉉 (말뚝이)

약 70여 년 전 : 金盛運 (왜장녀, 가면 제조자), 金壽安 (小巫), 盧益祚 (샌님), 石性默 (옴중, 취발이), 李昌裕 (墨僧, 가면 제조자), 鄭漢奎 (完甫)

약 40여 년 전 : 權晋九 (老丈), 趙鍾舜 (完甫), 李健植 (老丈), 羅順男 (小巫)

약 20여 년 전 : 李學善 (老丈), 朴奇得 (小巫), 朴昶夏 (墨僧)

생존자로서 (단기 4294년도 연령, 괄호 아래 쓴 연령과 사망 관계 기사는 추후에 기록한 것임): 朴俊燮 (취발이) (72세, 사망, 정월 23일 祭日 정월 26일), 金星泰 (老丈, 가면 제조자) (67세, 사망, 1962년 3월 8일), 朴湘桓 (小巫) (71세), 李長孫 (墨僧) (62세), 申順奉 (小巫) (52세), 朴東煥 (墨僧) (73세)

양주가면의 인물 소개

1 上佐 (2개) : 어린 상좌 중, 연소한 중
2 墨僧 (4墨僧) : 심술 궂은 중
3 完甫 : 상좌 중, 冠 쓴 중
4 옴중 : 옴이 오른 중
5 老丈 : 고승, 忘釋僧
6 蓮잎 : 고승 (노장 다음 가는 중)
7 눈꿈적이 : 연잎의 수행자
8 취발이(쇠뚝이) : 천인 불목한이
9 샌님 : 양반 노인, 병신 언청이
10 서방님 : 샌님의 자손
11 도령님 : 샌님의 자손
12 말뚝이 : 샌님의 하인
13 애사당 : 왜장녀의 딸 (기녀)
14 왜장녀 : 애사당의 모
15 小巫 (2개) : 기녀

16 해산모 : 순산시키는 딸

17 원숭이 : 여자 유인 역

18 捕盜部將 : 常人 오입쟁이

19 신할애비 : 상인 노인

20 미알할미 : 신할애비 마누라

21 도끼 : 신할애비 아들

22 도끼누이 : 신할애비 딸

23 신주부 : 한방 의생

양주가면의 有言·無言의 구별 : 가면에는 말을 하는 가면, 말을 못 하
　　는 가면, 두 가지가 있습니다.

有言假面 (말을 하는 탈) : 1 옴중, 2 墨僧, 3 完甫, 4 말뚝이, 5 취발이(쇠
　　뚝이), 6 신할애비, 7 샌님, 8 도끼, 9 도끼누이, 10 신주부

無言假面 (말을 못 하는 탈) : 1 上佐(2개), 2 蓮잎, 3 눈꿈적이, 4 老丈,
　　5 小巫(2개), 6 서방님, 7 도령님, 8 원숭이, 9 미알할미, 10 왜장녀, 11
　　애사당, 12 해산모, 13 捕盜部將

有言假面(말을 하는 가면)들이 춤을 추려면 이러한 문구를 부르고서 춤
을 춥니다.

　1 달아달아 밝은 달아 李太白이 노던 달아

　2 綠水靑山 깊은 골에 靑龍黃龍이 굼트러졌다

　3 金剛山은 좋다마는 풍편에 넌즛 듣고서

　4 落日이 欲沒峴山西하니

　5 襄陽小兒齊拍手하니 攔歌爭唱白銅鞮라

　6 절수절수 지화자 절수

無言假面(말을 못 하는)들이 춤을 추려고 할 때에는 三絃廳 앞에 나와서
손뼉을 딱딱 치면 삼현청에서는 알아듣고 삼현 장단을 연주하여 줍니다.

각 科場 분류표

1 上佐 과장

2 옴중 과장

3 墨僧 과장

4 蓮잎·눈꿈적이 과장

5 八墨僧 과장

　(1) 念佛 놀이

　(2) 침놀이

　(3) 애사당 북놀이

6 老丈 과장

7 말뚝이 과장

8 취발이 과장

9 샌님 과장

　(1) 의막사령놀이 (내용상 제목 추가; 편집자)

　(2) 포도부장 놀이

10 신할애비·미알할미 과장

길놀이

　길놀이란 것은 부락 집합 장소에서 연기자들이 가면을 쓰고 공연 장소까지 행진하는 것입니다. 등장인물로는 老丈, 취발이, 小巫 2인, 옴중, 完甫, 墨僧인데, 完甫는 令子旗를 들고 墨僧·옴중은 棍杖을 들고 三絃 앞에서 행진하는 것입니다. 예를 들면 부락 집합장소에서 놀이 장소까지 행진하는 것인데 관중들은 이 행렬에 끼여서 공연 장소까지 행진하는 것을 길놀이라고 합니다. 길놀이 일행들은 놀이 장소에 가서 한 사람씩 춤을 추고 改服廳(化粧室)에 들어가서 告祀 준비를 합니다.

告祀

　25여 종의 가면(탈)들을 나열하여 놓고 그 중 신할아비 가면, 미알할미 가면 내외분을 上座에 놓고 각색 祭物을 진열하고 제사를 지냅니다. 옛날에 각자가 쓰고 놀던 가면의 이름을 부르면서 잔에 술을 부어 올리면서 燒紙를 올립니다. 선배들에게 잔을 부어 놓은 다음에 축원을 합니다. 금번 놀이가 아무 탈 없이 무사히 진행하게 해달라는 축원입니다.

각 과장의 해설

1 上佐科場

　上佐 과장의 上佐 중이 두 사람인데 첫 번에 나오는 上佐를 첫째 상좌, 다음에 나오는 上佐를 둘째 上佐라고 부릅니다.

　등장인물

　上佐 (첫째 上佐)
　顔色 : 백색, 재담은 無言(말 못 하는 탈).
　의상 : 전복을 입고, 그 위에 도포를 입고, 백색 고깔을 쓰고 고깔을
　　　　벗으면 적색 머리가 됩니다.
　소지품 : 없음.

　양주구읍에서는 약 백이삼십어 년 전부터 산중에서 막, 무대의 장치도 없이 대중을 원형으로 집중케 하고 산대놀이를 하여 왔던 것입니다. 대개 4월 8일, 5월 단오, 혹은 慶事時를 기하여 대중에게 관람케 하였습니다. (옛날에는 연기자, 악사들이 본바닥 사람들이기 때문에 무시로 산대놀이를 하였고, 본바닥 사람들이 춤을 추려면 이 산대놀이 춤을 춥니다. 그러

나 인근 부락 사람들은 이 산대놀이 춤을 못 춥니다. 이것은 양주구읍에서 만 추는 독특한 춤입니다.)

산대가면극은 改服廳(化粧室)에서 가면을 쓰고 장중에 등장하여 춤, 재담 등을 하는 鄕土舞劇입니다.

(절이 망하여 폐사가 되기 때문에 여러 중들은 할 수 없이 인가로 내려와서 혹은 장사를 하고 혹은 도적질을 하여서 생활을 하여갑니다.

어린 상좌 중도 인가에 내려와서 이 집 저 집 돌아다니면서 얻어먹고 또 남의 물건을 도적질해 가며 돌아다니다가 양주에서 산대굿을 한다는 소문을 듣고 산대굿 구경을 하러 오는 길입니다. 노장은 旅閣 계집에게 유혹되어서 벌써 내려오셨다는데, 어디 계실까? 옴중, 묵승들은 어느 곳에 계실까? 놀이판에 가면 만나 볼 수 있을까?

어린 상좌 중이 부랴부랴 놀이판에 와서 보니 사람들은 산을 둘러싸서 人山人海가 되었습니다. 사방을 돌아보니 엿장수의 가위질 소리, 주막에서는 노랫소리, 놀이판에서는 삼현육각의 음률 소리, 한데 합하여 천지가 진동을 합니다. 참 이야말로 別有天地로구나! 옴중·묵승을 여기저기 찾아보다가 場中으로 들어서니, 이때 어린 상좌 중이 장중 입구에 들어서면 삼현청에서는 긴 염불곡을 연주하여 줍니다.)

(삼현 연주, 긴 염불곡.)

(상좌는 삼현청에서 약 십여 보 앞에서 삼현청을 향하여 오른손을 차츰차츰 흔들면서 들고, 또 왼손도 차츰차츰 흔들면서 들어 합장하여 天神께 곱게 再拜하는 것입니다.)

(제 자리에 四方치기 춤식을 추는데, 사방치기 춤식을 설명하면 도포 자락을 머리 위에 펴서 양손으로 잡고, 한 방향씩 돌아 再拜를 하고, 또 반대 방향을 돌 적마다 재배를 하는데, 다리는 주춤주춤 하는 것입니다. 이와 같이 사방[東西南北]을 돌 적마다 재배를 하는 춤입니다. 이것은 금일 大同놀이를 아무 탈 없이 무사히 잘 진행시켜 달라고 天神·地神께 고하는 것입니다. 사방치기식의 춤을 추고 난 다음에는 상좌 거드름

춤을 추고 나서, 삼현청 앞에 가서 도포 고깔을 벗으면 전복이 적색 고
깔이 됩니다. 상좌는 전번보다 춤을 더 활발하게 추어 보겠다는 의미로
도포와 고깔을 벗는 것입니다.)

  (삼현 중지)

  (상좌는 도포를 벗고 삼현청 앞에서 손뼉을 딱딱 치면, 삼현청에서는
타령조를 연주합니다.)

  (상좌중은 타령조를 연주하여 달라고 손뼉을 타령조 박자로 치면 삼
현청에서는 그 장단을 알아듣고 연주를 합니다.)

  (삼현 연주, 타령조·팔뚝잡이·깨끼리·여닫이·곱싸이 식의 춤을
활발하게 추고, 삼현청 앞에 가서 앉으면 둘째 상좌가 등장합니다.)

둘째 상좌

  안색 : 백색이고, 재담은 無言 (말 못 하는 탈)

  의상 : 전복은 백색 고깔, 소지품 없음.

  근래는 둘째 상좌는 나오지 않고, 옴중이 등장하여 첫째 상좌와 희롱
을 합니다.

  둘째 상좌는 백색 고깔을 벗으면 흑색 고깔이 됩니다.

  (삼현 연주, 타령조.)

  (둘째 상좌중은 사방치기·거드름식의 춤을 많이 추고, 타령조에 의
하여 팔뚝잡이·여닫이·멍석말이식의 춤을, 첫째 상좌춤과 다소 차이
는 있으나 첫째 상좌보다 더 활발히 춥니다.)

2 옴중 과장

  등장인물은 옴중(옴이 오른 중).

  안색 : 흑색, 재담은 有言(말하는 탈).

의상 : 장삼에 옴벙거지(노벙거지).

소지품 : 兩棒(막대기), 제금.

(옴중이 장삼에 옴벙거지를 쓰고, 꽁무니에 제금을 차고, 손에는 兩棒 막대기 두 개를 들고 등장을 합니다. 옴중도 道를 破戒하고 인가로 내려와서 생계를 도모하기 위하여 물건 행상인이 되어 이리저리 돌아다니다가 산대굿 한다는 소식을 듣고 부랴부랴 물건 보따리를 싸가지고 와서 물건을 팔려고 놀이판에 들어서서 보니, 사람들이 人成萬山한지라 옴중은 물건을 팔아 보려고 兩棒[물건]을 들고 장중 입구에서 다리를 버티고 허리에 손을 짚고서 하는 말이),

옴 중 : 어—— 어—— 내가 여러 합품만에(오래간만에) 나왔더니 아래 위가 휘청휘청하고 어깨가 실룩실룩하다. (하면서 엉덩이짓을 합니다.)

(옴중은 다른 중보다 신명이 과한 중이라 산대굿을 한다는 소식을 듣고 천리를 불원하고 온 것입니다.)

옴 중 : 이왕 나왔으니 하던 지적(버릇)이나 하여볼까.

(옴중은 허리를 구부리고 막대기[兩棒]을 딱딱 두드리면서 우편 장내를 돌아가는 도중, 상좌는 이것을 보고 무엇인가 하고 벼락같이 일어나서 옴중 앞으로 살금살금 와서 옴중이 두드리는 막대기를 뺏습니다. [상좌가 도적질하는 것]. 옴중은 막대를 뺏기고 깜짝 놀라면서 장삼자락을 휘두르며 하는 말이,)

옴 중 : 이그—— 어—— 이것 보게 여기가 아주 못된 賊穴이로구나.

(상좌는 옴중의 물건[兩棒]을 뺏어 들고 옴중 앞으로 살금살금 와서 兩棒을 딱딱 두드리면서 놀립니다. 옴중은 이것을 보고 분하여,)

옴 중 : 애—— 애 이놈아 남의 물건을 도적질해 가고 사람까지 놀려. —— —애——애, 마라—— 마라.

(옴중은 장삼자락을 휘두르면서 마라마라 합니다.)

옴 중 : 안갑을 할 놈 같으니 (욕하는 소리) 요놈이—— 막대기를 보고 뺏어갈 제는 쇠끝을 보면 더하겠구나. (더 잘 도적질한다는 말)

(옴중은 꽁무니에서 제금을 꺼내들고 제금을 치면서, 이번에는 반대 방향 좌편으로 허리를 구부리고 제금을 치면서 돌아가는 도중, 상좌는 또 이것을 보고 역시 좋아서 살금살금 옴중 앞으로 와서 제금을 가지고 달아납니다.)

(옴중은 또 놀라서 장삼자락을 휘두르면서 하는 말이,)

옴 중 : 어── 이게 웬일일까? 내 그럴 줄 알았지.

(상좌는 살금살금 옴중 앞에 와서 제금을 치면서 놀립니다. 옴중은 놀리는 것을 보고 하는 말이,)

옴 중 : 애──애── 마라 마라. 애, 애, 이놈아── 남의 물건을 도적질 해 가고 사람까지 놀려. 요놈아!

(상좌는 또다시 양손에 제금을 한 짝씩 쥐고 살금살금 옴중 앞에 와 서 제금 한 짝은 등에 또 한 짝은 가슴에다가 맞추니, 옴중은 깜짝 놀라 면서 하는 말이,)

옴 중 : 꾸── (아프다는 소리) 요놈 보게 적반하장이로구나. 에이── 안갑을 할 놈. 요 녀석이 남의 물건을 도적질해 가고 사람까지 쳐 ── 이 녀석 얼굴은 백골이 다 된 녀석이 도덕질은 일쑤야. 이놈 아── 그러나저러나 하던 지랄은 다 하였느냐? (춤은 다 추었느 냐?)

(상좌는 이 소리를 듣고 삼현청을 향하여 손뼉을 딱딱 치니 삼현청에 서는 알아듣고 타령조로 연주하여 줍니다. 삼현 연주 타령조 상좌는 신 이 나서 팔뚝잡이 · 깨끼리 · 여닫이식의 춤을 추고 옴중 앞에 와서 돌아 서서 팔뚝잡이식의 춤을 추는데, 옴중도 처음에는 엉덩이짓 어깨짓을 하다가 상좌가 자기 앞에 와서 까불면서 춤을 추는 것을 보고 자연 신 이 나서 맞춤을 추는데, 상좌는 옴중 앞에서 엉덩이짓 · 고개짓 · 어깨짓 을 하면서 놀리니, 옴중은 이것을 보다 못하여 좌우를 관찰하면서 아래 위를 치더듬으면서 보다가 참다못하여 장삼자락으로 상좌를 후리칩니 다. 상좌는 옴중 앞에서 까불다가 후리치는 바람에 깜짝 놀라면서 삼현 청 앞으로 달아납니다. 삼현 중지)

옴 중 : 요 녀석—— 안갑을 할 놈 같으니—— 어른보다 車包五卒이나 더
　　　　하구나. 에이—— 욘석 어서 들어가거라.

옴 중 : (상좌를 쫓고 나서 삼현청 앞에 가서 장삼자락을 휘두르면서,)大
　　　　房을 휘몰았소. (대중에게 인사하는 말)

　　　　(이때 장구만 떵꿍 쳐 줍니다. 대신 인사 받는 떵꿍.)

옴 중 : 이그—— 맹물은 아니로구나.

　　　　(이것은 대중에게 인사도 하고 장단을 쳐 달라는 부탁입니다. 옴중은
　　　　춤을 추려고 절수절수에 문구를 부르면 삼현청에서는 긴 염불곡을 연주
　　　　하여 줍니다.)

옴 중 : 절수 절수 지화자 절수 으르륵——

　　　　(삼현 연주. 긴 염불곡. 三進三退. 三進三退式 춤을 설명하면 장내 중
　　　　앙에서 삼현청을 향하여 장삼자락을 후리쳐 돌돌 말아서 두 손을 잡고
　　　　좌우로 보다가 총총걸음으로 삼현청 앞까지 가서 장삼자락을 풀고 허리
　　　　를 꾸부리고 고개를 흔들면서 좌우를 보다가 뒷걸음질로 갔다 왔다 3회
　　　　를 하는 것입니다.)

　　　　(거드름. 옴중의 거드름식의 춤은 용트림이라고도 합니다.)

　　　　(옴중은 거드름식의 춤을 추고 나서 삼현청 앞에서 돌아서서 허리를
　　　　꾸부리고 뒷짐을 지고서 삼현 장단을 갈아달라고 합니다. 삼현청에서는
　　　　알아듣고 이번에는 타령조를 연주하여 줍니다. 옴중은 타령조를 연주하
　　　　게 하고 삼현청 앞에서 장삼을 벗어서 버립니다.)

　　　　(삼현 연주. 타령조. 이때 장삼을 벗고 팔뚝잡이·깨끼리·여닫이식
　　　　춤을 신나게 추고 삼현청 앞으로 가면 묵승이 등장합니다.)

　　　　(노장, 눈끔적이, 묵승들은 장삼을 입고 띠는 적색 띠를 띠는데, 옴중
　　　　만은 적색 띠를 아니 띠고 새끼로 장삼 띠를 매고 나옵니다. 새끼 띠는
　　　　약 7·8 寸가량 되게 새끼를 꼬아 만든 것입니다. 대개 양주 구읍에서는
　　　　상대방과 대화할 때는 안면을 딱 때리고서 대화를 합니다. 사직골의 산
　　　　대놀이는 딱딱이극이라고 했던 것도 이런 이유 때문이었습니다.)

3 묵승과장

등장인물은 墨僧(심술궂은 중)

안색 : 적색, 재담은 有言(말하는 탈).
의상 : 장삼에다가 無冠(맨머리)
소지품 : 없음.

(묵승도 산대굿놀이를 한다는 소식을 듣고 신이 나서, 장중 입구에 들어서서 다리를 버티고 허리에다가 손을 짚고서 어깨짓을 하면서,)

묵　승 : 어―― 어 여러 합품만에 남의 대방놀이판에 나왔더니 아래 위가 휘청휘청하고 어깨가 실룩실룩하다. 이왕 나왔으니 하던 지랄(춤)이나 하여 볼까.

(묵승은 장삼자락을 머리 위에다 펴서 두 손으로 잡고서, 삼현청을 바라보면서 하는 말이,)

묵　승 : 어―― 어

(묵승이 장중 입구에서 어―― 어 소리를 하니, 옴중은 삼현청에서 어―― 어 소리를 듣고 벼락같이 일어나서 묵승 앞에 가서 면상을 딱딱 치고 삼현청 앞으로 도로 갑니다. 묵승은 깜짝 놀라 장삼자락을 휘두르며, 허리를 구부리고 맴을 돌면서 하는 말이,)

묵　승 : 이그―― 이게 무얼까? 내가 아직 나오지도 아니하여서 치니……

옴　중 : 아―― 이놈아 아직 나오지도 아니한 놈이 저렇게 커? 이 안갑을 할 놈아!

묵　승 : 내가 大房놀이판에 이제 나오는 것이다.

(옴중은 또 묵승 앞에 가서 면상을 치면서 하는 말이,)

옴　중 : 이놈아 남의 대방놀이 판에 나와서 육칠 월 송아지가 강변에서 풀 뜯어먹고 영각하듯이 어―― 어 하니 그 무슨 안갑을 할 소리냐!

       (옴중은 묵승의 면상을 딱 치니, 묵승은 얻어맞고 피가 난다고 야단
  입니다.)
묵 승 : 꾸우 꾸우. (아프다는 소리) 이놈아 사람을 어찌나 쳤는지 피가
          난다. 요놈이 사람을 때리고서 어디로 달아났을까?
       (옴중은 사람을 때리고서 미안하여, 場中에서 쪼그리고 앉아서 하는
  말이,)
옴 중 : 이놈아 나는 나오다 못해 백피가 나온다.
       (묵승은 남의 대방놀이판에 나왔다가 얻어맞고 피가 나온다고 하면
  서, 옴중을 붙잡으려고 장중을 살피고 돌아다니면서 찾습니다.)
묵 승 : 내가 이놈을 흘깃 보니 얼굴이 우툴두툴하고 희끗희끗하고 골창
          골창한 놈인데, 이놈이 사람을 치고서 어디로 갔을까? 찾아보아
          야지.
       (묵승은 장중에서 옴중을 찾아가지고 두 손으로 옴중의 옴벙거지를
  꽉 잡으면서 하는 말이,)
묵 승 : 이 녀석 여기 있고나.
       (옴중은 옴벙거지를 붙잡힌 채로 일어서니, 묵승은 옴중의 옴벙거지
  를 붙잡고서 봅니다. 옴벙거지가 하도 이상하여 뺑뺑 돌려서 봅니다. 한
  참 보다가 하는 말이,)
묵 승 : 이 녀석 어디 자세히 보자.
       (묵승은 일생에 관 한번 못 써 본 중일 뿐 아니라, 이름조차 모르는
  중입니다. 옴중이 쓴 옴벙거지가 이상하여서 자세히 보는 것입니다.)
       (묵승은 옴벙거지가 이상하여 물어 봅니다.)
묵 승 : 그게 무어냐?
옴 중 : 그게 그거다.
묵 승 : 세상에 그게 그것도 있느냐?
옴 중 : 네가 묻기에 "그게 무어냐" 하기에 나도 "그게 그거다" 하였다.
묵 승 : 옳지 이놈 보게, 팽팽한 놈이로구나. 너 쓴 것이 무어냐 말이다.
옴 중 : 이놈아 쓰기는 무엇을 써 日收를 써 月收를 써. 네가 빚쟁이로구

나. 저놈이 평생 가난하여 남의 빚만 써 본 놈이로구나.

(옴중은 묵승의 머리를 만져 보면서 하는 말이,)

옴 중 : 예끼 바닥의 아들놈 같으니, 이놈의 생전에 冠 한번 못 써 본 놈
이로구나. 이놈아 의관을 몰라. 이놈아 의관이 분명해야 양반이
지. 너는 상놈의 자식이니깐 관을 못 썼지. 나는 분명한 양반이
아니냐?

(묵승은 절간에만 있다가 인가에 내려와서 보니 관이니 의관이니 알지
를 못하여, 옴중의 옴벙거지가 이상하여 뺑뺑 돌려 보면서 또 하는 말이,)

묵 승 : 이것은 무어냐?

옴 중 : 이것은 관이다.

묵 승 : 관이면 이름이 있겠구나.

옴 중 : 암 이름이 있지. 이름이 있는데, 이름이 한두 가지가 아니다. 그리
고 네가 그 이름을 알고 보면 큰일 난다.

묵 승 : 이름이 여러 가지면, 무엇 무엇이냐?

옴 중 : 네가 알면 지랄을 한다.

묵 승 : 애 내가 지랄을 하여도 한번 알아보자.

옴 중 : 그래라, 네가 정 알고 싶으면 들어 보아라. 저기—— 저 동소문
밖을 썩 나서면, 늙은 할머니가 녹두를 득득 갈아서 파를 숭덩숭
덩 썰어 넣고, 누릇누릇하게 부친 빈대떡이라고도 하고, 또 한 가
지는 수수를 꽁꽁 빻아서 부친 수수전병이라고도 하고, 또 한 가
지는 저—— 종로 네거리 드팀전에 깔고 있는 노방석이라고도 한
다.

묵 승 : 애—— 애 그것 굉장하구나. 애—— 애 잘 되었다. 내가 석삼 년
열아홉 해나 굶었다. 으드득, 으드득, 으드득.

(묵승은 잘 되었다 하면서, 옴중의 노벙거지를 붙잡고서 뜯어먹으려
고 하는데, 옴중은 질색을 하면서 못 먹게 합니다.)

옴 중 : 이놈아 의관도 먹느냐? 아무리 석삼 년 열아홉 해를 굶었지만 이
놈아 의관을 먹어?

묵　승 : 네가 언제 관이라고 하였느냐. 누릇누릇하게 부친 빈대떡이라고
　　　　하였지. 그러면 이놈아 다시 보자.
　　　　(묵승은 옴중의 노벙거지를 돌려 봅니다.)
묵　승 : 아―― 이 위에 나풀타풀 하는 것은 무어냐?
옴　중 : 옳지, 이것은 저 大國天子께서 하사하여 주신 御送花다.
묵　승 : 이놈 보게, 대기는 아주 높이 댄다.
　　　　(묵승은 또다시 옴중의 노벙거지를 돌려 보면서,)
묵　승 : 아 이놈아 또 이 가에 두른 것은 대체 무엇이냐?
옴　중 : 옳지, 이것은 옥루다.
묵　승 : 아―― 두루미 잡는 것?
옴　중 : 그것은 옥노지 이것은 옥루다.
묵　승 : 그것이 옥노가 아니고 옥루냐?
　　　　(묵승이 옴중의 얼굴을 들여다보고 나서 하는 말이,)
묵　승 : 대관절 네 얼굴이 우툴두툴하고 누릇누릇하고 희끗희끗하고 골
　　　　창골창한 것은 무어냐?
옴　중 : 옳지, 그것은 저 먼 江南에서 나오신 戶口別星님이 殿座해 계시다.
　　　　(묵승은 옴중의 면상을 딱 때리면서 하는 말이,)
묵　승 : 이놈아 호구별성이 너 같은 개 얼굴에 전좌해 계셔? 안갑을 할 녀석!
옴　중 : 이놈아, 그 무슨 개 소리냐? 호구별성이 人物取身하실 제 班常之
　　　　別 가리지 아니하시고, 너 같은 개 얼굴에도 하시고, 나 같은 양
　　　　반의 얼굴에도 전좌해 계신다.
　　　　(묵승은 옴중 앞에 가서 얼굴을 딱 치면서 하는 말이,)
묵　승 : 이놈 어디 다시 보자. 이놈이 별성이니 마마니 하더니, 이놈이 어
　　　　디서 진 옴을 올려 가지고 돌아다니는구나. 이놈아 가려워 죽겠다.
　　　　(묵승은 옴을 올렸다고 하면서 긁습니다.)
옴　중 : 이놈아! 누가 옴을 올려. 이놈아, 그래 누가 옴을 올려. 남을 가지
　　　　고 용천지랄을 하더니, 옴을 올렸다고 그래!
묵　승 : 이놈아 네가 옴을 올렸어.

옴　중 : 이놈아 누가 옴을 올렸다고 그래! 이 개 같은 놈아!

묵　승 : 네가 옴을 올려!

옴　중 : 누가 옴을 올려?

　　(옴중은 분해서 소매를 걷고 두 주먹을 불끈 쥐고, 욕설을 해가면서 쌈을 하러 덤빕니다. 옴중더러 옴을 올렸다고 하기 때문에, 옴중은 분하여 소매를 걷고서 묵승과 싸움을 하려고 하는 것입니다. "이놈아 누가 옴을 올려?" 이렇게 3회를 합니다.)

　　(한 발을 내놓고, 오른손은 주먹을 쥐고서 내뻗고, 왼손은 오므립니다. 또 '누가 옴을 올려?' 이렇게 할 때는 반대 발을 내놓고 반대 팔을 내뻗으면서 하는 것입니다. 묵승도 옴중과 같이 팔을 벌리면서 하는 것입니다. 우리가 볼 적에는 싸움을 하는 태도를 보여야 합니다. 이와 같이 3회를 합니다. 묵승은 옴중에게 매를 맞을까봐 겁이 나서 사과를 합니다.)

묵　승 : 애—— 그만두어라. 아주 빤빤하다. (옴을 많이 올렸다는 말)

옴　중 : 이놈아! 어느 제미 붙을 놈이 옴을 올렸다고 그래?

묵　승 : 이놈아, 그러나저러나, 너 하던 지랄이나 다 하였느냐? (춤을 다
　　　　추었느냐?)

옴　중 : 어느 제미할 놈이 하던 지랄을 다 해!

　　(옴중은 춤을 추려고 금강산을 부릅니다.)

　　　　"금강산은 좋다마는……"

　　(삼현 연주, 타령조. 팔뚝잡이・깨끼리・여닫이・멍석말이 식의 춤을 춥니다. 묵승도 신명이 과한 중이라 팔뚝잡이, 깨끼리식의 춤을 춥니다. 옴중이 묵승 앞에 와서 돌아서서 허리를 꾸부리고 엉덩이짓, 고갯짓을 하면서 놀리니, 묵승은 춤을 추다가 옴중이 자기 앞에 와서 엉덩이짓, 고갯짓을 하면서 놀리는 것을 보고 있다가 화가 나서 장삼자락으로 옴중을 후리칩니다. 옴중은 깜짝 놀라 삼현청으로 달아납니다.)

묵　승 : 이놈 보게! 옴을 올려 가지고서, 어른보다 車包五卒이나 더 하구
　　　　나. 안갑을 할 놈 같으니! 아 어서 들어가거라.

(삼현 중지. 이번에는 묵승이 춤을 추려고 합니다. 삼현 연주, 긴염불곡)
　　"절수 절수 지화자 절수."
(거드름식의 춤을 추고, 음악을 다시 청하여[타령조] 팔뚝잡이·깨끼리·멍석말이식의 춤을 추고 삼현청으로 갑니다. 삼현 중지)

4 연잎·눈끔적이 과장

신등장인물

1. 연잎 : 高僧
2. 눈끔적이 : 연잎의 수행인

1. 연잎
안색 : 얼굴 상부는 청색의 蓮잎이고, 정면은 홍색
재담 : 無言
의상 : 靑氅衣
소지품 : 花扇

2. 눈끔적이
안색 : 黑紅色
재담 : 무언
의상 : 長衫
소지품 : 없음

3. 破戒僧 : 장중의 雜鬼들
상좌, 옴중, 묵승

(삼인의 파계승들이 환속하여 등장하여 있고, 또 상좌승으로 완보(관

쓴 중) 중이 등장할 것이고, 다음에는 生佛이 다 된 老丈(忘釋僧)이 계집
에게 유혹되어 내려올 것입니다. 수십 년이나 같이 수도를 하다가 노장
이 파계승이 되어서 내려올 것인데 연잎이 노장의 신변을 보호키 위하
여, 雜鬼[중들]가 범하지 못하게, 눈끔적이란 力士를 데리고 나와서 神場
을 정리하는 것입니다. 연잎은 團扇으로 얼굴을 가리고, 눈끔적이는 장
삼자락으로 얼굴을 가리고, 연잎 고승을 따라 장중에 등장하는 것입니
다. 장중에 남아 있던 중들은 장중 입구에 들어선 괴물을 보고, 이상하
여 한 사람씩 나가서 보기로 합니다.)

묵 승 : 애들아 저것이 무어냐?

옴 중 : 참 저것이 무어냐? 우리 이상하니 한 사람씩 나가서 보자.

묵 승 : 우리 한 사람씩 나가서 보자. 누가 먼저 나가 볼까?

　　(상좌는 말도 없이 삼현청 앞에 나와서 손뼉을 치면서 삼현에 타령조
를 청합니다. 삼현 연주. 타령조. 팔뚝잡이, 깨끼리, 여닫이식의 춤을 추
면서 연잎 앞에 가서 허리를 구부리고 아래 위를 보는데, 연잎은 이것이
무슨 雜鬼냐 하고 화선을 휙 떼어서 보니, 상좌는 깜짝 놀라면서 질겁을
하여 달아나옵니다. 상좌가 놀라 달아나오는 것은 본 여러 중들은 말을
합니다. 삼현 중지.)

묵 승 : 이 못생긴 놈아! 백골이 다 된 녀석이 무엇이 무서워서 그러느
　　　　냐? 이놈아 보아라, 내가 나가서 볼께.

　　(묵승도 장중 입구에 나온 이상한 괴물들을 보려고 합니다. 삼현 연
주, 타령조)

　　“달아달아 밝은 달아 이태백이 놀던 달아.”

　　(팔뚝잡이·깨끼리·여닫이식의 춤을 추고, 연잎 앞에 가서 아래 위
를 자세히 보는 중, 연잎도 이것이 무어냐 하고 화선을 내리밀면서 보
니, 묵승도 놀라 기절초풍을 하여 달아나옵니다. 삼현 중지)

묵 승 : 이그 이것이 무어냐? 대단한데.

　　(옴중은 묵승이 놀라 달아나오는 것을 보고서 하는 말이,)

옴 중 : 이놈아 사내 대장부가 邪不犯正이지, 어이구 데이구 그러느냐?

이 못생긴 놈아! 내 가서 보고 올게 보아라.

묵 승 : 이놈아. 어서 갔다 오너라. 너는 볼 수 있겠느냐? 어서 갔다 오너라.

(옴중은 큰 소리를 하고 춤을 추려고 합니다. 삼현 연주 타령조.)

　　　"綠水靑山 깊은 골에

　　　　靑龍黃龍이 꿈틀어졌다."

(팔뚝잡이 · 여닫이 · 깨끼리 · 멍석말이식의 춤을 추면서, 연잎과 눈 꿈적이 앞뒤를 돌아다닙니다. 옴중은 눈꿈적이 앞에 가서 장삼자락을 휙 제치고 달아나옵니다. 옴중은 눈꿈적이가 따라오는 것을 보고 큰일 났다 하고 죽기로 기를 쓰고 이리 피하고 저리 피하여 삼현청 앞으로 쫓겨옵니다. 삼현 중지. 이 때 삼현청에서는 긴 염불곡을 연주하여 줍니다. 삼현 연주. 긴 염불곡. 눈꿈적이는 삼현청 삼현육각의 음률소리를 듣고 옴중을 따라가다가 옴중을 잊어버리고서 삼현장단에 의하여 춤을 추기 시작합니다. 눈꿈적이, 연잎은 장중에 있는 雜鬼들을 제거하고, 또 다시 장중에 잡귀가 남아 있는가 하여, 눈꿈적이는 神場 주위를 돌고 연 잎은 신장 내에서 잡귀를 제거하기 위하여 정리하는 춤입니다. 눈꿈적 이는 장내 주위를 3, 4회 춤을 추면서 돌아가는 중, 연잎은 장내 중앙에 서 춤을 춥니다.)

(눈꿈적이 춤 설명 : 신장 주위를 4회 돌면서 춤을 추는 식은 긴 염불 곡에 의하여 추는 춤인데, 허리를 약간 꾸부리고, 오른쪽 다리는 약 한 자 다섯 치가량 내놓고, 오른손은 오른쪽 방향으로 내놓고 오른손은 엉 덩이로 보냅니다. 또 오른다리를 내놓고 오른손을 왼쪽 방향에, 왼손은 엉덩이에 보내고 고개를 끄덕끄덕하면서 땅을 보는 것입니다. 이것이 눈꿈적이 거드름이란 춤입니다.)

(연잎은 중앙 장내에서 삼진삼퇴, 사방치기, 거드름식의 춤을 추고 퇴 장을 하면 눈꿈적이는 중앙 장중에 들어와서 춤을 춥니다. 이것은 눈꿈 적이가 중앙 신장을 정리하는 것입니다. 팔뚝잡이 · 멍석말이식의 춤을 추고 퇴장합니다. 삼현 중지)

5 팔묵승 과장

(1) 염불놀이 장면

신등장인물

1. 完甫
안색 : 적색 (입은 八자형)
재담 : 有言
의상 : 冠 쓴 중
소지품 : 꽹쇠

2. 말뚝이
안색 : 黑紅色
재담 : 有言
의상 : 平涼이갓
소지품 : 없음

　　(묵승, 상좌, 옴중 삼인이 장내에 나와서 새로 등장한 완보, 말뚝이 양
인을 기다립니다. 완보는 꽁무니에 꽹쇠를 차고 등장을 합니다.)
완　보 : 너희들이 명색이 무어냐?
중　들 : 우리는 중이다.
완　보 : 중이면 절간에서 염불이나 하지, 여기 떵쿵 하는 데가 당할 일이냐?
중　들 : 우리들은 중이라도, 오입쟁이 중이다.
완　보 : 오입쟁이 중이라도, 염불은 하여야 한다.
　　(파계승들은 충고를 하였으나 염불은 아니 하고, 가사를 부르고자 합
니다. 완보 중도 파계승이 되어 장내에 나오니, 아래 위가 휘청휘청하고
어깨가 실룩실룩 하다고 하면서, 엉덩이짓을 하면서 하는 말이,)

완　보 : 얘 그러지 말고, 염불이나 한번 부르자.
　　(완보는 꽁무니에 찼던 꽹쇠를 꺼내 들고서, 꽹꽹 치면서 나무아미타
불을 부릅니다.)
완　보 : 나무아미타불
중들(묵승・옴중・상좌) : 나무할미타불, 나무어미타불
　　(중들은 "나무아미타불"은 아니 부르고 "나무할미・어미타불"이라고
하면서 부릅니다.)
완　보 : 얘 이 녀석들아! 왜 너희들은 "나무할미・어미타불"이라고 부르느냐?
묵　승 : 옳지! 너도 알지 못하는 말이다. 너는 도가 얕고, 우리들은 도가
　　　　한층 높아서 "나무할미・어미타불"이라고 부른다. 얘, 우리 염불
　　　　은 그만 부르고, 가사나 한번 부르자, 오입쟁이 중들이 염불은 불
　　　　러 무엇 하느냐? 어서 가사나 부르자.
　　(완보는 오입쟁이 중들을 충고하였으나, 중들은 염불은 아니 하고 가
사를 부르자고 합니다. 완보는 할 수 없이 꽹쇠를 두드리면서 가사를 부
릅니다.)
　　　　(가사)
　　　　단풍은 반만 붉고,
　　　　시냇물은 푸르더라.
　　　　方方이 단풍이요,
　　　　골골마다 小菊花라.
　　　　매화야 옛 등걸에
　　　　봄철이 돌아왔다마는,
　　　　옆에 있는 자기마다
　　　　핌즉 하다마는,
　　　　춘설이 분분하니
　　　　필지 말지 하다.
완　보 : 얘, 얘들아, 절간이 모두 덧났으니, 우리 念佛德談이나 한번 해 보자.
　　(완보는 꽹쇠를 또 두드리면서, 신이 나서 염불덕담을 부릅니다.)

(염불덕담.)
해동에 조선국이라,
三十七宮 걸렸으니,
이씨 한양 登國 적에
鳳鶴이 넌즉 걸렸으니
봉학으로 눌러 大閣 짓고
대각 밖에는 육조로다.
육조 밖에는 五管門이요,
각 도 각 읍으로 마련할 제,
往十寺 청룡이요,
둥구재 萬里재 백호로다.
이씨부인 마마께서
물 아래 출입하옵신다.
어떤 배를 잡아타나?
종이배를 잡아타니,
종이라고 찢어지고,
나무배를 잡아타니
나무라고 썩어지고,
흙 토선을 잡아타니
흙이라고 풀어지고,
무쇠배를 잡아타니
무쇠라고 봉이 솟네.
뒷동산에 올라가
연잎 댓잎 쪼르르 훑어
홍공단에 선을 둘러,
금송 비단으로 돛을 달아,
앞에는 앞 사공이며,
뒤에는 뒷 사공이며,

좌우 옆에 돛 사공이며,
한가운데 화장애비,
그는 그대로 하려니와,
의주 압록강 썩 건너가서
의주 지경을 다다르니,
의주부인 마마께서
자손 발원 창성일세.
어느 자손 발원인가?
上男에 서방님,
中男에 도령님,
下男에 옥동자 같은 귀한 아기,
어깨 너머로 귀동자
가지 붓듯 오이 붓듯
무럭무럭 잘 자라난다.
그 애기 점점 자라서 일곱 칠세 되었구나.
글자를 가르친다.
어떤 글자 가르치나?
千字 儒學 童蒙先習,
詩傳 書傳,
論語 孟子를 달통하니
한양 성내 만과를 뵈인다는 말을
바람 풍편에 넌짓 듣고
방자 놈의 거동 보아라.
마구 삼간 들어가서
서산나귀 끌어내어
솔질을 살살
말안장 달안장에
순금안장 덤북 지워

도령님 치장 볼작시면

상 대궐에 쉰댓 자 (五十五尺)

중 대궐에 마흔댓 자 (四十五尺)

청사도포 흑사도포,

黑雪 같은 검은 머리,

반달 같은 화용소로

훌훌 살살 빗겨,

즌반 같이 넓게 따서,

궁초댕기 서강 물에

맵시 있게 들여놓고.

애기 치장 볼작시면,

열두 폭은 나들이치마,

일곱 폭은 동자치마,

세 폭 네 폭은 행기치마,

가위 밥 남은 것은

골무까지 마련하고,

백지를 옆에 끼고

시전을 몸에 품고,

원왕 청청 가는 말에

만부담에 치타고,

서울 한양에 썩 들어서니,

廣州 分院 唐砂器 硯滴에

물 한 방울을 떨어뜨려

芙蓉緞 먹을 갈아

白紋雪花 簡紙上에

일필휘지하니,

그 글 글장 으뜸이 되었네.

비비하니 비점이요,

주주하니 관주로다.

어른 광대 적을 불고,

아해 광대 춤을 추고,

동네방네 떠들어오니

예전에 놀던 친구 내다보고

저런 경사가 또 어디 있나.

여- 영 에헤로다.

묵 승 : 애── 애들아! 우리 백구타령이나 한번 하여 보자.

（완보는 또다시 꽹쇠를 치면서 가사를 부릅니다.）

백구야 펄펄 날지를 마라.

너를 잡을 내 아니다.

聖上이 바리시니,

너를 좇아 여기 왔다.

五六春光 경중한데,

白馬金鞭 花柳 가자.

（옴중은 노래[가사]를 부르다가 신이 나서, 어깨짓 고갯짓을 하다가 신을 참지지 못하여 춤을 추려고 금강산을 부릅니다. 삼현연주, 타령조.）

옴 중 : "금강산은 좋다마는"

（팔뚝잡이·여닫이·깨끼리·멍석말이 식의 춤을 추는데, 삼현 중지）

완 보 : 애 마라! 이 안갑을 할 놈아! 무엇이 신이 난다고 그리 지랄을 하
느냐?

옴 중 : 애── 이놈들아 신이 날 만하니까 그 무슨 안갑을 할 짓들이냐?
나는 신이 나서 그러는데.

완 보 : 애── 그러지 말아라! 다시는 그러지 말아라! 아무리 신이 나도
참아라.

말뚝이 : 저놈은 딴 어미 자식이 되어 할 수 없고, 우리들은 한 어미 자식
들이니 우리끼리나 그러지 말고 잘 부르자. 어서 우리끼리나 노래
를 부르자.

완　보 : 이놈들아, 이 중에서 또 지랄을 하면, 네 할미를 붙느니라.

말뚝이 : 암 그렇고 말고, 어서 부르자.

완　보 : 그러자, 또 한번 불러 보자.

　　　(완보 꽹쇠를 치면서 가사를 부릅니다.)

　　　　　(가사)

　　　　　安岩洞도 洞이요

　　　　　경상도로 내려와서

　　　　　모시 닷 동 베 닷 동

　　　　　충청도로 올려달라

　　　(상좌 중이 신이 낫서 손뼉을 치며 춤을 추면서 나옵니다. 삼현 연주,
타령조. 팔뚝잡이·깨끼리·여닫이 식의 춤을 추는데 삼현 중지)

완　보 : 아── 마라 마라! 저놈 보게 저놈이 백골이 다 된 녀석이 무엇이
　　　　　좋아서 신이 난다고 그러느냐? 아서라 마라 마라, 그러지 말어라.

말뚝이 : 저놈도 딴 어미 자식이다. 너와 나와는 같은 사람이니, 우리끼리
　　　　　나 잘 부르자.

완　보 : 그래라 아무리 신이 난다 하여도 지랄을 하여선 아니 된다.

말뚝이 : 암 그렇고 말고, 어서 부르자.

　　　(완보는 또 다시 노래를 부릅니다.)

　　　　　(가사)

　　　　　미영 닷 동 광목 닷 동

　　　　　사오 이십 스무 동을

　　　　　돌돌 말아 가지고,

　　　　　문경새재를 썩 넘어서가니,

　　　　　난데없는 도적놈이.

　　　(말뚝이는 이 소리를 듣고 신이 나서 "난데없는 도적놈이"하고 춤을
추면서 나옵니다.)

말뚝이 : "난데없이 도적놈이"

　　　(삼현연주, 타령조. 팔뚝잡이·깨끼리·여닫이·곱싸이 식의 춤을 추

는데, 삼현 중지)

완 보 : 애, 이 안갑을 할 놈아! 이 무슨 지랄이냐!

말뚝이 : 나도 듣다 못하여 신이 나니깐 할 수 있느냐? 나도 신이 나서 춤
            을 추었다.

완 보 : 이 안갑을 할 놈아, 아무리 신이 난다 하여도 참지를 못해! 모두
            딴 어미 자식이니 할 수 없구나.

        (말뚝이는 삼현청을 향하여 들어가고, 완보는 춤을 추려고 금강산을
    부릅니다.)

완 보 : "금강산은 좋다마는……"

        (삼현 연주, 타령조. 팔뚝잡이·깨끼리·여닫이·곱싸이 식의 춤을
    추고, 삼현청을 향하여 갑니다.)

(2) 침놀이 장면

신등장인물

신주부 : 漢方醫生

안색 : 백색

재담 : 有言

의상 : 두루마기

소지품 : 침

장중에 남아 있는 중은 완보, 말뚝이, 묵승, 옴중, 상좌

배역

말뚝이란 탈은 아버지 역

묵승은 말뚝이의 아들 역

옴중은 말뚝이의 손자 역

상좌는 말뚝이의 증손자 역

완보는 말뚝이의 친구

신주부는 한방의생

(말뚝이는 자식 손자 증손자들을 데리고 양주산대굿 구경을 하러 나왔다가, 자식 놈들이 酒食을 함부로 사서 먹고 과식을 하여 사경에 이르렀을 때 친구인 완보를 만나서 자식의 병을 고쳐 달라고 애걸하는 것입니다. 산대판에서 친구를 만나 인사를 하는 것입니다.)

말뚝이 : 아나야—— 이

완 보 : 아나야—— 이

말뚝이 : 애—— 너를 여기서 만나 보기 천만 다행이다.

완 보 : 옳지! 만나 보기 천만 다행이다.

말뚝이 : 애 내가 너 만나기 천만 다행이란 다름이 아니라, 내가 자식새끼들을 데리고서 산대굿 구경을 나왔다가 자식놈들이 주식을 함부로 사서 먹고서 이놈들이 과식을 하여서 관격이 되어서 다 죽게 되었으니, 이 일을 어떻게 하니? 네가 좀 보고서 우리 자식들 병을 고쳐 주게. 나는 이곳에 현손백길, 아는 친구 없고 어찌 할 수 없구나. 너는 나하고 수십 년 사귄 친구로 너를 찾아왔으니, 너는 나를 보아서 우리 자식들을 살려다오.

(말뚝이는 완보와 친구를 보고서 자기 자식들의 병을 고쳐 달라고 애걸을 합니다.)

완 보 : 애 대관절 그놈의 자식들이 음식을 함부로 먹고서 관격이 됐어? 그것 참 아니 되었구나. 그러나 저러나, 나는 의사가 아니다마는, 너와 나와 친구 사귄 정을 생각하여 나의 재주껏은 하여 보마, 그놈의 자식들이 어느 곳에 있나?

말뚝이 : 저기 있으니, 같이 가서 보세. 나를 따라오게.

완 보 : 그래 어서 가서 보자. (말뚝이는 완보를 데리고 자식 병든 장소로 갑니다. 자식 병든 장소에 와서,)

완 보 : 휘—— 이게 대체 무슨 냄새가 난다. 아주 썩은 냄새가 난다. 이
         놈들이 벌써 죽은 지가 오랜 모양인데.
말뚝이 : 아 이놈아 냄새가 나면 죽었게? 아직 죽지는 아니하였다. 어서 병
         이나 고쳐 다우. (말뚝이는 또 고쳐 달라고 애걸을 합니다.)
완 보 : 그래라. 염려 말아라. 내가 고쳐 주마. (말뚝이의 아들 앞에 가서
         얼굴을 어루만지며 하는 말이,) 아 이놈 보게, 이놈이 남의 집 술
         독에 빠졌었구나. 애, 이놈 보게, 이놈이 술을 잘 먹을 줄 아는 놈
         이로구나. (이 말은 묵승 안색이 적색이기 때문에 하는 말입니
         다.)
말뚝이 : 암 술이나 잘 먹지. 이놈이 앉은 자리에서 서너 말 먹지.
완 보 : 옳지! 이놈이 술독에 빠져 酒毒이 올라서 급살을 맞았다. 또 오리
         나무 장승에 재물 取色을 했구나, 이 자식놈은 그렇고, 또 네 손자
         놈을 봐야 하겠다.
         (완보는 옴중[손자] 앞에 가서, 얼굴을 만져 보면서 하는 말이,)
완 보 : 애 이놈 보게. 이놈은 아주 된 급살을 맞았구나. 이놈은 초상난
         집에 갔다 온 모양이로구나, 애 이놈이 초상집에 갔다 왔나?
말뚝이 : 암, 어제 잿골서 사는 김동지댁 초상집에 갔다 왔지.
완 보 : 옳지 상가에 가서 중급살을 맞았다. 그리고 잔치 집에 가서도 주
         당살을 맞았구나.
         (이 말은 옴중 안색이 흑색 탈이기 때문에 하는 말입니다.)
         (완보는 상좌[증손자] 앞에 가서 하는 말이,)
완 보 : 아, 이놈 보게. 이놈은 죽은 지가 석삼 년 열아홉 해나 되는구나.
         살은 다 썩고, 骨만 남아 백골천장이 되었구나, 애 이놈이 대관절
         몇 살인가?
말뚝이 : 그놈은 올해 십오 세이지.
완 보 : 오라 네 말이 맞았구나. 이놈이 그 시끈시끈한 陰魔등병에 걸려
         죽었구나.
         (상좌 안색은 백색이기 때문에 하는 말입니다.)

말뚝이 : 애 그러면 이 일을 어떻게 한단 말이냐? 너는 나를 보아, 그 자식
　　　　들을 살려다우.

완　보 : 암 살려 주고말고. 그러나 저러나, 이놈들이 혹시 신명이 과하여
　　　　신에 취해서 죽었는지도 알 수 없으니, 백구타령이나 하여서 살
　　　　릴 수밖에 없다.

말뚝이 : 그 백구타령을 하면 살아날까?

완　보 : 암 살아날 수가 있지.

　　　　(완보는 꽁무니에서 꽝쇠를 꺼내들고, 백구타령을 부릅니다.)

　　　　　　(가사)

　　　　　백구야 펄펄 나지를 마라

　　　　　너를 잡을 내 아니다.

　　　　　聖上이 바리시니

　　　　　너를 쫓아 여기 왔다.

　　　　　五六春光 경중한데

　　　　　白馬金鞭 花柳 가자.

　　　　(말뚝이는 백구타령에 신이 나서 춤을 추면서 나옵니다. 삼현 연주,
타령조)

말뚝이 : 이놈아 누가 花柳를 가, 이틀을 가지.

　　　　(말뚝이·깨끼리·여닫이·멍석말이 식의 춤을 추는데, 삼현 중지)

완　보 : 애, 이놈아 자식새끼들은 다 죽어 가는데, 무엇이 신이 난다고 그
　　　　러느냐? 이 안갑을 할 놈아! 자식들이 살려고 새끼손가락을 꼼지
　　　　락꼼지락하는데, 이 육시를 할 놈아! 너 지랄하는 바람에 이놈들
　　　　이 또 죽었구나.

말뚝이 : 그러면 어떻게 하니? 다시는 지랄을 아니 할 터니, 나를 보아서
　　　　좀 살려다우.

완　보 : 그래라 다시는 지랄을 하지 말아라.

말뚝이 : 다시는 지랄을 아니 할 터이니, 우리 자식들을 살려다우.

　　　　(완보는 꽝쇠를 치면서, 다시 백구타령을 부릅니다.)

(가사)

三淸洞 花開洞 桃花洞도 洞이요

동대문 밖 썩 나서서

安岩洞도 洞이요

충청도로 올리다라,

광목 닷 동 베 닷 동

사오 이십 스무 동을

돌돌 말아 짊어지고,

문경새재를 썩 나서니,

난데없는 도적놈이.

　(말뚝이는 또 신이 나서 자식들이 죽거나 말거나 모르고 신에 취하여 춤을 추면서 나옵니다. 삼현 연주, 타령조.)

말뚝이 : "난데없는 도적놈이"

　(팔뚝잡이·깨끼리·여닫이 식의 춤을 추는데, 삼현 중지)

완　보 : 애, 또 이 무슨 안갑을 할 짓이냐? 이놈아, 자식새끼들은 다 죽었다.

말뚝이 : 아무리 자식새끼는 다 죽어도, 나는 신이 나서 그러는데.

완　보 : 아무리 신이 난다 하여도 참아야 한다.

말뚝이 : 아무리 참으려고 한들, 참을 수가 없구나.

완　보 : 애 이제는 도저히 살릴 수가 없다. 네가 지랄을 하는 바람에 이 자식들이 살아나다가는 죽고 죽고 하니, 나는 도저히 살릴 수가 없구나.

말뚝이 : 그러면 어떻게 하니, 나를 보아 살려다오.

완　보 : 나는 이 자식들을 살릴 수가 없다. 이 자식들을 살리려면 좋은 수가 있다. 저기 잿골서 살다가 먼지골로 이사간 신주부가 있으니, 그 신주부댁에 가서 병 증세를 이야기하고 그 신주부를 모셔 오너라.

말뚝이 : 그 신주부의 침이면 살아날까?

완　보 : 암 살아나지.

말뚝이 : 그 사람의 침이 용하다고 소문은 났니?

완　보 : 암, 용하고 말고 소문이 자자하지.

말뚝이 : 집에 가면 그 신주부가 있을까?

완　보 : 아따, 이놈아! 그 집에 가서 봐야 알지. 어서 갔다 오너라. 잔소리
　　　　말고.

말뚝이 : 집에 가 보면 있을까?

완　보 : 이놈아, 자식새끼들은 다 죽었는데, 어서 갔다 와! 잔소리 말고.

말뚝이 : 집에 가서 보면 있을까? 혹 출타는 아니 했을까?

　　　　(완보는 화가 나서 말뚝이의 면상을 딱 치면서,)

완　보 : 이 안갑을 할 놈아! 잔소리 말고 어서 갔다 오너라. 자식들은 다
　　　　죽었는데, 어서 갔다 와 어서 갔다 와!

말뚝이 : 이러면 내 갔다 오마.

　　　　(말뚝이는 신주부란 한의를 모시러 가는데, 장중을 수회 돌다가 신주
　　부댁 고개 못 미쳐서 십이삼 세 된 아이들에게 신주부댁을 물어 봅니
　　다.)

말뚝이 : 애! 애들아! 여기 잿골서 살다가 먼지골로 이사온 신주부댁이 어
　　　　디냐?

　　　　(아이들은 無冠 더벅머리 총각인 줄 알고서 해라[하대]를 합니다.)

아　이 : 저기 고개 너머로 가서 보아라.

　　　　(이것은 말뚝이가 장내를 수회 돌다가, 자기가 물어 보고 자기가 대
　　답하는 것입니다.)

　　　　(말뚝이는 아이들에게 하대를 받고서 분하여 신주부댁에 가다 말고
　　되돌아와서 완보의 안면을 딱 때리면서 하는 말이,)

말뚝이 : 애 이런 개놈의 망신이 있나. 요런 애새끼들이 어른을 보고 해라
　　　　를 하니 이런 망신이 있나.

완　보 : 에끼 못생긴 놈 같으니, 어째서 하대를 받았나?

말뚝이 : 이놈의 양반의 새끼들 보게, 내가 신주부댁 못 미쳐서 고개 밑에
　　　　서 양반의 새끼들이 장난을 하고 놀기에, “여기 잿골서 살다가 먼
　　　　지골로 이사 온 신주부댁이 어디냐?” 하고 물어 보았더니, 요놈

의 새끼들 보게. "저기 고개 넘어로 가서 보아라" 요렇게 도드라
지게 해라를 받기 때문에 나는 분하여 가지 않고 되돌아왔다.

　　(완보는 말뚝이의 말을 듣고, 하도 이상하여 말뚝이의 두상을 어루만
져봅니다.)

완　보 : 에끼 바닥의 아들놈 같으니, 이놈아 생전에 冠 한 번 못 써 본 놈
　　　　이로구나. 이놈아 의관이 분명해야 아이들도 어른인 줄 알고 경
　　　　대를 하지. 누가 너같이 맨머리 바람에 다니는 놈을 보고 경대를
　　　　하느냐? 에끼 안갑을 할 놈아! (하면서 말뚝이의 안면을 딱 때립
　　　　니다.)

말뚝이 : 아무리 자식 손자새끼가 다 죽어도, 내 분하여 아니 가보고 되돌
　　　　아왔다.

완　보 : 이놈아 보아라, 어른을 보아라. 내 가서 불러 볼게 보아라. 이놈아
　　　　자세히 보아라.

　　(완보는 장내를 성큼성큼 수회를 돌다가 아이들이 놀고 있는 장소에
　　가서 신주부댁을 물어 봅니다.)

완　보 : 애, 애들아! 여기 잿골서 살다가 먼지골로 이사 온 신주부댁이 어
　　　　디냐!

아　이 : 저기 고개 너머로 가서 보십시오. (또 자기가 하는 말입니다.)

완　보 : 애, 너 어떠냐? 나는 의관이 분명한 양반이 아니냐, 너는 장가도
　　　　못 든 총각인 줄 알고 해라를 한 것이다. 이놈아, 잔소리 말고 어
　　　　서 갔다 와! 자식새끼는 다 죽어간다. 빨리 갔다 오너라.

말뚝이 : 애, 할 수 없구나. 내 갔다 오마, 여기서 기다려 다오.

완　보 : 염려 말고, 어서 갔다 오너라.

말뚝이 : 집에 가서 보면 있을까?

완　보 : 이놈아 가서 보아야 하지. 어서 갔다 오너라.

　　(말뚝이는 잿골서 먼지골로 이사온 신주부댁에 가서 신주부를 찾습
　　니다.)

말뚝이 : 신주부, 어 신주부 계시오.

신주부 : 어느 놈이 신주부라고 그래!

말뚝이 : 어찌하는 말이오, 성씨가 신씨니까 신주부이지.

신주부 : 왜냐? (아니다) 새로 났다고 해서 새 新자 신주부다.

말뚝이 : 신주부가 아니다. 새로 났다고 신주부라. 네—— 알아맸오. 신주부 내가 여기 온 것은 다름이 아니라, 우리 자식들이 산대굿판에서 과식을 해서 관격이 되어 죽게 되었으니, 우리 자식들을 살려 주시오.

신주부 : 옳지! 그놈들이 놀이판에서 과식을 해서 다 죽게 되었어. 그 안 되었구나! 내가 가서 침을 놓지, 내 침이면 살아나지.

　　(말뚝이는 신주부를 데리고 자식 병든 장소에 옵니다.)

신주부 : 어 이것 보게! 이게 웬일일까? 냄새가 난다. 아마도 이놈들이 죽은 모양이로구나. 아주 죽어서 썩은 냄새가 코를 주주 찌르니.

말뚝이 : 냄새가 나면 죽었게, 아직 죽지는 아니하였어. 어서 살려 주시오.

　　(신주부는 말뚝이의 자손들을 돌아보면서 돌아다니다가 묵승 앞에 와서 하는 말이,)

신주부 : 아, 이놈 보게! 이놈은 술독에 빠져서 주독이 올라서 죽었구나. (옴중 앞에 와서는) 이놈은 상가에서 중복살을 맞았고, (상좌 앞에 와서는) 이놈 보게 나이 어린놈이 음마등병에 걸려 죽었구나. 참, 큰일 났다! 이놈들이 다 죽었구나. 애—애, 이놈은 술독에 빠져서 주독이 올라서 죽었구나. (옴중을 가리키면서 하는 말이) 이놈은 상가에서 중복살도 맞고, 잔치 집에 가서 주당살도 맞고, (상좌를 가리키며) 이놈 보게! 이놈은 죽은 지가 석삼 년 열아흐레나 되는구나, 옳지! 이놈이 올해 몇 살인가?

말뚝이 : 올해 십오 세지요.

완　보 : 옳지! 이놈이 그 시큰시큰하고 새큰새큰한 맛에 음마등병에 걸려 죽었구나.

말뚝이 : 그러면, 어떻게 하오? 자식들을 살려 주시오.

　　(신주부 상좌 새끼손가락을 번쩍 들고서 하는 말이,)

　　　　이놈을 어디다가 침을 놓을까?

　　(완보가 옆에 서 있다가, 이 소리를 듣고 신주부를 밀면서 하는 말이,)

완　보 : 이놈이 미친놈이로구나! 어디다가 침을 놓는 것을 알면 내가 고
　　　　치지 너를 왜 불러! 이 안갑을 할 놈아!

신주부 : 옳지! 네가 고쳐주어. 안갑을 할 놈 같으니, 이놈들이 내 침 아니
　　　　면, 너는 絶孫을 한다. 나는 모르겠다. 너희들끼리 고쳐 보아라.

말뚝이 : 신주부 어서 살려주시오.

신주부 : 이놈들이 죽은 지가 오래 되어서 고치기가 힘든다. 그러나 내 침
　　　　이면 살아나지. 이놈들을 살리려면 전신에 혈을 전부 올려놓고
　　　　二指, 三指 방방곳곳 혈에 다가 침을 놓아야 백발백중 살아나지,
　　　　그렇지 않으면 도저히 살릴 수 없다.

　　(신주부는 자식[묵승] 앞에 가서 침을 놓으니, 묵승은 살아나서 춤을
　추면서 나옵니다.)

묵　승 : "금강산은 좋다마는……"

　　(삼현 연주, 타령조. 말뚝잡이·여닫이·깨끼리 식의 춤을 추면서 삼
　현청을 향하여 갑니다. 삼현 중지)

　　(옴중 침을 놓으니,)

옴　중 : "달아 달아 밝은 달아……"

　　(삼현 연주, 타령조. 팔뚝잡이·깨끼리·여닫이 식의 춤을 추면서 삼
　현청을 향하여 갑니다. 삼현 중지. 상좌도 침을 맞고 춤을 추면서 나옵
　니다. 삼현 연주, 타령조. 팔뚝잡이·깨끼리·여닫이 식의 춤을 추면서
　삼현청을 향하여 들어가고, 신주부, 완보도 춤을 추려고 합니다.)

완　보 : "금강산은 좋다마는……"

　　(삼현 연주, 타령조. 팔뚝잡이·여닫이·멍석말이 식의 춤을 추고
　완보는 삼현청 앞으로 가고, 말뚝이, 신주부는 퇴장을 합니다. 삼현
　중지)

(3) 애사당의 북놀이 장면

신등장인물

1. 왜장녀 : 애사당의 母, 뚜장이 역
안색 : 백색(입은 반월형)
재담 : 무언
의상 : 장삼에 큰 머리
소지품 : 없음

2. 애사당 : 妓女
안색 : 백색(연지 곤지)
재담 : 무언
의상 : 백색 도포에 처녀머리
소지품 : 매구채(兩棒)
장내에서 장고, 북(매구)·꽝쇠·제금

전등장인물

상좌·옴중·묵승·완보

(애사당의 북놀이에는 말뚝이란 가면은 오입쟁이 역으로 출연합니다. 장내에서는 장고·북·제금을 치고 노는데, 왜장녀가 등장을 하면 말뚝이란 자가 애사당을 두리쳐 업고 나옵니다.)
(애사당의 북놀이는 왜장녀가 자기 딸[애사당]을 말뚝이란 오입쟁이에게 매매하는 장면, 다음에는 애사당이 법고를 치는데 말뚝이가 달려들어 뺏는 장면, 또 말뚝이와 완보가 법고를 가지고 농희잡담하는 장면입니다.)

(장중에서 중들이 장고·북·제금 등을 치면서, 애사당을 청합니다.)

(삼현 연주, 굿거리)

(왜장녀가 먼저 등장하여, 중들과 춤을 추면서 이리 뛰고 저리 뛰고 놀면 말뚝이란 오입쟁이가 애사당을 업고 등장을 하는데, 신이 나서 중들을 떠다밀면서 나옵니다.)

(애사당이 등장을 하면, 왜장녀와 중들은 삼현청 앞으로 가서 쉽니다.)

말뚝이 : (애사당을 장중에 내려놓고 하는 말이) (삼현 중지) 이크 이놈의 똥집 보게. 왜 이리 무거우냐? 대관절 이놈들아 꿈적 마라. 큰일 난다.

(말뚝이는 왜장녀를 손짓하여 부릅니다.)

말뚝이 : 애—— 이년아! 너 집에 예쁜 딸이 많구나. 대관절 너의 집에 딸들이 얼마나 있느냐?

(왜장녀는 이 소리를 듣고 손으로 가리키면서 오형제나 있다고 합니다.)

말뚝이 : 아—— 이년 미친년이구나! 이년이 딸만 낳았구나. 너의 집안도 볼 일 다 보았구나.

(말뚝이란 오입쟁이는 왜장녀를 또 부릅니다.)

(왜장녀는 큰 수나 날까 하고 말뚝이란 오입쟁이 앞으로 옵니다.)

말뚝이 : 너의 딸을 소개해다고. 돈은 닷 냥을 줄 터이니……

(왜장녀는 좋아서 돈 닷 냥을 준다 하니 애사당 앞에 가서 손짓 몸짓을 하면서 애사당을 끄니, 애사당은 돈이 적어서 가기 싫다고 합니다. 왜장녀는 할 수 없이 말뚝이 앞에 와서 돈이 적어서 아니 온다고 합니다.)

말뚝이 : 이년들 보게. 돈이 적어? 돈이 적으면, 닷 냥 더 해서 열 냥 주지 염려 마라. 염려 마라. 열 냥을 줄 터이니, 어서 오너라.

(말뚝이는 왜장녀에게 돈 열 냥을 주면서 하는 말이,)

말뚝이 : 어서 빨리 데리고 오너라.

(왜장녀는 돈을 받아 들고서 좋아서 애사당에게 주니, 애사당도 좋아서 말뚝이란 오입쟁이 앞으로 옵니다. 말뚝이는 또 왜장녀를 부릅니다.)

말뚝이 : 이년아! 어서 술상 하나 잘 차려 오너라.

(왜장녀는 들어가서 술상을 차려 가지고 나옵니다. 말뚝이와 애사당

은 춤을 춥니다.) (삼현 연주, 굿거리)

　(왜장녀는 술상을 가지고 나와서 술을 따라서 자기가 먼저 마십니다. 말뚝이가 이것을 보고 왜장녀를 밀치면서 하는 말이,) (삼현 중지)

말뚝이 : 이년아 술을 따라라. 네가 먼저 먹어! 이 육실할 년아!

　(술상을 치고 나서 왜장녀는 춤을 춥니다. 삼현 연주, 굿거리. 왜장녀는 신이 나서 이리 뛰고 저리 뛰고 하면서 춤을 추고, 퇴장을 합니다. 왜장녀는 큰머리를 쓰고 배를 내놓고 미친년 지랄을 하듯이 춤을 추는 것입니다.) (삼현 중지)

　(장중에 있던 중들은 삼현청 앞으로 가고, 옴중·묵승은 법고를 들고 나옵니다) (삼현 연주, 굿거리)

　(애사당은 법고채를 갈라 쥐고 나와서 법고를 칩니다. 애사당은 한참 신이 나서 법고를 치는데, 말뚝이란 오입쟁이가 나와서 애사당의 법고채를 획 뺏으면서,) (삼현 중지)

말뚝이 : 이년아, 이 안갑을 할 년아! 무슨 버꾸를 요렇게 치느냐? 요것이 무어냐?

　(말뚝이는 법고채를 가지고서 흉을 봅니다.)

말뚝이 : 이년이 버꾸 치는 동리에서 살아보지 못한 년이로구나, 버꾸란 것은 벌거벗고서 치는 것이지, 바지저고리를 입고서 쳐── 이 안갑을 할 년아! 이년아, 내가 한번 쳐 볼 게 보아라. 버꾸란 것은 이렇게도 치고, 요렇게도 친다. 아따, 이년아! 요것이 대관절 무어냐! 이 안갑을 할 년아!

　(말뚝이는 흉내를 내면서 법고를 칩니다. 애사당은 말뚝이란 오입쟁이에게 법고를 빼앗기고서 퇴장을 하면, 말뚝이는 애사당의 법고채를 가지고 한참 신이 나서 칩니다.)

　(삼현청 앞에서 완보가 이것을 보고 달려와서 옴중, 묵승이 들고 있는 법고를 획 뺏습니다. 말뚝이는 한참 신이 나서 법고를 치는데 북이 없어져서 헛손질을 대고 합니다.)

말뚝이 : 이── 이 이것 보게! 버꾸가 어디로 달아났다. 나는 한참 신이

나서 그러는데 어디로 갔을까? 이크! 이놈 보게! 왜 남의 버꾸를 뺏느냐? 나는 신이 나서 그러는데 어서 잘 들고 있거라. 다시 한 번 치고 놀아 보자.

(완보는 말뚝이가 신이 나서 법고를 치는 것을 보고 와서 법고를 뺏으니 말뚝이는 법고를 못 치고 헛손질만 합니다.)

완　보 : 앗다, 이놈아! 남을 흉보더니 왜 이리 헛손질만 하느냐? 저놈이 어제 먹은 밥알이 곤두섰나? 왜 실성을 하였느냐? 자꾸 헛손질만 하게.

말뚝이 : 아 이놈아 그 무슨 안갑을 할 짓이냐! 나는 신이 나서 그러는데 그 무슨 짓이냐? 어서 잘 들고 있거라. 다시 한번 쳐 보자.

(옴중, 묵승은 삼현청으로 향하여 가고, 완보는 법고를 들면서 하는 말이,)

완　보 : 너 헛손질을 말아라. 네가 헛손질을 하면, 네 에미 붙을 놈이다.

말뚝이 : 버꾸를 치는데 헛손질을 하면, 내가 네 에미를 붙어? 그 잘되었다. 어서 쳐 보자.

완　보 : 이놈아! 네가 헛손질을 하면 네가 네 어미를 붙어?

말뚝이 : 옳지! 내가 헛손질을 하면, 내가 어미를 붙어? 그래라 헛손질만 안 하면 되겠구나.

완　보 : 암 그 이를 말이냐. 어서 쳐라.

(완보는 법고를 들고서 어서 치라고 재촉을 합니다.)

완　보 : 이놈아 어서 쳐라!

말뚝이 : 그래라, 잘 들고 있거라.

(말뚝이가 법고를 치려고 하는데, 완보는 법고를 번쩍 듭니다. 완보가 법고를 번쩍 들기 때문에 말뚝이는 법고를 못 치고 헛손질을 하였습니다.)

완　보 : 이놈아 왜 헛손질을 하느냐?

말뚝이 : 어디 높아서 치겠느냐? 어서 잘 들고 있거라.

완　보 : 이놈아, 이것을 못 쳐! 물구나무를 서서 못 쳐! 이 생피 붙을 놈아!

말뚝이 : 어서라! 지랄 말고서 잘 들고 있어. 나는 신이 나서 죽겠다.

완 보 : 그래서. 이번에는 잘 쳐야지, 잘못 치면 네 어미를 붙으리라. 어서
     쳐라.
     (이번에도 말뚝이가 법고를 치려고 하는데, 법고를 또 번쩍 들어서
  못 치게 합니다. 말뚝이는 법고를 치려다가 법고를 높이 드는 바람에 법
  고를 못 쳤습니다.)

말뚝이 : 이——이—— 이놈아! 높아서, 어데 치겠느냐? 이 안갑을 할 놈
     아! 나는 신이 나서 그러는데. 자꾸 버꾸를 드니 잘 들고 있어.

완 보 : 이놈아, 높으면 사다리를 놓고 못 쳐! 왜 헛손질만 하느냐. 저놈
     이 암만 하여도 밥알이 곤두섰어. 이번에는 내가 잘 들고 있을 터
     이니, 어서 잘 쳐 보아라.

말뚝이 : 그래라. 잘 들고 있거라. 또 지랄을 하면 안 된다. 다시 한 번 쳐
     보자.

완 보 : 그래라, 어서 쳐 보아라.
     (이번에는 법고를 짊어지고, 말뚝이 앞에서,)

완 보 : 잘 쳐라. 못 치면 큰일 난다.
     (말뚝이가 법고를 치고 하는데, '철철'하면서 앵금질을 하면서 달아납
  니다.)

완 보 : 흠—— 가마솥 봉 박으려……
     (말뚝이가 쫓아가서, 법고를 '땅' 칩니다)

완 보 : 이크! 이놈 보게. 남의 물건을 함부로 쳐? 큰일 난다.

말뚝이 : : 애 남의 물건이라니, 그 물건 이름이 무어냐?

완 보 : 그 물건 이름이 여러 가지다.

말뚝이 : 그 물건 이름이 여러 가지면, 대관절 무엇이냐? 알아보자.

완 보 : 옳지! 네가 알고 싶으냐? 그래라. 아르켜주마. 잘 들어 보아라. 兒
     名은 북이고 字는 버꾸다.

말뚝이 : 옳지! 아명은 북이고, 자는 버꾸야. 그 이름 좋구나. 다시 한번 쳐
     보게, 잘 들고 있거라.

완 보 : 이 버꾸를 치면 소리가 장하기 때문에, 네가 들으면 미쳐서 지랄을 해.

말뚝이 : 옳지! 내가 그 버꾸 소리를 들으면, 미쳐 지랄을 해? 미쳐 지랄을
      해도, 한번 쳐 보자.

완 보 : 네가 미쳐 지랄을 해도 쳐? 그래라, 어서 쳐 보아라.
      (말뚝이는 달려들어 법고를 '땅'하고 칩니다.)

완 보 : 애, 어떠냐?

말뚝이 : 딴은 좋구나. 소리가 천지를 진동하는구나. 애 신난다. 다시 한 번
      쳐보게 해 다오.

완 보 : 그래라. 어서 쳐 보아라.
      (말뚝이가 법고를 치려고 하는데, 완보는 법고를 짊어지고 '철철'하면
     서 동쪽으로 돌아서기 때문에 또 헛손질을 합니다.)

말뚝이 : 애―― 애! 왜 동쪽으로 돌아서느냐? 가만히 있지 못하고서.

완 보 : 앗다. 이놈아! 왜 못 치고 헛손질을 하느냐? 밥알이 곤두섰느냐?
      헛손질만 자꾸 하게.

말뚝이 : 그 무슨 안갑을 할 짓이냐? 가만히 있지 못하고서. 왜 동쪽으로
      돌아서느냐?

완 보 : 옳지. 네가 버꾸를 치려고 하는데, 내가 동쪽으로 돌아서기 때문
      에 못 치고 헛손질만 하였느냐?

말뚝이 : 그렇다.

완 보 : 내가 이번에는 가만히 서서 있을 터이니, 잘 쳐 보아라.

말뚝이 : 너 이번에는 버꾸를 지고서 동쪽으로 가면, 네가 네 어미를 붙느
      니라.

완 보 : 내가 버꾸를 지고 동쪽으로 가면, 네 어미를 내가 붙어? 그래라.
      어서 쳐라.

말뚝이 : 애―― 애――! 이놈이, 내가 네 어미를 붙어. 내가 이번에는 잘
      칠 터이니 꼼짝 말고 있거라.

완 보 : 그래라, 이번에는 동쪽으로만 아니 가면 되겠구나.

말뚝이 : 그 이를 말이니. 어서 잘 짊어지고 있거라.

완 보 : 우리 맹서를 해 보자. 이번에는 버꾸를 못 치면, 네 어미를 내가

붙느니라.

말뚝이 : 옳지! 내가 버꾸를 못 치면, 네가 우리 어미를 붙어?

완 보 : 암 그렇고 말고, 이번에 못 치면 내가 네 어미를 붙는다.

말뚝이 : 그래라, 어서 잘 들고 있거라. 다시 한번 쳐 보자.

완 보 : 어서 쳐 보아라.

　(이번에는 법고를 짊어지고, 서쪽으로 돌아갑니다. 말뚝이가 법고를 치려고 하는데, 법고를 지고 서쪽으로 돌아가는 바람에 법고를 못 치고 헛손질만 하였던 것입니다.)

말뚝이 : 이—— 이——! 이 무슨 안갑을 할 짓이냐? 왜 버꾸를 지고서 가만히 있지 못하고 서쪽으로 돌아서느냐?

완 보 : 네가 동쪽으로 못 가게 맹서를 했으니 못 가고, 서쪽으로 갔다. 이제는 할 수 없다. 내가 네 어미를 붙어 봐야 하겠다. 이제는 너는 내 자식 놈이 되는구나?

말뚝이 : 이따! 이놈이 대단히 팽팽한 놈이로구나. 너만 말이냐? 애—— 이놈아, 이번에는 네가 동쪽으로도 못 가고, 서쪽으로도 못 간다. 만약에 네가 동쪽이나 서쪽으로 가면 내가 네 어미를 붙는다. 어서 잘 지고 있거라.

완 보 : 애 이놈아! 왜 자꾸 이러느냐? 내가 잘 지고 있을 터이니, 어서 쳐라.

말뚝이 : 그래라. 어서 쳐 보자. 꼼짝 말아라.

완 보 : 그래라. 어서 쳐라.

　(말뚝이가 법고를 치려고 하는데, 완보는 법고를 지고서 남쪽으로 도망갑니다.)

말뚝이 : 아, 이놈아! 왜 남쪽으로 돌아서느냐? 가만히 있지 못하고서, 왜 자꾸만 가느냐? 이 안갑을 할 녀석아!

완 보 : 네가 동서쪽을 못 가게 단단히 맹서를 했으니, 그쪽으로는 못 가고 남쪽으로 돌아간 것이다.

말뚝이 : 이놈 보게! 그래 동서쪽을 맹서를 해서, 그쪽으로는 못 가고 남쪽으로 갔어? 이 안갑을 할 놈아! 이놈이 대단한 놈이로구나.

(말뚝이는 완보의 안면을 딱 치면서,)

말뚝이 : 이놈아! 이번에는 동서남, 이 세 군데는 절대 못 간다. 네가 만약
　　　　에 이 세 군대로 가면, 내가 네 어미 붙는다. 그리 알아라.

완　　보 : 이놈아 내가 동서남쪽 이 세 군데로 가면, 네가 우리 어머니를 붙
　　　　어? 그래라, 어서 쳐 보아라.

말뚝이 : 잘 짊어지고 있거라. 내가 잘 쳐 볼게. 가만 있거라.

완　　보 : 이놈아 잔소리 말고 어서 쳐라.

　　　　(이번에는 말뚝이가 법고를 치려고 하는데, 북쪽으로 돌아갑니다.)

말뚝이 : 이 육시를 할 놈아! 왜 버꾸를 짊어지고 북쪽으로 가느냐?

완　　보 : 네가 동 서 남쪽 세 방향으로 못 가게 하니까, 이 세 군데 쪽으로
　　　　는 못 가고 북쪽으로 간 것이다.

말뚝이 : 이 육시를 할 놈아! 나는 신이 나서 그러는데, 무엇하러 북쪽으로
　　　　간단 말이냐? 어서 잘 들고 있거라. 다시 한번 쳐 보자.

완　　보 : 그래라. 어서 쳐라.

　　　　(말뚝이가 법고를 치려고 하는데, 완보는 법고를 지고서 맴을 뺑뺑
　　돕니다.)

말뚝이 : 이——이, 무슨 안갑을 할 짓이냐? 왜 버꾸를 짊어지고서 맴을 도
　　　　느냐?

완　　보 : 네가 동서남북으로 못 가게 맹서했으니, 그쪽으로 못 가고 갈 데
　　　　가 없어서 맴을 돌았다.

말뚝이 : 이놈 보게. 이번에는 동서남북은 물론이요 맴을 뺑뺑 돌아도, 네
　　　　가 네 어미를 붙느니라.

완　　보 : 동서남북 그리고 맴을 뺑뺑 돌아도 내가 네 어미를 붙어 그래라.
　　　　어서 쳐라.

말뚝이 : 이놈아 너만 말이다!

완　　보 : 그래라 어서 쳐라.

　　　　(말뚝이는 완보의 면상을 딱 치면서 하는 말이,)

말뚝이 : 이놈아 누구를 속이려고, 이놈이! 팽팽한 놈이니까, 꼼짝을 못 하

게 해야지. 이놈, 가만히 있거라!

(완보 앞에 가서 꼼짝을 못 하게, 발 앞에다가 금을 그어 놓고서,)

말뚝이 : 너 이 금 밖으로 나가면, 지금 맹서한 것과 같이, 네 어미 붙느니라.

완 보 : 내가 이 금 밖으로 나가면, 우리 어머니를 붙어? 그래라 어서 쳐
보아라! 너 염려 말고 쳐 보아라.

(말뚝이가 법고를 치려고 하는데, 완보는 법고를 버립니다.)

말뚝이 : 이── 이, 이놈아 왜 버꾸를 벗어 버리느냐? 이 안갑을 할 놈아!

(북놀이를 다 하고, 양인이 춤을 추려고 문구를 부릅니다.)

“금강산은 좋다마는……”

(삼현 연주, 타령조. 팔뚝잡이·여닫이·깨끼리 식의 춤을 추는데, 말
뚝이가 완보 앞에서 돌아서서 엉덩이짓 고갯짓을 신이 나게 합니다. 완
보는 이것을 보고 자기보다 車包五卒이나 더하기 때문에 분하여, 말뚝
이의 엉덩이를 후리칩니다. 말뚝이는 깜짝 놀라면서 퇴장을 하고, 완보
는 삼현청을 향하여 갑니다. 삼현 중지)

6 노장과장

신등장인물

1. 老丈(忘釋僧)
안색 : 흑색(안면이 희끗희끗한 것은 파리똥)
재담 : 무언
의상 : 장삼, 송낙, 염주
소지품 : 九節竹杖

2. 둘째 상좌

장중에는 상좌중, 옴중, 묵승, 완보

(양주[본바닥]에서는 약 백이삼십 년 전에 노장 춤을 李乙丑씨가 추었고, 약 백여 년 전에는 申福興씨가 추었고, 약 육십 년 전에는 權晋九씨가, 최근에 李健植씨가 추었고, 현재 생존자인 金星泰씨도 노장춤을 잘 춥니다. 김성태씨는 산대놀이의 제일인자로서 노장춤뿐 아니라, 그의 특징인 배꼽춤이 명물입니다. 약 육십여 년 전에 선내 李昌裕씨도 그 당시 샌님 역, 묵승 역을 하던 분으로서 배꼽춤이 명물이었읍니다.)
(노장과장은 다섯 장면으로 되었습니다.

1. 등장 장면
2. 노장 거드름 장면
3. 유인 장면
4. 박대 장면
5. 동거 장면)

(1) 등장 장면

(老丈은 花扇으로 얼굴을 가리고 상좌를 데리고서 구절죽장에 의지하여 장중 입구에 등장을 하는 것입니다. 노장의 화선으로 얼굴을 가리고 등장하는 이유는 生佛이 다 된 노승으로서 인간 계집에게 유혹됐기 때문에, 사람의 눈이 무서워서 얼굴을 가리고 나오는 것입니다.)
(장중에 있던 중들은 하도 이상하여 장중 입구에 들어서는 괴물을 보고서 무서워서 야단입니다.)

옴　중 : 저기, 저것을 보아라! 아마도 산중의 괴물이 내려왔구나, 애——
　　　　애—— 우리 한 사람씩 나가서 보고 오자.
묵　승 : 아마 산중 大蟒이가 아니냐? 우리 나가서 보고 오자.

(상좌중이 이 소리를 듣고, 삼현청 앞에 나가서 손뼉을 딱딱 두드리면서 삼현 장단을 청합니다. 삼현 연주, 타령조. 말뚝잡이·깨끼리·여닫이 식의 춤을 추고, 노장 앞에 가서 허리를 구부리고 들여다봅니다. 노장은 이것이 무슨 잡귀냐 하고, 화선을 휙 내리밀쳐서 봅니다. 상좌중

은 깜짝 놀라 달아나옵니다. 삼현 중지)

묵　승 : 아──── 이놈아! 이 육시할 놈아! 백골이 다 된 녀석이 무엇이 무
　　　　서워서 그리 놀래느냐? 이 안갑을 할 놈아! 이놈아 보아라, 내가
　　　　나가서 보고 오마.

　　　　(묵승은 신이 나서 춤을 추려고 '綠水靑山'을 부릅니다)

묵　승 : "綠水靑山 깊은 골에……"

　　　　(팔뚝잡이 · 여닫이 · 깨끼리 · 멍석말이 식의 춤을 추고, 노장 앞에 가
　　서 허리를 꾸부리고 노장을 관찰하고 보는데, 노장은 이것이 무어냐 하
　　고 화선을 휙 내리더니, 묵승은 깜짝 놀라면서 달아나옵니다.)

묵　승 : 이그 이게 웬일이요? 신님이 나다라 계시니 큰일 났구나!

　　　　(삼현 중지. 옴중이 이것을 보고 벌떡 일어나서 하는 말이,)

옴　중 : 예──── 애 이 못생긴 놈들아! 무엇이 무서워서 아구데이구 그러
　　　　느냐? 이 안갑을 할 놈들아!

　　　　(옴중은 신이 나서 '금강산'을 부릅니다. 삼현 연주, 타령조)

옴　중 : "금강산은 좋다마는……"

　　　　(팔뚝잡이 · 깨끼리 · 여닫이 · 멍석말이 식의 춤을 추고 노장 앞에 가
　　서 허리를 꾸부리고 노장을 들여다보는데, 노장은 이것을 보고 이것은
　　무슨 잡귀냐 하고 화선을 휙 내리밀어 봅니다. 옴중도 깜짝 놀라면서,)

완　보 : 이그 이것이 웬일이냐? 산중에서 시님이 나다라 계시니.

　　　　(옴중도 놀라 삼현청 앞으로 옵니다. 삼현 중지. 완보가 벌떡 일어나
　　서 하는 말이,)

완　보 : 애 이놈들아! 사내 대장부가 邪不犯正이지. 무엇이 그리 무서워서
　　　　그러느냐? 내가 나가서 보고 올게 보아라.

　　　　(완보는 춤을 추려고 삼현청을 향하여 녹수청산을 부릅니다. 삼현 연
　　주, 타령조)

완　보 : "녹수청산 깊은 골에……"

　　　　(팔뚝잡이 · 깨끼리 · 여닫이 · 멍석말이 식의 춤을 추고 노장 앞에 가
　　서 허리를 꾸부리고 노장을 관찰하여 보는데, 노장은 이것은 무어냐 하

고 화선을 휙 내리밀어 봅니다. 완보도 깜짝 놀라면서,)

완　보 : 이그 신님이 나다라 계시오.

　　(노장을 들여다볼 제, 노장 앞에서 양다리를 벌리고 허리를 꾸부리고서, 양손으로 허리를 짚고 아래부터 차츰차츰 올려다봅니다. 이때 노장은 화선을 내리밀고서 보는 것입니다. 노장은 좋아서 화선을 펴서 부치면서 고개를 끄덕끄덕하여 너우질을 합니다. 노장은 無言假面이기 때문에 말을 못 하나, 몸짓 손짓 표정으로 알아듣고 상대자만 말을 하고 노장은 표정으로 "나도 道를 버리고 俗人이 되려고 하니, 너희들은 나와 같이 놀아보자"는 의미를 나타냅니다.)

　　(완보는 생각을 합니다. 노장은 도가 깊어 생불이 다 되었는데, 무엇 때문에 도를 파계하고 속인이 되려고 하나?)

완　보 : 애—— 애—— 애들아 사중에서 신님이 나다라 계시다.

　　(완보는 노장의 송낙을 만져 보면서 하는 말이,)

완　보 : 이그—— 이것 보게! 새 새끼도 치겠구나. 신님 어째 나타나 계시오? 신님이 절간에서 "천사천왕 관자재보살 광대원만 대다라니" 염불이나 부르고 계시면, 하루에 葉담배가 세 대요, 松粥이 세 그릇이요. 돈이 석 냥이요, 상좌 비역이 세 판인데, 무엇하러 나다라 계시오? 여기 떵쿵 하는 데 당치 않으니 어서 올라가서 염불이나 하시다가 한 세상을 보내시오.

　　(노장은 싫다고 화선을 펴서 절레절레 흔듭니다.)

완　보 : 애—— 애들아! 어서 이리 들어오너라. 사중에서 신님이 나라다 계시다. 무엇을 그리 무서워하느냐?

　　(중들은 노장 앞으로 옵니다.)

완　보 : 애들아 신님이 잔뜩 노하셨다. 다시 절간으로 올라가서 한 세상을 보내라 하시었너니 신님이 대단히 노하시었다. 애—— 애들아 신님이 그리신다. 여이—— 얼굴이 우툴두툴하고 희긋희긋하고 골창골창한 놈을 잡아들라신다. 그 놈을 잡아서 엎어 놓아라. 그리고 대매에 물고를 올리래신다. 빨리 잡아 오너라.

묵 승 : 네이—— 이놈아! 너를 잡아들이래신다. 어서 가자. 너 때문에 신
　　　님이 잔뜩 노하시었다. 빨리 가자.
　　　(중들은 옴중을 붙잡아서 노장 앞에 가서 엎어 놓습니다.)
완 보 : 애들아! 신님이 그리신다. 그 놈을 엎어 놓고 대매에 물고를 올리
　　　래신다. 어서 빨리 물고를 내라.
묵 승 : 네이—— 지당한 분부요.
　　　(옴중을 엎어 놓고 곤장으로 태형 열 대를 때리었습니다.)
묵 승 : 이놈을 볼기 열 대를 때리었소.
　　　(옴중은 볼기를 맞고서도 무엇이 신이 나는지 좋아서 춤을 추려고 ‘금
　　강산’을 부릅니다.)
옴 중 : “금강산 좋다마는……”
　　　(삼현 연주, 타령조. 팔뚝잡이·깨끼리·여닫이·멍석말이 식의 춤을
　　추는데, 삼현 중지)
완 보 : 애—— 애—— 이놈아 너는 무엇이 좋아서 그리느냐? 신님은 너
　　　때문에 잔뜩 노하셨는데.
옴 중 : 나는 신이 나서 죽겠느네.
　　　(완보는 노장 앞에 가서 하는 말이,)
완 보 : 신님 신명이 과하시면 백구타령 한 편을 도르륵 말아서 양 귀 구
　　　멍에다 꽉 박아 주리까?
　　　(노장은 비위에 맞아서 화선을 들고서 어깨춤을 춥니다. 노장도 속인
　　이 되겠다는 뜻입니다.)
　　　(완보는 꽁무니에 찼던 꽹쇠를 꺼내 치면서 ‘백구타령’을 합니다. 노
　　장은 백구타령 소리를 듣고 신이 나서 어깨춤을 춥니다.)
　　　　(백구타령)
　　　　백구야 펄펄 나지를 마라
　　　　너를 잡을 내 아니다.
　　　　성상이 바리시니
　　　　너를 쫓아 여기 왔다.

　　　五六春光 경중한데

　　　白馬金鞭 花柳 가자.

　　(옴중도 신이 나서)

옴　중 : 이놈아── 누가 하루를 가, 이틀을 가지?

　　(하면서 춤을 추면서 나옵니다. 삼현 연주, 타령조. 팔뚝잡이·깨끼리
　·여닫이 식의 춤을 추는데, 삼현 중지)

완　보 : 애── 애 이놈아── 신님은 노하시었는데, 너는 무엇이 좋아서
　　　　그러느냐? 아서라──

옴　중 : 나는 신이 나서 그러는데, 왜들 마라마라 하느냐?

　　(완보는 또다시 백구타령을 합니다.)

　　　　삼청동 화개동 도화동도 동이요

　　　　동대문 밖 썩 나서서

　　　　안암동도 동이요

　　　　경상도로 내려가서

　　　　모시 닷 동 베 닷 동

　　(옴중 또 신이 나서 삼현청 앞에서 금강산을 부릅니다. 삼현 연주, 타
　령조.)

　　(팔뚝잡이·깨끼리·여닫이 식의 춤을 추는데,)

완　보 : 애── 애 이 안갑을 할 놈아! 무엇이 좋아서 자꾸 그러느냐 아서라.

　　(삼현 중지. 완보는 또 다시 꽹쇠를 치면서 '백구타령'을 부릅니다.)

완　보 : 충청도로 올리다라

　　　　광목 닷 동 베 닷 동

　　　　사오 이십 스무 동을

　　　　돌돌 말아 짊어지고

　　　　문경새재 썩 나서니

　　　　난데없는 도적놈이

　　(옴중도 신이 나서 "난데없는 도적놈이" 하면서 나옵니다.)

옴　중 : "난데없는 도적놈이"

　　　(삼현 연주, 타령조. 팔뚝잡이·깨끼리·여닫이 식의 춤을 추는데, 삼
　　현 중지.)

완　보 : 애—— 애—— 마라 마라, 이놈아, 무엇이 신이 난다고 춤을 추느
　　　냐? 신님의 분부이시면, 어느 지경에 가서 죽을지 너희들 아느
　　　냐? 애—— 애—— 백구타령 한판을 다 하여도 신님이 노기를 풀
　　　지 않고 요지부동이시다. 아무리 생각을 하여도 신님을 장중으로
　　　모셔드릴 수밖에 없구나. 애들아 신님을 모셔라.

중　들 : 그러자. 신님을 들어 모셔라.

　　　(중들은 노장을 神場[장중]으로 들여 모시는데, 원형으로 깍지를 끼고
　　‘연평 바다 조기잡이 뱃노래’를 부르면서 장중으로 들어 모십니다.)

　　　　　어기야 쓰야 방아 홍개 노자
　　　　　어기야 쓰야 방아 홍개 노자
　　　　　어기야 쓰야 방아 홍개 노자

　　　(중들은 이 노래를 3회를 부르고, 노장을 장중에 모셔다가 엎어놓고
　　맴을 돌면서 사방에다가 再拜를 합니다.)

묵　승 : 애들아, 여기 큰 고기 잡았다.

　　　(큰 고기를 잡았다는 소리를 듣고 중들은 구경을 합니다. 묵승은 손
　　으로 대가리를 들치면서,)

묵　승 : 이것을 누가 먹으려느냐?

　　　(상좌가 이 소리를 듣고 자기가 먹겠다고 합니다.)

묵　승 : 욘석—— 안갑을 할 놈 같으니! 이놈아 魚頭鳳尾라더니, 네가 먹어?

　　　(중들은 깍지를 끼고 노래를 부르면서, 노장을 에워싸고 사방을 돌면서,)

　　　　　어기야 쓰야 어기야 쓰야 어기야 쓰야.

　　　(3회씩 맴을 돌고 四方에 再拜를 하고)

　　　　　야할 야할 야할.

　　　(하면서 노장을 神場에 엎어 놓고 퇴장을 합니다.)

(2) 노장 거드름

　(수도를 하던 노장은 인간 계집에게 유혹이 되어 도를 버리고 내려오기 때문에 노망한 노장이라 기력도 잘 차리지 못하고, 장중에 엎어진 채로 있는 것입니다. 중들이 노장을 신장에 엎어 놓고 퇴장을 하면, 이때 삼현청에서는 靈山會相曲을 연주하여 줍니다.)

　(삼현 연주, 영산회상)

　(노장은 장단에 의하여 춤을 추기 시작하는데, 고개를 주춤주춤 들다가는 도로 수그리고 들다가는 수그리고, 오륙 차 하다가 기력이 없어서 고개를 땅에 대고 그만 잠이 들어 버립니다. 자기가 산중에서 일생을 수도만 하다가 여각 계집에게 유혹을 당하여 내려왔기 때문에, 다시 산중으로 들어가서 수도를 할까 이런 생각 저런 생각 하다가 노망한 노장은 기력이 없어서 엎드린 채 잠이 들고 말았습니다. 노장은 잠을 깨어가지고 또 일어났다가는 쓰러지고, 일어났다가는 쓰러지고, 삼사 차 하다가 그만 기력이 없어서 고개를 수그리고 있습니다.)

　(수도하는 동안 이를 닦아 본 일이 없고 세수도 한번 해 본 일이 없고, 몸에 이가 많아도 이 한 마리 잡아 본 일이 없고, 또 얼굴에 파리가 붙어도 파리 한 마리 살생한 일 없는 노장입니다. 이도 닦고, 세수도 하고, 의복의 이도 잡습니다. 노장 안면은 흑색인데, 희끗희끗한 것은 파리똥입니다. 노장은 세수를 하고 또다시 한 다리를 잡고서, 일어났다가는 쓰러지고, 일어났다가는 쓰러지고, 수 차 하다가 나중에는 九節竹杖에 의지하여 간신히 일어나서 주춤주춤 수회 맴을 돌다가 구절죽장을 휙 내던져 버립니다.)

　("道는 다 무어냐? 나는 도를 버리고 이제부터는 俗人이 되었다. 속인의 계집과 살겠다" 하고 구절죽장을 내던지는 것입니다.)

(3) 유인 장면

　(노장은 삼현청 앞에서 三進四退·거드름식의 춤을 춥니다.)

　(삼진사퇴식의 춤 설명 : 삼현청 앞에서 장삼자락을 휘두르면서 양손을 앞에 놓고 총총걸음으로 전진하여 너울질을 수 차 하다가 뒷걸음질로 와서도 너울질을 합니다. 이와 같이 삼회를 왔다 갔다 하는 것입니다.)

　(너울질 설명 : 삼현청 앞에서 장삼자락을 돌돌 말아서 앉았다 섰다 삼사 회를 하고, 그 태도로 삼현청 앞에 가서도 그 돌돌 만 장삼자락을 앉았다 섰다 하면서 풀고서, 그 태도로 뒷걸음질을 해서, 이와 같이 삼사 회를 하는 것입니다.)

　(삼현 중지)

　(노장은 兩小巫를 양편에 갈라 세워 놓고, 양편으로 왔다 갔다 하면서 소무를 희롱하는 춤을 춥니다. 양편 소무 앞으로 혹은 맴을 돌면서 왔다 갔다 춤을 추는데, 이편 소무 앞에 오면 저편 소무가 시기를 아니 할까? 또 저편에 가면 이편 소무가 시기를 아니 할까? 양편 다 마음을 못 놓고 상심을 하는 것입니다. 노장은 상심을 할수록 之字 걸음으로 왔다 갔다 야단입니다.)

　(노장은 양편으로 돌아다니면서 미색을 보면서 어느 쪽 계집이 잘 생겼냐, 앞뒤를 돌아다니면서 태도를 봅니다. 그리고 양쪽으로 다니면서 소무들의 입술을 두 손으로 물어뜯어다가 한데 모아 가지고 자기 입에 털어 넣으면서 삼키니 입술이 잘 넘어가지 않기 때문에 가슴을 두드리면서 삼킵니다. 입술을 뜯어다가 삼키는 것은 옛날에는 키스를 이와 같이 한 모양입니다.)

(4) 박대 장면

　(노장은 입술을 뜯어보고 나서, 이번에는 소무들의 겨드랑이 털을 뜯다가 박대를 당합니다. 이편 소무 저편 소무의 겨드랑이 털을 뜯다가 냉

대를 당하고, 화가 나서 왔다갔다 야단입니다. 노장이 도를 파계하고, 여각에 나려온 것도 소무들 유혹 때문이었는데, 소무들이 박대를 하니 무슨 이유인가?)

(옳지! 내가 산중에서 수도만 하다가 환속했기 때문에 재산이 없어서 박대를 하는구나! 노장은 화가 나서, 송낙, 염주를 벗어 버리고, 장삼도 벗어서 발로 밟아 버립니다. 노장은 관중 앞에서 도박을 하는 흉내를 내면서 막대한 재산을 획득한 것을 보입니다.)

(노장은 장삼을 벗어 버리고, 인가로 내려와서, 도박을 하여 재산을 모았습니다. 소무들은 이 소문을 듣고, 노장의 장삼을 들고 다시 노장을 청합니다. 노장은 가기 싫다고 손짓을 합니다.)

("이년들아, 나도 돈이 많다. 이제는 너희들 아니라도 계집이 있다.")

(노장은 소무들의 추파에도 응하지 않고, 싫다고 손짓만 하니 소무들은 애걸을 합니다. 이제는 박대를 아니할 터이니 오라고 합니다.)

("내가 너희들 때문에 도를 버리고 나려왔는데, 돈이 없다고 박대를 해!")

("어디 한번 가 볼까?" 노장은 신이 나서 삼현 장단을 청합니다.)

(삼현 연주, 타령조)

(노장은 여닫이식의 춤을 추고 소무 앞에 가 보니 소무들은 여전히 냉대를 합니다.)

(삼현 중지)

(노장은 소무들에게 속고 화가 나서 돈을 꺼내 들고 공기를 합니다. 이것은 돈이 있다는 자랑입니다.)

(소무들은 이것을 보고 분명히 돈이 있구나 하고 노장을 다시 유혹하기 시작합니다. 노장에게 갖은 추파를 보내면서 청하니 노장은 할 수 없이 소무들 앞으로 갑니다.)

(삼현 연주, 타령조)

(노장은 신이 나서 벌 날 듯 춤을 추면서 갑니다. 여닫이식의 춤을 추면서 소무 앞에 가서 보니 소무들은 장삼을 입혀 주고, 송낙도 씌워줍니다.)

(삼현 중지)
(노장은 희희낙락하여 어쩔 줄 모르는 것입니다.)

(5) 동거 장면

(양주읍에는 소무 가면이 두 개인데, 하나는 첫째 소무라 부르고 또 하나는 둘째 소무라고 부릅니다. 첫째 소무는 큰마누라, 둘째 소무는 작은마누라라고 정합니다. 이 때 노장은 또 다시 큰마누라, 작은마누라를 양편으로 갈라 세워 놓고 희희낙락하면서 之字 걸음으로 춤을 추면서 왔다 갔다 합니다.)
(삼현 연주, 타령조)
(之字 걸음식 춤을 추고 이편 소무 앞에 와서 희롱을 하고, 저편 소무 앞에 가서도 희롱을 하고, 그리고 염주 모도리에다 삼인이 목을 걸고 장중을 돌면서 춤을 추고, 또 장삼 赤띠를 걸고서 춤을 추다가, 삼현청 앞에 가서 소무를 양편에 갈라놓고, 노장은 한가운데 끼어 앉습니다.)

7 말뚝이 과장

신등장인물

1.말뚝이
안색 : 黑紅色
재담 : 有言
의상 : 청쾌자, 평량이
소지품 : 채찍

2. 원숭이
안색 : 紅色, 얼굴 주위는 털

재담 : 무언

의상 : 紅快子

소지품 : 없음

(말뚝이는 女唐鞋 행상인데, 원숭이를 데리고 신발을 행상하러 다닙
니다. 이리저리 다니다가, 물건을 팔려고 산대판으로 오는 것입니다. 어
느 담 모퉁이를 지나는데, 담 터진 사이로 들여다보니 그 별당 안에서
절세미인이 둘이서, 하나는 바느질을 하고 또 하나는 음식을 만드는데,
모두 절세미인이었습니다. 말뚝이는 이 佳人을 보고서 눈에서 쌍심지가
솟아나오는 것입니다.)

("옳지! 저놈의 계집을 한번 후려 볼까? 저 늙은 중놈을 어떻게 배송
을 낼까? 옳지! 원숭이를 시켜서 유인을 해 보자." 말뚝이는 이러한 마
음을 먹고, 물건을 팔려고 원숭이를 업고 장중으로 들어가, 물건[원숭
이]을 팔려고 외우는 소리를 합니다.)

말뚝이 : 에휘리——진피 발마개[女唐鞋].

(이런 소리를 하면서 장중 입구에 들어옵니다.)

말뚝이 : 에——여러 합품만에 나왔더니, 아래위가 휘청휘청하고 마음이
          싱숭생숭하다. 사람이 이렇게 인산만성 하고 滿山遍野하니 참 대
          단하구나. 한번 여기서 물건이나 팔아 볼까? 에휘리 진피 발마개,
          운녀신 사려——

(노장은 이 소리를 듣고 말뚝이 앞에 와서 화선을 휙 펴 들고 너울질
을 칩니다.)

말뚝이 : 이크 이놈 보게. 오늘 아침에 해장 한잔 해서 얼굴이 지지 뻘개지
          니까 남산 독수리란 놈이 꾸미 자판인 줄 알고 머리 위로 자꾸만
          넘나드니, 깨딱 하다간 얼굴 잊어버리겠다. 이놈의 독수리를 쫓아
          버려야지. 위여—— 위여—— 위여——

(말뚝이는 독수리가 온 줄 알고서, 독수리를 쫓아 버립니다. 말뚝이는
신을 팔려고 또 소리를 합니다.)

말뚝이 : 에——휘리 진피 발마개, 운녀신 사려——

  (노장은 또 이 소리를 듣고, 花扇을 획 펴면서 부릅니다.)

말뚝이 : 일은 단단히 났구나. 독수리 같으면 벌써 날아갔을 터인데, 이것
  이 무엇일까? 자세히 보아야지.

  (말뚝이는 사방을 돌아보다가, 땅을 치면서 대소를 합니다.)

말뚝이 : 하아, 하아, 하아. 아—— 저놈 보게. 저놈이 계집을 둘씩이나 가
  지고서 농락을 해! 허—— 허——

  (노장은 손짓을 하면서 말뚝이를 부릅니다)

말뚝이 : 야——저놈 보게. 앉아서 나를 부르네. 雁隨海·蝶隨花·蟹隨穴이
  라더니, 물건 살 사람이 있으니, 물건 팔 놈더러 오라는 말이로구
  나. 옳지! 가서 보자.

  (말뚝이는 노장 앞에 가서 땅바닥을 치면서 하는 말입니다.)

말뚝이 : 어째 불러 계시오?

  (노장은 화선을 획 펴면서 부채질을 합니다)

말뚝이 : 네—— 물건을 사시자고요? 네—— 어떤 것을 사자고요?

  (노장은 신을 들고 진양을 재봅니다.)

말뚝이 : 이놈 보게. 자벌레가 중패질을 했나? (交尾했다는 뜻이다.) 재기
  는 무얼 재 보오? 신겨 보지. 그러면 어떤 것을 사시자고요? (노
  장은 신을 가리킵니다.)

말뚝이 : 네—— 알아맸소. 육촌짜리는 당신 할머니를 주고, 오촌짜리는 당
  신 어머니를 주어요.

  (노장은 아니라고 손짓을 합니다.)

말뚝이 : 네—— 알아맸소. 육촌짜리는 당신 큰마누라에게 주고, 오촌짜리
  는 작은마누라에게 주어요.

  (노장은 좋아서 어깨춤을 춥니다.)

말뚝이 : 그러면 값은 얼마나 주시려오?

  (노장은 손을 꼽아 봅니다.)

말뚝이 : 알아맸소? 일천 냥 두 돈 오 푼을 주마구요? 언제 주시어요?

(노장은 또 손으로 가리킵니다.)

말뚝이 : 네—— 윤동지달 스무 초하루 날 주마구고요? 예끼 안갑을 할 놈
     같으니! 이놈 보게! 이놈이 큰 도적놈이구나. 이 일을 어떻게 하
     나? 이놈한테 단단히 걸렸으니.

     (말뚝이가 물건을 팔다 보니 늙은 중놈이 인가에 내려와서 계집을 하
     나도 아니요 둘씩이나 데리고서 농락질을 하는 것을 보고, 눈에서 쌍심
     지가 나는 것입니다.)

말뚝이 : 오냐, 잘되었다. 원숭이를 시켜 유인을 해 보자.

     (말뚝이는 그 계집을 유인하려고 원숭이에게 재주를 가르칩니다. 옛
     날에는 內外가 심하여 外間 남자는 남의 집에 출입을 마음대로 못하므
     로 원숭이를 시켜서 유인을 하였던 모양입니다.)

     (말뚝이는 원숭이 앞에 가서 채찍으로 가리키면서,)

말뚝이 : 욘석—— 일어나거라!

     (원숭이는 깜짝 놀라 일어나서 발발 떱니다.)

말뚝이 : 욘석—— 왜 요리 떠느냐? 요놈이 죄를 졌나 보다. 너 왜 요리 떠
     느냐? 너 떠는 것을 보니, 나도 떨린다. 아서라 고만 떨어라.

     (채찍질을 할수록 원숭이는 더 떱니다.)

말뚝이 : 욘석 이것 보아라. 저기—— 저 건너 後園 別堂에 가서 물건을 팔
     고 오너라. 네—— 가면 어여쁜 계집들이 있다. 그 계집들은 허리
     가 개음하고 얼굴도 그럴 듯하다. 네가 가서 그 계집들을 잘 후려
     오너라. 너도 홀아비, 나도 홀아비, 밥도 해 먹고, 옷도 해서 입고,
     밤이면 나는 그것을 하는데, 너는 못하고, 애애애 욘석 재주를 가
     르켜 줄 터이니, 잘 유인해 오너라.

     (원숭이는 좋아서 고갯짓 손짓을 합니다. 그 계집들을 유인하려고 원
     숭이에게 재주를 가르쳐 줍니다.)

     (가사)

     원추리 팟추리,

     덤에 꽁 광해 닭.

대양푼에 갈비찜,

소양푼에 영계찜.

봉지봉지 깨소금 봉지도 봉지요.

계수나무 요본틀에

네 것도 박고

내 것도 박고.

(말뚝이가 가르쳐 주는 대로 원숭이는 따라서 잘 배웁니다)

말뚝이 : 곤지 곤지 곤지요. 쥐암, 주암, 쥐암. 짝짝꿍, 짝짝꿍. 욘석 어서
　　　　 갔다 오너라. 그 계집을 잘 후려 오너라. 네가 재주를 배웠으니,
　　　　 어서 잘 유인해 오너라.

(말뚝이는 어서 갔다 오라고 채찍질을 합니다. 원숭이는 삼현청 앞에
서 손뼉을 딱딱 치면서 장단을 청합니다.)

(삼현 연주, 타령조)

(멍석말이식의 춤을 추면서, 소무 앞뒤로 돌아다니다가. 소무 앞에 가
서 손목[간통]을 잡고 신이 나게 한참 희롱을 하다가 말뚝이 앞에 와서
안면을 딱 때리면서 손짓을 하면서 "이것을 하고 왔소" 합니다.)

(삼현 중지)

(말뚝이는 원숭이의 표정을 보고 천만 의외로 낙심을 합니다.)

말뚝이 : 욘석—— 너를 이때까지 길러서 자미나 볼까 하여 글까지 가르쳐
　　　　 주었더니, 이놈아—— 계집을 후려 오지 않고 너만 해? 이 안갑을
　　　　 할 놈아! 이놈아 나는 어떻게 하라느냐? 평생을 두고 홀아비를
　　　　 면치 못하겠구나. 이왕지사 할 수 있느냐? 너라도 한 번 할 수밖
　　　　 에 없다.

(말뚝이는 원숭이를 엎어 놓고 계간을 하는 것입니다. 원숭이가 계간
을 당하고 퇴장하면, 말뚝이는 춤을 추려고 금강산을 부릅니다.)

(삼현 연주, 타령조)

말뚝이 : "금강산은 좋다마는……"

(팔뚝잡이·깨끼리·여닫이·멍석말이 식의 춤을 추고 퇴장합니다.)

8 취발이 과장

신등장인물

1. 취발이 노총각, 常人
안색 : 적색, 노총각 머리(長 4寸)
재담 : 有言
의상 : 靑鷩衣
소지품 : 귀롱가지

2. 해산모
안색 : 백색(입술은 반월형)
재담 : 무언
의상 : 부녀복에 큰 머리
소지품 : 해산 도구 일체

(취발이란 노총각은 평생을 두고 장가란 이름도 모르고 절간에서 불이나 때주고, 심부름이나 하다가 절이 망하는 바람에 인가에 내려와서 이리저리 돌아다닙니다. 그러다가 늙은 노장이 계집을 둘씩이나 데리고서 농락질을 하는 것을 본 취발이는 "오냐 잘 되었다. 저 늙은 중놈을 拜送을 내고서 서 세집을 내가 차지하여 보겠다." 취발이는 그 집 후원 별당으로 뛰어 들어갑니다. 늙은 노장과 결투를 하여 소무 1인을 뺏었던 것입니다. 승리한 취발이는 일생을 두고 이런 경사스러운 일은 처음 당했습니다. 취발이는 오늘날까지 마누라란 문구조차 불러 보지도 못한 놈이라 어떻게 좋은지 불시에 나오는 말이 "할머니", "어머니"라고 했습니다. 이렇게 말하면서 희롱을 하였던 것입니다. 취발이가 장중 입구에 들어서서,)
취발이 : 에—— 여러 날 만에 남의 대방놀이판에 나왔더니 괴상한 냄새가

난다. 이 냄새가 어디서 날까? 향내가 코를 쿡쿡 찌르니, 이게 웬 일일까?

(노장은 일생을 두고 목욕을 하지 않았기 때문에 몸에서 더러운 냄새가 납니다.)

(노장은 이 소리를 듣고 "이것은 또 무슨 잡귀냐?" 겁을 먹고서, "이 놈을 쫓아 버려야지"하고 총총걸음으로 취발이 앞에 나와서 화선을 획 펴고서 들어갑니다. 취발이는 깜짝 놀라면서 하는 말이,)

취발이 : 이그—— 이게 웬일이냐? 내 그럴 줄 알았지. 이것이 무어냐? 내 한번 찾아 보아야지.

(취발이는 지면을 보면서 총총걸음으로 노장 앞에 가서 귀롱가지를 쳐들고 노장을 보면서,)

취발이 : 월러? (누구시오?)

(노장은 계집을 데리고 있다가, 취발이란 상사람을 만나 혹시 못된 마음을 먹고 덤비지나 않을까 겁이 나서, 취발이 앞에 와서 화선을 획 펴면서 너울질을 치고 내라고 뻣내면서 배짱을 내보입니다.)

(취발이는 지면을 보면서 총총걸음으로 노장 앞에 가서 귀롱가지를 쳐들고 노장을 봅니다.)

취발이 : 이그—— 이것 보게. 내가 술 한 잔 먹었더니, 얼굴이 지지 벌거 니깐 남산 독수리가 꾸미 자판(고기 바구니)인 줄 알고, 이놈이 획획 넘나드니 깨딱 하다다간 얼골 잊어버리겠다. 이놈을 쫓아버 려야지. 우여 우여 우여.

(하면서 귀롱가지를 획 두르면서 독수리를 쫓아 버립니다.)

취발이 : 이놈을 쫓아 버렸으니, 날러 갔을 텐데, 이것 보게. 아직도 향내가 나니 아마도 산중 대망이가 나온 모양이다. 이놈을 쫓아 버려야지!

(취발이는 또다시 향내 나는 데를 찾아갑니다.)

취발이 : 월여——

(노장은 대로하여 취발이 앞에 나와서 화선을 획 펴서 들고, 너울질을 하고 뒷걸음질을 하면서 들어갑니다. 취발이는 깜짝 놀라면서 하는

말입니다.)

취발이 : 이크—— 어 이것 보게. 일은 단단히 났구나. 이놈이 남산 독수리
　　　　　같으면 벌써 날아갔을 터인데 참 이상하다. 이놈을 다시 찾아보
　　　　　아야지.

　　　　(취발이는 또다시 노장 앞으로 총총걸음을 걸어가서 보니, 의외에도
늙은 중놈이 계집을 하나도 아니요 둘씩이나 끼고서 농락하는 것이었습
니다. 이것을 본 취발이는 땅을 치면서 대소합니다.)

취발이 : 하아 하아 하아! 늙은 중놈이 인가에 내려와서 계집을 하나도 아
　　　　　니요 둘씩이나 가지고 농락을 해? 승상이 가여든. 그래 이놈! 계
　　　　　집을 데리고 농락을 쳐! 너는 千不當萬不當이다. 늙은 놈이 젊은
　　　　　계집을 데리고 농락을 해? 당치 않으니 어서 산중으로 들어가서
　　　　　계시면, 하루에 松粥이 세 그릇이요, 돈이 석 냥이요, 상좌 비역이
　　　　　세 판인데, 무얼 하러 나타나 계시오? 어서 염불이나 하다가 한
　　　　　세상을 버리시지.

　　　　(취발이가 소무의 얼굴을 보려고 하는데, 노장은 화선을 펴서 들고 소
무의 얼굴을 가리어 내외를 시킵니다. 이편 소무의 얼굴을 보려는데 화
선을 펴서 얼굴을 못 보게 합니다. 저편 소무의 얼굴도 못 보게 합니다.)

취발이 : 저놈 보게. 나를 보고 내외를 시켜? 저 육실할 놈을 보게. 너는 당
　　　　　치않다.

　　　　(노장은 배를 내놓고 소무더러 문질러 달라고 하니, 소무들은 노장의
배를 문질러 줍니다.)

취발이 : 저년들 보게! 애—— 애애, 이놈아! 아니꼽다. 육시를 할 놈아! 저
　　　　　놈이 거위배를 앓나? 이년들아, 왜 배를 문질러 주느냐? 너하고
　　　　　나하고는 만첩청산 깊은 골에 쑥 들어가서, 서루치기나 하다가
　　　　　한 세상을 버리자.

　　　　(노장은 싫다고 화선을 펴서 들고, 절레절레 흔듭니다.)

취발이 : 애—— 이 늙은 놈아! 그것이 싫어? 그러면, 가사나 한번 들어 보
　　　　　려느냐? 들어 보아라.

　　(가사)

　　나비야 나비야 청산가자.

　　호랑나비 너도 가자.

　　구시월 새 단풍에

　　된서리 맞아 낙엽 되어.

　　여나무 동 되면

　　너는 아궁지감밖에 안 된다.

　　(노장은 가사도 싫다고 합니다.)

취발이 : 야! 저놈 보게! 옷을 벗고 단단히 덤비려 하네. 나도 옷을 벗고 해
　　　　보자. 저놈 보게! 저놈이 사람 잡아 먹겠다. 이놈아—— 참새는
　　　　죽어도 짹한다고, 邙山이 무너지나, 平澤이 깨지나 해 보자.

　　(삼현 연주, 타령조)

　　(또다시 양인이 춤을 춥니다.) (격투)

　　(취발이란 잡귀는, 노장의 애첩을 뺏으려고, 갖은 수단을 다 써가면서
이번 기회에 저 늙은 중놈을 내쫓고, 저 계집을 뺏으려고 야단입니다.
노장은 계집을 아니 뺏기려고 팔뚝잡이식의 춤을 추고 있는데, 취발이
가 달려들어 노장을 보기 좋게 후리치니, 노장은 매를 맞고 무서워서 소
무 다리 가랭이 속으로 들어가서 숨습니다.)

　　(삼현 중지)

취발이 : 그러면 그렇지! 중놈이란, 뒤가 무르기가 한량이 없어! 이놈이 매
　　　　를 맞고 어디로 달아났을까? 내가 아무리 기운이 없기로서니 너
　　　　같은 늙은 놈은 문제도 아니다. 중놈이란, 산간에서 염불이나 하
　　　　지, 인가에 내려와서 계집을 데리고 농락을 해? 안갑을 할 놈 같
　　　　으니, 이놈이 어디로 달아났을까? 이제는 저놈의 계집들은 내 차
　　　　지다.

　　(취발이는 까치걸음 춤을 추면서 소무들 앞에 가려고 합니다.)

　　(삼현 연주, 타령조)

　　(취발이는 까치걸음식의 춤을 추면서 소무들 앞에까지 가는데, 노장

은 분하여 덤비려고 소무 가랭이 속에 있다가 반신을 내밀어 덤비려고 합니다. 취발이가 소무 앞에 가려는데, 난데없는 산중 대망이가 나타나기 때문에.)

취발이 : 어——이것 보게! 난데없는 산중 대망이가 웬일이냐? 산중 대망이가 인간 눈은 不正한데, 뭘 하러 나왔소? 어서 들어가시요. 쉬이——쉬이——쉬이, 어서 들어가시요.

　　(취발이가 쉬이 쉬이 쉬이 쫓는 대로 차츰차츰 들어가다 말고, 또 다시 화가 나서 쑥 반신을 내미니, 취발이는 또 깜짝 놀라면서,)

취발이 : 어서 들어가시오. 뭘 하려고 또 나오려고 하시요. 인간의 눈은 부정해요. 어서 들어가시요. 쉬이—— 쉬이 쉬이.

　　(취발이는 귀룡가지를 들고 땅을 치고 야단을 하니, 산중 대망은 할 수 없이 소무 가랭이 속으로 들어가고 말았습니다.)

취발이 : 그럼 그렇지! 인간의 눈은 부정한데, 무얼 하러 자꾸 나와?

　　(노장은 취발이란 못된 노총각을 만나 애첩 하나를 뺏기고 큰마누라만 데리고 퇴장을 합니다.)

취발이 : 저년 보게! 저년은 중서방을 해가네.

　　(취발이는 노장의 애첩[작은마누라]를 뺏어 가지고 자기 마누라를 삼았습니다. 소무를 앞에 놓고 자라춤을 추면서, 갖은 희롱을 합니다.)

　　(삼현 연주, 타령조)

　　(취발이는 까치걸음식의 춤을 추고 소무는 자라춤을 춥니다.)

취발이 : 아 이년아—— 자라춤을 추어라! 요 계집애 저 계집애—— 시다마다 자라춤 추어라. 철철 처리 절수!

　　(취발이란 늙도록 장가란 이름도 모르고 산간에서 불이나 때주고 얻어먹다가, 벼란간 마누라를 얻으니, 이거야말로 움 안에서 떡 얻어먹는 셈입니다. 일생에 처음 당하는 일이라 너무나 좋아서 소무 뒤에 돌아가서 어깨를 얼싸안고 부지중 하는 말이,)

취발이 : 할머니—— 어, 이것 보게! 이런 개망신이 있나? 이 이를 어떻게 하나? 이놈의 망신을 털어 버려야지.

　　(취발이는 마누라를 할머니라고 불렀으니, 이런 개망신살을 귀롱가지
로 소무의 치마자락을 툭툭 터니, 망신살 떨어지는 소리가 우박 쏟아지
듯 우수수 소리가 납니다.)
　　(삼현 중지)
취발이 : 이 늙은 놈이 어찌어찌하다 이런 망신을 당했을까? 이번에는 한
　　　　번 잘 불러 보자.
　　(삼현 연주, 타령조)
취발이 : 쳐라—— 이년아 어서 자라춤을 추어라.
　　(또다시 춤을 추면서 마누라 뒤에 가서, 어깨를 얼싸안고, 이번에는
어머니라고 부릅니다.)
　　(삼현 중지)
취발이 : 어머니, 이것 보게! 이게 무슨 망신이냐? 아까보다 한층은 내려갔
　　　　으나, 이런 개망신이 또 어디 있나? 계집에 눈이 어두우면, 영웅
　　　　열사라도 소용이 없어. 이놈의 망신을 털어야지.
　　(취발이는 귀롱가지로 소무의 뒤 치맛자락을 툭툭 터니, 망신살 떨어
지는 소리가 우수수 합니다.)
취발이 : 다시 한번 잘 불러 보자.
　　(삼현 연주, 타령조)
　　(이번에는 마누라를 잘 불러 보려고 주의를 단단히 해야지. 희희낙락
하면서, 삼현청 앞에서 손뼉을 딱딱 치며 삼현 장단을 청합니다.)
　　(삼현 연주, 타령조)
취발이 : 쳐라—— 어서 자라춤을 추어라.
　　(삼현 중지)
　　(왔다 갔다 춤을 추다가, 마누라 뒤로 가서 손을 얹어 놓고, 마누라.
이번에는 분명히 불렀습니다.)
취발이 : 마누라. 그러면 그렇지, 이제는 물 샐 틈이 없구나.
　　(취발이나 소무 앞에 앉아서 숨을 돌려가면서 하는 말이,)
취발이 : 애—— 늙은 중놈하고 싸워서 너를 뺏느라고 갖은 고생을 다했

다. 네가 늙은 중놈하고 절간에서 낮잠이나 잤지 이런 오입쟁이
를 만나서 가사야 들었겠느냐? 염불 소리나 들었겠지 가사야 들
었겠느냐? 대관절 너는 五音六律을 아느냐? 모르느냐? 너 모르면
가르쳐 주마. 들어 보아라.

취발이 : (가사)

空山이 적막한데

슬피 우는 저 두견아

허다 공산 다 버리고

요 내 창에 너 우느냐?

건곤불로 月長在하니,

寂寞江山이 今百年이라.

취발이 : 너 어떠냐?

(취발이는 춤을 추려고 '철철' 하면서 삼현 장단을 청합니다.)

(삼현 연주 타령조)

취발이 : 쳐라── 이년아 어서 자라춤을 추어라.

(삼현 중지)

(취발이는 춤을 추면서, 소무 앞에 앉아서 하는 말입니다.)

취발이 : 이것 보게! 계집이 반하면 이런 꼴을 당해. 이런 개망신이 또 어
디 있다? 이때까지 머리를 풀고 놀았으니. 이런 망신이 어디 있
나? 상투를 짜야지. 이놈의 머리가 어찌나 긴지 아흔아홉 번 상투
가 되는구나.

(양주 구읍 속어에는 노총각 취발이 머리가 어찌나 짧은지, 약 오 촌
가량밖에 안 되기 때문에, 상투를 짜자면 한두 번밖에 틀지를 못합니다.
예전에 상투 적은 사람을 보고 하는 말이 "이놈 취발이 상투냐?"라고
했습니다.)

(취발이는 상투를 짜고 나서, 또 춤을 추려고 손뼉을 칩니다.)

(삼현 연주 타령조)

취발이 : 쳐라── 상투, 권투, 시다, 마다, 어서 자라춤을 추어라.

(삼현 중지)

(양인이 춤을 추고 나서 취발이는 자기마누라 內庭 구경을 하려고 앞에 가서 앉아 치마자락을 들치면서,)

취발이 : 이년을 이때까지 데리고 살아도 내정 구경을 못 했다. 어디 구경을 해 보자.

(자기 마누라의 치마자락을 들쳐 고개를 들이밀고 구경을 합니다.)

취발이 : 애—— 그 속이 넓어서 대단히 좋구나. 우글 우글 우글.

(취발이는 치마자락 속에서 천둥 하는 소리를 합니다.)

취발이 : 이년이 어찌나 뒷물을 아니 하였는지, 오뉴월 삼복지경에 조기젖 썩는 냄새가 나는구나. 이것 보게 여기 대단하구나! 털은 왜 이리 기냐? 해금줄도 하겠구나. 아 이것 보게 무엇을 씹는지, 짝짝 줄 쌈지 소리가 나는구나.

(취발이는 치마 속에서 털을 뽑아들고서 하는 말이,)

취발이 : 깡끼쟁이 이것 가져 가시요. 이 말총으로 깡끼줄을 만들어 보시오.

(그 말총을 깡끼쟁이[악사] 앞에 던져 줍니다)

취발이 : 이때까지 데리고 살아도 자식새끼 하나 없으니, 자식 하나 만들어 보자.

(취발이는 귀룡가지를 사추리에 끼고서 소무 뒤에 가서 간통을 합니다)

취발이 : 동네 신개 흘래하오. 낑낑낑.

(삼현 연주, 타령조)

(소무는 자라춤, 취발이는 까치걸음춤을 추는데 소무가 복통이 나서 배를 붙잡고 쩔쩔맵니다.)

(삼현 중지)

(취발이는 허둥지둥하면서.)

취발이 : 해산모야, 해산모야! 어서 와서 배를 문질러 주고, 머리도 만져 주어라. 빨리 순산을 시켜다오.

(해산모는 해산 도구를 싸 가지고 와서, 춤을 추면서 이리 뛰고 저리 뛰고 하다가 소무 앞에 와서 순산을 시킵니다. 해산모는 취발이를 보고

서 아들을 낳았다고 합니다.)

취발이 : 무엇을 낳았어? 아들인가? 딸인가? 어서 말을 해.

　　(해산모는 아들을 낳았다고 손으로 가리킵니다. 취발이는 좋아서 왔
　　다갔다 까치걸음춤을 추다가 아들을 낳았다는 바람에 좋아서,)

취발이 : 옳지! 그러면 그렇지! 아들을 낳았어! 애―― 이그 아들을 분명히
　　낳았구나. 이놈아, 너 아니면 절손을 할 뻔하였다.

　　(취발이는 아들 앞에서 깡충 뛰다가, 아들을 밟을 뻔하였습니다.)

취발이 : 이그 큰일 날 뻔하였구나! 이놈의 눈이 어두워서 잘못 하다간 아
　　해 밟을 뻔하였다.

　　(삼현 중지.)

　　(취발이 아들을 안고서 하는 말입니다.)

취발이 : 이놈 이름을 무어라 지을까? 옳지 마당에서 낳았으니, 마당이라
　　고 하지.

　　(삼현 연주, 굿거리)

　　(해산모는 춤을 추고 퇴장을 합니다.)

　　(삼현 중지)

　　(취발이는 자식놈을 안고서,)

취발이 : 이것 보게, 三神諸王님께서 일습 의복을 준비해서 입혀 보냈구나.
　　그지굴네, 바지, 저고리, 행전, 토시까지 만들어서 입혔으니, 삼신
　　께서 나 빈한한 줄 어떻게 아시나? 참 고마운 삼신이로구나. 갓
　　난 자식은 거꾸로 업어야 체증이 떨어지느니라.

　　(취발이는 자식을 거꾸로 업었다가, 다시 안고서 노래를 부릅니다.)

취발이 : (노래)

　　　　은자동아 금자동아

　　　　만첩청산 玉瀑洞아

　　　　금을 준들 너를 사리

　　　　은을 준들 너를 사리.

　　(자식[마당]이 배가 고파서 웁니다.)

취발이 : (노래)
    아가 아가 우지 마라.
    너 아비 장에 가서
    엿 사다 주마.
    아가 우지 마라.
    (그리고 자식이 오줌을 쌉니다.)
취발이 : 이그, 이놈이 오줌을 싸네.
    (자식 마당도 無言 가면이기 때문에 취발이가 대신 말을 하고 자기가
    대답을 하는 것입니다.)
마 당 : 아버지, 나 글을 배우겠어요.
취발이 : 그 이를 말이냐? 글을 배워야 입신양명을 하지. 암, 글을 배워라.
    (자식 마당은 천재였던 것입니다.)
마 당 : 하늘천 따지, 가마솥에 눌은 밥, 득득 긁어서 선상님을 한 그릇,
        나는 두 그릇.
    (취발이가 기가 막혀서 하는 말입니다.)
취발이 : 이놈아, 너는 두 사발을 먹고 나는 한 사발을 먹어? 에끼! 안갑을
        한 놈 같으니, 어—— 아서라.
마 당 : 아버지, 나, 언문을 배우겠어요.
취발이 : 암, 배워야지.
마 당 : ㄱㄴㄷㄹ, ㄱ자로 집을 짓고 ㄷㄷ 사잤더니, 거지 없이 되었네.
    (마당은 배가 고파서 웁니다.)
    (취발이는 소무 앞에 가서 젖을 먹여 달라고 하니, 소무는 자식을 탁
    쳐서 버립니다.)
취발이 : 이놈아, 왜 이리 우느냐? 네 어미가 젖을 안 먹여 주니 난들 할
        수 있는냐?
    (삼현 연주, 타령조)
취발이 : 쳐라! 이년아, 어서 자라춤을 추어라.
    (양인이 춤을 추고, 삼현청으로 들어갑니다.)

(삼현 중지.)

(샌님 과장부터 취발이 가면을 쇠뚝이라 부릅니다.)

9 샌님 과장

신등장인물

1. 샌님 : 양반, 병신 언청이 노인
2. 서방님 : 샌님 자손
3. 도령님 : 샌님 자손
4. 말뚝이 : 샌님의 하인
5. 쇠뚝이 : 말뚝이 친구

1. 샌님
안색 : 홍색(백발)
재담 : 有言
의상 : 도포에 儒巾
소지품 : 花扇

2. 서방님
안색 : 백색
재담 : 무언
의상 : 도포에 冠
소지품 : 화선

3. 도령님
안색 : 백색
재담 : 유언

의상 : 전복
소지품 : 화선

4. 말뚝이
의상 : 平涼갓
재담 : 유언
소지품 : 채찍

(장내에 쇠뚝이 한 사람만 남아 있고, 샌님 일행은 말뚝이란 하인을
데리고서, 과거를 보러 가는 중, 양주 땅에 당도하여 보니, 산대굿놀이
를 한다는 소식을 듣고 해가 넘어가는 줄 모르고 구경을 하였던 것입니
다. 객지에서 여인숙도 못 정하고 있던 중, 쇠뚝이란 친구를 만나 여인
숙이라고 정해 준 것이 돼지 우리간을 숙소라 정해주었던 것입니다. 쇠
뚝이와 말뚝이는 늙은 샌님을 가지고서 모독·농희·잡담들을 하는데,
말뚝이란 하인이 샌님, 서방님, 도령님 일행을 데리고 등장을 합니다.
양주에서 산대굿 구경을 하다가 해가 지도록 여인숙을 못 정하고, 길 가
운데서 쩔쩔매며 돌아다닙니다.)
말뚝이 : 依幕[여인숙]사령!
　　(쇠뚝이가 이 소리를 듣고 하는 말이)
쇠뚝이 : 어느 제미할 놈이 남의 내외가 내근을 하는데 의막사령 해!
말뚝이 : 아 이놈아, 내근을 하다니? 이렇게 사람이 인산만성한데, 내근을 해?
쇠뚝이 : 아무리 사람이 인산만성하고 滿山遍野할지라도, 우리 내외이니까
　　　　내근을 하지.
말뚝이 : 옳겠다. 네 목소리를 들으니 반갑다.
쇠뚝이 : 참—— 네 목소리 들으니 반갑다.
　　(말뚝이는 반가와서 쇠뚝이 앞에 가서 인사를 합니다.
말뚝이 : 아나야—— 이—— 인사하는 것)
쇠뚝이 : 아나야—— 이——

말뚝이 : 너 만나기 천만다행이다. 그러나 저러나, 내가 옹색한 일이 있다.

쇠뚝이 : 네가 무슨 옹색한 일이 생기었느냐?

말뚝이 : 그런 게 아니다. 내가 우리 댁 샌님, 서방님, 도령님을 데리고 과거 보러 가는 도중 산대굿놀이 구경을 하다가 의막을 못 정했다. 나는 여기 遠近之戚 없고, 繁營之地에서 아는 친구 없이 애를 쓰는 중, 너 만나기 천만다행이다. 애—— 애, 나를 보아서 의막을 정해 다오.

쇠뚝이 : 옳지—— 구경바람에 의막을 못 정했구나. 그래라 의막을 하나 정해 주마.

말뚝이 : 어서 정해 다오. 빨리 정해 다오.

　　(쇠뚝이는 장내를 수 회 돌다가, 말뚝이 앞에 와서 하는 말입니다.)

쇠뚝이 : 애—— 애애 의막을 정해 놓고 왔다. 그 자식들이 혹시 담배질을 하더라도 아래 웃간을 만들고, 방에다가 뺑뺑 돌아가면서 말뚝을 박고, 문은 하늘로 냈다. 이만하면 되겠지.

말뚝이 : 그러면 고래등 같은 기와집이로구나, 그 방에 들어가자면 물고나무를 서겠구나.

쇠뚝이 : 암, 영락없지.

말뚝이 : 애—— 애애 너하고 나하고 거론하기가 불찰이지. 미안하지만 우리 양반들을 들여 보시자.

쇠뚝이 : 애—— 애애 이놈아 나야 무슨 상관있니? 너는 대관절 그 댁에 무어냐?

말뚝이 : 나는 그 댁에 청직이다.

　　(쇠뚝이는 말뚝이의 머리를 만져 봅니다.)

쇠뚝이 : 어디 보자. 청직이면 平凉이를 써?

말뚝이 : 아니다. 그 댁에 출계[庶脈]다.

쇠뚝이 : 그렇겠다. 양반들이 어데들 있느냐?

말뚝이 : 저 밖에 있다. 우리 어서 들여 모시자.

　　(양인이 샌님 일행을 돼지 몰아넣듯 채찍질을 해가면서 들여 모십니다.)

샌 님 : 애── 애애 말뚝아.

말뚝이 : 네이──

샌 님 : 이 依幕을 네가 정하였느냐? 누가 정해 주었느냐?

말뚝이 : 이 의막은 소인이 정하지 않고 아는 친구 쇠뚝이가 정해 주었소.
　　　(말뚝이는 쇠뚝이를 보고 하는 말입니다.)

말뚝이 : 네가 의막을 정해 주었다고 했다. 우리댁 샌님을 뵈라. (인사해라.)

쇠뚝이 : 내가 그런 양반을 왜 뵈느냐?

말뚝이 : 너── 그렇지 않다. 차후에 벼슬하면 괜찮다.

쇠뚝이 : 그러면 네 말대로 보고 오마.

말뚝이 : 어서 갔다 오너라.
　　　(쇠뚝이는 양반 일행을 보러 갑니다.)

쇠뚝이 : 쳐라──
　　　(삼현 연주, 타령조)
　　　(팔뚝잡이·여닫이·깨끼리 식의 춤을 추면서, 양반 일행 앞뒤를 돌
고 와서 말뚝이에게 하는 말입니다.)
　　　(삼현 중지)

쇠뚝이 : 애애애 내가 가서 양반들을 자세히 보니 그놈들은 양반의 자식들
　　　　이 아니더라. 샌님의 의관을 보니 도포는 입었으나 전대띠를 띠
　　　　고, 두부 보자기를 쓰고 화선을 들었으니, 그게 무슨 양반의 자식
　　　　이냐? 화랭이 자식이지, 또 서방님이란 자를 보니, 관은 썼으나
　　　　그놈도 화선을 들고 있으니 무슨 양반의 자식이냐? 잡종이더라.
　　　　또 도령님이란 놈은 전복에 전대띠를 매고 사당 보자기를 썼으
　　　　니, 그놈도 양반의 자식은 아니더라.

말뚝이 : 아니다. 그 댁이 貧難하여 貫物廛에서 貫物을 입고 와서 구색이
　　　　맞지 아니하여 그러하다.

쇠뚝이 : 옳지! 세물전에서 입고 와서 구색이 맞지 않아 그래──
　　　（샌님은 자기 하인인 말뚝이를 부릅니다.)

샌 님 : 말뚝아!

말뚝이 : 네이——

샌 님 : 너, 어데 갔느냐?

말뚝이 : 네—— 샌님을 찾으려고요……

샌 님 : 어데로?

말뚝이 : 네이—— 西山나귀 손질하여 호피 안장 돋우 놓아 가지고 안남산,
　　　　 밖남산, 쌍계동, 벽계동으로, 칠패, 팔패, 돌모루, 동작강을 널짓
　　　　 건너 남대문을 썩 들어서니, 일감장, 이먹골, 삼청동, 사직골, 오궁
　　　　 터, 육조앞, 칠가남, 팔각재, 구리개, 십자각, 아이머리 다방골로,
　　　　 어른머리 감투머리전골로, 언청다리, 쇠경다리를 건너와서, 배우
　　　　 개안 네거리를 썩 나가서 아래 우로 치더듬고 내리더듬어도, 샌
　　　　 님의 새끼라고는 개새끼 한 마리 없기에 아는 친구를 만나서 물
　　　　 어 보았더니 동소문 밖으로 나갔다라 하기에, 차츰차츰 나와서
　　　　 여기저기 찾아보다가 없기에, 다시 산대판에 와서 보니, 내 증손
　　　　 자 아들놈을 여기서 만나는구려.

　　　　（하고 샌님의 면상을 딱 치니, 샌님이 깜짝 놀라면서,）

샌 님 : 이그—— 이놈 三路街上에서 盧를 맹세를 하니, 후래 개자식. 호
　　　　　 —— 호——

　　　　（쇠뚝이는 말뚝이 앞에 와서 하는 말입니다.）

쇠뚝이 : 애애애! 말뚝아—— 그놈의 음성을 들어 보니, 총을치 하겠다.

말뚝이 : 암 벼슬을 하지. 너 어서 들어가서 문안을 들여라. 이후 벼슬하면
　　　　 관계찮다.

쇠뚝이 : 그래라. 내가 상놈 된 죄로 문안할 수밖에 없구나. 이 다음 請便紙
　　　　 한 장 받더라도 내가 문안을 아니 드릴 수 없구나.

　　　　（쇠뚝이는 양반들에게 인사를 하러 갑니다.）

쇠뚝이 : 남의 종 쇠뚝이 문안 들어가오. 아 샌님 샌님 샌님 소인 소인. （하
　　　　 고 샌님 앞에 가서 문안을 드렸습니다.）

샌 님 : （인사를 받지 않습니다.）

　　　　（쇠뚝이가 샌님에게 문안 들어갈 적에 두 손을 앞에 모으고 좌편 다

리만 내놓고 껍죽껍죽 하면서 들어갑니다.)

쇠뚝이 : 애애애! 말뚝아── 그놈의 샌님은 분명한 양반이다. 우리네 상
　　　　놈 같으면 "네 어미 씹구녁이나 잘 하였느냐" 할 텐데, 분명한 양
　　　　반이시더라.

말뚝이 : 다시 이를 말이냐. 분명히 양반이시다. 애애, 이놈아── 이번에
　　　　는 저 앞에 계신 서방님에게 착실히 문안을 드려야지, 만약에 문
　　　　안을 잘못 드렸다가, 너 가운데 다리 부러질 줄 알어라.

쇠뚝이 : 그래라. 잘 드리고 오마. 아── 서방님 서방님 서방님, 소인 소인.

서방님 : (무답)

　　　　(쇠뚝이는 문안을 드리고서 말뚝이 앞에 옵니다.)

쇠뚝이 : 애애애! 말뚝아! 서방님도 분명한 양반이시더라.

말뚝이 : 암── 양반이시다.

말뚝이 : 너 이번에는 저 끝에 계신 종가댁 도령님께 문안을 드려도 네 어
　　　　미 씹구녁 넌덜머리 같고, 너 문안을 아니 드려도 씹구녁 넌덜머
　　　　리 같다. 만약에 문안을 잘 드려야지, 잘못 드리면 너 그렇고 그
　　　　렇다.

쇠뚝이 : 오냐, 염려 마라.

　　　　(쇠뚝이는 도령님께 문안을 드리러 갑니다)

쇠뚝이 : 아── 도령님 도령님 도령님. 소인 소인.

도령님 : 너── 고히 있더냐?

쇠뚝이 : 애애애! 말뚝아! 그놈도 분명히 양반의 새끼들이다. 나 같으면
　　　　"네 어미 그거나 잘 하였느냐?" 할 텐데. 아닌게 아니라, 분명한
　　　　양반의 새끼들이다.

쇠뚝이 : 애애애! 나 문안을 다시 한 번 드리게 해 다오.

말뚝이 : 어떻게?

쇠뚝이 : 내가 술 한 잔을 못 먹는 날이면, 술이나 줄까 하고 아랫댁으로
　　　　돌아다니면서 뜰을 멀쩡히 쓸고, 만약에 술을 한 잔 두 잔 먹게
　　　　되는 날이면 뜰 쓸네 하고 조개란 조개는 모두 까먹고……

말뚝이 : 무슨 조개를 모조리 까먹어?

쇠뚝이 : 무슨 조개? 햇조개를 까기 일쑤. 영해, 영동, 고등어, 준치, 방어,
　　　　소라.

말뚝이 : 후래 아들놈 같으니!

쇠뚝이 : 일쑤 잘 까먹는 쇠뚝이 문안드리게 해 다오.

　　　　(샌님은 모욕 주는 소리를 듣고 분하여 말뚝이를 부릅니다.)

샌　　님 : 말뚝아!

말뚝이 : 네이——

샌　　님 : 남의 종 쇠뚝이를 잡아들여라.

말뚝이 : 네이——

　　　　(말뚝이는 쇠뚝이를 붙잡고서,)

말뚝이 : 이놈아! 어서 들어가자. 너를 잡아들이래신다.

　　　　(쇠뚝이가 아니 가겠다는 것을 억지로 끌기 때문에 거꾸로 잡아 가지
　　고 들어갑니다.)

샌　　님 : 애애애! 그놈의 대강이가 어데로 도망갔느냐?

말뚝이 : 네이—— 이놈의 대강이를 샌님댁 대부인 마님께서 보시면 기절
　　　　　경풍할까봐 거꾸로 잡아왔소.

샌　　님 : 그놈의 대강이를 빼다가 꾹 박아라.

말뚝이 : 네이—— 꾹—— 박았소.

　　　　(쇠뚝이는 샌님 앞에 꿇어앉았습니다.)

샌　　님 : 여봐라—— 이놈——

쇠뚝이 : 내가 이름이 분명한데, 누가 나더러, "이놈"이라고 그래?

샌　　님 : 네가 이름이 있으면 무어란 말이냐?

쇠뚝이 : 네이—— 내 이름은 아당 아宇 번개 번字요. 샌님이 부르시기에
　　　　　적당한 이름이요. 한번 불러 보시요.

샌　　님 : 그 제미 붙을 그놈의 이름 팽팽하다. 번아——

쇠뚝이 : 샌님은 글을 배우셨으니 바로 붙여서 불러 보아요.

　　　　(샌님은 이름을 불러 보지도 못하고 질질 맵니다.)

샌 님 : 아아아, 이놈의 이름이 왜 이리 팽팽하냐? 번아——

쇠뚝이 : 아서요—— 그러지 말고 어서 불러요. 샌님도 글을 배우셨으니,
　　　　바로 붙여서 불러요. 어서 어서, 빨리 빨리, 왜 쩔쩔매세요?

샌 님 : 아짜 번짜야——

쇠뚝이 : 이것 보게! 아짜 번짜가 무어요? 대관절 샌님이 글을 배왔오? 어
　　　　서 그러지 말고 붙여 불러요.

샌 님 : 아—— 아아

　　　　(샌님은 붙여서 불러 보지 못하고 "아—— 아아"하면서 쩔쩔맵니다.)

쇠뚝이 : 어서 붙여서 불러봐요.

샌 님 : 아—— 제미 붙을 놈의 이름도 다 보았다. 왜 이리 팽팽하냐? 아
　　　　—— 아아, 아버지.——

　　　　(말뚝이가 옆에서 이 소리를 듣고 하는 말입니다.)

말뚝이 : 왜 그러느냐?

　　　　(샌님은 상놈들에게 망신을 당하고 분하여,)

샌 님 : 애애애, 이놈들아, 남의 종 쇠뚝이는 허하고 사하여 주고, 내 종
　　　　말뚝이를 잡아들여라.

쇠뚝이 : 네이——

　　　　(쇠뚝이는 신이 나서 말뚝이 앞에 가서 하는 말입니다.)

쇠뚝이 : 너 이놈 큰일 났다. 너 양반댁 다닌다고 세력을 함부로 부리더니
　　　　잘 걸려들었다. 이놈 勢無十年에 花無十日紅이란다. 어서 가자. 지
　　　　체 말고 빨리 들어가자!

　　　　(쇠뚝이가 말뚝이의 평량갓을 뺏어들고 옷깃을 붙잡으려고 하는데,)

말뚝이 : 너 미쳤느냐? 내가 양반댁 다닌다고 무슨 세도를 하더냐?

쇠뚝이 : 이놈아 잔소리 말고 빨리 들어가자.

말뚝이 : 애—— 애애 너 술 취했느냐?

쇠뚝이 : 양반 분부하에 너를 잡아들이시랜다. 어서 들어가자. 샌님—— 말
　　　　뚝이를 잡아들여왔소.

샌 님 : 그놈을 엎어 놓고 대매에 물고를 올려라.

쇠뚝이 : 네이——— 지당한 분부요.

　　　(쇠뚝이는 말뚝이를 엎어 놓습니다.)

쇠뚝이 : 너, 양반 앞에서 매 맞으면 죽을 모양이니, 너 어떻게 하려느냐?

말뚝이 : 애——— 애애 가만히 때려다오.

　　　(샌님은 이 소리를 듣고서,)

샌팢님 : 애——— 애 이놈아 무슨 공론들을 하느냐? 네 어미 씹구역을 하자
　　　　는 공론이냐?

쇠뚝이 : 다름이 아니오라. 이놈이 샌님 앞에서 매를 맞으면 죽을 모양이
　　　　니 歇杖해 달라는 애걸을 하오.

샌　님 : 여보아라——— 이놈! 아니다.

쇠뚝이 : 애——— 애 아니다. 말뚝이——— 큰일 났다. 이 일을 어떻게 하느냐?

샌　님 : 이놈들아! 또 무슨 공론이냐? 어서 바른대로 말해라.

쇠뚝이 : 네이 소인이 기만할 리가 있읍니까? 댓 냥 주마 하오.

샌　님 : 아니다———

쇠뚝이 : 큰일 났다. 십 냥 주마 하오.

샌　님 : 아니다———

쇠뚝이 : 이놈의 일 똥탈 났네! 십오 냥 주마 하오.

　　　(샌님은 돈 십오 냥 준다는 말을 듣고 구수해서 좋아합니다.)

쇠뚝이 : 그건 구수하오.

샌　님 : 애——— 이놈들아 들어 봐라. 저기 끝에 계신 종가댁 도령님은 꽁
　　　　치 받은 지 석삼 년 열아홉 해나 된다. 댁이 간구하여 納采를 이
　　　　때까지 못했다. 그러하니, 그 돈 십사 냥 구 전 오 푼은 댁으로 봉
　　　　상하고 그 나머지는 술 한 사발 사다가 먹어라.

쇠뚝이 : 네이——— 지당한 분부요.

　　　(샌님은 삼현청을 향하어 들어가고 쇠뚝이, 말뚝이는 퇴장을 합니다.)

(2) 포도부장 놀이

신등장인물

포도부장(오입쟁이)
안색 : 백색(수령)
재담 : 무언
의상 : 두루마기, 갓
소지품 : 없음

장중에는 샌님(언청이 샌님), 소무(샌님의 첩)
(포도부장은 常人인데, 그 당시 양반 세력에 敢不生心이지, 생명을 걸고서 샌님의 첩 소무와 情談을 통하였던 것입니다. 사랑에 샌님 신발만 없으면 담을 뛰어넘어서, 소무와 情通을 하는 것입니다. 兩人이 일시라도 못 보면 그립고 그리워서 포도부장은 생명을 걸고 作戲를 하는 것입니다. 샌님은 늙게 젊은 소첩을 얻어 가지고 재미나 볼까 하는데, 賤人 오입쟁이에게 빼앗기지나 않을까 상심을 하는데, 아닌게 아니라, 포도부장은 샌님이 출타한 싹을 알면 와서 정을 통하고 가는 것입니다. 어느 날 샌님이 자기 소무에게 하는 말입니다.)
샌　님 : 내가 이제 몸도 늙고 병신인데 혹시 동리 젊은 놈이 오더라도 아예 마음만은 변치 말게.
　　　(샌님은 소무와 情通하려고 춤을 춥니다. 삼현 연주, 타령조)
샌　님 : 쳐라.
　　　(샌님은 까치걸음춤을 추고, 소무는 자라춤을 추는 것입니다.)
　　　(샌님은 자기 소무를 데리고 정통을 하려고 하는데, 난데없는 포도부장이 달려들어 작희를 합니다.)
샌　님 : 이놈 보게! 내 그럴 줄 알았지. 이 안갑을 할 놈이 있나? 이 육실할 놈이 다 있나? 이놈을 단단히 타이르고 와야지. 그냥 두었다간 큰일 나겠다. 이 육시를 할 놈이 있나?

(삼현 중지)

(샌님은 포도부장을 찾으러 갑니다. 삼현 연주, 타령조)

샌 님 : 쳐라.

(샌님은 포도부장 앞에 가서 하는 말입니다.)

(삼현 중지)

샌 님 : 애——, 이놈아! 늙은 놈이 늦게 소첩을 얻어가지고 재미나 볼까 하는데, 젊은 놈이 어디 계집이 없어 자꾸 오느냐? 이놈아—— 이 늙은 놈이 밤이면 등이나 긁고 말벗이나 하려고 하는데, 이놈! 나 없는 싹만 보면 자꾸 와서 오쟁이를 지어 주고 가니, 이 안갑을 할 놈아! 너 여기 다시 오면 네 어미 붙을 놈이다. 이놈아, 다시 오지 마라.

(소무와 샌님이 손을 잡고 춤을 추면 포도부장이 달려들어 춤을 못 추게 훼방을 놓고, 자기가 소무의 손목을 잡고 춤을 추는 것입니다. 삼현 연주, 타령조)

(샌님은 포도부장을 타이르고 춤을 추면서 소무 앞에 옵니다.)

샌 님 : 마누라—— 아예 마음 변치 말게. 내가 코는 째지고, 병신일망정, 마음은 먹지 못한 돌배 맛일세, 아예 그놈 못 오게 하게. 그러지 말고 우리 춤이나 추세.

(삼현 연주, 타령조)

(兩人이 춤을 추는데, 난데없는 포도부장이 달려들어 소무의 손목을 잡고 춤을 추면서 잘 놉니다. 샌님은 어이가 없어, 이 광경을 보고 하는 말입니다.)

샌 님 : 어, 이것 보게. 이놈 또 웬일이냐? 한 번 일렀거든. 이놈 큰일 나겠다.

(샌님은 포도부장의 등을 후려갈기니, 포도부장은 깜짝 놀라 달아납니다. 샌님의 신발만 없으면 담을 뛰어넘어 와서, 소무와 정통을 하는데, 근자에는 샌님이 있거나 없거나 함부로 넘어 들어옵니다. 병든 샌님이라 젊은 놈을 이겨 낼 수가 없어 물끄러미 쳐다보면서 하는 말입

니다.)

샌   님 : 이놈이, 내 신방돌에 신발만 없으면 담을 휙휙 넘어와서 오쟁이
　　　　　를 지어 주고 가니, 이놈! 무슨 안갑을 할 짓이냐? 내가 이놈을
　　　　　타이르고 올게. 마누라, 집이나 잘 보고 있게, 아예 그런 맘 먹지
　　　　　말게.

　　　　(샌님은 포도부장을 보러 갑니다. 삼현 연주, 타령조.)

샌   님 : 쳐라── 집에다가 젊은 계집을 두고 나오니, 걸음이 자꾸 뒤로
　　　　　만 걸리지 앞으로는 아니 걸린다.

　　　　(샌님은 포도부장 앞에 가서 하는 말입니다. 삼현 중지.)

샌   님 : 여봐라. 이놈! 너 한 번 일렀거든, 이놈, 나 없는 쌌을 알고서 이
　　　　　놈, 간통을 하니, 그 무슨 안갑을 할 짓이냐? 이놈, 처가살이 가
　　　　　서 장모 붙을 놈아! 다시 오면 네 어미 붙을 놈이다. 다시는 오
　　　　　지 마라.

　　　　(삼현 연주, 타령조. 샌님은 춤을 추면서, 자기 소첩 소무 앞으로 옵
　　　니다.)

　　　　(삼현 중지)

샌   님 : 여보게 마누라! 자네하고 나하고 정리를 論之할 거 같으면 콩알
　　　　　이 한쪽이 생기면, 썩은 쪽은 자네를 주고, 성한 쪽은 내가 먹은
　　　　　정리가 아닌가? 또 밤이면 내 연장 망태기를 조무락조무락 만지
　　　　　는 처지가 아닌가?

　　　　(소무가 이 소리를 듣다 못하여, 샌님의 멱살을 쥐고 따귀를 때리면
　　　서 姦夫 포도부장을 손짓하여 부릅니다. 포도부장은 신이 나서 소매를
　　　건고 술통을 빼고, 갓을 제켜 쓰고 두루마기 자락을 뒤로 젖혀 매고, 손
　　　뼉을 딱딱 치면서 삼현 장단을 청합니다. 삼현 연주, 타령조)

　　　　(포도부장은 신이 나서 샌님 댁 담을 넘어 들어가서 소무의 손목을
　　　잡고 춤을 추는데, 샌님은 포도부장이 뛰어 들어오는 바람에 어쩔 줄 모
　　　릅니다.)

　　　　(삼현 중지)

샌　님 : 이 연놈들 보게! 왜들 이래! 이 연놈들이 사람 잡아먹겠다.

　　　(샌님은 어이가 없어서 한숨을 쉬다가,)

샌　님 : 이놈들아, 내 말을 잠깐 들어 보아라. 나는 저기 저 젊은 놈하고
　　　　　싸우기 싫다. 늙은 몸이라 남의 倫紀를 끊기 싫은 사람이다. 또 남
　　　　　에게 積惡을 할 게 무어 있느냐? 그러하니, 너희들은 아무쪼록 젊
　　　　　은 남편 얻어서 자손 번성하고, 富貴多男하여라. 그리고 대대손손
　　　　　잘들 살아라. 그러나 이때까지 살던 정리를 생각하여 마지막 자
　　　　　네 손목 한번 만져 보세나.

　　　(옆에 있던 포도부장이 자기 손을 내밉니다.)

　　　(샌님은 소무의 손목인 줄 알고 하는 말입니다.)

샌　님 : 정말인가? 정말인가? 자네 이럴 줄 몰랐네.

　　　(샌님은 소무의 손목인 줄 알았더니, 포도부장의 손목이라, 뿌리치면
　서 하는 말이,)

샌　님 : 에끼 천하에 죽일 놈! 이런 안갑을 할 놈이 있나?

　　　(소무가 샌님에게 손목을 내밉니다. 샌님은 다시 소무의 손목을 잡고
　서 하는 말이)

샌　님 : 그러면 그렇지 그럴 수가 있나? 사내대장부가 一言에 重千金이
　　　　　지 一口二言은 아니 하네. 이것이 마지막 자네 손목을 만져 보는
　　　　　걸세.

　　　(샌님은 소무의 손목을 잡고 落淚하면서, 수세[저고리 잎 자락의 끈]를
　베어 주면서, 침을 탁탁 뱉고나서, 춤을 추려고 삼현 장단을 청합니다.)

　　　(삼현 연주, 타령조)

샌　님 : 처라──

　　　(까치걸음식의 춤을 추고 퇴장을 하면, 포도부장은 소무를 데리고 춤
　을 춥니다. 삼현 연주, 굿거리)

　　　(양인은 굿거리 장단에 검무 춤을 추고 퇴장을 합니다.)

　　　(삼현 중지)

10 신할아비·미알할미 과장

신등장인물

신할아비 : 賤人 노인
미알할미 : 천인 마누라
도끼 : 아들
도끼누이 : 딸

1. 신할아비
안색 : 백색. 백발 노인
재담 : 有言
의상 : 도포
소지품 : 花扇

2. 미알할미
안색 : 黑紅色
재담 : 무언
의상 : 부녀복
소지품 : 지팡이

3. 도끼
안색 : 백색
재담 : 유언
의상 : 농민복 (상복)
소지품 : 없음

4. 도끼누이

안색 : 백색

재담 : 유언

의상 : 부녀복 (素服)

소지품 : 없음

(미알할미는 남편 몰래 산대굿 구경을 나와서, 상좌과장, 옴중·묵승 과장을 보고, 또 팔목승 과장에 중들이 나와서, 파계승을 충고하였으나, 염불을 아니 하고, 가사를 부르자고 합니다. 고승 노장이 旅閣 계집을 데리고 농락하는 과장, 취발이란 놈이 늙은 중과 격투해서 소무를 빼앗는 과장, 양반들이 과거 보러 가는 도중 산대굿 구경 바람에 해 가는 줄 모르고, 依幕을 정치 못하고 있는데, 쇠뚝이란 친구를 만나서 희롱 욕설 등을 하는 과장을 보고 있는데, 자기 옆에 암상스런 남편이 있는 줄은 꿈에도 모르고 구경을 하다가 남편에게 발견되었던 것입니다.)

신할아비 : 집을 비워 놓고 무슨 구경을 왔어? 이년 어서 죽어라. 이년——
　　　　　너 죽으면 내 못 살리, 나 죽으면 너 못 살리.

("어서 죽어라"하면서 구박을 합니다. 신할아비는 젊어서부터 암상만 부리더니, 늙게는 더 암상만 부려 왔던 것입니다. 자식이라고 있다는 것이 무식 난봉이라, 김동지 댁 월수돈 갚으라는 돈 삼 냥을 가지고 놀음 하는 노인들 옆에서 부탁하다가, 잃어버리고 달아난 자식——그 돈을 다시 청산하는데, 목 타게 송아지 한 마리를 팔고, 그것이 부족되어, 가장집물을 팔아서 청산을 하다 보니 살아나갈 길이 막연하였던 것입니다. 미알할미는 쓰라린 세상사를 생각하고 자살을 한 것입니다. 신할아비가 등장하여 장중을 돌면서 노래를 부릅니다.)

신할아비 : 아이들아 산대굿을 다 보았느냐?
　　　　　나도 산대굿을 다 구경을 했다.
　　　　　청춘 소년들아,
　　　　　늙은 망령을 웃지 마라.
　　　　　나도 어제 청춘이더니.

오늘 紅顔 白髮이 되었다. 아―― 하.

(신할아비는 노래를 부르고 한숨을 쉽니다. 옆에서 무엇이 바시락바
시락 하기에 보니, 자기 마누라가 산대굿 구경을 하고 있는 것입니다.)

신할아비 : 어쩐 일이요? 여길 무얼 하러 나왔소? 청개구리 밑에 실뱀 따
　　　　라 다니듯 무얼 하러 따라왔소? 마누라―― 숫개 부등가리는 다
　　　　어디 두고 왔소?

(미알할미는 지팡이를 번쩍 들어 가리킵니다.)

신할아비 : 우리 마누라는 찬찬하기는 해! 어, 저 건너 김동지 댁에 맡겼어
　　　　―― 그전부터 우리 마누라는 찬찬은 해―― 마누라 우리 이별이
　　　　나 한번 해 볼까.

신할아비 : (노래)

　　　　죽어도 너도 팔십 나도 팔십.

　　　　제발 덕분 너 죽어라.

　　　　나 죽으면 너 못 살리.

　　　　너 죽으면 나 못 살리.

　　　　唐明皇의 양귀비도 죽었세라.

　　　　제발 덕분 너 죽어라.

(미알할미는 이 구박하는 소리를 듣고, 분하여 손뼉을 딱딱 치며 "고생
살이를 늙은 할미 오늘날 이 고생이 마지막이다"하고 두 손으로 가슴을
치며 머리를 박박 뜯고 슬피 웁니다. 이때, 미알할미는 독약을 먹고 장중
에서 쓰러지면서, 배 위에다 기양대를 놓고 자살을 하는 것입니다. 신할
아비가 옆을 보니 마누라 미알할미가 온다 간다 말없이 없어졌습니다.)

신할아비 : 이것 보게, 마누라가 없으니, 어데 갔을까? 나는 정에 겨워 그
　　　　런 말을 하였는데, 이놈의 마누라가 달아났으니, 어디로 갔을까?
　　　　한 솥에 밥을 먹던 개라도 나가면 찾는데, 수십 년이나 동거해 온
　　　　마누라가 어디로 갔으니, 아니 찾을 수 있나? 마누라, 마누라, 어
　　　　디로 갔나? 마누라, 마누라, 어디로 갔나?

(신할아비는 장중을 돌면서 마누라를 찾는 것입니다.)

신할아비 : (노래)

　　　마누라 마누라 어디로 갔나?

　　　萬壽山 넘어 松林村으로 갔나?

　　　영천수 맑은 물에

　　　귀를 씻으러 갔나?

　　　商山四皓 옛 노인

　　　바둑 훈수를 갔나?

　　　옛날 楚覇王과

　　　兵事를 의논차 갔나.

　　(장중을 수 회 돌다가 마누라를 찾아보니, 마누라가 장중에 쓰러져 있던 것입니다)

신할아비 : 이그―― 이게 보게, 거리 부정났구나. 이것이 바로 우리 마누라가 죽었구나. 팔십 먹은 늙은 놈이 이게 무슨 팔자냐? 이놈의 마누라가 여기서 죽었으니, 늙은 놈이 현손 백길 단돈 한 푼 없고 이 모양을 당했으니, 이 일을 어찌하나? 자식이라고는 팔난봉 자식. 이놈의 자식도 나간 지가 수삼 년인데, 여기 사람이 인산만성한데, 혹시 와서 있는지도 알 수 없다. 뜬물에도 애가 든다고 한 번 찾아볼까? 이놈이 여기서 구경하고 있을까?

　　(신할아비는 장중을 돌면서 자기 아들 도끼를 불러 봅니다.)

신할아비 : 애―― 도끼야 도끼야, 애 도끼야, 여기 있느냐?

도　끼 : 네, 나 도끼 여기 있소.

신할아비 : 이놈아 어디 갔더냐? 늙은 놈을 버리고 어디 갔더냐?

도　끼 : 나, 똥 누러요.

신할아비 : 이놈아―― 똥은 화수분 설사를 했느냐? 몇 삼 년을 똥을 누어? 그러나 저러나 이놈아 너, 저 건너 김동지 댁 월수돈 삼 냥 주었느냐? 그 돈 어쨌느냐?

도　끼 : 네, 그 돈 말이요? 내가 그 돈 가지고 가다가 수양버들 나무 밑에서 노인들이 육동 당치기를 하길래, 옆에서 부탁하다가 다 잃어

버리고, 집에 돌아오면 아버지한테 야단 만날까 무서워서 아주
뺐소.

신할아비 : 에끼—— 이놈! 내가 그 돈 갚으라고 목달이 한 마리 팔고, 가
장집물을 팔아서 촌지이지해서 다 갚아 주었다. 애 네 어미가 여
기서 구경을 하다가 죽었구나. 이 일을 어떻게 하느냐?

도   끼 : 그예 이를 악물고 암상을 부리더니, 어머니를 잡아먹었구려. 아버
지 대관절 평안히 지냈소?

신할아비 : 에끼 개자식—— 애비보고 평안히 지냈소가 무어냐? 애 네 어
미가 여기서 죽었으니, 이 일을 어찌 하란 말이냐? 애 할 수 없다.
네 누이나 불러 오너라. 네 누이는 지금 잿골서 살다가 먼지골로
이사 갔으니, 네가 가서 데리고 오너라. 어서 갔다 오너라.

도   끼 : 아버지, 이런 제미 붙을 놈의 팔자가 있소? 머리 푼 상제더러 부
음을 전하라고 하니 이런 팔자가 있소?

신할아비 : 이 육실할 놈아. 머리 아니라 무엇을 풀었더라도 이놈아 어서
갔다 와!

도   끼 : 그러하오. 내 갔다 오리다.

　　　(도끼는 누이를 찾으러 먼지골로 갑니다.)

도   끼 : 누님—— 누님

도끼누이 : 누구냐?

도   끼 : 나, 도끼요.

누   이 : 이놈아 대패냐?

도   끼 : 나, 도끼요.

누   이 : 옳지! 끌이냐?

도   끼 : 나, 도끼예요.

누   이 : 옳지 네가 도끼냐?

도   끼 : 네, 도끼요.

누   이 : 애—— 애, 네가 왔지만, 이제는 단돈 한 푼도 없다. 전에는 돈 백
돈 천 냥씩이나 가져갔지만, 이제는 한 푼도 할 수 없다.

도 끼 : 누님—— 내가 온 것은 돈을 가지러 온 것이 아니라, 부음 전하러 왔소

누 이 : 부음이라니, 무슨 부음이란 말이냐?

도 끼 : 어머니가 산대굿 구경을 하다가 죽었어!

누 이 : 이놈아! 콩으로 메주를 쑨대도 곧이 아니 들린다.

도 끼 : 대관절 매부는 어디 갔소?

누 이 : 매부는 집을 나간 지가 석삼 년, 십구 년이다.

도 끼 : 그러면 누님은 그 동안 옹색은 어디서 풀었소?

누 이 : 너 그런 걱정 마라. 이 동네 홀아비가 여럿 있다.

도 끼 : 그러면 살기는 걱정 없겠구려!

누 이 : 암. 걱정 없지.

도 끼 : 누님. 어서 갑시다. 어머니가 죽었으니 어서 가요.

누 이 : 그예—— 아버지가 일평생을 두고 이를 악물고 암상을 부리더니,
          어머니를 잡아먹었구나. 어서 가자.

          (도끼는 누이를 데리고 옵니다.)

도 끼 : 아버지.

신할아비 : 왜냐?

도 끼 : 누님이 왔어요.

신할아비 : 어디 왔느냐?

          (자기 아버지에게 인사를 올립니다.)

누 이 : 아버지 평안했소?

신할아비 : 평안이고 무엇이고 네 어미가 죽었다.

누 이 : 그예 암상을 부리더니 어머니를 잡아먹었구려! 빈소는 어디요?

신할아비 : 저기다.

          (삼인이 빈소에 가서 통곡을 합니다. 통곡을 하다가 보니, 도끼란 놈
       이 누이 앞으로 차츰차츰 가는 것을 보고 하는 말입니다.)

신할아비 : 애—— 이놈아, 누이한테 가까이 가지마라. 큰일 난다.

도 끼 : 아버지 염려 말아요.

          (삼인이 통곡을 하다가 도끼가 하는 말입니다.)

도　끼 : 아버지—— 여기는 아직까지 따뜻하구려.

신할아비 : 어디 보자.

도　끼 : 여기가 아버지 좋아하는 데구려.

신할아비 : 암—— 너희들이 나온 데로구나.

누　이 : 아버지, 약이나 써 봤소?

신할아비 : 약이 다 무어냐? 도끼야 도끼야.

도　끼 : 왜 불러요?

신할아비 : 이 일을 어떻게 하면 좋겠니? 여기 아는 친구도 없고 단돈 한
　　　　　푼 없이, 이 일을 어떻게 한단 말이냐? 우리가 돈이 있으면 지노
　　　　　귀 삼서라도 할 텐데. 어디 돈이 있느냐? 우리끼리 넋이나 건져
　　　　　주자.

누　이 : 그리 합시다.
　　　　　(삼인이 미알할미의 넋을 건져줍니다.)

누　이 : 넋이냐, 넋이로구나.
　　　　　놀양 심산 첫 넋이냐.
　　　　　넋을란 넋반에 담고,
　　　　　신에 신체는 관에 담고,
　　　　　북망산천 돌아가니
　　　　　한심하고 처량하다.
　　　　　저승길이 멀다더니
　　　　　대문 밖이 저승일세.

신할아비 : 우리 굿이나 한 거리 해 주자. 집안이 빈난하여 돈 한 푼 없으
　　　　　니 우리끼리 정성껏 굿이나 해보자.

도　끼 : 인제 어머니 생각이 나오? 어머니를 소시적부터 달달 볶더니 이
　　　　　제야 철이 났구려.

누　이 : 애 이왕지사 어머니가 돌아가신 것을 아버지마저 구박한들 소용
　　　　　있느냐? 어서 굿이나 해 보자.
　　　　　(삼부녀가 굿을 합니다. 도끼는 장고 치고, 도끼누이는 화선을 들고

미알할미 혼을 몰아들입니다.)

누 이 : 초가망, 이가망, 삼가망,

　　　　졸아전 불 가망이 아니시냐.

　　　　고생하다 돌아가신 우리 어머니 날망제를

　　　　산 좋고 물 좋은 데로 자리 잡아

　　　　이 세상에 남자로 다시 한 번 태어나서

　　　　고생 없이 사시다가,

　　　　극락세계로 가시길 소원이요.

　　　　(이와 같이 축원을 합니다. 삼현 연주, 굿거리)

　　　　(삼부녀가 巫女 춤을 춥니다)

　　　　(삼현 중지)

　　　　(집안끼리 굿을 하여, 극락세계 가기를 정성껏 축원하였던 것입니다.

　　　어느덧 세월이 흘러 삼년상이 돌아왔던 것입니다.)

도 끼 : 아버지—— 어머니가 삼년상이 돌아왔구려. 내가 팔난봉으로 돌

　　　　아다니느라고 부모님께 불효막심하였습니다. 어머니 삼년상이 마

　　　　지막이니 아무리 집안이 빈한하여도 어머니에게 진미나마 정성

　　　　껏 떠서 올립시다.

신할아비 : 암—— 이를 말이냐? 진지라도 한 그릇 떠서 올려야지.

　　　　(大祥時의 제물을 진열하여 놓고, 묵승은 執事로, 완보는 祝官으로, 기

　　　타 가면들은 조객으로. 삼현 장단은 타령조로 연주합니다.)

　　　　(삼현 연주, 타령조)

　　　　(가면들이 장중 입구에 등장하면, 삼현청에서는 연주해 줍니다.)

　　　終

발탈 조사보고서[2]

머리말

발탈 기능보유자 李東安이 별세한 다음 사망 후 기능보유자 재지정 및 전승에 필요한 대책을 강구하기 위해서 재조사를 실시했다. 1995년 8월에 실시한 김옥진(문화재전문위원)의 〈발탈에 관한 조사보고서〉 및 장철수(문화재전문위원)의 〈발탈 전승자 기·예능 조사보고〉를 참고로 하고, 조동일(문화재위원)이 다시 조사를 했다.

이 보고서에 두 분의 선행조사를 최대한 참고하고 수용한다. 1995년 10월 27일에 안산시 예총사무실에서 朴海一(1923년생, 경기도 안산시 원곡본동 766-4 거주)을 면담조사하고, 재담을 녹화했다. 다음 날 28일에는 서울 성북구 장위동 소재 민속무용학원에서 朴貞任(1939년생, 서울특별시 성북구 장위1동 237-274 거주)을 면담조사했다.

김옥진의 조사에서 발탈이 민속극의 다른 갈래들만큼 연구되고 평가되지 않는 이유가 무엇인가 반문한 것을 심각하게 받아들이고, 해답을 제시하고자 한다. 발탈이 무엇이며 왜 소중한지 밝혀야, 무엇을 어떻게 계승해야 하는가 알 수 있기 때문이다. 또한 김옥진의 조사에서 박정임이 계승하고 있는 지금의 공연에 많은 문제점이 있다고 지적한 견해를 받아들이면서, 문제점 해결의 방안을 제시하기로 한다.

김옥진과 장철수의 조사 양쪽에서 모두 1983년에 무형문화재 제79호 발탈을 지정할 때에 재담꾼 박해일을 기능보유자로 지정하지 않는 것이 잘

---

2) 잠시 동안 문화재 위원 노릇을 할 때 이 일을 하나 했다.

못이었으며, 그 때문에 발탈 전승에 차질이 생겼다고 한 데 대해서 동의한다. 장철수가 박해일의 대본을 제시하면서 대본에 대한 재검토가 필요하다고 한 제안을 받아들여 해답을 제시한다. 그리고 박해일이 중심이 되어 발탈을 이어나갈 수 있게 해야 한다는 장철수의 결론에 찬동하고, 그 이유를 더 밝히고자 한다.

발탈의 실상 재검토

발탈은 사람이 직접 출연하는 탈춤과 인형이 보여주는 꼭두각시놀음의 중간형태로서 그 둘을 아우른 제3의 전통민속극으로서 소중한 의의가 있으며, 재담꾼들의 무대공연물의 하나로서 크게 호응을 받았다. 그런데 1983년에 주요무형문화재 제79호로 지정했으나 전승이 부진하다. 재담이 변질되고, 공연자가 여성들만이어서 기량을 충분히 발휘하지 못하고, 관객의 반응이 미흡한 것 등 많은 문제점이 있다고 지적되고 있다. 기능보유자 이동안 생존 시에도 이미 나타나고 널리 지적된 이런 문제점을 이동안의 기능을 이은 전수생들이 해결할 수 있으리라고 기대하는 것은 무리이다. 그대로 두면 발탈은 전승이 중단되어 소멸할 위기에 처해 있다.

발탈 전승이 그처럼 부진한 근본 이유는 1983년의 지정이 잘못된 데 있다. 발탈은 발탈을 놀리는 탈놀이와 대사를 주고받는 재담의 두 가지 기능으로 이루어져 있는데, 탈놀이 기능을 담당하는 이동안만 기능보유자로 지정하고, 재담 기능을 보유한 박해일은 기능보유자로 지정하지 않아, 재담 기능이 약화되고 변질되었다.

발탈을 주요무형문화재 제79호로 지정한 근거는 鄭昞浩(문화재위원)와 崔賢(문화재전문위원)이 조사한 무형문화재지정조사보고서 제149호 〈太平舞와 발탈〉에 근거를 두는데, 그 보고서는 태평무에 관해 조사하는 데 주안점을 두었고, "李東安의 太平舞는 模範型으로 보고, 문화재로 지정해 줄 것을 건의"한다는 결론을 맺었으며, 발탈에 관해서는 "현재 李東安이

보유하고 있는 발탈은 발탈의 標本으로 속단하기에는 어려운 점이 있"다하고, "기록보존"의 필요성을 말했을 따름이고, 문화재로 지정해야 한다는 말은 하지 않았다. 그런데 무용 분야 문화재위원이 조사를 충실하게 해서 문화재로서 가치가 있다고 결론을 내린 태평무는 도외시하고, 연극 분야 전문의 문화재위원의 조사를 거치지 않아 원형 여부를 판단하기는 더욱 어렵게 된 발탈만 무형문화재로 지정해서 차질을 빚어냈다.

발탈이 무형문화재로 지정되기 전에는 이동안과 박해일 두 사람이 함께 공연하고, 이동안의 탈놀이 기능과 박해일의 재담 기능, 양쪽 기능의 협동이 잘 이루어졌다고 한다. 그런데 자기만 기능보유자가 되자 이동안은 재담 기능에서까지 자기주장을 일방적으로 고집했으며, 그 부당함을 지적해도 시정하지 않자, 1986년 2월 국립극장에서 한 공연을 마지막으로 박해일은 이동안과 결별했다고 한다. 그 뒤에 이동안은 발탈을 하기에 적합하지 않은 여성 전수생들에게 탈놀이 기능과 재담 기능을 둘 다 전수하려고 해서, 탈놀이 기능이 약화되고, 재담 기능 전승에서는 더 큰 차질이 생겼다.

무형문화재지정조사보고서 제149호에서 발탈에 관해 보고한 내용 가운데 가장 잘못된 것은 대본이다. 아래에서 다시 밝히겠지만, 원형에서 크게 이탈해 잘못 변질된 대본을 문화재 지정의 자료로 삼아, 변질을 인정하고 합리화하는 부당한 결과를 초래했다. 박해일은 그 보고서에 수록된 발탈 대본인 이동안본이 잘못되었다고 거듭 주장해 왔는데, 그 주장이 타당하다.

그 보고서에서, 이동안은 朴春載에게서 발탈을 전수받았다 하고, 박해일은 이동안에게서 발탈을 전수받았다고 했는데, 박해일에 관한 보고는 사실이 아니다. 박해일은 高俊成에게서 발탈을 전수받았으며, 이동안과는 사제의 관계가 아니고 동료의 관계였다. 이동안은 박춘재제를 잇고, 박해일은 고준성제를 이어서 발탈 대본이 서로 달랐다고 생각할 수 있으나, 이동안의 대본은 원형을 상실하고 변질된 것이라고 볼 수밖에 없는 결정적인 결함이 있어 그 의의를 인정하기 어렵다. 박해일은 재담을 기억하고 재현하는 능력에서 이동안보다 뛰어나 이동안이 상실한 원형을 이어받은 증거를 박해일본 대본에서 확인할 수 있다.

박해일은 이동안과 결별한 다음 1987년에 9월에 김천흥, 이경자 두 분의 도움을 얻어 잘못을 바로잡은 대본을 다시 만들었다고 했다. 김천흥은 민속예술 전반에 해박한 지식과 많은 공연 경험이 있어 발탈에 대해서 잘 알아 도움이 되었다고 했다. 이경자는 고준성이 박해일 자신과 함께 발탈을 공연할 때 여자 역을 담당했으며, 지금도 생존해 있으나 활동은 하기 어렵다고 한다.

박해일본 대본의 전문을 제시하면 다음과 같다.

(놀이가 시작되면 길군악 가락에 탈이 등장하고, 음악 소리는 사라진다.)
탈 : (큰 기침을 하고 침을 뱉으며) 어흠, 어흠, 에 투, 여기 사람 많이 모였군. (사람들을 둘러보며) 여기 누가 주인이요?
주인 : 내가 주인이요. 당신은 웬 사람이요?
탈 : 웬 사람이라니! 아니 내가 조그마니까 토막을 낸 줄 알우? 웬 사람이냐구 묻게.
주인 : 당신은 도대체 누구냐 말이요?
탈 : 나는 다른 사람이 아니라 팔도강산 유람차 다니는 사람이요.
주인 : 그럼 당신 보아하니 멋깨나 들었겠구려?
탈 : 멋도 들었지만, 모르는 거 빼곤 다 잘 알지.
주인 : 모르는 것 빼곤 잘 안다? 그럼 강산유람을 다녔으면 시조장이나 알겠군.
탈 : 시조장이라니, 시조가 무슨 물건인가, 장에 있게? 시조마디지.
주인 : 하하, 이 사람 그런 시조 한 마디 해보구랴.
탈 : 하라면 하지 못할 줄 알구. (목을 다듬는다.)
      (시조)
      청산리 벽계수야 수이 감을 자랑 마라,
      일도창해하면 다시 오기 어려워라.
      명월이 만공산허니 수여 간들.
주인 : 허허, 거 시조하는 걸 보니, 춤 마디나 추겠는데.

탈　：허허 이것 좀 보게. 춤이 마디가 어디 있어, 가락이지.

주인　：오라, 참 춤은 가락이지. 그럼 춤 가락 한번 보여주지.

탈　：아따, 그 사람 골고루 보자네. 그래 추지, 만장단 쳐라.

주인　：아니 만장단이라니! 만장단이 뭐지?

탈　：만장단이 뭐야. 허튼 장단이 만장단이지.

　　　（탈이 한참 동안 춤을 추고, 주인도 같이 춤을 춘다. 춤이 끝나면,）

주인　：허허, 거 뚝배기보다 장맛이 좋다더니, 생긴 꼴보다는 좋은 친구로군.

탈　：뭐? 생긴 꼴보다 좋아?

주인　：여보게, 이제 우리 말을 놓고 하세.

탈　：말을 놓고 해?

주인　：그래 놓고 해.

탈　：미친 시러배 아들놈 녀석 좀 보게.

주인　：아니 뭐, 뭐라고?

탈　：이 녀석아, 언젠 말을 붙들어 매고 했니, 놓고 하게?

주인　：아니 그게 아니라, 우리가 서로 친구로 지내자 이 말일세.

탈　：그래 그것도 좋지. 그런데 여보게 여기 웬 사람들이 이렇게 많이 모였나?

주인　：많이들 오셨네.

탈　：요지경판이라도 벌어졌나?

주인　：여기 오신 분들 달래 오신 게 아니라 말야.

탈　：그래서?

주인　：거 자네 얼굴이.

탈　：내 얼굴이?

주인　：요지경보다 더 괴상하고 재미있게 생겨서 자넬 보러들 오셨다네.

탈　：내 얼굴이?

주인　：그래.

탈　：괴상망칙은 빼고.

주인　：빼고 그래.

탈　：하도 잘 생겨서 나를 보러 오셨단 이 말이지?

주인 : 그려, 그려.

 탈 : 야, 그럼 내가 인사를 해야지. (탈을 아래로 숙이며 인사를 한다.)
      안녕들 하십니까?

주인 : 앗다, 그 녀석 인사 한번 잘 한다.

 탈 : 잘 허지.

주인 : 그런데, 애 넌 어떡허다 얼굴이 이렇게 생겼니?

 탈 : 내 얼굴이 잘 생겼니?

주인 : 아주 잘 생겼다.

 탈 : (좋아하며) 히이 이게 다 우리 어머니, 아버지 잘 모신 덕택이지.

주인 : 덕택? 덕택 한번 잘 봤다. 이게 덕택을 한 번만 봤길래 망정이지, 덕
      택 두 번 봤더라면 맘대로 깔구 앉아 고물단지를 맨들어놨겠다.

 탈 : 뭐 ? 어쩌고 어째!

주인 : (흉을 본다) 이게 낯짝이냐?

 탈 : 그럼 내가, 이게 너의 여편네 밤짝이냐?

주인 : 뭐 어쩌고 어째? (화가 나서 부채로 탈을 때리며) 예라 이놈.

 탈 : (재빨리 피한다.)

주인 : 어 이게 피하는 데는 난당일세.

 탈 : 이놈 너는 불한당이다.

주인 : 하, 저 눈깔 좀 봐. 꼭 얼음에 자빠진 쇠눈깔처럼 생겨가지고, 코는
      술코에다, 아가리는 메기 아가리처럼 생긴 게, 광대뼈는 툭 튀어나
      와가지고, 한 번만 받치면 눈깔 빠지겠다. 이놈아!

 탈 : 이놈아, 내 광대뼈가 몇 발씩이나 되는 줄 아니. 이만하면 잘 생겼
      지, 얼마나 더 잘 생기니.

주인 : 얼씨구 참 잘 생겼다.

 탈 : 얼마나 잘 생겼나 들어봐라.

주인 : 그래 한번 들어보자.

 탈 : 코는 마늘쪽 갖다 붙인 것처럼 오똑하고, 눈썹은 송충이가 스물스
      물 기는 것 같고, 양볼은 동굴동굴한 경단 같고, 입술은 볼그족족한

게, 눈은 홍안이요, 머리는 반백이니, 홍안백발 장골이라. 이만하면
내가 너의 할애비 감이다.

주인 : 예라 이놈아! (부채로 탈을 때린다.)

탈 : 아이쿠, 이놈아. 왜 하필 얼굴 복판을 때리니, 장기판 깨졌다.

주인 : 이놈아, 장기판이 어디 있어?

탈 : 내 면상이 깨졌단 말이다. 이 이거 코피가 나네.

주인 : 아 이놈 거짓말 하는 것 좀 봐. 아니 네 얼굴에 코피가 날 데가 어디
있니 ?

탈 : 허긴 그래.

주인 : 그래, 넌 정말 유람을 다녔니?

탈 : 다녔지. 이래 뵈두 팔도강산을 무른 메주 밟듯 하고 다닌 사람이다.

주인 : 팔도강산을 무른 메주 밟듯 하고 다녀?

탈 : 그래.

주인 : 건건이 발로?

탈 : 건건이 발이라니? (속이 뒤틀리는 말로) 건건이는 너의 아침 밥상
에 놓은 것이 건건이다.

주인 : 아니 그게 아니라, 맨발로 말이다.

탈 : 맨발은, 점잖지 못하게 왜 맨발로 다녀? 의관정젤 하고 다니지.

주인 : 뭐 의관정제를 해? 아니 그럼 너도 고리타분한 샌님처럼 말이지?

탈 : 넌 눈에 내 이 수염도 안 보이니?

주인 : (탈의 수염을 가리키며) 뭐 수염? 아 이 돼지 꼬랑지 같은 것 말이지.

탈 : 이놈아, 이건 너의 할아버지 수염이다.

주인 : 예끼, 이놈아. 그래 어데로 갔다 왔니?

탈 : 제일 먼저 동대문 밖 나서, 당우재를 넘어, 떡수에 가서 떡 사먹고,
국수리 가서 국수 먹고, 양수리에 가서 물 마시고, 양평서 개평 뛰고.

주인 : 너 놀음도 좋아하는구나?

탈 : 예라 이 녀석, 나는 놀음커녕 엿방망이도 안 헌다.

주인 : 아, 그러면서 개평을 떼어?

탈 : 이 바보 같은 놈아. 양평에서 개평으로 갔다, 이런 말야.

주인 : 오라, 가평으로.

탈 : 거기서 다시 두 내외 사는 동네로 갔다.

주인 : 양주를 갔다, 이 말이지?

탈 : 거기서 다시 경기도 양산을 찾아갔다.

주인 : 양산인가, 일산이지.

탈 : 양산이나 일산이나 쓰는 건 마찬가지지. 거기서 다시 신계, 곡산 구
    경하고, 평양으로 가보는데.

주인 : 평양.

탈 : 평양 대동강 을밀대 부벽루를 둘러보고, 신길리에 가서.

주인 : 신길리에 가서?

탈 : (평안도 사투리로) 야 먹구나 보자꾸나.

주인 : 뭘 먹구나봐?

탈 : 메이긴 메야, 데 신길리 냉면이디, 냉면 게 오라우야. 거 꼽배기 사
    리 돔 뎀뿍 하고, 동티미 돔 더 게오라우.

주인 : 면 하면, 냉면이지.

탈 : 동치미 국물에 냉면 먹던 시절 그곳의 소리가 생각나는데.

주인 : 평양에 무슨 소리가 있었길래.

탈 : 추풍감별곡이지. (소리를 흉내 낸다.)

    어제 밤 부던 바람 금성이 완연하다.

    고침단금에 상상몽 훌쩍 깨어.

    이런 소리도 있었겠다. 우리나라 소리는 방언과 토향에 따라 달라지
    는데, 황해도는 소리가 또 달라.

주인 : 예 그럼 황해도 소리 한번 들어보자.

탈 : 그래 ?

    (소리)

    장산곶 마루에 북 소리 나니,

    금일도 상봉에 임 만나 보겠네.

　　　　에헤요 데헤요, 에헤, 에이에,

　　　　임 만나 보겠네. 이에.

주인 : 그 다음은 어디로 갔지?

　탈　: 강원도.

주인 : 뭐? 강원도 좋지.

　탈　: 소리도 애원성이 많아, 우선 농부들이 소를 몰며 농사일을 하여도

　　　　여기 같이 소를 몰지 않고,

　　　　　(강원도제로)

　　　　어디여 어뎌 어뎌 어어 이이 좌로……

　　　　이런 식으로 소를 부려.

주인 : 애, 너 그럼 강원도엘 갔다 왔으면 만고강산 잘 알겠구나?

　탈　: 그런데 그게 산 이름이냐 ? 소리 이름이냐?

주인 : 아 소리지 소리.

　탈　: 이 날김치 같은 자식아, 강원도에 만고강산 금강산이란 말은 있지

　　　　만 만고강산이란 소리가 어디 있니 ? 그건 거 남도창에 앞서 목을

　　　　푸는 단가라는 소리다.

주인 : 아 그렇지만 이 사람 한 마디 해봐.

　탈　: 뭘 해봐 ?

주인 : 아 거 만고강…… 금강말이야.

　탈　: 제길헐, 시라는 초는 안 시고, 초병 마개에 초국이 든다더니, 어떤

　　　　돌팔이 소리꾼헌테서 들었는지, 꼴에 만고강산 이름은 알어가지고.

　　　　그래 에라 만고에 강산이다.

　　　　　(소리)

　　　　만고강산 유람할 제 삼신산이 어데맨고.

　　　　일봉래 이방장……

주인 : 좋다. 얼씨구, 애 애 너 거 춘향가 중에서 옥중가 쑥대머리 한 번 더

　　　　해봐라.

　탈　: 쑥대머리?

주인 : 그래 쑥대머리.

 탈 : 야, 이 네 대가리가 쑥대머리 될 녀석아. 남이 들으면, 너의 집안 송
        두리째 욕을 먹는다. 강원도에서 어느 시러배 아들 놈이 쑥대머리를
        하디? 한오백년이지.

주인 : 그래, 그래. 그 한오백년머리 말이다.

 탈 : 한오백년머린지 더벅머린지 소리나 들어봐라.

        (소리)

        한 많은 이 세상, 야속한 세상,

        남은 반평생 어느 곳에다 의지를 할까 ?

        아무렴 그렇지, 그렇고 말고.

        한 오백년 살자는데, 웬 성화요.

주인 : 야, 이건 구성지다. 예, 예 이거 안 되겠다. 저기 계신 저 손님도 아
        마 기분이 이상하신 것 같다.

 탈 : 그래.

주인 : 자 이번에는 기분풀이다. 너 춤 한번 추어보자.

 탈 : 그래 이번에는 빠른 장단이다.

주인 : 애들아, 거 푸 푸 풍악을 울려라.

 탈 : (빠른 굿거리 장단에 춤을 춘다. 춤을 멈추고) 난 춤 이제 고만 추련다.

주인 : (신경질조로) 아 왜 또 별안간 그래?

 탈 : 원 굿허랴 맏며느리 춤추는 꼴 보기 싫어 못한다더니, 내가 춤을 추
        려도 네 놈 나서서 춤추는 꼴 보기 싫어 안 추련다.

주인 : 아니 그런데, 이게 도대체 나하구 무슨 감정이 있길래, 내가 허는
        건 전부 반댈 허니, 내 이놈 기냥. (팔을 걷고 때리려 한다.)

 탈 : (안 맞으려고 피한다. 탈의 머리가 벗어져 어깨 위로 오르내리며 피한다.)

주인 : 어 이놈 좀 봐. 하여튼 이놈이 피하는 덴, 번개불에 콩 볶아 먹을 놈
        일세.

 탈 : 이놈아 내가 이래 뵈도 팔도강산 유람객이다.

주인 : 아이 참 기가 맥혀. 야 네 그러지 말고, 여러분들 앞에서 잡가나 한

　　　　번 해봐라.

탈　：뭐, 잡가?

주인 : 그래, 잡가.

탈　：그래 하마. 장단 쳐라. (잡가를 하라니까, 정말 잡탕 소리로 여러 가
　　　지를 섞어서 뒤범벅으로 해댄다.)

　　　　박연폭포, 어랑어랑 어허랑,

　　　　아리 아리랑 쓰리 쓰리랑,

　　　　날 좀 보소 날 좀 보소,

　　　　동지섣달 꽃 사시오 꽃을,

　　　　사랑 사랑 내 사랑, 아 얼씨구나.

　　　　절씨구 지화자 저절씨구,

　　　　황해도 봉산 인심이 좋아서

　　　　노랑 돈 한 푼에 큰애기 열씩두 준다네,

　　　　아하 에헤요 에헤요 데해요,

　　　　얼싸 함바 등게 데어라.

주인 : (신이 나서 춤을 추려고 하니 소리가 바뀌니까, 화가 나서) 아니 그
　　　런데, 이게 미친놈 아니야!

탈　：왜?

주인 : 왜라니. 야 이놈아 니가 지금 소리를 하는 거냐, 지랄을 하는 거냐?
　　　아 이 미쳐 환장을 하겠네.

탈　：아, 니가 날더러 잡가 허라며?

주인 : 그래 잡가 허랬지, 널더러 언제 잡-가 허랬냐? 이놈아.

탈　：아, 잡가 허래니까, 난 또 여러가질 섞어서 잡갈 했지.

주인 : 아 참, 기가 막혀. 도대체 넌 멀 먹고 사는 놈이냐?

탈　：이런! 아 밥 먹구 살지, 뭘 먹구 살어.

주인 : 밥 먹구 살어? 허 밥 먹는 거야 누군 몰라. 저 또 있지 않아 밥 말구도.

탈　：밥 말고, 또 먹는 거?

주인 : 그래.

 탈 : 그런 건 여자들한테나 물어봐라.

주인 : 뭐라고?

 탈 : 여자들이 그런 건 더 잘 안다.

주인 : 넌 그런 맨밥 먹니?

 탈 : 아니. 나는 별 거 다 먹는다.

주인 : 그래 멀 그렇게 먹니?

 탈 : 김치, 깍두기, 된장찌개, 새우젓, 속젓, 무시락, 젖조기 할 것 없이 다
　　　먹는다.

주인 : 그런 건 누구든지 다 먹는 거야. 아 그런 것 말구 있잖아. (부채로
　　　가볍게 탈을 때린다.)

 탈 : 그래, 그래 많이 있다. 저 날물에는 날 잡어먹구, 들물에는 들 잡아
　　　먹어. 갈치, 준치, 뱅치, 꽁치, 며루치를 잡아먹고, 잉어, 숭어, 광어,
　　　홍어, 민어까지 또 잡어먹구.

주인 : 그리구?

 탈 : 또 먹구. 연어, 도미, 상어, 고래, 새우까지 싹 잡어서 먹은 데다, 모
　　　래 속에 숨어 있던 모래무지, 쏘가리, 구비치는 치리붕어, 미끈미끈
　　　한 미꾸라지, 물꽁산이 비둘기, 산에서 사는 산새, 까투리, 장독 뒤
　　　에 엎더져 있는 두꺼비, 육칠월 장마통에 나막신짝 타고 떠내려가던
　　　영미다리 밑의 맹꽁이 새끼까지 모조리 다 잡아먹는다.

주인 : 야 이놈아 그걸 다 어디로 먹어?

 탈 : 내 뱃속으로 먹지, 어디로 먹어.

주인 : 아니 이놈의 배는 배가 아니라 거루란 말이냐?

 탈 : 그러구두 시원치 않아 또 하나 먹은 게 있다.

주인 : 그건 또 뭔데?

 탈 : 너의 마누라 내가 녹여 먹었다.

주인 : (남이 알까봐 민망한 듯 당황하며,) 아 저, 저런 예 이 흉칙한 놈 사
　　　람 죽이네.

 탈 : 애, 너 약 한번 먹으련?

주인 : 약이라니? 약은 별안간 무슨 약인가?

 탈 : 난 어제 과식을 했는지, 속이 좀 이상한데.

주인 : 내 그럴 줄 알았다. 무슨 약을 먹여야 하니?

 탈 : 내 약 한 번 읊어주지. 좋은 약이다.

주인 : 그래 어디.

 탈 : 웅담 풍경 곰의 쓸개, 노루 사슴 배꼽 영단은 사향인데, 불알은 두
      쪽이니 너 하나 먹구, 나 하나 먹구나니 궁금하여 못살겠다.

주인 : 예라, 이 미련한 자식아 궁금하긴, 뭐가 궁금해. (탈을 물끄러미 쳐
      다보다 때린다.)

 탈 : 아이구구. 이놈이 사람 또 치네.

주인 : 이놈아, 그래 이젠 더 먹을 게 없겠지.

 탈 : 왜 없어?

주인 : 아니 그럼 또 먹어?

 탈 : 흥, 아직도 먹을 거 천지다.

주인 : 천지라니, 무슨 천지?

 탈 : 먹을 천지다. 이 녀석아.

주인 : 뭐 그래, 이번에 뭐를 또 먹지?

 탈 : (소리조로)

         소도 잡고, 말도 잡고, 양도 잡아먹을 적에,

         노루, 사슴, 거위, 오리, 돼지까지 잡아서,

         꿀돼지 뜨물 먹듯, 벌렁벌렁 으적으적 씹어 생켜 먹었다.

주인 : 아니, 그럼 그 돼지를 잡아서 그냥 먹었니?

 탈 : 아니.

주인 : 그럼 ?

 탈 : 돼지 대가리를 잘라 놓고 고사를 지내야지.

주인 : 뭐 ? 고사를 지내, 왜?

 탈 : 왜라니? 아 여기 오신 여러분과 너 같은 좋은 친구를 만났으니, 여
      러분 댁과 자녀를 위해 고사를 지내야지.

주인 : 하, 이 그러고 보니까, 이 사람 이거 보통이 아닐세. 그럼 어디 고사
　　　한번 지내보게.
　탈 : 그래 이건 나를 보러 오신 여러분과 나하고 제일 친한 친절히 지내
　　　던 벗 자네를 위해 하는 고사 덕담일세.
주인 : 거 참 좋지. (관객을 보며) 자 여러분, 박수로 반깁시다.
　탈 : 국태민안 법련자 시화연풍 돌아든다.
　　　이씨 한양 등극 시에,
　　　삼각산이 귀복하여 봉황이 넘짓 생겼구나.
　　　봉황 눌러 대궐 짓고, 대궐 앞엔 육조로다.
　　　오영문 위는 삼각산 안 남산 바라보고,
　　　동구재 만리재 백호로다.
　　　관악산은 화산 비쳐 동작강으로 쇠멸할 제,
　　　앞 강도 열두 강 뒷 강도 열두 강,
　　　이십사 강 돌아들 제,
　　　돌배를 잡아타니 돌배는 가라앉고,
　　　나무배를 잡아타니 나무배는 썩어지고,
　　　종이배를 잡아타니 종이배는 미어지고,
　　　흙토선을 잡아타니 흙토선은 물이 차고,
　　　쇠배를 잡아타니 쇠배는 가라앉으며,
　　　여울몫에는 물결살, 들로 가면 벼락살,
　　　동구 밖에는 객귀살, 대문 앞에는 인마살,
　　　부엌으로는 조왕살, 안방으로 들어가면 횃대 밑에 넝마살.
　　　이 살 저 살 다 몰아서,
　　　무쇠 두멍을 덥뿍 씌워 엄나무로 말뚝 박고,
　　　금년에 액맥이 하여보자.
　　　정월에 드는 액은 이월각으로 막아내고,
　　　이월에 드는 액은 삼월삼짓 막아내고,
　　　삼월에 드는 액은 사월이라 초파일 날 부처님 자비로 막아내고,

사월에 드는 액은 오월이라 단오절에 창포찜으로 막아내고,

오월에 드는 액은 유월 유두 육모초로 막아내고,

유월에 드는 액은 칠월이라 칠석 날에 밀전병으로 막아내고,

칠월에 드는 액은 팔월이라 한가위 날 송편으로 막아내고,

팔월에 드는 액은 구월이라 구일 날에 구절초탕으로 막아내고,

구월에 드는 액은 시월이라 상달에 무시루떡으로 막아내고,

시월에 드는 액은 동짓달 붉은 팥죽 옹시미로 막아내고,

동짓달에 드는 액은 섣달이라 보름날 이리 맞고 저리 맞은 떡가래로 막아내어,

일년도액 막아내서,

여기 계신 여러분들 안과태평 부귀공명 복을 받으시고 천수백세 누리소서.

주인 : (좋아서 흐뭇해 하며) 야 이건 정말 잘 헌다.

 탈 : 보게, 어떤가?

주인 : 자네 정말 보통이 아닌데. 거 유람이고 나발이고 때려치고, 자네 나하고 이 어물가게나 지키며 같이 지네세.

 탈 : 그래두 될까?

주인 : 아 되고 말고. 여보게 저기 좀 보게. 저기 누가 우리 가게로 오고 있네.

 탈 : 저기라니, 저기가 어디야?

주인 : 아 저쪽말이야, 저쪽. (부채로 먼 곳을 가리킨다.)

 탈 : (목을 길게 빼면서 애를 쓴다.) 아, 저건 꺼우기 새끼야.

주인 : 뭐, 꺼우기라니?

 탈 : 음 새끼가 아니라, 늙은 거위로군. 암거윈데 거 엉댕이 한번 잘 생겼다.

주인 : 이 사람아, 저거 말구, 이 앞에 오고 있는 저 여자 말이야.

 탈 : 뭐, 사내 여석이 아니고, 치마를 두른 여자야 ? 어디, 어디. (목을 처들어 바라본다.)

주인 : 야 야 야, 이놈아 네 목하고 몸둥이가 세간 나간다.

 탈 : (얼른 도루 갖다 붙이며) 이게 상속도 없이 세간을 나가다니.

주인 : 여보게, 저기 웬 여자 사람이 하나 오긴 오네. 손님이 이리 오거든
　　　조심해서 점잖게 하게.

 탈 : 앗다, 나는 돌다리도 두들겨보고 건너는 사람야.

여자 : (등장하여 탈 옆으로 온다. 옆에 가 앉는다.)

 탈 : (깜짝 놀란다.) 아이구, 아니 이건 누구요?

여자 : 저예요, 아주버니.

 탈 : 그래, 요샌 어떻게 사우?

여자 : 아이고, 고생이 말이 아니랍니다. 영감이 기어코 깨졌어요.

 탈 : 뭐 깨져? 아 깨졌으면 그물 하지.

여자 : 그물은커녕 백약이 무효랍니다.

 탈 : 어 험 그거 안됐군. 그래 장사는 언제 지내고 죽기는 언제 죽었소?

여자 : 죽기는 내일 죽고, 장사는 모레 지니고, 성복제는 어저께 지냈어요.
　　　그래서 어린 자식들하고 먹고살 수가 없어, 터진 벽 문에다.

 탈 : 터진 벽 문이라니?

여자 : 샌전 벽문에다 생선가게를 내고.

 탈 : 아니 그럼, 무교동 인력거방 옆 추녀에다 생선 좌판을 차려났다, 이
　　　런 말이요 ? 으 음, 거 참.

여자 : 그래서 오늘 생선 받으러 예까지 왔어요. (한숨 쉰다.) 으 음.

 탈 : 여보, 주인.

주인 : 거 왜 그러우?

 탈 : 이 아주머니 생선을 받으러 오셨다니 손 좀 잘 쥐여서 드류.

주인 : 나는 생선도가 주인만 했지, 손을 쥘 줄 모르니. 거 당신이 아주머
　　　니한테 손 좀 쥐어 드리지 못하겠소.

 탈 : 음 (고개를 끄덕이며) 날더러 중도 노릇을 하란 말이지. 하라면 하지.

여자 : (탈 귀에다 대고) 굵은 것으로 주세요.

 탈 : (고개를 끄덕이며) 염려 마우. 여보, 주인 게 있소 ? 생선 손 쥐는
　　　건 염려 말고, 어서 들어가 낮잠이나 자우.

 탈 : (손으로 집는다.)

주인 : 잘 세 드리우.

 탈 : (춤을 추면서 센다.)

주인 : 거 춤 가락으로 세는 걸 보니 중도 노릇을 많이 했는데.

 탈 : 거 이젠 걱정 말고, 주인은 들어가우.

주인 : 그럼 난 들어가겠소. (들어가는 시늉.)

여자 : (치마 앞을 벌리면서, 굵은 것으로 달라는 시늉을 한다.)

 탈 : (세어 주는 동작을 한다. 여러 마리를 넘기면서,) 하나.

주인 : (돌아서서 그 행동을 보며,) 아니 여태 세면서, 하나야?

 탈 : 주인 그런 소리 마우. 생선이란 손을 쥐어 팔아야지. 그냥 팔면 쓰
      우. 그러니까 그렇지.

주인 : 그게 손 집는 거야 ? 그럼 나 미안하우. 당신만 믿고 들어가우.

 탈 : (마구 세어 준다.)

주인 : (못 믿는 듯, 다시 나와서 쳐다본다.)

 탈 : (주인이 보고 있는 줄 모르고, 굵은 걸로만 골라 마구 넣어 준다.)

주인 : (화가 나서) 이놈 네 하는 짓이 날 망쳐줄 놈이로구나. 예라 이놈.
      (탈의 따귀를 때리며) 어서 썩 가버려라.

여자 : (당황해 쩔쩔맨다.)

주인 : (들어간다.)

 탈 : 아주머니, 나 혹시 코피 안 나우 ?

여자 : 안 나는 게 머예요. 얼굴이 모두 상채기 투성인데.

 탈 : 애이 거 주인놈, 아주 딱장대로군. 아주머니 안녕히 가슈.

여자 : (수건으로 탈의 얼굴을 닦아주며) 아주버니도 몸조심하세요. 괜히
      나 때문에 쫓겨나실 판이니. (탈의 얼굴을 또 닦아준다.)

 탈 : 나야 쫓겨난들 목구멍에 거미줄 치겠소만. 그런데 아주머닌 내 얼
      굴에 걸레를 대고 뭘 하는 거유?

여자 : 에이그, 아주버니 얼굴이 하도 흉해, 얼굴 좀 닦아드리는 거예요.

 탈 : 에이, 그게 어디 내 얼굴을 닦는 거요 ? 설거지를 하는 거지.

여자 : 얼굴에 하두 곰팽이가 쓸어서 그래요. 그럼 안녕히 계세요.

탈 : 어서 가서 생선이나 잘 파슈. 그래야 늙은 자식들하고 목구멍에 풀
    칠이나 하니.
여자 : 그럼 난 가요.
탈 : 이 다음에 내가 깨지거든 또 만납시다.
여자 : 내 그렇지 않아도 고태꼴 윗목에다 술 한 병 갖다 놨어요. (나간다.)
탈 : 에이, 이제 여자가 나고나니, 앓던 이 빠진 것 같네. (주인을 부른
    다.) 여보 주인.
주인 : (나오며) 왜 부르우?
탈 : 난 갈테니, 어서 거관비나 심을 쳐서 주우.
주인 : (물끄러미 바라보며) 여보 가긴 어딜 가우. 당신 생선 조기 세면서
    가엾은 여자 동정하는 걸 보니, 복 받을 사람이요. 떠나지 말고 나하
    고 여기서 같이 살고. 여러분껜 우리 파연곡이나 불러드립시다.
탈 : 당신도 정말 좋은 사람이구랴. 그렇게 합시다. 고맙소.
    (두 사람은 파연곡을 부르고, 관객들에게 일어나서 작별을 한다.)

발탈의 두 대본 이동안본과 박해일본의 두드러진 차이점을 들면 다음과 같다.
(가) 이동안본의 서두에는 없는 시조창이 박해일본에는 있다.
(나) "탈"이 많은 구경꾼이 모여 있는 놀이판에 등장했다고 하는 말이
    이동안본에서는 흔적만 보이고, 박해일본에는 거듭 강조되어 있다.
(다) "여자"가 이동안본에서는 잠시 얼굴만 비치고, 박해일본에서는 다
    른 두 인물과 대사를 주고받아 극중인물 노릇을 한다.
(라) "탈"의 상대역을 이동안본에서는 "어릿광대"라고 하고, 박해일본에
    서는 "주인"이라고 했다.
(마) 이동안본에서는 "어릿광대"와 "탈" 양쪽이 다 생선장수라고 하고
    누가 생선 더 잘 세는가 하고 다투는데, 박해일본에서는 생선도가
    를 하고 있는 "주인"에게 생선소매상인 "여자"가 와서 생선을 받아
    가겠다고 하자, 생선 거간꾼 노릇을 하게 된 "탈"이 자기가 맡아 세
    겠다고 하고 여자가 이득을 보게 해 준다.

(가)는 박해일이 자기 대본의 정통성에 관한 소중한 증거라고 한다. 발탈을 전수한 고순성은 경기도 소리를 하는 분이고 시조창도 잘해 발탈 서두에서 반드시 시조창을 했는데, 이동안본은 그것을 잇지 않았다고 했다. 발탈에 등장하는 소리는 모두 한강 이북의 경기도 소리인데, 이동안은 수원 사람이어서 잘할 수 없었던 것이 커다란 제약 조건이었다고 하면서, 시조창의 탈락도 그래서 생긴 변질의 하나라고 했다. 박해일 자신은 서울 동대문 밖 다리골 지금의 월곡동 출신이어서 발탈의 정통성을 지키는 데 유리한 조건을 갖추고 있다고 했다.

그러나 시조창의 유무는 발탈의 연극적 특징이나 의미와는 직접 연관이 없다. 앞으로의 공연에서 그 대목에서 다른 소리를 한다 해도 잘못된 전승이라고 할 수는 없다. 관중의 흥미를 되살리기 위해서, 원래 시조창이 누렸던 것 같은 인기를 오늘날 확보한 새로운 노래를 불러도 무방하다고 생각한다.

(나)에서는 우리 민속극 일반의 기본 원리를 오늘날의 발탈이 갖추고 있는가 하는 문제가 된다. 극중인물이 관중이 모여 있는 놀이판에 나왔다고 해서, 무대공간과 극중공간이 일치하게 하는 것이 우리 민속극 일반의 공통된 원리이다. 그런데 그 점이 이동안본에서는 거의 망각된 것과 다르게, 박해일본에서는 잘 살아 있다. 그런 원리는 민속극 전승의 정통성 여부를 판정하는 데 소중한 의의가 있어 버릴 수 없을 뿐만 아니라, 새로운 연극을 창조할 때에도 적극 활용할 필요가 있다.

(다)에 관해서 검토해보면, 이동안본에서 "여자"는 잠시 얼굴만 비친다고 한 것은 납득할 수 없다. 박해일본에서처럼 여자도 극중인물 노릇을 해야 등장할 필요가 있다. 이동안은 여자가 등장한 것은 기억하지만, 왜 등장해서 무엇을 했는지 잊었기 때문에 대본을 변질시킨 것으로 생각한다.

그런 착오는 이동안보다 앞서서 고성준이 발탈을 공연할 때 "여자"역을 하던 이경자가 아직 생존해 있어 쉽사리 발견하고 시정할 수 있다. 그런데 이동안은 그렇게 하지 않았다. 박해일은 여자 또한 등장인물이라는 사실은 논의의 여지도 없이 확실하다고 했다. 여자의 대사가 실제로 어쨌던가 하는 것은 자기 혼자만의 기억에 의거하지 않고 이경자의 도움을 얻어 세

부적인 사항까지 정확하게 밝혀, 대본을 완성했다.

(라)의 차이점은 (다)와 직결된다. (다)에서 든 이유 때문에 박해일본에서는 "탈"의 상대역이 "주인"이다. "주인"이란 생선도가의 주인이라는 뜻이기도 하고, "탈"이 떠돌아다니다가 어느 집 앞에 이르렀을 때 그 집에 살고 있는 "주인"이기도 하다. 처음에는 뒤의 뜻으로 보이더니, 극의 진행과 더불어 앞의 뜻도 드러난다. "주인"을 "어릿광대"라고 하는 것은 전혀 부당하다고 박해일은 거듭 지적하고 있으며, 옛날에 놀이를 하거나 재담을 할 때 "어릿광대"라는 말을 쓰는 것은 들어보지 못했다고 했다.

연극의 구성을 보아, "탈"의 상대역이 "어릿광대"일 수 없다. 만약 등장인물의 성격을 들어 어느 한쪽을 어릿광대라고 하는 설명이 구태어 필요하다면, "주인"이 아닌 "탈"을 어릿광대라고 해야 한다. 한 곳에 정착해서 살고 있는 "주인"과는 다르게 사방 떠돌아다니면서 허튼 수작이나 하는 "탈"이 어릿광대 노릇을 하는 셈이고, 정상인과는 다른 존재이기 때문에 발탈로 공연해 보이는 기이한 모습을 하고 나타난다. 상반신만 있는 녀석이 팔도를 다 유람했다 하고, 여러 고장의 갖가지 소리를 다 하니 흥미롭다 하지 않을 수 없다.

(마) "여자"의 구실이나 "주인"의 성격이 망각된 이동안본은 연극에서 이탈한 것과 다르게, 박해일본은 그 세 인물이 함께 등장해서 벌이는 갈등의 삼자관계 때문에 연극다운 구성과 의미를 갖추고 있다. 여자가 등장할 때까지는 단순한 재담 경연인 것 같더니, 남편을 잃고 생선장수로 나선 여자가 등장하자 생활 현실이 나타나고, "주인"과 "여자" 사이의 이해를 매개로 한 인간관계와 "탈"과 "여자" 사이의 인정을 매개로 또 하나의 인간관계의 흥미로운 대조가 이루어진다.

"탈"은 허튼 수작이나 하는 떠돌이이고 이해관계에서 벗어나서 신명풀이나 하고 다니므로, 이해에 의해 맺혀 있는 인간관계의 고정된 틀을 깰 수 있다. "주인"의 이익을 "여자" 쪽으로 옮기게 하는 구실을 하고서, "주인"으로 하여금 그 인정스러움에 동의하게 한다. 그런 의미가 상실된 이동안본으로 공연을 하고 박해일본은 알려지지도 않아, 공연현장의 관객이 흥미를 느낄 수 없고, 발탈에 대한 연구도 부진할 수밖에 없었다.

자세하게 살펴보면, 한 곳에 머물러 있는 주인은 정상적인 모습을 하고 있고, 팔도강산 유람꾼은 상반신만의 부자유스러운 몸을 하고 있다는 대조법이 이 연극의 의미를 단순하지 않게 한다. 그 때문에 탈춤도 꼭두각시놀음도 아닌 발탈의 방식을 택한 데 필연적인 이유가 있다. "탈"을 탈춤의 등장인물로 해서는 "주인"에 비해서 우선 보기에 얼마나 모자라는 존재인가 명시할 수 없다. 꼭두각시가 "주인"과 수작을 나누도록 하면, 둘 사이 우열의 역전을 만들어내기 어렵다.

주인에게는 재산이 있다면, 떠돌이에게는 풍류가 있다. 처음에는 허튼 수작이나 자랑하는 단순한 구경거리 같은데, 관객으로 하여금 이해관계보다 신명풀이를 더욱 소중하게 여기도록 하는 데 이른다고 할 수 있다. "주인"이 아닌 "탈" 쪽에 속한 무리가 놀이를 하면서, 자기네는 부자유스럽지만 자유스럽고, 가난하면서도 마음에 지닌 것이 많다고 항변하는 것이 이 연극 주제의 깊은 층위라고 할 수 있다.

여자가 등장해서 셋 사이의 관계가 벌어진 다음부터는 떠돌이의 자유스러움이 그 자체로 긍정되지 않고, 먹고 사는 현실과 관련을 가지지 않을 수 없는 문제점이 제기된다. 남편을 잃은 여자가 생선장수라도 해서 살아가야 하듯이, 떠돌이도 생선도가에 매인 거간꾼을 하면서 머무르라고 하는 제안을 받아들인다. 그렇게 해서 떠돌이의 자유로움에 한계가 있음을 보여준다. 더 큰 한계는 삶 자체이다.

떠돌이가 여자와 작별할 때 "내가 깨지거든 또 만납시다"라고 하니, 여자가 "내 그렇지 않아도 고택골 윗목에 술 한 병 갖다 놨어요"라고 했다. "고택골"은 공동묘지가 있는 곳이다. 여자의 남편이 "깨졌"듯이 떠돌이도 깨지게 될 것이라고 했다. 사람이 죽는 것은 헤어짐인데, 만남이라고 했다.

여자의 남편이 죽었기 때문에 떠돌이와 여자가 만났다는 것은 납득할 수 있는데, 떠돌이가 죽으면 둘이 다시 만난다는 것은 말이 되는가? 이 문제를 관객에게 던지면서 연극이 끝난다. 상반신만인 사람을 자유인이라고 하고 다시 죽음이 만남이라고 해서, 발탈은 다른 어떤 민속극보다도 더욱 침통한 생각을 나타낸다.

그 점에서 발탈은 탈춤, 꼭두각시놀음, 무당굿놀이 등에서 찾을 수 없는 독자적인 의의가 있다. 그 기법, 그 원리, 그 주제를 모두 연극문화의 소중한 자산으로 이어나가면서, 현대극에서 재창조해 활용하는 데 힘쓸 필요가 있다. 발탈은 과연 문화재로 지정해서 전승할 가치가 있는가 하는 의문을 해소하는 것이 문화재 지정을 위한 논의의 선결 과제이므로 분명한 결론을 냈다.

발탈의 대본은 고정될 수 없다. 공연할 때마다 사설을 즉흥적으로 바꿀 수 있는 가변적인 영역이 모든 민속극 또는 재담을 수반하는 모든 민속공연물에 있다. 발탈을 공연할 때 관중의 흥미와 요구에 맞는 개작을 하는 것은 오히려 바람직한 일이다. 그러나 위에서 분석한 (나)에서 (라)까지의 사항은 지켜야 발탈이 연극일 수 있고, 연극으로서 흥미를 끌 수 있다. (가)는 연극으로서는 부수적인 요소이나 공연방식의 정통성을 지키기 위해서 고치지 말아야 한다.

박해일의 경력과 기능

박해일은 고준성에게서 재담, 타령, 발탈을 전수받았다. 재담 가운데 특히 "장님타령"을 장기로 삼는다. 생존하고 있는 당대 최고의 재담가로 자부하고 있으며, 다른 사람들도 그렇게 인정한다. 이동안과 함께 발탈을 재현해서 공연하다가, 이미 살펴본 바와 같은 이유로 의견이 일치하지 않아 헤어진 다음, 발탈은 직접 공연하지는 않았으나 대본을 정리하는 데 열의를 가져 훌륭한 성과를 이룩했다.

박해일본에 의거해서 독자적인 공연을 하려고 하다가, 이동안만 기능보유자로 지정된 데 대한 불만 때문에 공연히 혼선을 일으킨다는 오해를 받지 않기 위해서 자제해왔다고 했다. 자기는 원래 재담꾼이라 발탈을 놀리는 기능에는 익숙하지 않아 맡기 어려운 점이 있지만, 발탈의 여러 등장인물이 주고받는 재담에 관해서는 정통하게 알고, 어느 배역의 재담이든 훌륭하게 할 수 있으며, 최상의 지도를 할 수 있다고 인정된다.

발탈은 다시 하게 되면 원형을 보존하는 것과 함께 관중의 흥미를 끌어 인기를 회복하는 것이 또한 긴요한 과제라고 하면서, 그럴 수 있다고 자부했다. 발탈은 원래 "장님타령"과 함께 공연했으므로, 다시 공연할 때 자기의 특별한 장기인 "장님타령"을 곁들이면 더욱 흥미로울 수 있다고 했다. "장님타령"은 장님이 강아지를 위해서 점을 쳐주고, 경을 읽어주는 우스꽝스러운 광경을 벌이는 재담이다. 박해일의 재담은 어느 것이나 오랜 내력을 가진 광대 笑謔之戲의 마지막 형태라고 할 수 있어서, 최대한 전승해야 한다.

박해일은 지금도 재담가로서 대단한 활동을 하고 있어 그 기량이 조금도 쇠퇴하지 않았다. 안산시의 향토문화제의 집행위원장을 맡는 등으로 민속예술을 조사하고 육성하는 일에 진력하고 있어 여러 차례 지방 문화상을 수상했다. 무형문화재의 전승의 지도자로서 필요한 자질과 열의를 잘 갖추고 있다.

발탈 재담 기능보유자로 지정되면, "주인"역을 담당하면서 다른 인물 "탈"과 "여자"의 사설도 바르게 고쳐 훌륭하게 지도하는 역량을 충분히 발휘할 것이다. 박정임은 박해일의 재담 기능을 존경한다 하고, 박해일본에 의거해, 박해일의 지도로 "탈"과 "여자"의 대사를 바로잡아야 한다고 했다.

박정임의 경력과 기능

박정임이 전수하고 있는 발탈 기능이 미흡하다는 것은 널리 지적되고 있는 바와 같다. 그렇지만 자세한 내용을 검토해야 정확한 평가를 내릴 수 있다. 이동안이 남성이 아닌 여성에게 발탈의 기능을 전수한 것부터 문제였는데, 그 때문에 지금에 와서 박정임을 평가절하하는 것은 부당하다. 기능이 미흡하다는 것은 주로 재담에 관해서 하는 말인데, 그 이유는 기능을 전수한 이동안 자신의 재담 기능이 미흡했던 데 근본 이유가 있어 박정임으로서는 어쩔 수 없었다.

그 부분은 박해일의 참여로 바로잡을 수 있다. 박정임은 박해일이 선배이고 재담이 뛰어나다는 것을 인정하고 존경한다고 했다. 박해일본을 받아들이고, 박해일의 지도로 재담을 다시 익히겠다고 했다. 자기 자신도 이동안본에 대해 불만스럽게 생각했는데, 이제 바로잡을 수 있는 기회가 생겨 다행이라고 했다. 박해일과 박정임은 이동안이 원하지 않았어도 계속 연락을 가지고, 가까이 지내 협조가 잘될 수 있다고 두 사람이 일치되게 말했다.

발탈을 놀리는 탈 기능을 박정임이 이동안에게서 온전하게 전수받았으나, 여성이기 때문에 힘이 부쳐 만족스럽게 할 수 없다는 고충을 토로한다. 지금 박정임이 보여줄 수 있는 탈놀이 기능이 설사 미흡하다 하더라도 다른 것으로 대치할 길은 없다. 박정임의 기능을 건장하고 유능한 남성 전수생을 찾아 전수해야 잘못을 바로잡을 수 있다. 박정임은 이미 그렇게 하기 위해서 애쓰고 있으나 기능보유자의 자격을 가지지 않고서는 전수자를 지속적으로 지도하기 어렵다고 했다. 박정임이 탈 기능을 온전하게 전수해서 유능한 후계자를 기를 수 있게 하도록 하기 위해서는 기능보유자로 지정하지 않을 수 없다.

기능보유자 재지정과 앞으로의 전승 방향

위에서 든 것 같은 이유에서 박해일, 박정임 두 사람을 기능보유자로 지정할 것을 제안한다. 만약 예산 절감 등의 이유로 한 사람만 지정한다면, 발탈을 잃어버리는 결과에 이르고 말 것이다. 만약 박해일만 지정하면, 박정임이 협조하지 않거나 소극적으로 참여해 탈놀이 기능을 잃게 된다. 박정임은 점차 인기와 관심이 없어지고, 여성화되어가고, 재담은 버리고 창만 한다고 전문가들이 나무라기만 하는 발탈을 되살릴 방안이 없고, 계속 전승할 흥미가 없다고 한다. 자기가 박해일과 함께 기능보유자로 지정되고, 둘이 협동해야만 발탈을 소생시키고, 올바르게 전승할 수 있다고 한다.

박해일과 박정임을 함께 기능보유자로 지정하면서, 박해일을 지정한 이유는 재담 기능에 있고, 박정임을 지정한 이유는 탈놀이에 있다고 명시해야, 두 사람의 협동에 의해 두 가지 기능이 다 살아날 수 있고, 둘 다 온전하게 전승할 수 있다. 박해일은 "주인"역을, 박정임은 "탈"역을 하되, "탈"역의 대사도 박해일본에 의해 재조정해야 한다. "여자"역을 되살려 적임자로 하여금 맡게 해야 한다. 고준성의 지도로 박해일과 함께 발탈을 공연할 때 "여자"역을 맡던 이경자가 지금은 활동을 하기 어려운 상태라고 하지만, 이경자의 협조를 얻어 "여자"역의 후계자를 훈련해야 한다. 이경자 또한 기능보유자로 지정하는 것도 연구할 과제이다.

발탈을 다시 공연할 때에는 발탈에 이어서 "장님타령"을 해야 원래의 공연방식을 되살리고 흥미를 가중시킬 수 있다. "장님타령"에는 "장님" 외에 "여자"가 등장하는데, "장님"역을 맡는 박해일이 박정임을 상대역으로 삼아 "여자"역을 담당하게 할 수 있다.

발탈 공연에서 악사도 중요한 구실을 한다. 박해일과 박정임 두 사람 모두 악사는 방인근이 이끄는 경기 巫樂단이어야 한다고 한다.

박해일과 박정임이 협동하고, 다른 출연자진도 최상의 조건으로 확보해 발탈을 다시 공연하는 결과를 확인한 다음에 기능보유자 지정 여부를 결정하는 것은 적절하지 못하다. 박해일은 1983년의 지정에서 자기가 제외된 잘못뿐만 아니라 지정 내용에 포함된 대본의 착오까지 시정되어야 새로운 공연을 위한 연습을 시작하겠다고 했다. 박정임은 기능보유자로 승격되지 않은 상태에서 더 애쓰면서 자기 책임이 아닌 잘못 때문에 계속 비난을 듣고 싶지 않다고 했다. 두 사람 다 무형문화재 기능보유자로 지정되어야 발탈을 살리기 위해 열성적인 활동을 하겠다고 했다. 다른 출연자들을 확보하는 것은 그 두 사람이 협동하면 쉽게 이룰 수 있다.

발탈을 살리기 위해서, 지체하지 않고 박해일과 박정임 두 사람을 기능보유자로 지정할 것을 제안한다.[3]

---

3) 이 제안이 그대로 채택되지 않아 1996년 5월 1일 박해일만 기능보유자로 지정되었다가, 2000년 12월 14일에 박정임이 추가되었다.

원귀 마당쇠

[공연 내력]

　1963년 11월 19일 서울대학교 문리과대학에서 서울대학교 향토개척단의 鄕土意識 招魂굿이 열렸을 때 "신판 광대놀이"라고 한 〈원귀 마당쇠〉를 공연 했다. 조동일이 각본을 쓰고, 공연을 할 때 다음과 같은 사람들이 수고했다.

연출 이필원
기획 심갑섭(문리대)
장치 이용국(미대)
조명 이수영(미대)
음악 목동균(음대)
효과 황기찬(문리대)
가면 박창식(미대)
무김 임윤성(문리대)
무용지도(특별초청) 김천흥 선생

　출연
마당쇠 홍길한(사대)
변학도 이영윤(사대)
팔뚝이 지정관(문리대)
찔뚝이 서재명(법대)
꺽달이 이해경(문리대)

[극 내용]

등장인물

마당쇠
변학도
원귀 껵달이
쩔뚝이
팔뚝이
관중석

시대

무대는 현대
극 내용은 이조 말기

장소

무대는 서울대학교
극 내용은 전라도 빈곤군 무지면 절량리

무대 : 추석날 밤의 묘지. 무덤 3, 4개가 여기저기 보인다. 각 무덤 앞에는 약간의 제물이 차려져 있다. 초라하고 작은 무덤 A 앞에 놓인 제물은 초라하고, 크고 잘 가꾸어진 무덤 B 앞에 놓인 제물은 역시 잘 차려져 있다. 무덤 뒤에는 몇 그루의 소나무가 서 있고, 그 사이로 커다란 달이 보인다. 막이 열리면 한동안 음산한 분위기가 계속되더니, 갑자기 센 바람 소리와 함께 무덤 A의 뚜껑이 활짝 열리더니, 원귀 마당쇠가 뛰어나온다.

마당쇠 : (뛰어나와서 사방으로 쾅쾅거리며 돌아다닌다. 고개를 끄덕거리
　　　　며 여기저기 훑어본다.)
관중석 : 이크 저게 뭐냐? 귀신 나왔다 귀신!
마당쇠 : (사방을 둘러보다가 다시 펄쩍 뛰며,) 뭐? 나 보다가 귀신이라고?
　　　　(무대 앞으로 나가면서,) 그래 나는 귀신이다 귀신이여! 귀신이라
　　　　면 어쩔 것이여. 그러나 겁낼 건 없어. 사람 해치러 나온 악귀는
　　　　아니라니께. 얼빠진 총각 호리러 나온 요귀는 또 아니여. 어진
　　　　백성 잡아먹으려고 나온 마귀도 아니여. 사귀도 아니고 미명귀도
　　　　아니랑께. 몽달귀신도 아니고 엇귀신도 아니어. 그런 건 다 아니
　　　　란 말이여!
관중석 : 그럼 무슨 귀신이냐?
마당쇠 : 무슨 귀신이냐고? 난 원귀여, 원귀! 원한이 있어 무덤에서 나왔단
　　　　말이여. (무시무시한 분위기를 풍기면서,) 죽어서도 잊을 수 없는
　　　　원한이 있어서 나왔당께. 그냥 흙이 될 수는 없어서 나왔어. 가슴
　　　　에 쌓이고 쌓인 원한은 죽어서도 사라지지 않는 것이여! 나는 할
　　　　말이 있어서 나온 원귀여. 원귀여! (뒤로 슬슬 물러나면서) 내가
　　　　죽어부렀다고 안심들 했지. 단세 아무 말도 없을 것으로 안심했
　　　　지? 그 녀석 말썽 없이 잘 죽어버렸다고 기뻐했지? 그렇게 뜻대
　　　　로 되나? 안 될 말이여. 안 되지. 뼈마디마다 원한이 사무친 내가
　　　　죽은들 쉽게 썩어버릴 줄 아나? 다시 나오고 마는 것이여. 죽어도
　　　　도저히 죽을 수 없당께.
관중석 : 너는 도대체 누구길래 원귀가 되었냐?
마당쇠 : 누구냐고? 누군가 알아보고 나서 무덤으로 몰아넣을 것이여? 잡
　　　　아서 곤장을 칠 것이여? 그러나 인자는 그렇게 쉽게 안 될 것이
　　　　여. 겁이 난다면 이렇게 나올 놈이 니여. 누구냐고? 무엇이라고
　　　　대답해야 헐까?
관중석 : 성명 삼자를 대아 보아라.
마당쇠 : 성명 삼자가 어디 따루 있어? 촌놈의 성은 김가 아니면 이가니께.

무식한 선조가 그 둘 중에 하나로 정했을 것이고 이름은 우리 엄니가 마당서 나를 낳았다고 마당쇠라 했는갑이여!

관중석 : 어디서 살았나?

마당쇠 : 동네 이름이 어디 따루 있간디? 숭년이 하두 자주 드니께 숭년두들이라고 불렀는갑이여. 그만치만 알면 될 것이여.

관중석 : 언제 살았나?

마당쇠 : 언제라고? 무엇이라고 대답해야 된단 말이여. (화를 버럭 내며) 날 적부터 죽을 적까지 살았지.

관중석 : 특별히 기억나는 일이라도 없나?

마당쇠 : 왜 없갔서? 난리 이야기를 해 볼까? 탐관오리를 잡아 죽인다고 마실 장정들이 머리박에다 수건을 동이고 몽둥이를 들고 뛰어나갔어. 세상이 발칵 뒤집어지고 천재 개벽한다는 소리까지도 들렸어.

관중석 : 그해가 무슨 해나?

마당쇠 : 무식한 놈이 육갑을 짚을 줄 알아야지. (갑자기 생각나서 펄쩍 뛰며) 옳지! 옳지! 갑오년이라고 하더라!

관중석 : 동학란 말이구나.

마당쇠 : 뭐라구?

관중석 : 현대 사람들은 그 난리를 1894년 동학농민혁명이라고 부르고, 저마다 연구를 한답시고 법석이지.

마당쇠 : 별 꼴을 다 보겠다.

관중석 : 그건 그렇고 딴 기억은 없나?

마당쇠 : 꼭 한 가지 더 있지. 숭년 말이다. 숭년. 숭년이야 거의 해마다 들었지만 난리가 끝나고 칠년 후에 든 숭년은 지금까지 들도 보도 못한 큰 숭년이었어. 그해가? 그렇지 계묘년이었어. 난리 때 뽀듯이 살아남은 사람들이 다 죽어가는데, 나 같은 병신이 어떻게 살기를 바라겠어.

관중석 : 너가 그때 죽었단 말인가? 앉아서 굶어 죽었나?

마당쇠 : 열흘이나 굶은 몸으로 살려달라고 관가를 달려가다가 발길에 채여 죽었어. 발길에 채여 죽었단 말이여. (발길에 차인 듯이 넘어진다.)

관중석 : 기구한 한평생이었구나 원귀가 될 만도 해.

마당쇠 : 보통 원귀가 아니여. 원귀 중에서도 대장이라니께. 그래서 팔도강산 원귀들이 할 말을 다 해주려고 나온거야.

관중석 : 옛날 원귀들은 원이나 감사 꿈에 현몽을 해서 해원을 하던데.

마당쇠 : (소리를 버럭 질러 말을 막으며) 무어라고? 원님 꿈에 현몽을 해? 차라리 개새끼 꿈에 현몽을 하지. 그 따위 얼빠진 소리가 어디서 나온당가? 내가 누구한테 원한이 맺혔고 누구 때문에 죽었는데? 현몽은 고사하고 가서 그놈의 원이란 자를 콱 찔러 죽여버릴려고 어제 저녁에도 나가지 않았나.

관중석 : 그래서?

마당쇠 : 그래서가 뭐야! 원 이놈의 세상. 어떻게 되었는지 관가가 있던 자리에는 빈터만 남아 있고, 골목골목 못 보던 집들만 꽉 둘러 있지 않겠나. 그런 판에 그놈의 원이란 자를 찾을 수 있어야지. 도대체 어떻게 된 거여? 내가 죽은 놈이라고 내 눈에는 아무 것도 안 보이나?

관중석 : 너의 눈에 안 보이는 게 아니야. 시대가 얼마나 변했는데 그 자리에 관가가 아직 남아 있기를 바라느냐? 원님이 아직 남아 있을 리가 있나? 다른 방법으로 원한을 풀어야지.

마당쇠 : 그러면 그놈의 원이란 작자를 어디서 만나나?

관중석 : 같이 찾아보도록 하자.

마당쇠 : (두리번거리며 살핀다.) 그 녀석이, 그놈이 어디 있나? (관중석 가까이 가서 한참 두리번거리다가,) 그런데 여기 웬 사람들이 이렇게 많이들 모여 있나? 또 무슨 난리가 났나?

관중석 : 난리가 난 게 아니고 서울대학교에서 굿을 한다고 해서 구경꾼들이 모인거야.

마당쇠 : (모르겠다는 듯이 고개를 저으며,) 서울대학교라니? 뭘 하는 곳이여?

관중석 : 뭘 하긴 뭘 해. 글 배우는 곳이지.

마당쇠 : 화! 그럼 서당이로구나. 이것 잘못 왔는데.

관중석 : 서당이긴 서당인데 옛널 서당과는 다르지 공자왈 맹자왈은 배우
지 않고 다른 걸 배워.

마당쇠 : 다른 공부가 어디 있당가?

관중석 : 옛날 일이나 지금 일이나 옳고 그른 것을 다 밝혀 배우는 거야.

마당쇠 : 그래? 옳지 되았어. 그럼 내 이야기도 들어주고 옳고 그른 걸 밝
혀 주겠구면. (좋아서 날뛴다.) 인자사 내 이야기를 들어 줄 사람
을 만났구만. 뒷산에다 대고 터뜨리던 소리를 다 털어 놓아도 좋
단 말이여?

관중석 : 무슨 말이라도 해야 돼.

마당쇠 : 그런데 굿은 왜 함시로 이러지?

관중석 : 너 같은 원귀들 살아 나와서 할 말을 다 하라고 굿을 하는 거야.

마당쇠 : 오라! 그래 내가 굿 하는 소리를 듣고 깨어났구나. 그래 뭐가 이
상하더라니까.

관중석 : 그럼 이야기를 시작해.

마당쇠 : 말을 할라니께 먼 말을 먼저 해야 될지 모르겠다니까. (가슴을 주
먹으로 치면서) 가슴이 갑갑하고, 숨이 콱콱 막히고, 눈물이 찔끔
찔끔 나오고, 방구가 뿡뿡 나오기만 한다니께. (주먹을 쥐어 보이
며) 이만한 불덩이가 모가지로도 치밀고 가슴으로도 치밀고 허리
로도 치밀고 해 사람 환장하것당께. 내 본래 욕쟁이는 아닌데 개
좆같이 욕만 나온당께. (무덤 앞에 주저앉는다.) 아고데. 숨차. 원
이놈의 거 무얼 할라고만 하면 이렇게 숨이 차니. 하기야 워낙 먹
은 것이 있어야지. 굶어 죽은 놈이 무슨 힘이 있나. (한참 그대로
앉아 있다가 무덤 앞에 차려 놓은 제물을 보았다.) 옳지 그걸 잊고
있었구나. 손자 놈이 이 귀한 음식을 차려 놓고 갔는데. (하나씩
집어 들면서)보리밥 한 그릇, 술 한잔, 오징어 한 마리, 감 한 개,

밤 두 알. 쯔쯔쯔. (한숨을 내어 쉬면서 눈물어린 목소리로) 후유, 손자 녀석도 똥구녁이 찢어지게 가난하구나. 그럼시로 할애비 제사라고 이렇게까지 차리다니 저들은 굶으면서도. 쯔쯔. 어서 먹어야지. (밥을 급히 퍼 먹는다.)이렇게 차리느라고 얼마나 애를 썼을가. (밥그릇을 든 채로 일어나면서,) 여보소, 내 손자를 보았나?

관중석 : 낮에 성묘를 왔을 때 보았지

마당쇠 : 어떤 꼴을 하고 왔던가?

관중석 : 말도 말어. 눈으로 볼 수가 없더군.

마당쇠 : 쯔쯔, 그럴테지. 무슨 옷을 입고 왔던가?

관중석 : 무명 잠방이를 입고 왔더군.

마당쇠 : 옛날이나 지금 아니 꼭 같은 신세로구나. 그놈의 팔자 기구하기도 하지. 허기야 그 심한 숭년에도 아들 녀석이 살아 남았고 또 손자까지도 두었으니 신기한 노릇이지. (밥을 몇 숫가락 퍼 먹다가) 어거. 저희들은 굶으면서도 할애비 제사라고 밥을 떠놓았는디, 그런 밥을 내가 어떻게 먹을 수 있단 말이여. 목구멍으로 넘어가야지. (밥그릇을 내려놓는다) 살아서도 죽어서도 팔자야.. (일어서면서 무덤 B 앞에 놓인 잘 차린 제물을 보았다.) 이것 보아라. 여기에는 진수성찬이 차려져 있구나. 이 녀석은 복도 많구나.

관중석 : 택시를 타고 온 배불뚝이가 그걸 차려 놓고 갔다.

마당쇠 : 뭐라고? 태백산?

관중석 : 태백산이 아니고 택시라고 했다. 택시는 저절로 굴러가는 탈 것인데. 우리 같은 가난뱅이는 못타는 거여.

마당쇠 : (무덤 B를 걷어차면서) 이 자식은 뭣이간디, 그런 부자 자손을 두어서 잘 얻어먹는 것이여. (무덤을 살피다가) 무덤 앞에 비석이 서 있는 걸 보니 예사 무덤이 아니구나. 까막눈이 진서를 알아볼 수는 없어도 이게 양반이라는 도적놈 무덤인 줄은 똑똑히 알지. (앞으로 나오면서) 세상이 이렇다니까. 양반이란 녀석들 말이여. 특히 우리 고을을 다스리던 변학도 같은 자식들 말이여. 욕심 많

고 우악스럽고 더럽고 치사스럽고 냄새나고 아니꼬운 도적놈들 말이여. 양반이란 도대체 뭣이여? 일년 내내 피땀 흘려 농사지어 놓으면 일년 내내 끄트름만 하고 앉았다가 다 빼앗아 가는 도적놈이 아니고 무엇이여. 양반이란 도대체 무슨 말이여. (어깨춤을 추면서 큰 소리로 창을 한다.)

개잘량이란 량자에

개다리 소반이란 반자 붙어

양반인가 양반인가

허리꺾어 절반인가

신주 모신 선반인가

이 빠진 쟁반인가

먹다버린 조반인가.

돼지 다리에 각반인가

얌채 법에 위반인가.

(무덤 B를 툭툭 찬다.)

변학도 : (무덤 B의 뚜껑을 활짝 열고 튀어나와서) 네 이놈! (벼락같이 호령을 한다) 네 이놈! 천하에 이렇게 무엄한 놈이 어디에 있느냐! 이놈을 그저! 이 죽일 놈아! 네 모가지가 열 개라도 너는 살지 못할 것이다! 이놈을 그저! (화를 참지 못하고 씩씩거린다.) 이 개, 돼지보다 못한 놈아! 눈이 있거들랑 내가 누군지 똑똑히 보아라!

마당쇠 : (변학도를 보고 좋아서 어쩔 줄 모른다.) 허허! 이런 일도 있어!

변학도 : (씩씩거리며) 이놈아! 내가 너의 고을 부사 변학도란 말이다. 이 무엄한 놈아! 네가 아무리 상놈이라고 하더라도 나를 못 알아보다니!

마당쇠 : 못 알아볼 리가 있어. 너를 지금까지 찾아 다녔는데! (좋아서) 바로 여기 있었구나. 몇 천 년 몇 만 년 살 것 같더니. 너도 결국 죽고 말았구면. 헤헤, 나와 꼭 같은 신세가 되었단 말이여. 헤헤.

변학도 : (더욱 화가 나서) 무엇이 어째고 어째!

마당쇠 : 하여간 잘 만난거여!

변학도 : 잘 만났다고? 여봐라 게 누가 없느냐! 이 박살할 놈을 당장 끌어
　　　　내리지 못하겠느냐! 저 소리가 쑥 들어가게 아가리를 찢어 놓지
　　　　못하겠느냐!

마당쇠 : (어깨춤을 추면서) 허허～ 이 양반 좀 보게 영 돌아버렸당께.

변학도 : (더 큰소리로) 여봐라! 게 누가 없느냐!

마당쇠 : 여봐라 저리 봐라 하고 돼지 목 따는 소리를 지르면 저 달이 대령
　　　　하겠나, 저 나무가 대령하겠나!

변학도 : 여봐라! 통인아!

마당쇠 : 헤헤. 이 양반 보게. 여기는 동헌이 아니고 무덤이여! 무덤!

변학도 : (아직도 진정하지 못하고) 무어라고? 무덤이라고? (비로소 알았
　　　　다는 듯이,) 응, 그렇지. 깜빡 잊어버렸구나.

마당쇠 : 하여간 잘 만난거여.

변학도 : 네 이놈! 내가 비록 무덤에 묻혔어도, 에헴! 근본을 논지하면, 에
　　　　헴, 일찍이 문하시중의 자손으로.

마당쇠 : 문하시중이라고? 네 할애비가 문하시중이었다면 우리 할아버지
　　　　는 문상시대였어.

변학도 : 이 무식한 놈아! 문상시대란 무슨 개수작이냐! 문하시중으로 말
　　　　하지면 지금의 영의정과 같은.

마당쇠 : 아니, 우리 할아버지가 대문을 고칠 때, 대문 위에 올라가서 고쳤
　　　　으니 문상(門上)이 아니여. 그리고 말을 몰고 대문 가운데서 큰소
　　　　리로 부를 때까지 기다렸으니 시대(侍大)가 아니여. 문하시중이
　　　　문제가 아니여.

변학도 : 뭐라구! 난 이래도 사대부란 말이다! 공자께서 가라사대 사대부란.

마당쇠 : 귀신한테도 사대부가 있고 오대부가 있나? 네가 사대부라면 난
　　　　팔대부는 된다는 것이여.

변학도 : 이 죽일 놈아! (화를 더 내며) 그건 그렇다 하고 너 지금까지 무
　　　　어라고 떠들었지? 누워서 듣노라니까 별별 개수작을 다 하더구

　　　　나. 나를 찾아서 어떻게 하겠다고?

마당쇠 : 하여간 잘 만난거여.

변학도 : 게 아무도 없느냐?

마당쇠 : 이 양반 죽은 것만 해도 서러운데 정신까지 돌았구려.

변학도 : 이 녀석을 그저. (마당쇠에게 달려들어 먹살을 잡는다.)

마당쇠 : (도리어 변학도의 먹살을 잡고 앞뒤로 흔든다.) 힘이 모자라서 절
　　　　절 기면서 산 줄 아나. 굶어 죽은 놈이지만 너 하나 메어칠 힘은
　　　　있다니께!

변학도 : (숨이 막히면서) 이놈이! 이놈이!

마당쇠 : 그렇게 땅땅 얼러대면 쌀을 갖다 바치겠나? 돈을 갖다 바치겠나?

변학도 : (숨넘어가는 소리로) 이 죽일 놈아!

마당쇠 : (역시 먹살을 잡고 흔들면서) 너도 죽은 놈이고 나도 죽은 놈인
　　　　데, 무얼 그러느냐? 죽은 놈에겐 체면 덜 된 수작 하지 말고 아니
　　　　꼽게 굴지마라. 그런 수작 집어치운다면 놓아준다.

변학도 : (마당쇠가 놓으니까 그 자리에 덜컥 주저앉는다. 한참 후에 분을
　　　　참지 못하겠다는 듯이 다시 입을 연다.) 야. 이놈아, 자고로 이르
　　　　기를 관장은 어버이와 같다고 했는데, 내가 비록 죽은 몸이라 해
　　　　도 이게 무슨 짓이냐! (일어선다.)

마당쇠 : 관장이 어버이라고? 세상에 자식 등쳐먹는 어버이를 어디서 보
　　　　았느냐 말이여! 우리 농부가 너희들 양반을 먹여 살렸지 너희들
　　　　양반이 우리들을 먹여 살렸단 말이냐?

변학도 : 이놈이 사서삼경을 못 읽어서 저런 무식한 소리를 하는구나.

마당쇠 : 뭐라구? 사서삼경이라구? 난 이래 뵈도 팔서육경을 읽었어.

변학도 : 팔서육경이 도대체 뭐냐!

마당쇠 : 히히. 양반이라면서 육경도 몰라. 나 같은 상놈도 아는데. 에헴,
　　　　육경을 논지하면, 일찍이 공부자께서 가라사데 육경이란 자고로
　　　　에헴. (하나씩 손을 꼽는다.) 첫째 봉사 안경, 둘째 머슴 새경, 셋
　　　　째 처녀 월경, 넷째 야경꾼만 잡는 순경, 병신들 춤추는 광경, 에

헴. 그리고나서 에헴. (청중을 가리키며) 이 밥통들 초혼굿 구경!
　　　내가 아는 육경을 니가 몰라.
변학도 : 너 이놈 진서는 못 읽었을 게다. 우리 사대부들은 진서를 보고 풍
　　　월을 읊는데.
마당쇠 : 무어라고?
변학도 : 상놈이 풍월을 알겠나마는 내 한 수 읊을 테니 너 모르겠지만 들
　　　어 보아라. 에헴. (엄숙하게.)
　　　　금준미주난 천인혈이요
　　　　옥반가효난 만성고라,
　　　　촉루락시에 민루락하고
　　　　가성고처에 원성고라.
　　　에헴.
마당쇠 : 이게 무슨 소리여
변학도 : 그러면 그렇지. 네가 그 뜻을 알겠느냐? 으흠, 이건 바로 저 송나
　　　라 시인 이타박이가 한고조 홍문연 잔치 때 한 수 읊은 거여.
관중석 : 그놈 되게 유식하네.
변학도 : 음. 그 뜻을 새기자면, 진서의 뜻을 상놈이 알까마는 으흠. 말하자면,
　　　　금 술잔의 좋은 술은 천하에 제일이요
　　　　옥소반 좋은 안주는 만고에 으뜸이라.
　　　　촛불이 떨어질 때 오동잎 지고
　　　　노랫소리 높은 곳에 기러기 날더라.
　　　에헴. 이게 풍년가 아니여.
관중석 : 엉터리다.
관중석 : 놈 되게 무식하네.
마당쇠 : 히히 웃기지 말어. 진서를 안다는 게 결국 그것뿐이여? 그 소리는
　　　나도 알어. 모르는 사람이 없단 말이여. 그게 배곯아 죽겠다는 소
　　　린데. 뭐? 오동잎이 지고, 외기러기가 날아?
관중석 : 마당쇠 잘한다.

마당쇠 : 너가 글을 안다고 하는 건 다 거짓말이고 너가 아는 건 백성들 등
　　　　쳐먹는 수단 밖에 더 있어? 이런 바보 천치가 백성들 등쳐먹는
　　　　데는 여우같고 늑대같다니께. 이 도적놈아!

무덤 C : 도적놈아

무덤 D : 도적놈아

무덤 E : 도적놈아.

변학도 : 이크, 이게 무슨 소리냐?

마당쇠 : 천지신명이 노해서 도적놈을 벌 줄려는 거다.

변학도 : 뭐 천지신명이 (부들부들 떤다.) 제발.

마당쇠 : 내 이제 천지신명 앞에서 너가 도적놈인 연유를 낱낱이 아뢸 것
　　　　이여. 할 말 있거든 너도 하란 말이여.

변학도 : 이걸 어떻게 해야 좋단 말이여.

마당쇠 : 우리 같은 농부는 일년 내내 피땀 흘려 농사지어도 굶는데, 너 같
　　　　은 놈들은 일년 내내 끄트름이나 하고 발구락의 때나 문지르고
　　　　앉았어도 잘 처먹으니. 우선 그게 도적질이 아니여!

변학도 : 아니 그게 무슨 소리냐?

마당쇠 : 죽도록 농사지어 놓으면 반도 넘게 빼앗기지 않았는가베. 숭년에
　　　　도 빼앗아가고 농사를 못 지어도 빼앗아가고, 묵은 밭에서도 빼
　　　　앗아가고, 돌자갈 밭에서도 빼앗아 가고 하지 않았는가베. 그게
　　　　도적질이 아니란 말이여.

변학도 : 왜 자꾸 들추어내는거냐!

마당쇠 : 봄에 쌀을 빌려주고 가을에 받아간다고 해놓고 또 얼마나 빼앗아
　　　　갔나! 안 꾸어주고도 가져가고, 쌀에다가 모래를 섞어서 주고는
　　　　받아갈 때는 몇 갑절 빼앗아 가고 하지 않았어. 그게 바로 도적질
　　　　이 아니고 세상에 무엇이 도적질이란 말이여!

변학도 : 그렇다고 하더라도 새삼스럽게 그럴 건 없잖아.

마당쇠 : 군역대신 군포를 받아간다 해놓고, 또 얼마나 해 먹었나. 늙은이
　　　　것도 빼앗아가고, 죽은 백골한테서도 빼앗아가고, 삼척동자에게

서도 빼앗아가고, 심지어는 뱃속에 든 애의 것도 빼앗아갔으니. 그게 도적질이 아니여!

변학도 : 아니 무슨 소리를 자꾸 하는 거야?

마당쇠 : 성을 쌓는다, 대궐을 고친다 하고 무명이고 돈이고 있는 대로 다 털어 가놓고, 부역을 나오라 뭘 하라 하고, 다 끌어가지 않았느냐? 몇백 기씩 데려가서는 밥 한술 안 주고서 곤장만 치며 마소처럼 죽어라고 부려먹지 않았느냐! 그게 도적질이 아니여!

변학도 : 아니, 아니. 내 말 좀 들어 보아라.

마당쇠 : 너 이놈 우리 고을에 처음 왔을 때 무어라고 했지? 백성들을 잘 살게 하기 위해서 못을 판다고. 말이야 좋지. 그러나 그게 바로 도적질이 아니고 무어여. 못을 만들테니 돈을 내라. 못뚝을 쌓으니 나와 부역을 해라. 그리고선 물을 댈라면 물세를 내라. 이리 뜯어가고 저리 뜯어가고 하지 않았어. 그 못이 생기고 나서 우리 농부들은 더 못살게 되었고 너 놈은 수만 냥을 모았으니. 그게 도적질이 아니여!

변학도 : 아니 그게 아니여. 사실은 그런 게 아니라니까. 여보게 그게 아니고.

무덤C : 도적놈 잡아라.

무덤D : 도적놈을 때려라.

무덤E : 도적놈을 죽여라.

변학도 : 아이코! 천지신명께 비옵니다. 사실은 그게 아니고.

마당쇠 : (엉덩이춤을 추면서 창을 한다. 창의 내용에 따라서 변학도의 여기저기를 두들긴다.)

　　　이놈의 뱃때기는 한강수인가

　　　쌀 삼만 석 먹고도 배탈이 안나.

　　　이놈의 허리통은 백두산인가

　　　무명 삼만 통 두르고도 모자란단다.

　　　이놈의 아가리는 작두날인가

　　　엽전 삼만 냥 먹고도 이가 안 상해.

이놈의 팔뚝은 지옥 차산가

수만 백성 죽이고도 살만 찐다.

(계속해서 한참 동안 춤을 춘다.)

(다시 창을 한다.)

나온다 나온다, 원귀가 나온다.

밥 못먹어 굶어 죽은 원귀가 나온다.

(이때 무덤 C에서 원귀 꺽달이가 나온다. 춤을 추면서 차츰 변학도에게 가까이 간다.)

나온다 나온다, 원귀가 나온다.

계묘년 흉년에 당가루 핥아 먹다가

몽당비짜루 맞아죽은 원귀가 나온다.

수재비 아흔아홉 그릇 먹다가

배 터져 죽은 원귀가 나온다.

(이때 무덤D에서 원귀 쩔뚝이가 나온다. 춤을 추면서 차츰 변학도에게로 가까이 간다.)

나온다 나온다, 원귀가 나온다.

갑오년 난리에 죽은 원귀가 나온다.

부러진 팔다리 내 놓으라고 원귀가 나온다.

없어진 목숨 내 놓으라고 원귀가 나온다.

(이때 무덤E에서 원귀 팔뚝이가 나온다. 춤을 추면서 차츰 변학도에게로 가까이 간다. 마당쇠 역시 춤을 추면서 변학도에게로 가까이 간다.)

꺽달이 : 내 곡식 내 놓아라.

쩔뚝이 : 내 다리 내 놓아라.

팔뚝이 : 내 목숨 내 놓아라.

마당쇠 : 내 목숨 내 놓아라.

변학도 : (덜컥 주저앉더니 와들와들 떤다.) 어커커, 이거 큰일 났구나. 여봐라 게 누구 없느냐? 여보시오, 구례현감 날 버리고 혼자 가시

오? 아니 이거 어커커, 일 났구나 일 났어. 여보시오 운봉현감 날
버리고 혼자 가시오? 통인아, 방자야. 이거 날 살려라. 날 살려.
(쩔쩔맨다.)
(꺽달이 쩔뚝이 팔뚝이는 춤을 추다가 하나씩 무덤 속으로 들어간다.)
(마당쇠는 계속 춤을 춘다.)

변학도 : (마당쇠에게) 제발 살려주십시오. 봉고파직은 하시더라도 모, 모,
　　　　목숨만 살려주십시오. 저의 죄는 죽어 마땅합니다만 그게 어디
　　　　저의 죄지 제 모가지 죄입니까.

마당쇠 : 이 친구가 영 돌았다니께. 변학도라고 하니께, 춘향가의 어사 출도
　　　　장면으로 착각을 한 모양이로구나. 어사 정도가 문제가 아니여.

변학도 : (같은 어투로 계속한다.) 무얼 바칠까요, 쌀, 돈, 비단, 그리고 계
　　　　집 무엇이든지 다 바칠터이니 헤헤. 그저.

마당쇠 : (변학도의 목덜미를 잡아 일으키면서) 어사 무서운 줄만 알고, 원
　　　　귀 무서운 줄은 모르는구나. 어사는 그런 걸 갖다 바치면 되지만
　　　　우리는 안 될 것이여. 어사란 건 도대체 뭔가? 같은 도적놈이여.
　　　　어사 때문에 죽은 원귀가 얼마나 되는데.

변학도 : (일어나면서) 그럼 살려주시는 겁니까? 몇 냥이나 바치면 될갑쇼?

마당쇠 : 이놈아. 너의 목숨을 바쳐라. (어사의 목소리를 흉내 내면서) 우
　　　　리는 염라대왕이 보낸 어사다.

변학도 : 한 번만 살려주십시오. 죽은 놈이 어떻게 목숨을 바칩니까.

마당쇠 : 이 녀석 이제 정신이 돌아오는가베.

변학도 : (주위를 한 번 둘러보고 나서 땀을 씻고나서,) 여보게 마당쇠 아
　　　　닌가?

마당쇠 : 내 단단히 일러두겠어. 이제부터는 양반이고 나발이고 다 집어치
　　　　우고 다만 귀신으로서의 본연의 자세에 돌아와서 너의 죄를 솔직
　　　　히 자백하고 용서를 빌어라.

변학도 : 다 자백할 수밖에 없지. 이왕 이렇게 된 바에, 나도 아무에게도
　　　　털어놓지 못했던 내 속이나 뒤집어야지.

마당쇠 : 그럼 우선 왜 그렇게 도적질을 많이 했는지 말해보랑께.

변학도 : 사실은 나대로 곡절이 있었는거야. 나도 원 한 자리 하려고 있는
    것 없는 것 다 긁어 모아서 돈 만 냥을 만들었잖나.

마당쇠 : 그래서?

변학도 : 그래서 그 돈을 싸가지고 세도 높은 김정승을 찾아가서 온갖 정
    성을 드리기 삼 년, 가까스로 원 한 자리를 한 거야. 그러니 우선
    그 만 량이라는 밑천을 뽑아야 하지 않겠나. 그리고 어디 밑천만
    뽑아서야 되나. 끊임없이 또 갖다 바쳐야 하고 또다시 벼슬을 살
    밑천을 장만해야지.

마당쇠 : 혼자 먹은 것이 아니라 다른 높은 양반네들과 나누어 먹었다는
    수작이로구나.

변학도 : 좋은 건 다 훑어 올리라고 나를 원을 시킨 건데 하는 수 있나. 뭐
    내가 잘했다는 건 아니고. 다만 도적놈 부하로서의 고민이 있었
    다는 거야. 도적놈들끼리의 다툼은 또 얼마나 많다고. 하여튼, 벼
    슬 산다는 것도 더럽고 치사스럽고 괴로워.

마당쇠 : 그런 개수작이 어디 있단 말이여. 벼슬살기가 그렇게 괴롭거든
    우리 집에 와서 머슴이나 살았으면 좋았을 걸 그랬구나.

변학도 : 내가 잘했다는 건 아니야.

마당쇠 : 그럼 정상을 참작해 달라는 소리여?

변학도 : 그것도 아니여. 처분대로 해줘.

마당쇠 : 그럼 내가 묻겠다. 너가 훔친 쌀은 모두 얼마나 되나?

변학도 : 그걸 어떻게 다 기억하겠나. 하지만 일 년에 삼만 석은 모았으니
    까. 가만 있자. 벼슬살이를 이십 년 했으니까. 육십만 석은 훔친
    셈이여.

마당쇠 : 너 때문에 굶어죽은 백성이 얼마나 되는지 생각이라도 해 보았느
    냐? 이 죽일 놈아!

변학도 : 어떻게 빌어야 하겠나.

마당쇠 : 빌어서 될 문제가 아니야. 그 다음 너가 긁어모은 돈은 얼마나 되나?

변학도 : 적어도 이십만 냥은 될꺼야.

마당쇠 : 너가 죽인 사람은? 직접 죽인 사람만

변학도 : 적어도 삼천 명은 될거야.

마당쇠 : 네가 겁탈한 여자는?

변학도 : 그것도 삼천 명은 되지.

마당쇠 : 나는 엽전 한 잎 못 훔치고도 곤장을 백 대나 맞았는데. 너는 그
만한 죄를 짓고 어이 무사하기를 바라겠느냐.

변학도 : 아니, 아니, 그 죄를 다 다스리겠다는 거야?

마당쇠 : 입 닥쳐. 그리고 묻는 말에 우선 대답해라. 전국에 너 같은 양반
이 얼마나 되나?

변학도 : 벼슬한 양반이 적어도 삼천 명은 될 거고 벼슬 안 한 양반은 수도
헤아릴 수 없지.

마당쇠 : 벼슬한 양반은 다 너같이 도적질을 했지?

변학도 : 그야 말할 필요가 없지. 내가 특별히 도적질을 많이 한 게 아니야.

마당쇠 : 그럼 전국 양반이 다 도적질 한 걸 합하면 모두 얼마나 되는가?
또 몇백 년 동안 도적질한 걸 다 합하면 얼마나 될 것이여?

변학도 : 어휴, 그걸 어떻게 다 셈한단 말이야. 숫자가 모자란다.

마당쇠 : 농사꾼을 그만큼 피해를 입혔단 말이여. 그러니 너희들은 그만한
벌을 받아야 할 것이 아니여.

변학도 : 그만한 벌을 받아? (깜짝 놀라 어쩔 줄 모른다.) 무...모.. 모가지가
백만 개가 있어도 모자르겠는데. 아니 그게 참말이여?

마당쇠 : 나도 어려운 수는 모르니 그저 곤장 백만 대만 맞도록 하렸다.

변학도 : 곤장 백만 대라? 백만 대? 배, 배, 백만 대! (뒤로 넘어져버린다.
비틀거린다.)

무덤 C : 내가 때린다.

무덤 D : 내가 때린다.

무덤 E : 내가 때린다.

마당쇠 : 백만 대 맞고 나면 죽은 몸뚱이도 없을 터이니 최후의 소원이 있

　　　　　거든 말하렸다.

변학도 : (가까스로 일어나면서) 꼭 한 가지 소원이 있다.

마당쇠 : 무어냐?

변학도 : (자기 무덤을 가리키며) 오늘이 바로 추석이라 손자 놈이 저렇게
　　　　　제물을 차려 놓았으니 저걸 좀 먹도록 해주었으면 좋겠는데.

마당쇠 : 좋다! 그만한 소원을 못 들어 주겠느냐.

변학도 : (제물을 먹기 시작한다.) 한잔 같이 들었으면.

마당쇠 : 나는 내 걸 먹겠다. (자기 무덤 앞으로 간다.)

변학도 : 내 것이 더 좋으니 이걸 먹지.

마당쇠 : (벌떡 일어서면서) 그렇구나. 너의 무덤 앞에는 온갖 산해진미가
　　　　　다 차려져 있구나. 보아하니 너의 손자도 도적놈인 모양이로구나.
　　　　　너의 손자가 무얼 해먹고 사는지 몰라도 도적질을 안 하고서야
　　　　　이런 제물을 차릴 수가 있갔서?

변학도 : 아마 그런 모양이야.

마당쇠 : 너 죽을 때 아들에게 돈을 얼마나 물려주었나?

변학도 : 이것저것 다 보태면 한 이십만 량은 물려준 셈이지.

마당쇠 : 아들이 손자에게 물려준 건 얼마나 되는가?

변학도 : 모르긴 하지만. 아들 녀석도 똑똑한 편이었으니까. 재물을 줄이지
　　　　　야 않았겠지.

마당쇠 : 그렇다니까! (다시 화를 낸다.) 죽은 너가 아무리 잘못했다고 해
　　　　　도 소용이 없는 것이여. 살아 있는 너의 손자가 도적질을 하고 있
　　　　　다면 그게 문제란 말이여!

변학도 : 그럼 어떻게 해야 되나. 그럼 내가 손자를 찾아가서 마음 고쳐먹
　　　　　으라고 꾸짖을까.

마당쇠 : 좋다. 나는 내 손자를 찾아가서 용기를 내라고 격려할 것이여.

변학도 : 지금 갈까?

마당쇠 : 갈려면 꿈에 나타나야 할 건데 꿈에 나타나기에는 아직 좀 일러.
　　　　　자정은 넘어야 울리지.

변학도 : 우선 술이나 마시자.

마당쇠 : 좋다.

변학도 : 둘의 술을 섞어 먹자. 아니야. 술을 섞어 먹으면 짬봉이 되어서
　　　　 몸에 해로울 텐데.

마당쇠 : 그건 산 사람의 경우고. 죽은 우리가 어디 몸이 있나.

변학도 : 그렇지 참.

　　　　 (둘은 술을 마시며 달을 쳐다본다.)

마당쇠 : 달이 밝구나.

변학도 : 정말 밝구나.

마당쇠 : 물소리도 좋구나.

변학도 : 바람소리도.

마당쇠 : 산 사람들 이런 묘한 기분을 모를 것이여.

변학도 : 올해 농사가 풍년이었으면 좋겠구나.

마당쇠 : 이제 너도 농사걱정을 하게 되었구나. 여하튼 반가운 일이야.

변학도 : 세상 소식을 좀 알아보자.

마당쇠 : 어떻게 알아볼까? (관중석을 향해서) 여보게 젊은이.

관중석 : 무슨 일이지?

마당쇠 : 올해 농사가 어떻던가?

관중석 : 되긴 잘된 편이여.

변학도 : 그거 다행한 일이로구나

관중석 : 그러나 그렇게 좋아할 것 못 돼.

마당쇠 : 왜? 내 손자는 무어라고 하던가?

관중석 : 기뻐하면서 한숨 쉬더라.

변학도 : 왜?

관중석 : 농사가 잘되었으니 기뻐하고 빚이 너무 많으니까 한숨 쉬지.

마당쇠 : 그 녀석. 생각하던 대로구나. 무슨 빚인가?

관중석 : 장리, 고리채, 농협의 융자금, 그 밖에 사소한 빚이 한두 가지가
　　　　 아니라더군. 그리고 옛날 사람들은 설명해도 잘 모르겠지만 쌀값

보다 다른 물가가 너무 높아서 농사를 지어도 품값이 안 나온다
고 한숨 쉬더군.

마당쇠 : 고생이 여전한 모양이구나. 옛날에 잘못 되었던 일들이 아직 그
대로 다 있나.

관중석 : 잊혀진 것도 있고 아직 그대로 있는 것도 있어.

마당쇠 : 그대로 남은 잘못은 어떻게 할건가?

관중석 : 고치도록 싸워야지.

마당쇠 : 누가?

관중석 : 농민들이 그리고 여기 모인 우리들이. 싸울 수 있는 역사적 계기
가 나타나기 시작했어.

마당쇠 : (절을 넙죽이 하면서) 잘 부탁한다. 꼭 싸워서 우리 손자가 잘 살
수 있도록 해다오.

변학도 : 나도 동감이야.

무덤 C : 잘 싸워라.

무덤 D : 이겨라.

무덤 E : 믿는다.

마당쇠 : (변학도에게) 너의 손자를 찾아가서 단단히 꾸짖어야 한다. 마음
고쳐먹지 않으면 가만히 두지 않겠다고 다짐해라. 분명히 말을
전하면 곤장 백만 대 중 반은 감해준다.

변학도 : 나머지 반은?

마당쇠 : 너의 손자가 마음을 고치면 감해준다.

변학도 : 허허. 내가 살고 죽는 것은 손자에게 달렸구나.

마당쇠 : 자 들어가서 한잠 자고 자정이 넘거든 현몽하러 가자.

변학도 : 그러도록 하자.

(둘 다 각각 자기 무덤으로 들어간다.)

[부기]

2005년 1학기 계명대학교에서 한 강의 원고를 출판한《세계·지방화시대의 한국학 (2) 경계 넘어서기》(계명대학교출판부, 2005)의 한 대목에서 이 작품에 관해 다음과 같이 말했다.

〈원귀 마당쇠〉는 학생들이 농민의 처지를 알고 농촌운동에 나서도록 하려고 '향토의식 초혼굿'의 기본 행사로 공연한 연극이다. 초혼굿이니 귀신을 불러내서 하지 못하고 있던 말을 하게 했다. 그 정도만 생각하고 단숨에 써내려갔는데, 나중에 다시 보니 몇 가지 원리가 있다. 시대 설정에서 과거와 현재, 수법에서 탈춤과 현대극, 내용에서 환상과 현실, 인간관계에서 싸움과 화합이 둘이면서 하나이고 하나이면서 둘이라고 할 수 있다. 한풀이가 신명풀이인 원리를 그런 방식으로 나타냈다고 할 수 있다. 지금 학문을 하면서 내놓는 것과 같은 생각을 일찍부터 간직하고 있었다. 스스로 놀랄 일이다.

조동일저서 1

韓國小説의 理論

조동일 지음/신국판/반양장 476쪽/책값 18,000원

　이른바 한국 고전소설의 작품 구조의 사상적·사회적 의미를 종래의 西歐的 分析論理가 아닌 우리 傳統思想의 하나인 理氣哲學의 이론을 원용하여 한국문학 연구의 총체적인 관점을 개척한 이론서인 이 책은, 국문학 研究史上 새로운 章을 열었던 저작으로 학계의 주목을 받을 뿐만 아니라 계속 논의가 진행 중인 화제의 책이다.

조동일저서 2

문학연구방법

조동일 지음/신국판/반양장 274쪽/책값 12,000원

　韓國文學 研究史上 특기할 만한 위치에 선 저자가 국문학 연구의 올바른 방향을 찾기 위한 노력의 일환으로 저술한 책으로, 이 책은 왜 필요한가? 문학은 연구할 수 있는가? 문학작품을 어떻게 읽을 것인가? 문학작품은 어떻게 이루어졌는가? 문학사는 어떻게 해서 이해할 것인가? 로 나누어 국문학 연구방법의 새로운 체계를 제시한 이론서이다.

조동일저서 3

제4판 한국문학통사 (전6권)

조동일 지음/신국판/양장 ①406쪽 ②516쪽 ③626쪽 ④470쪽 ⑤600쪽 ⑥192쪽/ 책값 ①20,000원 ②25,000원 ③25,000원 ④20,000원 ⑤25,000원 ⑥7,000원

　지금까지 연구된 모든 갈래의 한국문학 연구성과를 총망라한 위에, 독자적인 틀로 새롭게 체계화한 《한국문학통사》 제1판이 1982년에 처음 선보인 이래, 1989년에 제2판, 1999년에 제3판이 나왔고, 최근 새로운 자료와 연구업적을 포함시켜 문제점을 고찰하고 논의를 가다듬어 조동일 한국문학사 완벽판이 나온 것이다.

조동일저서 4

제3세계문학연구입문

조동일 지음/신국판/반양장 397쪽/책값 8,000원

　제3세계문학 이해를 도울 입문서이자 이후 계속되어야 할 본격 연구 자료집인 이 책은 우리의 시야를 세계로 확대, 현대 인류의 위기를 극복해 나가야 할 주체로서의 우리의 역할과 '새로운 문학사'를 위한 우리 문학 연구자들의 적극적이고 주동적인 역할을 강조하고 있다. 제3세계문학을 동남아시아, 인도아대륙, 아랍세계, 아프리카의 네 권역으로 나누어 정리하였으며, 해제만 읽어도 제3세계문학에 대한 기본적인 이해를 할 수 있도록 배려되어 있다.

조동일저서 7

세계문학사의 허실

조동일 지음/신국판/양장 446쪽/책값 18,000원

이 책은 지금까지의 서구 유럽 중심의 세계문학사 서술 경향을 비판하고 온전한 세계문학사의 서술에는 동양 및 제3세계의 문학을 포괄하는 것이 되어야 하며, 그런 작업을 위한 첫 단계로, 기존의 세계문학사 책을 하나하나 짚어가며 문제점을 지적해 놓았다. 또 앞으로 세계문학사 서술을 위한 새로운 세계인식의 바탕이 되는 저자 나름의 生克論적인 거대이론도 제시하고 있다.

조동일저서 8

한국의 문학사와 철학사

조동일 지음/신국판/양장 536쪽/책값 15,000원

이 책의 백미는 결론에 해당하는 맨 마지막 논문 〈생극론의 역사철학 정립을 위한 기본구상〉에 있다고 할 수 있다. 저자는 이 글에서 문학 · 사학 · 철학을 연결하려는 야심을 드러내고 있다. 이 논리의 타당성 여부는 차치하고라도, 문학사를 통해서 총괄적인 역사를 서술하고, 세계문학사의 역사철학을 정립해서 인류의 과거 · 현재 · 미래를 투시하고자 하는 이른바 거대이론의 새로운 구축을 노리는 저자의 큰 꿈이 담긴 설계도라 할 수 있다.

조동일저서 9

한국민요의 전통과 시가율격

조동일 지음/신국판/양장 325쪽/책값 12,000원

저자는 이 책을 통해 한국문학 전통론의 문제점과 한국문학의 전통을 알기 위한 하나의 방법으로 율격론을 제시했다. 또한 시조와 현대시를 민요의 형식에 적용하여 분석하면서 우리 시가의 전통적 율격은 '음보'를 통해 증명할 수 있음을 밝히고 있고, 실제로 한국 시가사의 율격이 하나의 맥락을 지닌 채 이어져 오고 있음을 실례를 들어 실명하고 있다. 민요연구를 하는 후학들에게 연구의 기반으로서 더 없는 밑거름 역할을 할 것이다.

조동일저서 11

제2판 한국문학사상사시론

조동일 지음/신국판/양장 480쪽/책값 18,000원

우리 文學研究史上 韓國文學의 思想을 다루어본 적이 아직 없었던 터에 새로운 구상과 그에 알맞은 방법론으로 國文學의 大體系를 세우려는 著者 특유의 一連의 著作 가운데 하나로서 이 책은 우리 역사상에 문학사상을 편 인물들을 뽑아 집중조명하여 시대별로 체계화를 시도한 力著이다.

조동일저서 12-14

중세문학의 재인식 1 하나이면서 여럿인 동아시아문학
중세문학의 재인식 2 공동어문학과 민족어문학
중세문학의 재인식 3 문명권의 동질성과 이질성

조동일 지음/신국판/양장 ①504쪽 ②476쪽 ③510쪽/책값 각권 22,000원

중세문학에 관한 해명을 기본과제로 삼아, 문학사와 문명사를 연결하는 3부작시리즈. 1권은 공동문어문학과 민족어문학의 관계를 동아시아 범위 안에서 다루고, 2권은 다른 여러 문명권과 비교론을 전개한다. 3권은 여러 문명권의 중세문학이 어떻게 같고 다른가를 해명하고자 문학사의 범위를 넘어선 문제까지 다루고 있다.

조동일저서 16

철학사와 문학사 둘인가 하나인가

조동일 지음/신국판/양장 504쪽/책값 25,000원

철학사와 문학사의 상관관계를 세계적인 범위에서 고찰한다는 점에서 세계문학사 이해의 이론을 새롭게 정립하기 위한 저자의 일련의 작업에 포함된다. 시대순으로 '원시의 신화에서 고대의 철학으로', '중세전기의 철학시', '중세후기철학에 대한 시인의 대응', '중세에서 근대로의 이행기 철학에서 문학으로', '근대를 넘어서는 철학과 문학의 새로운 관계' 라는 제목 아래 여러 문명권의 철학사와 문학사를 다룬다.

조동일저서 17

소설의 사회사 비교론 1 · 2 · 3

조동일 지음/신국판/반양장 ①286쪽 ②364쪽 ③264쪽/책값 ①③15,000원 ②20,000원

우리 시대가 낳은 빼어난 인문학자 조동일 교수가, 세계의 소설사를 문학사의 차원을 넘어 사회사 · 철학사를 원용해 비교 분석한 거작이다. 기존의 소설 이론의 쟁점을 분석하고 소설작품의 실상을 파헤치며 소설의 형성과정과 소설을 산출한 시대, 소설의 생산 · 유통 · 소비 및 소설에서 문제된 신분과 계급, 소설에 나타난 남녀관계, 소설에서 추구한 의식의 각성 등을 두루 살핀 다음, 엄밀한 고증과 치밀한 분석, 생극론의 역사철학 이론을 동원해 소설의 위기극복을 모색하고 있다.

조동일저서 18

세계문학사의 전개

조동일 지음/신국판/양장 540쪽/책값 23,000원

한국문학사에서 걸출한 연구 성과를 올린 조동일 교수가 그 성과를 동아시아 문학사에, 다시 다른 여러 문명권 문학사에 적용하고 확장하여 여덟 가지 언어로 된 38종의 세계문학사를 검토하고 비판하였다. 단순한 문학사의 나열에 그치지 않고 세계사에 대한 거대한 전망을 제시하고 있는 이 책은, 전 세계의 문학사를 완전히 새롭게 구성한 진정한 의미에서 최초의 세계문학사라 할 수 있다.